Stephen R. Lawhead

Die schimmernden Reiche
Zweiter Band

DAS
KNOCHEN-
HAUS

Roman

Aus dem Englischen von
Arno Hoven

BASTEI
LÜBBE
TASCHENBUCH

BASTEI LÜBBE TASCHENBUCH
Band 20 799

Dieser Titel ist auch als E-Book erschienen

Vollständige Taschenbuchausgabe
der bei Bastei Lübbe Taschenbuch erschienenen Paperbackausgabe

Copyright © 2011 by Stephen Lawhead
Titel der Originalausgabe: »A Bright Empires Novel: Quest the Second:
The Bone House«
Originalverlag: Thomas Nelson, Nashville, Tennessee

Für die deutschsprachige Ausgabe:
Copyright © 2015 by Bastei Lübbe AG, Köln
Textredaktion: Gerhard Arth
Titelillustration: © Thinkstock/Roxana_ro; Thinkstock/Everste;
Thinkstock/coward_lion
Umschlaggestaltung: Guter Punkt, München
Satz: Urban SatzKonzept, Düsseldorf
Gesetzt aus der Goudy
Druck und Verarbeitung: CPI books GmbH, Leck – Germany
Printed in Germany
ISBN 978-3-404-20799-2

5 4 3 2 1

Sie finden uns im Internet unter
www.luebbe.de
Bitte beachten Sie auch: www.lesejury.de

Für Suzie

Der Unterschied zwischen Vergangenheit, Gegenwart und Zukunft ist eine Illusion, wenn auch eine sehr hartnäckige.

Albert Einstein, Physiker

INHALT

WICHTIGE FIGUREN AUS DEM ERSTEN BAND
DES ROMANZYKLUS

Die schimmernden Reiche

Anen – Freund von Arthur Flinders-Petrie, Hoher Priester und Zweiter Prophet des Amun in Ägypten; lebte während der 18. Dynastie

Archelaeus Burleigh, Earl of Sutherland – Erzfeind von Flinders-Petrie, Cosimo, Kit und allen rechtschaffenen Menschen

Arthur Flinders-Petrie – auch bekannt als *Der Mann, der eine Karte ist*, Stammvater seines Geschlechts; zeugte Benedict, der einen Sohn namens Charles hatte, der wiederum Douglas zeugte

Balthasar Bazalgette – Erster Oberalchemist am Hof des Kaisers Rudolf II. in Prag; Freund und Vertrauter von Wilhelmina

Burley-Männer – Handlanger von Lord Burleigh: Con, Dex, Mal und Tav; halten sich eine steinzeitliche Höhlenlöwin namens Baby

Cosimo Christopher Livingstone der Ältere, wird oft nur **Cosimo** genannt – ein Gentleman aus dem Viktorianischen Zeitalter, der sich darum bemüht, die Einzelteile der Meisterkarte wieder miteinander zu vereinigen, und der den Schlüssel zur Zukunft begreift

Cosimo Christopher Livingstone der Jüngere, wird oft nur **Kit** genannt – Cosimos Urenkel

Engelbert Stiglmaier, wird oft liebevoll **Etzel** genannt – Bäcker, der aus der deutschen Stadt Rosenheim kommt

Giles Standfast – Sir Henry Fayths Kutscher und Kits Verbündeter

Gustavus Rosenkreuz – Assistent des Ersten Oberalchemisten des Kaisers und Wilhelminas Verbündeter

Lady Haven Fayth – Sir Henrys eigensinnige und wechselhafte Nichte

Sir Henry Fayth, Lord Castlemain – Mitglied der Königlichen Gesellschaft zur Förderung der Naturkunde; treuer Freund und Verbündeter von Cosimo sowie Onkel von Haven

Jakub Arnostovi – Vermieter und Geschäftspartner von Wilhelmina

Kaiser Rudolf II. – König von Böhmen und Ungarn, Erzherzog von Österreich und Kaiser des Heiligen Römischen Reichs; ist ziemlich verrückt

Snipe – wildes Kind und heimtückische Hilfskraft von Douglas Flinders-Petrie

Wilhelmina Klug, auch **Mina** genannt – in einem anderen Leben eine Londoner Bäckerin und Kits Freundin; in ihrem jetzigen Leben besitzt sie zusammen mit Etzel das *Große Kaiserliche Kaffeehaus* in Prag

Xian-Li – Ehefrau von Arthur Flinders-Petrie und Mutter von Benedict; Tochter des Tätowierers Wu Chen Hu aus Macao

WAS BISHER GESCHAH

Im Mittelpunkt unserer bisherigen Geschichte steht ein unterbeschäftigter, jedoch liebenswürdiger junger Bursche namens Cosimo Christopher Livingstone. Ihm ist es allerdings sehr viel lieber, wenn ihn alle nur Kit nennen. Durch seine Herkunft ist er mit einem altmodischen alten Herrn verbunden, der ebenfalls Cosimo heißt. Wie sich herausgestellt hat, ist Cosimo tatsächlich Kits seit Langem verloren geglaubter Urgroßvater: Lange verschollen galt er insofern, als er vor mehr als hundert Jahren zu einem alltäglichen Ladenbesuch aufbrach und dann verschwand – aufgrund von Umständen, die durch ein Phänomen hervorgerufen wurden, das als Ley-Reise bekannt ist. (Was es damit auf sich hat, werden Sie, liebe Leserinnen und Leser, gleich noch erfahren.)

Cosimos Rückkehr wurde von Kit mit Unglauben, Verblüffung und Verdruss aufgenommen. Die beharrliche Forderung des älteren Verwandten, dass sein Urenkel ihn bei einer Suche von großer Bedeutung begleiten sollte, wies Kit entschieden zurück. Und nach der flüchtigen »Kostprobe« einer Ley-Reise – von so etwas hatte Kit bis zu diesem Zeitpunkt noch nie gehört – zog er sich in die Arme von Wilhelmina Klug zurück, seiner ziemlich unwirschen Freundin. Infolge der mit Ley-Reisen verbundenen Zeitverschiebung kam er jedoch viel zu spät bei seiner Freundin an, um sie, wie vor langer Zeit versprochen, bei einem Shopping-Trip zu begleiten.

Als die Erklärung für seine Verspätung die junge Frau nicht zu überzeugen vermochte, überredete Kit sie dazu, an der praktischen

Demonstration einer Ley-Reise teilzunehmen. Aufgrund seiner Unerfahrenheit schlug dies jedoch auf entsetzliche Weise fehl, und die unglückliche Wilhelmina ging dabei verloren. Kit jedoch wurde abermals von Cosimo gefunden, der ihn einem treuen Kollegen namens Sir Henry Fayth vorstellte. Gemeinsam brachen die drei auf, um Wilhelmina zu finden und sie in die richtige Zeit und an den rechten Ort zurückzubringen.

So lobenswert dieses Unternehmen auch sein mochte, es war doch vollkommen unangemessen. Wilhelmina landete im Böhmen des siebzehnten Jahrhunderts, wo sie sich mit einem gütigen, hilfsbereiten jungen Mann namens Engelbert Stiglmaier anfreundete. Etzel, wie er auch genannt wurde, war ein Bäcker aus Rosenheim, der gerade nach Prag reiste, um dort sein Glück zu suchen. Die beiden entschieden sich, gemeinsam etwas aufzubauen, und eröffneten eine Bäckerei. Der Geschäftserfolg blieb jedoch aus – bis sie ein zuvor völlig unbekanntes Verbrauchsgut in der Hauptstadt einführten: Kaffee. Sofort wurde ihr Kaffeehaus ein riesiger Erfolg, und bald waren die Menschen im alten Prag hellauf begeistert von dieser jüngsten Sensation.

Durch ihr Geschäft kam Wilhelmina in Kontakt mit Mitgliedern des kaiserlichen Hofes von Rudolf II. Unter ihnen befand sich auch eine Gruppe von Alchemisten, die sich pflichtbewusst den Untersuchungen verborgener Phänomene hingaben und so gewissermaßen eine Forschergemeinschaft bildeten, welche später als »magischer Hof«, bekannt wurde. Dank dieser Verbindung bekamen Wilhelmina und Etzel eine Audienz beim Kaiser und erhielten die Erlaubnis, ihr Geschäft als das *Große Kaiserliche Kaffeehaus* bezeichnen zu dürfen.

Kommen wir nun zum Konzept des Ley-Reisens oder des Ley-Springens, wie Lady Fayth – Sir Henrys launenhafte Nichte – dieses Phänomen zu nennen pflegt. Ley-Reisen beruhen auf dem Gebrauch oder der Manipulation von elektromagnetischen Kraftlinien, die man eingebettet in der Erde vorfindet. Dabei werden diese Kraftlinien mithilfe von Methoden, deren wissenschaftliche Darstellung noch aussteht, in der Weise eingesetzt, dass große Sprünge durchgeführt werden können – und zwar nicht nur durch den Raum, sondern auch durch die Dimensionen und infolgedessen ebenfalls durch die Zeit. Die Leser mögen sich jedoch immer vor Augen halten, dass *Ley*-Reisen, genau genommen, nicht dasselbe wie *Zeit*reisen sind. Gleichwohl muss eines eingeräumt werden: Aufgrund der Tatsache, dass Zeit relativ zur aufgesuchten Wirklichkeit ist, lösen sich Ley-Reisende von ihrer bisherigen Zeit, und es kommt zu einer Art chronologischer Verschiebung – ein unvermeidbarer Nebeneffekt des Ley-Springens. Es wäre schön, berichten zu können, dass alle Zeiten im gesamten Universum gleich sind und sich jede Dimension der Wirklichkeit perfekt an die anderen anschließt; aber das ist nicht der Fall. Aus Gründen, die weiter unten beschrieben werden, hat jede einzelne Wirklichkeit ihre eigene Geschichte und schreitet in ihrer eigenen Zeit fort. Deshalb schließt die Reise in eine andere Dimension ein seitliches Weggleiten sowohl in der Zeit als auch im Raum ein; aber dies ist nicht dasselbe, als würde man in einer bestimmten Wirklichkeit entlang einer einzigen Zeitlinie rückwärts oder vorwärts reisen.

Niemand weiß, wie viele Ley-Linien es gibt und wohin sie alle führen. Auch ist unbekannt, wie oder warum sie entstanden sind. Doch ein Mann wusste hierüber mehr als die meisten: der Forschungsreisende Arthur Flinders-Petrie, der ein furchtloses Herz besaß und zahllose Reisen zu anderen Welten unternahm. Seine Entdeckungen hat er peinlich genau auf einer Karte festgehalten. Damit er stets den Weg nach Hause wiederfinden und er niemals von seiner Karte getrennt werden konnte, ließ er sie auf seinen Oberkörper in Form von verschlüsselten Symbolen tätowieren: Das war natürlich nicht der originellste Plan, aber dafür ein sehr effektiver – und auch ein höchst fruchtbarer, da er Arthur die Möglichkeit eröffnete, Xian-Li, die bezaubernde Tochter seines chinesischen Tätowierers, zu treffen und zu heiraten. Arthur teilte seine Forscherleidenschaft mit der jungen Gattin und führte sie in die verborgenen Geheimnisse des Ley-Reisens ein. Doch schon bald schlug bei einer dieser Reisen – sie führte nach Ägypten – das Schicksal in Form von Nil-Fieber erbarmungslos zu: Die geschwächte Xian-Li erlag dieser Krankheit und verstarb.

Zu einem späteren Zeitpunkt starb auch Arthur. Damit seine Entdeckungen nicht mit ihm erloschen, wurde die Meisterkarte entfernt und sorgsam konserviert; denn unter den vielen Wundern, denen er während seiner Reisen begegnet war, gab es eines, das so erstaunlich und so unglaublich wichtig war, dass Arthur es als ein hautnah geschütztes Geheimnis aufbewahrte. Er hielt es vor allen verborgen, nur nicht vor seiner nächsten und liebsten Verwandtschaft. Durch Umstände, die noch aufzuklären sind, kam es zu einer Teilung der Karte in mehrere einzelne Stücke, die im ganzen Multiversum verstreut wurden. Glücklicherweise blieben die Meisterkarte und ihr verlockendes Geheimnis bestehen.

Flinders-Petrie hatte einen Erzfeind: Archelaeus Burleigh, Earl of Sutherland. Dieser gewissenlose, hinterhältige Feigling ist völlig besessen davon, die Karte in seinen Besitz zu bringen und ihre Geheimnisse zu erfahren. Er und seine ruchlose Bande machen vor nichts halt, um den Schatz zu entdecken.

Am Ende des ersten Bandes dieses Romanzyklus sehen Kit und sein Gefährte Giles ihrem drohenden Ableben durch die Hand von Lord Burleigh im Grabmal des Anen entgegen – in demselben Grab, in dem bereits der liebenswerte alte Cosimo und Sir Henry gestorben sind. Wilhelmina, deren Rolle in dieser Verfolgungsjagd bis zu diesem Zeitpunkt unterbewertet worden ist, tritt plötzlich und höchst willkommen in Erscheinung – umso mehr, als Lady Fayth sich als zu wankelmütig erwiesen hat. Wie es scheint, ist Loyalität ein seltenes und kostbares Gut, in welcher Realität man auch immer lebt.

Nachdem wir uns nun an diese Geschehnisse erinnert haben, kehren wir zu unserer Geschichte zurück, worin ein paar Dinge am besten vergessen werden.

DAS KNOCHENHAUS

ERSTER TEIL

Das Buch der verbotenen Geheimnisse

ERSTES KAPITEL

Worin ein paar Dinge am besten vergessen werden

Douglas Flinders-Petrie saß in einer Ecke der Museumsschenke und tunkte einen Bissen Brot in die Soße seines Rindfleisch-Nieren-Puddings. Von dem kleinen Nebenraum aus beobachtete er über die Straße hinweg den Eingang des Britischen Museums. Das große Gebäude war dunkel und seit mehr als drei Stunden für die Öffentlichkeit geschlossen. Die Angestellten waren nach Hause gegangen, die Putzfrauen mit dem Saubermachen fertig geworden, und die hohen Eisentore hatte man hinter ihnen verschlossen. Der Vorplatz war leer, und auf der Straße außerhalb der Tore gab es nun weniger Menschen als noch vor einer Stunde. Er verspürte kein Gefühl von Dringlichkeit – nur gespannte Erwartung, die er genoss, während er einen weiteren Schluck London Pride trank. Er hatte den Nachmittag größtenteils im Museum verbracht. Noch ein weiteres Mal hatte er die Türen und Ausgänge in Augenschein genommen, sich die toten Winkel und die Räume gemerkt, in denen eine Person sich verstecken konnte und von den Nachtwächtern ungesehen blieb – von denen es lediglich drei gab, um die gesamte Fläche der ausgedehnten Einrichtung zu kontrollieren.

Aufgrund seiner Nachforschungen wusste Douglas, dass jede Nacht um elf Uhr der leitende Wachmann sich in sein Büro im Erdgeschoss zurückzog, um Tee aufzusetzen. Seine beiden untergebenen Wächter würden sich dann pflichtgemäß zu ihm gesellen. Die drei würden ihre Beobachtungen in das Logbuch eintragen und anschließend unterhaltsame dreißig Minuten miteinander verbrin-

19

gen, indem sie ihren Tee tranken, Törtchen aßen und den jüngsten Tratsch austauschten.

Und während sie sich auf diese Weise beschäftigten, würde er zuschlagen.

Heute Abend war es ziemlich ruhig im Pub, sogar für einen feuchtkalten Donnerstag im späten November. Es gab hier nur fünf andere Gäste: drei waren an der Theke, und zwei saßen an Tischen. Ihm wäre es lieber gewesen, wenn sich mehr Leute im Pub aufgehalten hätten, schon weil er selbst dann nicht so aufgefallen wäre. Doch er glaubte nicht, dass es einen großen Unterschied ausmachen würde. In jedem Fall gab es nichts, was er dagegen unternehmen konnte.

»Alles in Ordnung, Sir?«

Douglas wandte sich vom Fenster ab und schaute hoch. Der Gastwirt, der an diesem Abend wenig zu tun hatte, drehte gerade seine Runde durch den Pub, um sich mit seinen Gästen zu unterhalten.

»Ging mir niemals besser«, antwortete Douglas in einem Tonfall, von dem er hoffte, dass er jeden weiteren Störungsversuch schon im Keim ersticken würde. Doch der Mann blieb mit vorgebeugtem Oberkörper am Tisch stehen.

»Mr. Flinders-Petrie, nicht wahr, Sir?«

»In der Tat.« Er zeigte ein nichtssagendes Lächeln, um seine Verärgerung zu überspielen, dass er in dieser wichtigsten Nacht aller Nächte erkannt worden war. »Ich fürchte, dass Sie mich auf dem falschen Fuß erwischt haben. Mir war gar nicht bewusst, dass mein Name eine allgemein bekannte Tatsache ist.«

Der Wirt kicherte. »Nein, ich nehme nicht an, dass Ihr Name überall bekannt ist. Aber erkennen Sie mich nicht wieder, Sir?«

Douglas sah sich den Mann genauer an. Das Gesicht kam ihm vage bekannt vor, doch ... Nein, er konnte es niemandem zuordnen, den er kannte.

»Cumberbatch, Sir«, sagte der Gastwirt schließlich. »Ich habe für Ihren Vater gearbeitet ... ja, wirklich. Und zwar vor ziemlich vielen Jahren.« Als er Douglas' skeptischen Gesichtsausdruck bemerkte, fügte er hinzu: »Ich war sein Diener ... Silas.«

»Silas! Sicher, ich erinnere mich an Sie«, log Douglas. »Vergeben Sie mir. Ja, natürlich, jetzt, wo ich mich Ihrer entsinne ...«

»'türlich. Ich war damals noch viel jünger, und Sie waren immer fort – zur Schule und zur Universität und was weiß ich nicht alles, wohin.« Der Gastwirt wischte sich die Hände am Handtuch ab, das er sich um die Hüfte gebunden hatte, und strich es glatt, als ob er auf diese Weise die Angelegenheit zum Abschluss bringen könnte. »Das waren schöne Zeiten.«

»Ja, ja«, stimmte Douglas ihm zu; er bemühte sich dabei um einen liebenswürdigen Tonfall. Ihm wurde bewusst, dass die anderen Gäste sie beide beobachteten. Und daher empfand er nun tatsächlich Erleichterung, dass der Pub nicht besser besucht war. »Wirklich schöne Zeiten.«

»Entschuldigen Sie bitte meine Neugier, Sir«, sagte Cumberbatch und beugte sich noch weiter über den Tisch. »Wenn es Ihnen nichts ausmacht – es gibt da etwas, das ich schon immer habe wissen wollen. Ich wäre Ihnen sehr dankbar, wenn ich Ihnen eine Frage stellen dürfte.«

»Ich würde mich freuen, wenn ich helfen könnte, Silas. Worum geht es?«

»Hat man jemals den Menschen gefunden, der Ihren Vater ermordet hat?«

Um sich selbst eine kurze Zeitspanne zum Nachdenken zu verschaffen, trank Douglas einen Schluck von seinem Ale und stellte das Glas bedächtig auf den Tisch zurück. Dann erst antwortete er: »Es tut mir leid, sagen zu müssen, dass sie den Täter niemals gefunden haben.«

»Oje, oje.« Cumberbatch schüttelte seinen Kopf. »Das ist wirklich schade. Hatten sie denn niemals zumindest einen Verdächtigen?«

»Verdächtige – das ja«, erwiderte Douglas. »Doch es gab niemals mehr als bloße Verdachtsmomente. Das Urteil des Untersuchungsrichters zum Zeitpunkt der Nachforschungen lautete: ›Ungesetzliche Tötung durch eine oder mehrere unbekannte Personen.‹ Ich befürchte, dass es wahrscheinlich ein unaufgeklärtes Geheimnis bleiben wird, nachdem nun so viel Zeit verstrichen ist.«

»Ach du meine Güte«, seufzte Cumberbatch. »Das ist eine Schande – ja, das ist es. Er war so ein guter Mann, Euer Vater: ein sehr netter Bursche, wenn ich das so sagen darf. Ein verlässlicher und ehrenwerter Mann. Er hat mich stets gut behandelt; und das ist eine Tatsache … ja wirklich.«

»Ja, nun … Wie Sie sagen, es ist alles vor langer Zeit passiert. Vielleicht vergisst man es am besten.«

»Kein Zweifel, Sir. Ich stimme Ihnen darin zu.« Cumberbatchs Miene hellte sich ein weiteres Mal auf. »Aber es ist gut, Sie zu sehen, Mr. Flinders-Petrie. Darf ich Ihnen jetzt ein weiteres Glas bringen?«

»Danke schön. Aber nein, ich –«

»Das geht aufs Haus, Sir. Um der alten Zeiten willen. Es würde mich ungemein freuen.«

»Also gut dann. Danke schön, Silas. Das würde mich auch freuen.«

»Kommt sofort, Sir.«

Der Gastwirt schwirrte ab, um das Bier zu zapfen. Douglas zog aus seiner Weste die Taschenuhr hervor und klappte sie auf. Es war halb zehn. Noch eine Stunde, und er würde sich auf den Weg machen. Bis dahin hatte er einen warmen Platz, um zu warten und zu beobachten. Der Gastwirt kehrte mit einem Bierglas zurück und ließ Douglas nach einer weiteren, diesmal kurzen Unterhaltung allein, sodass er nun in Ruhe das Ale trinken und sein Essen verzehren konnte.

Es war schon nach halb elf, als er sich schließlich erhob. Dem Wirt versprach er, wieder hierherzukommen, wenn er das nächste Mal in der Gegend sein würde, bevor er seinen schwarzen Umhang vom Garderobenständer nahm und in den Nebel und Nieselregen hinausging. Das schlechte Wetter war perfekt für seine Absichten: Eine trübe Nacht bedeutete, dass weniger Leute umhergingen, die irgendein besonderes Kommen und Gehen bemerken konnten. Die Gaslampen zischten und flackerten – die bleichen Kugeln waren kaum in der Lage, Lichtschneisen in den alles durchdringenden Nebel zu schneiden. Perfekt.

Er lächelte vor sich hin, während er bis zur nächsten Straßenecke spazierte. Dort bog er in die Montague Street ein und schritt weiter das Museum entlang auf die Stelle zu, wo der Weg für die Bediensteten und Lieferanten in die Straße an der Hinterseite des Gebäudes mündete. Als er diese Stelle erreicht hatte, verweilte er kurz, um ein letztes Mal die Straße zu beobachten. Eine einsame, nach vorne hin offene Kutsche, ein sogenanntes Hansom-Taxi, entfernte sich klappernd in die entgegengesetzte Richtung; und zwei Männer mit Zylinderhüten schwankten vorüber – der eine im Rinnstein, der andere auf dem Fußgängerweg. Ihre Umgebung nahmen sie überhaupt nicht wahr, während sie singend nach Hause torkelten; offenbar kamen sie von einer Abendfeier.

Zufrieden schlich er in eine Gasse hinein und hastete zielsicher durch die Dunkelheit zur Rückseite eines Stadthauses, das sich hinter dem Museum befand. Dort, auf dem Weg neben dem Haus, lag die Holzleiter. Er packte sie, lehnte sie gegen das hohe Eisengeländer, stieg auf die Spitze der Umzäunung, balancierte kurz auf der obersten Gitterstange, während er die Leiter auf die andere Seite hievte, und kletterte auf den Sprossen nach unten: All das führte er mit großer Schnelligkeit und Geschicklichkeit aus. Sobald er wieder Boden unter den Füßen hatte, eilte er zum Fenster, das der Ecke des riesigen Gebäudes am nächsten war. Selbst die niedrigsten Fenster lagen hier acht Fuß über dem Erdboden, und so musste er auch hier die Leiter anlehnen. Er kletterte hoch und klopfte gegen das Glas. Nachdem er bis zehn gezählt hatte, pochte er erneut dagegen.

Nach dem zweiten Klopfer wurde das Fenster von innen geöffnet. Ein ernstes, bleiches Gesicht, das so rund wie ein kleiner Mond war, tauchte in der finsteren Öffnung auf.

»Gut gemacht, Snipe«, lobte Douglas. »Hilf mir mit deinen Händen hinein!«

Der stämmige Junge streckte seine Hände aus und zog mit den starken Armen seinen Dienstherrn durch das offene Fenster.

»Wohlan«, sagte Douglas und zog eine kleine Dose aus der Tasche. Er klappte den Deckel auf und schüttelte ein paar Tunkzündhölzer heraus. Nachdem er eines davon ausgewählt hatte, zog er den Kopf des Hölzchens über die geraute Oberseite der Dose. Der schmale Stab aus weichem Kiefernholz entlud sich mit einem Knall und einer zischenden roten Flamme. »Die Laterne, Snipe.«

Der halbwüchsige Junge hielt eine Petroleumlampe hoch. Douglas hob das Glas nach oben und berührte mit dem Tunkzündholz den Docht. Dann senkte er das Glas und fuchtelte mit dem benutzten Stäbchen durch die Luft, damit es abkühlte, bevor er es wieder in die Dose zurücklegte. »Und jetzt lass uns mit unserer Arbeit beginnen.«

Im Schein der Laterne gingen sie zwischen den düsteren Bibliotheksregalen des *Smirke Bequest* hindurch – eines kleinen Raums, der von der höhlenartigen Halle des Lesesaals abzweigte. Diese gemütliche Kammer war bestimmt für besondere, außergewöhnliche Bände aus den Bibliotheken reicher Mäzene, die ihre Sammlungen zum allgemeinen Wohle ihrer Mitmenschen dem Nationalarchiv gespendet oder hinterlassen hatten. Diese ständig wachsende Büchersammlung beherbergte einen ganz besonderen Band, der seit Langem Douglas Flinders-Petrie versagt geblieben war. Wegen dieses Buches war er hergekommen – um es sich anzueignen.

Diese Kammer, die unter der Bezeichnung »Raum der seltenen Bücher« allgemein bekannter war, durfte mit Ausnahme der angesehensten Gelehrten niemand betreten. Und der Zugang wurde diesem kleinen Kreis auch nur dann gewährt, wenn der Leiter der Antikenabteilung oder einer seiner Assistenten den Besucher begleitete. In einem solchen Fall schloss der Museumsmitarbeiter die Kette am Eingang auf – es gab keine Tür, sodass die Bücher aus der Distanz betrachtet werden konnten, auch wenn man sie nicht studieren durfte – und führte dann den Auserwählten in das Innere des Allerheiligsten. Die ganze Zeit über mussten in diesem Raum weiße Baumwollhandschuhe getragen werden, und niemandem war es erlaubt, zu irgendeiner Zeit sich alleine zwischen den Bibliotheksregalen aufzuhalten. Douglas, der dieses peinlich genau eingehaltene Protokoll bei seinen Erkundungstouren beobachtet hatte, war zu dem Entschluss gelangt, auf diese Formalitäten zu verzichten und den Raum außerhalb der allgemeinen Öffnungszeiten aufzusuchen.

Es hatte sich dann die Aufgabe gestellt, einen geeigneten Ort zu finden, wo Snipe sich eine ganze Zeit nach Schließung des Museums würde verstecken können. Für diesen Zweck hatte sich ein Archivschrank im Raum 55 auf der oberen Etage als passend erwiesen. Und so hatte Douglas spätnachmittags, während einer Besichtigung von Alabaster-Exponaten aus Ninive, seinen begabten Diener mit einer kalten Pastete und einem Apfel in dem Wandschrank untergebracht und ihm aufgetragen zu warten, bis die Turmuhr von Saint Bartholomew elf Mal schlagen würde. Zur vereinbarten Stunde war Snipe aus seinem Versteck gekrochen und nach unten in den Raum der seltenen Bücher geschlichen, um Douglas durch das Fenster hereinzulassen.

So weit, so gut.

»Geh zur Tür und halte Wache!«, befahl Douglas und richtete den Schein der Lampe auf die nächsten Bibliotheksregale. Während sich der Diener zum Eingang begab, begann Douglas, die Regale abzusuchen. Wie er bald bemerkte, waren die Bücher in lockerer chronologischer Reihenfolge eingeordnet worden: Der Grund hierfür bestand zweifellos darin, dass man sie hauptsächlich als Artefakte schätzte und der Wert ihres Inhalts von zweitrangiger Bedeutung war. Als er den passenden historischen Zeitraum gefunden hatte, begann er, die Reihe Buch für Buch durchzuarbeiten. Was eigentlich eine Aufgabe von einigen Momenten hätte sein sollen, dauerte jedoch viel länger als geplant, denn bei vielen der älteren Bände gab es weder auf den Buchrücken noch auf den Deckeln einen Titel. Douglas musste sie daher einzeln herausziehen, sie öffnen und bis zu den Titelseiten durchblättern, bevor er sie wieder in das Regal zurückstellen konnte.

Er hatte sich erst teilweise durch das sechzehnte Jahrhundert gearbeitet, als er ein scharfes Zischen vernahm – wie das von Gas, wenn es aus einer undichten Röhre entwich. Er hörte zu suchen auf, hielt den Atem an … und wartete. Das Geräusch war erneut zu hören und wurde dann ein weiteres Mal wiederholt. Rasch blendete er den Docht ab, stellte die Lampe auf den Boden und eilte zum Eingang. Dort stand Snipe hinter dem Torpfosten und spähte hinaus in den großen Lesesaal.

»Kommt jemand?«, flüsterte Douglas.

Snipe nickte und hielt zwei Finger nach oben.

»Zwei. Richtig.« Douglas drehte sich um und zog sich zwischen die Bibliotheksregale zurück. »Folge mir.«

Sie krochen zur hintersten Ecke des Raums, sodass sich der Hauptteil der Regale zwischen ihnen beiden und dem Eingang befand.

»Runter!«, befahl Douglas mit leiser Stimme.

Die beiden pressten sich flach auf den Boden und warteten. Stimmen wehten durch den Raum; dann waren Schritte zu hören, als die Wächter ihre Runde durch den Lesesaal machten. Schatten sprangen zwischen den Bibliotheksregalen hin und her, als einer der Wachmänner am Eingang des kleinen Raums stehen blieb und mit einer Lampe hineinleuchtete, die er mit geübten Handbewegungen durch die Luft schwenkte. Anschließend entfernten sich die Schritte; und erneut waren Stimmen zu vernehmen. Die Wächter bewegten sich von ihnen fort.

»Schon besser«, seufzte Douglas erleichtert. »Zurück an die Arbeit.«

Die beiden kehrten an ihre jeweiligen Plätze zurück und widmeten sich wieder ihren Aufgaben. Mitten im sechzehnten Jahrhundert fand Douglas schließlich das Buch, nach dem er suchte – und es war genau so, wie er es sich auf der Grundlage seiner Untersuchungen vorgestellt hatte. Er warf nur einen flüchtigen Blick auf die seltsame Chiffren-Schrift und wusste sogleich, dass er es in Händen hielt.

»Komm zu mir, meine Hübsche«, flüsterte er und stellte vorsichtig das Licht auf das Regal neben ihm. Mit zitternden Händen öffnete Douglas das Buch und deckte eine Seite nach der anderen eines dicht geschriebenen Manuskripts auf, das aus den fantastisch aussehendsten Buchstaben bestand, die er je erblickt hatte. »Du kleine Schönheit«, murmelte er nachdenklich und fuhr mit seinen Fingerspitzen behutsam über die Schrift. Ihm fuhr durch den Kopf, dass er eine wundervolle Stunde oder noch länger damit zubringen könnte, durch dieses alte, kuriose Werk zu blättern – und er hätte dies auch wirklich getan, wenn ihm nicht dafür jetzt die Zeit fehlen würde. Er steckte den dünnen Band in eine Innentasche seines

Umhangs, nahm die Lampe wieder an sich und beeilte sich, um Snipe abzuholen.

»Ich hab's. Lass uns weggehen – es ist Zeit für einen guten Abgang.«

Sie kletterten aus dem Fenster, durch das er eingestiegen war. Dann schlossen sie es vorsichtig hinter sich zu und gingen den selben Weg zurück, auf dem Douglas ins Gebäude hineingelangt war. An der Rückseite des Stadthauses hinter dem Museum legten sie die Leiter an ihren ursprünglichen Platz zurück, bevor sie durch die Gasse zur Montague Street spazierten. Douglas war in Gedanken so sehr mit dem Buch beschäftigt und den Schätzen, die es sicherlich hergeben würde, dass er den Polizisten übersah, der im Lichtkreis unter einer Straßenlaterne stand. Aus der dunklen Gasse tauchten die zwei wie schuldbewusste Diebe auf, was sie ja auch waren, und so zogen sie natürlich das Interesse des Gesetzeshüters auf sich.

Er hob seinen Knüppel und rief: »Na, so was! Wen haben wir denn da?«

»Oh!«, keuchte Douglas, wirbelte herum und stand sogleich dem Beamten gegenüber. »Guten Abend, Constable. Sie haben mich ganz schön erschreckt.«

»Hab ich das!« Er betrachtete das Paar von oben nach unten und von unten nach oben. Sein Gesichtsausdruck legte nahe, dass er seinen Augen nicht traute. »Darf ich fragen, warum Sie zu dieser nächtlichen Zeit in der Gasse da herumgeschlichen sind?«

Douglas' Hand fuhr zu der Pistole in seiner Tasche. »Ist es denn schon so spät?«, fragte er leutselig. »Das habe ich gar nicht bemerkt ... Aber ja, ich nehme an, dass es bereits recht spät ist.« Er blickte kurz zu Snipe, der neben ihm stand. Die Lippen des Jungen hatten sich so verzerrt, dass sein Gesichtsausdruck bösartig und mürrisch wirkte. »Es ist wegen des Burschen hier«, log Douglas. »Er ist früh am Abend weggelaufen, und ich habe ihn seitdem gesucht. Hab ihn gerade erst vor wenigen Minuten gefunden.«

Der Polizist runzelte die Stirn und trat näher heran. »Das ist also Ihr Sohn?«

»Um Himmels willen, nein«, antwortete Douglas. »Er ist ein

Diener. Ich bringe ihn jetzt nach Hause.« Als ob er diesen Sachverhalt unterstreichen wollte, legte er seine Hand auf Snipes Kragen.

Die Stirn des Polizisten legte sich in Falten, als der Junge mit den fahlen Gesichtszügen ihm einen Blick entgegenschleuderte, der beinahe puren Hass ausdrückte. Es war etwas Sonderbares an diesem Heranwachsenden, sodass er sicherlich niemals irrtümlich für den geliebten Sohn irgendeines Mannes gehalten werden könnte. »Ich verstehe«, erklärte der Polizeibeamte. »Läuft er denn häufiger weg?«

»Nein, nein, noch nie zuvor«, versicherte Douglas hastig. »Es gab ein wenig Theater mit der Haushälterin, wissen Sie, und der Bursche war deswegen verärgert. Bloß ein dummes Missverständnis. Ich denke, ich habe es wieder in Ordnung gebracht.«

»Nun, ich nehme an, solche Dinge passieren eben manchmal«, meinte der Polizist und befestigte seinen Knüppel am Gürtelhaken. »Am besten, Sie sehen zu, dass Sie beide nun nach Hause kommen. Für alle anständigen Leute wird es höchste Zeit, ins Bett zu gehen.«

»Genau dasselbe habe ich auch gedacht, Constable. Und ein Plätzchen mit einer Tasse Kakao wäre auch nicht verkehrt, könnte ich mir denken.« Douglas löste die Finger von seiner Pistole, hielt jedoch den Kragen des Jungen weiterhin fest gepackt. »Ich wünsche Ihnen eine gute Nacht.« Douglas machte sich auf den Weg und zog den finster dreinblickenden Snipe mit sich.

»Gute Nacht, Sir.« Der Polizist beobachtete die beiden, während sie fortgingen. »Passen Sie unterwegs auf!«, rief er ihnen hinterher. »Hier gibt es Diebe und ähnliches Gesindel. Es ist ein Wetter wie das hier, das sie dazu bringt, draußen ihr Unwesen zu treiben.«

»Damit liegst du keineswegs falsch, Kumpel«, murmelte Douglas leise vor sich hin. »Lass uns fortgehen, Snipe. Heute Nacht lassen wir ihn am Leben.«

ZWEITES KAPITEL

Worin eine Wanderung durch die Wüste gut für die Seele ist

Kit stand einfach nur da, starrte die von Sphinxen gesäumte Allee hinunter und fühlte sich sehr allein. Es war noch früh, und kein anderer befand sich in seiner Nähe. Die saubere, trockene Luft sog er tief in seine Lungen hinein. Er fühlte sich unendlich erleichtert, dass er – den Tod vor Augen – durch Wilhelminas unerwartetes, zum Glück noch rechtzeitiges Eingreifen gerettet worden war. Dennoch war es ihm unmöglich, sich durch ihre schroffe Art nicht ein wenig verletzt zu fühlen. Direkt nach ihrer Flucht aus dem Wadi und dem Grabmal, wo er und sein Gefährte gefangen und den Launen von Lord Burleigh ausgeliefert waren, hatte Mina ihn doch tatsächlich auf den Arm geschlagen.

»Au!«, jammerte Kit, der den Klaps nicht hatte kommen sehen. »Wofür war das denn?«

»Das war dafür, dass du mich damals in jener Londoner Gasse im Stich gelassen hast«, erwiderte sie. »In jener dunklen, stinkenden Gasse bei Sturm und Regen – erinnerst du dich?«

»Ich erinnere mich; es war jedoch nicht ganz meine Schuld.«

Sie gab ihm erneut einen Klaps. »Das war nicht sehr nett.«

»Tut mir leid!« Kit rieb sich den Oberarm.

»Ich vergebe dir.« Sie lächelte – und schlug ihn abermals.

Damit hatte sie das Maß vollgemacht! »Ach du Schande! Was ist denn jetzt?«

»Das ist, damit du dich daran erinnerst, so etwas nicht noch einmal zu machen.«

»Richtig. Okay, ich hab's begriffen. Es tut mir leid, und ich werde dich niemals wieder im Stich lassen. Das verspreche ich dir.«

»Gut. Und jetzt pass genau auf! Wir haben noch einen langen Weg vor uns, und wir haben dafür nicht viel Zeit.« Anschließend hatte sie ihm von Luxor erzählt und was er dort tun sollte.

Kit war angewiesen worden, zum *Winter Palace Hotel* zu gehen und an der Rezeption nach einem Mr. Suleyman zu fragen. Er sollte sich selbst vorstellen, und anschließend würde er ein Paket und einen Brief mit weiteren Anweisungen erhalten. Wilhelmina war sehr präzise gewesen: Er dürfe nicht aufhören, stets geistig präsent zu sein und sich umzusehen; er müsse sofort voll einsatzfähig sein, die angegebene Örtlichkeit aufsuchen und das Paket in Sicherheit bringen. »Es ist unbedingt erforderlich, dass du das Paket zurückholst und die Instruktionen buchstabengetreu befolgst.«

»Warum kann ich nicht mit dir gehen?«, hatte Kit gefragt.

»Wir müssen uns aufteilen«, erklärte sie ihm. »Die Burley-Männer werden uns bald auf der Spur sein, und sie werden mich verfolgen. Wenn du jetzt verschwindest, werden sie das nicht wissen; sie werden glauben, wir wären immer noch zusammen.«

»Was ist mit Giles?«

»Er geht mit mir. Wenn sie uns einholen, brauche ich jemanden, der mir hilft, sie abzuwehren.«

»Ich könnte dir doch helfen«, beharrte Kit. »Ich glaube nicht, dass es eine gute Idee ist, sich zu trennen. Wohin gehst du überhaupt?«

»Es ist am besten, wenn du es nicht weißt.«

»Aber wenn ich –«

Sie legte ihre Hand an sein Gesicht. »Vertraust du mir, Kit?«

»Natürlich vertraue ich dir, Mina. Es ist nur, dass ... Ich meine, wir haben uns gerade erst getroffen. Ich verstehe nicht, warum –«

»Wenn du mir vertraust, dann glaube mir, wenn ich sage ...« – sie kniff ihn mit Daumen und Zeigefinger in die Wange – »... dass wir keine Zeit für eine solche Diskussion haben. Jetzt ist der Ley aktiv, und jede Minute können Burleigh und seine Schläger herausfinden, dass wir geflohen sind. Wenn das geschieht, müssen wir so weit wie möglich von hier fort sein.«

»Aber ich werde doch gar nicht weit fortgehen«, hob Kit hervor. »Du hast gesagt, ich soll bloß nach Luxor gehen. Und das ist nur wenige Meilen entfernt.«

»Wenn du meine Anweisungen exakt befolgst, dann wirst du bald in einer anderen Zeitzone sein«, entgegnete sie und zwickte ihn noch fester in die Backe. »Jetzt hör auf, so einen Wirbel zu machen, und tu einfach das, was ich dir sage.«

»Au! Okay, okay! Ich mach's ja.« Er rieb sich die Wange. »Es gefällt mir nicht, aber ich werde es tun.«

»Gut.« Sie ließ ihn los und gab ihm noch einen Klaps. »Wir können über all das sprechen, sobald ich sie abgeschüttelt und das erledigt habe, was ich tun muss.« Sie lächelte. »Entspann dich; alles wird gut werden.«

Sie machte kehrt und schritt über das zerbrochene Pflaster auf Giles zu, der ein ganzes Stück entfernt auf der Sphinx-Allee stand und Wache hielt. »Hol einfach das Paket ab und tu, was dir gesagt wird!«, rief sie mit leicht nach hinten gewandtem Kopf, während sie weiterging. »Wenn alles gut läuft, wird es nur ein paar Tage dauern – nach deiner Zeit. Du wirst genug zu tun haben; mach dir da keine Sorgen.«

»Ein paar Tage«, wiederholte Kit. »Richtig?«

»Nicht mehr als eine Woche – oder zwei«, erklärte sie ausweichend.

»Was? Wochen!«, protestierte Kit. »Warte eine Minute.«

»Allerhöchstens einen Monat.« Wilhelmina wandte den Kopf wieder nach vorn und eilte auf Giles zu. »Ich muss gehen. Wir sehen uns.«

Kit hatte ihrer schwindenden Gestalt hinterhergeschaut und sich wie ein Kind gefühlt, das auf einem Parkplatz ausgesetzt worden war. Auf dem gepflasterten Gang, der zum zerstörten Tempel führte, traf sie sich mit Giles und packte ihn am Arm. Sir Henrys einstiger Diener wandte den Kopf, warf rasch einen Blick zu Kit und hob die Hand zu einer Abschiedsgeste, bevor er sich im Gleichschritt mit Wilhelmina entfernte. Die beiden gingen in der Mitte der Allee weiter, wobei sie in einem ordentlichen Tempo an der

Doppelreihe von Statuen vorbeimarschierten. Dann gab es einen Windstoß, und Staub wirbelte auf. Die beiden Gestalten waren auf einmal nur noch undeutlich und verschwommen sichtbar – als würde man sie durch einen Schleier aus Hitze und Staub betrachten. Und dann waren sie gänzlich verschwunden.

Jetzt atmete Kit noch einmal tief ein und hielt die Luft an: Er lauschte nach möglichen Geräuschen der Verfolger, doch er vernahm nur das leise Zwitschern eines einzelnen Vogels, der oben auf einer entfernten Klippe sitzen musste. Zufrieden darüber, dass er für einen Moment alleine war, ließ er die Luft aus den Lungen herausströmen. Immer noch war er erschüttert und fühlte sich innerlich wund wegen des Verlustes von Cosimo und Sir Henry; immer noch erinnerte er sich an das Gefühl, dem eigenen Ableben entgegensehen zu müssen, das jedoch gerade noch hatte abgewendet werden können. Mit diesen Gedanken im Hinterkopf stand Kit da und sann über den nächsten Sprung nach. Auch dachte er, dass alles viel zu schnell geschah. Er bemerkte, dass die Sonne im Osten gerade die zackige Linie der Hügelspitzen durchbrach. Wenn er nicht bald gehen würde, müsste er bis zum Abend warten, und das bedeutete höchstwahrscheinlich, der Katastrophe Tür und Tor zu öffnen. »Du kannst genauso gut damit weitermachen«, murmelte er vor sich hin.

Mina hatte ihm gesagt, seinen Marsch bei der fünften Sphinx – vom Ende der Reihe aus betrachtet – zu beginnen und ihn bei der achten widderköpfigen Statue zu beenden, was eine Distanz von etwa dreißig Schritten bedeutete. Dabei sollte er kurz vor dem Erreichen des Ziels so rasch wie möglich gehen. Falls ihm beim Erreichen der achten Widder-Sphinx der Übergang in die andere Dimension nicht gelänge, müsste er jäh stehen bleiben, vorsichtig in seinen Fußspuren zurückgehen und es noch einmal versuchen. Wilhelmina hatte dies auf das Nachdrücklichste betont. Wenn er den Sprung präzise an dieser bestimmten Stelle der Allee durchführte, würde ihn das zu der vorher festgelegten Zeitperiode bringen – plus/minus einiger weniger Stunden, Tage oder vielleicht Wochen. Führte er den Sprung an irgendeiner späteren Stelle durch, würde er beim Übergang durch die Zeit weit vom Kurs abkommen – und vielleicht auch, was den Ort beträfe.

Er schritt zu der von Mina genannten Sphinx an dem Ende der Allee, das weit vom Tempel entfernt war, drehte sich um und hielt kurz inne, um die achte Statue in der langen Doppelreihe genau ins Auge zu fassen. »Bereit oder nicht – hier komme ich«, sagte er und begann, rasch zu marschieren.

Er spürte, wie die Luft um ihn herum bebte, und fühlte ein Prickeln auf seiner Haut. Heftige Windböen kamen auf, als er sich der von Mina bezeichneten Statue näherte. Er beschleunigte seine Schritte, als er fast auf gleicher Höhe mit der achten widderköpfigen Statue war, und machte sich auf den Übergang gefasst.

Doch nichts geschah.

Gegen jede natürliche Neigung zwang er sich, abrupt anzuhalten, so wie ihn Wilhelmina angewiesen hatte.

»Schrecklich.« Er drehte sich um, schritt von der Ley-Linie weg und ging schnell zu seinem Ausgangspunkt zurück. »Aller guten Dinge sind zwei«, murmelte er und schritt aufs Neue los. Abermals fühlte er das inzwischen vertraute Kribbeln auf seiner Haut, als ob die Luft, wie kurz vor einem Blitzeinschlag, elektrisch aufgeladen wäre. Der Wind wehte böig und trieb ihm feine Sandkörner in die Augen, die sofort zu tränen begannen. Dadurch hatte er Schwierigkeiten zu sehen, wohin er ging. Er musste unbewusst den Schritt verlangsamt haben, denn er erreichte die achte Sphinx und hatte den Sprung noch immer nicht geschafft.

»Scheiße!«, fluchte er leise vor sich hin. Hatte er etwa die Fertigkeit verloren?

Der Gedanke, dass er womöglich in den Zwanzigerjahren des zwanzigsten Jahrhunderts in Ägypten festsaß und ihm die Burley-Männer im Nacken saßen, war ihm schier unerträglich. Daher flitzte er zum Ausgangspunkt zurück und nahm dort seinen Platz ein, wobei er diesmal seine Fußspitzen an eine imaginäre Startlinie stellte. Er senkte den Kopf wie ein Sprinter, der auf den Startschuss wartete, murmelte: »Aller guten Dinge sind drei!«, und raste los.

Diesmal hatte er den unbedingten Willen zu springen; er wurde getragen von einer Zielstrebigkeit, die bei den ersten beiden Versuchen fehlte. Vielleicht war es diese Entschlossenheit, die den Unterschied ausmachte: Als er sich der achten Sphinx näherte, spürte er, wie die Luft bebte; der Boden unter seinen Füßen zitterte, und die Welt um ihn herum wurde trübe und verschwommen – doch nur für den kürzesten aller Momente, den kleinsten aller Augenblicke. Er taumelte nach vorne, und wie ein Betrunkener, der seine Standfestigkeit falsch einschätzte, schwankte er benommen ein paar Schritte, bevor er sein Gleichgewicht wiederfand und stehen blieb.

Als er wieder klar im Kopf wurde, bemerkte er, dass er sich beinahe genau an derselben Stelle befand, wo er zuvor gewesen war – in der Mitte der Allee bei der achten Sphinx. Der Tempel am Ende der einstigen Prunkstraße war immer noch eine Ruine und leer; die zerklüfteten Hügel waren genauso trocken und staubig wie zuvor. Doch die Sonne stand nun hoch am Himmel und brannte auf ihn herab mit einer Grausamkeit, die ihm das Wasser in die Augen trieb.

Die durch den Übertritt in eine andere Welt verursachten Unannehmlichkeiten gingen rasch vorüber. Zufrieden stellte er fest, dass bei jedem weiteren Sprung das Übelkeitsgefühl und die Desorientierung etwas weniger schlimm ausfielen. Nach dem ersten Mal hatte er sich noch völlig benommen und verwirrt gefühlt und auf seine Schuhe erbrochen; der Schwindelanfall, den er soeben erlebt hatte, war nichts im Vergleich dazu.

Nun musste er zusehen, dass er nach Luxor kam, nachdem er davon ausgehen konnte, dass sein Sprung erfolgreich gewesen war und er sich in der von Wilhelmina erwarteten Zeitzone befand. Er wusste ganz allgemein, was er nun tun musste: zum Fluss gehen und ihm stromabwärts folgen, bis er in die Stadt kam. Wenn er in direkter Linie marschierte, bedeutete dies eine Strecke von etwa zehn Meilen – was natürlich davon abhing, wie gerade er tatsächlich gehen würde. Anschließend musste er sich zum Hotel begeben und das Paket abholen. Das war einfach. Aus Minas Brief würde er dann erfahren, was er als Nächstes zu tun hatte.

Er brach auf. Zum Fluss zu gelangen bedeutete, sich die Hügel rauf und runter zu quälen – keine leichte Aufgabe, wie er bald bemerkte. Er folgte einem Ziegenpfad, und obwohl er die öden Hänge langsam hochkletterte, keuchte er bald vor Anstrengung. Die heißen Sonnenstrahlen wurden von dem bleichen Felsgestein reflektiert, das überall herumlag, und brannten durch seine Kleidung. Der Schweiß rann ihm vom Gesicht und vom Nacken herab; bei jedem Schritt fielen dicke Tropfen zu Boden, die dort winzige Staubexplosionen verursachten. Mina hatte ihm für die Reise einen Wasserschlauch mitgegeben, doch als die Hitze ihm immer stärker zusetzte, überkam ihn die Sorge, dass dieser Vorrat nicht ausreichen würde. Daher ging er sehr behutsam damit um und trank stets nur winzige Schlucke von der inzwischen warmen, leicht brackig schmeckenden Flüssigkeit.

Um sich von der mühseligen Wanderung abzulenken, dachte er darüber nach, wohin er gerade ging und was er wohl vorfinden würde, wenn er dort ankam. Er fragte sich, in welchem Jahr er sich befand und warum er in Ägypten geblieben war; denn wenn zuvor ein Ley-Übergang benutzt worden war, hatte es den Reisenden stets – soweit er wusste – an einen aufsehenerregend anderen Ort verschlagen. Wahrscheinlich hing das von der Länge der Distanz ab, die man entlang eines Leys gereist war, schlussfolgerte Kit, dem ansonsten keine bessere Erklärung einfiel. Vielleicht war das der Grund, weshalb Mina so hartnäckig darauf hingewiesen hatte, den Sprung zwischen der fünften und achten Sphinx durchzuführen. Wo wäre er wohl gelandet, wenn er diese Markierung verfehlt hätte? Wichtiger noch: Wie hätte er ohne irgendeine Art von Karte den Weg zurück gefunden?

Das war die entscheidende Frage! Endlich begann er – wenn auch etwas verspätet –, eine gebührende Wertschätzung für den einzigartigen Mut von Arthur Flinders-Petrie und für die geradezu Ehrfurcht gebietende Bedeutung der Meisterkarte zu empfinden. »Geh niemals ohne sie von zu Hause weg!«, sinnierte er laut.

Andere Fragen sprudelten an die Oberfläche seines Bewusstseins: In welchem Zeitraum war er nun gelandet? Aus der trostlosen Umgebung ließ sich in keiner Weise eine Antwort auf diese Frage ableiten. Die Wüste hatte sich im Verlauf einiger tausend Jahre nicht geändert, soweit er das feststellen konnte. In welcher Epoche befand er sich also? Eine weitere knifflige Frage tauchte auf: Wie hatte Wilhelmina einen Weg gefunden, ihn und Giles vor dem nahen sicheren Tod durch die Hände von Burleigh und dessen Schlägern zu retten? Sie schien weder eine Karte – nicht einmal eine aus Papier – noch irgendeine andere Art von Wegweiser zu haben. Wie nur hatte sie dieses Kunststück vollbracht? Wichtiger noch: Wie war sie zu solch einer Expertin in Ley-Reisen geworden? Als Kit seine einstige Freundin das letzte Mal gesehen hatte, war sie in einer Londoner Gasse gewesen und hatte geheult, während ein außergewöhnlicher Sturm sie von Kopf bis Fuß durchnässte. Dann waren sie beide getrennt worden: Er gelangte zu dem einen Ort, und sie verschlug es . . . wohin auch immer? Kit wusste es bis jetzt noch nicht, weil sie behauptet hatte, nicht genügend Zeit zu haben, um es ihm zu erzählen.

Diese und andere Fragen beschäftigten ihn in einem solchen Ausmaß, dass er ganz überrascht war, als er aufschaute und in naher Entfernung den wie eine Fata Morgana schimmernden Nil erblickte: ein sich sanft wellendes silbernes Band, das zwischen zwei Grünstreifen eingebettet lag und auf beiden Seiten von knochenfarbenen Hügeln und Wüstenhochland umgeben wurde. Der Anblick war so fesselnd, dass Kit eine Rast einlegte und sich einen großen Schluck Wasser gönnte, bevor er mit dem Abstieg begann. Im Schatten eines Felsvorsprungs setzte er sich nieder und schloss seine von der Sonne geblendeten Augen.

Augenblicklich tauchte vor seinem inneren Auge wieder das Bild von den Leichen im Grabmal des Hohen Priesters Anen auf: die Körper seines armen toten Urgroßvaters und von Sir Henry Fayth, die der Länge nach in dem Sarkophag ohne Deckel lagen. Entsetzt über den Tod der beiden – und eingedenk des drohenden eigenen Ablebens –, fühlte er sich immer noch ein wenig wie betäubt. Aufgrund ihrer hastigen Flucht hatte er immer noch nicht Zeit gefunden, um über den Verlust der beiden Verstorbenen angemessen zu trauern. Was er derzeit empfand, war im Prinzip nicht Trauer, sondern ähnelte mehr einer aufgewühlten Feindseligkeit gegenüber Burleigh angesichts der bösartigen Vergeudung des Lebens jener guten Menschen. Aus Kits Sicht waren der Earl und seine Männer niederträchtiger, degenerierter Abschaum – durch und durch böse. In seinen aufkeimenden Rachefantasien dachte Kit sich originelle, qualvolle Bestrafungen für sie alle aus.

Dies war das erste Anzeichen einer neuen Einstellung, die sich schnell in Kits Charakter ausbilden sollte: einer Grundhaltung, die man als unerschütterliche Entschlossenheit bezeichnen konnte. Vielleicht wurden ja auch endlich Spuren eines kräftigeren, robusteren Rückgrats bei ihm erkennbar. Zwar nahm es nur wenig mehr als die Form eines sich rasch verfestigenden Entschlusses an, das Geheimnis der Meisterkarte aufzuspüren, aber es war immerhin ein Anfang. Diese Suche mit vollem Ernst in Angriff zu nehmen, würde die beste Art der Anerkennung sein, die er Cosimo und Sir Henry bezeugen konnte. Wenigstens so viel hatten die beiden verdient.

Was auch immer sonst gesagt werden konnte – die beiden hatten sicherlich nicht verdient, so zu sterben: niedergestreckt durch eine Ansteckung mit tödlichen Krankheitserregern oder etwas Ähnlichem, die durch die Luft im Grabmal übertragen wurden. Waren nicht Howard Carter und jene anderen Archäologen, die das Grabmal von Pharao Tutanchamun geöffnet hatten, auf die gleiche Weise getötet worden? Was auch immer das Grabmal befallen hatte – der liebenswerte alte Cosimo und Sir Henry waren dem erlegen. Und wenn Wilhelmina nicht aufgetaucht wäre, hätten er, Kit, und Giles zweifellos genau das gleiche Schicksal erlitten. Er fragte sich, ob er das Problem bereits richtig durchschaut hatte. Um die Wahrheit zu sagen, er fühlte sich im Moment nicht allzu stark. *Was ich brauche*, sagte er lautlos zu sich selbst, *ist ein gutes Essen und ein erholsamer Nachtschlaf, um wieder durchzublicken. Das ist alles.*

War das etwa zu viel verlangt? Kit jedenfalls glaubte das nicht.

Mit diesem Gedanken im Hinterkopf erhob sich Kit, stärkte sich mit einem weiteren Schluck Wasser und begann, den langen mäanderförmigen Pfad ins breite Niltal hinabzugehen. Nachdem er sich wieder auf den von Felsgestein übersäten Weg zurückbegeben hatte, traf ihn erneut die Hitze mit voller Wucht. Er dachte darüber nach, sein Hemd auszuziehen und es sich wie einen Turban um den Kopf zu wickeln. Doch das würde bedeuten, eine gegenwärtige Qual durch eine zukünftige einzutauschen, denn die Sonne würde seine Schultern braten, sobald sie ihr ungeschützt ausgesetzt wären. Daher entschied er, sich bei der ersten sich bietenden Gelegenheit einen guten Hut zu besorgen.

Während er auf dem geborstenen Boden seinen Weg sorgfältig wählte, gelangte er immer tiefer ins Tal hinein. Die Luft wurde ständig ein wenig feuchter, je mehr er sich dem Fluss näherte. Obwohl er stetig vorankam, war er doch nicht so schnell unterwegs, wie er es sich erhofft hatte. Kit wusste zwar, dass man sich in der Wüste bei der Einschätzung von Entfernungen ziemlich täuschen konnte, dennoch schien es ihm, dass er seinem Ziel einfach nicht näher kam, wenngleich er wie ein ausdauernder Esel kontinuierlich voranschritt.

Während sich am westlichen Himmel die Sonne weiter und weiter nach unten senkte, beobachtete Kit, wie sich sein Schatten vor ihm immer mehr über die felsige Einöde ausdehnte. Schließlich war er völlig hypnotisiert von der sich stets verlängernden dunklen Silhouette. Er kam erst wieder zu Verstand, als ein Chor lautstark bellender Hunde seine Ankunft in einem Dorf ankündigte, das am Flussufer lag.

DRITTES KAPITEL

Worin ein Omen sich als wahr erweist

Turms der Unsterbliche öffnete seine Augen am achttausendeinunddreißigsten Tag seiner Herrschaft. Nachdem er sich von seinem vergoldeten Bett erhoben hatte, badete er in dem heiligen Becken neben der Tür. Seine Lippen bewegten sich zu einem lautlosen Gebet, während er parfümiertes Wasser über sein Gesicht und seine Gliedmaßen goss. Als er seine rituellen Waschungen beendet hatte, trocknete er sich mit sauberen Leinentüchern und zog sein purpurfarbenes Gewand an. Ein Hausdiener erschien mit seiner goldenen Schärpe und seinem großen Zeremonienhut. Dem Diener erlaubte Turms, ihm die Schärpe anzulegen. Dann setzte er sich den Hut auf und machte sich auf den Weg nach draußen, um die Menschenmenge zu begrüßen. Sie hatte sich mit Geschenken und Opfergaben versammelt, um sein Urteil und seinen Segen zu empfangen. Er schritt durch die mit Marmor ausgelegten Räume seines Hauses auf die Säulenhalle zu und trat über die Schwelle. Dann ging er an den heiligen blauen Säulen vorbei und stieg rasch die drei sauber gefegten Stufen aus Travertin hinab.

Als er auf den Pfad trat, fiel sein Blick zufällig auf einen kleinen schwarzen Kiesel, der genau in der Mitte des Weges lag: auf einen Stein, der vom vielen Wasser ganz glatt und rund geschliffen worden war – eine fast perfekte Kugel. Neben dem Kieselstein waren drei lange Nadeln. Sie mussten von den in der Nähe stehenden Kiefern auf den Boden gefallen sein; und die drei lagen so, dass sie zusammen einen Pfeil formten.

Der Priesterkönig der Velathri hielt inne, um über dieses kleine Wunder nachzudenken. Er wusste, dass der Kiesel von der wenige Meilen entfernten Meeresküste gekommen war. Ein Vogel – vielleicht eine Möwe – hatte das Steinchen aufgepickt, war dann landeinwärts geflogen und hatte es vor seiner Tür fallen lassen. Der Pfeil aus grünen Nadeln lenkte seine Aufmerksamkeit nach Westen.

Es war ein Omen – ein Zeichen für ihn aus der jenseitigen Welt. Seine Bedeutung wurde ihm deutlich, als er auf die einfache Schönheit des Kieselsteins starrte, denn Turms vermochte alle Arten von Omen zu verstehen. Und die Bedeutung dieses Zeichens war folgende: Er würde bald einen Besucher empfangen – einen Gast, der über das Meer aus dem Westen kam. Es war also ein ausländischer Besucher, und er, Turms, würde gut daran tun, die Freundschaft dieses Gastes anzunehmen.

Turms hob den Kiesel auf, schloss die Faust um ihn und dankte den Göttern, dass sie seine lange Herrschaft fortwährend segneten. Dieser kleine Stein würde zu all den anderen im Gefäß seiner Tage hinzugefügt werden.

Er verstaute den Omen-Stein im weiten Ärmel seines Gewandes und schritt weiter die lange, schräge Rampe des künstlichen Hügels hinab, auf dem das königliche Haus errichtet worden war. Langsam spazierte er den von Zypressen gesäumten Weg entlang und fand Gefallen an dem beißenden Duft der großen Bäume. Das frühmorgendliche Sonnenlicht vertiefte die Farbe des Erdbodens zu einem satten Rostrot, das auf angenehme Weise mit dem leuchtenden Blau des Himmels kontrastierte. Unten am Fuß der Rampe warteten seine Diener und Akolythen: zwei Priesterlehrlinge und vier Tempeldiener. Letztere trugen Stangen, die an den vier Ecken eines orangefarbenen Tuches befestigt waren – des Baldachins, unter dem der Priesterkönig seine getreuen Untertanen empfangen würde. Kurz bevor der König eintraf, streckten die Diener den Baldachin aus; und anschließend nahm Turms seinen Platz vor der kleinen Ansammlung von Menschen ein.

Er drückte die Handflächen gegeneinander, hob seine Arme über die Köpfe der Leute und sprach: »Mögen die Segnungen dieses Tages im Übermaße euer sein!«

Dann grüßte er sie und erklärte: »Es beglückt mich, an diesem äußerst verheißungsvollen Morgen eure Geschenke zu empfangen. Tretet näher zu mir, denn dies ist die geziemende Stunde. Wer wird der Erste sein?« Er senkte seine Hände, schaute sich um und sah in die hoffnungsvollen Gesichter seiner Untertanen. Sein Blick fiel auf ein junges Mädchen, das blaue Kornblumen in seinem Haar trug und einen kleinen Lorbeerzweig in den Händen hielt. »Du da, Kleine – wie lautet dein Wunsch?«

Das Mädchen, das von seinem Vater nach vorne gestupst wurde, trat schüchtern näher. Es wagte nicht, den König anzublicken, und hielt den Kopf gesenkt; seine Augen waren auf den Lorbeer geheftet, den es mit zitternden Händen umklammerte.

»Ist das für mich?«, fragte Turms und beugte sich zu dem Kind herab.

Das Mädchen nickte.

»Ich danke dir«, sagte er und nahm behutsam den kleinen Lorbeerzweig an sich. »Und die Götter danken dir.« Er legte eine Hand auf den Kopf des Kindes und spürte die schwache Hitze dort. »Was wünschst du dir von mir – was soll ich für dich tun?« Als sie zögerte, fuhr er fort: »Sprich, mein Kind. Der ganze Himmel steht bereit, um zu tun, was du willst.«

»Es geht um meine Mutter«, antwortete das Mädchen mit gesenktem Kopf; seine Stimme war so schwach, dass die leisen Worte kaum zu vernehmen waren.

»Ja? Erzähl mir – was liegt dir auf dem Herzen?«

»Sie ist sehr krank.«

»Deine Mutter ist krank, und du würdest sie gerne wieder gesund sehen – ist das dein Wunsch?«

Das kleine Mädchen nickte.

Turms sah wieder auf und wandte sich dem Vater zu, der nun hinter seiner Tochter stand. »Wie lange?«, fragte er.

»Zwei Tage, mein verehrter König«, antwortete der Mann.

Turms nickte. Er straffte sich, hob sein Gesicht dem Himmel entgegen und bedeckte es mit seinen Händen. Einen Augenblick lang stand er schweigend da. Dann ließ er wieder die Hände sinken, lächelte und sagte: »Es gibt nichts zu befürchten.« Er streckte die Hand nach der Kleinen aus, nahm ihr Kinn zwischen Zeigefinger und Daumen und hob ihren Kopf an. »Deine Mutter wird bald wieder gesund sein. Diese Krankheit wird vorübergehen. In drei Tagen wird sie wieder zu Kräften gelangen.«

»Ich danke dir, Herr«, erklärte der Mann, dem die Erleichterung deutlich anzusehen war.

Turms wandte sich einem der Akolythen zu. »Schick einen der Hofärzte zum Haus dieses Mannes mit einem Trank, der den Schlaf fördert und das Fieber senkt.« Dann drehte er sich wieder zu dem Mann und dem kleinen Mädchen und erklärte: »Geht in Frieden. Den Göttern gefällt es, eurer Bitte stattzugeben.«

Tief nach vorne gebeugt schritt der Mann rückwärts durch die Menge, wobei er seine Tochter mit sich zog. Während er fortging, dankte er dem König.

»Wer ist der Nächste?«, fragte Turms.

Ein Mann, der den kurzen Kittel und die Sandalen eines Tagelöhners trug, trat vor und kniete sich nieder. Er streckte seine Hände nach vorne, in denen er ein schweres Büschel reifer blauroter Weintrauben hielt. »Mein Herr und König, hör mich an. Ich bin in Not.«

Während Turms einen der Akolythen mit einer Geste anwies, die dargebotene Gabe zu nehmen, erkundigte er sich: »Worin besteht deine Not, mein Freund?«

»Es geht um Gerechtigkeit, mein König.«

»Ich höre. Sprich frei und offen!«

»Ich habe für einen Mann gearbeitet, der versprochen hat, mich jeden Abend nach Beendigung meiner Arbeit zu bezahlen. Zwei Tage habe ich gearbeitet, ohne meinen Lohn zu erhalten, und gestern Abend hat er mich entlassen. Als ich mich darüber beschwert habe, dass ich nicht bezahlt worden bin, hat er seine Hunde auf mich gehetzt. Sie haben meine Kleidung zerrissen.« Er zeigte auf eine zerfetzte Stelle am Saum seines einfachen Gewandes. »Ich möchte die versprochene Entlohnung bekommen.«

Turms blickte auf den Mann hinab, der immer noch nicht seinen Kopf erhoben hatte. »Welchen Grund für deine Entlassung hat dein Arbeitgeber angegeben«, verlangte er zu wissen.

»Keinen einzigen, mein König.«

»Hatte er einen Grund, dich ohne Bezahlung fortzuschicken?«, erkundigte sich der Priesterkönig mit sanfter Stimme. »Wegen Diebstahls vielleicht oder wegen Trunkenheit? Oder wegen Faulheit?«

»Mein König, ich bin ein redlicher Mann«, erwiderte der Bittsteller, der sich trotz der Andeutung, er könnte in irgendeiner Form selbst schuld an seinen Schwierigkeiten sein, in der Gewalt hatte. »Und ich verrichte mein Tagewerk auf redliche Weise. Ich habe meine Entlohnung verdient. Doch nun bin ich hungrig, und auch meine Kinder sind es.«

»Wie viel schuldet man dir?«

»Fünfundzwanzig Denare«, antwortete der Mann rasch. Einen Augenblick lang schaute Turms dem Bittsteller in die Augen, der den Blick standhaft erwiderte.

»Ich bin überzeugt, dass dein Anliegen gerecht ist«, erklärte der König und wandte sich anschließend an einen der Akolythen. »Gib diesem Mann fünfzig Denare aus der Schatzkammer. Dann schick den Meister der Schriftrollen mit zwei Soldaten zum Arbeitgeber dieses Mannes, um von ihm die gleiche Summe einzusammeln.«

Der Akolyth nahm seine Wachstafel zur Hand. Mit einem Griffel aus Rosenholz protokollierte er das Urteil des Königs auf dem weichen Wachs. Danach kamen weitere Bittsteller nach vorne: Einige wollten einen Richterspruch erwirken; andere ersuchten um eine Entscheidung oder um die Kenntnis, wann die günstigste Zeit sei, um irgendein Unterfangen zu beginnen; wieder andere baten um Heilung diverser Leiden. Jeder brachte eine Gabe, die dem stetig wachsenden Haufen an Geschenken hinzugefügt wurde; desgleichen hielt der Akolyth jedes Urteil und jede Entscheidung pflichtbewusst auf der Tafel fest.

Auf einmal – die Reihen der Bittsteller hatten sich bereits gelichtet – kam im hinteren Bereich der Menschenansammlung Unruhe auf. Turms, der sich mitten in der Verkündung eines Bescheides befand, verspürte eine allgemeine Aufgeregtheit, die sich wellenförmig durch die verbliebene Menge fortbewegte. Rasch beendete er seine Erklärung an den Bittsteller, wandte sich von ihm ab und richtete das Wort an alle Anwesenden. »Was geschieht hier? Wieso gib es dieses ungebührliche Gemurmel?«

»Jemand ist gekommen, verehrter König«, antwortete einer der Untertanen in seiner Nähe. »Ein Fremder. Er bittet darum, dich zu sehen.«

»Ein Fremder ist gekommen?«, fragte Turms erstaunt; seine Finger tasteten nach dem Kieselstein, der sich in seinem Ärmel befand. »Macht Platz und lasst ihn vor mir erscheinen!«

Auf den Befehl des Königs hin teilte sich die Versammlung, um den Neuankömmling durchzulassen.

Turms sah, wie ein großer Mann auf ihn zuschritt, der eine seltsame eintönige Bekleidung trug, die seinen langen Körper zu halbieren schien – oben weiß und unten schwarz. Doch das Gesicht war offen und freundlich – und obendrein war es ein Gesicht, das er kannte. »Seht!«, rief König Turms und hob die Hände, um seinen Ausruf zu unterstreichen. »Mein ausländischer Besucher ist angekommen.«

Der Fremde sank auf ein Knie, erhob sich dann wieder und bemerkte sofort, dass er von seinem Freund wiedererkannt wurde.

»Arturos! Bist du es wirklich?«

»Dein Anblick erfreut mein Herz und lässt meinen Geist in die Höhe steigen«, antwortete Arthur Flinders-Petrie und gab damit eine uralte Begrüßungsformel wieder. »Ich habe mich danach gesehnt, dich erneut zu sehen, mein verehrter König.«

Turms wandte sich an die Allgemeinheit. »Mein Volk! Ich stelle euch meinen Freund Arturos vor. Sorgt dafür, dass er sich wohlfühlt unter euch, solange er sich hier bei uns aufhält.«

Ringsum erklang ein zustimmendes Murmeln. Einige riefen Grußworte, die Arthur in gleicher Weise zurückgab.

Turms drehte sich zu einem der Akolythen um. »Geleite meinen geschätzten Gast zum königlichen Haus und weise meine Hausdiener an, es ihm behaglich zu machen und ihm Erfrischungen zu servieren«, befahl er und wandte sich dann wieder Arthur zu. »Die heutige Audienz ist fast zu Ende. Ich werde mich bald zu dir gesellen.«

»Wie es dir geziemt«, erwiderte Arthur. »Ich möchte keineswegs deine heiligen Aufgaben unterbrechen.«

Nach diesen Worten führte der Akolyth den Gast des Königs fort und geleitete ihn die irdene Rampe hinauf zum königlichen Haus, wo seine Ankunft bereits angekündigt worden war.

»Arturos! Du bist zurückgekehrt!«, rief der Verwalter des königlichen Hauses, als er auf den breiten Vorbau hinausstürmte. »Im Namen meines Königs und des ganzen Volkes von Velathri entbiete ich dir Frieden und heiße dich willkommen.«

»Es erfreut mein Herz, dich zu erblicken, Pacha«, erwiderte Arthur, der sich in eine lange nicht mehr benutzte Sprache wieder einzugewöhnen versuchte. »Ich hatte gehofft, früher zurückzukehren, doch . . .« Er zuckte vielsagend mit den Schultern.

»Das Leben ist ein beständiges Chaos für die Menschen in der Welt«, meinte der Hauswirtschafter des Königs und geleitete den Gast ins königliche Haus. »Aber jetzt bist du hier, und ich hoffe sehr, dass du lange genug bleibst, um Tyrrhenia zu erlauben, dein Gemüt zu besänftigen.« Er legte einen Finger auf seine Lippen und legte eine kleine Pause ein, bevor er fortfuhr: »Ich glaube, ein Trankopfer aus süßem Wein wird sich in dieser Hinsicht als wirksam erweisen.« Er deutete auf ein niedriges Sofa, das mit roten Kissen bedeckt war, und erklärte: »Wenn du es dir hier bitte bequem machen willst . . . Ich werde in Kürze zurückkehren.«

»Du bist zu freundlich, Pacha«, erwiderte Arthur. »Ich bin glücklich, wenn ich mich um mich selbst kümmern kann.«

Der Hauswirtschafter des Königs verbeugte sich und entfernte sich rückwärts schreitend. Kaum war er verschwunden, konnte man hören, wie er in die Hände klatschte und nach den Küchendienern rief, damit sie dem Gast unverzüglich aufwarteten. Arthur setzte sich auf das Sofa und streckte seine langen Beine vor sich aus. Er hatte nicht das Gefühl, er würde sich entspannen – in Wirklichkeit war das Gegenteil der Fall. Zweifellos würde er Turms dazu überreden können, mit ihm einen Spaziergang durch die Weinberge und Olivenhaine zu machen. Nach Wochen an Bord eines Schiffes wünschte er sich vor allem etwas Bewegung.

Die Schiffsreise von England hierher war nicht einfach gewesen. Beinahe von Beginn an hatte sich das Wetter gegen sie gestellt; und die Bedingungen an Bord waren, gelinde gesagt, primitiv gewesen. Er hatte sicherlich nicht seine bevorzugte Art des Reisens gewählt, doch die andere Form – die mithilfe von Leys – kam im Augenblick nicht infrage. Die Gefahren waren einfach zu groß. Tatsächlich war er so weit gegangen, wie er es wagen konnte, nur um hierher zu gelangen.

»Arturos! Steh auf, und lass mich dich ansehen!«

Arthur schaute auf und sah Turms im Eingang stehen: eine große, imposante Erscheinung. Doch er wirkte beinahe ausgemergelt unter seinem Zeremonialgewand, und auf seinem einst glatten Gesicht zeigten sich Altersfalten. Sein Haar, das an den Schläfen ergraute, hing gerade bis zu seinen Schultern herab; und den Haaransatz auf seiner Stirn hatte man in der Art der Priesterkaste rasiert.

Zunächst ging Turms zur Seite, setzte seinen Zeremonienhut ab und entledigte sich seiner goldenen Schärpe. Dann wandte er sich seinem Freund zu, um ihn angemessen zu empfangen.

Arthur erhob sich, und im nächsten Moment fand er sich in einer festen, freundschaftlichen Umarmung wieder.

»Bei deinem Anblick schwingt sich mein Herz in die Höhe«, sagte der König und küsste ihn auf die Wange.

»Und meines ebenso«, erwiderte Arthur freudig. »Meine Seele hat fürwahr nicht aufgehört zu singen, seitdem ich an diesem Morgen meinen Fuß auf tyrrhenischen Boden gesetzt habe.« Er redete nun mit größerer Leichtigkeit und vermehrtem Zutrauen, da seine früheren, seit vielen Jahren nicht mehr angewandten sprachlichen Fertigkeiten rasch zurückkehrten – wie Vögel, die nach langer Wanderung heimflogen. »Wie viel Zeit ist verstrichen, seit ich hier war?«, überlegte er laut. »Fünf Jahre? Oder gar sechs?«

»Ich fürchte, es waren mehr als zwanzig«, antwortete Turms und schüttelte leicht den Kopf. »Zu lange, mein Freund.«

»Ach je«, seufzte Arthur. »Ich hatte gehofft, viel früher zurückzukehren. Doch gewisse Geschehnisse haben mich überrascht, und es war mir nicht möglich, zu dir zu kommen.«

»Dennoch bist du jetzt hier.« Der König wandte sich unvermittelt ab und rief: »Pacha! Bring Wein und Zuckerwerk! Wir müssen unseren Gast angemessen empfangen.«

Er drehte sich wieder um, nahm Arthur beim Arm und führte ihn zum Sofa. »Dein Kommen wurde mir zur Kenntnis gebracht«, berichtete Turms und nahm neben seinem Gast Platz. »Genau an diesem Morgen erhielt ich ein Omen, das mir deine Ankunft vorhersagte. Natürlich wusste ich nicht, dass es sich um dich handelte – nur, dass ich einen ausländischen Besucher empfangen würde, bevor der Tag zu Ende geht.« Er lächelte. »Und hier bist du nun.«

»Tatsächlich, nun bin ich hier«, sagte Arthur. »Und ich könnte nicht glücklicher sein.«

»Ich werde für dich ein Haus herrichten lassen – diesmal ein neues . . .«

»Das alte wird mehr als zufriedenstellend sein«, beeilte sich Arthur zu erklären. »Wenn es denn verfügbar sein sollte . . .«

»Nein, nein. Davon will ich nichts hören. Dieses Haus ist doch viel zu weit entfernt. Ich möchte dich in der Nähe haben, sodass die Entfernung unseren Unterricht nicht behindern wird.«

»Dein Edelmut, o König, ist so groß wie deine Weisheit«, sagte Arthur und beugte zustimmend seinen Kopf. »Aber möglicherweise änderst du deine Haltung, wenn ich dir erzähle, dass ich diesmal nicht alleine gekommen bin.« Er beugte sich vor. »Ich habe eine Ehefrau.«

»Du bist verheiratet!«

»So ist es.«

»Aber wo ist sie?«

»Immer noch auf dem Schiff –«

»Was!«, rief Turms aus. »Du lässt sie wie ein Frachtbündel auf dem Deck eines stinkenden Schiffes warten? Was bist du nur für ein schlechter, gedanken- und gefühlloser Ehemann!«

»Bitte, Turms, ich wollte nicht respektlos sein – weder zu dir noch zu meiner liebwerten Frau. In Wahrheit war ich mir unsicher, wie mein Empfang ausfallen würde.«

»Ich hoffe doch, du weißt, dass du unserer Freundschaft trauen kannst«, entgegnete Turms. »Meine Wertschätzung dir gegenüber hat sich nie geändert.«

»An dir oder deiner Freundschaft habe ich in keiner Weise gezweifelt«, beteuerte Arthur. »Glaub mir – auf einen solchen Gedanken bin ich niemals gekommen.«

»Aber?«

»Ich wollte zunächst sehen, wie die Dinge hier stehen würden.«

»Ah!« Turms nickte anerkennend. »Sehr klug. Ja, jetzt entsinne ich mich: Zu jener Zeit, als du uns zuletzt verlassen hast, bedrohten die Latiner unsere Grenzen. Du hättest zu einem Ort zurückkehren können, der sich sehr von dem unterscheidet, den du zuletzt besucht hast.« Mit seiner Hand vollführte er eine lobende Geste in der Luft. »Ich preise deine Vorsicht.«

Pacha trat nun auf sie zu. In seinem Schlepptau war ein Diener, der ein bronzenes Tablett mit Silberpokalen und einem erlesenen gläsernen Krug hereintrug, in dem sich eine helle bernsteinfarbene Flüssigkeit befand. Außerdem gab es Schalen mit honigsüßen Mandeln. Der Diener stellte das Tablett auf ein dreibeiniges Gestell und ging rückwärts fort, während der Hausverwalter in einen der Pokale Wein einschenkte, einen Schluck davon nahm und anschließend dem König den Kelch überreichte. Dieses Prozedere wiederholte Pacha für den Gast und zog sich dann leise zurück.

»Ich bin froh zu sehen, dass jetzt alles friedlich zu sein scheint. Das Reich wächst und gedeiht unter deiner Herrschaft.«

»Derzeit ja. Die kriegerischen Latiner sind gezähmt oder zumindest entmutigt worden. Die schlimmsten Aufrührer hat man gefangen, vor Gericht gestellt und entweder hingerichtet oder ins Exil geschickt. Die Umbrier – ein alles in allem vernünftigerer Stamm – haben die Verwaltung der Stadt Ruma übernommen. Gegenwärtig brauchst du nicht zu fürchten, in Kämpfe von Krieg führenden Völkern verwickelt zu werden. Der Friede, diese stets leicht zu zerstörende Blume, blüht in Hülle und Fülle im ganzen Land.«

»Da dies der Weg aller Dinge ist«, sagte Arthur und stand wieder auf. »Ich werde meiner Frau Bescheid geben. Sie wird von ganzem Herzen froh sein, die beengten Räumlichkeiten des Schiffes verlassen zu können.« Arthurs Stimme wurde ernst. »Xian-Li ist der Grund, weshalb ich gekommen bin. Mein Frau ist schwanger, weißt du ...«

Ein Blick ins Gesicht seines Gastes genügte, und Turms wusste, dass nicht alles in Ordnung war. »Was ein freudiger Anlass sein sollte, hat sich für dich in irgendeiner Weise verdüstert. Ich kann es sehen. Was ist geschehen?«

»Xian-Li hat eine schwierige Zeit durchgemacht«, sagte Arthur bloß. »Ich bin zu dir gekommen, um Rat zu suchen. Ich habe ihr von dem Können etruskischer Ärzte erzählt, und sie ist sehr darauf gespannt, dich zu treffen. Ich gehe sie jetzt holen.«

»Du wirst nichts dergleichen tun, mein Freund«, widersprach ihm der König. »Ich werde Pacha mit meinen Trägern zum Schiff schicken, und sie werden deine Frau in meiner Sänfte herbringen.« Er hob seine Hand und rief seinen Hausverwalter herbei. »Arturos' Frau wartet an Bord des Schiffes, das im Hafen liegt. Bring sofort meine Sänfte zu ihr und hole sie hierher – aber achte darauf, dass die Träger sie mit äußerster Sorgfalt behandeln. Die Dame ist schwanger.«

»Wird sofort erledigt, mein König.« Pacha verbeugte sich und eilte fort. Bald schon war zu hören, wie seine Rufe, mit denen er die Träger zur Eile antrieb, den Berghang hinabhallten.

Während sie auf die Ankunft von Xian-Li warteten, saßen der König und sein Gast beisammen, sprachen miteinander und tranken Wein. Sie erneuerten die alten Bande der Freundschaft und schwelgten in Erinnerungen: Ihre Gedanken übersprangen die vielen dazwischenliegenden Jahre und schweiften zurück zu jener Zeit, als Turms nichts weiter als ein einfacher Prinz – lediglich der Dritte in der Thronfolge – und Arthur sein Schüler war. Damals hatte König Velnath seinem Sohn die Aufgabe übertragen, den fremdartigen Besucher die Sprache und die Bräuche des tyrrhenischen Volkes zu lehren. Zwischen den beiden jungen Männern entwickelte sich sehr schnell eine innige Freundschaft; und obwohl eine große Zeitspanne vergangen war, seitdem sie sich zuletzt gesehen hatten, war ihr großer gegenseitiger Respekt in keiner Weise geringer geworden.

»Du hast dich überhaupt nicht verändert«, bemerkte Turms, während er Arthur eingehend betrachtete.

»Und du ebenfalls nicht, mein verehrter König.«

»Nimm dich in Acht.« Turms hob den Zeigefinger und bewegte ihn tadelnd hin und her. »Es ist gefährlich, einen König anzulügen. Doch sieh her – für dich lege ich meine Krone ab. Wenn wir beide zusammen sind, bin ich nur noch Turms. Wir werden die Jahre zurückdrehen und das sein, was wir einst waren.«

»Wie du möchtest«, stimmte Arthur ihm freudig zu. »Nichts wäre mir lieber.«

Sie sprachen über die Zeit, als sie beide, als Teil von Arthurs Ausbildung, durch das Land reisten. Turms' Vater hatte in dem jungen Fremden eine Wissensquelle gesehen, und er war entschlossen gewesen, sie zu nutzen. Doch der alte König starb, noch bevor der Sommer vorbei war: ermordet durch die Klinge eines latinischen Meuchelmörders. Turms' Bruder bestieg daraufhin den Thron und erklärte den Latinern den Krieg, um Vergeltung zu üben. Dies zwang die beiden jungen Männer, ihre Reisen abzubrechen und nach Velathri zurückzukehren, wo Turms auf Anordnung seines älteren Bruders der Priesterschaft beitrat. Noch während das Land sich intensiv auf den Krieg vorbereitete, verabschiedete sich Arthur und reiste mit dem Versprechen ab, in ein oder zwei Jahren zurückzukehren, wenn der Frieden wiederhergestellt sein würde.

»Und jetzt bist du König«, stellte Arthur fest und grinste voller Freude, dass er seinen alten Freund in einer solch hochrangigen Position wiedergefunden hatte. »Du musst mir unbedingt erzählen, wie es dazu gekommen ist. Ich bin ganz begierig, diese Geschichte zu hören.«

»Das ist nichts«, entgegnete Turms und fuhr mit der Hand durch die Luft, als würde er eine Fliege verscheuchen. Er hob seinen Becher und fragte: »Erinnerst du dich an den letzten Sommer, den wir gemeinsam verbracht haben?«

»Es war in vielerlei Hinsicht der herrlichste Sommer meines Lebens. Wie könnte ich ihn jemals vergessen?«

»Zwei kühne und leidenschaftliche Seelen, die sich nicht um das Geschehen in der Welt sorgten. Die Tage, die wir in Ruma und Reate verbracht haben ...« Turms kicherte und schüttelte den Kopf, als er sich den Erinnerungen hingab. »Und die Nächte! Sabinische Mädchen sind die besten in der ganzen Welt, sagen die Weisen. Und vor dem Hintergrund meiner Erfahrungen – so begrenzt sie auch sein mögen – kann ich ihnen in keiner Weise widersprechen. Ich hätte eine dieser Sabinerinnen heiraten sollen, als die Glücksgöttin mir zugelächelt hat.«

»Dazu ist es nicht zu spät«, hob Arthur hervor. »Es ist niemals zu spät.«

Turms lächelte. »Vielleicht nicht.«

VIERTES KAPITEL

Worin man unvermutet Tee und Sandwiches begegnet

*G*iles?« Als Wilhelmina spürte, dass ihr Gefährte nicht mehr länger in ihrer Nähe war, wirbelte sie herum. Sogleich entdeckte sie ihn: Er lag auf Händen und Knien und würgte gerade den Inhalt seines Magens auf den weichen Kiefernnadelnbelag des Pfades. Sie kehrte zu ihm zurück und kniete sich neben ihm nieder. »Atmet tief durch und entspannt Euch. Das Schlimmste habt Ihr schon überstanden.« Sie legte eine Hand auf seinen Rücken. »So ist's gut – ein langsamer, tiefer Atemzug.«

Er folgte ihren Anweisungen, und Wilhelmina fühlte, wie sich seine Rippen ausdehnten und zusammenzogen, während die Luft in seine Lungen eindrang und dann wieder ausströmte. »Noch einmal«, forderte sie ihn auf, während sie den Weg entlangblickte, auf dem sie hergekommen waren. »Glaubt Ihr, dass Ihr gehen könnt? Wir müssen unseren Weg fortsetzen, denn jeden Moment können Burleighs Männer uns auf die Spur kommen.«

Giles nickte und wischte sich mit einem Ärmel über den Mund.

»Gut.« Sie griff ihm unter den Arm und half ihm auf die Füße. »Es ist wirklich viel einfacher, wenn man Übung darin bekommt.« Sie lächelte. »Es dürfte jedoch jetzt besser sein, wenn Ihr Eure Kräfte sammelt. Wir müssen noch zwei weitere Sprünge durchführen, bevor wir auf der Lichtung sind. Und jetzt müssen wir sofort von diesem Ley fortkommen.« Sie drehte sich um und begann, zwischen die Bäume zu gehen, die den Pfad säumten.

Giles folgte ihr auf wackligen Beinen.

Sie legten eine ziemlich lange Strecke zurück, bevor Wilhelmina anhielt, um zu lauschen. Es gab keinerlei Geräusche, die auf Verfolger hindeuteten, und so schritt sie in einem langsameren Tempo weiter. Auf diese Weise ermöglichte sie es ihrem Gefährten – dem immer noch übel war –, wieder ein bisschen zu Kräften zu kommen. »Der nächste Ley ist im Tal hinter jenem Hügel da«, teilte sie ihm mit. »Es ist ein Marsch von etwa einer Stunde. In dem Tal gibt es einen Bach, aus dem wir trinken können, bevor wir springen.«

Giles nickte erneut.

»Ihr gehört nicht gerade zu denen, die eine lockere Zunge haben, nicht wahr.«

»Mylady?«

»Ich meine, Ihr sprecht nicht viel.«

»Nein, Mylady.«

»Bitte sagt Mina zu mir.« Sie blieb stehen, lächelte ihn an und streckte die Hand aus, um seine zu schütteln. »Nur Mina.« Als er nichts darauf erwiderte, spazierte sie wieder weiter. »Hier entlang.«

Sie ging voraus, und er folgte ihr in einem Abstand von einem halben Schritt, sodass sie ihre Stimme erheben musste, um zu ihm zu sprechen. »Ihr wart Sir Henry Fayths Diener – das ist doch richtig, nicht wahr?«

»Ich war sein Lakai und sein Kutscher«, stellte Giles klar.

»Und ich geh mal davon aus, dass Ihr nicht allzu viele Sprünge mitgemacht habt?«

»Mylady?«

Als sie sich kurz umdrehte und seinen leeren Gesichtsausdruck sah, formulierte sie in Gedanken ihre Frage um und benutzte dafür den formellen Redestil einer früheren Epoche. »Gehe ich richtig in der Annahme, dass Ihr nur eine begrenzte Erfahrung in Ley-Reisen habt?«

»Ja, Mylady. Dies jetzt war erst mein zweites Mal.«

»Verstehe. Hat irgendjemand Euch erklärt, was es mit dem – wie ich es nenne – Zeitrutsch auf sich hat? Wisst Ihr, ich meine die Art und Weise, wie die Zeit sich verschiebt, wenn man einen Sprung ausführt.«

»Nein, Mylady. Doch ich weiß, Sir Henry hat viele solcher Sprünge durchgeführt. Er und Mr. Livingstone sind häufig gemeinsam gereist; und ich habe verstanden, dass die Orte, die sie aufsuchten, sich nicht am momentanen Tag oder in der gegenwärtigen Zeit befanden – falls Ihr nachvollziehen könnt, was ich meine?«

»Ja, natürlich. Ich wollte Euch bloß warnen, dass wir zwar nach Großbritannien zurückkehren – aber das Land wird nicht so sein, wie es gewesen ist, als Ihr es verlassen habt.« Sie warf einen kurzen, raschen Blick auf ihren kräftigen Gefährten. »In welchem Jahr habt Ihr England verlassen?«

»Wir befanden uns im Jahre des Herrn 1666, wenn ich mich recht entsinne.«

»Dann wird es sich geändert haben.«

»Reisen wir zurück nach London?«

»Nicht direkt. Wir gehen nach Schottland – nach Edinburgh, um genau zu sein. Ihr solltet eigentlich viele Dinge wiedererkennen, denn eine ganze Menge bleibt von einer Epoche zur anderen unverändert. Allerdings liegt das Großbritannien, das wir aufsuchen werden, etwa hundertfünfzig Jahre in der Zukunft – das heißt, in Eurer Zukunft.«

»Ist das der Ort, wo Ihr lebt?«

»Nein.« Sie lächelte. »Meine Heimat ist – oder war – mehr als dreihundert Jahre weiter in dieser speziellen Zukunft. Doch macht Euch keine Gedanken! Wir werden nicht dorthin gehen ... zumindest erwarte ich das nicht.«

»Gelangt ein Körper immer an einen vollkommen anderen Ort?«

»In einer anderen Welt oder Dimension, meint Ihr?« Mina dachte eine Weile darüber nach, bevor sie antwortete: »Ich glaube schon. Wenigstens soweit ich das weiß. Immerhin ist es möglich, einen Sprung auszuführen und sozusagen im selben geografischen Gebiet zu bleiben. Wenn Kit den Anweisungen folgt, die ich ihm gegeben habe, hat er einen Sprung gemacht, durch den er in Ägypten geblieben ist: Es wird lediglich ein anderes Ägypten in einer anderen Zeit als diejenige sein, die er verlassen hat. Ich habe viel

Zeit gebraucht, um das alles herauszufinden, doch es ist unglaublich nützlich.«

Giles nahm ihre Ausführungen ohne irgendeinen Kommentar zur Kenntnis. Sie setzten ihren Marsch auf dem langen ansteigenden Hang nach oben fort, bis sie die Hügelspitze erreichten. Dort legten sie eine Pause ein, um auf der anderen Seite nach unten ins Tal zu blicken. Wenn es dort unten einen alten geraden Pfad gab, dann war er gut verborgen.

Nachdem Giles einen Moment lang die Aussicht in sich aufgenommen hatte, fragte er: »Was ist das für ein Ort?«

»Um die Wahrheit zu sagen: Ich weiß es nicht. Diese Welt habe ich nicht erforscht. Ich benutze sie nur als eine Art Sprungbrett, um von einem Ley zum anderen zu gelangen. Es gibt viele wie diese hier – ich nenne sie unbekannte Welten.« Sie lachte. »Hauptsächlich, weil ich rein gar nichts über sie weiß.«

»Gibt es Menschen in dieser Gegend?«

»Ein paar«, antwortete Mina. »Bauern und dergleichen. Gerade dort jenseits dieser Hügel habe ich gesehen, wie sie auf ihren Feldern arbeiteten. Außerdem bin ich ihnen ein- oder zweimal begegnet, als sie Schafe ins Tal getrieben haben. Ich weiß nicht, was für ein Land das hier ist und in welcher Sprache geredet wird. Ich hoffe, dass wir nicht lange genug hierbleiben werden, um das herauszufinden.« Sie wies auf das silberne Wasserband, das sich auf dem breiten Talboden entlangzog. »Der Ley ist genau auf der anderen Seite dieses kleinen Flusses. Sobald wir ihn erreicht haben, sind wir auf unserem Weg.«

Bald schon raschelten ihre Füße auf dem Weg nach unten durch das Farngestrüpp, das den Abhang bis zum Flussufer bedeckte. Dort angelangt, hielten sie an, um sich zu erfrischen, bevor sie weitergingen und das niedrige Gewässer durchquerten.

»Da ist es«, sagte Wilhelmina und zeigte auf einen groben Stein, der sich aus der Wiese neben dem Ufer erhob und wie ein Zauberhut geformt war. »An dieser Markierung fängt es an. Ihr werdet die Linie sehen, sobald Ihr auf dem Pfad seid. Er ist nicht sehr lang; deshalb müssen wir im Gleichschritt miteinander gehen und ganz konzentriert sein, wenn wir den Stein erreichen.«

»Und dieser Ley wird uns nach Schottland bringen?«

»Tut mir leid, Giles, bedauerlicherweise nicht. Wir müssen noch zwei weitere Sprünge auf uns nehmen, um von hier nach dort zu gelangen.« Aus ihrer Tasche zog sie ein kleines Messingobjekt, das wie ein Flussstein geformt war. Dann drehte sie an einem winzigen Einstellrad und hielt den Gegenstand in Richtung des Markierungssteins.

Giles schaute Mina zu. Als nichts zu passieren schien, warf sie einen Blick zum Himmel, betrachtete die Wolken und stellte die Position der Sonne fest.

»Ich schätze, wir müssen noch ein oder zwei Stunden warten, bis der Ley aktiv wird«, verkündete sie und stopfte den kleinen Apparat wieder in die Hosentasche. »Wir könnten uns eigentlich ausruhen und versuchen, ein wenig zu schlafen. Dazu werden wir wohl nur selten Gelegenheit haben, wenn wir erst nach Edinburgh gekommen sind.«

Sie rasteten eine Weile.

Als Mina dann erneut das Gerät einsetzte, flimmerte ein winziges blaues Licht auf dem Messinggehäuse. Zufrieden erklärte sie: »Der Ley hat noch nicht seine volle Stärke erreicht, doch er ist nun aktiv.« Sie erklärte, dass sie perfekt aufeinander abgestimmt gehen und – vom Markierungsstein aus – genau beim neunten Schritt den Sprung durchführen müssten. »Das ist sehr wichtig«, betonte Mina. »Wenn Ihr das Gefühl habt, dass es nicht klappt, müsst Ihr sofort anhalten. Geht nicht noch einen weiteren Schritt vorwärts. Wir werden uns an der Hand halten, sodass wir nicht voneinander getrennt werden.« Sie bemerkte den besorgten Gesichtsausdruck ihres Reisegefährten. »Entspannt Euch, Giles. Ich werde Euch nicht verlieren.« Sie streckte ihre Hand aus. »Fertig?«

»Ja, Mylady.«

»Also – jetzt geht's los.«

Mit langen, bedächtigen Schritten brach Mina zum Stein auf. Giles hatte keine Probleme, sich nach drei oder vier Schritten ihrem Marschrhythmus anzupassen. Als sie den Stein erreichten, begann Wilhelmina die Schritte zu zählen. Zwischen dem fünften und sechsten trübte sich das Licht, als wäre eine Wolke vor die Sonne gezogen. Beim siebten Schritt brauste unvermittelt ein schneidender Wind auf; zwischen dem achten und neunten erhob sich ein kreischendes Heulen, und wie aus dem Nichts peitschte ihnen Regen entgegen. Und dann verschwand der Boden unter ihren Füßen, und sie traten urplötzlich in die Leere.

Doch nur für einen Augenblick. Im nächsten Moment kamen ihre Füße wieder mit festem Boden in Berührung – ein Aufprall, dessen Erschütterung durch Mark und Bein ging. Giles geriet ins Straucheln, doch Mina hielt ihn aufrecht; gemeinsam gingen sie weiter und traten ins Sonnenlicht eines frischen Herbstmorgens. Die grauen Wolken über ihnen begannen sich zu zerstreuen, während sie auf einen Felsvorsprung gelangten, der sich über einer ausladenden, beeindruckenden Bucht befand.

Der nächste Sprung brachte sie in eine trockene Wüste, und zwar mitten hinein in einen Sturm. Beißende Winde fegten über eine Einöde aus Dünen und schleuderten ein ganzes Meer aus Sand und rotem Staub empor. Glücklicherweise war ihr Aufenthalt an diesem ungastlichen Ort nur von kurzer Dauer. Der nächste Ley war nur wenige hundert Yards entfernt; und mithilfe von Wilhelminas Zielsuchgerät fanden sie ihn ohne Probleme und konnten ihn zudem sofort nutzen, ohne warten zu müssen.

»Entschuldigt bitte, Giles«, sagte Mina, als sie den Sprung beendet hatten. »Das war eine Abkürzung. Dadurch haben wir viel Zeit eingespart.«

Er hustete den Staub aus seinen Lungen und wischte sich kleine Sandkörner aus den Augen. »Wo sind wir jetzt?«, wollte er wissen, während er die neue Umgebung in sich aufnahm.

Sie waren an einem Ort angekommen, der eine gut gepflegte Parklandschaft zu sein schien: Direkt vor ihnen befand sich ein langer grüner Streifen aus gemähtem Gras, der von Reihen hochgewachsener Ulmen gesäumt wurde; und hinter ihnen erhob sich die breite Flanke eines steilen Berghangs. Der Rest des Parks wurde von Bäumen verdeckt.

»Willkommen in Edinburgh!«, rief Mina fröhlich. »Oder zumindest in Midlothian … Schaut Euch nur an«, forderte sie ihn auf und tätschelte seinen Arm. »Ihr habt ganz vergessen, dass Euch übel sein sollte. Bald werdet Ihr das Ley-Reisen meisterlich beherrschen.«

Giles blickte sich erneut um und beäugte die Umgebung mit einem argwöhnischen Gesichtsausdruck.

»Seid Ihr jemals in Schottland gewesen?«, erkundigte sich Mina.

»Ich bin noch nie jenseits der Cotswolds gereist«, antwortete er. »Das heißt, bevor ich mit Mr. Livingstone zusammenkam.« Wieder schaute er misstrauisch um sich und vertraute dann Mina an: »Ich habe allerdings gehört, die Schotten seien Barbaren, die ihre Jungen essen.«

»Nur im schottischen Hochland«, neckte sie ihn und begann, den breiten Grasstreifen entlangzuspazieren. »In der Hauptstadt können die Menschen äußerst kultiviert sein. Ihr werdet es sehen. Mit etwas Glück sind wir nun im Jahre 1819, und wir sind hergekommen, um einen Mann namens Thomas Young zu sehen. Er ist ein Doktor – ein Arzt mit einer Praxis in London. Doch er ist hier mit seiner Frau Eliza, um deren Schwester samt Familie zu besuchen.«

»Ist Dr. Young ein wichtiger Mann?«, fragte Giles, der nun im Gleichschritt neben ihr ging.

»Ja, ein sehr wichtiger. Zusätzlich zu seinen Fähigkeiten als Mediziner hat er internationales Ansehen als führender Wissenschaftler gewonnen. Er beherrscht dreizehn oder vierzehn Sprachen und hat praktisch über alles geschrieben – von der Geometrie und Physik über Medizin, Mechanik sowie Philosophie bis hin zur Farbenlehre und Musik. Kurz gesagt, er wird berühmt werden als der letzte Mensch auf Erden, der alles wusste.«

»Ist das der Grund, weshalb wir ihn aufsuchen werden?«

»So ist es. Neben all seinen anderen Leistungen, die an sich schon beachtlich sind, ist Dr. Young auch die weltweit führende Autorität in der Ägyptologie.«

Sie verließen den Grasstreifen und betraten einen öffentlicheren Bereich des Parks, wo sie bequem zwischen Bäumen und Büschen spazierten, die in ihrem dichten hochsommerlichen Laub prangten.

»Dr. Young leitet regelmäßig Expeditionen nach Ägypten«, fuhr Mina fort. »Jeden Herbst reist er dorthin, um Ausgrabungen durchzuführen und seine Kenntnisse in der Archäologie und sein Wissen über Hieroglyphen zu erweitern.« Sie warf einen Blick auf den wortkargen jungen Mann neben sich. »Ihr wisst über die Karte aus menschlicher Haut Bescheid?«

Er nickte.

»Was wisst Ihr darüber?«

»Ich weiß, dass Sir Henry großen Wert auf sie legte, Mylady. Und ich weiß, dass er und Mr. Livingstone wegen ihr getötet wurden.«

»Richtig. Nun, Dr. Young wird Kit helfen, die Meisterkarte zu finden.«

»Er weiß also, wo sie ist?«

Wilhelmina schüttelte ihren Kopf. »Nein. Aber wenn die Karte in Ägypten zu finden ist, dann ist er genau der richtige Mann, um sie zu entdecken.«

Der Park endete in einer breiten Rasenfläche, die hinter einem Gebäude lag, das schwermütig wirkte und in einem freiherrlichen Stil errichtet war – das Haus eines reichen Schifffahrtmagnaten.

»Hier entlang«, sagte Mina und wandte sich von dem stattlichen Bauwerk ab. »Sie reagieren ein wenig empfindlich, wenn Unbefugte das Gelände betreten. Am besten bleiben wir außer Sicht.« Sie führte ihren Gefährten zu einem niedrigen Eisenzaun, schwang sich mühelos über ihn und begann, eine ausgefahrene Straße hinunterzugehen. Als Giles ihr folgte, erklärte sie: »Wir sind immer noch ein paar Meilen von der Stadt entfernt. Aber mit ein bisschen Glück wird eine Kutsche vorbeikommen, und wir erhalten eine Mitfahrgelegenheit.«

Doch die erwartete Kutsche erschien nicht. Sie erreichten Edinburgh, indem sie durch die schmutzigen Außenbezirke mit ihren niedrigen, schäbigen Häusern marschierten, deren getünchte Wände durch den Rauch und Ruß von *Auld Reekie* – die »Alte Verräucherte« war der Spitzname von Schottlands Hauptstadt – dunkel geworden waren. Dieser Teil von Edinburgh bereitete Giles in keiner Weise auf den Eindruck der sich ausbreitenden Innenstadt vor. Als sie schließlich das Stadtzentrum erreichten, war er von diesem Eindruck überwältigt. Giles nahm die gewaltigen Gebäude aus rotem Stein entlang der Straßen ebenso in sich auf wie die zahlreichen Bewohner, die ihren Geschäften nachgingen. Schließlich erblickten sie eine sich ausdehnende, weit in die Höhe emporragende Burg, die direkt im Herzen der Stadt auf einem blanken Felsenkegel thronte: Giles blieb stehen und konnte nur mit offenem Mund und in sprachlosem Erstaunen das Bauwerk anstarren.

»Was denkt Ihr?«, fragte Wilhelmina, die ebenfalls innehielt.

»Es ist ein schöner und stattlicher Ort«, lobte Giles und sah sich um. »Sogar größer als London – mit mehr Gebäuden aus Stein. Und auch die Kutschen sind größer.«

»Und das ist bloß der Anfang.« In diesem Augenblick begann eine Uhr hoch oben im Turm einer Kirche, die am anderen Ende der Straße stand, die Stunde zu schlagen: Es war drei Uhr. »Wir sollten uns besser beeilen. Schließlich wollen wir sie nicht zu Hause beim Tee stören.«

Erneut zeigte sich auf dem breiten Gesicht des jungen Mannes ein ratloser Ausdruck. »Gehen sie denn nicht ins Teehaus?«

Mina ahnte den Grund für seine Verwirrung. »Oh, natürlich. Hier in der Nähe gibt es immer noch Teeläden, und zwar massenhaft. Aber in zunehmendem Maße trinken die Leute ihren Tee zu Hause. Auch nehmen sie eine leichte Nachmittagsmahlzeit dabei zu sich.«

Giles akzeptierte diese Erklärung mit seinem üblichen Nicken. Daraufhin begann Mina, die Straße entlangzugehen, und er folgte ihr.

Einen Augenblick später wandte sie sich wieder ihm zu. »Wo wir schon von Mahlzeiten sprechen – habt Ihr Hunger? Wir haben gerade noch Zeit genug, um ein Sandwich aufzugabeln ...« Sie bemerkte den verwirrten Blick ihres Gefährten und erriet sogleich den Grund dafür. »Tut mir leid; ich habe ganz vergessen, dass Ihr darüber noch nichts wissen könnt. Aber keine Sorge! Ihr werdet es mögen.«

Drei weiche Brötchen mit Schinken, Käse und Senf, zwei Becher mit milchigem Tee und eine Kutschenfahrt später kamen sie vor den Stufen eines großen Steinhauses in der Charlotte Street an. Den Tee hatten sie an einem Kutschenstand getrunken, und die Sandwiches waren auf dem Rücksitz einer Karosse von einem heißhungrigen Giles gierig verschlungen worden, der verkündet hatte, diese Erfahrung sei ein echtes Wunder.

Wilhelmina riss nun am Klingelzug, und einen Augenblick später wurde die schwarz lackierte Tür von einer jungen Frau geöffnet, die in der blauen Uniform eines Dienstmädchens gekleidet war. Sie starrte die Neuankömmlinge teilnahmslos an und sagte kein Wort.

»Wir sind gekommen, um Dr. Thomas Young zu besuchen«, verkündete Mina. »Ich glaube, er hält sich derzeit hier auf.«

»Ich muss Ihnen mitteilen, dass Dr. Young mit seiner Familie zusammen ist. Er empfängt heute keine Patienten.«

»Wir sind keine Patienten«, entgegnete Mina forsch. Sie war keinen Moment darüber irritiert, dass sie sich nun in einer Epoche befand, in der die Menschen nicht mehr die Anrede »Euch«, benutzten. »Wir sind Forscherkollegen. Seien Sie versichert, dass wir ihn nicht stören würden, wenn es sich nicht um eine Angelegenheit von höchster Bedeutung und größtem Interesse für ihn handelte. Bitte teilen Sie Dr. Young mit, dass wir aus Ägypten gekommen sind und wichtige Informationen für seine bevorstehende Expedition mitbringen.«

»Wenn Sie bitte hier draußen warten möchten . . . Ich werde es ihm erzählen.« Das Mädchen drehte sich um und schloss die Tür.

Eine Minute später wurde sie wieder geöffnet – allerdings nur ein paar Spaltbreit und diesmal von einem bärtigen Mann, der eine Brille mit rundem, stählernem Gestell und einen Gehrock trug. »Ich grüße Sie, meine Freunde. Wie kann ich Ihnen zu Diensten sein?«

»Guten Tag, Dr. Young«, erwiderte Mina. »Danke, dass Sie sich einverstanden erklärt haben, uns zu treffen. Wir werden versuchen, Ihnen nicht zu viel von Ihrer kostbaren Zeit zu stehlen.«

»Habe ich recht verstanden, dass Sie Informationen haben, die meine Expedition nach Ägypten betreffen?«

»Genau, Informationen«, bestätigte Wilhelmina. »Und einen Vorschlag für Sie, den Sie überdenken sollten.«

Young machte keinerlei Anstalten, die Tür weiter zu öffnen oder gar die beiden Besucher hereinzulassen. »Einen Vorschlag«, wiederholte er und betrachtete Minas merkwürdiges Erscheinungsbild. »Darf ich wissen, um welche Art von Vorschlag es sich handelt?«

»Es betrifft die Entdeckung des Grabmals von Anen, dem Hohen Priester des Amun, und die Hebung einer Fülle von Schätzen, von denen viele noch nie zuvor gesehen worden sind.«

Der freundliche Gelehrte lächelte wissend. »Es tut mir leid, aber Sie irren sich, verehrte Dame. Ein solches Grabmal gibt es nicht.«

»Ich erlaube mir, anderer Meinung zu sein, verehrter Doktor. Das Grabmal existiert, ist aber bislang noch nicht entdeckt worden. Ich kann Ihnen jedoch versichern, dass es aufgefunden wird.« Mina beugte sich vor und gab ihr Geheimnis preis. »Und Sie sind der Mann, der es entdecken wird.«

Er starrte sie wohlwollend durch seine Brille an, eine professionelle Gewohnheit von ihm, die sich recht nachdrücklich zeigte. Ohne Frage war er es gewohnt, mit Menschen unterschiedlichster Verfassung umzugehen – alle Arten von schwächender seelischer und körperlicher Konstitution waren ihm vertraut. »Darf ich mir die Freiheit erlauben, zu fragen, wie Sie dies überhaupt wissen können?«

»Weil . . .«, erwiderte Wilhelmina und zeigte ihm ihr aufrichtigstes und zuversichtlichstes Lächeln, »ich aus Ihrer Zukunft bin.«

FÜNFTES KAPITEL

Worin ein Gast geehrt wird

Kit schlenderte ins Dorf: ein kleiner Bauernweiler, der aus niedrigen Lehmziegelhäusern bestand, die sich am Ufer des leisen, träge dahinfließenden Nils aufreihten und von dunklen, fruchtbaren Feldern umgeben waren, auf denen Bohnen und Speisekürbisse, Zwiebeln, Lauchstangen, Melonen, Sesam und Ähnliches wuchsen. All das wurde von einer lärmenden Begrüßungsgesellschaft aus Mischlingshunden bewacht. Die Häuser, wie Kit bemerkte, bestanden zumeist aus schmucklosen Lehmziegeln, doch einige wiesen eine zufällig blau oder grün verschmierte Wand auf. Die Gebäude waren durchweg tür- und fensterlos, und die meisten besaßen in ihren kahlen Hinterhöfen einen kleinen Ofen, der wie ein Bienenkorb geformt war. Die wohlhabender aussehenden Wohnhäuser hatten kleine leinenbedeckte, von Palmen umsäumte Pavillons auf dem Dach – zweifellos, um jeden umherziehenden kühlenden Lufthauch zu nutzen. Aber die Dächer der ärmlicheren Wohnstätten wurden gekrönt von Abfallhaufen, die in der Sonne brieten: Alle ausrangierten, verbrauchten Haushaltsgegenstände beendeten ihr zweckdienliches Dasein auf einem Dach – zusammen mit dem sich anhäufenden Unrat und Müll des täglichen Lebens.

Er bekam den ersten Hund zu sehen, als er das dritte Haus am Rande des Weilers passierte. Dem Tier gesellten sich rasch zwei weitere hinzu, in deren Schlepptau sich wiederum eine ganze Meute seltsamer Kinder befand. Sie alle – Hunde ebenso wie Kinder – starrten ihn mit ihren großen dunklen Augen an. Kit lächelte und winkte ihnen zu. Das brachte die Kinder dazu, fortzurennen und die Älteren zu suchen. Auf diese Weise wurde ein allgemeiner Aufruhr ausgelöst, mit dem man einen Fremden begrüßte, der aus der Wüste hinausgewandert war.

Kit war sehr erleichtert, als er bemerkte, dass seine ersten Kommunikationsversuche Erfolg hatten. In welcher Zeit er auch immer gelandet sein mochte – der Anblick von Abendländern war offensichtlich unter den Einheimischen geläufig genug, sodass er nicht augenblicklich Alarmbereitschaft hervorrief. Zumindest führte sein Erscheinen nicht dazu, dass die Menschen zu ihren Waffen eilten oder in Deckung rannten. Stattdessen trat – als sich eine kleine Menschenmenge um ihn versammelt hatte – ein dunkelhäutiger älterer Mann mit stoppeligem grauem Haar nach vorne und überreichte Kit einen Tonbecher, der mit Wasser gefüllt war. Kit nahm ihn lächelnd mit einem Kopfnicken entgegen. Er führte den Becher an seine Lippen und trank ihn hastig aus.

Der Mann beobachtete ihn und fragte: »Deutscher? *Français?*«

»Engländer«, antwortete Kit und wischte sich den Mund ab. »*Parlez-vous* Englisch?«

»*Non*«, erwiderte der Mann. Dann ergriff er einen Jungen, der in seiner Nähe stand, und sprach einen raschen Befehl, woraufhin der Bursche davonrannte. Anschließend wandte sich der Mann wieder Kit zu und fragte erneut: »*Français?*«

»Nein«, entgegnete Kit und gab den leeren Becher zurück.

Der Mann seufzte müde und resigniert. Danach standen alle nur da, schauten sich gegenseitig an und auch Kit, bis ein schlanker junger Mann in einem weißen Kaftan erschien.

»Hallo, Sir«, sagte er, nachdem er sich einen Weg durch die Menschenmenge gebahnt hatte. »Ich bin Khefri.«

»Sie sprechen also Englisch.«

Der junge Mann nickte ernst. »Wie heißen Sie, Sir?«

»Nennen Sie mich Kit. Kit Livingstone.«

»Wie können wir Ihnen helfen, Kit Livingstone?«

»Ich reise hier in dieser Gegend«, antwortete Kit. »Ich bin auf dem Weg nach Luxor. Kennen Sie irgendwo einen Ort, wo –«

»Sie sind zu Fuß unterwegs?«

»Ja.«

»Und Sie sind in der Wüste gewesen?«

»Ja, genau. Ich –«

»Sie sind zu Fuß in der Wüste gewesen?«

»Ja. Verstehen Sie, ich suche nach jemandem.«

»Sie suchen nach jemandem«, echote Khefri, dessen große dunkle Augen sich ungläubig verengten. »Und das zu Fuß in der Wüste?«

»Zufällig ja«, erwiderte Kit, den das Gefühl beschlich, dass diese Serie von Fragen noch eine ganze Zeit lang weitergehen könnte. »Aber jetzt bin ich auf dem Weg nach Luxor ...«

»Haben Sie Geld?«, erkundigte sich der junge Mann.

»Ein bisschen«, antwortete Kit. Wilhelmina hatte ihm eine Hand voll Münzen gegeben. »Nicht viel.«

»Das ist mein Vater«, sagte Khefri und wies auf den älteren Mann, der nun zur Begrüßung Kit anlächelte und ihm zunickte. »Er ist der Ortsvorsteher dieses Dorfes. Sie bleiben diese Nacht bei uns, und ich werde Sie morgen Vormittag nach Luxor bringen.«

»Großartig!«, rief Kit. »Einfach toll. Ich meine, herzlichen Dank.«

»Es ist uns ein Vergnügen. Der Preis beträgt sechs Piaster.« Khefri wechselte ein paar Worte mit seinem Vater, bevor er fortfuhr: »Sie sind eingeladen, nun mit uns zu kommen und eine Mahlzeit mit uns zu teilen. Mein Vater würde gerne mit Ihnen über Ihr England sprechen.«

»Es würde mich sehr freuen«, erklärte Kit, der sich bemühte, so charmant wie nur möglich zu sein. »Aber ich möchte Ihnen keine Umstände bereiten.«

»Das sind für uns keine Umstände«, erwiderte Khefri. »Gastfreundlichkeit ist eine Pflicht. Wenn Sie mir nun bitte folgen würden, dann kann ich Sie zu uns führen.«

Der dunkeläugige Mann drehte sich um und bahnte sich einen Weg durch die Schaulustigen. Dabei schrie er sie an, sie sollten Platz machen. Kit folgte ihm in seinem Kielwasser – eine Prozession, die alle Merkmale einer Zwei-Mann-Parade aufwies.

»Sie sprechen sehr gut Englisch«, hob Kit hervor, während er ein paar Schritte hinter seinem Führer marschierte. »Wo haben Sie die Sprache gelernt?«

»In meiner Schule«, antwortete Khefri. »Ich bin zu einer Missionsschule in Kairo gegangen. Die Brüder dort – sie haben mich gut unterrichtet.«

»Das kann ich nur bestätigen.«

»Vor zwei Jahren habe ich die Schule beendet. Jetzt arbeite ich in Luxor.«

»Was machen Sie?«

»Manchmal arbeite ich als Fremdenführer«, erwiderte der junge Mann. »Manchmal helfe ich meinem Vetter bei seinem Boot. Mein Vetter – er spricht Französisch. Wir helfen uns gegenseitig.«

»Ich verstehe.« Kit nickte anerkennend. »Gemeinsam also können Sie allen Fremden Ihre Dienste anbieten.«

»Hier ist unser Haus.«

Kit blickte auf und sah, dass sie vor dem größten Haus im Dorf standen. Angezündete Öllaternen hingen entlang des Hausdachs und beleuchteten eine ziemlich große Leinenmarkise.

Khefri führte Kit zur Eingangstür. »Kommen Sie bitte herein«, sagte er und schleuderte seine Schuhe von sich. »Sie sind unser Gast.«

»Danke«, erwiderte Kit und zog seine Schuhe aus. »Wenn ich fragen darf... Welches Jahr haben wir?«

Khefri sah ihn eigenartig an. »Sie wollen wissen, welches Jahr wir haben?«

»Wenn das möglich ist.«

»Wir sind im Jahre 1238«, antwortete der junge Mann mit einem Achselzucken.

»Ach«, seufzte Kit, dessen Herz sank bei dem Gedanken, dass er offensichtlich ein gutes Stück über die Markierung hinausgeschossen und im mittelalterlichen Ägypten geendet war. Doch diese irrige Annahme wurde rasch gestürzt durch die nackten Tatsachen: die Missionsschule, die Öllaternen, der Beruf des Fremdenführers und alles andere.

»Entsprechend dem englischen Kalender«, fuhr Khefri nun fort, »befinden wir uns im Jahre 1822.«

»Das ist schon besser«, befand Kit, obschon er sich überhaupt nicht sicher war, auf welche Bedingungen er im Jahre 1822 stoßen würde. Doch wie auch immer sie waren – es würden zumindest sehr viel angenehmere sein als jene, die im Mittelalter existiert hatten.

»Bitte treten Sie ein.«

Das Innere des Hauses war dunkel und die Luft schwer vom fettigen Geruch stark gewürzten Essens. Kit lief das Wasser im Mund zusammen, und sein leerer Magen knurrte. Was auch immer sie hier drin kochten, er war sich sicher, dass er so viel davon essen könnte, wie er selbst wog. Er trottete hinter seinem jungen Gastgeber her, der ihn durch das Erdgeschoss führte. Es bestand aus einem einzigen großen Raum, der durch einen gewebten Vorhang unterteilt wurde. Kleine Teppiche bedeckten den Boden, und Kissen in unterschiedlichen Größen lagen im ganzen Umkreis verstreut. In der Mitte des Raumes stand ein niedriger Tisch mit einer großen, runden Oberfläche aus gehämmertem Messing. Khefri führte seinen Gast zur Hinterseite des Hauses hinaus. Dort hüteten zwei Frauen und zwei junge Mädchen ein Holzkohlenfeuer, über dem sich ein sehr großer und sehr schwarzer Kessel befand, in dem es nur so brodelte.

Eine der Frauen breitete eine dünne Teigschicht auf dem Boden eines runden gusseisernen Gefäßes aus, um flaches Brot zu backen. Sie blickte auf, als Khefri näher trat; und ein besorgter Ausdruck zeigte sich auf ihrem runden Gesicht. Ein Wort von ihm genügte, und sie senkte den Kopf. Dann ergriff sie eine frisch gebackene Scheibe aus hauchdünnem Brot, riss sie entzwei und erhob sich. Sie schritt um das Feuer herum und bot Kit das Brot an.

»Das ist meine Mutter«, teilte Khefri ihm mit. »Ihr Name ist Mariam.«

Kit nahm das warme Brot mit einem Lächeln und einem Kopfnicken entgegen. »Wie sagt man ›Danke schön‹ auf Ägyptisch?«

»*Shukran*«, antwortete der junge Führer. »Sagen Sie einfach *Shukran*.«

Kit wiederholte das Wort und fügte noch ihren Namen Mariam hinzu. Die Mutter des jungen Mannes verbarg den Mund hinter ihren Händen und lachte; dann sprach sie eine Bemerkung zu ihrem Sohn, bevor sie zu ihrer Kochstelle zurückkehrte.

»Was hat sie gesagt?«, fragte Kit.

»Meine Mutter hat gesagt, Sie sind sehr groß und nicht zu hässlich«, erwiderte Khefri. »Sie glaubt, Sie würden ein guter Ehemann für Bet sein – das ist meine älteste Schwester.«

»Bitte richten Sie ihr aus, dass ich zuerst zu ihr kommen werde, falls ich mich entschließen sollte, mir eine Frau zu suchen.«

Als diese Äußerung übersetzt wurde, war sie der Anlass für viel Gekicher unter den Frauen am Feuer. Die beiden jüngeren Mädchen blickten verstohlen auf ihren Besucher und lachten hinter vorgehaltener Hand.

Genau in diesem Moment kam Khefris Vater herbei. Mit stolzer Gestik legte er sich die Hand auf die Brust und sagte auf Englisch: »Ich bin Ramses. Freut mich, Sie kennenzulernen.«

»Und ich bin sehr erfreut, Sie kennenzulernen, Ramses«, antwortete Kit und streckte ihm die Hand entgegen. »Sie haben den Namen eines sehr berühmten Pharao.«

Der ältere Mann lächelte und nickte mit dem Kopf.

»Er spricht kein Englisch«, teilte Khefri seinem Gast mit. »Die Worte, die er gerade gesagt hat, sind die einzigen, die er kennt.«

»Sagen Sie ihm, dass Ramses ein sehr berühmter Pharao war. Jeder in England hat von ihm gehört.«

»Er weiß das. Allerdings ist Ramses nicht sein wahrer Name«, erklärte der junge Mann. »In Wirklichkeit heißt er Kopte. Ein sehr altmodisches Wort – zu schwierig, um es auszusprechen. Jedermann kennt ihn nur als Ramses.«

»Kopte?«, wiederholte Kit verwundert.

»Wir sind nämlich Kopten«, erläuterte Khefri. »Also Christen.«

»Ah.« Kit nickte. »Danken Sie bitte Ihrem Vater, dass er mir erlaubt hat, in sein Heim zu kommen. Ich fühle mich geehrt.«

Während Khefri die Worte seines Gastes wiedergab, lächelte sein Vater wohlwollend. Im Anschluss daran sprach Ramses zu seinem Sohn, der dann übersetzte: »Möge Gottes Frieden mit Ihnen sein während Ihres Aufenthaltes in unserem Land.«

»*Shukran*«, antwortete Kit.

Der Dorfälteste gab seinem Sohn und dem Gast ein Zeichen, ihm nach oben zum Hausdach zu folgen. Dort erhielt Kit einen Ehrenplatz im kleinen Pavillon – eine einfache, an drei Seiten aus Leinen und Brettern errichtete Konstruktion, die zum Schutz vor der Sonne von Palmwedeln bedeckt war. Kleine Teppiche lagen ausgebreitet darin, und die Kissen waren so angeordnet, dass man sich darauf bequem hinlegen konnte.

Während der ältere Mann in einem Messingbecken ein kleines Holzkohlenfeuer anzündete, lehnte Kit sich zurück und sah zu, wie nach und nach die Sterne zum Vorschein kamen. Nach einer kleinen Weile, als die Kohlen im Becken endlich glühten, brachte eine der Töchter eine Schischa – eine Wasserpfeife, wie Kit wusste – und ein kleines Paket mit irgendeiner ihm unbekannten Substanz, die geraucht würde. Der Vater bereitete die Pfeife zu und sog ein paarmal kräftig daran, damit sie anging. Anschließend reichte er Kit den Schlauch mit dem Mundstück und gab ihm zu verstehen, dass er einen Zug daraus nehmen sollte.

Kit wollte seinen Gastgeber nicht beleidigen. Daher nahm er probeweise einen Zug aus dem Schlauch und wurde mit einem Mundvoll kühlen Rauch belohnt, der einen seltsamen Mentholgeschmack hatte. Prompt musste er husten und würgen – woraufhin sein Gastgeber vor Lachen brüllte. »Danke«, keuchte Kit. »Das war ... recht schön.«

Danach nahm Khefri einen Zug und reichte den Schlauch seinem Vater zurück, der vergnügt weiterpaffte. Gleichzeitig überschüttete Ramses seinen Gast mit Fragen, die von seinem Sohn übersetzt wurden. Wie stand es um die Gesundheit des Königs? Glaubte Kit, dass der König nach Ägypten kommen würde? Wie viele Pferde besaß Kit? Lebte er in einem Schloss? Stimmte es, dass es jeden Tag in England regnete? Hatte er jemals den König getroffen?

Auf diese und viele weitere Fragen gab Kit einfache, freundliche Antworten, wenngleich einige von ihnen entschieden vage ausfielen, da er sich nicht sicher war, welcher König aktuell auf dem

Thron saß. Nichtsdestotrotz schienen seine offenen Erwiderungen den wissbegierigen Gastgeber zufriedenzustellen, der wie ein glücklicher Sultan unentwegt rauchte. Gleichwohl war Kit dankbar, als in großen Messingschüsseln das Essen gebracht wurde: ein stark gewürzter Eintopf aus Hammelfleisch und Auberginen mit Linsen, Aprikosen und Pinienkernen. Das Mahl war an den Seiten mit feinem gelbem Kuskus garniert und wurde mit den Fingern gegessen. Die Männer tauchten ihre Hände in das Gemeinschaftsgericht – jeder konnte in alle Schüsseln greifen –, während die Frauen und Mädchen umherhuschten und Getränkebecher mit einheimischem Bier füllten: ein wässriges, saures Gebräu, das dennoch erstaunlich gut die Kehle hinunterrann. Außerdem gab es Brot, von dem man sich immer wieder Stücke abriss und das regelmäßig durch warme, frisch gebackene Laibe ersetzt wurde.

Als die Männer ihre Mahlzeit beendet hatten, bereiteten sich die Frauen aus den Überresten ihr Essen zu. Kit musste gähnen und dachte ernsthaft darüber nach, ein paar Kissen übereinanderzulegen, seinen Kopf darauf zu betten und die Augen zu schließen. Doch da traf die Unterhaltung für den Abend ein. Es waren vier Männer – zwei mit Trommeln, einer mit einem Instrument, das einer Laute ähnelte, und einer mit einer Rassel. Die Musiker waren einzig und allein engagiert worden, um Kit einen Gefallen zu bereiten – eine Ehre, die dem Gast des Ortsvorstehers gebührte. Sie veranstalteten einen recht lebhaften Lärm, der jeden Gedanken an Schlaf aus Kits müdem Kopf vertrieb. Ein paar der Nachbarn erschienen, um zu helfen, und plötzlich begann man zu tanzen. Sehr zu Kits Verdruss wurde er in die Feierlichkeiten mit eingebunden und gezwungen, mit den Männern herumzustampfen, während die Frauen im Rhythmus der Musik in die Hände klatschten und lachten.

Es war schon spät – viel später, als Kit es sich gewünscht hatte –, als die Musiker schließlich ihre Instrumente beiseitelegten. Sie wurden alle mit Bechern voller Bier freigehalten, und nachdem sie dem Gast ihren Respekt gezollt hatten, verschwanden sie schließlich. Ramses erhob sich, und mit dem Wortgepränge eines richtigen Pharaos wünschte er seinem Gast eine gute Nacht.

Kit dankte ihm für den wundervollen Abend. »Ich kann mich nicht erinnern, jemals eine angenehmere Zeit verbracht zu haben«, sagte er aufrichtig.

»*Salaam*«, verabschiedete sich Ramses, während er die Treppe hinunter verschwand. Immer noch summte er eine Melodie, die von den Musikern gespielt worden war.

»Sie werden heute Nacht hier oben schlafen«, erklärte Khefri seinem Gast. »Da ist ein Tuch, falls Ihnen kalt werden sollte.«

»Ich bin mir sicher, dass alles in bester Ordnung sein wird.«

»Morgen früh hole ich Sie ab. Wir werden bei Sonnenaufgang aufbrechen.«

»Ich werde bereit sein«, erklärte Kit. »Gute Nacht – und, Khefri, vielen Dank. Danke für alles. Es war genau das, was ich gebraucht habe.«

»War mir ein Vergnügen«, antwortete der junge Ägypter. »Gute Nacht.«

Khefri schlüpfte leise fort, während Kit ein paar der Kissen zusammenlegte und die leichte Decke ausschüttelte. In der Zeitspanne eines Tages – *Ist es wirklich nur ein einziger Tag gewesen?* – war er gefangen gehalten worden und hatte um sein Leben fürchten müssen, dann war er alleine durch die Wüste marschiert und hatte unter Hitze und Durst gelitten. Jetzt war hier: Angefüllt mit gutem Essen und Musik, genoss er die großzügige Gastfreundschaft von Menschen, von denen er sich vor diesem Abend niemals hatte vorstellen können, dass es sie überhaupt gab.

Genau in dem Moment, als er sich ausstreckte und die Decke über sich zog, setzte der nächtliche »Hund-und-Esel«-Chor ein. Das Geräusch eines jeden Tieres löste den »Gesang« anderer aus, bis das gesamte Niltal von der Kakofonie aus Bellen und Schreien widerhallte.

Da an diesem Ort der Schlaf die letzte Aktivität zu sein schien, der eine Kreatur nachgehen durfte, lag Kit einfach nur auf dem Rücken und starrte nach oben in einen Himmel, der im Glanze von sehr viel mehr Sternen erstrahlte, als er jemals an irgendeinem Firmament erblickt hatte. Die Milchstraße, die er in London niemals auf diese

Weise zu sehen bekommen und die er anderswo in den meisten Fällen als dünnen Sternenstaub wahrgenommen hatte, war in der trockenen Atmosphäre von Ägypten ein strahlendes Band aus leuchtendem Nebel. Voll Staunen beobachtete er, wie dieses überwältigende Naturschauspiel an der schimmernden Himmelskuppel langsam kreiste: Es drehte sich majestätisch um den fixen leuchtenden Punkt des »Himmelsnagels« – um den Polarstern. Und obwohl der Mond erst recht spät aufging, warf das glänzende Sternenlicht, das vom wolkenlosen Firmament herabstrahlte, gut sichtbare Schatten auf die irdische Landschaft.

Wie heiterhell ist dieses Reich aus Sternen?, sinnierte er. Welcher Dichter hatte das noch gesagt?

Das grenzenlose Sternenfeld erstreckte sich in jede nur mögliche Richtung – allüberall voller Konstellationen, die er noch nie zuvor gesehen hatte und deren Namen er nicht wusste. Hier und da fiel ihm ein vertrautes Sternbild ins Auge, doch das schimmernde Firmament war ihm größtenteils unbekannt. All diese Sternenkonstellationen könnte nur jemand wissen, der seine bruchstückhaften Kenntnisse in Astronomie bei Weitem übertreffen würde – die Kit an seiner Mittelschule als Elfjähriger erlernt hatte, als er Mitglied des Sterngucker-Clubs gewesen war. Er hatte lediglich drei Versammlungen beigewohnt, bevor ihm die wahrhaft grundlegende Tatsache bewusst geworden war, dass die Beschäftigung mit diesem Hobby zumeist nachts in der Kälte stattfand, weil der Himmel im Winter am hellsten leuchtete. Jetzt erinnerte er sich nur noch an wenige der verschiedenen Sternenkonstellationen. Er entsann sich daran, dass er meistens von einem Fuß auf den anderen hüpfte und in seine Hände hauchte – in dem zwecklosen Bemühen, sich warm zu halten, während er darauf wartete, einen viel zu kurzen, flüchtigen Blick durch Mr. Hendersons Sechs-Zoll-Teleskop werfen zu dürfen.

Er wünschte sich, dass er seine Studien in diesem Fachgebiet mit viel mehr Aufmerksamkeit betrieben hätte: ein Wunsch, den er in letzter Zeit auch mit Blick auf alle anderen Bereiche verspürt hatte.

Dennoch – fuhr es ihm durch den Kopf – war es nicht zu spät, um noch zu lernen. Und er *würde* lernen. Er würde jemanden finden, der ihn unterrichten konnte. Falls dies misslänge, würde er irgendeinen Weg finden, um sich selbst zu unterrichten. Weil sein Leben aller Wahrscheinlichkeit nach davon abhing. Und wenn von dem, was Cosimo und Sir Henry geglaubt hatten, auch nur ein kleiner Teil der Wahrheit entsprach – über das, was jenseits dieser schimmernden Sterne lag –, dann hing möglicherweise sogar die Zukunft der Welt davon ab.

Sein letzter Gedanke, bevor ihn der Schlaf übermannte, war, dass es stimmte, was Cosimo einmal gesagt hatte: Das Universum war weitaus merkwürdiger, als irgendjemand sich vorstellte – oder sich überhaupt vorstellen *konnte*.

SECHSTES KAPITEL

Worin eine Frage zur Schwangerschaft gestellt wird

*O*bwohl sie sich verpflichtet fühlte, dagegen zu protestieren, dass man sie wie die Kaiserin von China in einer Sänfte trug, gefiel Xian-Li in Wirklichkeit die Aufmerksamkeit, mit der sie von den Trägern und ihrem Aufseher überschüttet wurde. Nach Wochen an Bord eines stinkenden Schiffes, das auf unsicheren Meeren hin und her schlingerte, war das langsame Schaukeln der Sänfte eine angenehme Abwechslung. Arthur hatte erzählt, dass der Herrscher dieses Landes auf der italienischen Halbinsel einst ein guter Jugendfreund von ihm gewesen war. »Aber das war vor vielen Jahren gewesen«, hatte er abschließend gesagt. »Die Dinge können sich ändern. Um sicherzugehen, werde nur ich an Land gehen und die Lage beurteilen. Wenn alles in Ordnung ist, kehre ich zu dir zurück.«

Somit war das Eintreffen der Sänfte – wenngleich unerwartet – ein Zeichen dafür, dass die Situation bei Hofe gut oder sogar besser war, als Arthur gehofft hatte. Xian-Li lehnte sich in die mit Federn gefüllten Kissen zurück und blickte prüfend über ein Land, wo sich sanfte Hügel über einem silbernen Meeresbogen erhoben. Dieser Anblick vermittelte ihr den Eindruck, als würde sie nach Hause kommen. Während die Träger aus dem Hafen und dann in die Stadt hochstiegen, spürte sie, wie sie ein Gefühl des Friedens und der Ruhe überkam: eine Empfindung von Wärme und Entspannung, die sie seit vielen Wochen nicht mehr verspürt hatte. Nach dem ersten Sprung hatte Arthur auf dem Standpunkt beharrt, dass in ihrem heiklen Zustand weitere Ley-Reisen einfach zu gefährlich sein würden. Xian-Li hatte allerdings so ihre Zweifel gehabt. Ein oder zwei weitere Sprünge wären wohl weitaus besser gewesen als diese Reise, von der sie schließlich geglaubt hatte, sie würde niemals enden.

Als die Träger und ihr übereifriger kleiner Aufseher schließlich den langen, schrägen Weg erreicht hatten, der zum königlichen Haus auf dem Hügel führte, stand sie bereits völlig im Bann Etruriens. Dann traf sie den König – und sein ungezwungener Charme und seine Art der Begrüßung verzückten sie so sehr, dass sie augenblicklich all die Mühsal vollständig vergab und vergaß, die sie erlitten hatte, um hierherzukommen.

»Meine geliebte Xian-Li«, sagte Arthur, als er sie dem König vorstellte, »würdest du bitte Turms begrüßen. Er ist Herr und König von Velathri – und ein sehr alter und teurer Freund von mir.«

»Ich bin deine Dienerin, mein Herr«, erklärte Xian-Li. Während Arthur ihre Worte übersetzte, begann sie, einen Hofknicks zu machen. Diese Bewegung führte sie aufgrund ihrer fortgeschrittenen Schwangerschaft recht ungeschickt aus, sodass sie aus dem Gleichgewicht kam und gefährlich schwankte.

Der König streckte rasch den Arm aus, packte sie mit festem Griff am Ellbogen und half ihr, das Gleichgewicht wiederzufinden und sich aufzurichten. »Wir werden kein weiteres zeremonielles Verhalten mehr in diesem Haus zulassen«, versprach er ihr.

»Du bist sehr gütig«, entgegnete sie, nachdem ihr Ehemann die Worte des Königs übersetzt hatte.

Turms, der sie immer noch am Arm festhielt, führte sie zu seinem Platz auf dem roten Sofa. »Ich glaube, hier wird es dir genehmer sein«, sagte er und half ihr, sich niederzulassen. Dann wandte er sich an Arthur. »Ich muss dich zur Wahl deiner Braut loben, mein Freund. Sie ist außergewöhnlich schön. Du bist ein glücklicher Mann.«

Arthur bemerkte den fragenden Blick seiner Frau und erklärte: »Er sagt, du bist sehr schön, und ich sei ein Glückskerl.«

»Teile dem König mit, dass ich um sein Augenlicht fürchte. Ich bin ein hässlicher, aufgedunsener Wal.«

Turms lachte, als er ihre Entgegnung in seiner Sprache hörte.

»Mögen alle Wale ein so hässlicher Anblick sein«, meinte er. »Kommt, lasst uns gemeinsam etwas trinken und eine Zeit beginnen, in der wir uns an unserer Gesellschaft erfreuen.« Der König rief nach Wein, der sofort gebracht werden sollte. »Und bring die silbernen Becher, Pacha.«

»Herr? Diese Becher sind stets nur an heiligen Tagen benutzt worden«, betonte der Diener in einem eindringlichen Flüsterton.

»Allerdings!«, rief der König. »Du hast also völlig recht, mich daran zu erinnern. Welche Gelegenheit, frage ich dich, kann heiliger sein als diese Begrüßung einer neuen Freundin und eines lange abwesenden Freundes? Zu Ehren dieses freudigen Tages werden wir den besten Wein trinken und mit dem erlesensten Festtagsgeschirr zu Abend essen. Ich, Turms der Unsterbliche, verkünde hiermit, dass heute in diesem Haus ein Feiertag ist.«

»Es wird erledigt, o großer König.« Pacha verbeugte sich und hastete davon.

Turms zwinkerte Xian-Li zu. »Er ist ein überaus fähiger Hauswirtschafter, doch er vergisst immer wieder seinen Platz und muss häufiger daran erinnert werden, als es schicklich ist.« Er lachte. »Ein anderer König als ich hätte schon vor Langem seinen Kopf auf einen Pfahl setzen lassen. Doch ich mag ihn.«

Während der Wein kredenzt wurde, unterhielten sie sich über Xian-Lis Heimatland. Turms hörte mit großem Interesse zu, denn ihm war zu Ohren gekommen, dass Händler begonnen hatten, chinesische Häfen aufzusuchen. Aber er hatte noch nie jemanden gekannt, der persönlich dort gewesen war – und noch viel weniger hatte er eine Einheimische aus jenem weit entfernten Reich gesehen. Er wollte wissen, wie die Herrscher ihres Landes auftraten, wie sie regierten, welche Kleidung sie trugen, was sie aßen und wie sie ihre Geschäfte führten. Während Arthur übersetzte, hörte der König genau zu, nickte hin und wieder und prägte sich die neuen Kenntnisse ein, die er erhielt.

Als Arthur verkündete, er würde gerne auf dem Gelände rund um das Haus spazieren gehen und etwas von der Landschaft zu sehen bekommen, verlagerten sie ihr Gespräch nach draußen in die

Haine und auf die Weinberge des königlichen Anwesens. Allmählich kamen sie auch auf den Grund des Besuchs zu sprechen.

»Arturos hat mir erzählt, dass eure Reise durch eine Angelegenheit von einiger Bedeutung veranlasst worden sei.«

»Was hat mein Ehemann sonst noch gesagt?«, erkundigte sich Xian-Li und blickte ein wenig missbilligend auf Arthur, während er ihre Worte dem König wiedergab.

»Nur, dass eine Zeit, die für dich voller Freude und froher Erwartung hätte sein sollen, in irgendeiner Weise gestört worden ist. Auch hat er gesagt, er sei gekommen, um Rat zu suchen.« Turms blieb stehen, wandte sich ihr zu und lächelte. »Ich hoffe, dass ich dieses Vertrauen zurückzahlen kann.«

Xian-Li schaute ihren Mann an, als er erklärte, was Turms gesagt hatte. »Mach weiter«, drängte Arthur sie. »Erzähl es ihm.«

»Es ist so, wie mein Gatte gesagt hat«, begann Xian-Li und fuhr sich mit der Zunge über die Lippen. »Ich habe ein paar Schwierigkeiten gehabt. Zweimal ist es mir gelungen, mit knapper Not eine Fehlgeburt abzuwenden. Danach jedoch schien es, als ob alles in Ordnung sei und sich so entwickeln würde, wie es sollte. Ich habe mich stark gefühlt, und meine gesundheitliche Verfassung ist sehr gut gewesen.«

»Und jetzt?«, erkundigte sich Turms nach Arthurs Übersetzung.

»Einen Monat ist es bereits her, dass ich zuletzt gefühlt habe, wie sich das Baby bewegt«, antwortete Xian-Li; ihre Stimme zitterte ein wenig, während sie sprach. »Ich habe Angst, das Kind könnte ... in Schwierigkeiten sein.«

»Ach«, seufzte Turms, nachdem Arthur die Worte seiner Frau wiedergegeben hatte. »Ich verstehe. Du möchtest von mir, dass ich dir sage, ob dies der Wahrheit entspricht. Du wünschst zu wissen, ob der Säugling lebendig geboren wird ...« – seine Stimme senkte sich – »oder tot.«

»Für etwas Geringeres hätte ich niemals unsere Freundschaft ausgenutzt«, erklärte Arthur. »Aber mir ist niemand eingefallen, der besser geeignet wäre als du, uns zu beraten und den rechten Weg zu weisen.«

Turms wandte sich ab und begann, die Reihe ordentlich gepfleg-
ter Weinreben hinunterzugehen. An einer von ihnen blieb er
unvermittelt stehen und nahm eine schwere Rispe mit blauschwar-
zen Beerenfrüchten in seine Hand. Er hob sie an und rieb mit seinen
Fingern an den obersten Weinbeeren etwas von der weißen, wachs-
artigen Schicht auf der Schale ab.

»Es tut mir leid, wenn wir –«, begann Xian-Li.

Sie hielt inne, weil Arthur ihre Schulter berührte und mit dem
Kopf schüttelte, damit sie schwieg.

Sofort drehte sich Turms um und spazierte dorthin zurück, wo das
besorgte Paar stehen geblieben war. »Natürlich werde ich euch
meinen Rat geben. Ich wollte nur erkennen können, ob dieses Anliegen innerhalb des Bereichs vorhersehbaren Wissens liegt. Im
Verlaufe meiner Zeit als König hat man mich um vielerlei Dinge
gebeten, aber noch nie um so etwas.«

»Und ist es etwas, das du vorhersehen kannst?«

»Ich denke schon«, erwiderte Turms. »Auf jeden Fall habe ich
die Macht, nach der Antwort zu suchen.«

Sie setzten ihren Spaziergang durch die Weinreben fort und nahmen die Wärme und die Schönheit des Tages in sich auf. Xian-Li
wurde bald müde, und sie kehrten zum Haus zurück, wo inzwischen
die Räume für die Gäste des Königs hergerichtet worden waren. Als
sich die beiden dort zur Zufriedenheit von Turms eingewöhnt hatten, legte er sein Staatsgewand an und ging hinab zum Tempel am
Fuße des heiligen Hügels, um mit einigen Priestern über die Beschaffung der notwendigen Gegenstände für die Wahrsagung zu
sprechen.

Der oberste Priester, ein ehrwürdiger alter Mann mit einem leichten Buckel, schlurfte in den Audienzraum, gerade als der König sich
verabschiedete. »Mögest du Frieden im Überfluss haben, mein Herr
und König«, sagte Sethre. »Ich habe gerade erst erfahren, dass du hier
bist, denn ansonsten wäre ich früher gekommen.«

»Sei gegrüßt, Sethre; ich hatte nicht die Absicht, dich bei deinen
Meditationen zu stören«, erwiderte Turms. »Ich bin nur hierhergekommen, um eine Wahrsagung vorzubereiten, die heute Abend

stattfinden wird. Alles ist in Ordnung. Es war nicht nötig, dich zu stören.«

»Deine Gegenwart ist niemals eine Störung, o König«, erklärte der greise Priester mit ausgeklügelter Ehrerbietung. »Ich habe eine gute Neuigkeit für dich. Dein Grabmal ist beinahe fertig.«

»Das ist wirklich eine gute Neuigkeit«, sagte Turms und nickte anerkennend. Der Bau eines Grabmals war die erste, höchste und heiligste Pflicht eines Priesterkönigs. Seine eigenen Pläne waren zwar im Vergleich zu denen einiger seiner Vorgänger eher bescheiden zu nennen, nichtsdestoweniger hatte sich bei der Ausführung gezeigt, dass sie voller Komplikationen der unterschiedlichsten Art waren. Die Verzögerungen, die durch diese Schwierigkeiten hervorgerufen wurden, hatten die Fertigstellung des Grabmals während seiner Regierungszeit in immer weitere Ferne gerückt.

»Die Künstler haben mir versichert, das Grab werde vor der Tagundnachtgleiche fertig sein«, berichtete der alte Priester. »Die Einweihung kann also noch im Frühjahr stattfinden.«

»Gut gemacht, Sethre. Deine Erfahrung und dein Einsatz sind von unschätzbarem Wert gewesen.« Es war die Wahrheit: Der alte Mann hatte den Bau mit einer unermüdlichen Entschlossenheit geleitet. Was Turms verschwieg, war die Tatsache, dass ein Irrtum von Sethre zu dem ersten Rückschlag geführt hatte. Der Standort, der entlang des Heiligen Weges ausgewählt worden war, hatte sich aufgrund eines unerkannten Fehlers im Kalktuffgestein als vollkommen ungeeignet erwiesen: eines Fehlers, der eigentlich bei der Wahrsagungszeremonie – also schon lange vor dem Baubeginn – hätte entdeckt werden müssen.

»Ich habe gewusst, dass du erfreut sein würdest.« Sethre verbeugte sich und wandte sich zum Gehen. Dann zögerte er und fragte: »Das Ritual, mein König, das du heute Abend planst – wünschst du, dass ich dabei assistiere?«

»Das ist nicht nötig«, erwiderte Turms. »Es dreht sich um die Geburt eines Kindes.«

»Alsdann eine einfache Sache. Ich habe eine Taube, die sich dafür anbietet.«

»Nicht so einfach, wie wir es uns wünschten«, entgegnete der König, der anschließend von der Befürchtung erzählte, das Kind in der Mutter könnte möglicherweise tot sein. »Hast du dich jemals mit einem solchen Anliegen beschäftigt?«

»Nur ein einziges Mal, mein König. Es war vor vielen Jahren.« Er legte einen Finger auf seine geschürzten Lippen. »Ich habe damals einen Widder verwendet, soweit ich mich erinnere. Allerdings glaube ich nicht, dass ich jetzt einen Widder nehmen würde.«

»Nein?«

»Ein Lamm würde besser sein«, meinte der alte Priester. »Oder sogar ein Zicklein. Mit einem älteren Tier riskiert man zu viele erschwerende Faktoren. Es könnte das Ergebnis unnötigerweise vernebeln. Du brauchst ein junges Tier – und ein gesundes.«

»Ein weiser Ratschlag, Sethre«, lobte Turms. »Ich stimme deinem Urteil zu. Tja, wenn ich jetzt so darüber nachdenke, würde ich dich an diesem Abend doch gerne dabeihaben, um mir zu assistieren. Sorg dafür, dass ein makelloses Lamm oder Zicklein vorbereitet wird.«

»Wie du willst, mein König.«

Zufrieden darüber, dass alles für die Zeremonie geordnet war, kehrte Turms zum königlichen Haus zurück. Nachdem er Pacha eingeschärft hatte, dass niemand ihn stören durfte, nahm er sich aus einer Schüssel, die auf einem Tisch vor seiner Kammer stand, eine Pflaume, verzehrte sie und ging in sein Zimmer. Er streifte sein Gewand ab und hängte es am Ständer neben der Tür auf. Dann legte er sich auf sein Bett und schloss seine Augen. Aber er schlief nicht.

Stattdessen ging er in Gedanken noch einmal die Geschehnisse des Tages durch. Danach überkam ihn unverzüglich das Gefühl, dass alle Dinge ihre Richtigkeit hatten. Alles, was sich im Leben ereignete, geschah nicht ohne Grund. Zum Beispiel seine lange Bekanntschaft mit Arturos: die glücklichen Jahre, die sie in gemeinsamer Gesellschaft verbracht hatten; dann später sein eigener, sorgenschwerer Aufstieg zur Königsherrschaft und die darauf folgenden Jahre intensiven Studiums und angestrengter Vorbereitung – vielleicht hatte all das zu diesem heutigen Tag geführt, an dem in einer Zeit der Not die

Freundschaft in Anspruch genommen werden konnte. Wie so oft war Turms wieder einmal beeindruckt, wie selbst die anscheinend unwichtigsten und geringfügigsten Handlungen und Verbindungen in der Fülle der Zeit über eine große Bedeutung verfügen konnten.

Verachte nicht den Tag der kleinen Dinge . . . War es so, wie es in der Welt lief? Dieser Satz war ein Sprichwort, das er in Alexandria von einem bärtigen Weisen aus dem Osten gelernt hatte: einem klugen Mann, der dem Kult des Jahwe anhing – des Gottes, der über alle anderen herrschte, wie behauptet wurde, der alle Dinge zu seiner Schöpfung erklärte und sie aufrechterhielt und den die Hebräer unter Ausschluss aller andern Götter anbeteten.

Turms der Unsterbliche dachte darüber nach, und sein Herz schwang sich erneut in die Höhe angesichts der Kenntnis, dass es in den Augen des Weisen keine kleinen Dinge gab.

Nach einer kleinen Weile – als die Sonne begonnen hatte, in ein Meer hinabzusinken, das wie geschmolzene Bronze aussah – stand er auf und entkleidete sich. Dann führte er im bronzenen Becken seine rituellen Waschungen durch, wobei er jede Handlung dreimal vollzog. Anschließend kleidete er sich in sein purpurfarbenes Gewand und setzte den Seherhut auf. Bevor er wegging, hinterließ er Anweisungen für Pacha, damit sein Hausverwalter zur angemessenen Zeit Arturos und dessen Gattin zur Zeremonie brachte.

Mit wohlüberlegten, gemessenen Schritten ging der König langsam zum Tempel hinunter. Um seines Freundes willen durchsuchte sein Geist bereits die Myriaden von Pfaden der Zukunft.

SIEBTES KAPITEL

*Worin sich der Dezember als der
unbarmherzigste Monat erweist*

Zwei einsame, dick gegen die Kälte eingemummte Gestalten schlurften durch die schneebedeckten Straßen von Harrogate, einer Stadt, die ihnen völlig unvertraut war. Es waren eine Mutter und ihr kleiner Sohn: Die beiden waren mit einer Nachtkutsche aus London angereist und erst vor Kurzem hier angekommen.

»Steh aufrecht«, wies die Mutter ihren Sohn an. »Achte auf deine Umgangsformen – so wie ich es dir gezeigt habe.« Voller Zweifel blickte sie auf ihn hinab. »Wirst du das tun? Versprich es mir.«

Der Junge nickte; seinen kleinen Mund hatte er wegen der Kälte fest zusammengepresst.

»Bald wirst du ein Gentleman sein«, fügte sie in einem milderen Ton hinzu. »Denk daran.«

»Was ist, wenn ich ihn nicht mag?«, wollte der kleine Junge wissen.

»Natürlich wirst du ihn mögen«, schalt sie ihn. »Er ist jedenfalls dein Vater. Und es spielt überhaupt keine Rolle, ob du ihn magst oder nicht.«

»Warum?«

»Weil er dein Vater ist – darum!«, entgegnete sie in einem Tonfall, der ihn wissen ließ, dass es keine weiteren Fragen mehr dazu geben durfte.

Sie gingen weiter. Die frühmorgendlichen Straßen waren immer noch dunkel. Im tiefgefrorenen Dezember kam das Licht erst spät zu den Städten im Norden. Unter einer flackernden Straßenlampe hielten sie an, um sich ein wenig auszuruhen und aufzuwärmen, indem sie mit den Füßen aufstampften und in ihre nackten Hände hauchten. Ein paar Schritte von ihnen entfernt schloss ein Bäcker seine Tür auf, trat in seiner mehlverstaubten Schürze nach draußen und nahm die Klappläden herunter, welche die Fenster seines Geschäfts bedeckten. Mit einem Schwall warmer Luft wehte der Duft von frischem Brot nach draußen auf die Straße.

»Ich bin hungrig«, piepste der kleine Junge, dessen Augen sich weiteten, als er auf die Bäckerei blickte.

»Bald werden wir essen«, munterte ihn seine Mutter auf. »Dein Vater wird uns ein schönes Essen geben. Ich rechne damit, dass er alle Arten von guten Essenssachen hat, denn er ist ein vornehmer Gentleman und lebt in einem großen Haus mit Butlern, Dienstmädchen und Dienern und mit einer Kutsche und Pferden.« Sie nahm seine kleine, kalte Hand in ihre und zog ihn an der Bäckerei vorbei. »Vorwärts, Archie! Es ist am besten, wenn wir weitergehen, bevor es uns zu kalt wird.«

Sie mühten sich weiter durch den Schneematsch, der die Straßen der Stadt bedeckte. Es war eine lange, schlaflose Reise in einer kalten und ungemütlichen Kutsche gewesen; und die Mutter hatte fast alles von ihren geringen Geldmitteln aufgebraucht, um die Fahrscheine zu erwerben, die sie bis hierhin gebracht hatten. Nichts mehr war übrig geblieben, um sich Nettigkeiten wie eine Droschke oder Notwendigkeiten wie warme Brötchen zu erlauben. Um ihren kleinen Sohn vom Hunger und der Kälte abzulenken, erzählte die Mutter ihm Geschichten über seinen Vater und vom Herrenhaus, an dem er sich aufgrund seines Geburtsrechts bald würde erfreuen dürfen.

Schließlich verließen sie die High Street und betraten eine breite Allee, die von großen Backsteinhäusern gesäumt wurde. Hier hielten sie an, um erneut eine Pause einzulegen.

»Ich bin müde«, jammerte der Junge.

»Es ist nur noch ein bisschen weiter«, munterte ihn die Mutter auf. »Wir sind fast da.« Sie zeigte auf ein großes graues Steinhaus am anderen Ende der Straße. Es besaß drei Stockwerke, und zur Rechten und Linken breiteten sich großzügig entworfene Seitenflügel aus. Ein hoher Eisenzaun umgab das Anwesen; das Gebäude selbst stand in hervorstechender Abgeschiedenheit inmitten einer riesigen Gartenfläche am Ende einer prachtvollen, beeindruckenden Auffahrt. »Siehst du, Archie? Das ist sein Haus. Es wird *Kettering House* genannt, und es ist wirklich sehr schön.«

Sie war nur zwei Mal dort gewesen, kannte den Ort aber gut. Beim ersten Mal war sie als nicht eingeladener Gast zu einem Sommerfest auf dem Rasen gekommen. Der Anlass war der Geburtstag eines prominenten Mitglieds des Hochadels und entfernten Angehörigen des Königshauses gewesen; und sie, die erst kurz zuvor aus London eingetroffen war, um ihre beste Freundin zu besuchen, hatte sich ihr einfach angeschlossen. »Komm doch mit, Gem«, hatte ihre Freundin sie gedrängt. »Es wird solch ein Vergnügen sein. Dort werden so ungemein viele Leute sein – niemand wird überhaupt wissen, dass du da bist. Und Vernon Ashmole ist der bestaussehende Mann, den du je gesehen hast.«

So angestachelt überwand sie ihren intuitiven Widerwillen, und die beiden jungen Frauen gingen zusammen dorthin. Und während es sich herauszustellen schien, dass die Hälfte der Stadt dabei mithalf, den Geburtstag jenes berühmten Einwohners zu feiern, bemerkte jemand ihre Anwesenheit: Nur wenige Minuten nachdem sie in den Garten geschlüpft waren, den man mit Lampions und Wimpeln aus roter Seide geschmückt hatte, zogen die hübschen jungen Frauen das starke Interesse des Sohnes Seiner Lordschaft auf sich.

Er stand da mit einem Weinglas in der Hand, als er die beiden jungen Damen entdeckte. Auf seinem wohlgestalteten Gesicht zeigte sich ein wissendes Grinsen, und mit dem gierigen Raubtierblick eines ausgehungerten Wolfes starrte er sie an. Dann schüttete er den Wein in einem Schluck hinunter, warf das Glas zur Seite und schritt auf die beiden zu, die halb verborgen in einem Rosenspalier standen. »Wie kommt es«, begann er und schaute dabei Gem direkt an, »dass ich jeden hier kenne – mit Ausnahme von Ihnen?«

»Oh, Vernon! Ich habe nicht gesehen, wie du dich an uns herangeschlichen hast«, sagte ihre Freundin und rang nach Luft.

»Unsinn, Juliana«, erwiderte der rechtmäßige Erbe Seiner Lordschaft, der keinen Moment lang die Augen von dem merkwürdigen weiblichen Eindringling abwendete. »Nun sag mir, wer dieses hinreißende Geschöpf ist?«

»Das ist meine beste Freundin – Gemma Burley«, antwortete Juliana, die einigermaßen erstaunt war über das Interesse des jungen Mannes an ihrer Freundin. »Sie ist von London heraufgekommen und ein paar Wochen zu Besuch hier. Ich habe sie gebeten, mich zu begleiten, da ich nicht alleine herkommen wollte. Ich hoffe, du hast nichts dagegen.«

»Oh, aber leider *habe* ich etwas dagegen, und zwar ganz schrecklich«, protestierte er. »Es ist ein sehr schwerer Verstoß gegen den furchtbar strengen Ashmole-Kodex des gesellschaftlichen Benehmens, meine Lieben. Man kann nicht einfach kommen und ungebeten in eine der festlichen Feiern von Lord Ashmole hereinplatzen. Das hat schreckliche Konsequenzen, versteht ihr.«

Juliana lachte. »Beachte ihn überhaupt nicht, Gem«, sagte sie und neigte den Kopf, sodass ihr flammend rotes Haar beinahe Gemmas dunkle Locken berührten. »Er macht nur Witze.«

»Ich scherze niemals über solche Dinge«, widersprach er nachdrücklich. »Es gibt Strafmaßnahmen.«

»Was sind bitte schön die Strafen ...« – Juliana lachte mit erzwungener Fröhlichkeit – »für solch einen schwerwiegenden gesellschaftlichen Verstoß?«

Gemma lächelte nervös, da sie unsicher war, wie sie diesen frechen Burschen nehmen sollte. Doch was auch immer er war, Juliana hatte in einer Hinsicht recht: Vernon Ashmole war ein extrem gut aussehender junger Mann.

»Jeden Tanz musst du mit mir tanzen«, sagte Vernon mit einem Augenzwinkern. »Eine Bestrafung, die zwar in keinem Verhältnis zum Verbrechen steht – aber da hast du die Bescherung.« Er nahm Gemmas Hand und drängte sie aus dem schwachen Schutz der Laube hinaus auf die Rasenfläche, wo Tische mit Essen und Getränken aufgestellt worden waren und ein Bretterboden auf dem Gras lag. Ein Streicherensemble spielte gerade einen Walzer von Strauss, und Gemma wurde in das sich elegant drehende Rad der Tänzer hineingezogen.

Der Rest des Abends verging in einem schwindelerregenden Wirbel aus Musik, Wein und Gelächter. Vernon erwies sich als ein bezaubernder und aufmerksamer Freund; und bevor der lange Sommerabend vorüber war, hatte sich Gemma Burley restlos verliebt. Die aufblühende Liebesgeschichte war zu viel für Juliana, die noch in derselben Nacht die Freundschaft der beiden jungen Frauen beendete. Trotzdem war vier Jahre später Gemmas liebste Erinnerung die von jenem einen magischen Abend, als der Sohn Seiner Lordschaft ausschließlich mit ihr getanzt hatte.

An das zweite Mal, als sie sich im Inneren von *Kettering House* befunden hatte, wollte sie am liebsten gar nicht denken. Das war, nachdem ihr Vater, der die Schande einer unverheirateten schwangeren Tochter nicht zu ertragen vermochte, sie aus dem Haus der Familie vertrieben hatte. Vernon hatte sie zu sich nach Hause gebracht, um ihre gemeinsamen ehelichen Absichten seinem Vater bekanntzugeben. Die Szene, die sich daraus ergeben hatte, war so grauenvoll gewesen, dass Gemma sich weigerte, sich näher damit zu befassen: Sie verbannte die unglückselige Erinnerung in die äußere Dunkelheit, zusammen mit dem Bedauern, der Schuldzuweisung und der Enttäuschung der vergangenen vier Jahre.

Doch jetzt, an diesem heutigen Tag, lag eine neue Zukunft vor ihnen. Ihre Notlage mit all dem Elend und der Traurigkeit war vorbei. Wenn Vernon sie erst auf seiner Türschwelle stehen sah, würde er augenblicklich begreifen, welche Schwierigkeiten seine Säumigkeit verursacht hatte. Er würde sie umarmen und in seinem Heim – in *ihrem* Heim – willkommen heißen. Und dann würden sie beide den rechtmäßigen Platz in seinem Herzen einnehmen. Denn es stand außer Frage, dass Vernon sie, Gemma, liebte. Daran hatte es nie irgendwelche Zweifel gegeben – sie hatte Briefe, ganze Bündel von Schreiben, die das bewiesen: Briefe, in denen er schwor, dass seine grenzenlose Liebe und Zuneigung zu ihr unvergänglich sei. Sie hatte andere von ihm geschriebene Briefe, in denen er versprach, dass er sie heiraten würde, sobald dies möglich sei. Und wann immer er geschäftlich nach London kam, nahm er sich Zeit, um sie zu besuchen – zuerst im *Magdalene Home* und danach in der Wohnung, die er für sie in Bethnal Green gemietet hatte. Überdies schickte er ihnen Geld.

Sie hätten schon vor langer Zeit geheiratet, wäre da nicht der erzürnte Einspruch von Vernons Vater gewesen. Der alte Lord Archibald Ashmole nahm heftig Anstoß an dem, was er als unerlaubte Tändelei seines Tunichtguts von einem Sohn betrachtete, und drohte, Vernon zu enterben, wenn er Gemma auch nur ein weiteres Mal anblickte. Sein Sohn sollte eine Frau aus einer der aristokratischen Sippen Nordenglands heiraten – nichts anderes würde der alte Lord gelten lassen. Vor allem sollte es eine junge Dame sein, deren Familie beträchtliche industrielle Vermögenswerte besaß, zum Beispiel in der Bergbau- und Schifffahrtindustrie. Ganz bestimmt durfte es nicht irgendeine Schlampe aus dem Süden sein, die auf der falschen Seite der Themse das Licht der Welt erblickt hatte. Unnötig zu erwähnen, dass der alte Lord nichts von den Briefen, den Besuchen oder der Wohnung wusste.

Und dann war der ältere Ashmole völlig unerwartet tot umgefallen – hinweggerissen von der Weltbühne durch eine Grippewelle, die im Jahr zuvor wie eine Geißel die Nation heimgesucht hatte. Es waren ein paar Monate vergangen, bis sich der Staub gelegt hatte. Doch jetzt hatte Vernon sein Erbe vollständig angetreten und war als Lord Ashmole fest eingeführt worden: Er hatte seinen Platz im Familienpantheon der Patriarchen eingenommen. Obendrein war er frei, diejenige zu heiraten, die er wollte. Nun gab es nichts mehr, das Gemma und ihren Sohn – ihren gemeinsamen Sohn – daran hindern konnte, sich zu guter Letzt mit Vernon zu vereinigen und eine Familie zu werden, denn dafür waren sie immer schon bestimmt.

Sie hatte gewartet und jeden Tag gedacht, dass er sie abholen würde. Ein Monat verging – und dann ein weiterer. Plötzlich kam kein Geld mehr. Gemma schrieb ihm Briefe. Sie blieben unbeantwortet. Zwei weitere Monate verstrichen; und schließlich, als ihre

Geldmittel zu Ende gingen, traf sie die Entscheidung, ihn aufzusuchen.

Während sie nun mutig auf die Eingangstür zutrat, warf sie einen mütterlichen Blick auf den kleinen Jungen neben ihr und begutachtete ihn. Sie leckte an ihrem Daumen und rieb am kleinen Kinn einen Schmutzfleck fort. »So, das ist schon besser. Halte dich aufrecht, und sei jetzt ein großer Junge«, wies sie ihn an. Dann atmete Gemma tief ein – ihre Hand zitterte – und pochte gegen die Tür.

Sie wartete einen Moment lang und klopfte erneut an. Auf der anderen Seite war ein Klicken zu hören, und dann schwang die große Mahagonitür ein kleines Stück auf.

Ein Diener in einem schwarzen Rock starrte sie herrisch an. »Ja?«, sagte er; sein ganzes Auftreten war alles andere als einladend.

»Wenn es Ihnen recht ist, Melton . . .«, erwiderte sie. »Ich bin's, Gemma Burley. Ich bin gekommen, um Vernon zu sehen.«

»Vergebt mir, Madam«, erklärte der Diener salbungsvoll. »Ich habe Sie nicht wiedererkannt.« Er öffnete die Tür und erlaubte ihnen einzutreten. »Wenn es Ihnen nichts ausmacht, hier zu warten . . . Ich werde nachschauen, ob Seine Lordschaft bereit ist, Sie zu empfangen.«

»Wir werden erwartet«, erklärte Gemma.

»Natürlich, Madam.«

Die beiden wurden im Vorraum zurückgelassen, wo sie im Stehen warten mussten.

»War das mein Papa?«, fragte der Junge, nachdem der Diener fortgegangen war.

»Nein, mein Süßer, das war einer der Diener deines Vaters. Er hat viele Diener. Ich vermute, du wirst alle ihre Namen lernen müssen.«

»Ich bin müde«, sagte der Junge. »Ich möchte mich hinsetzen.«

»Nicht gerade jetzt«, entgegnete seine Mutter. »Warte noch ein kleines bisschen, und dann werden wir alle zusammen sitzen. Wird das nicht schön sein?«

»Ich hab Hunger.«

»Sehr, sehr bald werden wir etwas Gutes zu essen bekommen. Das verspreche ich dir.«

Sie warteten; und der kleine Junge hampelte herum, bis sie das Geräusch rascher, sich nähernder Schritte hörten. »Da kommt er, Archie. Lächle und schüttle ihm die Hand, wie ich es dir gezeigt habe.«

»Gemma!«, rief Vernon, der beinahe auf sie zuhüpfte. »Was um Himmels willen tust du hier?«

»Hallo, Vernon«, begrüßte sie ihn und bemühte sich um eine fest klingende Stimme, während die Erleichterung sie durchströmte wie ein seltenes Stärkungsmittel. Sicherlich hatten sie ihn überrascht. Er trug immer noch seinen seidenen Morgenmantel, und sein Hemdkragen war offen. »Ich habe dir geschrieben, dass wir kommen würden. Hast du meinen Brief nicht bekommen?«

»Nein, meine Liebe. Ich habe keine Mitteilung dieser Art erhalten.«

Sie musterte sein Gesicht. Es gefiel ihr nicht, was sie darin erblickte. »Bist du nicht froh, uns zu sehen?«

»Uns?«, wiederholte er verwirrt.

»Archie und mich«, erklärte sie. »Wir konnten einfach nicht mehr länger warten.«

Der dunkelhaarige, gut aussehende Mann blickte hinab auf das kleine runde Gesicht, das hinter den Röcken seiner Mutter hervorlugte.

»Sehr erfreut«, sagte Archie und streckte dem Hausherrn seine kleine Hand entgegen.

»Hallo, Archibald; du bist ja wieder ein bisschen gewachsen«, antwortete Vernon und beugte sich vor, um die Hand zu ergreifen. Einen Moment lang hielt er sie fest, bevor er sie losließ. Dann richtete er sich wieder auf und wandte sich an die Mutter. »Du hättest nicht kommen sollen.«

»Was meinst du damit?«

»Es ist ziemlich peinlich. Doch ich kann es erklären.«

»Aber ich dachte ... also ... jetzt, da dein Vater dahingegangen ist ... Du hast gesagt ...«

»Ich weiß, was ich gesagt habe«, knurrte er. »Ich habe eine ganze Menge gesagt. Wir alle sagen Dinge, weißt du, die ... nun, macht nichts. Was muss jetzt deswegen unternommen werden?« Er schaute nach unten und schenkte dem Jungen ein schmallippiges Lächeln. »Wir müssen einen Weg finden, um dich wieder nach Hause zu bringen.«

»Vernon«, keuchte Gemma, »was sagst du da? Wir haben London für alle Zeiten verlassen. Wir sind hierhergekommen, um bei dir zu sein. Um mit dir zu leben.«

»Es tut mir leid – das ist nicht möglich«, entgegnete der Lord steif. »Die Dinge haben sich geändert. Meine Umstände haben sich geändert. Ich denke, es wäre am besten, wenn ihr ein Zimmer im Hotel neben dem Bahnhof nehmen würdet. Ich werde dann später zu euch kommen und alles erklären.«

»Ein Hotel!« Gemma konnte nicht verhindern, dass sie das Wort in einem lauten, schrillen Ton aussprach. »Was ist passiert? Was hat sich geändert? Du hast gesagt, wir würden heiraten. Du hast es versprochen.«

»Hör mir zu«, erklärte Lord Ashmole steif und beflissen zugleich. »Nimm dir ein Zimmer. Später komme ich zu euch, und dann werden wir diese Sache durchsprechen.« Er drehte sich um und rief Melton herbei, um ihm behilflich zu sein. »Die Dame und ihr Sohn verlassen uns jetzt«, informierte er den Hausdiener. »Lass ein Taxi kommen, das sie zum Hotel bringen soll.«

»Gewiss, Sir.«

»Mach dir keine Mühe!«, blaffte Gemma Burley. »Wir finden uns alleine zurecht.«

Sie machte auf den Fersen kehrt und marschierte zur Tür; fast riss sie den kleinen Jungen dabei mit sich. Draußen hielt sie an, um zur Besinnung zu kommen. Der kleine Archie, der völlig durcheinander und erschrocken war wegen dem, was sich gerade ereignet hatte, begann zu weinen. Seine Mutter hob ihn hoch und drückte ihn fest an sich, um Trost und Wärme zu finden. Dann murmelte sie ihm zu: »Schon gut. Es kommt alles wieder in Ordnung. Es hat ein paar Versehen gegeben; das ist alles. Ich bin mir sicher – alles kommt in Ordnung.«

Sie stand immer noch da, als die Tür sich erneut öffnete. Vernon trat in Pantoffeln heraus. Sein Morgenmantel blähte sich hinter ihm auf, während er zu ihr rannte. Zuerst vermutete sie, er sei gekommen, um zu erklären, dass alles ein schreckliches Missverständnis gewesen war. Dass er seine Torheit bereut hatte und jetzt alles in Ordnung bringen würde. Dann erblickte sie die Geldbörse in seiner Hand.

»Ich kann es einfach nicht ertragen zuzusehen, wie du auf diese Weise weggehst«, erklärte er. »Hier, nimm das.« Er stieß den Lederbeutel gegen sie. »Bitte.«

»Vernon«, sagte sie, und ihre Stimme zitterte. »Warum?«

»Ich kann nicht ... Es tut mir leid, Gem«, antwortete er. »Ich hatte vor, es dir zu erzählen. Ich habe es versucht ...« Er schob ihr die Geldbörse in die Armbeuge, wo sie ihr wimmerndes Kind hielt. »Das ist alles, was ich im Augenblick hierhabe. Nimm es.«

»Ich will nicht dein Geld.«

»Etwas anderes kann ich dir nicht geben. Tut mir leid.« Er trat einen Schritt zurück – er begann bereits, sich von ihnen zu entfernen.

»Aber warum, Vernon? Einst hast du mich geliebt. Wir hätten glücklich sein können. Wir können *immer noch* zusammen glücklich sein.«

»Es ist vorbei, Gem. Wir kommen aus vollkommen verschiedenen Welten.« Er sprach, als hätte er die Wörter einstudiert, bis ihre ganze Bedeutung ausgelaugt worden sei. »Mein Vater hatte recht. Es würde niemals mit uns beiden funktionieren. Sicherlich kannst du das einsehen.«

Es gab keine Antwort, die sie auf diese Zurückweisung erwidern konnte. Er wandte sich um und schritt ohne ein weiteres Wort ins Haus zurück und verschloss ihnen die Tür. Gemma war fassungslos. Sie stand einfach nur in der Kälte da und starrte auf die fest zugeschlossene Tür. Als sie sich umdrehte, um fortzugehen, nahm sie eine Spiegelung im Erkerfenster wahr, von dem aus man den Vorbau überblickte, und bemerkte, dass sie in den Raum gucken konnte – in das Tageswohnzimmer. Sie erkannte, dass da drinnen eine junge Dame war, die an einem für das Frühstück gedeckten Tisch saß. »Juliana!«, keuchte sie. Ihr drehte sich der leere Magen um.

Während sie weiter ihre einstige Freundin beobachtete, betrat Vernon den Raum, verweilte kurz bei seiner neuen Braut, um sie zu küssen, und nahm seinen Sitz am Tisch wieder ein. Gemma hatte das Gefühl, als würde sich die Erde unter ihren Füßen verschieben, während ihre Welt um sie herum zerfiel. Juliana, die einen seidenen Morgenmantel trug, strich Butter auf ihren Toast, so, als ob nichts geschehen wäre.

Gemma hatte genug gesehen. Sie strengte sich an, ihren Kopf hochzuhalten, und begann, die lange Auffahrt hinabzugehen. Einen Fuß nach dem anderen stellte sie vor sich hin, als wäre dies irgendwie noch von Bedeutung – jetzt, da ihr Leben vorüber war. Völlig fassungslos und verwirrt – ihr Geist war durch den Schock wie betäubt – blieb sie an den großen eisernen Eingangstoren stehen und schaute über ihre Schulter zurück, um einen letzten flüchtigen Blick von dem zu erhaschen, was hätte sein können.

Ein wenig später kam sie wieder zu sich. Sie waren in der Stadt, und die Leute in der Straße schritten an ihnen vorbei.

»Ich hab Hunger«, jammerte Archie und zerrte am Ärmel seiner Mutter. »Mummy, ich hab Hunger.«

»Wir besorgen uns jetzt etwas zu essen«, versprach sie und zog ihren dünnen Mantel enger zusammen. Sie schaute auf Vernons Geldbörse in ihrer Hand und öffnete den Beutel. Innen drin lagen drei Zehn-Pfund-Noten. »Dreißig Silberstücke«, sagte sie abwesend, während sie auf das Geld starrte.

»Mum?«

Sie löste sich aus der Erstarrung und ergriff die Hand des kleinen Jungen. »Vorwärts, mein Süßer. Lass uns weitergehen und diese Bäckerei wiederfinden.«

ZWEITER TEIL

Verheißungsvolle Begegnungen

ACHTES KAPITEL

Worin die Hilfe eines guten Doktors gesucht wird

*H*alt den Mund geschlossen und deine Augen offen!«, befahl Douglas und musterte seinen Komplizen kritisch. Der Suppenschüssel-Haarschnitt war gut, wenn auch ein wenig schief: Snipe weigerte sich, unter der Schere ruhig zu sitzen, aber dadurch wirkte das Resultat umso überzeugender. Und Snipes mürrisches Gebaren schien ganz besonders gut geeignet zu sein für die Darstellung eines widerwilligen mittelalterlichen Lakaien.

»Ich gebe dir ein Messer, und ich möchte, dass du es versteckt aufbewahrst. Hast du verstanden?« Er schlug den halbwüchsigen Jungen auf die Wange, um dessen Aufmerksamkeit zu wecken. »Schau mir in die Augen und hör zu: Das Messer darf ausschließlich im äußersten Notfall benutzt werden. Ich will nicht, dass sich das wiederholt, was letztes Mal passiert ist, hast du gehört?«

Der Bursche fuhr mit seinem Daumen an der Klinge entlang, sodass ein Tropfen Blut hervorquoll, den er sogleich ableckte.

»Ja, es ist scharf genug«, fügte Douglas hinzu. »Bewahr es so auf, dass niemand es sieht. Ich erwarte keine Schwierigkeiten, doch man weiß ja nie.«

Er entließ seinen Diener, damit Snipe die Vorbereitungen für den Sprung beendete, und wandte sich nun der eigenen Verkleidung zu. Er zog das grob gewebte Gewand über seinen Kopf, richtete es an seinen Schultern aus und knotete den einfachen, aus Stricken gemachten Gürtel zu. Seine Nachforschungen über die Kleidung und das Benehmen der Menschen, die in der von ihm erwünschten Zeit

95

und Region lebten, hatten ihn zu der Auffassung geführt, dass die Verkörperung eines reisenden Priesters, der von einem jüngeren Bruder begleitet wurde, bei den Einheimischen wohl kaum Bemerkungen hervorrufen oder sogar Argwohn erregen würde.

Douglas empfand wie immer ein wachsendes Gefühl gespannter Erwartung. Er fragte sich, ob alle Männer der Flinders-Petrie-Familie die gleiche Empfindung erlebten, wenn sie an ihre bevorstehenden interdimensionalen Entdeckungsreisen dachten; sein Vater und Großvater hatten allemal so viel durchblicken lassen. Für ihn war es wie der Wechsel einer Gezeitenströmung: ein Gefühl, dass die Geschehnisse nicht länger stagnierten, sondern begannen, sich unaufhaltsam in eine einzige Richtung auf ein unausweichliches Ziel zuzubewegen. Es war wie eine Welle, die ihn in diesem speziellen Fall zu einer lange vergessenen Zeit und einem lange vergessenen Ort tragen würde – in die Stadt Oxford des Jahres 1260. Wenn er die Positionen entlang des Leys bei früheren Ausflügen, die nur der Erforschung dieser Reisewege dienten, korrekt markiert hatte, dann besaßen sie beide, wie er schätzte, eine gute Chance, ein oder zwei Monate vor oder nach dem Oktober 1260 dort zu landen – eine Zeitspanne, in welcher der Universitätsbetrieb in vollem Gange und das Ziel ihrer Suche am leichtesten aufzufinden sein würde.

Die geplante Reise war die anspruchsvollste, die er bis dato unternommen hatte. Dafür war eine sehr lange und ausgeklügelte Recherche- und Forschungsarbeit erforderlich gewesen, die unter anderem die Anmietung eines Stadthauses in der Holywell Street einschloss, das als Bereitstellungs- und Trainingslager diente. Hier führte er seine Studien durch, bereitete Snipe auf dessen Aufgaben vor und sammelte die verschiedenartigsten Materialien, die sie für ihren Überfall auf die mittelalterliche akademische Welt benötigen würden.

Er hatte Theater-Näherinnen und -Ausstatter engagiert, damit sie für ihn und seinen Assistenten die erforderlichen Kostüme und Requisiten bereitstellten. Diesen Leuten hatte er erzählt, er würde für eine Aufführung eines der weniger bekannten Theaterstücke von Shakespeare – *Cymbeline* – vorsprechen: Dafür wolle er robuste, zweckdienliche Kleidung haben, die nicht nur authentisch aus-sah, sondern auch starker Beanspruchung standhielt, da er annehme, dass es viele Vorstellungen geben würde. Außerdem verlangte er verborgene Taschen, die in den großen Ärmeln und im weiten Saum der Kleidungsstücke versteckt sein sollten. Des Weiteren engagierte Douglas einen Mittelalterforscher vom Londoner King's College für eine Reihe von privaten Unterrichts- und Übungseinheiten, um die Anredeformen und die wichtigsten Gebräuche und Gewohnheiten jener Zeit perfekt zu erlernen. Sorgfältige Einübung und unermüdliche Wiederholung hatten zu einer spielerischen Vertrautheit, wenn nicht gar zur vollständigen Beherrschung der Konventionen jener weit entfernten Zeit geführt – zumindest soweit dies mit einer Genauigkeit festgestellt werden konnte, die aus einer Distanz von ungefähr sechshundert Jahren möglich war.

Die Kleidungsstücke und Verhaltensweisen waren freilich der leichteste Teil ihrer Aufgabe: Denn eine äußere Erscheinung konnte immer so gestaltet werden, dass sie – wie grob auch immer – einem annehmbaren Standard entsprach, und wenn es erforderlich war, ließ sie sich abwandeln. Die Kommunikation jedoch würde insofern sehr viel schwieriger sein, als sie unfehlbar die Gedanken und Denkweisen des Individuums und der Gesellschaft offenbarte, von der jedermann ein Teil ist; und beides verändert sich im Verlaufe der Zeit. Ein Geschäftsmann aus dem neunzehnten Jahrhundert dachte oder sprach nicht wie ein Bauer aus dem siebzehnten Jahrhundert – und noch viel weniger wie ein Priester aus dem dreizehnten Jahrhundert. Deshalb würde die Kommunikation mit einer lebenden Person aus einer entfernten Epoche extrem schwierig und anspruchsvoll sein. Zu diesem Zweck hatte Douglas drei Jahre mit dem Studium des mittelalterlichen Lateins zugebracht und war tief in diese Sprache eingetaucht.

Glücklicherweise waren gerade jetzt Experten auf diesem geheimnisvollen Fachgebiet an der Universität dicht gesät. Daher hatte er keine Schwierigkeit, den Unbilden dieser Sprache nachzugehen, soweit sein eigener, nicht unbeträchtlicher Verstand es ertragen konnte.

Auch hatte er sich große Mühe gegeben, eine unanfechtbare Geschichte zu erfinden, mit der sich jede offenkundige Unstimmigkeit oder jedes Versehen seinerseits erklären ließ – denn bei seinen Vorbereitungen hatten sich sicherlich Fehler eingeschlichen, die nicht vorhergesehen werden konnten, aber vor Ort zutage kommen würden. Und so hatten er sich selbst und Snipe diese Geschichte eingetrichtert, bis beide sie im Schlaf aufsagen konnten: Die zwei waren Mönche aus dem walisischen Kloster Tyndyrn und hatten die Reise nach Oxford unternommen, um bei Gelehrten Rat einzuholen. Sie suchten Antworten auf Fragen, die einige der Feinheiten verschiedener dogmatischer Sachverhalte betrafen, wie etwa der Transsubstantiation und der Engelhierarchie. Solche bäuerlichen Mönche, die in ihre Studien vertieft waren, verschlossen sich vor der Welt; und die aktuellen Moden und Ansichten waren ihnen im Großen und Ganzen unbekannt. Geistliche wie sie führten ein Leben in relativer Abgeschiedenheit, das frei von finanziellen Nöten war.

Darüber hinaus setzte er sehr große Hoffnung darin, dass der durchschnittliche Engländer im Mittelalter – wie Douglas annahm – nur sehr wenige Informationen über die Welt jenseits der englischen Grenzen besaß. Aufgrund dieser Unkenntnis würden vermutlich sämtliche Anomalien, Unstimmigkeiten und Regelverletzungen, die man eventuell bei ihm selbst oder Snipe bemerkte, einfach der Tatsache zugeschrieben, dass sie Fremde in einem fremden Land waren.

Snipe war natürlich das schwache Glied in der eng geschmiedeten Kette, die Douglas mit so großer Sorgfalt hergestellt hatte. Der junge Mann konnte selbst einfaches Englisch weder lesen noch schreiben, geschweige denn Latein. Und es war stets eine offene Frage, ob er noch nicht einmal die grundlegendsten Aspekte menschlicher Interaktion vollständig begriff oder ob er sich bloß nicht darum scherte, sich irgendeiner Form zivilisierter Unterhaltung anzupassen. So sah die Realität der Zusammenarbeit mit Snipe aus; und Douglas hatte diesem Sachverhalt voll und ganz Rechnung getragen. Er ging bei der weiteren Umsetzung seiner Pläne von folgender Prämisse aus: Sollte

es passieren, dass jemand mithörte, wie sie beide miteinander redeten, würde der Lauscher schlichtweg schlussfolgern, dass die zwei
irgendeinen walisischen Dialekt aus dem dreizehnten Jahrhundert
sprachen, nicht jedoch modernes Englisch. Außerdem war Douglas
darauf eingestellt, diesen falschen Eindruck auf verschiedene Weisen zu unterstützen, falls dies nötig sein sollte.

Um die unterschiedlichen Bedürfnisse des leiblichen Wohls be-
friedigen zu können, hatte er sich mit einem kleinen, persönlichen
Vorrat an Silber und Gold ausgestattet. Beides bewahrte er in einem
Ziegenlederbeutel auf, der in seiner Umhängetasche steckte. Das
Edelmetall hatte er in winzige Barren und Stangen gießen lassen,
wie dies in alten Manuskripten beschrieben wurde. Da man jedoch
von gewöhnlichen Priestern nicht erwartete, dass sie viel an welt-
lichem Reichtum mit sich trugen, würde Douglas diesen Vorrat so
aufbewahren, dass andere ihn nicht zu Gesicht bekamen, und nur
bei Bedarf auf ihn zurückgreifen. Was die meisten Sachen anging,
würde er sich auf die Gefälligkeit von Fremden und die Großzügigkeit von Mutter Kirche verlassen.

Und nicht zuletzt hatte er den Standort des Leys feststellen müssen, den sie für den Sprung ins mittelalterliche Oxford verwenden
konnten. Anfänglich hatte dies ein unlösbares Problem dargestellt.
Sosehr er sich auch bemühte, Douglas vermochte einfach keinen
einzigen Hinweis auf einen Ley zu finden, der Oxford oder auch nur
das mittlere Südengland im Mittelalter als Ziel aufwies. In keinem
einzigen der Papiere und Bücher seines Vaters, in keiner einzigen
der üblichen Quellen, denen er vertraute, wurde auch nur erwähnt,
wo solch ein Ley gefunden werden könnte.

Zwar besaß er den Teil der Meisterkarte, den er aus Sir Henrys
Truhe in der Krypta von Christ Church befreit hatte. Aber zurzeit
war die Karte praktisch wertlos für ihn, weil sie in dem merkwürdigen Code seines Urgroßvaters verfasst war. Diese Symbole konnte
er nicht entschlüsseln – und genau das war der Grund, weshalb er
überhaupt bestrebt war, ins Jahr 1260 zu gelangen.

Douglas hatte bereits angefangen zu argwöhnen, das Problem
wäre unlösbar, als er sich an Alfred Watkins' Buch *Der alte gerade*

Pfad erinnerte. Darin fand er nicht nur einen Hinweis auf einen Oxford-Ley, sondern außerdem eine einfache handgezeichnete Karte davon. Gewöhnlich hätte er nicht zweimal darauf geblickt. Denn Ley-Linien führen am Ende immer zu anderen Orten und Zeiten ... oder etwa nicht? Die Vorstellung, dass es an einer bestimmten Stelle einen Ley geben könnte, der diesen Ort mit seinem Gegenstück in einer anderen Dimension verband, war ihm niemals eingefallen.

Konnte es wirklich Leys geben, die sich mit sich selbst verbanden?

Er wusste es nicht. Doch es war eine Theorie, die sich sehr einfach überprüfen ließ. Alles, was er machen musste, war, den Oxford-Ley zu finden und ihn auszuprobieren. Und das tat er.

Eines Morgens vor Sonnenaufgang – und bevor der Verkehr die Straße quasi verschlang – ging Douglas mit einem Diagramm, das er aus dem Buch von Watkins kopiert hatte, hinaus auf die High Street. Er musste ein paar Fehlversuche hinnehmen, viel hin und her schreiten, mögliche Spuren zurückverfolgen und zahlreiche Ausfallschritte machen: Doch schließlich spürte er jenes Prickeln auf seiner Haut, durch das ihm angezeigt wurde, dass er einen Ley aufgefunden hatte. Nach ein oder zwei weiteren Versuchen gelang ihm eine erfolgreiche Überquerung – eine Tatsache, die er erst dann vollständig realisierte, als er die Kreuzung erreichte und die Fackeln sah, die draußen vor der Kirche Saint Martin brannten.

Douglas eilte zu der großen Straßenkreuzung, die er unter der Bezeichnung »Carfax« kannte. Dort blieb er stehen, um nach irgendeinem Anhaltspunkt zu suchen, aus dem sich möglicherweise das Datum seines aktuellen Aufenthalts in Oxford erschließen ließe. Die Gebäude waren zumeist die gleichen, die er gesehen hatte, doch entsprechend ihrem Zustand konnten sie noch nicht so alt sein, wie er sie kannte. Die Straßen waren nicht asphaltiert, sondern mit Kopfsteinen gepflastert; und an der Straßenecke verrotteten Misthaufen. Allerdings befand sich kein Mensch in der Nähe, und somit gab es auch keine Kleidung, aus der er irgendwelche Rückschlüsse hätte ableiten können. Vielleicht wäre es ihm möglich gewesen, sich ein wenig eingehender mit diesem Rätsel zu befassen, doch die Sonne begann genau in diesem Moment aufzugehen: Er wusste, dass er entweder sofort wieder fortgehen oder mindestens einen Tag – vielleicht sogar noch eine längere Zeitspanne – an diesem Ort verbringen musste. Auf Letzteres war er nicht vorbereitet; und deshalb rannte er zum Ley zurück und sprang wieder in seine Heimatwelt, wo er allerdings entsprechend dem Kalender drei Tage später landete.

Im Laufe der nächsten paar Wochen führte Douglas viele weitere Erkundungsausflüge durch. Mithilfe der Versuch-und-Irrtum-Methode ermittelte er exakt die Entfernungskoordinaten entlang des Leys, die mit dem korrespondierten, was er als Zeitskala der Anderswelt begriff. Schlussendlich gelang es ihm, die Epoche zu lokalisieren, die im Mittelpunkt seiner Suche stand – einen Zeitraum, der durch die Tafel mit dem »Register der Kapläne«, bestätigt wurde, die auf einer Wand der Kirche Saint Mary the Virgin angebracht war.

Zufrieden darüber, dass er alles, was er nur tun konnte, um sich bestens vorzubereiten, auch ausgeführt hatte, zog Douglas jetzt noch die separate weite Kapuze über und legte sie sich auf den Schultern zurecht. Dann schritt er zum Spiegel und musterte das von ihm reflektierte Bild: Es war das eines gesunden, wohlgenährten Mannes von mittlerer Größe und durchschnittlichem Gewicht, der das gute, zweckdienliche Gewand eines Landpfarrers trug. Die frisch rasierte Tonsur auf seinem Kopf vervollständigte diesen Eindruck. Er lächelte angesichts seines Spiegelbilds.

»Vorwärts, Snipe!«, befahl er und schritt eilig zur Tür. »Es ist Zeit zu gehen.«

Sie gingen aus dem Stadthaus und marschierten weiter auf das Zentrum von Oxford zu. Es war direkt vor Tagesanbruch; doch da die beiden sich in einer geschäftigen, modernen Stadt aufhielten, waren bereits ein paar Leute unterwegs. Sie gingen zunächst an einem Milchmann und seinem Maultier vorbei und dann an einigen Studenten in schwarzer Robe, die in Türeingängen schliefen. An der Broad Street trottete ein Lumpensammler mit seinem

101

Handwagen vorüber, und in der Turl Street löschte ein Laternenanzünder mit seiner Stange die letzten Lichter. Falls irgendjemand die merkwürdige Erscheinung von einem Paar mittelalterlicher Mönche hatte, die in flatternden Gewändern auf das Stadtzentrum zugingen, dann zeigte er dies zumindest nicht. An einem Ort wie Oxford, wo Studenten in ihren Seminaren immer noch mittelalterlich anmutende Roben trugen und ihre Professoren bei offiziellen Zusammenkünften die Teilnehmer immer noch auf Latein ansprachen, waren Dinge, die wohl sonst überall als eine höchst bemerkenswerte Kuriosität betrachtet worden wären, einfach zu alltäglich, als dass man ihnen besondere Beachtung geschenkt hätte.

Die zwei folgten der Turl Street bis zu ihrem Ende und bogen dann in die High Street ein, wo sie die Ley-Linie erreichten, die auf Carfax zulief. Hier blieb Douglas stehen. »Bereit, Snipe?«, fragte er. »Hab keine Angst, und stell dich nicht so an. Du hast so etwas schon früher gemacht. Erinnerst du dich?« Als diese Frage unerwidert blieb, gab Douglas ihm einen leichten Klaps auf die Wange. »Erinnerst du dich?«

Der mürrische junge Mann schüttelte den Kopf.

»Gut. Dann festhalten.« Douglas streckte dem Burschen die Hand entgegen, der sie fest packte. »Los geht's!«

Sie begannen, sehr schnell durch die Straße zu spazieren, wobei Douglas die Schritte zählte. Als er den bestmöglichen Marschrhythmus erreicht hatte, schaute er nach der Markierung, die er am Fuße von *Gills Eisenwarenhandlung* – nur wenige Yards von der Ecke entfernt – mit Kreide gezeichnet hatte. Während sie sich der Kreuzung näherten, kam eine Schar Studenten heran, die entweder zur Universität hastete oder von einer nächtlichen Feier zurückkehrte. Douglas' erste instinktive Reaktion war, sich umzudrehen und zu fliehen – es schien ihm viel zu riskant, seine plötzliche, unerklärbare Dematerialisation in der Öffentlichkeit vor Zeugen stattfinden zu lassen. Er stand kurz davor, den Versuch aufzugeben.

Dieser Impuls wurde jedoch rasch von einem anderen verdrängt: Was kümmerte es ihn schon, wenn eine Schar übernächtigter angehender Akademiker ein wenig zu sehen bekamen? Was tat das schon, wenn sie darüber redeten? Was für einen Unterschied würde das ausmachen?

Er sah die Kreidemarkierung und beschleunigte seinen Schritt. Ein Geräusch wie das Heulen einer Todesfee erreichte sie; es schien durch die obere Atmosphäre herabzufallen. Im selben Moment kam wie aus dem Nichts ein heftiger Wind auf, der einen plötzlichen Regenguss herbeiblies. Die Straße und die Gebäude, der gerade vorbeifahrende Bus und seine Passagiere: Die ganze Welt um die beiden herum wurde nebelhaft und undeutlich. Dann fielen sie durch die Dunkelheit – aber nur für einen Moment, wie der minimale Abstand zwischen einem Herzschlag und dem nächsten –, und anschließend schlugen sie auf festem Erdboden auf.

Snipe geriet bei der Landung ins Stolpern und stürzte auf Hände und Knie. Seine Lippen formten einen Fluch, der von einem würgenden Geräusch unterbrochen wurde, während sein Magen sich hob. Auch Douglas spürte den aufkommenden Brechreiz. Galle stieg ihm in der Kehle hinauf, doch er schluckte sie wieder herunter. Er widerstand dem Verlangen, die Augen zu schließen, und versuchte, den Blickkontakt zu einigen realen Gegenständen aufrechtzuerhalten. Und so fixierte er mit den Augen den Kirchturm von Saint Martin, der sich wie eine Dolchklinge erhob, die auf das Herz des Himmels wies.

Das mulmige Gefühl im Magen ging vorüber, und er saugte frische Luft in seine Lungen ein. »Atme, Snipe«, riet er dem immer noch würgenden Jungen neben sich. »Kämpf nicht dagegen an. Es wird vorbeigehen.«

Rasch sah er sich um. In vergleichsweise kurzer Entfernung bewegten sich zwei Gestalten im Schatten; doch sie waren, wie Douglas glaubte, immer noch zu weit weg, um seine und Snipes Ankunft beobachtet zu haben. Das einzige Lebewesen, das tatsächlich ihre Translokation gesehen haben konnte, war ein dürrer Hund, der ein wenig entfernt mit gesenktem Kopf und gesträubtem Fell auf der Straße stand. Douglas trat einen Schmutzklumpen in seine Richtung, und das Tier lief hastig davon.

Es herrschte dämmriges Tageslicht – aber war es früher Morgen oder später Abend? Er schaute nach Osten und sah nur Dunkelheit, doch am westlichen Himmel war immer noch ein Lichtschimmer zu erblicken. Also Abenddämmerung. »Steh auf, Snipe!«, befahl er. »Wisch dir den Mund ab. Wir haben's geschafft. Wir sind da.«

Der junge Mann rappelte sich auf die Füße; und anschließend gingen die zwei langsam auf die Kirche zu. An der Kreuzung blieb Douglas stehen, um jede Straße dort in beide Richtungen hinunterzublicken und sich zu orientieren. Von der Stadt, die er kannte, war ziemlich viel vorhanden. Dies galt natürlich nur in einem allgemeinen Sinne: Das alte Oxford des Mittelalters war in den Umrissen der modernen Stadt noch erhalten geblieben – und Douglas erkannte das Neue im Alten wieder. Er wusste, wo er war, nun musste er noch herausfinden, in welcher Zeit er sich befand. Das war sein erster Tagesordnungspunkt – das genaue Datum ausfindig zu machen.

Als die beiden Reisenden schließlich über die Straße eilten, erschien ein Mönch mit einer großen Kerze im Eingang der Kirche. Der Mann entzündete die Fackeln in den Halterungen an jeder Seite der Tür. Als er sich anschließend umdrehte, erblickte er die Fremden und rief ihnen etwas in einer Sprache zu, die, wie Douglas vermutete, irgendein lokaler Dialekt war. Er freilich hatte seine Antwort parat. »*Pax vobiscum*«, grüßte er, faltete die Hände vor sich und vollführte von der Hüfte an eine leichte Verbeugung. Dann rief er sich seine wohlgeübten Lateinkenntnisse ins Gedächtnis und sagte: »Möge die göttliche Gnade in dieser Nacht Euch beiwohnen, Bruder.«

Der Mönch antwortete in gleicher Weise. »Friede, Brüder.« Er wandte sich um und wollte sich wieder in die Kirche zurückziehen. »Möge Gott Euch wohlgesinnt sein.«

»Einen Moment, Bruder!«, rief Douglas und schritt voran. »Wir sind gerade an diesem Ort angekommen und benötigen Auskünfte.«

Der Mönch drehte sich wieder um und wartete, dass sie näher kamen. »Seid Ihr weit gereist?«, erkundigte er sich. Seine Aussprache des Lateins war gefärbt von seinem breiten, seltsam flach klingenden Dialekt.

»Weit genug«, antwortete Douglas. »Mir wurde die Pflicht aufge-

104

tragen, jemanden zu finden, der als Dr. Mirabilis berühmt ist –
einen Geistlichen, wie ich denke, dessen Schriften uns in Wales
erreicht haben.«

Der Mönch rollte seine Augen. »Euch und den ganzen Rest der
Welt!«

»Gehe ich recht in der Annahme, dass er hierorts seinen Wohn-
sitz hat?«

»So ist es«, erwiderte der Mönch ohne Begeisterung. »Er hat
Kammern in einem der Universitätsgasthäuser. Ich vermag nicht zu
sagen, in welchem.« Er drehte sich wieder um und begann, in die
Kirche zurückzugehen.

»Vielleicht könnt Ihr mir sagen, wie ich ihn am besten finden
kann?«, rief Douglas ihm hinterher. Er nahm einen erwartungsvollen Gesichtsausdruck an in der Hoffnung, so den unwilligen Burschen dazu zu bringen, mehr Informationen von sich zu geben.

»Ich muss Euch um Entschuldigung bitten, Bruder«, entgegnete
der Mönch über die Schulter. »Allerdings ist es keine große Mühsal,
ihn aufzufinden, denn wenn Ihr nicht in höchstem Maße gesegnet
seid, könnt Ihr ihm nicht ohne Gefahr aus dem Wege gehen.«

NEUNTES KAPITEL

Worin die uneingeschränkte Ehrlichkeit richtig was auf die Mütze bekommt

Das grollende Knurren der jungen Höhlenlöwin kündigte die Ankunft eines neuen Tages und weckte die Schlafenden. Die Burley-Männer scheuchten sich gegenseitig auf und nahmen die ihnen zugewiesenen täglichen Arbeiten in Angriff: Der eine fütterte Baby, der andere bereitete das Frühstück zu, und der dritte sollte nach den Gefangenen sehen. Diese Aufgabe oblag Dex, weil er den kürzesten Strohhalm gezogen hatte. Und so schlüpfte er mit seinen Füßen in die Sandalen, zog seinen Wüsten-Kaftan an und schlurfte aus dem Zelt. Die Sonne war zwar aufgegangen, doch sie stand immer noch so niedrig, dass das frühmorgendliche Licht kaum die Schatten im Wadi zu durchdringen vermochte. Er atmete die saubere Morgenluft einmal kurz ein, gähnte und brach zum Eingang des Grabmals auf.

Seit von Burleigh der Befehl gekommen war, dass den Gefangenen nicht mehr Essen oder Wasser gegeben werden durfte, bis sie sich bereit erklärten zu reden, hatte sich Dex nicht mehr die Mühe gemacht, den Wasserkanister oder den Essenstopf aufzufüllen. Auch machte er sich nicht die Mühe, für die Lichter den Generator anzuschmeißen. Was er in Erfahrung bringen musste, konnte er im Halbdunkel des Grabmals vom Hohen Priester Anen auch ohne Licht erspähen.

Während er sich mit einer Hand am Gestein des Treppenschachts abstützte, stieg er die schmalen Stufen in den Vorraum des Grabes hinab. Unten angekommen, blieb er einen Augenblick lang

stehen, damit sich seine Augen an die veränderten Sichtverhält-
nisse gewöhnen konnten, bevor er in die erste Kammer weiterging.
Er durchquerte den leeren Raum zur Tür der kleineren zweiten
Kammer, in der die Überreste des großen Granitsarkophags standen, der einst den Sarg des Hohen Priesters enthalten hatte. Dieser
Raum war durch ein Eisengitter gesichert. Alles war ruhig in der
abgedunkelten Kammer.

Er trat näher heran. Niemand rührte sich bei seiner Ankunft.

Dex stand da und lauschte einen Moment lang, hörte jedoch
nichts – weder das leichte Schlurfen und Rascheln von Menschen,
die sich umherbewegten, noch das Ein- und Ausatmen von Schlafenden. Das Grabmal war totenstill.

»Aufwachen! Aufwachen!«, rief er; seine Stimme hallte laut in
der Leere. »Ihr verschwendet die beste Zeit vom Tag.« Er lächelte
über seinen kleinen Scherz.

Niemand gab ihm eine Antwort.

»Seid ihr da drinnen tot?«, fragte er lautstark und überlegte, dass
dies höchstwahrscheinlich der Fall war. Dass die Gefangenen in der
Nacht der Krankheit erlegen und Cosimo sowie Sir Henry – zwei
richtig edlen Arschlöchern, wie sie im Buche standen – ins Grab
gefolgt waren.

Toll! Nun würde er losmarschieren, den Generator anschmeißen
und die Lichter einschalten müssen – und dann sich den Schlüssel
beschaffen, hierhin zurückkommen und sich um die Leichen kümmern. *Verdammte Plackerei*, murmelte Dex lautlos. Aber bevor er
sich all diese Umstände machen würde, wollte er sichergehen, dass
die beiden übrig gebliebenen Gefangenen am Ende nicht doch einfach nur schliefen. Er überlegte sich, so laut am Eisen zu rütteln,
dass die Kerle aufwachten, falls sie noch leben sollten. Und so legte
er eine Hand ans Gitter, um es zu schütteln.

Bereits bei der bloßen Berührung schwang die Tür etwas auf.

Der Burley-Mann drückte sie ganz auf und ging hinein. Undeutlich konnte er die große Masse des Steinsarkophags im Zentrum des
Raums ausmachen, aber der Rest der Kammer war durchdrungen
von Finsternis. Er konnte nicht in die Ecken sehen, doch überall

lastete eine schwere Stille, und die Luft roch nach dem Übelkeit erregenden, stechenden, süßlichen Gestank des Todes.

Dex drückte die Rückseite seiner Hand gegen die Nase, drehte sich um und floh aus dem Raum. *Was machen wir überhaupt an diesem fürchterlichen Ort,* fragte er sich. *Was soll das für einen Zweck haben?*

Als er wieder draußen war, saugte er die saubere Luft tief in sich hinein. Anschließend ging er zum Geräteraum, um dem Generator mittels Kurbeln wieder Leben einzuhauchen, und schaltete die Lichter ein. Am Kantinenzelt machte er eine kurze Rast und tauchte den Saum seines Kaftans in etwas Essig, dann kehrte er zum Grabmal zurück. Und dieses Mal – mit den eingeschalteten Lichtern und dem essiggetränkten Stoff über Mund und Nase – stellte er mit eigenen Augen fest, dass genau das passiert war, was er befürchtet hatte: Die Gefangenen waren fort.

Er machte auf dem Absatz kehrt, rannte zurück und die Stufen hinauf. Als er hinaus ins Wadi hastete, schrie er: »Die Gefangenen sind geflohen!«

Con und Mal waren immer noch im Schlafzelt und schienen von der Neuigkeit völlig unbeeindruckt zu sein. »Kannst du nicht die Klappe halten?«, murmelte Mal und fasste sich mit der Hand an den Kopf. »Es ist viel zu früh, um so herumzubrüllen.«

»Worüber redest du überhaupt?«, fragte Con.

»Die Gefangenen sind nicht in der Zelle. Sie sind fort. Sie müssen irgendwie geflohen sein.«

»Bist du sicher?« Mal betrachtete seinen Kumpan misstrauisch.

»Natürlich bin ich mir sicher. Idiot!«

»Okay, okay, bleib locker.«

»Was ist mit den anderen zwei?«, wollte Con wissen. »Immer noch da?«

»Welche anderen zwei?«

»Die Toten. An wen denkst du denn?«

»Sicher, die sind immer noch da.«

»Und sie sind immer noch tot?«, fragte Mal.

»Halt die Schnauze!«, blaffte Dex. »Ich warn dich.«

»Die können nicht weit sein«, meinte Con. »Die finden wir schon wieder.«

»Das solltest du besser hoffen – und zwar bevor Tav zurück ist. Das wird ihm nicht gefallen.«

Die drei marschierten gemeinsam hinaus in den Canyon.

»Ich nehm Baby«, sagte Con. »Vielleicht kann sie ja die zwei aufspüren.«

»Das bezweifle ich«, widersprach Dex. »Lass sie hier. Hol stattdessen die Gewehre. Diese zwei Lümmel kennen sich im Wadi und drumherum nicht aus; somit sollten wir immer noch in der Lage sein, sie zu fangen, bevor sie rausfinden, wie man aus dem Wadi rauskommt.«

Bewaffnet und eifrig darauf bedacht, ihre Schlappe wieder wettzumachen, brachen die drei Burley-Männer auf, um sich durch die beiden Hauptzweige der trockenen Schlucht voranzuarbeiten. »Mal, du überprüfst den hinteren Weg«, befahl Dex. »Und du, Con – du kommst mit mir. Wir nehmen das große Wadi.« Der Gefährte stand da und starrte ihn an. »Was ist los? Komm endlich in die Gänge.«

Mal drehte sich um und verschwand kurz darauf auf dem sich schlängelnden Pfad am Grund des Canyons. Auf dessen Mündung marschierten Dex und Con zu, die sich rasch voranbewegten und mit wachen Sinnen auf die Umgebung achteten, ob irgendetwas Ungewöhnliches zu sehen oder zu hören war. Sie kamen an den Grabnischen einer früheren Epoche und Zivilisation vorbei und durchsuchten rasch jene, die so groß waren, dass ein Flüchtiger oder zwei sich in ihnen verstecken konnten.

Nachdem sie mindestens die Hälfte des Weges bis zum Ende gegangen waren, hielten sie an, um die Verfolgungsjagd neu zu überdenken. »Vielleicht sind sie hochgegangen und über den Rand des Wadis gestiegen«, mutmaßte Con. »Wenn sie diesen Weg hier gegangen wären, hätten wir inzwischen irgendeine Spur von ihnen gefunden.«

»Könnte sein, dass du recht hast«, stimmte Dex ihm zu. »Und uns wäre Mals Signal zu Ohren gekommen, wenn er irgendwas gefunden hätte. Lass uns zurückgehen. An der Biegung gibt es einen Einschnitt in der Canyon-Wand. Auf diesem Weg können wir sie hochklettern und haben dann oben 'nen guten Rundblick.«

Die zwei gingen wieder zurück und folgten dem Weg durch die hügelige Schlucht, der zum Lager führte. An der Biegung – ein sich krümmender Schräghang aus gesprenkeltem Sandstein – verlief das Wadi in einer trägen Neunzig-Grad-Kurve und wechselte so von einer südwestlichen zu einer mehr nördlichen Richtung. Eine tiefe natürliche Spalte in der Felswand war zu irgendeinem Zeitpunkt in der Vergangenheit von den Erbauern des Grabmals erweitert worden; zudem hatten sie flache Stufen aus dem Gestein herausgeschlagen, die eine primitive Treppe bildeten, auf der man aus dem Wadi hinaus und nach oben auf die Hochebene steigen konnte. Die beiden Männer kletterten nun die Spalte hoch und gelangten schließlich oben auf der Felswand an. Was auch immer sie von diesem hohen Aussichtspunkt aus zu erblicken gehofft hatten – sie sahen es nicht.

Eine rasche Überprüfung des sie umgebenden Geländes offenbarte nur eine trostlose, einförmige Landschaft: Von der Sonne geborstene Felsen und bröckelnde Hügel dehnten sich in die von der Hitze flirrenden Weiten in allen Richtungen aus. Von den Flüchtenden war weder ein Anzeichen noch eine Spur zu entdecken. Dennoch warteten die beiden eine Weile. Mit den Händen an den Brauen, um die Augen vor der Sonne zu schützen, überblickten sie die leere mattfarbige Landschaft und suchten nach irgendeinem Anzeichen von Bewegung – oder nach irgendeinem Anzeichen von Leben überhaupt.

Doch da war nichts.

»Was jetzt?«, verlangte Con zu wissen und wischte sich den Schweiß vom Gesicht. »Wenn die irgendwo in der Nähe wären, hätt'n wir die von hier oben gesehen.«

»Wir sollten wieder ins Lager gehen«, meinte Dex. »Tav wird bald zurückkehren. Wir müssen ihm die schlechte Neuigkeit sagen.«

»Burleigh wird darüber nicht glücklich sein«, merkte Con an.

»Nein. Er wird nicht glücklich sein.«

»Is nicht unser Fehler.«

Dex zuckte mit den Schultern.

»Is es nicht«, behauptete Con beharrlich.

»Erzähl du ihm das. Du kommst doch so gut mit ihm aus. Er hört auf dich, nicht wahr? Du kannst ihm sagen, es wäre nicht unser Fehler gewesen, dass sich die Gefangenen selbst herausgelassen haben, während wir im Schlaf lagen.«

Con murmelte leise einen Fluch vor sich hin.

»Lass uns jetzt zurückgehen.« Dex begann, die in den Felsen geschlagene Treppe hinabzusteigen, die nach unten zum Boden des Wadis führte. Sein Kumpan folgte ihm.

»Was ist überhaupt so furchtbar wichtig an den beiden?«, fragte Con, der immer mürrischer wurde. »Die sehen für mich in keiner Weise wie eine Bedrohung aus. Eigentlich sind die zwei doch fast hoffnungslose Fälle.«

Dex zuckte erneut die Achseln. »Ich denke, das ist eine weitere Sache, die du mit dem Boss besprechen kannst. Ich? Ich halt schön den Mund und mach das, was man mir sagt. Der Boss hat so seine Gepflogenheiten. Ich hab schon vor Jahren aufgehört zu versuchen, alles zu kapieren.«

Als sie schließlich das Lager erreichten, wartete Mal bereits auf sie. Seine Suche war auch nicht erfolgreicher gewesen als ihre, und so hatte er nichts zu berichten.

»Sieht so aus, als seien sie wirklich entkommen«, schlussfolgerte Dex.

»Sieht so aus«, stimmte Mal ihm zu. »Ich bin am Verhungern. Ich werd jetzt was essen.«

»Gute Idee«, meinte Con.

Die zwei marschierten auf das Kantinenzelt zu. Dex zögerte kurz, erkannte, dass er nichts Besseres zu tun hatte, und folgte ihnen.

Die Sonne hatte schon lange den mittäglichen Zenit überschritten, als Tav zurückkehrte. Die Männer hörten, wie das ratternde Stottern des Lastwagens durch den Canyon widerhallte, lange bevor das Fahrzeug in Sicht kam. Instinktiv versammelten sie sich vor ihrem Zelt, mit den Waffen an ihren Seiten, und blickten Tavs

Ankunft entgegen. Das geräuschvolle Vehikel blieb schließlich mit einem trockenen Knirschen in einer Staubwolke stehen. Die Tür schwang auf, und Burleighs rechte Hand trat heraus. Es genügte ein Blick auf die anderen, die in lockerer Habtachtstellung dastanden, und sein Argwohn war geweckt.

»Was gibt's?«, fragte Tav. »Was habt ihr ausgefressen?«

»Es sind die Gefangenen«, antwortete Dex.

»Sind sie also tot?«

»Sie sind fort.«

»Fort...« Sein Blick fiel auch auf die anderen zwei, die sich zurückhielten und darauf warteten, wie er auf diese Neuigkeit reagieren würde. Tav runzelte die Stirn.

»Geflohen.«

»Ich verstehe.« Tavs Augen verengten sich, und seine Stirn legte sich immer tiefer in Falten, sodass sein Gesichtsausdruck grimmig wurde.

»Wir haben das Wadi in beide Richtungen abgesucht«, teilte Con ihm mit. »Wir sind sogar die Felswand hochgegangen. Den halben Morgen haben wir gesucht, doch wir konnten noch nicht einmal einen Fußabdruck finden.«

»Ihr habt überall nachgeschaut? Seid ihr euch sicher?«

»Überall«, bekräftigte Dex. »Ich schwör's.«

»Dann bleibt nichts mehr übrig, was wir jetzt noch machen könnten«, folgerte Tav. »Brecht das Lager ab. Ladet das Zeug auf, und zwar alles. Der Boss will, dass alles weggeräumt wird. Wir sind hier fertig. Bis Sonnenuntergang muss alles getan sein, also beeilt euch.«

»Was erzählen wir dem Boss?«, wollte Con wissen.

»Die Wahrheit«, antwortete Tav.

»Die wird ihm nicht gefallen.« Con besaß die verblüffende Fähigkeit, das Offensichtliche zu erfassen. Und von allen Folgen, die sich aus der aktuellen Situation ergeben würden, war es genau diese Erkenntnis, die sich in seinem Bewusstsein fest verwurzelt hatte. »Die wird ihm ganz und gar nicht gefallen.«

»Ich erwarte auch nicht, dass ihm das gefällt«, pflichtete Tav ihm bei.

»Dann schlage ich vor, ihm das nicht zu erzählen.«

»Wir müssen es ihm aber sagen«, entgegnete Mal.

»Warum?«, verlangte Con zu wissen.

»Er wird es ja schließlich doch herausfinden«, vermutete Dex.

»So? Wenn er es jemals herausfindet, werden wir ihm einfach sagen, dass sie immer noch am Leben waren, als wir hier aufgebrochen sind. Sie müssen es irgendwie geschafft haben, hier auszubrechen, nachdem wir alles zusammengepackt haben und fortgegangen sind.«

»Das könnte funktionieren«, erklärte Dex anerkennend. »Ich stimme Con zu. Burleigh zu erzählen, dass sie geflohen sind, würde uns nur in Schwierigkeiten bringen; und es würde überhaupt keinen Unterschied machen – nicht die Bohne.«

»Und was ist mit dir, Mal? Stimmst du den beiden anderen zu?«

Mal zuckte die Achseln. »Ich schätze, ja.«

Tav schwieg einen langen Augenblick. Er hob den Blick zum Himmel und schien über die hauchzarten Wolkenfetzen zu meditieren, den er hoch oben dahinziehen sah. Die Stille bekam eine bedrückende Kraft, und die anderen Burley-Männer zuckten bereits zusammen in Vorahnung der Schmerzen, als Tav tief einatmete. Es schien, als würde er sich selbst darauf vorbereiten, in großen Dosierungen Verheerendes auszuteilen. Doch schließlich sagte er: »So soll's denn sein. Aber – sagt kein Sterbenswörtchen darüber zum Boss. Wenn er es herausfindet, wissen wir nichts davon. Was sowieso nicht allzu weit von der Wahrheit entfernt ist.«

Ein Brüllen, das von den Wänden des Wadis widerhallte, verkündete genau in diesem Moment, dass man eine sehr hungrige Höhlenlöwin noch nicht gefüttert hatte und sie angesichts dieser Situation allmählich außerordentlich sauer wurde.

»Con, kümmer dich um Baby. Es geht nicht an, dass dieses Geschöpf unterwegs jeden in Stücke reißen will.«

»Was ist mit dem Generator?«, fragte Mal. »Was sollen wir eigentlich mit dem anfangen?«

»Ist mir egal, was du damit tust. Du musst ihn nur loswerden. Löscht jede Spur aus, die darauf hinweisen könnte, dass wir jemals hier gewesen sind. Kapiert?« Als sich keiner rührte, fügte Tav hinzu: »Worauf wartet ihr noch? Los, Bewegung!«

Als ob sie zum Leben aufgerüttelt worden wären, schnellten sie auseinander; und jeder eilte fort, um seinen jeweiligen Aufgaben nachzugehen. Es war nicht das erste Mal, dass sie von einem Augenblick zum nächsten das Lager abbrachen, und es würde sicherlich auch nicht das letzte Mal sein.

»Wohin gehen wir?«, fragte Dex laut, als er nach einiger Zeit kurz von seiner Arbeit zurücktrat.

»Kümmer dich nicht darum«, antwortete Tav. »Wir sind hier fertig – das ist alles, was du zu wissen brauchst.«

ZEHNTES KAPITEL

Worin die Identität einer Person verwechselt wird

Vierzehn Tage Regen und unanständiges Wetter hatten dazu geführt, dass die Pferde lethargisch waren und auf die Befehle der Reiter nicht reagierten. Was sie wollten, das war eine gute, schnelle Verfolgungsjagd über das Hügelland, um ihr reines Blut wieder in Wallung zu bringen – damit sie sich daran erinnerten, was für eine Art von Geschöpfen sie nach dem Willen der Natur waren. Zumindest war dies eine Ansicht, die nach Lady Fayths Einschätzung von ihrem Vater unterstützt wurde.

»Famos!«, rief Lord Fayth, als er über den Wunsch seiner Tochter unterrichtet wurde, über das Anwesen zum nächsten Dorf zu reiten. »Sagt ihr, dass ich sie begleiten werde. Bei unserer Rückkehr werden wir Tee zu uns nehmen.«

»Natürlich, Mylord«, erwiderte Chalmers, Sir Edwards Butler. »Soll ich den Stallungen die Absichten seiner Lordschaft ankündigen?«

»Überflüssig. Das werde ich selbst tun. Ich werde hinausgehen, sobald ich die Prüfung der Geschäftsbücher beendet habe.«

»Wie Ihr wünscht, Sir.«

Nach einem leichten Mittagsmahl aus Räucherhering und Toast ging Sir Edward zu den Stallungen, wo Lady Fayth die Gurte und das Geschirr an ihrem Pferd überprüfte. »Hallo, mein Schatz.« Er küsste ihre Wange, dann bemerkte er den Sattel. »Ich hoffe, du hast nicht die Absicht ... *damit* zu reiten«, sagte er und zog voller Abscheu die Mundwinkel nach unten.

»Hallo, Vater«, antwortete sie in süßlichem Ton. »Wieso? Was meinst du überhaupt?« Sie schaute um den Sattel herum. »Ist irgendetwas falsch an dem Zaumzeug, das ich ausgewählt habe?«

»Ganz ehrlich, Haven; wenn du darauf beharrst, wie ein Mann zu reiten, dann glaube ich, dass du verdienst, was auch immer dir durch das Schicksal widerfährt.«

»Das Einzige, was mir heute voraussichtlich widerfährt, sind Schlammspritzer auf meinen neuen Stiefeln.« Sie hob den Saum ihres Kleides an und streckte einen wohlgeformten, gestiefelten Fuß vor, damit ihr Vater ihn begutachten konnte. »Gefallen sie dir?«

»Ja, sehr hübsch. Doch du solltest verstehen –«

»Nein, du solltest verstehen. Erwartest du wirklich, dass ich auf einem Damensattel in einem Samit-Kleid und mit einer Haube reite?«

»Du glaubst, dies sei ein Anlass, um leichtfertig zu sein, nicht wahr?«

»Gott bewahre, Mylord! Ich versichere dir, ich gebe dieser Angelegenheit alle Ernsthaftigkeit, die sie verdient.«

Lord Fayth sah ein, dass er nicht mit ihr darüber streiten konnte – es gab nie irgendeine Möglichkeit, die Oberhand über das eigensinnige Mädchen zu gewinnen. Und daher lenkte er ein. »Mach, was du willst, mein Liebling«, sagte er. »Aber komm nicht heulend zu mir, wenn du dich mit fünfundzwanzig als alte vertrocknete Jungfer wiederfindest, weil alle geeigneten jungen Männer dich wie eine Ausgestoßene gemieden haben.«

»Wird das voraussichtlich geschehen?« Sie schien darüber nachzudenken und lächelte schließlich. »Nein«, beantwortete sie die eigene Frage lachend. »Ich kann das überhaupt nicht vorhersehen. Auf jeden Fall ist dieser Zeitpunkt noch Jahre entfernt, und bis dahin wird die schockierende Taktlosigkeit dieses Tages lange vergessen sein – wenn nicht gar überschattet von irgendeinem anderen, noch größeren Sittenverstoß. Also komm, teuerster Vater.« Sie hängte sich bei ihm ein. »Lass uns reiten, während die Sonne scheint und wir immer noch unseren guten Ruf haben. Ich werde mit dir bis zum Dorfanger um die Wette reiten.«

Der Ritt über die Hügel und Berge des westlichen Teils von Clarivaux' riesigen Ländereien war ein einziger freudiger Rausch. Lady Fayth, deren Rücksichtnahme auf ihr Pferd schon zur besten aller Zeiten infrage gestellt wurde, gab sich dem Rennen ganz hin und ließ mühelos ihren Vater weit hinter sich – was nicht völlig überraschend war für einen Mann, bei dem sowohl das Gewicht als auch das Alter gegen ihn sprachen. Als er sie schließlich wiedertraf, schlenderte sie bereits über den Dorfanger.

»Du reitest wie ein Teufelsbraten«, erklärte er geradeheraus. »Es wird ein Wunder sein, wenn du dir nicht eines Tages deinen hübschen Hals brichst.«

»Danke schön, Vater«, antwortete sie. »Doch ich habe geglaubt, du wärest anlagebedingt unfähig, an Wunder zu glauben. Der Glaube deines Bruders Henry ist groß genug für euch beide – ist es nicht das, was du immer sagst?«

»Hm!« Lord Fayth tätschelte den Hals seines Pferdes und schaute sich um. »Ich habe Lust auf ein Schlückchen Ale. Lass uns etwas trinken gehen.«

»Lass das«, tadelte ihn seine Tochter. »Dafür ist es viel zu früh am Tage, und außerdem gibt es Tee, der zu Hause auf uns wartet. Erinnere dich bitte daran.«

Er schnaubte ein wenig und stieg vom Pferd.

Lady Fayth ging zu ihrem Vater und nahm seine Hand. »Jemand muss dein Wohlergehen im Auge behalten, Mylord. Was wirst du nur ohne mich tun?«

»Ohne dich tun?«, fragte er. »Was ich mit *dir* tun soll – das raubt mir nachts den Schlaf.«

»Ich meine das ernsthaft, Sir.« Sie drückte die Hand ihres Vaters, um ihren Worten Nachdruck zu verleihen. »Du weißt, dass mir nur dein Bestes am Herzen liegt. Wer wird auf dich aufpassen, während ich fort bin?«

»Ich wage zu sagen, dass ich dieses Martyrium überleben werde, mein Liebling, so beschwerlich es auch sein mag. Ich hoffe nur, Henry kann dasselbe behaupten, wenn das Jahr zu Ende ist. Wenn alles gut geht, werde ich zu Weihnachten nach London kommen.«

Über den Anger hinweg erblickte Seine Lordschaft das Schild der Dorfbäckerei. »Wenn wir schon nicht einen Abschiedstrunk zu uns nehmen, dann lass uns zumindest etwas Leckeres zum Tee nach Hause bringen.«

Sie banden ihre Pferde auf dem Anger an und spazierten zur Bäckerei. Dort wählte Lord Fayth eine Mischung aus Zuckerwerk und Früchtebroten aus, die verpackt wurden, um sie als Beigabe für den Nachmittagstee zum Herrensitz mitbringen zu können. Aufgrund seines Sitzes im Vorstand der Ostindien-Kompanie kam Lord Fayth wie vor ihm sein Vater in den Genuss einer ständigen Versorgung mit neuer Handelsware und sah es als seine besondere Pflicht an, den Gebrauch dieser Güter in jeder nur möglichen Weise zu propagieren.

Als sie zum Anger zurückkehrten, sahen sie, dass sich dort ein weiteres Pferd zu ihren Reittieren gesellt hatte. Der Reiter war nirgendwo zu erblicken.

»Das ist ein prachtvolles Tier«, sagte Sir Edward anerkennend. »Ich könnte mir denken, dass der Mann, der es besitzt, etwas von Pferden versteht.«

Lady Fayth betrachtete eingehend das Geschöpf mit seinem glänzenden schwarzen Fell, den weißen Fesseln und der weißen Blesse in der Mitte seiner breiten Stirn. Sie teilte nicht die Leidenschaft ihres Vaters für alle Vierbeiner, doch sie erkannte ein gutes Ross, wenn sie eines erblickte. »Es ist ein ausgezeichnetes Exemplar«, pflichtete sie ihrem Vater bei. »Ich frage mich, wem es gehört.«

Wie als Antwort auf ihre Frage vernahmen sie eine Stimme, die ihnen etwas zurief. Sie drehten sich um und sahen einen Mann, der genau in diesem Moment aus einem Gasthaus herauskam.

»Ich habe Hallo gesagt!«, rief er.

Vater und Tochter hielten inne und warteten auf den sich nähernden Mann. »Ist das Euer Pferd, Sir?«, fragte Lord Fayth mit lauter Stimme.

»Das ist es in der Tat, Sir«, erwiderte der Fremde. Lady Fayth warf einen abwägenden Blick auf den großen Mann, der rasch über den

Anger auf sie zuschritt. Er trat mit einem ausgeprägten Selbstvertrauen auf, das zu seinem düsteren, gleichwohl guten Aussehen bestens passte. »Das ist Aquilo«, sagte er und zeigte auf das Pferd.

Statt erneut auf das Tier zu blicken, musterte Lady Fayth den Mann: Mit seinem langen schwarzen Haar, dem stolzen Schnurrbart und den prächtigen Koteletten gab sich der Fremde in jeder Hinsicht den Anschein, als ob er selbst ein Teil des kostbaren Rosses sei.

»Ich hoffe, es macht Euch nichts aus, ein kleines Stück des Angers mit mir zu teilen?« Bevor einer der beiden Angesprochenen antworten konnte, vollführte der Mann mit seinem Oberkörper eine forsche Verbeugung. »Archelaeus Burleigh, Earl of Sutherland. Zu Euren Diensten. Mit wem habe ich das Vergnügen zu reden?«

»Ich bin Sir Edward Fayth, und das ist meine Tochter Haven«, antwortete deren Vater.

Lady Fayth lächelte und bot ihrem Gegenüber die Hand an. Der Mann, der sich selbst Burleigh nannte, ergriff sie und hob sie – nach einem winzigen Moment des Zögerns – an seine Lippen. Seine Augen jedoch blieben auf ihr Gesicht geheftet. »Ich bin entzückt«, sagte er, als sie ihre Hand aus seinem Griff zog.

»Ihr seid weit entfernt von zu Hause, Sutherland«, bemerkte Lord Fayth mit sanfter Stimme. »Was führt Euch zu unserem Flecken Land – falls meine Frage Euch nicht zu kühn erscheint?«

»Durchaus nicht, Sir. Doch es ist eine lange Geschichte, und ich werde mich nicht erdreisten, Euch mit ihr zu behelligen. Es reicht wohl, wenn ich Euch sage, dass ich darüber nachdenke, mir in dieser Gegend ein Anwesen zu kaufen. Es ist viel zu kalt und eintönig im Norden. Ich habe das Lebensalter erreicht, in dem ich glaube, dass man einen südlichen Festungsbau haben muss, wenn man von einem Winter zum nächsten überleben möchte.«

»Fürwahr, Sir!«, pflichtete Sir Edward ihm mit lauter Stimme bei und strahlte voller Liebenswürdigkeit über das ganze Gesicht. »Ich könnte dies nicht besser zum Ausdruck bringen.«

»Wenn da nicht die Pächter wären, würde ich einen permanenteren Aufenthalt im Süden in Betracht ziehen«, erklärte Burleigh beinahe entschuldigend. »Doch bei einer solch großen Anzahl von ihnen, bei sieben Städten und Dörfern innerhalb der Grenzen von Glen Ardvreck ...« Er hielt inne. »Vergebt mir, ich bin in Gedanken völlig woanders. Eine Angewohnheit der Leute im Norden, wie ich fürchte. Es tut mir leid.«

»Denkt Euch nichts dabei, Sir«, beschwichtigte Lord Fayth ihn. »Ich verstehe das vollkommen. Ich kann nur bestätigen: Dies hier ist ein wunderschöner Winkel auf der Erde.« Sein Gesicht hellte sich auf, als ihm plötzlich ein Gedanke kam. »Falls Ihr heute Abend nichts mit Euch anzufangen wisst, möchtet Ihr vielleicht dann zu uns zum Dinner kommen? Nichts Ausgefallenes, gottbewahre, nur ein ungezwungenes privates Abendessen. Bringt natürlich Lady Burleigh mit und jeden anderen, der in Eurer Gesellschaft ist.«

Lord Burleigh schaute Lady Fayth an und zögerte. »Nun, ich ...«

»Ach, ich habe Euch jetzt völlig überrumpelt. Wie gedankenlos von mir. Ich nehme an, Ihr habt schon eine andere Verpflichtung.«

»Nein, nein, nichts dergleichen«, beeilte sich Burleigh zu erwidern. »Ich bin erst vor Kurzem hier eingetroffen, sodass ich zurzeit keine anderen Verpflichtungen habe. Und was die angesprochene ›Lady Burleigh‹ angeht – nun, ich bin völlig auf mich alleine gestellt. Meine liebe Frau ist vor mehreren Jahren gestorben, und ich habe mich niemals wieder verheiratet.« Ein wehmütiges Lächeln glitt über sein Gesicht. »Augenblicklich gibt es absolut nichts, was mich irgendwie hindern könnte; und ich würde mich freuen, Euer liebenswürdiges Angebot anzunehmen.«

»Famos!«, rief Lord Fayth und ging auf sein Pferd zu. »Wir erwarten Euch gegen halb sieben.«

»Ich werde da sein.«

Die beiden brachen auf und ließen den Earl of Sutherland auf dem Dorfanger zurück. Lady Fayth achtete ganz besonders darauf, dass sie nicht noch einmal auf ihn blickte: Der Mann hatte etwas an sich, das sie als nicht ganz vertrauenswürdig empfand – ein kaum wahrnehmbarer Ausdruck von Rücksichtslosigkeit um seinen

Mund herum, eine Kälte in seinen dunklen Augen ... etwas, das sie nicht benennen konnte, sie jedoch vorwarnte.

Eine Weile später, als sie ihre Pferde in die Stallungen zurückgebracht hatten und auf dem Weg zurück ins Haus waren, bemerkte Lord Fayth: »Guter Mann, dieser Burleigh.«

»Oh? Wirklich?« Sie blieb abrupt stehen. »Dann hast du also schon früher von ihm gehört?«

»Wie sollte ich von ihm gehört haben?«, erwiderte ihr Vater, der nun ebenfalls nicht mehr weiterging. »Er hat doch selbst gesagt, er sei erst vor Kurzem in den Süden gekommen.«

»Allerdings.«

»Er ist ein Earl, mein Schatz«, machte Seine Lordschaft geltend. »Ich wage zu behaupten, dass er ein oder zwei Stufen höher als wir steht. Ein feiner Gentleman, wie ein jeder deutlich sehen kann.« Er schaute seine Tochter von der Seite an. »Stimmst du mir etwa nicht zu?«

»Ich behaupte nicht, den Mann zu kennen. Ich begreife allerdings nicht, wie sich irgendjemand eine fundierte Meinung bilden kann, die sich auf ein paar Artigkeiten stützt, die er beiläufig dahergesagt hat.«

»Ha!« Ihr Vater schritt nun weiter über den kiesbedeckten Hof. »Offensichtlich hast du keinerlei Menschenkenntnis, mein Schatz. An der Lebensart kann man es stets erkennen.«

Diese Worte hallten immer noch in ihrem Kopf wider, als sich das Gespräch – nach ihrem in gemütlicher Atmosphäre verspeisten Abendmahl aus kaltem Hammelfleisch und Rübenpüree – familiären Themen und den möglichen gemeinsamen Verbindungen der Männer zuwandte. Die drei saßen im Arbeitszimmer ihres Vaters, wo ein Feuer entzündet worden war; die Männer tranken in kleinen Schlucken Brandy, während Haven vorgab, sich mit einem Gobelinstickereimuster zu beschäftigen – dasselbe Stück, an dem sie schon seit mehr als einem Jahr ohne merkbaren Erfolg arbeitete. Sie hörte dem Gespräch der Männer zu und versuchte zu entscheiden, wo genau sie Burleigh in ihrer Einschätzung platzieren sollte: eine gängige und normalerweise ziemlich einfache Angelegenheit für eine junge Frau, die feste Überzeugungen und ein rasches Urteilsvermögen hatte. Doch aus irgendeinem Grund erwies sich der Earl in dieser Hinsicht als extrem schwer fassbar. Jedes Mal wenn sie das Gefühl hatte, ein gewisses Verständnis von ihm erlangt zu haben, sagte er etwas – eine Redewendung, eine Bemerkung oder sogar nur ein einziges Wort –, das sie verwirrte und ihre üblicherweise zuverlässige weibliche Intuition aus den Angeln hob.

»Natürlich ...«, sagte Burleigh gerade, während er seinen Brandy am Glasrand entlangschwenkte. »Da ich selbst die Naturwissenschaften studiere, bin ich mir sicher, dass ich Eure Arbeit faszinierend finden würde. Ich wage zu vermuten, dass wir möglicherweise sogar einige Interessen gemeinsam haben.«

»Meine Arbeit?« Lord Fayth legte die Stirn in Falten. »Ich muss gestehen, dass ich mich nicht in den Wissenschaften versuche, Sir. Diese modernen Männer der Forschung ...«, schnaubte er und nahm einen Schluck Brandy. »Die meisten von ihnen sind nicht einen Fußlappen wert, wenn Ihr mich fragt.«

Zum ersten Mal an diesem Abend verriet Burleighs Gesichtsausdruck Verwirrung und etwas anderes. Erschrockenheit? Was auch immer es war – Haven glaubte, dass sie etwas vom wahren Menschen hinter der Fassade aristokratischer Gleichgültigkeit kurz erblickt hatte. »Vielleicht habe ich Euch gerade nicht richtig verstanden, Sir«, deutete er taktvoll an, und sein Verhalten brachte wieder lässige Jovialität zum Ausdruck.

»Ich glaube nicht, dass ich mich irgendwie noch klarer über dieses Thema äußern könnte. Diese *Wissenschaft* wird noch unser aller Tod sein.«

»Vater«, warf Lady Fayth mit lauter, deutlicher Stimme ein, »ich glaube, unser Gast hat dich mit Sir Henry verwechselt.«

»Oh? Ist dem so?« Lord Fayth wandte sich einmal mehr Burleigh zu. »Ach ja, ich verstehe. Natürlich.«

»Sir Henry?«, fragte Burleigh verwundert.

»Mein geistesgestörter Bruder Henry Fayth. Er ist ganz eingenommen von all diesem Naturwissenschaften-Quatsch. Eine schlimme

Form der Zeitverschwendung für einen Mann, wenn Ihr meine Ansicht dazu hören wollt.«

Bevor Burleigh etwas auf diese provokante Meinung erwidern konnte, bestritt Lady Fayth die Behauptung ihres Vaters. »Er ist kein Geistesgestörter, teurer Vater. Er ist weit davon entfernt. Onkel Henry zählt zu den klügsten Männern, die ich kenne.« Sie lächelte Burleigh an und fügte hinzu: »Mein Onkel ist ein charmanter und liebenswürdiger Mensch – und einer der führenden, hell leuchtenden Köpfe der neuen Wissenschaften.«

»Er ist vollkommen verrückt«, widersprach ihr Vater. »Ist es immer gewesen. Lebt alleine in London wie ein Mönch in einer Zelle – ein jämmerlicher Eremit. Hat niemals geheiratet. Behauptet, es würde ihn bei seiner kostbaren Arbeit stören. Doch was das sein soll, weiß nur Gott allein. Ich werde nicht schlau aus seinem Geschwätz.«

»Vater, also wirklich«, schalt ihn Haven. »Du gibst unserem Gast einen völlig falschen Eindruck.«

»Bitte, ich versichere Euch, dass ich mir keinen Eindruck – welcher Art auch immer – gemacht habe«, beschwichtigte Burleigh sie. »Ich ziehe es vor, die Dinge so zu nehmen, wie ich sie vorfinde: eine Einstellung, die mir mein ganzes Leben lang gute Dienste geleistet hat.«

»Schön für Euch, Sir«, pflichtete Lord Fayth ihm bei und griff nach der Karaffe. »Noch etwas mehr Brandy, Mylord?«

Das Gespräch wechselte anschließend zu bodenständigen Themen; hauptsächlich kreiste es um Landwirtschaft, Pferde und Jagdhunde. Lady Fayth hatte genug von dem ertragen, was sie als ungebildetes Geschwafel erachtete. Daher verkündete sie, es sei für sie an der Zeit, sich zurückzuziehen. »Ich werde Euch zwei hier zurücklassen, damit Ihr die Welt wieder in Ordnung bringen könnt«, erklärte sie leichthin. »Lord Burleigh, es war sehr nett, Eure Bekanntschaft zu machen. Ich hoffe sehr, Euer Aufenthalt im Süden wird ganz und gar zur Förderung Eurer Bildung und zu Eurem Nutzen verlaufen.«

»Ich danke Euch, Mylady«, erwiderte er. »Selbst in meiner kurzen Zeitspanne hier habe ich herausfinden können, dass die Leute in dieser Gegend sehr nach meinem Geschmack sind. Die Bildung wird im Verlaufe der Zeit sicherlich noch folgen.« Er erhob sich aus seinem Sessel und ergriff die angebotene Hand. »Ich wünsche Euch eine gut Nacht und angenehme Träume.« Dann tätschelte er ihre Hand und küsste sie. »Bis zu unserem Wiedersehen.«

»Ich bezweifle doch sehr, dass dies geschehen wird«, entgegnete Lady Fayth. »Morgen Vormittag werde ich nach London abreisen; und ich habe die Absicht, eine geraume Zeit dort zu bleiben. Doch da ich davon ausgehe, dass Ihr und mein Vater alle Arten von Betätigungen finden werdet, mit denen Ihr Euch selbst beschäftigen könnt, werdet Ihr mich nicht im Geringsten vermissen.«

ELFTES KAPITEL

Worin Wilhelmina sich einarbeitet

*B*evor ihre Reise nach Ägypten auch nur eine entfernte Möglichkeit wurde – lange vor ihrem Sprung in jene Zeit und zu jenem Ort oder in jede andere fremdartige Welt –, hatte Mina ihr Lehrgeld bezahlt. Erst zögernd, dann sehr gewissenhaft und schließlich wie eine Besessene. Völlig unerwartet war sie innerhalb weniger Sekunden aus ihrer Londoner Heimat nach Böhmen und vom einundzwanzigsten in das siebzehnte Jahrhundert verpflanzt worden. Anschließend hatte sie ganz auf sich allein gestellt in der fremden Umgebung zurechtkommen müssen; und weder ein Cosimo noch ein Sir Henry waren bei ihr gewesen, um sie in die neuartige Welt der Ley-Reisen einzuführen. Gleichwohl hatte sie Kenntnisse und Fertigkeiten auf diesem Gebiet erworben – durch harte Schufterei und einen langen, ermüdenden Prozess der Wissensaneignung auf der Grundlage von Versuch und Irrtum. Es war eine anspruchsvolle Lehre, und sie begann an jenem Tag in dem *Großen Kaiserlichen Kaffeehaus* in Prag, als sie den Apparat in Empfang nahm, den ihr Freund Gustavus Rosenkreuz für sie nach den Plänen von Lord Burleigh hergestellt hatte. Die Lehre begann genau in dem Moment, als der junge Alchemist den seltsamen Gegenstand auf ihre Hand gelegt hatte.

Jetzt stand Wilhelmina allein oben auf dem Hügel nördlich der von ihr so geschätzten Stadt – das Leben in dieser Welt hatte sie mittlerweile angenommen – und betrachtete erneut die merkwürdige Vorrichtung. Es handelte sich um ein rundes, säuberlich geglättetes

Objekt, das in etwa die Größe, Form und Gewicht eines mittelgroßen Steins besaß. Genau daran erinnerte es sie: an einen von der Brandung hin und her gestoßenen Stein, dessen Ecken und Kanten von den sich endlos bewegenden Wellen abgerundet worden waren und der nun eine glatte Form aufwies. Doch damit endeten auch schon alle Ähnlichkeiten. Denn Steine bestanden nicht aus poliertem Messing; zudem besaßen sie keine ziselierten Oberflächen mit einer Arabeske aus filigranen Linien. Und von den Wellen glatt gewaschene Felsen wiesen nicht an einer Seite eine gebogene Reihe winziger Löcher auf, und auf ihnen prangte auch keine winzige gerändelte Scheibe. Darüber hinaus besaßen Steine am Strand keine zentrale Öffnung, die einem blinzelnden Auge ähnelte und von der aus ein sanft pulsierendes, indigoblaues Licht ausstrahlte – zumindest nicht Minas Erfahrung nach.

Letzteres hatte sie nicht selbst gesehen, sondern wusste es von Gustavus, dessen Kompetenz sie vertraute. »Die Substanz im Innern gibt Licht ab, wenn sie in Kontakt mit bestimmten Äthern kommt«, hatte ihr der junge Alchemist erklärt. Mina hatte keine Ahnung, um was es sich bei diesen »Äthern« handelte; und wie man diese Vorrichtung benutzte, das war wiederum eine völlig andere Sache.

Während sie über das sonderbare Instrument nachsann, rief sie sich die geringen Fakten in Erinnerung, die sie kannte, und versuchte sich vorzustellen, wie sie für die bevorstehende Aufgabe eingesetzt werden könnten. Das Instrument war entsprechend einem Entwurf von Lord Burleigh hergestellt worden, damit es von ihm für etwas eingesetzt werden konnte, das die Alchemisten astrale Erforschung nannten. Wenn Minas Vermutung stimmte, dann waren die Erforschungen des Earls in irgendeiner Weise mit Ley-Reisen verbunden – dem merkwürdigen Phänomen, das sie so unsanft aus dem einundzwanzigsten Jahrhundert herausgerissen und in das siebzehnte hineingeworfen hatte. Nach dem, was sie an Informationen erinnern konnte, die Kit ihr mitgeteilt hatte – fragmentarisch und verworren, wie sie nun einmal waren –, und entsprechend ihren eigenen, recht begrenzten Erfahrungen war eine Ley-Reise eine durch und durch unangenehme, völlig unberechenbare Übung. Nichtsdestotrotz konnten sich dadurch positive Folgen ergeben; und Mina war entschlossen, diesen Vorgang zu wiederholen und, wenn möglich, die Abläufe zu beherrschen.

Zwar wünschte sie sich schon längst nicht mehr, nach London heimzukehren – sie konnte es sich selbst nicht erklären, weshalb ihr dieses Verlangen fehlte. Aber da sie gegen ihren Willen in eine fremdartige Welt verpflanzt worden war, empfand sie es irgendwie als ihre Pflicht, mehr über die Mechanismen zu lernen, durch die es dazu gekommen war, dass sie in einer anderen Zeit und an einem anderen Ort eine neue Heimat gefunden hatte. Sie nahm an, dass Burleighs Vorrichtung irgendwie in der Lage war, solche Sprünge zu erleichtern oder sie in irgendeiner Weise zu justieren; und genau damit wollte sie anfangen.

Sie hatte entschieden, dass ihre Experimente in der Abgeschiedenheit stattfinden sollten. Denn was auch immer passieren würde: Es wäre sicherlich am besten, so hatte sie sich überlegt, wenn dies von keinem, der zufällig vorbeiging, gesehen werden könnte, um ihn nicht zu alarmieren. Etzel hatte sie mitgeteilt, sie wolle ein wenig frische Landluft einatmen und vielleicht ein paar Wildblumen sammeln – nachdem sie sorgfältig darüber nachgedacht hatte, wie sie das bevorstehende, nicht ungefährliche Unternehmen auf sichere Weise beginnen sollte. Es würde immerhin der zweite Ley-Sprung nach ihrem ersten und bislang einzigen sein, der sie in dieses Land gebracht hatte. Und so verließ sie das Kaffeegeschäft und nahm ein Fuhrwerk, das sie aus der Stadt beförderte und hinauf in die umliegenden Hügel brachte. Es war ein schöner Tag, die Sonne strahlte vom Himmel herab. Ein ungewöhnlich warmer Frühling ging nahtlos in den Sommer über – ein Tag so gut wie jeder andere, um das Experiment einer Ley-Reise durchzuführen.

Während sie die Vorrichtung in der Hand hielt, rätselte sie darüber, wie sie beginnen sollte. Wie sie sich noch gut erinnern konnte, hatte sie den ersten Sprung ausgeführt, indem sie einfach mit einem bestimmten Ziel spazieren gegangen war. Daher begann Mina, die Hügelkuppe entlangzuschreiten, und hielt dabei den Apparat vor sich, als ob es sich um eine Taschenlampe handelte und sie versuchen würde, einen geheimnisvollen, verborgenen Pfad zu finden. Sie machte fünfzig Schritte, drehte sich um und ging zurück. Als sich das erwartete Resultat nicht einstellte, tat sie Gleiche noch einmal; nur ging sie jetzt in eine andere Richtung. Doch das Ergebnis blieb zu ihrer Enttäuschung gleich. Die Mechanismen, die eine Ley-Reise bewirkten, blieben offenkundig inaktiv und wurden von ihren Bemühungen in keiner Weise berührt. Unbeirrt machte sich Mina auf den Weg zu einer weiter entfernten Stelle und versuchte es erneut.

Dies ging einige Zeit so weiter, doch das Resultat blieb immer gleich. Nach einer Weile spürte Mina, dass sie zunehmend entmutigt war. Nicht dass sie erwartet hatte, die Handhabung der Vorrichtung sei leicht zu erlernen. Doch sie hatte das Gefühl, nach all ihren Anstrengungen hätte sie irgendeine kleine Belohnung für ihre Zielstrebigkeit verdient – wenn nicht schon für die beträchtlichen Bemühungen, die sie unternommen hatte, um sich diesen Apparat erst einmal zu beschaffen.

Am Ende steckte sie Burleighs komisches Ding in die Tasche ihres Arbeitskittels. Dann pflückte sie einen großen Strauß Wildblumen und band ihn zusammen, damit sie ihn auf der Rückfahrt in die Stadt gut halten konnte.

An verschiedenen Orten rund um die Außenbezirke der Stadt führte sie während der nächsten paar Wochen weitere Experimente durch. Jedes Mal kehrte sie nach einem langen Marsch in besserer körperlicher Verfassung zurück, aber der Enträtselung des Geheimnisses von Ley-Reisen kam sie keinen Deut näher.

Doch eines Tages geschah es; und es passierte ganz zufällig, als sie etwas völlig anderes erledigen wollte. Sie musste irgendeine Besorgung machen und spazierte die Moldau entlang, an einem sonnigen offenen Uferabschnitt des Flusses, der die Stadt teilte. Zunächst schlenderte sie durch die Unterstadt und dann hinaus ins Land, durch die Felder und Bauernweiler. In ihrem Hinterkopf dachte sie wie immer an das Kaffeehaus; und so hielt sie die Augen offen nach einer neuen Quelle für Honig, der in ihrer Backstube benötigt wurde. Alle ihre Lieferanten in der Stadt kauften den Honig lose im ländlichen Umland und boten ihn Mina zu einem Preis an, der einen ordentlichen Gewinn für sie einschloss. Schön und gut. Doch für Engelberts Backrezepte mussten mehr und mehr Süßungsmittel eingesetzt werden, denn ihre Kunden verlangten Gebäck, das den natürlichen bitteren Geschmack von Kaffee auglich. Honig war die kostspieligste Zutat, und Mina hatte deswegen darüber nachgedacht, mit Bienenzüchtern auf dem Land direkt Verträge abzuschließen und sich das Erzeugnis frisch von der Quelle zu beschaffen. Durch die Umgehung der Zwischenhändler würden sowohl Mina als auch die Bienenzüchter einen besseren Preis erzielen, und sie könnte ihnen einen konstant aufnahmebereiten Markt garantieren.

Sie spazierte unter einem leuchtend blauen Himmel, vorbei an Feldern mit reifender Gerste, Rüben und Bohnen, vorbei an Kühen, Schafherden und Gänsescharen. Zu ihrer Rechten bewegte sich träge der Fluss, seine lang gestreckten, langsamen Wellen kräuselten kaum die jadegrüne Wasseroberfläche. Zwischen den hohen Pflanzen entlang des Ufers paddelten Entenmütter, die von einer Flottille halbwüchsiger Küken umgeben waren; die Kleinen pickten nach Insekten und winzigen Stücken essbaren Treibguts.

Ein Bauer mit Molkereiwaren, der neben seinem Eselskarren marschierte, näherte sich auf dem Weg, der am Ufer entlangführte; er tippte kurz an seinen Hut, als er an Mina vorbeiging. Die Luft war vorübergehend erfüllt von einem leicht sauren Milchgeruch; und Wilhelmina fühlte sich plötzlich zurückversetzt in eine Zeit und an einen Ort, an deren Existenz sie sich kaum noch zu erinnern vermochte: an einen Bauernhof in Kent, den sie bei einem Schulausflug kennengelernt hatte, als sie gerade einmal sechs Jahre alt gewesen war. Ihre Klasse hatte genau den Bauernhof besucht, der die Milch herstellte, die sie und ihre Klassenkameraden jeden Tag aus kleinen Flaschen tranken. Der Bauer hatte sie in einen Raum geführt, wo sie die großen Maschinen, die den Rahm von der Rohmilch trennten, bei der Arbeit betrachten konnten. Hier herrschte ein kräftig stechender Geruch, der von dem scharfen, ranzigen Aroma gärenden Käses durchdrungen war. Dieser Geruch war für

Minas kindliche Sinne so überwältigend gewesen, dass sie ihn niemals mehr vergessen hatte.

Sie grüßte nun den Bauern und blieb stehen, um ihn beim Vorbeigehen zu beobachten und den Geruch einzuatmen. Mina dachte immer noch an jenen Schulausflug, den sie so lange vergessen hatte und jetzt so anschaulich wieder aufleben ließ, als der Weg abbog, um der Krümmung des Flusses zu folgen, und in ein Buchenwäldchen führte. Das Sonnenlicht, das sich durch die Baumkronen brach, warf gesprenkelte Schatten auf den Pfad, und Mina blickte auf diese Muster am Boden, während sie weiterspazierte. Ohne Absicht steckte sie die Hand in die Tasche und streifte dabei Burleighs Vorrichtung. Zu ihrer Verblüffung fühlte sich das Gerät warm an.

Sie schaute an sich herab und sah ein tiefblaues Licht, das durch den Stoff ihres Arbeitskittels leuchtete.

Daraufhin blieb sie stehen und zog mit zitternden Fingern die von Messing ummantelte Vorrichtung heraus. Ein grelles blaues Licht strahlte aus den kleinen Löchern, die an einer Seite in einer gebogenen Reihe angeordnet waren, und ebenso aus der zentralen halbmondförmigen Öffnung. Irgendetwas hatte das Instrument zum Leben erweckt – aber was?

Mina schaute sich ihre Umgebung an. Sie registrierte die Bäume, den Weg mit den Schatten der Blätter, den weiten Flussbogen und über sich den Himmel mit den wenigen kleinen Wolken und den hochsteigenden Vögeln. Sie betrachtete alles, sah jedoch nichts, von dem sie annehmen könnte, dass es das plötzliche Erwachen des seltsamen kleinen Apparats ausgelöst hatte, der selbst jetzt noch ihre Hand ziemlich stark wärmte.

Langsam begann sie weiterzugehen, wobei ihr Blick auf das Gerät gerichtet blieb. Der Weg bog sich entsprechend dem Flussverlauf, und allmählich wurde das Licht in Burleighs Instrument schwächer. Sie marschierte weiter, bis der letzte kleine Schimmer des blauen Lichts verschwand. Dann drehte sie sich um und ging die Strecke zurück. Wie sie es halb erwartet hatte, flammte nach ein paar Schritten der Lichtschein wieder auf ... und nach einigen weiteren Schritten wurde er heller.

Sie ging rasch ein Dutzend Schritte entlang des Pfades und entfernte sich dann aus dem Schutz des Wäldchens. Das matt schimmernde blaue Licht wurde abermals langsam schwächer und verschwand, und die Vorrichtung auf ihrer Hand kühlte sich ab.

Sie hielt an. Nun war sie sich sicher, dass sie an der Schwelle einer Entdeckung stand. Sie machte kehrt und ging wieder in das Wäldchen zurück. Das tiefe indigoblaue Licht kam zurück, und diesmal hatte sie den Eindruck, als ob sie ein schwaches, piepsendes Geräusch gehört hätte – fast wie das Tschilpen eines Vogelkükens. Sie ging langsam weiter und hielt sich dabei die Vorrichtung an ihr Ohr. Ihre Vermutung bestätigte sich: Ja, tatsächlich, das Ding sprach zu ihr. Instinktiv legte sie den Finger auf den winzigen geränderten Knopf, der sich an der Oberfläche des Apparates befand, und drehte vorsichtig daran: Das piepsende Geräusch wurde lauter.

»Hallo!«, sagte sie leise zu sich selbst. »Das ist ein Lautstärkeknopf.«

Immer noch ging sie langsam weiter. Sie registrierte es genau, als das blaue Leuchten wieder nachzulassen begann; doch anstatt zu warten, bis es völlig verschwand, machte sie nun auf dem Absatz kehrt und ging in die entgegengesetzte Richtung, wobei sie mit ausgestrecktem Arm das Instrument vor sich hielt. Genau an der Stelle, wo das Licht am hellsten und das Geräusch am lautesten war, blieb sie schließlich stehen.

Offensichtlich markierte Burleighs Vorrichtung diese Stelle, doch so sehr sie sich auch bemühte, sie vermochte nicht zu erkennen, warum. Sie stand vollkommen ruhig da auf der kleinen Waldlichtung, zu der sie das Gerät geführt hatte, und blickte starr auf ihre Umgebung. Was war an diesem Ort anders – oder so besonders?

Sie versuchte sich genau zu erinnern, was geschehen war, als sie zum ersten Mal einen Ley-Sprung gemacht hatte. Etwas, das Kit gesagt hatte – über Linien, die in die Landschaft geätzt seien –, kehrte langsam in ihr Bewusstsein zurück. Sie schaute sich nach etwas um, das vielleicht einer Linie ähnelte. Obwohl es ein paar Augenblicke dauerte, dämmerte ihr schließlich die Erkenntnis. Sie starrte nämlich wirklich direkt auf eine Linie: auf eine vollkommen gerade Bahn durch das Buchenwäldchen – auf einen dünnen Pfad mit Bäumen zu beiden Seiten. Eigentlich handelte es sich nur um die Andeutung eines Weges – wie ein von Waldtieren, vielleicht von Füchsen, markierter Wildwechsel. Doch der Pfad war so gerade wie ein Pfeil, bis er sich im dunklen Schatten des Wäldchens verlor.

Wilhelmina musste schlucken. Doch nicht nur ihr Mund war ganz trocken geworden; sie spürte außerdem, dass ihr Herz sehr schnell schlug. »Das ist es«, sagte sie zu sich selbst. »Das hier ist einer dieser Leys.«

Ihre Füße bewegten sich bereits auf dem Pfad, bevor sie überhaupt bewusst entschied, was sie nun tun sollte. Ohne anzuhalten, lief sie durch das Wäldchen; ihre Augen waren dabei starr auf das steinförmige Instrument gerichtet. Sie bemerkte, dass bei jedem Schritt das strahlende Licht leicht pulsierte. Das schwache Tschilpen wurde nicht lauter, dafür aber schneller. Mina beschleunigte ihre Schritte, und auch das Piepsen erfolgte immer rascher.

In ihrer Nähe begannen die Blätter zu rascheln, als eine Brise aufkam. Dann schüttelte ein plötzlicher Windstoß die Äste über ihrem Kopf, und Dunkelheit senkte sich auf sie herab, als wäre sie in den tiefen Schatten eines großen Baumes getreten. Genau das passierte – und das war alles. Nach drei weiteren Schritten gelangte sie aus dem Schatten des Baumes und betrat . . . eine ausgedehnte, sonnenbeschienene Waldwiese.

Das Buchenwäldchen war verschwunden. Das gebogene Flussufer war ebenfalls weg, zusammen mit den umliegenden Feldern und Hügeln. Stattdessen stand Mina auf dem Talboden einer tiefen Schlucht, und strahlendes Sonnenlicht fiel auf sie herab. Hinter ihr erstreckte sich ein lang gezogener Hang, der aussah, als wäre er in die Klippenwand geätzt worden, und der zu der grünen Wiese führte, auf der Mina stand. An jeder Seite von ihr ragten gewaltige Kalksteinwände in die Höhe, und direkt unter ihr eilte ein flacher, kleiner Fluss mit aufspritzenden Wellen um die großen Steine und Felsblöcke, mit denen der Talboden übersät war. Sie hörte den Schrei eines Greifvogels. Als sie nach oben blickte, entdeckte sie einen Falken, der in der kalten, klaren Luft hochstieg.

»Mina, du bist nicht mehr in Böhmen«, flüsterte sie. In der Stille der Waldwiese senkte sie unwillkürlich ihre Stimme.

Die Vorrichtung in ihrer Hand schimmerte immer noch matt, gab aber nicht mehr Geräusche von sich. *Was für ein intelligentes kleines Ding*, dachte sie. *Wie soll ich es wohl nennen?* Ley-Lampe, entschied sie aus einer Laune heraus. Der Name schien zu passen.

Wilhelmina war neugierig darauf zu erfahren, wo es sie hin verschlagen hatte. Und so fuhr sie fort, sich umzuschauen, achtete jedoch darauf, nicht zu weit zu wandern, damit sie nicht die Orientierung verlor. Sie steckte die Ley-Lampe in ihre Tasche und ging weiter den Pfad hinunter. Als sie um die nächste Biegung der Schlucht kam, weitete sich vor ihr das Tal, und die Kalksteinwände entfernten sich. Zu beiden Seiten des Flusses hatte jemand auf dem nun flach verlaufenden, fetten Erdboden Kornfelder angelegt. Nicht weit von ihr entfernt erblickte sie ein paar Stein- und Holzgebäude, doch kein Mensch war in der Nähe.

Während Mina sich den Häusern näherte, wurde aus dem Uferpfad eine zweispurige Straße, die durch die winzige Siedlung und den kleinen Hof führte und hinter der nächsten Biegung der Schlucht verschwand. Da niemand da zu sein schien, legte sie einen kleinen Halt ein und schaute in eines der Gebäude hinein. Es war ein einfacher Viehstall, dessen Boden mit Stroh bedeckt war. Eine leere Futterkrippe stand unter einem viereckigen Loch in der Wand, das als Fenster diente. Sie ging weiter die Straße entlang und marschierte auf die nächste Biegung zu. Hoch über ihr hatte sich ein zweiter Falke zum ersten gesellt, und beide flogen in langsamen Kreisen weiter nach oben.

Direkt hinter der Biegung sah sie, dass jemand aus den Steinen im Fluss einen Damm errichtet hatte. Es war eine primitive Konstruktion aus übereinander gehäuften Steinen, die quer über eine schmale Flussstelle führte und recht gut funktionierte. Das Wasser sammelte sich hinter der einfachen Barriere und bildete einen breiten, stillen Teich. Direkt über ihm stand auf einem Felsvorsprung ein gedrungenes Steingebäude, das sich bei näherer Betrachtung als Ruine erwies. Das Dach war verschwunden, und zwei der vier Mauern waren eingestürzt. Zwischen dem Trümmergewirr lagen die Überreste eines großen Holzrades und mehrere Mahlsteine.

»Eine Mühle«, mutmaßte Mina.

Das Bauwerk musste schon seit Langem verfallen sein; Unkraut wuchs im Schutt, und auf den oberen Steinen und den Felsplatten, die Fenstersimse gewesen waren, hatte sich Gras ausgebreitet. Doch irgendjemand nutzte immer noch den Teich, denn sie sah ein Seil, das an einen Eisenring in der Wand über dem Wasser gebunden war und an dessen Ende ein Holzeimer hing.

Einen Moment lang stand sie nur da und fragte sich, wo und in welcher Zeit sie war. Soweit sie zu erkennen vermochte, könnte sie überall und in jeder Zeit sein. Die Gegenstände, die sie um sich herum sah, muteten sicherlich recht antik an, doch es ließ sich nur wenig mehr aus ihnen ablesen. Die umliegende Landschaft gab nahezu keinen Hinweis auf ihren Aufenthaltsort, an dem sie zuvor noch nie gewesen war und der in einer Vielzahl von Ländern sein könnte. Dennoch schien ihr etwas an der Bauweise, so primitiv sie auch war, mehr europäisch als beispielsweise südamerikanisch zu sein. Und bestimmt war sie nicht asiatisch.

Was sollte sie jetzt machen?

Sie hob die Augen zum Himmel. Das Licht hatte den goldenen Schimmer des späten Nachmittags angenommen; und die eh schon geringe Luftwärme nahm immer mehr ab. Die Schatten der Schluchtwände wurden länger und dunkler, da es auf den Abend zuging. Sie hatte kein Interesse daran zu riskieren, dass sie in der Dunkelheit umherwandern musste; daher drehte sie sich um und eilte den Weg zurück, den sie gekommen war.

Als Mina den Punkt erreichte, an dem sie das Tal betreten hatte, zog sie die Ley-Lampe aus ihrem Arbeitskittel. Sie begann, den langen, rampenähnlichen Pfad, der auf die Spitze der Schluchtwände ausgerichtet war, rasch hochzugehen; wie vorhin hielt sie dabei die Ley-Lampe vor sich. Nach einem halben Dutzend Schritten begann das messingverkleidete Instrument in seinem unheimlichen indigofarbenen Licht zu erglühen ... Wenige Schritte weiter, und sie hörte wieder das schwache Tschilpen. Sie ging weiter. Der Pfad stieg zwischen zwei Felsenstapeln an, die wie zwei Säulen zu beiden Seiten hochragten. Wilhelmina trat durch dieses primitive Tor hinein in den Schatten. Einen Augenblick lang war sie in Dunkelheit gehüllt, und es gab keine Luft mehr. Unwillkürlich hielt sie den Atem an. Sie stolperte vorwärts – hinein in den kleinen Buchenwald mit seinem schmalen Wildwechsel.

Sie stand da und blinzelte mit den Augen, die sich an das Licht gewöhnen mussten. Die Luft war angenehm warm; Sonnenstrahlen brachen durch die Baumkronen und besprenkelten Minas Umgebung mit Schattentupfen.

Sie war wieder zu Hause.

Auf halbem Wege zurück in die Stadt kam ihr plötzlich ein erschreckender Gedanke: Sie fragte sich, ob sie in dieselbe Zeit zurückgekehrt war, die sie verlassen hatte. War sie immer noch im siebzehnten Jahrhundert? War Rudolf immer noch Kaiser? Gab es immer noch ihr Kaffeehaus? Und würde Etzel auf sie warten?

Ihr Herz sank, und für etliche Minuten gab sie sich einer Vielzahl wilder, beängstigender Vorstellungen hin und dachte an all die Dinge, die schiefgegangen sein könnten. Sie machte sich selbst die größten Vorwürfe, weil sie so dumm gewesen war. Was wusste sie denn eigentlich schon über diese Ley-Linien?

Doch dann vernahm sie Kirchenglocken. Die Klänge erschallten immer lauter, erfüllten die Straßen und hallten weit über den Fluss hinweg. Die vertrauten Töne brachten sie wieder zur Besinnung, und irgendwie war sie sich nun sicher, dass alles gut war. Sie beschleunigte ihre Schritte, während sie die Stadttore passierte, und hastete zum Altstädter Ring. Als sie die wunderschöne grün-weiße Fassade des *Großen Kaiserlichen Kaffeehauses* erblickte, lächelte sie vor Glück.

Etzel stand da in seiner mehlverstaubten Schürze und war noch genau so, wie sie ihn verlassen hatte. Als sie in das Geschäft eilte, schaute er auf, und sogleich strahlte er über das ganze Gesicht. Obwohl viele Kunden da waren, die gemütlich ihren Nachmittagskaffee tranken, ging sie zu dem großen Bäcker und gab ihm einen dicken Kuss auf die weiche Wange.

»Mina!«, rief er und berührte ihr Gesicht mit seiner mehligen Hand. »Ich dachte, du würdest spazieren gehen.«

»Bin ich auch.«

Er beäugte sie von der Seite. »Aber du bist doch erst vor einem Moment gegangen.«

Mina zuckte ihre Schultern. »Ich habe meine Meinung geändert. Ich möchte lieber hier bei dir sein.«

»Aber du bist doch die ganze Zeit bei mir«, hob er hervor.

»Ich weiß.« Sie küsste ihn erneut, stieg die Treppe hoch und ging in ihr Zimmer. Dort holte sie, nachdem sie die Tür geschlossen hatte, die Ley-Lampe aus ihrer Tasche und ging hinüber zu der großen Truhe, in der sie ihre Kleidung und die wenigen wertvollen Dinge aufbewahrte, die sie besaß. Sie schloss die Kiste auf und wickelte das Messinginstrument in einen Strumpf.

Ich frage mich, dachte sie, während sie das Bündel unter ihr Ersatz-nachtgewand am Boden der Truhe steckte, *was es noch alles kann*.

ZWÖLFTES KAPITEL

Worin pure, starrsinnige Beharrlichkeit belohnt wird

*E*s wäre eine bessere Welt, wenn jedes Kind sich der Liebe und Fürsorge eines hingebungsvollen Elternpaars erfreuen würde, sodass es eine feste Grundlage mitbekäme, auf der sich ein solides und produktives Erwachsenendasein bauen ließe. Doch leider ist das nicht unsere Welt. Und es ist auch nicht die Welt, in die Archibald Burley hineingeboren wurde. Die Geschichte des kleinen Archie gehört zu denen, die noch ein Stück düsterer und verzweifelter sind als die üblichen – und doch auf triste Weise vertraut. Wie könnte es auch anders sein? Das alles haben wir schon früher gehört: eine Geschichte, die so alt ist wie die Zeit und sich weltweit täglich wiederholt. Wir kennen sie bereits auswendig. Denn die Notlage unverheirateter Mütter ist ebenfalls nur allzu sehr vorhersehbar. Und Gemma Burleys Abstieg vom sittsamen, respektablen Kensington ins übel riechende, mit Menschen vollgestopfte Bethnal Green ist fast zu banal, um darüber in allen Einzelheiten zu berichten. Dennoch ist das die nun anstehende Aufgabe, wenn wir alles verstehen wollen, was von jener anfänglichen Zurückweisung herrührte, die Gemma und ihr Sohn durch den Vater des Jungen erlitten hatte – und alles, was dann später kommen sollte ...

* * *

»Ar-chie!«, stöhnte Gemma mit leiser, abgehackter Stimme. »Archie, komm her, mein Liebling. Ich brauche dich.«

Der Junge schlich zum Türeingang, die schmächtigen Schultern hingen herab. Er fürchtete bereits die Frage, von der er wusste, dass sie nun kommen würde.

»Ich habe keine Medizin mehr. Du musst rauslaufen und mir etwas mehr davon besorgen.« Sie streckte ihre Hand aus. »Hier ist etwas Geld.«

»Au, Mum«, jammerte er. »Muss ich das wirklich?«

»Schau mich an, Archie!«

Er hob den Blick zu ihrem verwüsteten Gesicht. Mit ihrem schmutzigen, verfilzten Haar, ihrer unsauberen Kleidung und den fehlenden Knöpfen sah sie nicht mehr wie die Frau aus, die er kannte.

»Ich bin krank, und ich *brauche* meine Medizin«, beharrte sie; ihre Stimme gewann wieder an Kraft. »Und zwar sofort. Du kommst jetzt her und nimmst das Geld.«

Während er langsam an ihr Bett trat, betrachtete er seine Mutter. Ihr Gesicht war verhärmt und die Stirn bleich; unter ihren stumpfen Augen lagen dunkle Halbkreise und auf der Oberlippe kleine Schweißtropfen; und ihre Haut sah wächsern aus. Er hatte sie schon früher so gesehen, und mit sinkendem Herzen wurde ihm bewusst, dass es heute kein Abendessen für ihn geben würde. Er streckte die Hand aus und nahm die wenigen Münzen entgegen.

»Jetzt sei ein guter Junge und lauf.«

Mit gesenktem Kopf drehte sich der schmächtige Junge um und machte ein paar schlurfende Schritte von ihr fort.

»Und trödel nicht herum, Archie. Versprich mir das.«

»Ich werd's nicht tun.«

Sie richtete sich ein wenig auf. »Guter Junge. Und jetzt fort mit dir, und beeil dich auf dem Rückweg. Zum Abendessen gibt es Brot und Käse für dich. Je früher du zurückkehrst, desto früher kannst du dein Brot und deinen Käse haben. Wir werden auch alles rösten. Du magst das doch, nicht wahr, Archie? Du magst es, wenn dein Brot und dein Käse geröstet sind; ich weiß das doch. Das werden wir haben, sobald du zurück bist. Und jetzt lauf.« Sie sank erschöpft zurück. »Guter Junge.«

Draußen flitzte Archie den Aschenpfad hinter dem Haus hinunter, das er und seine Mutter sich mit anderen Wandermietern teilten. Die drei Münzen, die seine Mutter ihm gegeben hatte, hielt er in seiner Faust umklammert; es waren zwei Viertelpennys und ein Sixpence-Stück. Während er durch die Gasse lief, steckte er die Münzen in die Tasche. Er musste zahlreichen Pfützen ausweichen: Einige rührten vom letzten Regen her, andere waren erst kürzlich durch stinkendes Schmutzwasser entstanden, das die Anwohner aus ihren Kücheneimern und Nachttöpfen geleert hatten. Am Ende der Gasse beschleunigte er sein Tempo: Er musste sich nun beeilen, damit er nach dem Kauf der Medizin noch genug Zeit hatte, um zum Obst- und Gemüsehändler zu gelangen, dort ein, zwei Äpfel zu kaufen oder zu stehlen und sie dann auf der Brücke weiterzuverkaufen, bevor die Bäckerei schloss. Andererseits, wenn das Glück ihn anlächelte, würde es dort hinter dem Laden tagealtes Brot geben, das er umsonst bekommen könnte. Und zudem war altes Brot auf jeden Fall besser zum Rösten geeignet.

Sobald er auf der Straße war, rannte Archie zum nächsten Apotheker und eilte um das Gebäude herum zum Hintereingang, da er wusste, dass dies besser war, als vorne hineinzugehen. Er klopfte gegen die Tür, bis er ein Rasseln vernahm.

»Mach mal nicht die Pferde scheu, Kumpel«, knurrte ein Mann hinter der Tür. Eine Kette wurde herausgezogen, und durch den Spalt zwischen Tür und Pfosten drückte sich ein bärtiger Kopf. »Oh«, sagte der Mann mit unverhüllter Enttäuschung, »du bist's. Was soll es diesmal sein? Nein, lass mich raten – du möchtest mehr Laudanum.«

»Bitte, Sir, es is' für meine Mum. Sie is' schrecklich krank.«

»Hast du Geld?«

Der Junge hielt den silbernen Sixpence hoch.

»Warte hier«, wies ihn der Apotheker an.

Die Tür schloss sich wieder. Archie blieb im Garten hinter dem Haus und trat von einem Fuß auf den anderen. Er bemerkte, dass sich die Sonne herabsenkte; schon bald würde das Tageslicht verschwinden. Und dann wäre es bereits zu spät, bevor er auch nur die Brücke mit ein, zwei Äpfeln für den Verkauf erreichen konnte. Im nächsten Augenblick öffnete sich die Tür erneut.

»Gib ihn mir«, sagte der Mann und schob seinen Arm durch den Spalt.

Archie ließ die Münze in die ausgestreckte Hand fallen, die sofort zurückgezogen wurde und gleich darauf wieder erschien, diesmal mit einem kleinen braunen Glasgefäß. »Sag deiner Mum, sie schuldet mir immer noch was fürs letzte Mal, hörst du?«

»Ich werd's ihr sagen.« Während Archie dies versprach, rannte er bereits zur Wohnung zurück; das Glas bewahrte er sicher in seiner Hosentasche auf.

Seine Mutter war inzwischen aufgestanden und wartete schon an der Tür auf ihn, als er zurückkehrte. Sie schimpfte ihn aus, weil er so langsam gewesen wäre. Schnell händigte er ihr das Glasgefäß aus und flitzte wieder davon, bevor sie ihn festhalten konnte. Er hörte, wie sie ihm etwas hinterherrief, doch er ignorierte es und lief weiter. Sobald er die Straße erreicht hatte, sauste er Hals über Kopf den ausgetretenen schmutzigen Weg hinunter. Geschickt wich er den Karren und Fußgängern aus und erreichte schließlich die Geschäfte an der breiten Straßenkreuzung.

Der Obst- und Gemüsehändler war gerade dabei, seine Kisten wegzuräumen, um für heute seinen Laden zu schließen. Der Junge musste nun eine schwere Entscheidung treffen – entweder warten, bis das Geschäft ganz geschlossen war, und versuchen, etwas im Abfallhaufen in der Gasse dahinter zu finden, oder mit dem Händler feilschen und seine zwei Viertelpennys einsetzen, die ihm geblieben waren. Die Menschen bereiteten sich gerade auf die abendliche Ruhepause vor; die Zeit zwischen der Geschäftigkeit des Tages und der Nacht war alles andere als günstig, um Früchte zu verkaufen. Wenn er sich nicht beeilte, würde er heute nichts mehr verkaufen können. Außerdem sollte man in der Nacht nicht draußen sein. Obwohl Archie erst acht Jahre alt war, wusste er bereits, dass nach Einbruch der Dunkelheit nichts Gutes auf den Straßen von Bethnal Green geschah.

Tief fuhr er in seine Tasche hinein, ergriff die zwei Viertelpennys und rannte zum Laden. Der Gemüsehändler machte gerade den letzten Fensterladen zu.

»Drei Äpfel«, keuchte er und rang nach Atem.

»Ich habe schon geschlossen, Junge«, entgegnete der Mann, ohne sich umzudrehen.

»Bitte, Sir.«

»Nein. Komm morgen wieder.«

»Bitte, Sir, die sin' fü' minne Mum«, jammerte er, wobei er sich anstrengte, in seinem besten Gassenjungen-Jargon zu sprechen. Es war der Slang, den er gelernt hatte, seitdem er vor etwa einem Jahr in diese Gegend gekommen war; und dieser Jargon war am geeignetsten, wenn man erfolgreich betteln und jemanden beschwatzen wollte. »Sie is' echt voll krank – das isse wirklich – und hat mich jefragt, 'n paar Äpfel zu holen, die helfen, dasse wieder gesund wird.«

»Kannst du nicht sehen, dass ich schon zugemacht habe?«

»Ich hab Geld – ich kann Se bezahlen.«

Der Händler straffte sich, drehte sich um und schaute zum ersten Mal den Jungen direkt an. »Du bist doch der Balg, der neulich was aus meinem Lager gestohlen hat.«

»Nee, Sir«, log Archie. »Ich hab nie was nix jeklaut.«

»Du siehst aber wie dieser Schlingel aus.«

Archie streckte seine schmutzige Hand mit den zwei kleinen Münzen aus. »Is' genau für drei Äpfel.« Er zeigte ein verzweifeltes Lächeln. »Fü' minne kranke Mum, ja ne'?«

»Gott, steh uns bei«, seufzte der Gemüsehändler. »Langsam werd ich wohl weich im Kopf.« Er drehte sich zur Ladentür um. »Warte hier.«

Archie blieb auf dem Bürgersteig vor der Tür stehen und hörte ein Rascheln, das der Händler drinnen verursachte. Einen Moment später tauchte der Mann wieder auf. »Hier«, sagte er und hielt drei ziemlich große Äpfel in den ausgestreckten Händen. »Zuerst das Geld!«, forderte er, als der Junge danach greifen wollte.

Archie übergab die Münzen und erhielt die Äpfel. Zwei davon stopfte er in seine Hosentaschen und rannte wieder weg.

»Ein Wort des Dankes wäre nicht verkehrt!«, rief ihm der Gemüsehändler hinterher.

»Danke!«, schrie Archie, ohne seinen Laufschritt zu unterbrechen.

Er lief, bis er die Brücke erreichte, wo er seinen gewohnten Platz einnahm. Wie er vermutet hatte, verringerte sich bereits die Zahl der Leute, die von der einen Seite der Stadt zur anderen unterwegs waren. Es gab ein paar, die allein zu Fuß oder mit einem Karren über die Brücke gingen; und die Zahl der Kutschen war noch geringer. Gleichwohl gab es immer noch einige, die aus der Innenstadt zu den Vororten strebten. Archie rieb einen Apfel, bis er glänzte, und begann mit der Arbeit. Er näherte sich jeder vorbeirollenden Kutsche und rief laut: »Kauft einem Waisenkind einen Apfel ab! Kauft einen Apfel! Helft einem Waisen!«

Bei den bessergestellten möglichen Kunden – wenn also in den Kutschen gut gekleidete Damen und Herren saßen – lief er oft ein kleines Stück neben dem Gefährt. Manchmal, wenn die Leute seine Entschlossenheit sahen, ließen sie ihre Kutschen anhalten; und dann machte er ein gutes Geschäft. Es lohnte sich nicht, auf die Fußgänger zuzugehen oder auf einen der vielen Zeitgenossen, die ihren Handkarren über die Brücke schoben: Von ihnen hatte er nie etwas anderes als ungehobelte Beschimpfungen erhalten.

Heute versuchte er es bei jeder Kutsche, die an ihm vorbeikam; die Passagiere der ersten beiden hatten jedoch noch nicht einmal nach ihm geguckt. Das dritte und vierte Gefährt rollten ebenfalls weiter, ohne anzuhalten; und bei den nächsten drei war es nicht anders. Er musste warten, bis eine weitere Kutsche herbeirollte; und nun gelang es ihm, von einem weißbärtigen Gentleman mit Zylinder drei Pence zu bekommen.

Danach waren keine Kutschen mehr zu sehen – weder in der einen noch in der anderen Richtung. Archie wartete eine ganze Weile; er sah zu, wie die Schatten um ihn herum immer länger wurden, und lauschte dem Wellengang des Flusses unter der Brücke. Es gab immer noch ein paar, die mit Handkarren vorbeikamen, und einige Arbeiter und andere Leute, die zu Fuß gingen; doch es waren keine Kutschen mehr unterwegs. Er fragte sich, ob es wohl eine gute Idee wäre, am Ufer entlang zur nächsten Brücke zu laufen. Auf ihr herrschte vielleicht mehr Verkehr, und möglicherweise würde er dort noch einen Apfel verkaufen können.

Gerade als er seinen Platz verlassen wollte, sah er, dass eine einsame Kutsche auf das andere Ende der Brücke polterte. Archie polierte den Apfel ein weiteres Mal an seinem Hemd und nahm seinen unterwürfigsten und zugleich hoffnungsvollsten Gesichtsausdruck an. Könnte er einen weiteren Apfel verkaufen, würde dies bedeuten, dass er heute ein richtiges Abendmahl bekäme, von dem vielleicht noch etwas für das Frühstück übrig bliebe. Sobald die Pferde auf gleicher Höhe mit ihm waren, sprang der Junge zur Kutsche und stimmte sein Klagelied an: »Helft einem Waisen! Kauft einen Apfel!«

Das Gefährt ratterte weiter; also begann der Junge, längsseits der Kutsche zu laufen. Dabei hielt er den Apfel hoch und wiederholte mit lauter Stimme seine Bitte. Nach dem dritten Mal hörte er, dass jemand dem Kutscher etwas zurief, der daraufhin die Pferde anhielt. Archie blieb vor der Kutschentür stehen, und ein Fenster wurde geöffnet. »Bitte, Sir, kaufen Sie einen Apfel!«, rief er »Helfen Sie einem armen Waisen.«

Ein Gesicht erschien im Fenster: ein junger Mann mit langer Nase und blondem Haarschopf, der ihm über die hohe Stirn fiel. Um den Hals war eine Seidenkrawatte mit goldenem Knopf gebunden. »Lass mich die Ware sehen«, befahl der junge Gentleman und streckte eine behandschuhte Hand durch das Fenster.

Archie gab ihm brav den Apfel und sagte: »Er ist ganz frisch, Sir. Wird Ihnen sehr gut schmecken, Sir.«

»Ha!«, entfuhr es dem jungen Gentleman, der spöttisch grinste. »In dieser Frage werde ich den Urteilsspruch fällen.« Er biss ein großes Stück aus der Mitte des Apfels heraus, kaute und schluckte alles herunter. Dies tat er ein weiteres Mal. Mit nur zwei Bissen hatte er eine ganze Hälfte vom Apfel gegessen. »Dieser Apfel ist total verfault!«, rief der Gentleman und warf den Rest vom Apfel in die Gosse. Er brach in ein höhnisches, schallendes Gelächter aus. »Danke, du kleiner Nichtsnutz!«

Archie hörte innen in der Kutsche das Gezwitscher von weiblichem Gelächter. »Kutscher«, rief der Mann, »weiter geht's!«

Der Kutscher, der ebenfalls über Archie lachte, schnalzte mit den Zügeln; die Pferde machten einen Ruck und liefen wieder los.

»He, das ist nicht fair!«, schrie Archie. »Sie haben meinen Apfel gegessen! Sie sind mir noch etwas schuldig!«

»Ja-buuh!« Der junge feine Pinkel winkte mit der Hand aus dem Fenster heraus und zeigte Archie mit zwei nach oben gerichteten Fingern das V-Zeichen, während die Kutsche polternd weiterfuhr. Der Junge hob den Apfel aus der Gosse, streckte den Arm nach hinten und warf ihn dem Wagen hinterher. Die Frucht prallte gegen die breite Rückwand der Kutsche, verfehlte jedoch das Fenster.

»Du Dieb!«, schrie Archie. »Du verdammter, stinkender Dieb!«

Er zitterte vor Wut, während er die Rückwand der sich entfernenden Kutsche betrachtete. Ihm kam der Gedanke, hinterherzurennen, das Gefährt einzuholen und hinten draufzuspringen. Er hatte ältere Jungen davon sprechen hören. Nachdem sie eine Kutsche eingeholt und einen reichen Wageninsassen identifiziert hatten, fuhren die Jungen per Anhalter zu seiner Wohnung – in den allermeisten Fällen ein großes Haus in der Stadt oder auf dem Lande. Dann warteten sie in einem Versteck, bis sich die Gelegenheit ergab, das Haus zu betreten und alle möglichen Wertgegenstände zu stehlen, die sich davontragen ließen.

In seinem Fall war ein Diebstahl gerechtfertigt, wie Archie glaubte: Der junge Aristokrat hatte ihn zuerst bestohlen. Archie sammelte sich. Er holte gerade tief Luft, um mit seinem Lauf zu beginnen; wenn er die Kutsche einholte, würde er hinten auf den Stehplatz für Diener springen, wo er sich gut festhalten könnte. Doch im selben Moment hörte er jemanden rufen, der nur ein paar Schritte von ihm entfernt sein musste. »Sie sind weg, Junge. Der Schaden ist passiert. Lass sie wegfahren.«

Archie blickte sich um und bemerkte, dass er von einem Mann beobachtet wurde, der einen langen schwarzen Mantel und einen altmodischen Zylinder aus Biberhaut trug. Der Mann hatte einen dunklen, vollen Schnauzbart und einen nach unten etwas zugespitzten Kinnbart, der wie ein Herz geformt war. Er schien mittleren Alters zu sein. Mit dem Rücken stand er zum Brückengeländer und hielt einen Gehstock hochkant über seine Schulter.

Archie war beschämt, dass seine Demütigung beobachtet und

sein Vergeltungsversuch fast entdeckt worden war, und spürte, dass ihm die Röte ins Gesicht stieg. Er wandte sich rasch zur Seite und begann wegzulaufen. Er hatte immer noch einen Apfel übrig. Wenn er sich beeilte, könnte er zur nächsten Brücke gelangen und vielleicht immer noch die Frucht verkaufen, bevor es völlig dunkel würde.

»Einen Augenblick!«, rief der Mann in dem schwarzen Mantel. »Gib mir noch einen Augenblick von deiner Zeit.«

Archie schaute über seine Schulter und sah, dass der Mann ihm folgte. Er ignorierte ihn und rannte weiter.

»Warte, hab ich gesagt!« Der Mann war beharrlich. »Komm zurück. Ich will mit dir reden.«

»Kann jetzt nicht anhalten!«, rief Archie.

»Ich garantiere, dass es deiner Mühe wert sein wird«, erwiderte der Mann.

Archie hatte zwar nicht ganz verstanden, was zu ihm gesagt worden war. Doch etwas an der trockenen, abgehackten Aussprache, die auf ein aristokratisches Auftreten hinwies, nötigte ihn, anzuhalten und sich umzudrehen – vielleicht auch nur, um zu versuchen, den übrig gebliebenen Apfel zu verkaufen. Während er zurückeilte, nahm er die Frucht aus der Tasche.

»Ich habe gesehen, was passiert ist«, erklärte der Mann. »Ein höchst erbärmlicher Schuft, dieser Kerl. Er sollte öffentlich ausgepeitscht werden.«

»Möchten Sie vielleicht einen Apfel kaufen, Sir«, fragte der Junge und rieb die rote Schale der Frucht über sein schmutziges Hemd. Dann hielt er sie hoch, damit sie bewundert werden konnte.

»Bist du wirklich ein Waisenkind?«

»Ja, Sir. Seit vier Jahren.« Er hielt den Apfel noch ein Stück weiter hoch. »Sie mögen diesen Apfel, Sir? Vorzüglich für Sie.«

»Sag mir die Wahrheit, Knabe. Bist du wirklich ein Waisenkind? Es gibt einen ganz bestimmten Grund für diese Frage.« Als der Junge zögerte, fuhr der Mann beharrlich fort: »Die Wahrheit, und zwar jetzt.«

Archie schüttelte seinen Kopf. »Nein, Sir. Aber es gibt nur mich und minne Mum. Ich bin nicht wirklich ein Waisenkind.«

»Wie ich es mir gedacht habe«, erwiderte der Mann spröde. »Und auch kein Straßengauner, obwohl du zweifellos auf dem besten Wege dorthin bist. Hier . . .« Er tauchte seine Finger in eine Westentasche, zog eine Münze hervor und schnipste sie dem zerlumpten Jungen zu. »Das ist dafür, dass du die Wahrheit gesagt hast.«

Archie sah im verblassenden Tageslicht das Funkeln von gelbem Metall und fing die Münze in der Luft. Er öffnete die Hand – und beinahe wären ihm die Augen aus dem Kopf gefallen. Auf seiner Hand lag ein echter Gold-Sovereign: eine Münze, die er noch nie zuvor gesehen, aber von der er oft geträumt hatte.

Schon im nächsten Moment hielt er das Geldstück fest umklammert und streckte dem Unbekannten den Apfel entgegen. »Das ist zu viel, Sir«, sagte er und spürte, wie ihm die Kehle trocken wurde. In Wirklichkeit wusste er, dass hier ein Fehler passiert war. Wenn der Mann bemerkte, was geschehen war, würde er »Dieb!« schreien und Archie einer Tracht Prügel oder gar Schlimmerem entgegensehen: Der Büttel würde ihn gefangen nehmen und ins Gefängnis werfen. »Bitte, Sir, das ist zu viel. Sie haben einen Fehler gemacht.«

»Keinen Fehler«, erwiderte der Mann und beäugte ihn aufmerksam. »Behalt es.«

»Danke schön, Sir.« Archie ließ die Münze blitzschnell verschwinden.

Der Mann sah ihn immer noch mit grimmiger Aufmerksamkeit an. Der Junge wand sich; ihm wurde zunehmend unbehaglich unter solch ungewohntem prüfendem Blick. »Wie würde dir ein Job gefallen?«

»Ich verstehe Sie nicht, Sir«, antwortete Archie, der immer noch den Apfel in der ausgestreckten Hand hielt.

»Ein Job, Bursche – Arbeit und Lohn.« Der Mann lächelte plötzlich. »Es gibt noch mehr Gold-Sovereigns, die man haben kann.«

Archie sagte nichts darauf.

»Nun? Komm jetzt! Ich könnte einen beharrlichen, einfallsreichen Burschen wie dich brauchen. Wie wär's damit?«

»Ich hab doch keinerlei Ahnung von nix ... ich meine, von irgendetwas.«

146

»Kennst du das *Marlborough House?* Weißt du, wo es sich befindet?«

Archie schüttelte seinen Kopf. »Nein, Sir.«

»Nun, dann wirst du jemanden fragen müssen. Komm morgen früh als Erstes zu mir dorthin, und dann werden wir über deine Zukunft sprechen.« Er warf dem Jungen einen strengen Blick zu. »Hör auf mich, Bursche. Das könnte die wichtigste Entscheidung sein, die du wahrscheinlich jemals zu treffen hast. Verstehst du mich?«

Archie begriff den Teil, der von mehr Gold-Sovereigns handelte, und daher nickte er langsam.

»Und du wirst zu mir kommen – zum *Marlborough House?*«

»Das werde ich, Sir.«

»Gut. Ich werde dich beim Wort nehmen. Wenn du kommst, fragst du, ob du Granville Gower sehen könntest«, wies der Mann ihn an und nahm zu guter Letzt doch noch den Apfel. »Bis morgen dann.«

DREIZEHNTES KAPITEL

Worin eine unmögliche Geburt gefeiert wird

*G*elassenheit schien in einer beständigen Abfolge von Wellen über Etrurien hinwegzufließen – wie die sanfte Brandung eines endlosen Ozeans aus wohliger Ruhe. Nie zuvor hatte sich Xian-Li friedvoller gefühlt. Obwohl sie immer noch keine Bewegung des Babys gespürt hatte, fürchtete sie nicht mehr länger das Schlimmste.

Turms' ständige Versicherung, alles würde gut ausgehen, diente als Stärkungsmittel. Es war, als ob die vom König abgehaltene Zeremonie, um das voraussichtliche Schicksal des ungeborenen Kindes in Erfahrung zu bringen, die Wolken des Untergangs und der Katastrophe, die sich so dicht über ihr zusammengebraut hatten, weggetrieben und jeden nachhaltigen Zweifel zerstreut hätte. Seit jener Nacht hatte sich alles verändert; und sie behielt die Erinnerung an diese Zeremonie wie ein seltenes, kostbares Geschenk in ihrem Gedächtnis.

Sie hatten in der Säulenhalle des Tempels vor einem kleinen Steinaltar gestanden. Den König unterstützten ein junger Priester und ein Mann, der als *Netsvis* bezeichnet wurde. Letzterer würde die Weissagung durchführen. Er trug ein blaues Gewand und einen hohen konischen Hut, der dem des Königs ähnelte. Ein paar neugierige Zuschauer waren ebenfalls gekommen, um die Zeremonie zu beobachten.

Während der letzten Sonnenstrahlen des Tages war ein junges Lamm, dessen Beine man mit einer goldenen Schnur zusammengebunden hatte, zum Tempel gebracht und auf den Altar gelegt worden. Turms – er sah prächtig aus in seinem purpurnen Gewand und dem hohen, goldbesetzten Hut – sprach eine kurze Beschwörungsformel, verneigte sich tief und dankte dem Tier für die Opferung seines Lebens. Durch ein Nicken forderte er Arthur und Xian-Li auf, an den Altar zu treten, und wies sie an, ihre Hände auf das Lamm zu legen. Dann zog er ein Messer aus schwarzem Vulkanglas über die Kehle des Tieres. Das kleine Geschöpf lag still und starb, ohne einen Ton von sich zu geben. Während Bedienstete anschließend die Tierleiche ausweideten, wurde Turms eine goldene Schüssel gereicht, in der etwas vom Blut aufgefangen worden war.

Er hob die Schüssel hoch und trank, dann bot er sie sowohl Arthur als auch Xian-Li an. Nachdem sie einen kleinen Schluck genommen hatte, zeigte Turms auf ihren Unterleib und sagte: »Öffne genau dort dein Kleid.« Sie folgte seiner Anweisung und enthüllte einen Teil ihres runden Bauchs. Der Priesterkönig tauchte einen Finger in das immer noch warme Blut und zeichnete mit der Fingerspitze einen kleinen Kreis auf ihrem Bauch. Ein weiteres Mal senkte er den Finger ins Blut und malte dann ein Kreuz innerhalb des Kreises; dabei murmelte er ein einziges Wort: »*Imantua.*«

Der Netsvis trat näher, verbeugte sich voller Ehrerbietung vor dem König und brachte eine goldene Platte mit mehreren inneren Organen des Tieres als Opfer dar. Die beiden Männer tauschten ein paar persönliche Worte miteinander aus, woraufhin der König verkündete: »Wie ihr gesehen habt, ist das Tier friedvoll und ohne Qualen gestorben. Das ist ein gutes Vorzeichen. Die Leber und die Eingeweide waren makellos und perfekt geformt – auch dies verheißt Gutes für unsere Untersuchung. Wir werden nun die Weissagung durchführen.«

Er überreichte die Platte dem Seher, der sie zum Altar zurücktrug. Dort begann der Netsvis, die Inhalte zu untersuchen, wobei er mit einem Fuß auf einem unbehauenen Quaderstein stand, den man unterhalb des Altars gestellt hatte. Andere Teilnehmer der Zeremonie versammelten sich um ihn herum und beugten sich alle nach vorne, um die Organe genau in Augenschein zu nehmen und durch die Vorzeichen zu bestimmen, was über die Zukunft des ungeborenen Kindes gesagt werden konnte.

Die Abenddämmerung setzte ein, und so wurden weitere Fackeln entzündet. Arthur und Xian-Li standen nur da und warteten, während die Priester ihre Überlegungen fortführten und sich dabei eifrig mit leiser Stimme besprachen. Dies dauerte weit länger, als Xian-Li erwartet hätte. Sie beobachtete mit grausiger Faszination, wie einer der Priester das Obsidianmesser aufnahm und damit begann, die Leber in Teile zu schneiden; jeder Abschnitt wurde dann Gegenstand einer sorgfältigen Untersuchung.

Die ersten Sterne schienen im Osten, als sich der Netsvis schließlich umdrehte und sein Urteil sprach. Turms hörte ihm mit geneigtem Kopf zu und nickte hin und wieder, während der blaugewandete Seher redete. Dann dankte der König ihm für seinen Rat und rief einen Diener herbei, der ein Räuchergefäß mit sich brachte, das an einer Kette hing. Der Diener blies auf die Kohlen im Becken und ließ eine Prise von irgendeiner Substanz auf die glühende Holzkohle fallen. Wohlriechender Rauch quoll aus dem Becken hervor. Turms beugte sich von der Taille an vor, während das Räuchergefäß vor seinem Gesicht hin- und hergeschwenkt wurde. Er schloss die Augen und atmete den Rauch ein ... einmal ... zweimal ... dreimal. Anschließend bewegte er seine Hände, als ob er sie im Rauch waschen würde, und legte sie auf sein Gesicht. Die Innenflächen der Hände presste er gegen die Augen und wurde vollkommen still.

Xian-Li begann bereits zu glauben, er wäre im Stehen eingeschlafen, als Turms die Augen öffnete und sie anstarrte. Ein Abglanz des aufgehenden Mondes schimmerte in seinen dunklen Augen, als er sprach: »Ich habe das Lebenslicht des Kindes gesehen, das sich weit in die Zukunft erstreckte – wie eine strahlende Silberschnur. Das Ende dieser Schnur war nicht zu erkennen. In der ungestalteten Dunkelheit der weit entfernten Zukunft kann es nicht erblickt werden.« Er lächelte. »Ich glaube, dies verheißt ein langes und bedeutsames Leben für das Kind, das bald im Land der Lebenden erscheinen wird.«

Arthur drückte die Hand seiner Frau. »Das Kind wird lebend geboren werden«, sagte er; seine Worte waren mehr eine Frage, die um Bestätigung bat, als eine Aussage.

»Die Geburt wird mit Erfolg gesegnet sein, und das hieraus hervorgehende Kind wird gedeihen«, versicherte ihnen der König in einem Tonfall, der keinen Platz für Zweifel zuließ. »Ich, Turms der Unsterbliche, habe dies gesehen.«

»Ich danke dir, o König«, wisperte Xian-Li. Die Tränen begannen zu fließen, als die Furcht, die Xian-Li in den letzten Wochen fest umklammert gehalten hatte, sie aus ihrem unerbittlichen Griff freigab. »Ich danke dir.«

»Ich habe noch etwas gesehen«, fuhr Turms fort. »Nach diesem Kind wird dein Mutterleib verschlossen sein. Du wirst keine weiteren Kinder mehr haben.«

Arthur warf einen Blick auf seine Frau, um zu sehen, wie sie diesen Schlag aufnehmen würde; doch ihr Lächeln änderte sich nicht. »Ich verstehe«, murmelte sie und ließ ihre Hand auf ihrem Bauch ruhen. »Umso mehr werde ich dieses lieben und schätzen.«

Die Zeremonie ging nun auf ihr Ende zu, doch Xian-Li erinnerte sich kaum noch an das, was nach der Verkündung geschah. In jener Nacht schlief sie so gut wie noch nie zuvor – soweit sie sich entsinnen konnte –, und stand am nächsten Morgen in vollkommenem Frieden mit sich auf. Die anderen im Haus waren noch nicht wach, als sie nach draußen schlich. Ungesehen spazierte sie den Pfad zum Tempel hinunter; und dort kniete sie nieder und sagte Dank für das Leben ihres ungeborenen Kindes, als die ersten Strahlen der Sonne die Tempelstufen berührten.

* * *

Jetzt, als die ersten Geburtsschmerzen sie überfielen, entsann sich Xian-Li der Gelassenheit jenes heiligen Augenblicks. Ihr Herz erhob sich, und sie drückte eine Hand auf ihren angeschwollenen Bauch. Bald schon – noch bevor ein weiterer Tag heraufdämmern würde – würde sie ihr Kindlein in den Armen halten können. Als der nächste Schmerzensschauer sie überfiel, streckte sie ihren Arm zu ihrem schlafenden Ehemann aus und legte ihre Hand auf seine Schulter. Sie schüttelte ihn nicht, sondern ließ ihn durch die Wärme ihres Körpers sanft aufwachen.

»Es ist Zeit«, sagte sie, als er seinen Kopf vom Kissen neben ihr erhob.

Mit einem Ruck setzte er sich auf. »Jetzt?«

Sie lächelte. »Bald. Ein kleine Weile noch. Leg dich neben mich hin.« Er ließ seinen Kopf wieder aufs Kissen sinken und schloss die Augen. Auch sie schloss die Lider und erinnerte sich an jenen Tag ein paar Wochen nach der Zeremonie, als Turms bei einem Abendessen aus gebratenen Wachteln und Grüngemüse verkündet hatte: »Es würde mich erfreuen, wenn das Kind hier im königlichen Palast zur Welt käme.« Bevor Arthur oder sie darauf etwas erwidern konnten, hatte der König rasch hinzugefügt: »Es ist schon eine lange Zeit her, seitdem dieses Haus zuletzt den Schrei eines Babys gehört hat. Ich würde es als eine Ehre betrachten, wenn ihr dieser Bitte zustimmt.«

»Nach all dem, was du für uns getan hast, würde ich mich geehrt fühlen«, hatte sie geantwortet und dabei die Wörter seiner Sprache benutzt – es war das erste Mal gewesen, dass sie selbst direkt zu ihm gesprochen hatte. Dies überraschte und erfreute ihren edlen Gastgeber. »Wir nehmen das Angebot an.«

»Sie hat fleißig gelernt«, merkte ihr Mann an.

»Ich bin beeindruckt«, erklärte der König.

»Du hast schon so viel für uns getan«, sagte Arthur. »Wir stehen in deiner Schuld.«

»Wie können Freunde jemals in der Schuld des anderen stehen?«

Und so hatte Xian-Li den letzten Teil ihrer Schwangerschaft an dem besten Ort verbracht, den sie sich vorstellen konnte: Sie schwelgte in der Sonne und Wärme, genoss das Essen, die Gesellschaft und all die anderen Annehmlichkeiten des Palastes. Wäre sie die Herrscherin eines Landes gewesen, hätte man sie nicht königlicher behandeln können. Und das Wissen, dass sie von einem lebenden Kind entbunden würde, ließ sie all das noch viel mehr wertschätzen. Die letzten Wochen waren vorbeigegangen, und jetzt war es Zeit für das Kind, geboren zu werden. Sie war bereit.

Als sie später am Tage in den Geburtswehen lag – umgeben von erfahrenen etruskischen Ärzten –, wusste sie, dass alles so war, wie es sein sollte. Es gab eine Richtigkeit der Dinge, die jedes Verstehen überstieg. Ihr wurde jenseits aller Zweifel bewusst, dass in jedem einzelnen Moment ihres Lebens ihre Füße entlang eines Pfades zu genau diesem Ort geführt worden waren. Ein beliebtes Sprichwort in China, das sie gelegentlich von ihrer Großmutter gehört hatte, lautete: Die Fäden des Lebens sind leicht zu verweben, aber schwer zu entwirren. Xian-Li wusste, dass die Fäden ihres Lebens von einem Meister des Webstuhls verwoben worden waren, denn Arthur hatte es ihr gezeigt.

Und es war auch Arthur, der – nachdem er den größten Teil eines bangen Tages draußen vor dem Geburtshaus gesessen hatte – neben ihrem Bett erschien, um den ersten Eindruck vom Neugeborenen in sich aufzunehmen. »Gut gemacht, Xian-Li«, sagte er und strahlte vor Stolz. »Wir haben einen Sohn.«

»Ja, einen Sohn«, flüsterte sie. Noch immer war sie vor Erschöpfung etwas benommen. »Ist es nicht das wunderschönste Kind?« Xian-Li zog eine Ecke ihres Gewandes zurück, in das ihr Baby eingewickelt war, und enthüllte ein kleines, verkniffenes rotes Gesicht unter dichtem, spitzem schwarzem Haar, das einem glitzernden Bärenpelz ähnelte. Die Augen des Säuglings waren fest geschlossen und die winzigen Lippen straff zusammengepresst, als ob er entschlossen sei zu schlafen – trotz aller Bemühungen, die möglicherweise unternommen würden, um ihn in diese fremde neue Welt einzuführen.

»Er ist vollkommen«, murmelte sein Vater. Arthur neigte sich dicht über die beiden und gab seiner Frau einen Kuss. »Danke schön.«

Sie ergriff seine Hand und drückte sie.

»Wie sollen wir ihn nennen?«, fragte er, setzte sich auf eine Ecke des Bettes und legte seine Hand auf die winzige Schwellung unterhalb ihres Gewandes.

Ihre Gedanken waren so sehr mit der problematischen Schwangerschaft beschäftigt gewesen – und, um die Wahrheit zu sagen, in irgendwelchen Winkeln im tiefsten Innern ihrer Herzen hatten sie doch nicht ganz an Turms' Vorhersage einer glücklichen Geburt geglaubt –, dass sie die wichtige Aufgabe der Namenswahl vollständig vernachlässigt hatten. Was auch immer der Grund gewesen sein mochte: Nun wurde ihnen dieses Versäumnis bewusst.

»Er ist dein Sohn«, erklärte Xian-Li und streifte die Stirn des Säuglings mit ihren Lippen. »Du solltest den Namen auswählen, Ehemann.«

»Also gut«, pflichtete Arthur ihr bei. »Hast du irgendwelche Vorschläge?«

Sie schüttelte ihren Kopf. »Der Sohn eines Engländers muss einen englischen Namen haben. Was auch immer dir gefällt, wird auch mir gefallen.«

Er starrte auf seinen neugeborenen Sohn und hoffte auf eine Eingebung, doch ihm fiel nichts ein. »Ich weiß es nicht«, gestand er schließlich. »Es gibt so viele Namen.«

Sie lachte. »Er braucht nur einen.«

Er rieb sich mit der Hand das unrasierte Kinn. »Darüber sollte eine Weile nachgedacht werden.«

Bei den Etruskern war es Brauch, dass man einem neugeborenen Säugling sieben Tage lang keinen Namen geben durfte. »Am achten Tag«, sagte Turms zu Arthur, »erhält das Kind seinen Namen. Das ist eine sehr alte Tradition. Der achte Tag – das ist der günstigste Tag für die Namensgebung, den Beginn eines neuen Unternehmens oder die Aufnahme einer Reise.«

Arthur gefiel diese Idee, denn sie ermöglichte ihm viel Zeit zum Nachdenken. Allerdings vereinfachte es in keiner Weise das Nachdenken selbst. Bei seiner Suche beschwor er vor seinem inneren Auge die Gesichter von all seinen männlichen Vorfahren – das heißt von all denen, an die er sich, tot oder lebendig, erinnern konnte –, um zu erkennen, wer von ihnen Eigenschaften besessen hatte, die er bewunderte, und welche Namen er vielleicht übernehmen und in Erinnerung bewahren wollte. Dies erwies sich als eine nützliche Übung, doch die ganze Zeit, die er diesem Unterfangen widmete, brachte ihn nicht einer endgültigen Entscheidung näher.

Als vier Tage vergangen waren, fragte ihn Xian-Li, was er sich ausgedacht hatte. Er war gezwungen zuzugeben, dass er zwar mit der

Aufstellung einer Liste begonnen hatte, aber noch immer keinen Namen ausgewählt hatte. Er berichtete ihr, was Turms ihm erzählt hatte: Man solle sich zurückhalten, jemandem einen Namen zu geben, bis sieben Tage vergangen wären. Das akzeptierte sie zwar, warnte ihn aber auch: »Grüble darüber nach, so viel du willst – doch du hast nur noch vier weitere Tage.«

Das Grübeln begleitete ihn bis zur letzten Stunde des letzten Tages.

»Der König hat mich gebeten, dich zu unterrichten, dass wir morgen früh bei Sonnenaufgang die Namenszeremonie abhalten werden«, teilte ihm der oberste Hauswirtschafter des Königs mit. »Zur angemessenen Zeit soll ich dann zu euch kommen und euch wecken.«

»Ah«, erwiderte Arthur. Er wunderte sich, dass die Tage so rasch verflogen waren. »Ich danke dir, Pacha. Bitte sag dem König, dass wir bereit sein werden.«

Als dann die Nacht sich ihrem Ende zuneigte und der Mond begann, über dem Tyrrhenischen Meer unterzugehen, gingen Arthur und Xian-Li über den mondbeschienenen Pfad zum kleinen Tempel am Fuße des Hügels hinunter. In ihren Armen trug Xian-Li den schlafenden Säugling. Es war das erste Mal, dass sie sich nach der Geburt des Babys draußen aufhielt, und es fühlte sich gut an, sich zu bewegen, die sanfte Nachtluft auf ihrem Gesicht zu spüren und die Welt erneut in Augenschein zu nehmen. Turms war seit der Geburt mehrmals gekommen, um nach ihr zu sehen, und sie wollte ihm für seine Bedachtsamkeit danken.

Als sie jedoch den Tempel erreichten, war er nicht da. Tatsächlich war dort niemand, mit Ausnahme eines jungen Akolythen, dem die Aufgabe übertragen worden war, ihnen mitzuteilen, dass die Namenszeremonie nicht im Tempel stattfinden würde. »Ich soll euch bitten, mir zu folgen«, sagte er leise zu Arthur. »Es ist nicht weit. Doch es steht ein Esel bereit, falls ihr reiten möchtet.«

»Es fühlt sich gut an, spazieren zu gehen«, erwiderte Xian-Li, nachdem Arthur ihr das Angebot übermittelt hatte.

»Danke schön, aber wir werden gehen«, beschied Arthur dem jungen Mann. »Zeig uns den Weg.«

Sie gingen weiter den Pfad entlang in Richtung Stadt und erreichten bald eine kurze Säule, die neben dem Weg stand. Der Akolyth blieb hier stehen und wandte sich seinen Begleitern zu. »Sie haben sich am Grabmal des Königs versammelt. Es ist am Heiligen Weg.« Er wies auf die kleine Säule und fuhr fort: »Ihr solltet euch waschen, bevor ihr den Heiligen Weg betretet.«

Das obere Ende der Säule hatte man ausgehöhlt, sodass sich dort eine flache Vertiefung befand, die mit Wasser gefüllt war. Der junge Mann führte vor, wie die symbolischen Gesten gemacht werden mussten, indem er seine Hände ins Nass eintauchte und sie dann über den Kopf und das Gesicht strich. »Auch das Kind«, fügte er hinzu, nachdem das junge Elternpaar seinen Anweisungen gefolgt war. Xian-Li tauchte ihre Fingerspitzen ins Wasser und schob den widerspenstigen Haarschopf beiseite; dann befeuchtete sie die Stirn des Kindes und seine zu winzigen Fäusten geballten Hände.

Der junge Akolyth führte sie vom Pfad weg und auf etwas zu, das nicht mehr zu sein schien als der Ansatz eines kleinen Hohlwegs – eine Stelle, wo der Boden weggebröckelt war oder wo ein Fluss im Laufe der Zeit weiches Erdreich ausgehöhlt hatte. Allerdings entdeckten sie schnell, dass die Veränderungen nicht auf natürliche Weise, sondern durch Menschenhand entstanden waren: In das weiche Kalktuffgestein, das sich unter dem Erdboden befand, hatte man Stufen gemeißelt.

Diese behauene Treppe führte immer weiter nach unten. Sie stiegen zwischen engen Wänden hinab, bis sie nicht mehr die Erdoberfläche sehen konnten, die sie hinter sich gelassen hatten. Unten endete die Treppe an einer Passage, die breit genug war, dass zwei Pferde nebeneinander hindurchgehen konnten, und sich sowohl nach rechts als auch nach links erstreckte. Fackeln waren angezündet worden; sie steckten in einfachen Wandhalterungen, die man in die weit nach oben ragenden Steinwände gemeißelt hatte.

»Das ist der Heilige Weg«, teilte der junge Mann ihnen mit.

»Wohin führt er?«, erkundigte sich Arthur.

»Er verbindet andere heilige Wege an anderen Orten«, antwortete der Akolyth. »Es gibt viele von ihnen im ganzen Land verteilt.«

Sie gingen weiter. Der Gang lag in tiefster Finsternis, obwohl am Himmel über ihnen schon der schwache Schimmer der aufgehenden Sonne zu erkennen war. Sie schritten an einem kunstvoll ausgearbeiteten Türdurchgang vorbei, der in den Kalktuff gemeißelt worden war: Säulen, die man ebenfalls aus dem Stein geschnitten hatte, stützten einen dreieckigen Giebel, in dem sich die Skulptur eines Mannes in langen Gewändern befand, der auf einem niedrigen Sofa lag. Im Architrav gab es eine Inschrift, die ein Name zu sein schien. Die Türen waren ebenfalls aus Stein und versiegelt.

»Was ist das?«, fragte Arthur.

»Das ist das Grabmal von Lars Volsina«, antwortete der junge Mann. »Vor vielen Jahren war er ein König unseres Volkes.«

Sie kamen an einem anderen Türdurchgang vorbei, der auf der gegenüberliegenden Seite des Hohlweges in einer Nische errichtet worden war; und bald schon folgten zwei weitere. Während sie ihren Weg fortsetzten, sahen sie noch viele dieser kunstvoll ausgearbeiteten Fassaden: Einige waren größere, herrschaftlich ausgeschmückte Säulenvorbauten mit Stufen, andere bestanden nur aus einfachen steinernen Pfosten und einem Türsturz, die den Eingang umrahmten.

»Sind das alles Grabmale?«, fragte Arthur. »All diese Türeingänge?«

»Ja, alle sind Grabmale von Königen und Adligen.«

Der tief ins Gestein gehauene Gang führte in sanften Windungen weiter nach unten. Als er wieder geradeaus verlief, sahen sie in kurzer Entfernung vor sich eine Gruppe von Leuten, die vor einem weiteren in den Fels gemeißelten Grabmal standen. Dieses war ein bisschen größer und kunstvoller als die anderen; zudem gab es eine verdeckte Vorhalle, zu der steinerne Stufen hochführten. In einem Eisenbecken, das auf einem Dreifuß ruhte, hatte man ein Feuer entzündet, und Fackeln, die an den Säulen und Wänden des Hohlweges befestigt waren, verliehen dem Kalktuff einen warmen rötlichen Schimmer. Vor den Stufen stand ein steinerner Sockel, der mit einem orangefarbenen Tuch bedeckt war. Davor stand König Turms und auf jeder Seite neben ihm eine Frau in einem langen weißen Leinengewand. Die beiden Frauen hatten ihr Haar so geflochten, dass es über die gesamte Breite ihrer Schultern hinunterfiel; eine von ihnen hielt eine goldene Schüssel, die andere ein Messer mit einer Klinge aus schwarzem Glas.

»Seid willkommen, Freunde!«, rief Turms, als das Paar herbeikam und vor dem Sockel stehen blieb. »Dieses Ritual wird am besten auf dem Heiligen Weg in Gegenwart der ehrwürdigen Vorfahren durchgeführt«, erklärte er. »Dies ist ein höchst glückverheißender Ort.«

Arthur zeigte einen recht skeptischen Gesichtsausdruck.

Turms fuhr daraufhin fort: »Ich vermute, es erscheint dir sehr seltsam, dass die Feier anlässlich eines neuen Lebens zwischen Grabmalen stattfinden sollte. Trotzdem repräsentiert das – ebenso wie der Weg, den ihr genommen habt, um hierherzukommen – die Lebensreise selbst. Wir sind Reisende, und unser Körper und unsere Seele sind Gefährten auf der Lebensreise. Eines Tages werden beide gezwungen sein, sich voneinander zu trennen. Der Körper, der sich mit der Zeit erschöpft, wird schließlich seine letzte Ruhe finden.« Turms hob eine Hand und wies auf die umliegenden Grabmale. »Doch für jene, deren Seelen lebendig sind zum Zwecke der Schöpfung ...«, fuhr er fort, »... für sie gibt es kein allerletztes Reiseziel. Für sie ist der Tod bloß eine Rast, ein Zwischenspiel, bei dem man seine Kräfte sammeln kann für neue und größere Reisen. Freunde, wir sind zu Reisenden erschaffen worden. Ich frage euch: Welcher echte Reisende ist jemals an einem neuen Ort eingetroffen, ohne sich zu wünschen, ihn zu erkunden? Und welcher echte Reisende hat durch die Erkundung seine Reisen nicht fortgeführt – indem er neue Sehenswürdigkeiten erblickt, neue Wege kennengelernt, die Luft eines neuen Landes unter einem neuen Himmel eingeatmet und sich an neuen Entdeckungen erfreut hat?«

Turms der Unsterbliche, Priesterkönig der Velathri, wandte sich um und gab der Frau mit der Schüssel ein Zeichen. Sie trat vor und stellte das Gefäß auf den mit dem orangefarbenen Tuch drapierten Sockel.

»Zwar wird der Körper, den ihr in dieser höchst glückverheißenden Stunde zu mir trägt, eines Tages erschöpft sein und sterben, doch die neue Seele, die in diesem Körper die Welt betreten hat, ist unsterblich und wird niemals vergehen. Wisst dies, meine Freunde: Wir alle sind unsterblich – ein jeder von uns.« Er streckte die Hände aus. »Gebt mir das Kind.«

Xian-Li, die der einheimischen Sprache immer noch nicht ganz mächtig war und daher Turms' Ausführungen mithilfe von Arthurs geflüsterter Übersetzung gefolgt war, legte ihren neugeborenen Sohn behutsam in die Hände des Königs. Turms hob den Säugling über seinen Kopf und gab ihn dann der Frau, die die Schüssel gehalten hatte. Sie wickelte das Baby aus den Tüchern und überreichte es nackt dem König, der es in seinen Armen wiegte.

»So wie die letzten Sterne der Nacht in der Morgendämmerung verblassen, so beginnt ein neuer Tag durch das Sterben des alten. Dies ist, wie es sein muss.« Turms schöpfte ein wenig Wasser aus der Schüssel und benetzte den Kopf des Babys. »Wir heißen dich willkommen, kleine Seele, in dem Leben, das wir alle auf dieser Welt teilen«, verkündete er nun; seine Stimme wurde so sanft wie die einer Mutter. »Dein Leben ist kein einsames, Kleiner.« Mit einer schnellen, geschickten Bewegung stach er mit der Messerspitze in die Fußsohle des Säuglings.

Xian-Li unterdrückte ein Keuchen; und das Kind quietschte überrascht wegen des plötzlichen kurzen Schmerzes. Ein großer Tropfen hellroten Blutes quoll aus der kleinen Ferse hervor.

Turms tupfte das Blut mit einem seiner Zeigefinger ab und zeichnete damit einen Punkt auf die Stirn des Babys; dann wiederholte er diese Geste dreimal: zuerst auf der Stirn von Xian-Li, dann auf der von Arthur und zum Schluss auf seiner eigenen. »Dieses Zeichen soll dich daran erinnern, dass dein Leben nicht deines allein ist: Es ist vermischt mit dem deiner Eltern und mit dem all jener, die vor dir gekommen sind und nach dir kommen werden. Es ist zudem vermischt mit dem der anderen im Hier und Jetzt, so wie deren Leben wiederum mit dem von anderen vermischt ist. Auf diese Weise sind wir alle ein Teil von allen anderen.«

Das Baby, dem in der Morgenluft kalt und ungemütlich wurde,

begann sich zu krümmen und gab ein Knurren von sich wie das eines Kätzchens oder eines Welpen. Der König lächelte und gab das Kind der Frau zurück, die noch immer die Windeln hielt. Sie wickelte den Säugling wieder in die weichen Tücher ein und reichte ihn erneut dem König.

»Wir hoffen für dich, dass du wachsen wirst, um stark und tugendhaft zu sein – im Geiste und in der Tat«, erklärte Turms. »Und dass dein Leben ein Segen für dich und all jene um dich herum sein wird, egal, ob deine Reise durch diese Welt kurz oder lang ist. Lerne gut, kleine Seele, sodass das Wissen und die Weisheit, die du auf deinem Wege sammelst, dich stärken und stützen kann in deinem künftigen Leben.« Er hob seine Augen und wandte sich Arthur zu. »Unter welchem Namen wird dieses Kind bekannt sein?«

Arthurs Mund begann, das Wort »Benjamin« zu formen, einen Namen, der, wie er entschieden hatte, einen gewissen Nachklang für ihn besaß. Doch seltsamerweise kam ihm der Name »Benedict« über die Lippen.

Der König nickte. Er nahm die winzige Faust des Säuglings, tauchte sie ins Wasser und drückte sie dann gegen seine Brust. »Von Stund' an sollst du Benedict heißen.«

Xian-Li blickte zu ihrem Mann und formte mit dem Mund die lautlose Frage: *Benedict?*

Die Zeremonie war beendet, und Turms gab das Kind seiner Mutter zurück. Die beiden Dienerinnen nahmen die Schüssel und das Messer wieder an sich.

»Wartet!«, rief Arthur. »Ich wollte eigentlich *Benjamin* sagen.«

Turms' Lächeln wurde breiter; er warf den Kopf nach hinten und lachte laut. »Und trotzdem hast du es nicht gesagt.«

»Aber –«, begann Arthur zu erwidern, doch der König fiel ihm sogleich ins Wort.

»Es ist geschehen, mein Freund. Und es ist richtig so. Der Name, den du ihm gegeben hast, ist für ihn ausgewählt worden. Alles ist so, wie es sein muss.«

Arthur beugte sich mit reumütiger Zustimmung der Entscheidung. Dann begaben sich alle auf den Rückweg zum Palast, um zu Ehren des Kindes und seiner Namensgebung ein Festmahl zu verzehren. Dabei schritten sie durch den Heiligen Weg zurück, vorbei an den stillen Grabmalen. Sie stiegen die Treppe hoch; und als sie oben ankamen, war die Sonne gerade über dem Horizont aufgegangen und blendete sie einen Augenblick lang. Arthur fühlte sich so, als ob er nach einer Nacht, die er im Grabmal verbracht hatte, zu einem neuen Leben auferstehen würde.

Während sie den Hügel wieder hochgingen, beugte sich Xian-Li ganz nah zu ihrem Ehemann. »Warum Benedict?«, fragte sie. »Was bedeutet dieser Name?«

»Ich bin mir nicht ganz sicher«, gestand Arthur. »Der Segnende oder der Gesegnete, glaube ich – oder etwas Ähnliches.«

Xian-Li lächelte und hielt den Säugling vor sich hoch, um ihn anzuschauen. »Er ist unser Segen«, entschied sie, und die Peinlichkeit des Fehlers verschwand.

In diesem Augenblick war die Welt wieder in Ordnung.

VIERZEHNTES KAPITEL

Worin die Wahrheit nicht ignoriert werden kann

*E*in paar dürre Katzen und ein Bettler wühlten in den leicht schwelenden Abfallhaufen herum. Mit scharfen Augen für alles, was tot war oder im Sterben lag, kreiste ein Wirbel aus schwarzen Aasgeiern in trägen Schleifen am Himmel. Die unverhüllte Sonne schleuderte ihre Strahlen zur Erde, die wie ein Hammer auf einen armen Amboss trafen, der Kits pochender Kopf war: Erbarmungslos schlug die Sonne durch das dünne Tuch seines schweißgetränkten Turbans. »Ein Königreich für einen Strohhut«, murmelte er und schaute blinzelnd ins Sonnenlicht, das so heiß war, dass es fast die Augäpfel in ihren Höhlen austrocknete.

Eine schier endlose Allee aus bleichen Sphinxen erstreckte sich vor ihm, ihr Ende verlor sich im flimmernden Hitzedunst. Irgendwo in dieser wabernden Fata Morgana lagen die Ruinen eines der antiken Weltwunder – der Große Tempel des Amun. Irgendwo im Tempelkomplex am Ende der Allee, so hatte man Kit informiert, würde er den Mann finden, der den Fluss stromaufwärts gekommen war, um ihn zu treffen. Er kniff mehrmals die Augen zu, um sich gegen das blendende Licht zu schützen, das von der mit weißen Steinen gepflasterten Straße zurückgeworfen wurde; dann begann er, sie entlangzugehen. Nach nur einer Minute wünschte er sich, er hätte nicht ganz so voreilig Khefris Vorschlag zurückgewiesen, für die Reise einen Esel zu mieten. »Der Weg zum Tempel verläuft doch schnurgerade, nicht wahr?«, hatte Kit ihm entgegnet. »Was kann denn daran schon unangenehm sein?«

Um sich von der Hitze abzulenken, versuchte er sich vorzustellen, warum Wilhelmina so stark darauf beharrt hatte, dass er diesen Mann traf. Was wusste Young, das ihm helfen konnte? Außerdem fragte er sich, wie viel Wilhelmina diesem Burschen wohl von ihrer Suche erzählt hatte; und von der Antwort darauf hing ab, wie viel er selbst würde wagen können zu sagen. Das, entschied Kit, würde das Erste sein, was er herausfinden musste.

Nach einer gemächlichen Bootsfahrt stromabwärts auf dem Nil und einem kurzen Halt, um nach einigem Feilschen den Turban zu erstehen, hatten Kit und Khefri sich die Hände geschüttelt und sich auf den Stufen des *Winter Palace Hotel* voneinander getrennt. »*Shukran*, mein Freund«, hatte Kit gesagt. »Wenn ich ein Boot brauche, werde ich wiederkommen und nach Ihnen Ausschau halten.«

»Möge Gott Ihnen wohlgesinnt sein, Kit Livingstone«, erwiderte der junge Mann. »Leben Sie wohl.« Das Letzte, was Kit von ihm sah, war, wie er zum Boot zurückeilte und sich dort zu seinem Cousin gesellte.

Entsprechend Wilhelminas Anweisungen stellte sich Kit dem Portier am Empfangstresen vor und fragte nach dem Paket, das auf ihn wartete, wenn alles gut gegangen war. Der Portier, ein kräftig gebauter Ägypter in einem schwarzen Mantelrock und mit Fez, verschwand im Büro und kehrte einen Augenblick später mit dem Paket zurück. Er hielt es in seiner Hand und beäugte Kit ungläubig.

»Könnte dies das Paket sein, Sir?«

»Wieso fragen Sie?«, erwiderte Kit. »Ja, ich denke schon.«

Der Mann wog es mit seiner Hand ab, machte jedoch keinerlei Anstalten, es zu übergeben.

»Darf ich es bitte haben?«

»Haben Sie etwas für mich?«

»Äh, nein«, antwortete Kit. »Ich glaube nicht.«

»Überhaupt nichts?«, hakte der Portier nach.

»Nein. Gar nichts. Warum? Ist denn vorgesehen gewesen, dass ich etwas für Sie habe? Mir ist nichts gegeben worden ...«

»Vielleicht ein kleines Geschenk?« Der Mann betrachtete das Paket in seiner Hand.

»Oh!«, entfuhr es Kit, als er plötzlich begriff, was sein Gegenüber meinte. »Ja, ich verstehe.«

Der Portier lächelte.

»Doch es tut mir schrecklich leid«, entschuldigte sich Kit. »Ich habe überhaupt kein Geld bei mir. Ich bin nämlich in der Wüste gewesen, verstehen Sie.« Er drehte eine leere Hosentasche nach außen. »Nix. Nichts. Tut mir leid.«

Mit einem Achselzucken übergab der Mann das kleine Paket, und Kit schlenderte damit in die Lobby, um es dort zu öffnen. Es hatte etwa die Größe und Stärke eines althergebrachten Übungsbuches, war in braunes Papier eingewickelt und mit einer Schnur zusammengebunden worden. Dort, wo die Kordelenden zu einem festen Knoten geschnürt waren, steckte eine kleine, handgeschriebene Notiz, die an Kit adressiert war. Der Text lautete: *Kit, öffne nicht dieses Paket. Bring es – ungeöffnet – zu Dr. Thomas Young, zur Grabungsstätte am Tempel von Karnak direkt außerhalb von Luxor. Du wirst ihn dort vom Spätfrühling bis zum frühen Herbst finden. Das Paket wird als dein Empfehlungsschreiben dienen. Er wird wissen, was getan werden muss. Vergiss nicht – ÖFFNE NICHT dieses Paket. Nicht einmal ein kleines bisschen.*

Er drehte das Paket um. Die übereinander gefalteten Teile des Packpapiers waren mit einem Klecks altmodischem Wachs versiegelt worden. Neben dem Siegel war eine Botschaft: *DENK noch nicht einmal daran, dieses Paket zu öffnen!*

»Okay, ich hab's verstanden«, murmelte Kit. »Scheibenkleister, was für eine Nörgelei. Ich werd das blöde Paket schon nicht öffnen.«

Er hatte sich dann das Paket unter sein Hemd gesteckt und auf den Weg zum Tempel gemacht. Als er schließlich an den zerbrochenen Überresten des Tempeltors angekommen war, schwitzte er aus jeder Pore, wobei der Schweiß nahezu augenblicklich trocknete, sobald er in Berührung mit der heißen Wüstenluft kam. Die gewaltigen Blöcke der legendenumwobenen Pylone – und ein Großteil der sich nach hinten neigenden Wände zu beiden Seiten des Tempeleingangs – waren zu Boden gestürzt. Die Wandbereiche jedoch, die erhalten geblieben waren, wiesen eine Höhe von mehreren

Stockwerken auf. An vielen Stellen befand sich noch immer die ursprüngliche Bemalung, und die Farben leuchteten in dem glühenden Licht. Durch den nun leeren Eingang konnte Kit eingestürzte Säulen und noch mehr ungeordnete Schutthaufen sehen. Sie verteilten sich über eine ziemlich unebene Landschaft, die größtenteils von niedrigen Akazien, verkrüppelten Palmen unterschiedlichster Art und struppigem, kümmerlichem Riedgras geprägt war. Etliche Bettler lehnten träge gegen zerborstene Türeingänge; und in den Schatten vermochte Kit die Umrisse lauernder Wildkatzen zu sehen.

Er wischte sich die Schweißperlen aus dem Gesicht, legte die Hand auf das Paket, das er unter seinem Hemd trug, und ging in den Hofraum des Tempels. Er kletterte über einen Schutthaufen und trat in einen Bereich, der einst einen gewaltigen Trakt aus riesigen Säulen dargestellt hatte, die wie Papyrusbündel gestaltet waren. Einige von ihnen standen noch aufrecht und stützten voller Stolz die sie miteinander verbindenden Oberbalken, als ob sie das Gewicht des klaren blauen Himmels über ihnen tragen würden. Das Auftauchen von Kit wurde schnell von den geschäftstüchtigeren Bettlern erfasst, die herbeihumpelten, um ihn mit zahnlosem Gejammer und ausgestreckten schmutzigen Palmwedeln zu begrüßen.

»La, shukran«, sagte er ihnen; er sprach dabei so bestimmt und höflich, wie ihm möglich war.

»Sir! Sir!«, rief einer der Bettler auf Englisch. »Sie brauchen einen Führer, Sir?«

»Nein, danke schön. Mir geht's gut.« Kit schaute nicht auf, denn das würde den Burschen nur ermutigen. »Trotzdem danke.«

»Vielleicht suchen Sie jemanden?«

Bei diesen Worten schaute sich Kit um und sah einen verhutzelten Ägypter, dessen Haut wie rissiges Leder war und der einen sehr schmutzigen Kaftan trug. Vollkommen still stand er ein wenig entfernt von der Schar seiner in Lumpen gekleideten Genossen, die Kit bedrängten.

»Sie suchen jemanden«, meinte der Mann. »Das glaube ich.«

»Ja«, gab Kit zu und bedauerte augenblicklich seinen Fehler. »Ich suche jemanden – einen Engländer, um ehrlich zu sein.«

»Vielleicht suchen Sie ja Dr. Thomas Young«, deutete der freche Kerl an.

»Genau diesen Mann«, bestätigte Kit und trat näher. »Kennen Sie ihn?«

»Ich kenne ihn, Sir.« Der Ägypter hob seine Stimme und sprach einen kurzen Befehl aus, woraufhin die anderen unverzüglich mit dem Quäken aufhörten und schweigend wegschlurften. Dann wandte er sich wieder Kit zu. »Dein Freund ist nicht weit weg.«

»Danke«, sagte Kit, der sehr erleichtert war. »Ich möchte Sie in keinster Weise belästigen. Wenn Sie mir nur den richtigen Weg zeigen würden, wäre ich Ihnen sehr verbunden.«

Der Mann lächelte; seine Zähne waren wie ein weißer Blitz im Gewirr seines verfilzten Bartes. »Das ist keine Belästigung. Bitte folgen Sie mir.«

Trotz seines augenscheinlich sehr geringen Status verhielt sich der Mann mit großer Würde. Er bewegte sich durch die bröckelnden Ruinen – auf jeder Seite gab es zertrümmerte Monumente –, als ob er durch einen unversehrten Palast schreiten würde, und trat nur leicht auf die Steine unter seinen Füßen. Kit, der ihm hinterherlief, stolperte bisweilen über den unwegsamen, unebenen Untergrund und dachte an die Schätze, die nur einen Fuß unter der Erde begraben lagen. Vage erinnerte er sich daran, dass er Fotos von dem gesehen hatte, was man in seiner Zeit den Tempelkomplex von Karnak nannte – oder nennen würde –: ein riesiges Gelände mit honigfarbenen Bauwerken, die mit den unterschiedlichsten Hieroglyphen beschriftet waren. Die zusammengestürzten Überreste des einst großen Tempels, auf denen man nun herumtrampelte, würden eines Tages wiederauferstehen. Die zahllosen zerbrochenen Blöcke würde man ein weiteres Mal aufeinandersetzen, die Reliefs liebevoll restaurieren, die Wände und Oberbalken, die Obelisken, die zahllosen Statuen von Göttern und Menschen aus dem Abfall und der Wildnis gleichgültiger Zeitalter wiedergewinnen. Und das Ganze würde man für Touristen zugänglich machen, die dann die Hotelschiffe füllten – Gefährte, die gebaut wurden, um den Nil zu befahren und ihre menschliche Fracht als lebendige Flut über die antiken Stätten zu spülen.

Aber dies hier . . . Diese zerstörte Ruine zeigte, wie der Ort aussah, bevor Ausgrabungen ein großes Geschäft im Land der Pharaonen wurden. Kit dachte darüber nach, was aus dem ausgedehnten Tempelkomplex schlussendlich würde – noch eine weitere Kulturerbestätte, die von Shorts und Baseballmützen belebt wurde. Und er kam zu der Erkenntnis, dass er es sehr viel mehr vorzog, alles so wie hier zu sehen: ein Wald aus halb zerfallenen Säulen und zusammengestürzten Bauwerken, von denen viele noch ihre ursprüngliche Malerei besaßen; hier und da noch ein völlig unverschrter kleinerer Tempel oder Lagerraum, die sich erfolgreich dem Zahn der Zeit widersetzten. Abgesehen von den Bettlern und streunenden Hunden – passen beide eigentlich immer zusammen? – war niemand da. Kein einziger T-Shirt-Laden und kein einziges Coca-Cola-Logo kamen in Sicht. Der einzige Fremde hier war Kit.

Der Bettler führte ihn durch das planlose Labyrinth der Verwüstung, vorbei an primitiven Zeltlagern von Hausbesetzern und Müllhügeln – augenscheinlich wurden die Einheimischen hier ihren Abfall los –, und dirigierte Kit über zerfallene Relikte mächtiger, gebieterisch wirkender Ramses-Statuen. Schließlich erreichten sie ein kleines, viereckiges Gebäude, dessen Front von einem umgestürzten Obelisk verdeckt wurde. An der Rückseite dieses Bauwerks erspähte Kit eine weiße Klappe aus Leinwand und schritt darauf zu. Über einem ziemlich großen Loch war aus Holz und Leinwand ein wackliger Anbau errichtet worden. Sechs oder acht Männer, die dreckige blaue Kaftane und schwarze Turbane trugen, standen um den Rand der Grube herum, bereit, Körbe voll mit Sand und Gestein entgegenzunehmen, die zu ihnen hochgehievt wurden.

»Hier ist der Mann, den Sie suchen«, sagte sein Führer.

Kit betrachtete den Ring aus Arbeitern und dachte, dem Bettler wäre ein Versehen unterlaufen. Er wollte dies schon ansprechen, als eine Stimme aus dem Loch nach oben rief: »*Shukran! Shukran!* Das ist vorerst alles.«

Ein weißer Strohhut tauchte am Rande der Grube auf. Es folgte ein rundes, bärtiges Gesicht, das aufgrund der jüngsten Anstrengungen des Mannes gerötet war. Er warf einen Blick auf Kit und reckte die Hand nach oben. »Ich grüße Sie, mein Freund! Ich bin Thomas Young. Wie geht es Ihnen?«

Kit trat an die Kante des Loches, beugte sich vor und streckte die Hand aus. Er empfing einen kräftigen Händedruck. »Kit Livingstone, Sir. Danke schön; mir geht es gut.«

»Würde es Ihnen entsetzlich viel ausmachen?«, fragte Young, der immer noch Kits Hand festhielt. »Eine kleine Unterstützung wäre äußerst hilfreich.«

»Überhaupt nicht«, erwiderte Kit und zog kräftig.

Der Mann kletterte aus der Grube und klopfte den Staub von seinem beigefarbenen Leinenanzug ab. »Das ist schon besser.«

Dann richtete er sich auf, stemmte die Hände in die Hüften und betrachtete Kit; seine grauen Augen blickten scharf durch die Brille mit den kleinen runden Gläsern im Stahlgestell. Er hatte eine gedrungene, kräftige Figur und vermittelte den Eindruck von kaum eingedämmter Energie – wie eine gespannte Antriebsfeder. Unter seinem tropischen Leinenanzug trug er ein weißes Hemd und eine Weste aus gelber Seide. Die Stiefel waren schwer und zweckdienlich geformt, von einer Art, wie sie wohl von Soldaten bevorzugt wurden. »So!«, rief er schließlich. »Da haben wir Sie also hier!«

»Hier bin ich – in der Tat«, bekräftigte Kit.

Der Arzt stand weiterhin nur da und starrte ihn an, als ob er ein besonderes Ausstellungsobjekt im Zoo wäre. Kit wurde es unter dem prüfenden Blick zunehmend unbehaglich.

»Ich glaube, wir haben eine gemeinsame Freundin«, platzte es schließlich aus ihm heraus.

»Richtig«, stimmte Thomas Young freundlich zu. »Das glaube ich auch.«

»Wilhelmina –«

»Ein erstaunliches Mädel«, fiel Thomas ihm ins Wort. »Eine höchst bemerkenswerte junge Frau. Sie besitzt eine Willensstärke, der man nur selten begegnet. Eine wirklich einzigartige Person.«

»Sie ist all das«, räumte Kit ein.

»Kommen Sie, Sir ... die Hitze des Tages. Wir müssen nicht hier draußen stehen und wie zwei Hinterwäldler schwatzen. Ich habe immer einen Krug Zitronenwasser parat. Erfrischt großartig. Möchten Sie in meinem Zelt eine Erfrischung zu sich nehmen?«

»Ich wäre sehr erfreut darüber«, antwortete Kit, der sich immer besser in die förmlichere Redeweise des neunzehnten Jahrhunderts einfand. »Ich verschmachte beinahe vor Durst.«

»Khalid!«, rief Thomas.

Verblüfft sah Kit, dass der Mann vortrat, der ihn hierhergeführt hatte. Offenbar war er gar kein Bettler, sondern ein Diener von Wilhelminas Bewunderer.

»Wir ziehen uns in mein Zelt zurück«, teilte Thomas Young mit. »Lass die Arbeiter sich jetzt ausruhen und gib ihnen etwas zu essen und zu trinken. Sag ihnen, dass wir die Arbeit zur üblichen Zeit wieder aufnehmen werden. Wenn du das erledigt hast, dann geselle dich bitte zu uns.«

Der Diener verbeugte sich leicht, drehte sich um und klatschte in die Hände, um die Aufmerksamkeit der anderen zu gewinnen.

»Sie haben ihn geschickt, um nach mir Ausschau zu halten«, bemerkte Kit, nachdem die Arbeiter fortgegangen waren.

»Das stimmt«, erwiderte der Arzt und führte ihn auf ein großes Zelt zu, das im schmalen Schatten zweier Palmen errichtet worden war. »Jeden Tag ist er um diese Zeit gegangen, um nach Ihnen Ausschau zu halten. Ich habe mir gedacht, wenn Sie überhaupt kommen würden, dann sicherlich am Morgen. Denn später ist es einfach zu heiß. Es ist zwar noch immer früh in der Saison, aber schon so abscheulich – viel zu heiß für diese Zeit des Jahres.« Er trat zum Zelteingang und zog die Öffnungsklappe nach oben. »Ich fürchte, ich werde bald gezwungen sein, die Ausgrabungen auszusetzen. Schade.«

Kit duckte sich unter die Klappe hindurch und trat in einen komfortablen, gut belüfteten Raum, der weniger an ein Zelt, sondern eher an eine Markise erinnerte, da er seitlich offen war: An zwei Seiten hing nur ein hauchdünnes, durchscheinendes Material, das regelmäßig von einem Diener mit Wasser besprenkelt wurde. Er setzte hierfür einen Olivenzweig und einen Holzeimer ein – eine primitive, doch überraschend effektive Form einer Klimaanlage. Die Erholung von der Hitze und der brennenden Sonne trat sofort ein und war höchst willkommen; Kit konnte einen Seufzer der Erleichterung nicht unterdrücken.

Das Innere war in zwei verschiedene Bereiche unterteilt: Es gab einen Arbeitsplatz mit einem Schreibtisch, einer Lampe, drei Faltstühlen und einer Rohrcouch sowie einen Schlafplatz mit einem Klappbett, das von einem Insektennetz umhüllt wurde. Ein Wandschirm aus ineinander geflochtenen Palmwedeln trennte die beiden Bereiche. Den ein wenig unebenen Boden bedeckten schwere ägyptische Teppiche, die man übereinandergelegt hatte. Das war, so befand Kit, der zeitgemäße Aufenthaltsort eines sehr erfahrenen Reisenden – von einem Mann, der seine Umgebung kannte und verstand. Dies wurde ein weiteres Mal deutlich, als der Arzt den Deckel von einem Becken nahm und aus ihm ein nasses aufgerolltes Tuch herauszog. »Legen Sie sich das um Ihren Hals«, empfahl er und gab Kit das Tuch. Anschließend nahm er sich selbst eines heraus und drückte es sich in den Nacken. Kit folgte seinem Beispiel und fühlte sich augenblicklich besser.

Neben dem Schreibtisch hatte man auf einem kleinen Dreifuß ein großes, ovales Messingtablett abgestellt, auf dem ein bemalter Tonkrug und mehrere umgedrehte Gläser standen. Neben dem Krug lag eine flache Schüssel mit Mandeln, nach der Thomas Young als Erstes griff. »Hier, mein lieber Freund, essen Sie einige davon«, forderte er seinen Gast auf und hielt ihm die Schüssel hin.

Kit nahm sich ein paar der stark gesalzenen Mandeln und steckte sie in den Mund; sein Gastgeber tat das Gleiche.

»In dieser Hitze brauchen Sie Salz. Das ist gut für Sie. Beugt einer totalen Erschöpfung durch die Hitze vor.« Er stellte die Schüssel wieder auf das Tablett und wies auf einen Stuhl. »Bitte setzen Sie sich doch, Mr. Livingstone. Lassen Sie uns eine Weile ausruhen und miteinander reden.«

Kit ließ sich in den Segeltuchstuhl nieder und nahm ein Glas mit hellgelber Flüssigkeit entgegen. Sie war lauwarm, doch der scharfe

Geschmack der Zitrone machte sie genießbar. Thomas setzte sich auf den Stuhl hinter dem Schreibtisch, auf dem ein unaufgeräumter Wust von Papieren und verschiedenen Zeichenutensilien lag, und starrte seinen Gast an. Kit trank in kleinen Schlucken sein Zitronenwasser und wartete darauf, dass sein Gastgeber mit dem Gespräch beginnen würde.

»Darf ich wagen zu fragen, ob Sie etwas für mich mitgebracht haben?«, wollte Thomas schließlich wissen.

»Zufälligerweise, ja«, erwiderte Kit. Er stellte sein halb leeres Glas auf dem Tablett ab, nestelte an den Knöpfen seines Hemdes und holte das in braunes Papier eingewickelte Päckchen hervor, das er im Hotel erhalten hatte. »Ich habe die Anweisung erhalten, dies Ihnen ungeöffnet zu überbringen. Wie Sie sehen können, bin ich der Anweisung gefolgt.« Er stand auf und legte das Paket in einer geradezu feierlich anmutenden Geste mit beiden Händen vor seinem Gastgeber auf den Schreibtisch. »Ich freue mich, dies in Ihre Obhut zu geben.«

Thomas machte keinerlei Anstalten, es zu ergreifen, sondern saß mit zusammengefalteten Händen davor und betrachtete es mit einem fragenden Gesichtsausdruck. »Wissen Sie, was darin eingewickelt ist?«

»Nein, Sir«, antwortete Kit. »Das habe ich nicht erfahren. Wissen Sie es?«

»Teilweise.« Thomas hob kurz die Augen zu Kit und begutachtete dann wieder das Paket. »Wenn es das ist, was ich denke ...«

Kit wartete. Weder veränderte der Archäologe seinen starren Blick, noch zeigte er irgendwelche Anzeichen, dass er das Päckchen in die Hand nehmen wollte. Er saß einfach nur da und starrte auf das verschnürte Viereck.

»Dr. Young?«, fragte Kit nach einer kleinen Weile. »Ist etwas?«

»Wenn es das ist, was mir versprochen worden ist, wird sich die Geschichte ändern.« Er hob ein weiteres Mal die Augen; seine runden Brillengläser glänzten in dem weichen Licht, das im Zelt herrschte. »Das wissen Sie, nicht wahr? Die Welt wird sich ändern.«

»Richtig.« Kit nickte. Er würde noch ein wenig länger darauf warten können.

Draußen hallte ein Eselsschrei in den Ruinen wider. Wie eine Reaktion auf dieses Geräusch zog der Arzt scharf die Luft ein und zog das Paket näher zu sich heran. Er hob es hoch und balancierte es schüchtern zwischen seinen Händen – der Inbegriff eines Mannes, der eine Handlung hinauszuzögern versucht, die er möglicherweise sehr bedauern würde. Kit konnte mit ihm fühlen. Wer vermochte schon zu ahnen, was Wilhelmina hier eingepackt hatte?

»Es muss getan werden, nehme ich an«, meinte Thomas. Mit zitternden Fingern band er den Knoten auf, entfernte das Packpapier – und enthüllte eine seltsame Ansammlung von Gegenständen: eine alte Shilling-Münze, einen Brief, einen Zeitungsausschnitt und mehrere bedruckte Seiten, die anscheinend aus einem Buch gerissen worden waren. Es war mehr oder weniger das, was man in einem alltäglichen Sammelalbum finden könnte; nichts davon sah so aus, dass es wahrscheinlich von großer Bedeutung war, geschweige denn dass es welterschütternde Konsequenzen hatte.

Kit beobachtete, wie sein Gastgeber die Münze untersuchte; dann legte er sie beiseite, hob den Brief hoch und untersuchte die Vorder- und Rückseite des Umschlags. Darauf war Minas Handschrift zu erkennen. Der Brief war adressiert an »Christopher ›Kit‹ Livingstone in der Obhut von Dr. Thomas Young«. Der weiße Umschlag war versiegelt und mit einer Briefmarke versehen worden, die man allerdings nicht abgestempelt hatte.

Thomas legte den Brief vor sich auf den Tisch. »Das allein wäre schon genug gewesen«, murmelte er.

»Sir?«, fragte Kit nach.

»Sehen Sie doch hier!« Thomas zeigte auf die Briefmarke. Es handelte sich um ein einfaches schwarzes Postwertzeichen mit der eingeprägten Silhouette der jungen Königin Victoria, unter der die Wörter *one penny* standen – eine recht unscheinbare Marke in den Augen von Kit.

»Die Briefmarke – ja und?«, erwiderte er.

»Diese *Briefmarke*, wie Sie das hier nennen . . .« – der Archäologe berührte sie behutsam mit einer Fingerspitze – »... ist noch nie zuvor gesehen worden – zumindest nicht von mir.«

»Darf ich?«, fragte Kit und ergriff das Schreiben. »Ich sehe, dass der Brief an mich adressiert ist.«

»Gewiss doch«, antwortete der Arzt. »Sie müssen ihn sofort öffnen.«

Kit zerbrach das Siegel, öffnete den Umschlag und zog ein einzelnes Blatt heraus. Auf dem glatten weißen Papier stand: *Kit – wenn Du das hier liest, hast Du Dr. Thomas Young getroffen: Er ist der letzte Mann auf der Welt, der alles weiß. Vertraue ihm – mit Deinem Leben. Stets die Deine, Mina.* Und das war schon alles.

In der Zwischenzeit hatte Thomas die Münze aufgenommen. Nun hielt er sie zwischen Daumen und Zeigefinger und drehte sie immer wieder um. Auf seinem Gesicht zeigte sich dabei ein Ausdruck der Fassungslosigkeit, der, wie Kit annahm, höchst ungewöhnlich für diesen Mann war. Den Shilling überreichte er schließlich Kit, der ihn weiter untersuchen sollte. Die Silbermünze zeigte auf der einen Seite das Konterfei von Victoria und auf der anderen eine Krone, unter der in einfachen Wörtern *one shilling* stand. Unter dem vom Körper abgetrennten Kopf von Victoria war das Datum: 1835.

»Haben Sie jemals dergleichen gesehen?«, fragte Thomas.

»Ja, habe ich«, antwortete Kit und gab ihm den Shilling zurück. »Schon viele Male.«

Der Engländer nickte bloß und legte die Münze neben den Brief. Als Nächstes nahm er den Zeitungsausschnitt an sich, schaute darauf und blickte dann Kit an. »Sind Sie jemals in *Kew Gardens* gewesen?«, erkundigte er sich.

»Ein- oder zweimal«, erwiderte Kit. »Es ist ein bekannter Ausflugsort. Die Leute gehen dahin, um zu picknicken und um draußen einen angenehmen Tag zu verbringen.«

Der Arzt legte den Ausschnitt beiseite und drückte seine Hände flach auf die bedruckten, aus einem Buch herausgerissenen Seiten. »Das wird, wie ich glaube, der endgültige Beweis sein.«

Kit wusste nicht, was er darauf entgegnen sollte, und schwieg daher.

»Wenn ich mich nicht sehr irre, hat unsere gemeinsame Freundin mir unwiderlegbare Beweisstücke dafür geliefert, dass ihre Behauptung – so haarsträubend sie auch zu sein scheint – tatsächlich die nackte Wahrheit ist.«

Kit ergriff die losen Blätter und überflog rasch das oberste, und zwar beide Seiten. Es war nur die Titelseite, die scheinbar – der gezackten Kante nach zu urteilen – hastig aus dem Buchrücken herausgerissen worden war. Auf der Rückseite stand ein Teil der Danksagung des Autors. »Sie möchten, dass ich dies hier lese?«

»Bitte«, antwortete Thomas Young, der seine Brille abnahm und die Augen schloss.

Kit räusperte sich und begann, laut vorzulesen. »Eine Vortragsreihe über Naturphilosophie und die mechanischen Wissenschaften, von Thomas Young, Dr. med. Eine neue Ausgabe mit Quellenangaben und Anmerkungen von Rev. P. Kelland, M. A., Mitglied der Königlichen Gesellschaft. London und Edinburgh. Druck: Taylor und Walton, Upper Gower Street. 1845.«

Kit blickte zu seinem Zuhörer auf. Thomas saß nur sehr still da und hielt die Augen weiterhin geschlossen. Kit legte die Seite weg und fuhr mit dem Lesen fort. »Nachdem ich mich verpflichtet hatte, eine Vortragsreihe über Naturphilosophie zu erstellen, die im Vortragssaal der königlichen Institution gehalten werden sollte, kam mir der Gedanke, dass das Vorhaben der Institution etwas mehr verlangte als die bloße Zusammenstellung der augenblicklich existierenden elementaren Arbeiten und dass es meine Pflicht war, in einem System alles zu ordnen, das in einem Bezug zu den Prinzipien der mechanischen Wissenschaften steht und das zum Fortschritt der Wissenschaften beitragen könnte, die den Annehmlichkeiten des Lebens dienstbar sind.«

Er hielt inne, um Luft zu holen, und wartete. Einen Moment später nickte Thomas, und Kit nahm die Lektüre wieder auf.

»Außerdem fand ich, während ich die Vorträge hielt, dass es höchst berechtigt war, alles, was über jedes Thema gesagt werden musste, so getreu wie möglich dem Papier anzuvertrauen, und dass selbst wenn ein Experiment durchgeführt werden musste, es am besten war, dieses Experiment kontinuierlich zu beschreiben und die Erklärung während der Darstellung zu wiederholen. Infolgedessen wurde es notwendig, dass auch die geschriebenen Vorträge so deutlich und umfassend formuliert sowie in einer solchen Sprache, die weitestgehend auf das Verständnisvermögen einer gemischten Zuhörerschaft abgestimmt ist, ausgedrückt sein sollten, wie es die Natur der Untersuchungen erlauben würde –«

Kit brach die Lektüre ab, weil der Arzt plötzlich laut aufstöhnte. Danach saß Thomas Young still wie eine Sphinx da, weiterhin mit geschlossenen Augen, und wirkte äußerlich gelassen. Das einzige Anzeichen dafür, dass er einen inneren Kampf austrug, konnte man an seinen Händen erkennen, die sich gegenseitig so fest umklammert hielten, dass die Knöchel ganz weiß waren.

»Möchten Sie, dass ich mit dem Lesen fortfahre?«, fragte Kit, dessen Stimme in die intensiven Tagträume des Mannes hinter dem Schreibtisch drang. »Ist alles in Ordnung?«

»Nein«, flüsterte der Arzt. »Nichts ist in Ordnung.« Er öffnete die Augen und schaute Kit mit einem Ausdruck der Verwunderung und der Verzweiflung an. »Das ist aus einem Buch – *meinem* Buch. Das ist es, was Ihre Wilhelmina mir hat bringen lassen: als Beweis für ihre Behauptungen.«

»Ja, ich verstehe, aber –«

»Das ist das Problem.« Thomas zeigte mit einem Finger auf die Seite in Kits Hand und machte ein paar stumme Gesten, als ob dies sein eigener Totenschein wäre. »Dieses Buch ist bislang noch nicht veröffentlicht worden. Ja, es ist noch nicht einmal zu Ende geschrieben worden.«

Kit vermochte sich vorzustellen, wie dies ein Problem sein könnte. »Oh«, gab er von sich und bemühte sich, mitfühlend zu klingen. »Ich verstehe.«

Thomas' Blick wurde eindringlich. »Wirklich? Ich gebe zu bedenken, dass Sie noch nicht einmal die Hälfte verstehen, Sir! Dies hier . . .« Er riss Kit die Seite aus der Hand. »Dieses Stück Papier kommt aus einer anderen Welt zu mir – und aus einer Zukunft, die nicht meine eigene ist. Aus einer Welt, in der alles, was ich gedacht und getan habe, bereits vergangen ist – wo ich tot und beerdigt bin und die Dinge, dich ich vor mir sehe, nun verschlissen vom Alter sind und dennoch existieren sollen.« Der Arzt schüttelte wiederholt den Kopf. »Verstehen Sie das trotzdem? Die Zeit ist aus den Fugen geraten, und die Wirklichkeit eine bloße Illusion. Alles was ich über die Welt geglaubt habe, ist eine Fata Morgana, ein Hirngespinst, ein Fantasiegebilde. Meine Arbeit, meine Wissenschaft . . . alles wertlos. Wie . . .« Seine Stimme nahm eine klagenden Tonfall an. »Wie nur soll ich im Lichte dieser Erkenntnis weiterhin leben?«

DRITTER TEIL

Der Tag bringt es ans Licht

FÜNFZEHNTES KAPITEL

Worin eine Ausbildung begonnen wird

X ian-Li stieß ihre Hand in die Schale, die sie gegen ihre Hüfte gedrückt hielt. Sie roch den trockenen, süßen, mehligen Duft der
aufgebrochenen Getreidekörner, während sie ihre Hand damit füllte. Dann warf sie in einem sehr weiten Bogen die Körner um sich
herum. Die Hühner, die bereits zu ihr strömten, gackerten und flatterten, während sie umherhasteten, um die Körner aufzupicken, die
Xian-Li verstreut hatte. Das Füttern der Hühner war eine einfache
Routinearbeit, dennoch bereitete es ihr große Freunde – zumal sie
wusste, dass es etwas war, das ihre Mutter und ihre Großmutter ein
Leben lang gemacht hatten. Die einfache Tätigkeit verband sie mit
vergangenen, gegenwärtigen und noch kommenden Generationen,
und das vermittelte ihr ein angenehmes Gefühl.

»Ich habe mir schon gedacht, dass ich dich hier finden würde«,
sagte Arthur; in seinem Tonfall schwang ein leichter Tadel mit.

Sie drehte sich um und lächelte, als er zu ihr kam und sich neben
sie stellte.

»Wir haben Diener für diese Arbeit, weißt du«, erklärte er. »Du
bist die Herrin des Hauses. Du brauchst nicht die Hühner zu füttern.«

»Ich finde Vergnügen daran.« Sie warf eine weitere Handvoll Körner über den Kreis aus dicken braunen Hennen. »Und sie mögen es
auch.«

Er packte sie am Handgelenk, als sie erneut in die Schale griff.
»Deine Hände, meine Liebe«, sagte er und hielt ihr die eigene Handfläche vor das Gesicht. »Sie werden rau. Du machst zu viel.«

179

»Ich mache, was mir Spaß macht, Ehemann«, entgegnete sie. »Würdest du mir das verweigern?«

Er küsste das Innere ihrer Hand und ließ sie los. Dann wartete er einen Moment, bevor er ihr mitteilte: »Es wird morgen geschehen.« Er spürte, wie sie neben ihm erstarrte. »Ich kann es nicht länger hinausschieben.«

»Aber er ist doch erst sechs Jahre alt«, erklärte Xian-Li. Ihr Gesicht verfinsterte sich, und sie schürzte wie zum Einwand ihre Lippen.

»Er ist alt genug.« Arthur wartete und beobachtete dabei die Hühner. Sie scharrten nach Körnern, die ihnen in der ersten Aufregung der Fütterung entgangen und inzwischen in den Boden getreten waren. »Wir haben immer gewusst, dass dieser Tag kommen würde. Es wird Zeit, dass er seine Ausbildung beginnt.«

»Aber er ist doch noch ein Kind«, klagte sie und setzte sich damit gegen etwas zur Wehr, von dem sie wusste, dass es richtig war.

»Der Junge muss lernen.« Arthur zeigte sich unerbittlich. »Er muss unterrichtet werden.«

Xian-Li wandte sich von ihm ab und warf ihrer Hühnerschar eine weitere Handvoll Körner zu.

»Er wird nicht alleine gehen«, fuhr Arthur fort und betonte dann etwas Selbstverständliches: »Kannst du dir auch nur einen Moment vorstellen, ich würde etwas Nachteiliges in seine Nähe kommen lassen?«

Sie blickte finster, und ihre normalerweise glatte Stirn legte sich in Falten.

»Xian-Li«, sagte er mit sanfter Stimme. »Es ist an der Zeit.«

Sie seufzte und senkte zum Zeichen ihrer Unterwerfung den Kopf.

Um ihre Sorgen zu beschwichtigen, fügte er hinzu: »Außerdem braucht er einige Erfahrung darin, wenn wir in Betracht ziehen, ihn mitzunehmen, damit er endlich deinen Vater und deine Schwester in Macao sieht.«

»Du hast recht, Ehemann. Ich mache mir zu viel Sorgen. Aber wenn irgendetwas passiert –«

Arthur fiel ihr ins Wort, bevor sie ihren Gedanken beenden konnte. »Ich weiß.«

Seit ihrer Rückkehr nach England hatte Xian-Li die Leitung des kleinen Anwesens in die Hand genommen, das seit mehr als hundert Jahren im Besitz von Arthurs Familie war. Versteckt auf dem Lande in den Cotswolds, hatte sie sich ganz der Familie gewidmet und dafür gesorgt, dass sie, Arthur und der kleine Benedict ein schönes Leben führten – weit entfernt von den ablehnenden Blicken neunmalkluger Städter, die sie für ein Mitglied einer minderwertigen Rasse hielten. Für die Landbewohner von Oxfordshire war Xian-Li bloß eine seltsame und ein wenig exotische Neuheit, deren Gegenwart ihnen ein wenig Abwechslung brachte in ihrer oft nur trostlosen Alltagswelt. Als die Leute in den benachbarten Anwesen und Siedlungen sie kennengelernt hatten, akzeptierten sie den höheren Rang und Status, den Xian-Li aufgrund ihrer Familie einnahm, vor allem mit Blick auf Arthurs Gelehrsamkeit und Umgangsformen. Arthur hieß nach einiger Zeit nur noch »der Gutsherr«, und Benedict, den die Ortsansässigen liebevoll in »Ben« umbenannt hatten, wurde »der junge Gutsherr«. Der Junge war der ganze Stolz seiner Eltern – umso mehr, als Xian-Li und Arthur wussten, dass sie kein weiteres Kind haben würden.

Später am Tage war Arthur an der Reihe, den kleinen Benedict ins Bett zu bringen, und er nutzte diese Gelegenheit, um ihm die gute Neuigkeit zu überbringen. »Morgen«, sagte er, »gehen wir auf eine Reise.«

Ben schaute aufgeregt nach oben. »Gehen wir in die Stadt?«

»Nein.« Sein Vater schüttelte den Kopf. »Wir fahren nicht nach Banbury oder Whitney oder gar Oxford. Wir gehen irgendwohin, das weit weg von England liegt.«

»China!« Der kleine schwarzhaarige Junge richtete sich in seinem Bett auf.

»Nein, nicht China. Nicht dieses Mal. Das ist eine schwierige Reise, und du musst dafür älter werden.«

Ben legte sich wieder hin. »Wohin gehen wir denn?«

»Nach Ägypten.«

»Ägypten?«

»Richtig. Erinnerst du dich, dass ich dir von meinem Freund Anen erzählt habe, der in Ägypten lebt?«

Der Junge nickte.

»Wir werden ihm einen Besuch abstatten.«

»Und ich kann auch mitgehen?«

»Ja«, versicherte ihm sein Vater. »Diesmal wirst du mit mir kommen. Es gibt viel zu lernen, und es ist an der Zeit, dass dein Unterricht beginnt.«

Der Junge setzte sich wieder in seinem Bett auf und klatschte in die Hände. Sein Vater drückte ihn sanft nach hinten. »Wir müssen morgen sehr früh aufbrechen, und du musst dich vorher gut ausruhen. Jetzt sprich deine Gebete und puste dann die Kerze aus. Der Morgen wird früh genug kommen.«

Als Arthur ihn am nächsten Morgen wecken wollte, fand er seinen Sohn bereits wach und vollständig angekleidet vor, mit zusammengeschnürtem Hemd und zugeschnallten Schuhen. »Du siehst wie ein richtiger Reisender aus«, lobte Arthur ihn. »Hast du überhaupt in der letzten Nacht geschlafen?«

Ben nickte. »Brechen wir jetzt auf?«

»Genau in dieser Minute«, antwortete sein Vater. »Die Kutsche steht bereit. Wir können unser Frühstück essen, während Timothy uns fährt.« Er steckte die Hemdzipfel des Jungen in die Hose und zog seinen Gürtel fest. »Jetzt lauf und gib deiner Mutter zum Abschied einen Kuss. Dann zieh deinen Mantel an. Wir treffen uns draußen auf dem Hof.«

Ben rannte die Treppe hinunter; seine Füße trampelten beim Laufen heftig auf die Holzdielen. Arthur holte seinen Mantel und seinen Hut und folgte Ben nach draußen. Auf dem Hof erwartete ihn nicht nur sein Sohn, sondern auch Xian-Li; in ihrer Hand hielt sie eine Provianttasche. Arthur gab ihr einen Abschiedskuss und drückte ihre beiden Hände. »Du brauchst niemals Angst zu haben, denn ich werde gut auf ihn achtgeben.«

»Natürlich wirst du das«, erwidert sie und zwang sich zu einem Lächeln.

Bis zum Tagesanbruch war es noch eine Weile hin, als die Kutsche den Bauernhof verließ und in die sanft gewellten Hügel und Täler der Cotswolds hinausrollte. Ihr Bauernhof, der am Rande des Dorfes Much Milford lag, war nur eine kurze Strecke von der Hauptverkehrsstraße entfernt, welche die Städte und Weiler in der Umgebung miteinander verband. Timothy, der Gutsverwalter, fuhr die stark zerfurchte Straße entlang und ließ die Pferde sich im leichten Trab bewegen. Er hatte ein wachsames Auge für alle Löcher, durch die möglicherweise ein Rad oder eine Achse brechen könnte. Arthur öffnete die Tasche, die Xian-Li für sie vorbereitet hatte, und reichte seinem Sohn ein Stück Gerstenkuchen, das durchgeschnitten und mit Butter bestrichen war. Er nahm ein weiteres Stück für sich selbst und lehnte sich in seinem Sitz zurück.

»Papa«, sagte der kleine Benedict nachdenklich, »werden wir Gott sehen?«

»Warum fragst du?«

»Weil du gesagt hast, dass wir hochspringen werden – jenseits der Wolken und Sterne zu einem neuen Ort«, antwortete er und biss von seinem Gerstenkuchen ab. Er kaute einen Moment und merkte dann an: »Das ist da, wo Gott lebt. Können wir ihn sehen?«

Arthur rief sich ein früheres Gespräch mit seinem Sohn in Erinnerung, als er gerade von einer seiner Reisen zurückgekehrt war. Benedict, der damals nur vier Jahre alt gewesen war, hatte wissen wollen, wo sein Vater gewesen war. Und Arthur hatte ihm fröhlich erzählt, er wäre an einem Ort jenseits der Wolken und Sterne gewesen. In seiner kindlichen Art verstand der Junge dies nur als eine weitere Form üblichen Reisens – so wie Menschen eben eine lange Fahrt zu entfernten Orten unternahmen.

»Würde es dich überraschen«, erwiderte Arthur, »zu erfahren, dass Gott nicht gesehen werden kann – auch nicht hoch oben zwischen den Sternen?«

»Warum nicht?«

»Weil er ein Geist ist, und Geister sind unsichtbar. Niemand kann Gott sehen.«

»Pfarrer de Gifftley kann es«, hob Ben hervor. »Er spricht die ganze Zeit zu Gott.«

»Daran zweifle ich nicht«, räumte sein Vater ein. »Aber selbst der Pfarrer sieht Gott nicht mit seinen Augen.«

»Der Pfarrer sagt, wenn man Jesus sieht, dann sieht man Gott«, entgegnete Ben. »Viele Leute haben Jesus gesehen.«

»Nun ja, aber das war vor langer Zeit.« Arthur bereiteten diese kleinen Gespräche viel Freude. Oft wurden dabei seine eigenen Annahmen über das Universum und seine äußerst seltsamen Mechanismen herausgefordert. »Wenn wir eine Reise unternehmen, bei der wir die Kraftlinien nutzen, werden wir Menschen aus anderen Zeiten sehen. Der Mann, den wir besuchen werden, Anen – erinnerst du dich, dass ich von ihm erzählt habe? –, lebte vor sehr langer Zeit.«

»Werden wir ihn sehen?«

»Anen?«

»Nein, ich meine *Jesus*. Werden wir Jesus sehen?«

»Nein, wir werden ihn nicht sehen.«

»Warum nicht?«

»Nun, weil Jesus an einem anderen Ort und zu einer anderen Zeit gelebt hat als die Menschen, die wir aufsuchen werden.«

Arthur beobachtete, wie sein Sohn sich darüber den Kopf zerbrach, und widerstand dem Verlangen, mehr zu sagen. Lange Zeit war es sein Wunsch gewesen, die Kraftlinie zu finden, die ihn ins Heilige Land während der Zeit Christi führen könnte. Er musste sie immer noch finden, und er wusste, dass sie irgendwo da draußen war. Die Suche ging weiter, und Arthur beruhigte sich mit dem Gedanken, dass seine unermüdliche Kartierung des Kosmos schließlich auch diesen Ort erfassen würde. Zu diesem Zweck zeichnete er immer noch getreulich die Koordinaten der Reisen auf seiner Haut auf – mithilfe seiner Tattoo-Sammlung, die er nach jeder Reise durch den Äther vergrößerte und akribisch verfeinerte. Er sah zu, wie sein Sohn den Gerstenkuchen aß. Eines Tages in naher Zukunft würde er Benedict in die Bedeutung der seltsamen Zeichen einweihen, die seinen Oberkörper bedeckten, und ihn lehren, wie man sie lesen musste: ein Geheimnis, das nur ein einziger anderer Mensch kannte – seine geliebte Frau Xian-Li.

»Wie lange wird es dauern?«, wollte sein Sohn nun wissen.

»Um nach Ägypten zu kommen? Nicht lange. Wie ich dir erzählt habe, geschieht es von einem Augenblick auf den anderen. Es ist bloß die Fahrt zum Absprungort, für die wir all die Zeit benötigen. Doch der Absprungort für diese Reise liegt ganz in der Nähe von unserem Bauernhof.«

»Der Black Mixen Tump«, vermutete Ben und stopfte sich den Rest seines Gerstenkuchens in den Mund.

»Das ist richtig.« Arthur blickte seinen Sohn prüfend an. »Wieso weißt du das?«

»Ich habe dich und Mutter darüber sprechen gehört«, antwortete Ben. »Kann ich noch einen Gerstenkuchen haben?«

»Später. Nimm stattdessen etwas Käse oder ein Ei.« Arthur wühlte in der Tasche und holte ein großes, in Musselin eingewickeltes Stück Käse und ein paar gekochte Eier hervor. Er bot seinem Sohn ein Ei an und nahm sich selbst eines. Dann stieß er es gegen den Fensterrahmen und begann es zu pellen; die Schalen warf er aus dem Fenster.

Sie sprachen darüber, was sie in Ägypten sehen würden und wie sich Ley-Reisende benehmen sollten, wenn sie unterwegs waren. »Wir müssen uns immer respektvoll gegenüber den Menschen verhalten, denen wir begegnen«, führte Arthur aus. »Es ist schließlich ihre Welt, und wir sind nur Gäste. Wir machen nie etwas, wodurch wir ungewollte Aufmerksamkeit auf uns richten. Wir bemühen uns, gute Gäste zu sein. Und wir achten auf unsere Manieren.« Er betrachtete den Jungen, der willens war, ihn zu verstehen. »Versprich mir, dass du immer auf deine Manieren achten wirst, mein Sohn.«

»Das verspreche ich, Papa.«

»Gut«, sagte Arthur. »Jetzt schau nach draußen. Du kannst von hier aus den Black Mixen Tump sehen.«

Der gewaltig aufragende, ungeschlacht wirkende Steinzeithügel setzte sich von seiner Umgebung ab wie ein Unheil verkündender dunkler Schatten. Obwohl er ein Hügel in einer Landschaft voller Hügel war, stellte er doch einen besonderen Ort dar. Für die Menschen aus grauer Vorzeit, die ihn errichtet hatten, war er heilig gewesen. Früher Morgennebel ringelte sich um den breiten Fuß und waberte entlang des sich schlängelnden Pfades nach oben, der über den steilen Hang zur seltsam abgeflachten Kuppe führte. Die Drei Trolle – eine Gruppe von drei großen alten Eichen oben auf der Hügelspitze – zeichneten sich gegen den kurz vor der Morgendämmerung ergrauenden Himmel ab. Immer noch entfachte der Black Mixen in Arthur ein einzigartiges Gefühl der Furcht, obgleich er schon so lange mit diesem Ort vertraut war. Er wusste kaum, was für eine Kraft dieser Ort enthielt; doch er vermutete, dass er bislang nur die Oberfläche seiner mannigfaltigen Energien flüchtig berührt hatte.

Timothy brachte die Kutsche an der Westseite des Hügels zum Stehen und wartete, während seine Passagiere ausstiegen. Dann reichte er die Ledertasche hinunter, die sein Dienstherr stets mit sich führte, und sagte: »Ich werde warten, bis Ihr fort seid, Sir. Nur um sicherzugehen, dass niemand vorbeikommt – wenn Ihr wisst, was ich meine.«

»Habt Dank, Timothy«, antwortete Arthur und griff nach Benedicts Hand. »Fertig, mein Sohn?«

Der Junge zog seine Hand weg. »Nein.«

»Nun, mein Sohn.«

»Ich will nicht gehen.« Ben kreuzte die Arme vor seiner Brust und starrte unheilvoll auf den großen kegelförmigen Buckel des Black Mixen, der sich vor ihnen erhob.

»Warum?«, fragte Arthur. »Deswegen sind wir doch hergekommen.«

»Ich will nicht.«

»Es wird nichts Schlimmes passieren«, versicherte Arthur ihm.

»Ich habe Angst.«

»Es gibt nichts, wovor du dich fürchten müsstest.«

»Ich mag die Trolle nicht.«

»Die Trolle sind Bäume – nur ganz gewöhnliche Bäume. Nun komm schon, und hör sofort mit diesem törichten Benehmen auf.«

»Entschuldigt, dass ich Euch unterbreche, Sir«, sagte Timothy mit lauter Stimme. Mit seinem Kopf, den er kurz zur Seite neigte, wies er auf den Himmel hin. »Die Sonne wird gleich aufgehen.«

»Wir müssen gehen«, befahl Arthur mit fester Stimme. »Es ist Zeit, ein tapferer Junge zu sein. Jetzt nimm meine Hand und komm mit! Ich werde immer direkt neben dir sein. Es gibt nichts zu fürchten.«

Der Junge gab endlich nach. Die beiden Reisenden folgten dem Serpentinenpfad zum Gipfel, und Arthur fand dort rasch den Stein, den er vor ein paar Jahren hingelegt hatte, um den Ort des Hauptenergiefeldes zu kennzeichnen. Arthur nahm seine übliche Körperhaltung auf dem Stein ein, stellte seinen Sohn vor sich hin. »Fass mit einer Hand an meinen Gürtel«, wies er Ben an. Der Junge gehorchte und legte seine Finger um Arthurs breiten Ledergürtel; mit der anderen Hand hielt er die Linke seines Vaters fest. »So ist es recht. Also, was auch immer passiert – du darfst nicht loslassen. Erinnerst du dich, was ich dir über den Wind und den Regen erzählt habe?«

»Ja. Der Wind wird kreischen und der Regen so stark sein, dass es sticht. Und ich werde einen Bums spüren.«

»Einen Bums, ja. Wer hat dir das eigentlich erzählt?«

»Mum.«

»Sie hat recht. Wahrscheinlich wirst du einen Bums spüren – wie bei einem kleinen Sprung –, doch du brauchst dir deswegen keine Sorgen zu machen. Du wirst nicht fallen. Ich werde da sein und dich auffangen.«

»Und ich werde mich nicht übergeben.«

»Vielleicht wirst du es tun«, meinte sein Vater und legte sich den Riemen seiner Tasche über die Schulter. »Und wenn es dir passiert, dann ist es nichts, worüber du dir Sorgen machen müsstest. Übergib dich nur ruhig, dann wirst du dich besser fühlen.«

Während er mit der Linken die Hand seines Sohnes fest umklammert hielt, hob Arthur den rechten Arm hoch über den Kopf. Er spürte das vertraute Prickeln des Kraftfeldes auf seiner Haut; die Haare auf seinen Armen und im Nacken richteten sich auf. In der Luft knisterte es, als ob ein Blitz sich ankündigte; und dichter Nebel fiel um sie herum zu Boden. Der Wind heulte von oben herab, als ob er aus weit entfernten, von einem Blizzard heimgesuchten Höhen nach unten stürzte.

»Festhalten!«, schrie Arthur, der in den wirbelnden Mahlstrom der sich um ihn windenden Energien hineinbrüllte. Er hielt die Hand des Jungen noch stärker fest. »Fertig! Jetzt geht's los!«

Die vertraute Hügelspitze trübte sich ein, und der Regen prasselte in stechenden Sturzbächen seitlich herab. Arthur spürte, wie der Markierungsstein unter seinen Füßen verschwand. Doch diese Empfindung währte nur einen Augenblick – es war wie der Ruck zwischen zwei Schritten über einen holprigen Untergrund –, und dann erhob sich unter ihm der feste Boden eines neuen Landes.

Es war geschafft.

Das Heulen des Windes verklang, und der Regen hörte abrupt auf. Der Nebel lichtete sich. Der Hügel war verschwunden ebenso wie die Trolle und der graue englische Himmel – dies alles wurde ersetzt durch die milde Wärme und die gleißenden, heiteren Blau- und Goldtöne eines Wüstenmorgens. Sie standen im Zentrum einer Allee, die von kauernden Sphinxen gesäumt wurde. Mit weit aufgerissenen Augen starrte Benedict auf die lange Doppelreihe von Statuen und die leere weiße Wüste und die kahlen Hügel dahinter.

Er stieß einen Freudenschrei aus und flitzte los, besann sich aber sogleich und hielt an. Der Junge war weit davon entfernt, dass ihm durch das Erlebte übel wurde. Der stürmische, desorientierende Sprung über die Kluft der Dimensionen bereitete ihm eindeutig Vergnügen. Das war etwas völlig Neues für Arthur; vielleicht erlebten ja die ganz Jungen nicht die Auswirkungen von dem, was für ältere Menschen ein höchst unangenehmer Übergang war. Es hatte eine ganze Reihe von Reisen gebraucht, bis er sich schließlich an die widerwärtigeren Empfindungen gewöhnt hatte. Die eher nebensächlichen Unannehmlichkeiten, die bei einer extremen zeitlichen Versetzung auftraten, störten ihn nicht mehr länger.

»Lass es uns noch mal machen«, zwitscherte Ben, der seine frühere Angst vollkommen vergessen hatte.

»Wir werden es noch mal machen«, erwiderte Arthur. »Wenn es Zeit ist, nach Hause zurückzukehren. Doch jetzt werden wir erst einmal Anen besuchen.«

»Ist das Ägypten? Es ist ganz schön heiß hier!«

»Es ist sehr heiß.« Arthur öffnete die Umhängetasche und zog zwei leichte Leinentücher heraus. Er wickelte eines davon um den Kopf seines Sohnes, dann formte er für sich einen Turban. »So. Das ist schon besser.« Er streckte die Hand aus. »Los, komm. Wir sollten uns auf den Weg machen, bevor es sogar noch heißer wird. Wenn wir da sind, hat Anen sicherlich ein kühles Getränk für uns.«

SECHZEHNTES KAPITEL

Worin jemand, der in allergrößter Erregung ist, besänftigt wird

*E*ngelbert faltete den Rand seiner Schürze um das heiße Backblech und zog eine Ladung neuer Muffins aus dem Ofen heraus. Anschließend drehte er sich um und schloss die Ofentür mit dem Schuhabsatz – eine geschickte und zugleich ziemlich originelle Bewegung, die Wilhelmina immer wieder aufs Neue amüsierte. Zu guter Letzt nahm er seine Bäckermütze ab und wischte sich mit dem Handrücken über das Gesicht. Er blickte auf und bemerkte, dass sie ihn beobachtete.

Etzel lächelte, sein pausbäckiges Gesicht war ganz rot von der Hitze. »Das sind die besten bislang, Liebste«, sagte er, während er das Blech auf den Tisch legte. »Unsere Leute werden sie lieben.« Die Menschen, die in das *Große Kaiserliche Kaffeehaus* kamen, nannte er nur noch selten Kunden, sondern sprach von ihnen als »unsere Leute« – als ob sie Mitglieder seines Stammes oder seiner Familie wären.

»Die Muffins duften wundervoll«, versicherte sie ihm. »Du hast das Rezept in noch nie dagewesener Weise verbessert.«

»Jawohl.« Sein breites, gutmütiges Gesicht strahlte. »Du hast wirklich gute Ideen, Mina.«

Muffins im Prag des siebzehnten Jahrhunderts einzuführen war in der Tat Wilhelminas Idee gewesen. Doch die Gestaltung der Backbleche und die kreative Umsetzung des Rezepts war allein das Verdienst von Engelbert und seiner einzigartigen Backkunst. Seit der Eröffnung des Kaffeehauses hatte der deutsche Bäcker nach und nach immer bessere Backwaren hergestellt; zu gleicher Zeit war sein Selbstvertrauen stetig gewachsen und seine Geschicklichkeit vom Erfolg belohnt worden. Das Geschäft florierte und brachte kontinuierlich hohe Gewinne ein – genug, dass sie inzwischen acht Angestellte beschäftigten: drei Kellnerinnen, die in eine grüne Livree gekleidet waren; zwei zusätzliche Bäcker, die dabei halfen, Kaffeebohnen zu rösten, den Teig zu kneten und Gebäckfüllungen zuzubereiten; eine allgemeine Hilfskraft, die Brennstoff für den Backofen besorgte, sich um das Feuer kümmerte und Botengänge machte; eine Tellerwäscherin und eine Putzfrau. Von dem Moment an, wenn bei Anbruch der Morgendämmerung die Fensterläden geöffnet wurden, bis zu ihrer Schließung während der Abenddämmerung herrschte im *Großen Kaiserlichen Kaffeehaus* ein geschäftiges Treiben.

Wilhelmina hatte inzwischen die Position einer Geschäftsführerin eingenommen, die dezent und doch mit starker Hand das Unternehmen kontrollierte. Gleichwohl fand sie auch Zeit, sich ihrer jüngsten und notwendigerweise geheimen Leidenschaft hinzugeben: der Erforschung der Leys. Seit ihrer ersten erfolgreichen Reise hatte sie, mithilfe der Kopie von Burleighs Vorrichtung, drei weitere Versuche unternommen, wobei sie zwei neue Leys entdeckte: Der eine führte zu einer öden Wüste aus roter Erde, sich hochtürmenden Felsen und Kakteen, der andere zu einer kahlen, baumlosen, windgepeitschten Steppe unter grauen, niedrig hängenden Wolken. Außerdem hatte sie den Ley, der zuerst von ihr entdeckt worden war, für einen zweiten Ausflug zu jener gewaltigen Kalksteinschlucht genutzt. Obwohl sie immer noch nicht herausfinden konnte, an welchem Ort und in welcher Zeit sie sich dort befand, begann sie nichtsdestotrotz eine wachsende Einsicht in Ley-Reisen im Allgemeinen zu entwickeln – und auch für Feinheiten wie zum Beispiel die mögliche Beeinflussung einzelner Linien. Während sie zunächst nur damit zufrieden gewesen war, die Leys zu kartografieren und zu bestimmen versuchen, wie ein Übergang genau justiert werden konnte, hatte sich Wilhelmina mit der Zeit tiefer gehende Gedanken gemacht über die unglaublichen Möglichkeiten ihrer neuen Nebenbeschäftigung sowie über die damit verbundenen

Auswirkungen und Probleme. Was würde beispielsweise geschehen, wenn sie einen »Doppel-Übergang« unternähme – wenn sie also zwei Ley-Linien in zwei verschiedenen Welten benutzen würde, um in eine dritte zu reisen? Sie hatte keinerlei Ahnung, doch sie war nichtsdestoweniger fasziniert von der Möglichkeit. Sobald sie sich bei der Nutzung der ihr bekannten Leys sicher fühlte, würde sie bei ihren Experimenten noch ein wenig mehr wagen.

Nur ganz selten dachte sie daran, in ihre Heimat in London zurückzukehren – und dann auch nur, wenn sie überlegte, sie müsse irgendjemanden beruhigen, der vielleicht wegen ihres Verschwindens besorgt war, oder ihre Angelegenheiten regeln. Dies würde jedoch augenscheinlich bedeuten, dass sie zu dem Ley zurückkehren müsste, der sie in diese Welt gebracht hatte, und diese Stelle war mehrere lange Tagesreisen von Prag entfernt. Wenn der Gedanke an eine Heimkehr sie überfiel, erschien ihr daher eine solche Reise wie eine riesige Quälerei für einen lächerlich geringen Lohn. Zudem war sie sich überhaupt nicht sicher, ob sie zu demselben London zurückkehren könnte, das sie verlassen hatte. Was, wenn etwas mit der Zeit schrecklich schieflife? Es gab jedenfalls keine Garantie, dass sie überhaupt in das einundzwanzigste Jahrhundert zurückkommen könnte.

Die einfache Wahrheit allerdings war, dass sie nichts von London und ihrem banalen, mühseligen Leben dort vermisste – erst recht nicht, wenn sie es mit der Möglichkeit verglich, die sich ihr nun eröffnete: durch das multidimensionale Universum zu wandern mit seinem Angebot an unendlichen Welten, die nur darauf warteten, von ihr entdeckt zu werden. Da dies der Fall war, konnte sie sich mühelos tausend andere aufregendere Dinge vorstellen, als zu ihrer Wohnung zurückzukehren, um den Berg Werbemüll zu untersuchen, der sich auf der Fußmatte aufgehäuft hatte.

Schokolade zum Beispiel!

Wilhelmina war sich stets der Tatsache bewusst, dass sie, völlig unabsichtlich, den Kaffee in Prag eingeführt hatte und nun aus diesem glücklichen Zufall ein riesiger Gewinn für sie entstand. Sie besaß nicht nur eine Hälfte des ersten Kaffeegeschäfts in Böhmen, sondern war darüber hinaus Teilhaberin einer zunehmend erfolgreicheren Schifffahrtsgesellschaft, die sie mit Kaffeebohnen belieferte. Vor Kurzem war ihr der Gedanke gekommen, eine andere Art von Bohnen einzuführen: Kakao. Es kam nur darauf an, ihren wichtigsten Geschäftspartner, Arnostovi, zu überreden, ihr gemeinsames Importgeschäft auf andere Handelswaren, speziell Zucker und Kakaobohnen, auszudehnen – und wenn sich dies als gleichermaßen erfolgreich erwies, würde ihre Zukunft gesichert sein. Denn wenn sie sich ausreichend große Mengen von diesen beiden Gütern beschaffen könnte, wäre sie in der Lage, Schokolade herzustellen: eine Luxusware, die bis jetzt in Europa noch unbekannt war. Das Hauptproblem bei dem Projekt war, sich einen Vorrat an Rohmaterialien zu verschaffen. Hierfür würde sie eine Partnerschaft mit einer spanischen Schifffahrtsgesellschaft schmieden müssen. Das war ein recht kompliziertes Unterfangen, aber nicht unmöglich und wohl einen Versuch wert. Wenn sie an die Gewinne dachte, die aus der Einführung einer solchen Offenbarung fließen würden, waren selbst ihre bescheidensten Schätzungen geradezu astronomisch hoch.

Es ließ sich einfach nicht absehen, wie reich sie durch ein Unternehmen wie dieses werden könnte. Und sobald sie frei wäre von den Zwängen, tagtäglich arbeiten zu müssen, um sich den Lebensunterhalt zu verdienen, würde sie frei sein, um zu reisen und zu forschen. Und zudem würde sie natürlich noch Schokolade haben.

Gedanken dieser Art gingen ihr durch den Kopf, während sie die frisch gebackenen Muffins auf einem Kühlregal abstellte. Genau in dem Moment, als sie diese Arbeit beendete und sich umdrehte, betrat ihr Verbündeter das Geschäft. Der Assistent vom Ersten Oberalchemisten des Kaisers trug sein übliches grünes Gewand mit dem Fuchspelzsaum und der purpurnen Stola; und sein Hut war geformt wie eine zerdrückte Tasche mit einer Krempe. Er setzte sich auf seinen Stammplatz – in der hintersten Zimmerecke direkt neben dem Kachelofen –, faltete die Hände und legte sie auf den Tisch. Sogleich eilte eine der Kellnerinnen zu ihm und nahm die Bestellung auf. Wilhelmina legte einen der frisch gebackenen Muffins auf einen Teller und ging damit zu ihrem Freund, um ihn zu begrüßen.

»Grüß Gott, mein Herr«, sagte sie und hockte sich auf den Rand des Stuhles neben ihm. »Hier! Ich möchte, dass Ihr etwas probiert.« Sie setzte den Teller vor ihm ab. »Es ist eine neue Gebäckart, die wir einzuführen beabsichtigen – eine, die noch nie zuvor in Prag zu sehen gewesen ist.«

»Grüß Gott, Jungfer Wilhelmina.« Er lächelte sie müde an, riss sich den Hut herunter und neigte höflich seinen Kopf. »Sehr interessant«, meinte er und betrachtete prüfend den gesprenkelten kleinen Kuchen. Mit der Fingerspitze berührte er einen der winzigen schwarzen Flecke.

»Das ist Mohnsamen«, teilte sie ihm mit. »Sie schmecken gut. Ihr werdet sie mögen.«

»Was auch immer das ist, ich habe keinen Zweifel, dass es sehr schön ist«, erklärte er, obschon er recht skeptisch auf den Teller schaute.

»Was stimmt nicht, mein Freund? Ist etwas im Palast passiert?«

»Oh, nichts von Belang«, beeilte er sich zu antworten. »Gerade jetzt bin ich sehr beschäftigt, und . . .« Er sprach nicht weiter.

»Und?«, hakte sie nach. »Fahrt fort, wir sind schließlich Freunde. Ihr könnt es mir ruhig anvertrauen. Was stimmt nicht?«

»Es geht um diesen Mann – diesen *Engländer!*«, sprudelte es aus ihm heraus, als ob ein Druckventil plötzlich geöffnet worden wäre.

Wilhelmina benötigte einen Augenblick, um zu begreifen, von wem er sprach. »Ihr meint Lord Burleigh?«, mutmaßte sie.

»Den englischen Earl – ja, genau den. Er ist unausstehlich!«

»Ohne Zweifel«, pflichtete Wilhelmina ihm mit freundlicher Stimme bei. »Aber weshalb seid Ihr darüber so bekümmert?«

»Er ist zurückgekehrt!«

»Wirklich?«

»Ja, er ist zurückgekehrt und stellt noch größere Forderungen – unmögliche Forderungen! Das allein ist schon schlimm genug, doch er behandelt uns mit allergrößter Verachtung: als ob wir bloße Sklaven wären, die die Pflicht hätten, seinen Befehlen nachzukommen. Der Mann ist ein Tyrann und ein Rüpel. Wenn er einen Brunnen hinabfiele, würde ich keinen einzigen Finger rühren, um ihm zu helfen: Ich würde ihm kein Seil zuwerfen!«

Wilhelmina starrte ihren Freund an. Offensichtlich war er frustriert und verärgert. Wahrscheinlich war es gut, ihm zu gestatten, ein wenig Dampf abzulassen; und sie selbst war mehr als glücklich, diesen Vorgang zu unterstützen. Denn alles, was sie über Burleigh und seine Beziehungen zum kaiserlichen Hof in Erfahrung brachte, konnte zu ihrem Vorteil sein.

»Nun, nehmt doch erst einmal etwas von diesem Muffin«, drängte sie ihn in einem beruhigenden Tonfall und stieß den Teller ein wenig näher zu ihm heran. »Probiert ihn und sagt mir dann, was Ihr darüber denkt. Wenn genug Leute so etwas mögen, werden wir sehr bald damit anfangen, Muffins in unserem Geschäft anzubieten.«

Gustavus brach etwas vom Rand ab und nahm ein kleines Stück von dem gesprenkelten gelben Gebäck in den Mund. Er kaute nachdenklich und verkündete schließlich: »Es schmeckt sehr gut. Feucht und süß. Wie werdet Ihr diesen kleinen Kuchen nennen?«

»Darüber haben wir noch nicht entschieden; doch wir sind für alle Vorschläge offen.«

Er nickte und aß noch etwas mehr davon. Unterdessen erschien die Kellnerin mit seinem Kaffee. Sie stellte die kleine Kanne und die Tasse ab, und auf Minas Nicken hin zog sie sich wieder zurück.

»Hier«, sagte Mina und goss ihm den Kaffee ein, »probiert es damit zusammen und erzählt mir dann, was Burleigh getan hat, weswegen Ihr Euch so aufregt.«

Gustavus trank langsam seinen Kaffee, und etwas von seiner üblicherweise gelassenen Haltung kam wieder zum Vorschein. »Es ist nicht schicklich, sich in der Weise aufzuregen, wie ich es getan habe«, meinte er und starrte in seine Tasse. »Vergebt mir. Ich hatte nicht die Absicht, Euch mit meinen privaten Problemen zu behelligen. Es tut mir leid.«

»Ach was«, erwiderte sie und streckte den Arm aus, um ihm einen freundlichen Klaps auf die Hand zu geben. »Wozu sind Freunde denn da? Jetzt aber los. Esst noch etwas von diesem Kuchen und erzählt Wilhelmina, was Euch ärgert.«

Der junge Alchemist nahm sich ihre Worte zu Herzen; und einen

Augenblick später begann er zu berichten, wie der mysteriöse Earl an diesem Morgen in aller Frühe im Palast aufgetaucht war. Der Besucher hatte viel Zeit damit zugebracht, sich eingehend mit dem Ersten Oberalchemisten zu beraten, während Gustavus seine Arbeit im Laboratorium fortgeführt hatte.

»Doch dann, aus heiterem Himmel«, erzählte er, »werde ich zu ihnen zitiert und erhalte den Befehl, meine augenblickliche Arbeit abzubrechen, um einen neuen Auftrag von Herrn Burleigh auszuführen. Aber ich führe doch gerade ein höchst störungsanfälliges Experiment durch, das meine ganze Aufmerksamkeit verlangt, sage ich den beiden. In ein oder zwei Tagen werde ich damit fertig sein – und wenn ich sie nicht beende, ist all die bisher geleistete Arbeit an diesem Forschungsgegenstand umsonst gewesen. *Aber nein!* Es soll nicht sein. Nichts anderes darf gemacht werden: Ich muss alles andere sausen lassen und sofort mit dem neuen Projekt beginnen! Und sie wollen mir noch nicht einmal den Grund dafür sagen, weshalb es so wichtig ist, dass es keinen weiteren Tag warten kann!« In seiner Erbitterung blies er laut die Luft aus. »Monate peinlich genauer, harter Arbeit sind in Rauch aufgegangen – Puff! Genau so ist es!«

»Das ist ja wirklich zutiefst bestürzend!«, rief Wilhelmina voller Mitgefühl aus. »Was verlangen sie denn von Euch?«

»Es soll eine weitere Vorrichtung sein«, antwortete Gustavus. »Ähnlich wie der Apparat, den ich zuvor für ihn gemacht habe – um Seine Lordschaft bei seinen astralen Forschungen zu unterstützen. Doch der neue soll ein wenig größer sein – und in jeder Hinsicht stärker und komplexer.«

»Ich verstehe.« Wilhelmina täuschte ein nur geringes Interesse vor. Doch ihr Puls begann angesichts dieser Neuigkeit zu rasen. Sie ließ Gustavus erst einmal ein wenig mehr von dem Muffin essen und einen Schluck Kaffee trinken, bevor sie beiläufig fragte: »Haben sie Euch wenigstens gesagt, was der Zweck dieser neuen Vorrichtung ist?«

»Nein.« Er zuckte mit den Achseln, dann aber zeigte er ein verschlagenes Lächeln. »Aber ich habe mitgehört, wie sie darüber sprachen, als sie glaubten, ich sei bereits fortgegangen.« Er zog scharf die Luft ein, wie deutlich zu vernehmen war. »Sie behandeln mich wie ein Kind.«

»Ts!« Wilhelmina schüttelte verächtlich den Kopf. »Das ist wirklich eine Schande. Aber ich hoffe, Ihr wisst, dass ich den allergrößten Respekt vor Eurer Intelligenz und Euren Fähigkeiten habe. Ich bin dankbar für Euer Expertenwissen.« Sie hielt kurz inne und merkte dann an: »Ich vermute, sie hoffen, dass solch eine wichtige Arbeit geheim gehalten wird.«

»Das Gerät soll in vielerlei Hinsicht ähnlich wie das erste sein«, erklärte Gustavus. »Dieses jedoch, glaube ich, soll auch eingesetzt werden können, um Leute ausfindig zu machen.«

»Leute?«, fragte Wilhelmina verblüfft. »Welche Leute denn?«

»Mitreisende – wenn ich richtig gehört habe. Leute, die ebenfalls auf den Astralpfaden reisen. Der Earl hat gesagt, er wolle jene treffen, die ähnliche Erkundungen wie er durchführen.« Der erste Unteralchemist beugte sich nach vorne. »Doch ich traue ihm nicht. Ich glaube, dieser Lord Burleigh ist nicht das, was er vorgibt zu sein.«

»Ihr könntet recht haben.« Wilhelmina runzelte die Stirn. Eines stand außer Frage: Sie musste eine Kopie von Burleighs jüngstem Apparat – um was auch immer es sich handelte – in die Hände bekommen und es ihrer kleinen Sammlung hinzufügen. Gleichzeitig dachte sie, dass es das Beste war, nicht erkennen zu lassen, wie sehr sie sich dieses neue Ding wünschte.

Sie überlegte gerade, wie sie am besten ihre Bitte darum formulieren sollte, als der junge Alchemist fragte: »Möchtet Ihr, dass ich für Euch auch ein neues Instrument dieser Art herstelle?«

»Nun, ich weiß nicht recht ...«, begann Wilhelmina, die nicht zu übereifrig klingen wollte. »Ich bin mir sehr wohl bewusst, dass Ihr Euch in einer äußerst prekären Situation befindet. Ich möchte nicht, dass Ihr Euch selbst in Gefahr bringt.«

»Das werde ich schon nicht.« Gustavus schlug zum Zeichen seiner Entschlossenheit auf den Tisch. »Ich werde eine Kopie für Euch herstellen.« Er sah ihr Zögern und fuhr fort: »Ihr werdet mir nichts dafür bezahlen müssen. Es wird mein Geschenk für Euch sein.«

»Ich mache mir keine Sorgen wegen der Kosten, mein Freund«, erwiderte sie. »Ihr seid es, Gustavus, um den ich mir Sorgen mache. Ihr geht solch ein großes Risiko ein. Wenn der Earl entdeckt, was Ihr da macht, könnte er dafür sorgen, dass Ihr eine Menge Ärger bekommt. Ich möchte nicht erleben, dass Ihr irgendeinen Schaden erleidet.«

»Macht Euch keine Sorgen, Jungfer. Keiner wird jemals davon erfahren. Dessen bin ich mir ganz sicher.« Er nahm einen weiteren Schluck Kaffee. »Ich bin ein Wissenschaftler. Viele Jahre habe ich dem Studium gewidmet. Ich beherrsche die Künste und Methoden meiner Profession; und ich weigere mich, wie ein ungebildeter Pferdebursche behandelt zu werden, den man wegen jeder nutzlosen Marotte herumkommandiert.« Er lächelte reuevoll. »Entschuldigt mich, ich scheine mich selbst zu vergessen.«

»Das ist nichts«, versicherte ihm Wilhelmina. »Trinkt Euren Kaffee aus, dann bringe ich Euch ein weiteres Kännchen. Es gibt da ein paar weitere Dinge, die wir besprechen sollten.«

SIEBZEHNTES KAPITEL

Worin geteiltes Leid halbes Leid ist

Die Ausgrabung bei Karnak war für den Rest des Tages zugunsten anderer, weit drängenderer Untersuchungen ausgesetzt worden. Dr. Young hatte sich inzwischen von dem Schock erholt, der durch die Enthüllungen verursacht worden war, die das von Kit mitgebrachte Päckchen ausgelöst hatten. Nun wurde er beherrscht von wissenschaftlicher Begeisterung, und in einem Anfall von Überschwänglichkeit lud er Kit zu einem Essen in Luxors jüngster Attraktion ein: in das *Golden Ibex Hotel*, das kürzlich erbaut worden war, um den Anforderungen des aufkommenden Touristengeschäfts in der Stadt gerecht zu werden. Dort, auf einem mit sauberem Leinen gedeckten Tisch, gab er seinem neuen Freund sättigende ägyptische Nahrung zu essen und begann eine einleitende Untersuchung der Natur und Mechanismen seiner neuesten Entdeckung: der Ley-Reisen.

Unglücklicherweise gingen die enthusiastischen Fragen des Wissenschaftlers schon bald weit über Kits sehr begrenzten Erfahrungs- und Verständnishorizont hinaus.

»Ich wünsche ehrlich, ich könnte Ihnen mehr erzählen«, gestand Kit schließlich, während sie dasaßen und auf die Überreste der Mahlzeit starrten. »Cosimo, mein Urgroßvater, war der wirkliche Experte. Er ist derjenige gewesen, der mich in diese Sache hineingezogen und der am meisten darüber gewusst hat. Ich bin mir sicher, er hätte Ihnen weit mehr erzählen können als ich.«

»Das klingt so, als ob er ein Mann ganz nach meinem Geschmack war«, meinte Thomas. »Ich hätte ihn wirklich gerne getroffen.«

»Wenn das doch nur möglich wäre«, erwiderte Kit düster. »Leider weilt Cosimo nicht mehr unter uns.«

Thomas bemerkte den traurigen Unterton in der Stimme seines Tischgenossen und hob überrascht die Augenbrauen. »Soll ich das so verstehen, dass er erst kürzlich verschieden ist?«

Kit war plötzlich nicht mehr in der Lage zu sprechen und nickte bloß.

Thomas lehnte sich zurück und betrachtete Kit über den Tisch hinweg. »Vergeben Sie mir – doch ich bin verwirrt. Ich hatte angenommen ...«

»Dass er schon vor vielen Jahren verschieden sein musste?«

Der Arzt nickte.

»Cosimo und Sir Henry sind erst vor ein paar Tagen gestorben.«

»Mein lieber Freund ...« Thomas' Verhaltensformen als Arzt traten nun in den Vordergrund; er streckte den Arm über den Tisch und tätschelte Kit am Arm. »Es tut mir wirklich leid. Darf ich Ihnen mein aufrichtiges Beileid aussprechen?«

Kit dankte seinem Gastgeber für sein Mitgefühl und berichtete ihm dann über das vorzeitige Ableben von Cosimo und Sir Henry. Thomas, der sein Kinn auf die gefalteten Hände gelegt hatte, hörte sich aufmerksam die traurige Geschichte an, während Kit sein Herz ausschüttete und sich so von der Last befreite, die er geschultert hatte, seit er in Burleighs Fänge geraten war. »Es liegt nun an uns – ich meine Wilhelmina, Giles und mich selbst –, das Werk dieser beiden guten Männer fortzuführen«, erklärte er zum Schluss.

»Ein höchst nobles Bestreben«, lobte Thomas. »Ich habe größten Respekt vor Ihnen. Darüber hinaus bin ich bereit, dieses Unterfangen zu stützen – in jeder Weise, die mir möglich ist.«

»Danke. Sie wissen ja nicht, was für eine Erleichterung es ist, Sie so etwas sagen zu hören.«

Ein Kellner mit weißem Mantel und blauem Turban kam herbei, um das Geschirr wegzuräumen. Young sprach ein paar Worte auf Arabisch zu ihm und erhob sich anschließend. »Kommen Sie, wir werden unser Gespräch im Garten fortführen. Der Spaziergang wird uns guttun.«

Sie durchquerten den Speisesaal und gingen durch eine doppelflügelige Glastür, die sich zu einer überdachten Terrasse hin öffnete. Anschließend stiegen sie eine Treppe hinunter zu einem mit Kieselsteinen ausgelegten Weg, der in einen von Palmen beschatteten Garten voller tropischer Vegetation führte. Sie schlenderten zwischen limettengrünen Baumfarnen und Zwergfeigen.

In Kits Seele kehrte der Frieden zurück. Nach einer Weile fragte er: »Was hat Wilhelmina Ihnen eigentlich erzählt – ich meine, über all das? Wie hat sie es erklärt?«

»Nun«, seufzte Thomas, »sie hat das Ungeheuerlichste gesagt, was ich jemals von einem vernünftigen menschlichen Wesen gehört habe. Sie hat mir sehr klar und deutlich erzählt, sie sei eine Reisende aus einer anderen Dimension. Und sie sei gekommen, um mich zu verpflichten, ihr bei der Auffindung eines sehr wertvollen Artefakts zu helfen, von dem angenommen wird, dass es irgendwo in Ägypten vergraben liegt.«

»Wilhelmina kann sehr . . . energisch sein.«

»Ich dachte natürlich, sie sei verrückt«, gestand der Arzt. »Bei meiner Arbeit begegne ich gelegentlich Menschen, die unter verschiedenen Formen von Wahnvorstellungen und Geisteskrankheiten leiden . . . Das waren allerdings nur ihre einleitenden Bemerkungen. Ich bot ihr eine Erfrischung an und bemühte mich, dass sie weitersprach, damit ich sie besser würde beobachten können, um meine Diagnose zu präzisieren. Ich habe geglaubt, sie würde unter einer besonderen Hysterie leiden.« Er lächelte unvermittelt. »Genau da geschah es, dass sie mich gefangen nahm, das liebe Mädchen.«

»Meinen sie das wörtlich?«

»Sie sprach klar, deutlich, lebhaft, intelligent und leidenschaftlich, und die eindeutigeren Anzeichen geistiger Verwirrung fehlten vollkommen. Und so geschah es: Je mehr sie redete, desto größer wurde meine Faszination. Kurz gesagt, ich ließ es zu, dass sie mich in solch eine völlig unmögliche Geschichte einwickelte. Und ich muss gestehen: Ich war völlig eingenommen von der Kühnheit ihrer schöpferischen Erfindungsgabe.« Thomas hob einen Finger und verteidigte sich nun selbst. »Es war nicht so, dass ich ihr nicht widersprach: Ich brachte zahlreiche starke Gegenargumente vor, die sie nicht vollständig entkräften konnte. Doch sie zog auch nicht ihre Behauptungen zurück. Am Ende trafen wir eine Vereinbarung. Im Austausch für meine Hilfe würde sie mir unwiderlegbare Beweise dafür liefern, dass ihre Behauptungen der Wahrheit entsprachen.« Thomas Young starrte Kit an, und vor Ehrfurcht senkte sich seine Stimme. »Ich habe geglaubt, es sei alles ein großartiger Spaß. Ich habe niemals auch nur im Traum daran gedacht, dass in dem, was sie erzählt hatte, auch nur ein ganz, ganz kleines bisschen Wahrheit stecken könnte. Man denke sich bloß – die Fähigkeit, willkürlich durch Raum und Zeit zu reisen.« Einen Moment lang verlor sich sein Blick in der Weite, als er ein weiteres Mal über die gewaltigen Auswirkungen der neuen Realität nachdachte, die über ihn hereingebrochen war. »Sie müssen mich entschuldigen«, bat er. »Ich kann das alles immer noch nicht glauben.«

»Mir geht es genauso«, versicherte ihm Kit. »Und ich bin schon ein paar Mal in eine andere Welt gesprungen.«

»Bei der allerersten Gelegenheit müssen Sie mir diese Fertigkeit beibringen. Ich bestehe darauf.«

»Nun, warum nicht?«, erwiderte Kit. »Aber um noch einmal auf Wilhelmina und die Vereinbarung zu sprechen zu kommen, die Sie mit ihr getroffen haben … Warum haben Sie zugestimmt, wenn Sie der Ansicht gewesen sind, sie würde unter irgendeiner Form von Geisteskrankheit leiden?«

»Weil, mein lieber Freund, Miss Wilhelmina mich dazu gebracht hat, ihr mein Wort als Gentleman zu geben, dass ich ihr helfen würde, falls sich ihre Aussagen als wahr herausstellten.« Er kicherte über sich selbst. »Sie kann eine äußerst überzeugende und entschlossene junge Dame sein.«

»Die Beweisstücke: die Münze, der Zeitungsausschnitt und die Seiten aus dem Buch – das alles hat sie überzeugt«, merkte Kit an.

»Nicht zu vergessen die Briefmarke«, fügte Thomas hinzu. »Ja, ich bin nun überzeugt. Verstehen Sie: Derzeit sitzt König Georg auf dem Thron von England. Prinzessin Victoria ist nur ein Kind und noch nicht einmal in der direkten Linie der Thronfolge. Doch sie wird offensichtlich Königin sein – mit dem Bild von ihr auf jeder Münze. Außergewöhnlich! Aber das Buch ist der Gegenstand, der sämtliche Zweifel ausgeräumt hat. Dieses Buch habe ich schon seit einer ganzen Weile im Kopf. Als Präsident der Königlichen Gesellschaft habe ich über mehrere Jahre hinweg meine Unterlagen gesammelt und natürlich geordnet. Doch ich habe sie noch nicht drucken lassen, da sie an keiner Stelle auch nur annähernd fertig sind, und noch vieles bleibt daran zu machen.«

Sie erreichten das Ende des Pfades, machten kehrt und begannen zurückzugehen. Der Nachmittag ging auf sein Ende zu, und die Hitze des Tages ließ etwas nach.

Während sie gemeinsam spazierten, gewann Kit den Eindruck, dass er einen echten Freund gefunden hatte: Young war eine Person von hoher Integrität und ein Mensch, dem er vertrauen konnte. Allerdings war er sich immer noch nicht sicher, wie viel er von dem Problem mit Burleigh und seinen Verbrechern enthüllen sollte. Doch diese Unsicherheit entstand mehr aus einer echten Besorgnis als aus dem Wunsch, etwas verschleiern oder den anderen gar täuschen zu wollen. Nachdem er gerade einen neuen und vertrauenswürdigen Verbündeten gefunden hatte, wollte er nicht riskieren, ihn zu ängstigen und so zu verjagen.

So schlenderten sie in kameradschaftlichem Schweigen weiter und beobachteten, wie die Schatten auf dem Pfad immer länger wurden, während der Abend herbeieilte.

Thomas, der über die welterschütternden Enthüllungen des Tages nachdachte und grübelte, gestand zu guter Letzt: »Gerade wenn ich beginne, mir vorzustellen, ich hätte die eine oder andere Felsspitze der Erkenntnis erklommen, fast den Gipfel des höchsten Anstiegs erreicht ... dann klettere ich die letzten ein, zwei Yards zur Spitze hoch, nur um zu erkennen, dass ich bloß einen festen Stand auf einem schmalen Plateau erlangt habe und sich vor mir ganz neue Gebirgsketten erheben – eng geschlossene Reihen von Berggipfeln, von denen jeder höher als der vorhergehende ist.« Er lachte leise vor sich hin. »Genau so fühle ich mich jetzt.«

Kit nickte voller Anteilnahme. »So fühle ich mich die ganze Zeit.«

»Die Zeit ... ein seltsamer Stoff«, sinnierte Thomas. »Zeit ist das zentrale Mysterium unserer Existenz. Sie begrenzt und bestimmt uns auf vielerlei Weise. Wir gehorchen ihrer unerbittlichen Maschinerie während unseres ganzen Lebens, und trotzdem wissen wir fast nichts darüber. Warum fließt die Zeit nur in eine Richtung? Woraus besteht sie? Wie ist sie angeordnet? Ist sie überall für jeden gleich? Oder kann ihre Substanz oder ihre Geschwindigkeit vielleicht durch irgendwelche Vorgänge verändert werden, die wir noch nicht entdeckt haben?«

»Ich denke, Albert Einstein muss etwas darüber gesagt haben«, warf Kit ein.

»Wer ist das? Ich glaube nicht, dass ich diesen Gentleman kenne.«

»Nein«, antwortete Kit, »ich nehme nicht an, dass Sie ihn kennen. Aber er hat in meiner Welt ziemlich viel Aufsehen erregt.«

»Erzählen Sie mir etwas von Ihrer Welt. Wie ist sie so – ist sie sehr viel anders, die Zukunft?«

»Nun, wo soll ich anfangen?«, fragte Kit. »Ich schätze, die Dinge sind –«

Young blieb plötzlich stehen. »Nein! Warten Sie. Sagen Sie kein weiteres Wort.«

»Nein?«

»Was auch immer Sie mir erzählen, könnte unvorhersehbare Folgen haben. Es könnte katastrophale Auswirkungen geben.« Er zog an einem Zipfel seines Schnurrbarts. »Ich muss darüber nachdenken. Ich muss es mit größter Sorgfalt prüfen.«

»Okay«, stimmte Kit ihm zu. »Sie wissen es am besten.«

»Wo sind wir eben gewesen?«

»Sie haben über das Mysterium der Zeit gesprochen.«

»Richtig. Manchmal denke ich: Wenn wir nur ein Wissen vom Funktionieren der Zeit auf ihrer fundamentalsten Ebene erwerben könnten, würden wir schließlich auch beginnen, etwas von den Gedanken und Zielen Gottes zu verstehen.«

»Da bin ich mir nicht so sicher«, entgegnete Kit. »Das scheint mir ziemlich willkürlich zu sein – aber ich bin natürlich kein Experte.«

Thomas betrachtete seinen Gefährten einen Moment, dann wandte er den Blick nach oben zum klaren blauen Himmel. »Wissen Sie, warum ich hier in Luxor bin?«

»Um Geschichte auszugraben, die Vergangenheit zu studieren – diese Art von Tätigkeiten, nicht wahr?«

»Teilweise«, antwortete Thomas. »Allerdings nur in der Weise, dass all diese Ausgrabungen und Studien einem weitaus höheren Ziel dienen.«

»Welches lautet?«

»Das Geheimnis der Grabmäler zu enträtseln.«

»Das der Pharaonengräber?«

»Das *aller* Gräber.« Als er Kits fragenden Gesichtsausdruck bemerkte, fuhr Thomas fort: »Seit der Mensch ein Wesen mit einem Bewusstsein geworden ist, errichten wir Grabmäler und einfache Gräber für unsere Toten. Ist das nicht so?«

»Ich nehme es an.«

»Es ist eine Tatsache. Von einem Ende der Welt zum anderen, in jedem der aufeinanderfolgenden Zeitalter von der Morgendämmerung des menschlichen Bewusstseins bis jetzt und von den einfachsten Gesellschaftsformen bis zu den komplexesten – immer haben wir Gräber und Grabmäler für unsere Toten errichtet. Haben Sie jemals innegehalten, um sich zu fragen, warum?« Thomas beäugte ihn erwartungsvoll. »Warum sollte man sich mit solch einer aufwendigen und schlussendlich sinnlosen Tätigkeit beschäftigen, wenn der Tod die letzte, unumstößliche Antwort auf alle Fragen des Lebens ist?«

Kit musste unwillkürlich daran denken, wie sehr er es bereute, Cosimo und Sir Henry unbegraben und unbetrauert zurückgelassen zu haben, und wagte eine Vermutung: »Vielleicht tun wir dies nicht für die Toten, sondern für uns selbst.«

»Sehr gut!«, lobte Thomas diese Antwort. »Dennoch – wenn wir es nur für uns selbst tun, was erhoffen wir dann durch ein solch anstrengendes Unterfangen zu gewinnen? Denn wenn die Vernich-

tung alles ist, was es am Ende des Lebens gibt, dann ergeben Grabmäler letzten Endes keinen Sinn, welcher Art auch immer.«

»Richtig«, gestand Kit ein.

»Richtig – es sei denn, es gibt etwas, das über die bloße körperliche Existenz hinausgeht«, setzte Thomas rasch der eigenen These
entgegen. »Etwas, das sich jenseits des Grabes befindet; etwas, das
selbst unsere primitivsten Vorfahren kannten – das wir modernen
Menschen jedoch scheinbar vergessen haben.«

»Was haben unsere Vorfahren gekannt?«

»Genau das ist das Rätsel der Grabmäler«, verkündete Thomas.
»Und das ist es, was ich zu entdecken versuche.«

Kit überdachte dies einen Moment lang. »Nach all ihrer Arbeit
müssen Sie ein paar Theorien haben.«

»Oh, die habe ich«, versicherte ihm Thomas mit einem Lachen.
»Bei meiner Nebenbeschäftigung als Wissenschaftler gibt es keinen
Mangel an Theorien. Tatsächlich ist es das einzige Gut, das wir in
bewundernswertem Überfluss besitzen.«

»Also, was ist Ihre Theorie über die Erbauung von Grabmälern?«

»Es ist alles ein Bestandteil der sehr klaren und einfachen Tatsache, dass wir unsterblich sind.«

»Ich fühle mich aber nicht allzu unsterblich«, offenbarte Kit, der
eine leichte Verunsicherung empfand angesichts der Wendung, die
das Gespräch genommen hatte.

»Aber Sie sind es – und ich ebenso!«, verkündete Thomas. »Alle
Menschen sind aufgrund der Tatsache, dass sie in diese Welt hineingeboren worden sind, unsterbliche Wesen. Natürlich nicht unsere
materiellen Körper. Sie sind leider ziemlich zerbrechlich, weil sie an
die Gesetze der Materie und Zeit gebunden sind. Die Seele jedoch ist
unzerstörbar. Sie unterliegt völlig anderen Gesetzen.«

Thomas Young richtete seine Aufmerksamkeit wieder auf den
Weg und setzte den Spaziergang zum Restaurant fort. Kit folgte
ihm.

»Haben Sie einen Platz, wo Sie bleiben können?«, erkundigte sich
Thomas.

»Eigentlich nicht.«

»Dann werden Sie mein Gast sein.« Er warf einen Blick auf Kit. »Es sei denn, Sie haben irgendwelche Einwände.«

»Keinesfalls«, erwiderte Kit. »Danke.« Er schaute auf die Hotel-fassade, die sich über den Palmen erhob. »Sie haben hier Räume?«

»Mein lieber Freund, ich bin nichts weiter als ein einfacher Londoner Arzt«, tadelte ihn Thomas sanft. »Ich kann es mir nicht leisten, in einer so luxuriösen Unterkunft zu wohnen. Außerdem konveniert es nicht zu meiner Arbeit. Stattdessen habe ich eine *Dahabija*.«

»Wie bitte?«

Thomas kicherte. »Es handelt sich um eine Art Segelschiff. Sie werden solche Gefährte bestimmt schon auf dem Fluss gesehen haben. Da es bald dunkel ist, schlage ich vor, dass wir jetzt dahin gehen, wenn Sie nichts dagegen haben.«

»Gehen Sie vor, Doktor.«

Sie stiegen die Treppe hoch, durchquerten die Hotel-Lobby und gingen hinaus auf die Straße, wo drei einsame, von Mulis gezogene Kutschen auf Passagiere warteten. Thomas rief einem der Fahrer ein paar Worte zu; und anschließend bestiegen die beiden Männer die Kutsche. Bald schon fuhren sie, begleitet von viel Hufgeklapper, auf der Straße, die entlang des Flusses verlief. Die Sonne stand nun sehr niedrig; sie verlieh dem dunstigen Himmel einen warmen golden-orangenen Farbton und ließ den Nil wie geschmolzene Bronze glitzern. Sie fuhren durch einen Markt – ein Chaos aus Läden, von denen keiner größer als eine Besenkammer war. Es gab dünne Buden, die aus Tuch und Palmwedeln errichtet waren und die, soweit Kit dies sehen konnte, von Bastfäden zusammengehalten wurden, und Stra-ßenverkäufer, deren Ladenplatz bloß aus einem handbreit großen Lappen bestand, den sie auf dem Boden ausgebreitet hatten, um ihre kümmerlichen Waren zu präsentieren.

Das Gedränge und Durcheinander der Menschen war beängsti-gend, die Kakophonie der Stimmen erschreckend. Die Kutsche kam nur noch im Schneckentempo voran. Thomas erwarb eine Tasche mit Datteln von einem der Verkäufer und von einem ande-ren Zwiebeln. Während dieser Käufe hielt die Kutsche nicht an, sondern quetschte sich durch die wogende Menge aus Kleinhändlern und Kunden in einem Tempo, das langsamer als normales Gehen war.

Youngs Boot lag ein kleines Stück weiter stromabwärts am Ufer vertäut, weg vom lärmenden Zentrum der Stadt. Sobald die Kutsche das Gewühl hinter sich gelassen hatte, rollte sie schnell entlang einer Reihe großer, sehr kunstvoll verzierter Gebäude im Kolonialstil, in denen Büros der Regierungsverwaltung untergebracht waren.

»Es ist keine bloße Zeitreise«, sagte Kit wie zu sich selbst; er wiederholte Worte, die Cosimo ihm gesagt hatte. Warum war es so schwierig, das nicht außer Acht zu lassen? »Eine Ley-Reise ist nicht das Gleiche wie eine Zeitreise. Wir müssen uns das stets vor Augen halten – oder ich zumindest.«

»Sie haben natürlich recht«, pflichtete Thomas ihm bei.

»Was Sie gesagt haben über das Tot- und Begraben-Sein, dass alles wertlos sei und so weiter – das ist nicht unbedingt wahr.«

»Ich vermute nicht. Vergeben Sie mir; ich habe nicht sehr klar nachgedacht und in Eile gesprochen.«

»Sie hatten recht mit der Äußerung, dass die Zeit aus den Fugen geraten sei. Die verschiedenen Welten überlappen sich irgendwie, und die historischen Fakten geraten ein wenig ins Rutschen. Aber nur weil Wilhelmina Ihr Buch in irgendeiner Welt bereits als gedruckt vorgefunden hat, ist noch lange nicht alles wertlos, was Sie hier in Ihrer getan haben. Niemand von uns vermag jemals zu wissen, welchen Einfluss wir auf die Welt um uns herum haben.« Er zuckte mit den Schultern. »Wir können nur das Leben leben, das uns gegeben worden ist, und wir müssen das Beste daraus machen – gleichgültig, was in irgendeiner anderen Welt oder in einem anderen Universum passiert. Nur den nächsten Schritt machen – das ist alles, was wir tun können. Ich nehme jedenfalls an, dass die Arbeit, die Sie hier geleistet haben, für diese Welt genauso wertvoll ist, wie sie es für die andere war, aus der Mina Ihr Buch genommen hat.«

»Das ist ein schöner Gedanke«, bemerkte Thomas. »Ich werde ihn in diesem edlen Sinne annehmen.« Er dachte einen Moment nach und fragte dann: »Glauben Sie, dass ich mir selbst begegnen würde, wie ich dieses Werk erstelle, wenn ich jene Welt besuchen sollte, wo unsere Wilhelmina mein Buch aufgefunden hat?«

Kit runzelte die Stirn. »Ist es möglich, sich selbst in einer anderen Welt zu treffen?« Der Gedanke war ihm bereits in den Sinn gekommen, aber er hatte Cosimo niemals darum gebeten, ihm genau diesen Sachverhalt zu erklären. Es gab immer noch so viel, das er lernen musste. »Vielleicht«, gab er zu bedenken. »Cosimo hat mir nie etwas darüber erzählt. Ich weiß es einfach nicht.«

»Nun«, meinte Thomas, »wir werden dies der wachsenden Liste von Fragen hinzufügen, die untersucht werden müssen, wenn wir mehr Muße dafür haben.«

Sie unterhielten sich weiter, und bald kam die Kutsche vor einem großen Anlegeplatz zum Stehen. »Es heißt *Der blaue Lotos*«, sagte Thomas und blickte auf die Reihe niedriger Felucken und imposanter Dahabijas, die entlang des Flussufers vertäut waren. »Es ist direkt hier.«

Er stieg aus und stürmte das Ufer entlang.

Kit eilte hinterher und schloss zu ihm auf. »Es gibt immer noch eine Sache, die Sie mir nicht erzählt haben: Warum wollte Wilhelmina uns beide zusammenbringen?«

»Ich dachte, Sie wüssten das.«

»Es ging alles ein wenig gehetzt zu. Sie hatte nicht genügend Zeit, mich über alles zu informieren.« Kit dachte einen Moment nach. »Eigentlich hat sie mir nur recht wenig gesagt.«

»Dann erlauben Sie mir, Sie aufzuklären.«

»Ich bitte darum.«

»Die junge Dame war, wie ich bereits gesagt habe, sehr darauf bedacht, ein bestimmtes Artefakt zu erlangen.« Er beäugte Kit mit einem hoffnungsfrohen Gesichtsausdruck. »Gehe ich recht in der Annahme, dass Sie den fraglichen Gegenstand kennen.«

»Ich habe eine recht gute Idee, um was es sich handeln könnte.«

»Sie glaubt, dieses Artefakt sollte in einem bestimmten Grabmal gefunden werden, von dem sie ein ganz spezielles Wissen hat. Sie wollte, dass ich die Ausgrabung des besagten Grabmals organisiere –

eine Erfahrung, die sich von unschätzbarem Wert für meine fortlaufende Arbeit erweisen würde, wie sie andeutete.« Er blickte Kit kurz an, als ob er sich eine Bestätigung von ihm erhoffte. »Sie hat auch behauptet, Sie würden mein Führer sein. Darf ich das so verstehen, dass Sie den Standort des Grabmals kennen, von dem sie gesprochen hat?«

»Ich bin mir ziemlich sicher, dass ich es wiederfinden könnte.« Kit spürte, wie sich sein Magen umzudrehen begann, und ihn überkam ein beklemmendes Gefühl.

»Und Sie werden es mir zeigen?«

Kit nickte. Der Gedanke, zu dem Schauplatz seines kürzlich durchlittenen Martyriums – und der vermodernden Leichname von Cosimo und Sir Henry – zurückzukehren, erfüllte ihn mit Schrecken. Aber er vermochte nicht zu erkennen, dass er jetzt in dieser Angelegenheit irgendeine Wahlmöglichkeit besaß. Und dann sah er es: die pure Schönheit von Wilhelminas Plan, und das ließ ihn kurz innehalten.

Young sah, dass er anhielt, und drehte sich zu ihm um. »Ist etwas los?«

»Sie können mich ruhig einen Spätzünder nennen, doch ich habe gerade jetzt erst realisiert, dass Wilhelmina in gewisser Hinsicht ein Genie ist.« Nun, da er es erkannt hatte, war ihr Plan so naheliegend wie die Nase in seinem Gesicht. Wie viele Male noch musste er sich selbst daran erinnern: Dies hier war nicht dieselbe Welt, die er hinter sich gelassen hatte. Mina hatte ihn zu einem alternativen Ägypten geschickt, wo im Jahr 1822 das Grabmal von Anen noch nicht entdeckt – und noch viel weniger ausgegraben worden war. Der Einfall, die Karte aus dem Grabmal zu holen, bevor sie von irgendeinem anderen gefunden werden konnte, stellte eine äußerst raffinierte List dar. Das Mädchen war wirklich pfiffig; das musste man ihr lassen.

»Ich denke, wir nehmen an einem ganz besonderen Vergnügen teil«, sagte Kit. »Wir können aufbrechen, wann immer es Ihnen beliebt.«

»Ist es weit bis zu diesem Grabmal?«

»Nicht allzu weit. Mit einem Beförderungsmittel dauert es weniger als einen Tag.«

»Großartig!« Der Arzt rieb sich die Hände; seine stahlumrahmten Brillengläser glitzerten im fahlen Abendlicht. »Ah, hier; wir sind da! *Der blaue Lotos.*« Young hielt neben einem tief liegenden, ziemlich kastenförmig aussehenden Boot mit einem breiten, offenen Deck und einem Paar roter Segel an, das für die Nacht an den Masten aufgerollt war. Vom Bug aus führte ein Steg zum Ufer, wo drei Seeleute in hellblauen Kaftanen um eine Wasserpfeife hockten. Sie gab gurgelnde Geräusche von sich, während der Rauch nach oben sprudelte; er roch sehr scharf und wurde von der sanften Abendbrise weggeweht.

»*Salaam!*«, rief Thomas und grüßte den Kapitän und die Mannschaft des Schiffes, wobei er jeden mit dem Namen ansprach. Dann stieg er auf den Steg; doch bevor er weiterging, wandte er sich Kit zu. »Hier entlang. Und achten Sie auf Ihre Schritte!«

Kaum hatten sie das Schiff betreten, erschien ein Diener, der ein Tablett mit einem Krug und Gläsern trug.

»Willkommen an Bord, mein Freund«, sagte Thomas, goss frische Limonade in die Gläser und reichte eines davon seinem Gast. »Bitte, fühlen Sie sich hier wie zu Hause. Mehmet hier wird Ihnen gleich Ihr Quartier zeigen. Leider steht nur diese eine Gästekabine zur Verfügung. All die anderen sind vollgestopft mit Ausrüstungsgegenständen für meine Arbeit.«

Kit schluckte seine Limonade hinunter und folgte dem Diener zur Kajütenleiter und dann nach unten zu den Gästequartieren.

»Bitte . . . Sie sich frisch machen«, erklärte Mehmet und führte Kit in die Kabine. »Ich werde den Gong ertönen für das Abendmahl.«

Das Quartier war recht gemütlich und enthielt zwei enge Betten an dem einen Ende und am anderen ein Wasserklosett. Es gab ein Bullauge und zwischen den Nachtlagern ein Nachttischchen mit zwei Kerzen. Auf den Betten lagen saubere weiße Laken, und vor dem runden Fenster hing eine Spitzengardine. Der Boden und die Wände waren aus Teakholz und mit Messingbeschlägen versehen: alles in allem eine gepflegte und ordentliche kleine Gästekabine.

»Nun, Kit, alter Junge«, sagte Kit und blickte sich anerkennend um, »es sieht so aus, als ob wir auf den Füßen gelandet wären.« Auf einem Gestell ruhte ein Becken mit frischem Wasser. Er trat zu der Porzellanschüssel, tauchte die Hände ins Nass und wusch sein Gesicht. Dann befeuchtete er das bereitliegende Leinenhandtuch und trat sich die Schuhe von den Füßen. Zu guter Letzt streckte er sich auf einem der Betten aus und legte sich das feuchte Tuch auf die Augen.

»Danke schön, Wilhelmina«, seufzte er. Nach der Erwähnung ihres Namens sinnierte er: »Was hat sie noch mal über Dr. Young geschrieben?« Einen Moment später kehrte die Erinnerung an die Aussage aus ihrem Brief zurück: *Er ist der letzte Mann auf der Welt, der alles weiß.*

ACHTZEHNTES KAPITEL

Worin ein Fragbesuch gedeichselt wird

Lady Haven Fayth saß auf der Bettkante und schnürte ihr Schuhwerk – gute, robuste hohe Stiefel, die ihre Füße vor den Gefahren unvertrauter Straßen in unbekannten Ländern und Zeiten schützen würden. Burleigh hatte versprochen, ihr die Feinheiten dessen zu lehren, was sie als Ley-Springen bezeichnete; und bisher hatte der »Schwarze Earl« – so nannte sie ihn in ihren Gedanken – stets Wort gehalten. Er hatte sie schon zu mehreren seiner Reisen in verschiedene Welten mitgenommen und ihr gezeigt, wie man die subtileren Elemente von Ley-Linien erkennt. Unter seiner etwas planlosen Anleitung hatte sie begonnen, ein paar der grundlegenden Fertigkeiten zu beherrschen – nicht nur, um solche Sprünge durchzuführen, sondern auch, um an fremden neuen Orten ihren Weg zu finden.

Auch wenn er nicht gerade ein Quell kostbarer Weisheit war, so erwies sich der Earl zumindest darin als zuverlässig, dass all die Dinge, die er auswählte, um sie ihr zu zeigen, wirklich funktionierten. Dennoch war ihr klar, dass es noch sehr viel mehr zu lernen gab und dass er ihr weit mehr vorenthielt, als er ihr sagte. So wusste sie beispielsweise aufgrund ihrer lange währenden Verbindung mit ihrem Onkel, dass es einen Preis von unschätzbarem Wert gab, der mit den Leys irgendwie zusammenhing und den Burleigh und seine Männer mit größter Entschlossenheit zu finden versuchten. Doch der Earl achtete darauf, diese Tatsache niemals direkt zu erwähnen. Deshalb glaubte Haven, es sei am besten, wenn sie so tat, als wüsste auch sie nichts davon. Sie gab vor, dass ihr lediglich bekannt wäre, es ginge immer nur um die Erforschung der anderen Welten, die durch Leys miteinander verbunden waren – um Entdeckungen und ihre Kartografierung.

Ebenso wusste sie, dass Burleigh verzweifelt versuchte, die Meisterkarte zu fassen zu bekommen, doch bislang es noch nicht einmal geschafft hatte, auch nur einen Blick auf das Original zu erhaschen: eine Tatsache, die sie verwunderte, wenn man seine gewaltigen Ausgaben an Geld, Zeit und Energie bedachte. Andererseits: Die einzigen beiden Menschen, von denen sie wusste, dass sie schon einmal ein Stück von der berühmten Karte besessen hatten, lagen nun in einem ägyptischen Grabmal – tot durch die Hand des Schwarzen Earl.

Und dafür würde Haven Fayth ihn bis zum Ende aller Zeiten hassen.

Und was den Rest betraf – die Preisgabe von Kit und Giles ... Nun, so bedauernswert dies auch sein mochte, es war einfach Berechnung gewesen, und daran ließ sich nichts ändern. In dieser entsetzlichen, tragischen Situation – gefangen und eingekerkert mit dem armen toten Cosimo und dem sterbenden Onkel Henry ...

Mit den anderen eingeschlossen zurückzubleiben hätte den Tod bedeutet. Am Leben zu bleiben eröffnete ihr immerhin die wenn auch geringe Chance zu kämpfen – so einfach war das. Und wenn sie in der Lage wäre, lange genug am Leben zu bleiben, um die Technik des Ley-Springens zu beherrschen und das notwendige Wissen darüber zu erwerben, war es durchaus wahrscheinlich, dass sie rechtzeitig zum Grabmal zurückkehren könnte, um ihre Freunde zu retten.

Was Haven anbelangte, hatte es für sie nur eine einzige Wahlmöglichkeit gegeben. Sie bedauerte nicht, diese Wahl getroffen zu haben, doch sie hasste Burleigh, weil er sie zu dieser Entscheidung gezwungen hatte. Der Mann war ein hinterhältiger Feigling und ein Unmensch.

Nach außen hin täuschte sie vor, eine gefügige Komplizin zu sein – ein williges Mündel eines strengen und wachsamen Vormunds. Sie heuchelte freundschaftliche Gefühle für ihn und führte ihn auf eine leicht kokette Weise, quasi über einen Pfad des Vergnügens, zu dem Glauben, dass sie im Laufe der Zeit und durch die richtigen Anreize sogar noch etwas mehr für ihn werden könnte – vielleicht seine Geliebte. Sie sprach das Ego und die Eitelkeit ihres auf finstere Weise gut aussehenden Gefährten an und ermöglichte ihm, den Eindruck zu gewinnen, dass er als der ältere und weisere Lehrer dabei war, ihre Bewunderung zu gewinnen. Und sie setzte ihre Schönheit und ihre weiblichen Listen ein, um seinen angeborenen männlichen Stolz anzusprechen. Und Haven Fayth konnte sehr, sehr ansprechend sein: Das hatte sie schon vor langer Zeit gelernt.

Gerade jetzt lag ein typisches Beispiel dafür vor, denn Burleigh erlaubte ihr nun, ihn nach Böhmen zu begleiten, obwohl er ursprünglich dagegen gewesen war. Dies war nicht das erste Mal, dass er dorthin ging, und er hatte viel lieber alleine reisen wollen. Den genauen Zielort hatte Haven zwar noch nicht in Erfahrung bringen können; doch das war ganz gleich. Die bloße Tatsache, dass Burleigh wollte, dass sie zu Hause blieb, machte sie nur noch entschlossener, mit ihm zu reisen. Und durch Charme allein hatte sie ihren Willen bekommen.

»Das wird keine einfache Reise«, erklärte er ihr später an diesem Morgen, als sie zur Kutsche gingen. »Wir werden drei Leys benutzen. Der erste ist ein paar Meilen von hier entfernt, und der zweite und dritte erfordern einen anstrengenden Marsch. Tatsächlich müssen wir eine ziemlich große Entfernung zu Fuß zurücklegen, bevor wir dort ankommen. Seid Ihr sicher, dass Ihr Euch all das antun wollt? Noch ist es nicht zu spät, es sich anders zu überlegen.«

»Und sich das Wunder entgehen lassen, als das Prag gilt?«, erwiderte sie und lächelte ihn herzig an, während sie ihm ihren Rucksack gab.

»Wer hat Euch gesagt, dass wir nach Prag gehen?«

»Keiner«, antwortete sie. »Ich habe ganz allein meine Rückschlüsse gezogen. Habe ich recht?«

»Steigt ein«, sagte Burleigh und öffnete die Tür der Kutsche.

»Ist außerdem damit zu rechnen, dass jemand von Euren Tagelöhnern uns begleitet?«, fragte sie, als sie sich ihm gegenüber auf dem Sitz niederließ.

»Nicht jetzt. Sie werden sich später mit uns dort treffen.« Er klopfte gegen das Dach der Kutsche; der Fahrer knallte mit der Peitsche, und mit einem Ruck geriet das Gefährt in Bewegung. Burleigh beäugte sie skeptisch. »Nur dann erlaube ich den Männern mitzukommen, wenn sie von Nutzen sein können. Eigentlich hätte ich nicht zulassen dürfen, dass Ihr mich überredet, Euch zu erlauben mitzukommen.«

»Oh ...« Sie schürzte die Lippen zu einem hübschen Schmollmund. »Und wo bliebe der Spaß? Es ist so lähmend und langweilig, wenn Ihr fort seid. Und Ihr vergesst, dass Ihr versprochen habt, mich alles zu lehren, was es über das Ley-Springen zu wissen gibt. Ich meine, Ihr solltet Euch an dieses Versprechen halten.«

»Nun, seht zu, dass Ihr das Beste aus dem Ausflug macht«, grollte er. »Wir werden nicht sehr lange dort sein.«

»Warum gehen wir dann überhaupt?«, entgegnete sie herausfordernd. »Wenn Euch all das so viel Mühe macht, was soll, bitte schön, das dann bezwecken?«

»Weil es sich um eine Besorgung von einiger Wichtigkeit handelt«, erwiderte er zunehmend gereizt. »Wenn Ihr es unbedingt wissen müsst – ich habe die Anfertigung eines besonderen Instruments in Auftrag gegeben und gehe nun dorthin, um es abzuholen. Schnurstracks hinein und schnurstracks wieder heraus.«

Sie hatte ihn weit genug getrieben; es war Zeit, sich zurückzuziehen und ihm das Feld zu überlassen. »Die kleinste Möglichkeit, solch eine fantastische Stadt zu sehen, stellt mich mehr als genug zufrieden«, sagte sie und beglückte ihn mit einem Lächeln. »Ich bin sicher, dass es sich lohnen wird – gleichgültig, wie viel Zeit wir auch dort verbringen werden.«

»Wir werden sehen«, meinte er und schien nun etwas besänftigt zu sein. Bezaubert von ihrem charmanten, unschuldigen Lächeln, fügte er hinzu: »Vielleicht können wir doch etwas mehr zustande bringen. Der Palast ist beeindruckend, das Rathaus ebenso. Dann gibt es dort natürlich den Kaiser selbst – Rudolf ist ein großer Liebhaber der schönen Dinge des Lebens, sehr herrschaftlich, äußerst großmütig und auch ein völliger Einfaltspinsel. Euch wird es gefallen, ihm zu begegnen, wenn sich für Euch die Gelegenheit ergeben sollte. Und wisst Ihr es schon? Es gibt jetzt ein Kaffeehaus am Altstädter Ring. Das erste in Europa, glaube ich.«

»Ich meine, es gibt Kaffeehäuser auch in London. Ja, ich bin mir dessen sogar sicher. Natürlich habe ich noch nie solch eine Einrichtung persönlich besucht, aber ich würde es von ganzem Herzen lieben, solch einen Ort zu sehen und etwas von diesem Kaffee zu probieren.«

»Wir werden sehen«, stellte er in Aussicht. »Wir werden sehen. Habt Ihr Kleider zum Wechseln mitgenommen, wie ich es Euch gesagt habe? Wir dürfen Euch nicht so gekleidet wie jetzt durch Prag herumschlendern lassen.« Er meinte damit ihre Reisekleidung, die aus einem einfachen graubraunen Leinenkleid und hohen Stiefeln bestand. »Ihr könnt nicht bei Hofe vorgestellt werden, wenn Ihr ausseht wie ein Milchmädchen.«

»Selbstverständlich«, stimmte sie ihm fröhlich zu. »Entsprechend Eurer Anweisung habe ich Seide und Spitze eingepackt, die für genau solch einen Anlass geeignet sind.«

Wenig später erreichten sie den ersten Ley, und Burleigh schickte die Kutsche weg. Der erste Sprung ging auf übliche Weise vonstatten; und anschließend erlebte Haven, auch wie üblich, das intensive Gefühl der Desorientierung und die Übelkeit, die durch eine so plötzliche und heftige Dislokation hervorgerufen wurden. Sie fand sich in einem ländlichen Gebiet wieder: Es schien sich um ein bewaldetes Flusstal in irgendeiner abgelegenen Region zu handeln. Nirgendwo waren Anzeichen einer menschlichen Besiedlung zu erkennen.

»Wo sind wir?«, erkundigte sie sich, als sie wieder sprechen konnte.

»Ich habe nicht die geringste Ahnung«, erwiderte Burleigh ungeduldig. »Seid Ihr endlich fertig? Wir müssen ein gutes Stück gehen.«

»Es tut mir aufrichtig leid, wenn mein störendes Verhalten Euch Ungelegenheiten bereitet hat, Mylord«, entgegnete sie scharfzüngig. Sie tupfte mit dem Ärmel ihren Mund ab. »Ich versichere Euch, dass sich daran nichts ändern lässt.«

Obwohl sie sich zunehmend an das gewöhnte, was sie als eine Art Seekrankheit betrachtete, die mit den Sprüngen einherging, war dieses Phänomen immer noch in der Lage, sie vorübergehend außer Gefecht zu setzen. Doch Burleigh brachte für eine solche Schwäche keine Geduld auf.

»Beeilt Euch, wenn Ihr bereit seid«, wies er sie an und marschierte los.

Sie folgte ihm und schloss nach einer kleinen Weile zu ihm auf.

»Gibt es Menschen hier in der Gegend?«, wollte sie wissen.

»Ich habe bisher keinen einzigen gesehen.«

»Wie seltsam.«

»Keineswegs. Wenn Ihr Euch die Mühe gebt, nur einen Augenblick rational darüber zu denken, werdet Ihr erkennen, dass nichts daran auch nur im Entferntesten ungewöhnlich ist. Seht, Ihr müsst Euch nur vor Augen halten, dass unsere Welt nicht immer so bevölkert gewesen ist wie heutzutage«, hob er hervor, während er zügig weiterstapfte. »Tatsächlich ist das Gegenteil häufiger der Fall gewesen, denn in vielen lang andauernden Epochen der Menschheitsgeschichte hat es riesige Gebiete auf der Erdoberfläche – ganze Kontinente – ohne einen einzigen Menschen gegeben. Daher vermute ich, dass wir in dieser Welt zu einer Zeit angekommen sind, in der dieser Ort immer noch ›jungfräuliches‹ Gebiet ist. Kurzum, es mag vielleicht Menschen in dieser Welt geben – ich wäre überrascht, wenn es keine gäbe –, doch sie leben nicht hier in der Gegend.«

»Und Ihr habt niemals den Versuch unternommen, diese Welt überhaupt zu erforschen?«

»Das wäre eine verdammte Zeitverschwendung«, erklärte er höhnisch und wies mit einer raschen Handbewegung auf die menschenleere Ebene. »Hier gibt es nichts, was von Interesse wäre.«

»Dann ist das hier also nur ein Verbindungsort – eine Zwischenstation auf dem Weg.«

»Richtig, eine Durchgangsstation. Nach meinen Erfahrungen gibt es viele solcher Orte«, berichtete er. »Sie haben vielleicht auch noch andere Zwecke, mir dienen sie jedoch bloß als Mittel, um von einem Ley zum anderen zu kommen.« Einige Augenblicke ging er schweigend weiter, bevor er fortfuhr: »Der nächste Ley ist einige wenige Meilen entfernt, und zwischen dem einen, den wir gerade benutzt haben, und dem nächsten gibt es weder Städte noch Dörfer, weder Bauernhöfe noch Ähnliches; jedenfalls habe ich niemals so etwas hier gesehen.«

»Woher habt Ihr gewusst, dass Ihr hierherkommen müsst?«

»Meine Liebe«, antwortete er mit einem sarkastischen Lächeln, »ich bin nicht ohne Mittel, wisst Ihr. Und mit dieser Sache beschäftige ich mich schon seit beträchtlicher Zeit. Die Gegenden, die ich kenne, kenne ich sehr gut.«

»Wie zum Beispiel die in Ägypten.«

»Genau«, stimmte er ihr zu. »Ägypten in mehreren seiner Epochen – zumindest in denjenigen, die mich interessieren.« Er ging ein paar Schritte und fügte dann an: »Bisher jedenfalls.«

Burleigh benutzte keine von außen sichtbaren Quellen oder Hilfsmittel, um zu den ihm bekannten Orten zu reisen, was Haven jedoch nicht davon abhielt, ihre eigene Karte anzufertigen. Dabei ließ sie sich von Sir Henrys grünem Buch inspirieren. Sie hatte damit begonnen, Beschreibungen von den Orten zu verfassen, die sie besucht hatte, die Lage der Leys und alle auffälligen Merkmale festzuhalten, die sie als erinnernswert erachtete. Bislang war es eine ziemlich wortreiche Angelegenheit gewesen, über Richtungen, Orientierungshilfen für die jeweilige Umgebung, Standorte von Leys und Ähnliches zu schreiben. Doch sie arbeitete an einer Methode, die Informationen in einer kompakteren und präziseren Form zu verschlüsseln.

Es war eine gute Gedankenübung, und sie hatte das ganz bestimmte Gefühl, dass es sich irgendwann in der Zukunft als nützlich erweisen würde. Nicht zuletzt füllte es die untätigen Stunden, wenn sie alleine war. Das passierte häufiger, als ihr lieb war, denn Burleigh nahm sie nicht überallhin mit. Mehr noch: Meistens reiste er ohne sie, und die Gründe dafür behielt er für sich. Denn der Earl hielt – trotz all seiner gegenteiligen Behauptungen – unerschütterlich daran fest, ein Geheimnis um seine Pläne und Handlungen zu machen. Haven war jedoch weit davon entfernt, sich dadurch entmutigen zu lassen. Es machte sie nur noch entschlossener, all sein

Wissen auszuspüren, das er ihr verheimlichte – weil es ihn nicht kümmerte, ob sie es kannte, oder weil er nicht bereit war, es ihr mitzuteilen.

Was Burleigh durch ihre Verbindung zu bekommen erhoffte, war ebenfalls ein wenig mysteriös. Bisher hatte er weder unpassende Forderungen an sie gestellt noch Annäherungsversuche unternommen. Er schien zufrieden damit zu sein, ihrer Verbindung zu gestatten, sich ruhig und langsam zu entwickeln: eine Erwartungshaltung, die Haven mit Freuden unterstützen würde, solange sich dies als eine nützliche List erwies.

Sie marschierten nun unter einem niedrigen grauen Himmel, und ein frischer Wind wehte ihnen entgegen. Die Luft war kalt und rein, und es roch nach Regen. Die beiden erreichten den Waldrand, stiegen eine Anhöhe hinauf und verließen so das flache Flusstal. Schließlich gelangten sie auf eine grasbedeckte Ebene. In weiter Ferne erhob sich eine niedrige Hügelkette; ihre Spitzen bildeten eine gezackte Linie. Doch auf der Ebene selbst gab es nichts zu sehen außer dem Gras, das sich wellenförmig im Wind bewegte, wie ein weiter grüner Ozean.

Haven warf einen Blick auf die formlose Fläche und fragte: »Wie habt Ihr es nur geschafft, da draußen einen Ley zu finden?«

»Ich habe da so meine Möglichkeiten, meine Liebe.« Er zog den Kopf ein und machte sich auf den Weg in die Prärie.

Haven glaubte, seine Worte würden sich auf eine Karte beziehen, obwohl sie niemals gesehen hatte, dass er eine benutzte. Sie ging im Windschatten hinter ihm her und lauschte dabei den raschelnden Geräuschen ihrer Füße im hohen Gras. Nach einer Weile sahen sie eine Erdspalte vor sich – ein v-förmiger Riss im Boden wie eine Miniatur-Verwerfungslinie, die von West nach Ost verlief und sich in einer unwandelbaren Linie durch die Ebene schnitt.

»Hier ist es«, sagte Burleigh und streckte seine Hand aus. »Das wird nicht lange dauern.«

Sie nahm seine Hand, dann gingen die beiden ein halbes Dutzend Schritte. Zwar war ein körperlicher Kontakt nicht unbedingt notwendig, doch sie hatte gelernt, dass dies zu viel exakteren Sprüngen

220

führte. Oder zumindest verringerte es die Möglichkeit, dass sie getrennt würden. Weshalb dies so war, musste sie noch herausfinden.

Während der ersten Schritte schien sich der Himmel zu verdüstern, und die Prärie um sie herum wurde verschwommen. Der Wind wehte plötzlich so stark, dass die Grashalme flach auf dem Boden lagen, und fuhr nach unten in die Verwerfungslinie hinein. Der Regen prasselte hart auf sie hernieder; man konnte meinen, er bestünde aus schweren, spitzen Geschossen. Aus großer Höhe fuhr ein Kreischen herab, als ob der Himmel zerrissen würde, und dann wurde alles schwarz.

Sie prallte mit einem harten Stoß auf, der sich durch den ganzen Körper fortpflanzte und ihn erbeben ließ. Brechreiz stieg ihr in die Kehle, doch da sie nichts zum Ausspeien in sich hatte, unterdrückte sie das Würgen und schluckte schwer. Sie wischte sich das Regenwasser aus dem Gesicht und schaute sich um. Die Landschaft war in abendliche Dunkelheit gehüllt; im Osten leuchteten bereits die Sterne. Sie schienen auf einem Felsvorsprung oberhalb einer sichelförmigen Bucht angekommen zu sein. Unten am Strand gab es Boote, die in einer Reihe angeordnet waren. In einiger Entfernung vor ihr, am Kap der Bucht, konnte Haven die Lichter eines Dorfes sehen, die der zunehmenden abendlichen Düsternis ein wenig Helligkeit entgegensetzten.

»Die Zeit ist heute gegen uns«, bemerkte Burleigh. »Wir müssen diese Nacht dort bleiben und dann morgen in aller Frühe aufbrechen. Der Ley liegt ein paar Meilen von hier entfernt auf der anderen Seite der Landspitze.«

»Das Dorf . . .«, sagte Haven, während sie in Richtung der Lichter losmarschierten. »Hat es einen Namen?«

»Trondheim, glaube ich.«

»Wir sind in Norwegen?«

»Sie sprechen Dänisch . . . oder irgendeinen Dialekt dieser Sprache, soweit ich das erkennen kann. Wir sind jedoch nicht in Norwegen . . . zu weit im Süden. Ich vermute, es ist eine Handelskolonie, die von dänischen Siedlern gegründet worden ist . . . oder etwas

Ähnliches. Fischerboote schauen hier vorbei, um Vorräte und Wasser aufzunehmen. Es gibt zwei Gasthäuser und mehrere Schenken. Die Leute verhalten sich ausreichend freundlich, soweit man sie verstehen kann.«

»Was werden sie mit uns machen?«

»Wer weiß das schon? Doch ich bezahle sie mit gutem Silber; das ist alles, was sie kümmert.«

Erwartungsgemäß wurden sie in dem Gasthaus, das sie betraten, willkommen geheißen. Sie genossen ein herzhaftes Abendessen: Zuerst servierte man ihnen Fischpastete auf Schwarzbrot, danach geschmortes Hammelfleisch mit Grüngemüse. Man gab ihnen Zimmer unter dem Dach des Hauses, die eigentlich recht ruhig lagen. Doch Haven wurde, während sie allein in ihrem unebenen Bett lag, von heiseren Gesängen wach gehalten, die bis spät in die Nacht hinein erklangen. Lange vor Sonnenaufgang schlichen die beiden Reisenden aus dem Gasthaus und begaben sich auf den Weg. Burleigh machte den Standort des Leys ausfindig, und als die ersten Sonnenstrahlen des neuen Morgens über den Hügelspitzen im Osten auftauchten, bereiteten sich die beiden auf den Sprung nach Böhmen vor.

Den Ley hatte Burleigh mit kleinen weißen Steinen gekennzeichnet. Sie lagen in einer Linie neben dem Pfad, der durch einen Menhir, ein Hügelgrab, einen Einschnitt in einer fernen Hügelspitze und – ausgerechnet – durch einen Galgen neben einer einsamen Wegkreuzung markiert wurde. Der Earl hatte den Sprung exakt justiert: Haven hörte, wie er leise die Schritte zählte, während sie schnell die Linie entlanggingen. Kalter Nebel trat auf, der alles eintrübte, und der Wind heulte kurz auf; und dann landeten sie auch schon auf einem ruhigen, sonnigen Hang, der ein paar Meilen von Prag entfernt war. Anschließend spazierten sie durch eine Landschaft, die von frischen grünen Feldern geprägt war, und kamen vor der Stadt an, als gerade die Tore für den nun angebrochenen Tag geöffnet wurden.

Sobald sie auf der Straße waren, schlossen sie sich den Händlern und Reisenden an, die wie üblich in die Stadt strömten, um dort ihrem Tagesgeschäft nachzugehen. Die beiden passierten die Stadtmauern, gingen durch einige enge Straßen und betraten schließlich eine breite, stattliche Brücke, auf der Burleigh schließlich stehen blieb.

»Es ist London sehr ähnlich«, bemerkte Haven, während sie sich anerkennend umblickte. »Kleiner zwar und besser gepflastert. Und selbstverständlich auch sauberer. Doch nicht ohne Gemeinsamkeiten.«

»Der Palast ist oben auf der Hügelkuppe«, sagte Burleigh und wies auf den sich weit ausdehnenden, berühmten Komplex, der den höchsten Punkt der Stadt beherrschte. »Wer ist der Kaiser?«

»Rudolf II.«, antwortete Haven mit scharfem Unterton. »Jeder weiß das. Ich bin überrascht, dass Ihr das fragt.«

»Ich habe nur gerade überprüft, ob Ihr es wisst.« Er machte sich wieder auf den Weg; und genau in diesem Moment begannen die Glocken im Turm der Kathedrale zu läuten. Innerhalb weniger Augenblicke schlug auch jede andere Kirchglocke in der Stadt und ermahnte die Gläubigen, die Messe zu besuchen.

»Werden wir Seine Majestät sehen?«, wollte Haven kurz darauf wissen. »Mir würde es sehr gefallen.«

»Das ist möglich«, meinte Burleigh. »Wenn er zufällig hört, dass ich zu Besuch gekommen bin, wird er uns vielleicht zu einer Audienz einfordern. Er bildet sich ein, er wäre der führende Kopf einer Renaissance der Wissenschaft, und mag es, wenn er seine Finger überall drin hat.«

»Ist das der Grund, weshalb Ihr Prag ausgewählt habt, um dieses Instrument herstellen zu lassen?«

Burleigh warf seiner Weggefährtin einen raschen Seitenblick zu. Sie war ein sehr gescheites Mädel; und unter diesen rostbraunen Locken saß ein Verstand, der so schnell und geschmeidig arbeitete wie bei keinem anderen, den er je getroffen hatte. »Sehr gut, meine Liebe. Ja, die Wissenschaft hier steckt noch in den Kinderschuhen, doch das handwerkliche Geschick ist mehr als ausreichend für meine Zwecke. Die Leute hier sind zugänglich und stellen nicht viele Fragen.« Er hielt kurz inne, bevor er hinzufügte: »Im Unterschied zu Euch.«

»Ihr schmeichelt mir, Sir«, erwiderte sie strahlend.

Die Straße vor ihnen stieg steil an und begann, sich zum Palastbezirk auf dem Hügel hochzuschlängeln. Sie wurde gesäumt von sauberen Häusern und Läden. Die Leute, die ihren Geschäften nachgingen, schienen halbwegs gut angezogen, wohlhabend und vor allem sauber zu sein. Die Stufen vor den Häusern waren gewaschen, die Fenster ebenso – und sogar die Straßen hatte man gefegt: der Unrat war in ordentlichen kleinen Haufen zurückgelassen worden, damit die Müllwagen ihn gut einsammeln konnten.

Während sie weitergingen, hielt Haven Ausschau nach dem Kaffeeladen. Sie hoffte, Burleigh verleiten zu können, für eine Tasse dieses modischen Trankes anzuhalten. Doch sie erblickte das Geschäft nicht, während sie immer weiter hochmarschierten. Schon sehr bald erreichten sie das Palasttor, das geöffnet war, damit Besucher ungehindert hindurchgehen konnten. Sie überquerten den Hof und stießen vor einem Eingang auf zwei Wächter, die glänzende silberne Brustplatten und Helme trugen. Die beiden hielten ihre Piken gekreuzt – eine zeremonielle Sperrung des Durchgangs –, bis Burleigh in holprigem Deutsch seinen Namen, Titel und sein Anliegen nannte.

Was auch immer er erzählte – die Wachmänner jedenfalls nahmen ihre Waffen beiseite und erlaubten den beiden Besuchern weiterzugehen. Unter einem Giebel mit der Statue des heiligen Georg, der den Drachen erschlug, betraten sie den Gebäudekomplex und gelangten in das weiträumige Vestibül des Palastes. Dort wurden sie von einem der kaiserlichen Saaldiener abgefangen: Es waren junge Männer, deren Aufgabe darin bestand, die Gäste des Kaisers zu ihren gewünschten Bestimmungsorten zu führen.

Erneut sprach Burleigh ein paar Worte auf Deutsch, und anschließend wurden sie tiefer durch das Gewirr von Räumen und Gebäuden eskortiert, aus denen die kaiserliche Residenz bestand.

»Wie ist Euer Deutsch?«, erkundigte sich Burleigh, als sie durch eine scheinbar endlose Galerie voranschritten.

»Warum fragt Ihr, Sir? Ich habe keinerlei Kenntnisse von dieser Sprache«, gestand Haven bereitwillig.

»Ihr wisst mehr, als Ihr glaubt«, teilte ihr der Earl mit. »Da Ihr Englisch sprecht, kennt Ihr bereits tausend deutsche Wörter oder mehr. Wie auch immer … von Euch wird nicht verlangt, dass Ihr sprecht. Seid nur aufmerksam, und Ihr könnt das meiste verstehen, was Ihr zu wissen braucht, aufgrund der Gesten und der Situation. Erinnert Euch nur immer daran, dass die Böhmen sehr förmliche Menschen sind.«

Sie kamen vor einer großen getäfelten Tür an und blieben stehen. Der Saaldiener klopfte für sie an die Tür, und von innen antwortete eine Stimme. Daraufhin verbeugte sich der Saaldiener, trat zur Seite und gab mit einer Armbewegung zu verstehen, dass sie eintreten sollten.

»Nach Euch, meine Liebe«, sagte Burleigh.

NEUNZEHNTES KAPITEL

Worin ein Drei-Tassen-Problem erklärt wird

Erstmals seit Wochen erwachte Kit aus einem tiefen und erholsamen Schlaf. Eine Weile blieb er noch liegen und lauschte dem Geräusch des Wassers, das sanft gegen den Rumpf der Dahabija schlug – ein Klang voller Gelassenheit und Frieden. Schließlich gab er sich einen Ruck und setzte sich auf; erst jetzt bemerkte er, dass sich das Boot bewegte. Er schlich aus dem Raum und dann auf der Kajütenleiter zum Deck hoch, obwohl er immer noch das Nachthemd trug, das ihm Thomas Young gegeben hatte. Kit sah, dass die Morgendämmerung gleich einsetzen würde und dass der Kapitän das Boot flussaufwärts steuerte. Luxor hatten sie bereits hinter sich gelassen, und vor ihnen lagen nur die grünen Ufer des Nils mit Dattelpalmen und blühenden Sesamfeldern auf beiden Seiten.

»Guten Morgen, mein Freund!«, rief eine Stimme vom erhöhten Achterdeck. »Haben Sie Lust auf einen Schluck Tee?«

»Von mir aus gerne«, antwortete Kit. Während er auf die Stufen zuging, die zum höheren Deck führten, erblickte er Thomas, der in einem seidenen Morgenrock auf einem großen Rattansessel thronte und in seinen Händen eine Tasse hielt, der dünne Dampfwolken entstiegen. Auf einem niedrigen Tisch neben ihm lag Wilhelminas Brief. Kit zog einen der Rattansessel herbei, die an der Reling standen, und gesellte sich zum Arzt.

»Zu dieser Tageszeit kann ich am besten denken«, bekannte Thomas. »Es ist kühler und somit zuträglicher für klare Gedanken.« Von einer bemalten Keramikkanne entfernte er die Haube, die den

Inhalt warm hielt, goss eine weitere Tasse voll und reichte sie Kit. »Wann immer ich mich einem hartnäckigen Problem gegenübersehe, hilft mir – wie ich finde – Tee, mich zu konzentrieren.«

»Es geht nichts über die erste Tasse am Morgen«, pflichtete Kit ihm bei. »Gibt es auch Milch?«

»Dort im Krug. Bitte, bedienen Sie sich selbst.« Während sich Kit eingoss, fügte Thomas hinzu: »Es ist übrigens Kamelmilch.«

Kit probierte einen kleinen Schluck: Es schmeckte süß und leicht pikant, fand er, doch im Großen und Ganzen annehmbar. Die beiden Männer tranken schweigend weiter und betrachteten das Flussufer, das langsam an ihnen vorüberglitt – unter einem Himmel, der die Farben von Rosenblütenblättern angenommen hatte.

Nach einer Weile brach Thomas die Stille. »Ich bin die halbe Nacht wach gewesen und habe über Ihr Problem nachgedacht.«

Mehmet, der auch der Schiffskellner war, brachte eine Teekanne mit frisch aufgesetztem Tee und nahm den alten mit sich.

»Was sind Sie bereit, mir über dieses Artefakt zu erzählen, das wir im Grabmal zu finden hoffen«, fragte Thomas, während er die Tassen wieder füllte.

Kit dachte einen Augenblick nach. »Sie wissen ja schon einiges von den Ley-Reisen – so, wie sie von Wilhelmina beschrieben werden.«

»Richtig. Die Beförderung von einer Welt in die andere.« Young wirkte plötzlich höchst konzentriert. Seine stahlumrahmten Brillengläser blitzten im frühen Morgenlicht auf. »Ich habe die Absicht, mich mit diesem Gebiet sehr eingehend zu befassen und es tiefer zu erforschen. Doch für unser gegenwärtiges Gespräch werden wir es als bereits umfänglich demonstriert erachten.« Er nahm einen Schluck Tee. »Fahren Sie fort.«

»Nun, das Phänomen wurde entdeckt von einem Mann namens Arthur Flinders-Petrie – oder zumindest ging er ihm aktiv nach. Er wanderte umher, um die verschiedenen Ley-Verbindungen und ihre Zielorte zu erkunden. Das, was er aufgefunden hat, ist von ihm auf einer Karte festgehalten worden.«

»Ein sehr umsichtiger Bursche«, erklärte der Arzt anerkennend. »Ich finde ihn schon jetzt sympathisch.«

»Um die Karte gut aufzubewahren und über sie, wie ich vermute, in allen Lebenslagen verfügen zu können, hat er sie sich auf seinen Körper tätowiert.« Kit fuhr mit der Hand über die Brust und dann über den Rest seines Oberkörpers. »Auf diese Weise war die Karte immer bei ihm und konnte ihm niemals verloren gehen.«

»Genial.«

»Man nennt sie ›Die Meisterkarte‹, und sie hat die Form eines sehr ausgeklügelten Codes aus Symbolen. Ich habe ein paar dieser Symbole gesehen, aber bislang weiß ich nicht, wie sie zu deuten sind.«

»Sie haben also diese Karte aus Haut schon einmal vor Augen gehabt?«

»Nicht wirklich. Ich habe nur eine Fälschung von ihr gesehen. Mein Urgroßvater Cosimo hatte einen Teil der Karte gefunden und hielt sie dann hinter Schloss und Riegel versteckt. Aber als wir zu ihrem Aufbewahrungsort gingen, um sie zu betrachten, entdeckten wir, dass irgendjemand das Original gestohlen und durch eine schlechte Kopie ersetzt hatte. Die Fälschung war wertlos.«

»Sie sagten, dass es nur einen Teil gab«, hob Thomas hervor. »Meinen Sie damit, dass die Karte in irgendeiner Weise aufgeteilt worden ist?«

»So ist es«, bestätigte Kit. »Cosimo war der Auffassung, dass die Karte in wenigstens vier Teile getrennt worden ist. Warum dies geschehen ist und wer die Karte durchtrennt hat – darüber haben wir keinerlei Ahnung. Es gab die Vermutung, dass sie zerschnitten worden ist, um das ursprüngliche Geheimnis der Karte irgendwie zu schützen, aber ich glaube nicht, dass irgendjemand das wirklich weiß. Wie dem auch sei – im Verlaufe all der Jahre, die Cosimo mit der Suche nach der Karte verbracht hat, war es ihm gelungen, eines der Teile zu finden. Doch wie das passiert ist, das habe ich niemals in Erfahrung gebracht.«

»Schade.« Thomas trank seine Tasse aus und schenkte sich ein weiteres Mal Tee ein. »Ich stelle fest, dass dies zumindest noch eine weitere Tasse erforderlich macht.«

Kit streckte ihm sein Trinkgefäß entgegen, damit er es wieder auffüllte. »Doch die Karte ist nur der Anfang.«

»Das habe ich mir gedacht.«

»Die Sache ist folgende ...« Kit wurde sehr ernst. »Flinders-Petrie hat etwas gefunden – etwas unglaublich, unvorstellbar Wertvolles. Ein Schatz irgendwelcher Art, den er vor dem Rest der Welt verborgen hielt.«

»Wirklich?«, flüsterte Thomas, der von dieser Geschichte völlig gefangen war. »Als ob Ley-Reisen nicht schon mysteriös genug wären!«

Kit nickte feierlich. »Cosimo gelobte sich selbst, diesen Schatz zu entdecken – und dieses Unterfangen hat ihn letzten Endes das Leben gekostet. Wie ich bereits erwähnt habe, sind wir nicht die Einzigen, die nach der Karte suchen.« Dann fuhr er fort, indem er mehr über Lord Burleigh, den Earl of Sutherland, und dessen Männer erzählte. Er beschrieb, wie sie immer genau zum falschen Zeitpunkt aufkreuzten, was für Leute sie waren und er sonst noch über sie wusste. Seine Darstellung beendete er mit den Worten: »So schlimm diese Kerle auch sind – sie sind unglücklicherweise nicht unsere einzigen Konkurrenten im Kampf um die Karte. Immerhin hat irgendjemand Cosimos Teilstück der Karte gestohlen – und dieser Jemand gehörte nicht zu den Burley-Männern.«

Der Arzt schwieg einen langen Augenblick, bevor er fragte: »Darf ich davon ausgehen, dass der Gegenstand, den wir in dem Grabmal zu finden hoffen, tatsächlich ein Teil der Karte ist?«

»Nichts Geringeres als das«, bestätigte Kit. »Cosimo und Sir Henry haben für diese große Suche ihr Leben geopfert. Die Karte ist ein wesentlicher Teil dieses Unterfangens, und ich habe mir selbst geschworen, ihre Arbeit fortzuführen. So einfach ist das.«

Thomas Young sann einen Augenblick lang über das nach, was ihm gerade erzählt worden war, und entgegnete dann: »Der Wissenschaftler in mir bittet eindringlich um eine fundierte Bestätigung. Kann irgendetwas von dieser Geschichte über die Karte tatsächlich bewiesen werden?«

»Ich denke«, wagte Kit zu erwidern, »dass wir den Tatsachenbeweis, den Sie sich so dringend wünschen, finden werden, wenn wir das Grabmal öffnen – vorausgesetzt natürlich, dass die Karte in der gegenwärtigen Realität existiert. Das werden wir nicht wissen, solange wir nicht nachgeschaut haben.«

Thomas dachte darüber nach. »Bitte missverstehen Sie mich nicht. Ich glaube Ihnen vorbehaltlos. Die Beweise, die bereits deutlich sichtbar vorliegen, sind ausreichend, damit sich die Waagschale zu Ihren Gunsten neigt ...« Mit fuchtelnden Handbewegungen wies er auf den Brief auf dem Tisch. »Das da, zusammen mit der Briefmarke, der Münze, den Seiten aus meinem Buch mit den Abhandlungen, das noch veröffentlicht werden muss ... all das hat mich mehr als zufriedengestellt.« Thomas beugte sich vor, und vor Aufregung wurde seine Stimme lauter. »Doch verstehen Sie: Die Folgerungen aus dem, was sie mir gezeigt haben – und dem, was wir vom Grabmal zu erfahren hoffen –, sind nichts Geringeres als welterschütternd. Wenn es sich bestätigt, führt die Entdeckung direkt zu einem radikal neuen Verständnis vom Universum.«

»Wem erzählen Sie das«, erklärte Kit ruhig.

Doch der Wissenschaftler war noch nicht am Ende mit seinen Schwärmereien über die Vorstellung von einem Universum voller vielfacher alternativer Welten. »Das ist die vielleicht größte wissenschaftliche Entdeckung aller Zeiten. Wir müssen damit anfangen, das Ley-Reisen systematisch zu studieren und feststellen, wie sein ›Antriebsmechanismus‹ funktioniert.« Er hob einen Finger hoch, als ob er eine Vorlesung halten würde. »Das ist von höchster Bedeutung; denn wenn wir erst dieses Thema meisterhaft beherrschen, dann sind wir auch ein sehr weites Stück auf dem Weg zur Entwirrung der grundlegenden Rätsel des Universums vorangekommen – von Zeit, Raum, Wirklichkeit ...« Er lächelte, als ihm ein neuer Gedanke einfiel. »Vielleicht sogar die wahre Natur der Existenz als solcher.«

Kit war zwar bereit, sich für den Fortschritt der wissenschaftlichen Kenntnisse einzusetzen, erlaubte sich jedoch, ein wenig die Stirn zu runzeln. »Alles beginnt damit, dass wir die Karte in die Hände bekommen.«

»Zu diesem Zweck werde ich das Projekt mit Geldmitteln unterstützen, deren Verwendung in meinem Ermessensspielraum liegt.

Alles, worum ich bitte, ist, den Fund aufzuzeichnen und zu katalogisieren und jegliche anderen Objekte von besonderem Interesse für weitere Studien einzufordern.«

»Tun Sie sich keinen Zwang an«, erwiderte Kit. »Solange wir uns nur die Karte beschaffen, bin ich glücklich.«

Während die beiden ihr Gespräch fortführten, erschien Mehmet auf dem Achterdeck. Er teilte ihnen mit, dass der Kapitän von Kit eine Anweisung benötige, um das Dorf zu finden.

»Es gibt fünf Siedlungen am Westufer des Flusses«, berichtete Mehmet. »Der Kapitän wünscht nun zu wissen, welche davon Sie suchen.«

Kit dachte einen Moment nach. »Ich glaube, es ist das dritte Dorf. Ich erinnere mich, dass wir zwei passiert haben, als wir flussabwärts dorthin gekommen sind. Doch ich werde es wissen, wenn ich es vor Augen habe.«

»Jetzt nähern wir uns dem ersten«, meldete der Schiffskellner.

Kit erhob sich und ging zur Reling. Er sah hohe Dattelpalmen; ihre spindeldürren Stämme ragten hoch über eine Ansammlung niedriger Hütten aus Lehmziegeln. Am Rande des Wassers wuschen Frauen ihre Wäsche, und ihre Kinder spielten in den seichten Stellen des Flusses. Oben auf dem Ufer bepackten zwei Männer einen Esel mit frischen grünen Binsen – zusammen mit der Ladung war das Tier doppelt so hoch wir zuvor –, und ein anderer Zeitgenosse führte einen Büffel über einen Pfad zur Weide, wobei Hunde ihnen bellend hinterherliefen.

»Das ist nicht der richtige Ort«, verkündete Kit, nachdem er sich rasch einen Überblick verschafft hatte.

Mehmet überbrachte diese Nachricht dem Kapitän und erklärte anschließend, das Frühstück würde nun serviert. Kit und der Arzt kehrten zum Hauptdeck zurück, wo unter einem gestreiften Baldachin ein gedeckter Tisch aufgestellt worden war.

»Ich hoffe, Sie sind so hungrig wie ich!«, rief Thomas. »Wir müssen ein herzhaftes Frühstück zu uns nehmen, wenn wir heute in die Wüste gehen. Vor Sonnenuntergang wird es viel zu heiß sein, um etwas zu essen.«

Sie genossen ein gutes Frühstück aus Früchten, süßen Broten, winzigen, mit Paprika und Zwiebeln gewürzten roten Würsten, Joghurt und Kaffee. Während sie aßen, näherte sich das Boot einer weiteren Siedlung am Ufer.

Schon nach einer oberflächlichen Prüfung stellte Kit fest, dass es sich ebenfalls nicht um das gesuchte Dorf handelte. »Aller guten Dinge sind drei«, sagte er, als er zum Tisch zurückkehrte.

Sie beendeten ihre Mahlzeit, als das Boot eine leichte Biegung entlangfuhr und das nächste Dörfchen in Sicht kam. Kit eilte wieder zur Reling. Er sah die Quelle und die Steinstufen, die nach unten zum Fluss führten. Dann entdeckte er das Boot, das ihn flussabwärts nach Luxor gebracht hatte. »Das ist es!«, verkündete Kit und zeigte auf das größte Bauwerk im Dorf. »Da ist Khefris Haus.«

Der Kapitän fuhr ans Ufer und ließ das Boot vertäuen; dann legte die Crew den Laufsteg aus.

»Bereit?«, fragte Thomas, während er sich seinen weißen Strohhut aufsetzte.

»So bereit, wie ich es noch nie war«, erwiderte Kit.

»Dann weisen Sie uns die Richtung.«

Sie marschierten über den Steg, das Ufer hoch und in das Dorf hinein, wo dank Khefri und seines Vaters Ramses die erforderlichen Verhandlungen über Arbeiter und Tiere sogleich begannen. Als die Sonne direkt über ihnen stand, hatte die Expedition eine beachtliche Größe erreicht durch die Beschaffung von vier Eseln, zwei Mulis und sechs zusätzlichen Arbeitern, um die Ausgrabungen durchzuführen. Dann fingen sie an, die notwendigen Vorräte für Menschen und Tiere zusammenzustellen. Khefri hatte sich selbst eine Tätigkeit als Aufseher und Übersetzer für die Arbeiter verschafft und widmete sich seiner neuen Aufgabe mit einer Ernsthaftigkeit, die Thomas zu schätzen wusste. Während der Arzt und Kit im Schatten einer Dattelpalme standen, organisierte der junge Ägypter die Verteilung der Aufgaben in der Expeditionsgruppe und überwachte das Packen.

Als alles fertig war, hatte die Sonne schon lange ihren Abstieg im Westen begonnen. Ramses, der bei den Verhandlungen gute Arbeit geleistet hatte, lud Kit und Thomas zum Abendessen ein. Anschließend verbrachten die beiden eine weitere Nacht an Bord des Bootes. Am nächsten Morgen brach die Expedition unter Führung von Kit und Khefri auf.

»Alles, was ich weiß«, vertraute Kit seinem neuen Kollegen ein paar Minuten nach dem Aufbruch an, »ist, dass sich das Grabmal in einem Wadi westlich von hier befindet – jenseits des zerstörten Tempels.« Er blickte Khefri an. »Sie kennen den Tempel?«

»Natürlich«, antwortete der junge Ägypter. »Doch es gibt viele Wadis. Es ist unmöglich zu wissen, welches Sie meinen.«

»Ich habe befürchtet, dass Sie das sagen würden.« Kit dachte einen Augenblick nach. »Dieses besondere Wadi ist sehr lang und teilt sich nach ein paar Hundert Yards oder so in zwei Arme. Auch gibt es dort kleine Gräber und Bestattungsnischen, die überall entlang des Wegs aus den Wänden gehauen wurden.«

»Warum haben Sie das nicht von Anfang an gesagt, Kit Livingstone?«

»Sie kennen den Ort?«

»Natürlich. Jeder kennt diesen Ort.«

»Wenn Sie in der Lage sind, uns dorthin zu bringen, kann ich das Grabmal finden.«

Bis kurz vor Sonnenuntergang marschierten sie weiter und schlugen dann ihr Lager außerhalb des zerstörten Tempels auf; die Nacht würden sie in der Wüste verbringen. Kit zeigte seinem neuen Wohltäter die Allee der Sphinxen und die darin enthaltene Ley-Linie.

»Die Leys scheinen zeitabhängig zu sein«, erläuterte er, während die beiden dastanden und den geraden Weg zwischen den Tatzen der sich kauernden Sphinxen hinunterblickten. »Früh am Morgen und zu Beginn der Abenddämmerung scheint die beste Zeit zu sein, um einen Sprung zu unternehmen. Manchmal kann ich es fühlen, wenn ein Ley aktiv ist.«

»Außergewöhnlich.« Der Wissenschaftler ging in die Hocke und legte eine Hand auf das zerbrochene Pflaster. »Fühlen Sie jetzt irgendetwas?«

Kit schüttelte den Kopf. »Nein, nicht im Moment.« Er warf einen Blick zum Himmel. Die Sonne war schon untergegangen, und im

Osten zeigten sich die ersten Sterne der Nacht. »Möglicherweise ist es bereits zu spät.« »Wenn wir gefunden haben, was wir suchen, kann ich Ihnen vielleicht zeigen, wie es funktioniert.«

»Ich sehe einer Demonstration freudig und mit äußerst gespannter Erwartung entgegen.«

Am nächsten Morgen führte Khefri sie zum Eingang des Wadis. Die Expeditionsgesellschaft ging weiter durch den langen, sich schlängelnden steinernen Korridor der Schlucht. Sie erreichten die Stelle, wo sich das Wadi teilte, und ein kleines Stück weiter konnten sie die ersten Grabnischen sehen. Sie kamen auch an dem steilen Einschnitt vorbei, wo Kit mit Giles und Lady Fayth hochgeklettert war: Danach hatten die drei ihren Überfall auf das Grabmal abgewartet – besser gesagt, ihren unglückseligen Versuch, Cosimo und Sir Henry aus den Händen der Schurken zu befreien. Kurze Zeit später kam die Expeditionsgesellschaft an dem Punkt an, wo der Hauptgang des Wadis einen östlichen und westlichen Nebenarm ausbildete.

»Das ist die Stelle«, erklärte Kit und blickte sich um. »Und genau hier schlagen wir unser Lager auf.« Die schalenförmige Wasserrinne war fast genau so, wie er sie in Erinnerung hatte. Es gab nur geringfügige Abweichungen – sie waren tatsächlich so unbedeutend, dass er Schwierigkeiten hatte, sich zu entsinnen, dass es sich hier nicht um den Ort handelte, an dem er zuvor gewesen war. In der jetzigen Welt war es 1822, in der es weder Zelte noch Burley-Männer gab – und auch keine ausgegrabene Gruft: nur die bloßen staubfarbenen Felswände und den trockenen, leeren Wadi-Boden, der sich zu beiden Seiten weiterschlängelte. Der große leere Tempel war da und auch immer noch leer – obwohl, wie sie bei einer späteren Besichtigung feststellten, es Anzeichen gab, dass sich im Innern Aasfresser aufgehalten hatten. In Wirklichkeit hatten sie keine Garantie, dass Anen überhaupt in dieser Welt gelebt hatte – geschweige denn, dass er in diesem Wadi begraben worden war.

»Sind Sie sicher, dass dies die richtige Stelle ist?« Thomas, der unter seinem großen weißen Strohhut schwitzte, tupfte sich mit einem Taschentuch die Stirn ab und schaute sich skeptisch um.

»Ich muss schon sagen, dass ich niemals von einem Grabmal gehört habe, das an solch einem weit abgelegenen und unzugänglichen Ort aufgefunden worden ist. Ich wäre nie auf die Idee gekommen, hier zu graben.«

»Wenn das Grabmal überhaupt hier auf dieser Welt ist, dann in diesem Wadi«, versicherte ihm Kit. »Irgendwo . . .« Er marschierte ein paar Dutzend Schritte durch das östliche Wadi und hielt an einer Biegung im Fels an, die ihm entfernt vertraut vorkam. »Ungefähr hier, glaube ich.« Mit der Hand zeigte er auf einen Bereich, wo die Wand in den Talboden überging. »Irgendwo hier entlang ist der Eingang. Dort müssen Stufen sein, die nach unten zur Grabkammer führen.« Sein Blick glitt über die fugenlose Wand, um irgendeinen Hinweis auf das Grabmal zu finden, doch er entdeckte nichts, was auf einen verborgenen Eingang hindeutete. »Zumindest ist das der Weg, an den ich mich aus der anderen Welt erinnere.«

»Dann ist das hier die Stelle, wo wir beginnen.« Thomas wies Khefri an, den Männern auszurichten, die Tiere abzuladen, die Ausrüstung auszupacken und ein Lager zu errichten.

Bald ähnelte der Platz einem Beduinendorf – komplett mit niedrigen, flügelförmigen Zelten und einem kleinen Lagerfeuer aus Zweigen und getrocknetem Mist: Darüber wurde auf dem Boden eines nach oben gerichteten Topfs flaches Brot gebacken. Süßer Akazienrauch wehte in silbernen Fäden durch die Luft, und als die Sonne hinter den umliegenden Hügeln versank, herrschte über der antiken Begräbnisstätte eine Atmosphäre des Friedens und der Ruhe.

Während das Abendessen zubereitet wurde, nahm Thomas einen langen, dünnen Eisenstab und begann damit den Sandboden des Wadis zu untersuchen. Dort, wo Kit hingedeutet hatte, stieß der Arzt die Spitze der Stange tief in den Boden und bewegte sie hin und her, um so nach irgendeiner kleinen Spalte oder einer anderen Anomalie zu suchen, die möglicherweise auf ein von Menschenhand geschaffenes Gebilde hinwies. »Auf diese Weise beginnen wir«, erklärte Thomas. »Sie würden überrascht sein, wenn Sie wüssten, was alles in Erfahrung gebracht werden kann, indem man buchstäblich herumstochert.«

Er arbeitete sich methodisch vor und stach hintereinander Löcher in den Boden entlang der Wand der Schlucht. Als er damit fertig war, hatte er ein halbes Dutzend Stellen ausgemacht, wo Probegräben ausgehoben werden sollten. Kit war überzeugt, dass jedenfalls einer von ihnen zu dem versiegelten Eingang des Grabmals führen würde.

Dunkelheit senkte sich über das Wadi, und die Männer rollten sich nach ihrem einfachen Mahl in ihre Mäntel, um zu schlafen. Bald schon herrschte auch im Lager die Stille der Wüste. Kit selbst verbrachte jedoch eine ruhelose Nacht: Ihn quälten Träume, in denen er die Knochen von Cosimo und Sir Henry fand oder – schlimmer noch – in denen er im Grabmal zusammen mit ihren verfaulenden Leichnamen eingeschlossen war.

Durch diese unseligen Gedankenbilder legte sich ein dunkler Schatten auf seine Seele, der auch am nächsten Tag fortbestand – bis die Arbeiter bei der dritten Probegrabung einen großen Schlussstein aufdeckten, der in den Wadi-Boden gesetzt worden war.

Khefri rannte sogleich zu Kit, um ihm die Neuigkeit mitzuteilen. »Sir! Sir, kommen Sie schnell. Dr. Young ruft nach Ihnen.«

»Was gibt es denn?« Kit lag auf seiner Grasmatte im Schatten des Zeltes, nachdem er eine ermüdende Arbeitsschicht bei der zweiten Probegrabung hinter sich gebracht hatte. »Haben sie was gefunden?«

»Es ist der Eingang zum Grabmal.« Khefri raste wieder weg. »Beeilen Sie sich!«

Kit sprang auf die Füße und stürzte dem flinken Ägypter hinterher. »Das ist es, worüber ich gesprochen habe. Jetzt fängt der Spaß erst richtig an.«

ZWANZIGSTES KAPITEL

Worin die noch in den Kinderschuhen steckende Wissenschaft der Archäologie grundlegend weiterentwickelt wird

*E*s nahm zwei Tage in Anspruch, den Schutt aus dem Eingangs-bereich des Grabmals und der kleinen Vorkammer wegzuräumen: Beide waren bis obenhin angefüllt mit Sand, Felsgestein und den Scherben zertrümmerter Tongefäße. Am Morgen des dritten Tages ihrer Ausgrabung standen Thomas und Kit zusammen und betrachteten die Hauptkammer vom Grabmal des Hohen Priesters Anen.

»Jemand war in schrecklicher Eile gewesen«, erklärte Thomas angesichts des Ausmaßes der Trümmer.

Eine neue Sorge beschlich Kit. »Sie meinen, das Grabmal ist geplündert worden?«

»O nein. Das meine ich überhaupt nicht – ganz im Gegenteil, wenn ich mich nicht irre.«

»Dann ...« Kit rätselte über diese Äußerung, doch ihre Bedeutung entzog sich ihm. »Was?«

»Die mit der Beisetzung betrauten Leute scheinen in einiger Hast gewesen zu sein, um ihre Aufgaben zu erfüllen und das Grabmal zu versiegeln, bevor es entdeckt werden konnte. Sehen Sie hier!« Mit heftigen Gesten wies Thomas auf den kastengleichen Raum, der mit Schutt vollgestopft war. »Bei einem normalen Begräbnis hätten die Priester darauf geachtet, dass die Unantastbarkeit des Grabmals bewahrt worden wäre. Die Ägypter liebten Gepränge: Ist Ihnen schon einmal aufgefallen, wie sie jeden Quadratzoll jeder verfügbaren Oberfläche in einem Tempel mit den verschiedensten Arten von Malerei und Reliefs dekoriert haben?«

»Ja, das habe ich schon gemerkt.« *Er hat recht*, dachte Kit. Ägyptische Tempelkunst war mit regem Arbeitseifer betrieben worden.

»Das Gleiche gilt für ihre Grabmäler. Für gewöhnlich sind die Kammern vom Boden bis zur Decke mit Gegenständen angefüllt, die der Verstorbene für seine Reise durch die Ewigkeit benötigt. Ein Hoher Priester wäre davon ausgegangen, dass er nach seinem Tode ein luxuriöses Leben führen würde – umgeben von den Gegenständen, die er schätzte, und allem anderen, was man für sein ewiges Dasein als höchst notwendig erachtete.«

»Doch hier ist dies nicht geschehen«, stellte Kit fest, der nun seinen Freund verstand. »Wahrscheinlich, weil sie nicht die Zeit dafür hatten?«

»Exakt«, pflichtete Thomas ihm bei und wies gestikulierend auf den großen Haufen aus zerbrochenen Steinen, den Überresten von Gebäudeschutt. »Vielleicht erfahren wir den Grund für ihre ungebührliche Eile, wenn wir alle Kammern ausgeräumt haben. Ich glaube, es gibt noch zwei weitere, nicht wahr?«

»Das stimmt.« Kit zeigte auf die kaum sichtbare Wand am gegenüberliegenden Ende des Raums. Er versuchte, sich die Kammer so bildlich vorzustellen, wie er sie zuletzt gesehen hatte. »Der Raum, der uns interessiert, ist irgendwo dahinten. Zumindest war es so, als ich das letzte Mal hier gewesen bin.«

»Korrigieren Sie mich, wenn ich unrecht habe«, sagte Thomas. Seine stahlumrahmten Brillengläser glitzerten im schwachen Licht, als er sich umdrehte, um Kit direkt anzusehen. »Doch genau genommen sind Sie niemals in diesem Grabmal gewesen.«

»Genau genommen haben Sie recht.« Das Grabmal, an das sich Kit erinnerte, befand sich in einer ganz anderen Welt. Das war eine grundlegende Tatsache – aber auch eine, an die er sich im Alltag nur mit Mühe erinnern konnte.

»Wir werden heute noch damit beginnen, die Kammer leer zu räumen«, entschied Thomas, der sich voller Vorfreude die Hände rieb. »Doch wir brauchen mehr Arbeiter. Ich glaube, ich sollte Khefri zurückschicken, um Khalid und seine Mannschaft aus Luxor herzuholen. Haben Sie irgendwelche Einwände?«

»Keinen einzigen. Schließlich sind Sie hier der Experte.«

Drei Tage später kehrte Khefri zurück. Bei ihm waren die neuen Arbeiter – sieben erfahrene Ausgräber einschließlich Khalid –, drei Esel und fünf Lastmulis, die man mit zusätzlichen Zelten und Werkzeugen, mit Wasser und Proviant für einen längeren Aufenthalt in der Wüste beladen hatte. Einen halben Tag lang ruhten sich die Leute von der Reise aus. Danach wechselte die Ausgrabung in eine höhere Gangart, und Kit war froh zu sehen, dass die Arbeit rasant voranschritt. Am Ende des zweiten Tages hatten sie den Schutt aus der Hauptkammer weggeräumt und die hintere Wand vollständig freigelegt, auf der sich eine Fläche aus weißem Putz mit vertikalen Bändern aus schwarzen und gelben Hieroglyphen zeigte.

»Es gibt eine Tür zu einer kleineren Kammer«, erklärte Kit und trat auf die hintere Mauer zu. Mit den Händen fuhr er die Wand entlang; sie wurden vom Verputz schließlich ganz weiß. »Es sollte etwa hier sein.« Er rieb sich die Hände an seiner Hose sauber und wandte sich Thomas Young zu. »Doch Sie müssen sich vor Augen halten, dass nichts von dem hier war, als ich das Grab zuvor gesehen habe.«

»Den Verputz werden wir entfernen, und zwar beginnen wir in dem Bereich, auf den Sie hingewiesen haben«, entschied Thomas. »Das wird unsere morgige Übung sein.«

Die Arbeiter wurden nach draußen geschickt, um die Trümmer nach irgendwelchen Fragmenten von Interesse durchzusieben. In der Zwischenzeit holte der Arzt seine Zeicheninstrumente und fertigte eine untergliederte Darstellung der Wand an. Anschließend machten sich Thomas, Kit und Khefri daran, sorgfältig die Hieroglyphen aufzuzeichnen, die den Bereich bedeckten, hinter dem der verborgene Eingang vermutet wurde. Diese Aufgabe beschäftigte sie bis weit in die Nacht hinein – und es hätte noch weit länger gedauert, wäre da nicht Khefri gewesen, der eine angeborene Fertigkeit besaß, die alten Symbole genau darzustellen.

Am nächsten Tag kehrten sie noch vor Sonnenaufgang zu ihrer Arbeit zurück. Den erfahreneren Arbeitern wurde die Aufgabe zugewiesen, den Verputz wegzumeißeln, der den Eingang zur verborgenen Kammer verdeckte. Damit durften sie aber erst beginnen, nachdem Thomas zu seiner Zufriedenheit jedes Symbol mit der Kopie verglichen hatte, die in der Nacht zuvor gezeichnet worden war.

»Ich werde dies aufbewahren, um es zu entschlüsseln, wenn ich Zeit dazu habe«, teilte er mit, als er die letzte lange Papierrolle wieder aufwickelte. Er nickte Khalid zu, der daraufhin den Arbeitern befahl, mit Hammer und Meißel die Wand zu bearbeiten.

»Wissen Sie, wie man das liest?«, erkundigte sich Kit, während er zusah, wie mit dem ersten Hammerschlag ein oder zwei Linien von der uralten Bilderschrift zerstört wurden.

»Es ist im besten Falle teuflisch schwierig«, räumte Young ein. »Doch wir machen Fortschritte. Jede neue Entdeckung vergrößert unseren Vorrat an Wörtern, und das Wissen von den uralten Texten nimmt zu. Es gibt hier einige Symbole, die ich noch nie zuvor gesehen habe. Doch ich sehe schon den Tag voraus, an dem wir in der Lage sein werden, die alten Schriften so einfach wie eine Tageszeitung zu lesen.«

»Die Hieroglyphen, die sie entziffern können … Was bedeuten sie?«, wollte Kit wissen.

»Sie scheinen eine Art von Gebeten zu sein, die an verschiedene Götter gerichtet sind: Bitten um Schutz für das Grabmal und für das *Ka*, also für die Seele des Verstorbenen. Andere scheinen Bittschriften zu sein, bei denen es um die rechte Führung auf der Reise ins Jenseits geht. Einige der Texte, die ich gesehen habe, beziehen sich zweifellos auf Tatsachen und Vorkommnisse aus dem Leben des Verstorbenen: Listen mit Besitzgegenständen und Vermögenswerten, Beschreibungen von Familienmitgliedern, bemerkenswerte Geschehnisse und Ähnliches. Wir fangen an zu erkennen, dass bestimmte Ansammlungen von Symbolen in den Grabmälern und auf den Sarkophagen wiederholt auftauchen. Deshalb vermuten wir, dass die Gebete einem Muster zu folgen scheinen – einem Schema, wie wir glauben, das routinemäßig verwendet wurde.«

Kit nickte. Das Wenige, das er über Ägypten wusste, hatte er bei Schulbesuchen im Britischen Museum gelernt. »Vielleicht aus dem

Totenbuch«, mutmaßte er. Ein großer Brocken Verputz stürzte herunter und zerfiel in kleine Stücke; wo er sich gerade eben noch befunden hatte, war nun nacktes Mauerwerk aufgedeckt.

»Ah! Sie haben davon gehört. Aber natürlich haben Sie das. In Ihrer Zeit muss es sehr gut bekannt sein. Verraten Sie mir: Ist die Ägyptologie in Ihrer Welt eine gut entwickelte wissenschaftliche Disziplin?«

»Sie ist sehr populär«, antwortete Kit, der freilich bei diesem Thema in erster Linie an Mumien und an Filme über Mumien dachte. »Archäologie ist ein großes Geschäft in der Heimatwelt.«

»Und haben die Experten die vielen Rätsel gelöst, die durch die Hieroglyphen-Schrift aufgeworfen worden sind?«

»Nun«, begann Kit, »ich würde meinen –«

»Nein! Sagen Sie es mir nicht. Ich sollte das nicht wissen. Es war ein Fehler von mir, so etwas zu fragen. Ich habe Sie schon weit genug getrieben.« Er lächelte nervös. »Bitte entschuldigen Sie meine Unbesonnenheit. Ich vergesse mich manchmal.«

»Es ist ja nichts Schlimmes passiert«, erwiderte Kit freundlich. »Was ist schon ein wenig professionelle Neugierde zwischen Freunden?«

»Gleichwohl könnte professionelle Neugierde zu einigen sehr bedauernswerten Konsequenzen führen. Ein einziges Wort könnte die Zeit aus den Angeln heben – wenn Sie verstehen, was ich meine.«

»Vielleicht würde ich etwas sagen, das zu viel von der Zukunft enthüllt«, mutmaßte Kit.

»Und das könnte einen irreparablen Schaden verursachen«, fügte der Arzt hinzu.

»Oder etwas Gutes bewirken.«

»Ich bin nicht bereit, dieses Risiko einzugehen. Sie etwa?« Sein Blick wurde intensiv.

»Ich glaube nicht«, antwortete Kit, dem bewusst wurde, dass er seit dem Moment, als er hier aufgetaucht war, ganze Papierstöße mit Wissen über die Zukunft von sich gegeben hatte. »Lassen Sie uns noch einmal auf das *Totenbuch* zu sprechen kommen«, sagte er, um das Thema zu wechseln.

»In Wahrheit lautet sein Titel *Buch vom Herausgehen am Tage*. Wie ich bereits gesagt habe, müssen wir den gesamten Text noch entdecken, doch wir haben bereits viele Teilstücke und Fragmente aufgefunden.«

Thomas hielt einen Moment inne und sammelte seine Gedanken, bevor er aus dem Gedächtnis einen Vers zitierte:

Ich erwache im Dunkeln, weil die Vögel sich regen,
Ein Murmeln in den Bäumen, das Flattern der Flügel.
Es ist der Morgen meiner Geburt, der erste von vielen.
Die Vergangenheit liegt schlafend in ihren Laken geknotet.
Winde wehen, sodass sich die Fahnen über dem Tempel kräuseln.
Aus der Dunkelheit dreht sich die Erde zum Licht hin.
Ich fühle einen Wandel kommen.
Meine Gedanken flackern, glühen einen Augenblick und gehen
    in Flammen auf.
Singend gehe ich heraus am Tage.

»Das ist sehr gut«, sagte Kit anerkennend. »Mir gefällt es.«

»Es handelt nicht vom Tod, verstehen Sie, sondern vom Aufstieg ins ewige Leben. Für die Alten war der Tod einfach ein Auftauchen – ein Herausgehen – aus der Dunkelheit in das prächtige Licht eines neuen und besseren Tages. Sie waren fasziniert von der Unsterblichkeit – ja, geradezu besessen davon. Als eine große Kultur haben sie unermessliche Ressourcen eingesetzt, um ihr Verständnis vom Leben nach dem Tode zu erweitern; ihre Hoffnung war es, den Tod vollständig auszurotten.«

Ganze Abschnitte des Verputzes fielen nun auf den Boden, sodass sich Wolken aus dichtem weißem Staub bildeten. Khefri, der sich eine feuchte Kufiya um Nase und Mund gelegt hatte, wurde nun die Aufgabe übertragen, das Zerstörungswerk zu überwachen. Dann zogen sich Thomas und Kit zurück, um draußen zu warten, bis der staubige Abbau des Verputzes beendet sein würde.

Kit taumelte die Stufen hoch und stürzte hinaus in das helle Morgenlicht. Einen Moment stand er nur da und sah blinzelnd zum Himmel empor, der hoch oben in einem klaren Blau erstrahlte. Es schien ihm, als wäre er aus der Dunkelheit in das alles durchdringende Leuchten einer besseren Welt hinausgestolpert. Er machte ein paar Schritte, und nachdem er sich von der Atmosphäre des Grabes befreit hatte, fühlte er sich genötigt zu fragen: »Warum waren die Alten so in den Tod verliebt?«

»Wer hat Ihnen erzählt, dass sie in den Tod verliebt waren?«, erwiderte Young verwundert und zog ein weiches Tuch aus einer der hinteren Hosentaschen. Er nahm seine Brille ab und begann, die staubbedeckten Gläser sauber zu wischen.

»Ist das nicht der Grund dafür, dass sie die Mumifizierung perfektioniert haben – um den Körper so lange wie möglich zu erhalten?«, argumentierte Kit. »Haben sie nicht deshalb kunstvolle Grabmäler und Totentempel und Ähnliches errichtet und ihnen schließlich solch gewaltige Ausmaße verliehen?«

»Im Gegenteil, mein lieber Freund. Sie waren in Wirklichkeit in das Leben verliebt!«, widersprach ihm Thomas und setzte seine Brille wieder auf. »Und was für ein Leben – das Leben in großem Überfluss, das Leben in all seiner wunderbaren Pracht. Der Tod war ein Gräuel für sie. Der Tod war nicht hinnehmbar, obwohl er ein natürliches und allgemeines Phänomen darstellt. Nichts Geringeres als eine tragische Katastrophe: So wurde der Tod angesehen – zum Mindesten als ein unseliger Unfall auf der glücklichen Straße des Daseins. Als ein Unglück, von dem man hoffte, man würde mit der Zeit lernen, es ganz und gar zu vermeiden. Sie suchten genau deshalb nach der Unsterblichkeit, weil sie sich wünschten, das Leben würde für immer und ohne Ende fortdauern.«

»Das wünschen wir uns doch alle.«

»Richtig!«, rief Thomas. »Natürlich wünschen wir uns das. Am Ende sind wir doch alle so geschaffen. Ich weiß ja nicht, wie es in Ihrer Zeit ist – vielleicht erfreut sich Ihre Welt einer aufgeklärteren Sichtweise. Aber in diesem gegenwärtigen mechanistischen Zeitalter werden solche Gedanken zunehmend als rückwärtsgewandt und unwissenschaftlich betrachtet.« Mit einem Ausdruck des Bedauerns schüttelte er seinen Kopf. »Zu viele meiner Wissenschaftskollegen unterliegen einer Sichtweise, die jede Religion für überholten Unsinn hält: für Ammenmärchen aus den Kindertagen der Menschheit – mit Dogmen, aus denen wir herausgewachsen sind und die durch den wissenschaftlichen Fortschritt beiseitegefegt werden müssen.«

»Diese Ansicht ist mir bekannt«, erklärte Kit.

»Doch sehen Sie hier«, fuhr Thomas fort, dessen Gesicht sich wieder aufhellte. »Im Gegensatz zu dem, was viele denken mögen, ist die Unsterblichkeit kein Märchen, das als Kompensation für ein unglückliches Leben eingeführt worden ist. Es ist vielmehr die Vorstellung – die von nahezu allen fühlenden Wesen geteilt wird –, dass unser bewusstes Leben nicht durch Zeit und Raum beschränkt ist. Wir sind nicht bloß Stücke belebter Natur. Wir sind lebendige geistige Wesen – wir alle fühlen dies von Natur aus. Und ganz tief in unseren Herzen wissen wir, dass wir letztgültige Erfüllung nur in der Vereinigung mit der höchsten geistigen Realität finden können – einer Realität, die uns auch während dieses irdischen Lebens über die engen Grenzen der Zeit hinaus trägt.«

Kit dachte über diese Worte nach. Obwohl sie seiner eigenen Gedankenwelt etwas fremdartig erschienen, hörte er aus ihnen – als ob sie aus einem fernen Land stammten – einen Wahrheitskern heraus, der zwar auf etwas weit Entferntes verwies, aber nicht zu leugnen war. Zu guter Letzt fragte er: »Glauben Sie, dass wir ewig leben?«

»Oh, das glaube ich. Und zwar ganz bestimmt. Wie ich bereits gesagt habe – wir sind alle unsterblich.«

»Richtig, das haben Sie.« Einen Augenblick lang genoss Kit diese Idee und dachte an Cosimo, Sir Henry, seine eigenen Eltern und alle anderen Verstorbenen, die er gekannt hatte. »Es ist ein guter Gedanke.«

»Und doch erkenne ich, dass Sie weiterhin nicht davon überzeugt sind.« Thomas schürzte seine Lippen und betrachtete Kit voller Skepsis. »Könnte es etwa so sein, wie ich befürchte? Ist in der künftigen Epoche diese Vorstellung in Ungnade gefallen?« Bevor Kit darauf antworten konnte, fuhr der Arzt rasch fort: »Ich fordere Sie zu klarem Nachdenken auf, Mr. Livingstone. Bedenken Sie doch! Bewusstsein ist das, was jeder von uns ist: Wir interagieren mit der materiellen Welt als bewusste Wesen – und sonst in keiner anderen Weise. Ist das nicht so?«

»Das ist so.«

»Dann ist Bewusstsein die einleuchtendste Form von Existenz, die es gibt. Sie können es als selbst-evident bezeichnen. Zudem ist Bewusstsein nicht notwendigerweise überhaupt an Materie gebunden. Das ist leicht zu beweisen. Können Sie sich etwa nicht Bilder von weit entfernten Plätzen, Freunden und liebevoll erinnerten Verwandten in Ihrem Bewusstsein vergegenwärtigen – oder von Dingen, die Sie in der Vergangenheit glücklich gemacht haben? Können Sie sich nicht gütige oder grausame Handlungen vorstellen? Erkennen Sie nicht die Wahrheit von etwas wieder, wenn Sie es hören, oder erfassen Sie nicht die Schönheit von etwas, wenn Sie es sehen?« Er sah Kit an, als erwarte er von ihm eine zustimmende Äußerung; als sie ausblieb, kam er zu seiner Schlussfolgerung. »All dies und vieles mehr sind Ausdrucksformen des Bewusstseins, und sie sind nicht an die Materie gebunden – oder zumindest nicht an Raum und Zeit. Da dies der Fall ist, wird es für unser mehr begrenztes menschliches Bewusstsein höchst natürlich sein, dass es das ›Eine Große Bewusstsein‹ – das geistige Bewusstsein des Schöpfers, das uns erzeugt hat – erkennt und sich nach einer Verbindung mit ihm sehnt. An diesem göttlichen Bewusstsein teilzuhaben ist die natürlichste Form von Existenz.« Er beugte sich vor und stieß Kit mit einem Finger gegen die Brust. »Sehen Sie doch: Wenn wir eine Verbindung mit dem ewigen, immer lebenden Schöpfer herstellen können, ist es dann nicht auch wahrscheinlich, dass diese Verbindung – dieses Verwandtschaftsverhältnis, wenn Sie möchten – nach dem Tod eines materiellen Körpers fortdauern wird?« Der Wissenschaftler wartete nicht auf eine Antwort, sondern verkündete nach einem winzigen Augenblick mit triumphierender Stimme: »Und dadurch, dass wir eine Verbindung mit dem ewigen Schöpfer herstellen können, wird die Unsterblichkeit mehr als nur ein Märchen. Zum Mindesten müssen Sie eingestehen, dass sie eine äußerst vernünftige Hoffnung darstellt.«

In diesem Moment vernahmen sie laute Stimmen, die aus dem

offenen Treppenvorraum hinter ihnen emporhallten. Gleich darauf erschienen Khalids Kopf und Schultern aus dem Ausgrabungs-loch.

»Sirs, kommen Sie schnell!«, rief er und winkte sie zu sich. »Der Eingang ist offengelegt.«

Sobald sie unten waren, inspizierte Thomas die Arbeit und befand sie für gut. »Gut gemacht, Khefri. Räumt diesen Schutt hier weg, und dann werden wir die Versiegelungsblöcke ausbauen.«

Der ägyptische Aufseher beugte seinen Kopf zum Zeichen dafür, dass er verstanden hatte. Dann wandte er sich ab, um seiner Mann-schaft Anweisungen zu geben. »*Yboud!*«, befahl er, woraufhin die Arbeiter damit begannen, Bruchgestein in Körbe aus geflochtenem Hanf zu schaufeln.

»Es ist von allergrößter Wichtigkeit, in diesem Stadium der Arbeit nichts zu überstürzen«, erläuterte Thomas seinem Freund, als sie nach oben ins Wadi zurückkehrten. »Jeder ist immer neugie-rig, nachzusehen, was sich hinter der Tür befindet, welche Schätze möglicherweise auftauchen werden. Doch die Hast hat oft irrepa-rable Schäden zur Folge – an Kunstwerken und Grabmöbeln. Das kann leicht vermieden werden, wenn man genügend Geduld und Sorgfalt aufbringt.«

»Das klingt, als ob da jemand so seine Erfahrungen gemacht hätte«, bemerkte Kit.

»Ach ja«, stöhnte Thomas voller Reue. »Ich habe das Pech ge-habt, bei mehreren Ausgrabungen zu spät vor Ort anzukommen, um den Ansturm zu verhindern. Und ich habe mit eigenen Augen ge-sehen, was geschehen kann, wenn Ausgräber am Goldfieber er-kranken. Bei dem Wettlauf, den Schatz in ihre Hand zu bekommen, zertrampeln sie Wertgegenstände, die für Gelehrte und Wissen-schaftler noch weit kostbarer sind als Kleinodien. Einige dieser Objekte sind in einem äußerst zerbrechlichen und anfälligen Zustand.« Er drehte sich um und blickte auf das dunkle, viereckige Loch, als der erste Arbeiter erschien, der auf seiner Schulter einen Korb voller Schutt trug. »Bei meinen Ausgrabungen wird nichts dergleichen passieren!«

»Ich bin froh, das zu hören«, merkte Kit an. »Ich erwarte, dass die Karte ganz besonders zerbrechlich sein wird. Sie ist immerhin nur ein altes Stück Haut.«

»Und wenn Sie recht haben, Mr. Livingstone«, fügte Thomas hinzu, »ist dieses alte Stück Haut eines der einzigartigsten und wertvollsten Artefakte, welche die Welt je gesehen hat.«

Sobald der Raum vom Schutt befreit und sauber gefegt war, wurden noch mehr Öllampen angezündet und überall um den Bereich herum aufgestellt, wo weiter ausgegraben werden sollte. Unter Thomas Youngs Adleraugen wurde der versiegelte Eingang geöffnet; Steinblock für Steinblock wurde mit Meißeln behutsam entfernt. Während das Loch immer größer wurde, beschleunigte sich Kits Pulsschlag. Als es groß genug war, um einen Teil des Oberkörpers hindurchzustecken, nahm Thomas eine Lampe vom Boden. Er stellte sich auf einige Blöcke und streckte den Arm mit der Lampe durch die Bresche.

»Können Sie etwas sehen?«, wollte Kit wissen und drängte sich zu seinem Freund vor.

»Objekte«, antwortete Thomas und trat wieder von den Blöcken herunter. »Der Raum ist angefüllt mit Grabbeigaben.« Er nickte Khefri zu. »Vorsichtig niederreißen.«

Die Ziegelsteine ließen sich nun schnell entfernen, und bald war der letzte der versiegelten Blöcke zur Seite gelegt. Thomas befahl, noch mehr Lampen anzuzünden. Eine davon reichte er Kit, zwei andere Khefri und Khalid.

»Nach Ihnen, Dr. Young«, sagte Kit und wies mit der Lampe auf den dunklen Eingang.

Der Archäologe zögerte.

»Da ich Sie als den Leiter und Kostenträger dieser Ausgrabung ansehe, bestehe ich darauf«, erklärte Kit feierlich.

Thomas nickte und trat zur Schwelle, hielt seine Lampe hoch und spähte in den dunklen Raum hinein. Bewegungslos stand er da – als ob er in der Haltung eines erwartungsvoll Suchenden erstarrt wäre.

»Dr. Young?«, sprach Kit ihn schließlich an. »Was sehen Sie?« Er blickte zu Khefri, der mit einer Hand sein Kinn umklammert hatte; seine dunklen Augen glitzerten im flackernden Lampenlicht.

»Unbeschreiblich«, flüsterte Thomas und drang nun weiter vor. Langsam drehte er sich um und winkte Kit und Khefri zu, sich ihm anzuschließen. »Sie sollten besser herbeikommen und selbst sehen.«

Die beiden traten durch den dunklen Eingang. Im schwachen Licht seiner Lampe erblickte Kit einen chaotischen Wall aus durcheinander geworfenen Gegenständen und Möbeln, die den Raum vom Boden bis zur Decke ausfüllten und die in jeden nur denkbaren Winkel hineingestopft waren: große und kleine Kisten; Truhen aus Zedern-, Linden- und Akazienholz; Wandschirme mit Gittermuster; zerbrochene Bettgestelle; Schemel, Fuß- und Kopfstützen; einfache und mit Schnitzereien verzierte Stühle; bronzegeränderte Kutschenräder und zerlegtes Gurtzeug; unzählige Gefäße in allen Größen und Formen; Waffen – Speere, Schwerter, Dolche und Wurfknüppel –, von denen einige zeremoniellen Zwecken dienten und andere für den Krieg bestimmt waren; eine Ansammlung von bemalten Stäben und Flegeln, die Amtssymbole darstellten. Zudem lag eine riesige Menge von kleinen Tonfiguren herum, die so ziemlich alles darstellten, was es einst in Ägypten gegeben hatte: von Kühen bis Flusspferden; Frauen, die Bier brauten; Männer, die Gerste anbauten; kahlköpfige Schreiber; halb nackte Sklaven; Göttinnen, deren Augen dick mit Kajal umrandet waren und die körperbetonte Gewänder trugen; eine große Zahl von Dienern, die ein ganzes Dorf bevölkert hätten, und vieles mehr. Es war, als ob man den gesamten Inhalt eines großen Antiquitäten-Ausstellungsraums bunt durcheinander in ein Behältnis gestopft hätte, das nicht größer war als das Wohnzimmer in Kits altem Zuhause – und dann alles für mehrere Hundert Weltalter weggeschlossen hätte. Außerdem war alles umhüllt von einer dicken Schicht aus puderigem ockerfarbenem Staub.

Kit wusste nicht, was genau er erwartet hatte, doch dieser Anblick machte ihn gleichwohl sprachlos. Irgendwo inmitten einer Ansammlung von Antiquitäten, die es wert gewesen wären, in einem eigenen kleinen Museum ausgestellt zu werden, lag die Meisterkarte und wartete auf ihre Entdeckung – und vielleicht gab es sie sogar noch in einem Stück. Sich diesem Gedanken hinzugeben war alles, was er im Augenblick tun konnte, um zu verhindern, dass er angesichts dieses wirren Haufens Tränen vergoss.

Thomas spürte etwas von Kits enttäuschter Erwartungshaltung und sprach ihm Mut zu. »Wir werden Ihren Schatz finden, mein Freund. Keine Angst! Wenn er da drin ist, werden wir ihn bald in der Hand haben.«

* * *

Im Verlauf der nächsten Tage wurde der Inhalt der Hauptkammer Stück für Stück ausgeräumt. Thomas nummerierte jedes Objekt und verzeichnete es in einem Buch, beschrieb es kurz und gab an, in welchem Zustand es sich befand.

Um das Verfahren zu beschleunigen, ließ sich Kit eine Art Beförderungssystem einfallen und überzeugte den peniblen Archäologen davon. Als Erstes hatte er vor dem kunstvoll behauenen Eingang ein Schutzdach errichtet, das sich bis zum Wadi erstreckte. In der großen leeren Kammer – Kit nannte sie den Tempel – hatte er Thomas Young an einen Tisch unter dem Schutzdach gesetzt. Kit selbst leitete die Arbeit innerhalb des Grabmals und sorgte dafür, dass jeder Gegenstand behutsam aus dem Chaos herausgenommen und dann entweder direkt zu Thomas getragen oder von Arbeiterhand zu Arbeiterhand weitergereicht wurde, bis es auf dem Tisch des Archäologen landete. Dort schrieb Thomas zunächst mit Sepia-Tinte eine kleine Nummer auf das Objekt, bevor er den Fund in seinem Bestandsbuch festhielt. Anschließend wurde das Artefakt zu der leeren Kammer befördert, in der Khefri die Lagerung der Funde überwachte. Dort würde man sie unter Bewachung aufbewahren, bis Thomas ihren Transport nach London und schlussendlich ins Britische Museum organisieren konnte.

Kit untersuchte persönlich jede Kiste, jede Truhe und jedes Gefäß, sobald das Artefakt die Grabkammer verließ. Hände, Kleidungsstücke, Haare und jeder Quadratzoll unbedeckter Haut wurden bleich vom Staub; und schon bald sah Kit aus wie ein gepuderter Geist. Mit einem feuchten Taschentuch, das er sich um die untere Hälfte seines Gesichts gebunden hatte, blieb er beharrlich bei seiner Arbeit. Und stets erwartete er, der nächste uralte Behälter, den er in die Hand nehmen würde, müsse die Karte enthalten. Hierbei vertraute er Thomas' simplem Ausspruch, dass sie durch den Prozess der systematischen Ausschaltung möglicher Verstecke früher oder später den Schatz finden mussten. Aber auch wenn das Katalogisieren und Aufzeichnen der Funde eine logische, vernünftige und wissenschaftlich angebrachte Vorgehensweise war, so half sie doch in keiner Weise, Kits ständigen Drang zu lindern, einfach in die Grabkammer hineinzustürzen und anzufangen, die verschiedenen Behältnisse aufzubrechen, bis die Karte gefunden war. Und obwohl der Strom an interessanten Objekten aus der Grabkammer nicht enden wollte, fanden sie weder Gold – zum Beispiel in Form von Ringen und Armbändern oder an Gürteln und anderen Schmucksachen – noch die geschätzte Rolle aus menschlichem Pergament, die sie suchten.

Diese anspruchsvolle Tätigkeit wurde an jedem der vier Tage durchgeführt, die es brauchte, um die Grabkammer weitgehend auszuräumen. Am Morgen des fünften Tages entfernten die Arbeiter schließlich die zusammengefalteten Wandschirme aus geschnitztem Akazienholz, die an der hinteren Wand der Kammer standen: an der Mauer mit den Malereien, die verschiedene Ereignisse aus dem Leben des Hohen Priesters Anen zeigten. Alle Bilder waren präzise gezeichnet und auf beeindruckende Weise lebendig und naturgetreu.

»Mehr Lampen!«, rief Kit und schickte Khalid los, um Thomas und Khefri aufzufordern, herbeizukommen und sich die Meisterwerke anzusehen.

»Dies hier sind die Gemälde, von denen ich Ihnen erzählt habe«, verkündete Kit, als sie zu dritt mit hochgereckten Lampen vor der Wand standen und die vorzüglichen Darstellungen bewunderten.

»Ich muss einen Kunstmaler herbringen, sobald es nur möglich ist«, sagte Thomas. »Obwohl ich bezweifle, dass irgendeine bloße Kopie diesem Original gerecht werden könnte.« Er strahlte vor Glück, und sein Gesichtsausdruck wirkte im Licht der Lampen wie der eines Jungen unter dem Weihnachtsbaum. »Sie sind wundervoll.«

»Der da sieht wie mein Vater aus«, bemerkte Khefri leise. Er zeigte auf einen der priesterlichen Diener. »Und der da hinten – das genaue Abbild meines Cousins Hosni.«

»Hier drüben, Gentlemen!« Kit lenkte die Aufmerksamkeit der anderen zu einem bemalten Wandfeld, auf dem ein kahlköpfiger Priester direkt neben einem weißhäutigen Mann stand, der ein Gewand mit vielen Streifen in unterschiedlichen Farben trug. Es war an der Brust geöffnet und enthüllte eine Ansammlung winziger blauer Symbole auf seiner Haut. »Und hier präsentiere ich Ihnen den Mann selbst.«

»Auf mein Wort!«, keuchte Thomas. »Hier ist er wirklich.« Er suchte die Hieroglyphen unterhalb des Gemäldes ab, fand die, nach der er Ausschau gehalten hatte, und fuhr leicht mit der Fingerspitze über die Symbole. »Der Mann, der eine Karte ist.«

»Arthur Flinders-Petrie«, sagte Kit.

»Er war also hier«, hob Khefri hervor. »Und der Hohe Priester Anen kannte ihn.«

»Korrekt.« Kit trat zum letzten Wandfeld und verkündete im Tonfall eines Galeriebesitzers: »Und hier ist das Glanzstück.« Er wies auf die Figur des kahlköpfigen Priesters, der nun ein wenig älter und fülliger war; er stand da und hielt in seiner Hand etwas, das wie ein Fetzen Leder aussah. »Das«, erklärte Kit, »ist die Meisterkarte, wie sie einst existierte. Und sehen Sie: Anen zeigt mit der anderen Hand auf diesen großen Stern hinter sich. Um welchen Stern handelt es sich wohl?«

»Hm.« Thomas hielt seine Lampe näher ans Bild. »Es scheint sich um das Sternbild *Canis Major* zu handeln. Ich nehme an, das da ist der Sirius, der von den Menschen der Antike ganz besonders verehrt wurde – ohne Zweifel aufgrund seiner Bedeutung und seiner Eigenschaft, dass sein Aufgang am Morgenhimmel die jährliche Nilschwemme in Ägypten ankündigte.«

»Das sind mehr oder weniger auch die Überlegungen von Cosimo und Sir Henry gewesen«, bestätigte Kit. »Der Gegenstand, den Anen in der Hand hält, ist die Karte von Flinders-Petrie; das kann man an den kleinen blauen Symbolen erkennen, die darauf gemalt worden sind. Und nach Cosimos Einschätzung scheint die Karte damals noch in einem Stück zu existieren.«

»Außerordentlich«, flüsterte Thomas. »Es ist wirklich so, wie Sie es geschildert haben.« Er drehte sich zu Kit um und grinste. »Da die Karte nicht in einer der Kästen und Truhen entdeckt worden ist, die wir bislang untersucht haben, muss sie in einer der wenigen sein, die noch übrig geblieben sind.«

Kit schaute sich in der Kammer um und blickte auf die restlichen Behältnisse; es waren immerhin noch mehrere Dutzend. »Noch haben wir Hoffnung.«

Und so machten sie sich wieder an ihre Arbeit. Kit öffnete gemeinsam mit Thomas die letzten Kisten und Truhen; bei jeder einzelnen von ihnen stieg in ihm zunächst die Hoffnung, bevor sie sich rasch zerschlug.

Schließlich tauchte Khalid vor dem Tisch unter dem Schutzdach auf und verkündete: »Das ist die letzte.« Er stellte eine kleine schwarz lackierte Kiste vor sie hin. Sie hatte geometrisch geformte Intarsien aus Elfenbein und Lapislazuli: Es schien genau die Art von Kiste zu sein, in der man einen Schatz aufbewahrt.

»Öffnen Sie«, wies Thomas seinen Freund an.

Mit zitternder Hand hob Kit den Deckel an und enthüllte eine kunstvoll hergestellte Halskette aus Lapislazuli, Karneol und Bernstein ... in den Augen eines jeden ein Schmuckstück von unschätzbarem Wert. Außerdem gab es einen dazu passenden Ring und eine Brosche.

Aber keine Karte.

»Nun, das war's«, murmelte Kit. »Alles ist für die Katz gewesen.«

»Nicht für die Katz!«, empörte sich Thomas. »Wir haben eine sehr bedeutende Gruft ausgegraben und beträchtliche archäologische Funde gemacht. Allein die Hieroglyphen werden sich als unschätzbar für unser Verständnis der alten Kultur erweisen. Das ist die wichtigste Entdeckung. Es wird dazu führen, dass sich die Wissenschaft der Archäologie sprunghaft weiterentwickelt. Sie sollten stolz sein.«

»Sicher«, räumte Kit ein. »Aber Sie wissen doch, was ich gemeint habe. Wir sind schließlich hergekommen, um die Karte zu finden.« Er gestikulierte verzweifelt in Richtung der Lager-Kammer hinter ihm, die in den Sandsteinfels des Wadis geschlagen worden war. »Wir haben eine ganze Wagenladung an Schätzen: alles, was man sich wünschen kann – mit Ausnahme des einzigen, weswegen wir hergekommen sind.«

»Und immer noch«, erwiderte Thomas, dessen Augen hinter den stahlumrahmten Gläsern funkelten, »gibt es ein Behältnis, das wir nicht durchsucht haben.«

»Ich habe höchstpersönlich in jeden verflixten Kasten und Krug hineingeschaut!«, platzte es aus Kit heraus; die Enttäuschung ließ ihn unbeherrscht werden. »Die Karte ist nicht hier gewesen.«

»Oh, Ihr Kleingeister«, schalt der Archäologe. »Benutzen Sie Ihren Verstand, Sir. Denken Sie nach!«

»Ich denke doch gerade nach«, murmelte Kit. »Und ich denke, wir sind auf einer ziemlich aussichtslosen Schnitzeljagd gewesen.«

»Mein ungestümer Freund«, tadelte ihn Thomas und schüttelte den Kopf. »Wir haben noch nicht in den Sarkophag geschaut.«

»Der Sarkophag...« Die Hoffnung flammte sogleich von Neuem in Kits verzweifelter Seele auf. Unverzüglich eilte er in die Grabkammer. »Alle Mann zu mir! Wir werden jede Unterstützung brauchen, die wir bekommen können.«

»Khalid, bring die Ausrüstung für das Hieven schwerer Gegenstände!«, rief Thomas. Er hielt kurz inne, dann brüllte er in Richtung Tempel: »Khefri, holen Sie den Koch und ein paar Mulis – vielleicht brauchen wir sie.«

Im Zentrum der Kammer ruhte der schwergewichtige Koloss aus Stein, der aus einem einzigen Block aus rotem Granit gehauen worden war. Bislang hatte ihn keiner berührt. Mit einer Handvoll Lumpen wischte Kit den Staub ab und enthüllte das glatte, stilisierte Porträt eines Mannes, dessen Gesichtszüge teilnahmslos wirkten: Er starrte mit ausdruckslosen Augen in die Finsternis der Ewigkeit.

Unterhalb des Gesichts hatte man den Rest des Deckels mit etlichen Reihen von Hieroglyphen geschmückt, die in den Stein gemeißelt worden waren.

»Das wird nicht einfach sein«, bemerkte Kit. »Das Ding muss zwanzig Tonnen wiegen. Wie werden wir das nur hochheben können?«

»Gib mir einen Punkt, auf dem ich stehen kann, und ich werde dir die Welt aus den Angeln heben!«, erwiderte Thomas. »Archimedes.« Er ging neben dem gewaltigen Granitbehälter in die Hocke und fuhr mit dem Finger die Fuge entlang, die den Deckel mit dem Rest des Sarkophags verband. »Wir werden auch Keile und Seile benötigen.«

Nachdem sie rund um das große steinerne Behältnis Lampen aufgestellt hatten, begannen die Arbeiter, ihn mit Hebeln und Holzkeilen zu öffnen. Zunächst setzte ein Trupp Arbeiter zwei Hebel, nur wenige Zoll voneinander entfernt, in die Fuge, hoben eine Ecke des Deckels ein wenig an und verharrten in dieser Position, während einer ihrer Kollegen mit dem Hammer einen Keil in den Spalt hineintrieb. Dies wurde ein ums andere Mal entlang der rechten Seite des riesigen Steindeckels wiederholt. Als sie damit fertig waren, begann sie an der nächsten Seite mit dieser Arbeit, wobei sie nun den Deckel ein bisschen mehr anheben und die Keile etwas weiter hineintreiben konnten.

Nachdem sie in drei Durchgängen den Sarkophag auf diese Weise mit Hebeln und Hämmern bearbeitet hatten, war es ihnen gelungen, den schwergewichtigen Deckel aus rotem Granit ein paar Zoll anzuheben. Seile wurden nun um die Deckelmitte gebunden und ihre Enden nach oben zu den Leuten mit den Mulis gebracht, die mit ihrer Kraft die kostbare Platte sichern sollten. Erneut wurden Hebel eingesetzt, um den verzierten Deckel ein wenig höher zu stemmen – weit genug, um noch größere Keile in die Lücken zu treiben und die Platte zur Seite schieben zu können. Stück für Stück hob und verschob sich der Deckel, bis er mit einem leisen mahlenden Geräusch, das wie das Grollen eines entfernten Gewitters klang, wegzugleiten begann. Die Seile wurden straff, als die Mulis die Last hielten. Khalid hetzte zum

Eingang der Kammer und rief Khefri Anweisungen zu, die er den Muli-Treibern mitteilen sollte. Langsam, unendlich langsam – und mit knirschenden Klagelauten von Seilen und Holz –, neigte sich der massive Steindeckel und glitt ein Stück weit fort. Doch mit einem Mal riss eines der Seile. Der Stein schwenkte zur Seite, geriet ins Taumeln, und mit einem donnernden Geräusch, das den Boden unter ihren Füßen erbeben ließ, krachte der Deckel auf die Erde.

Es wirbelte noch immer Staub durch die Luft, als Kit, Thomas, Khalid und die Arbeiter in der Nähe nach vorne sprangen, um einen ersten Blick in das Innere des Sarkophags zu werfen. Jegliche Hoffnung auf juwelenbesetzte Schätze oder goldene Verzierungen wurde rasch enttäuscht. Denn im Innern befand sich ein zweiter Sarkophag aus Kalkstein, der reich bemalt war und den verstorbenen Hohen Priester in seinen zeremoniellen Gewändern darstellte. Der Deckel dieses zweiten Sarkophags war erheblich leichter und konnte von den Arbeitern mit wenig Mühe angehoben werden. Sie enthüllten einen dritten Sarg: Er war ebenfalls bemalt, jedoch aus Holz.

Es brauchte nur einen Moment, um den dritten Deckel aufzustemmen. Zum Vorschein kam der mumifizierte Körper von Anen, straff umwickelt mit Leinenbinden, damit er dem Zahn der Zeit widerstehen konnte. Auf die Brust hatte man nicht, wie bei anderen Angehörigen einer hohen Kaste, juwelenbesetzte Verzierungen und zeremonielle Schmuckstücke gelegt, sondern nur ein einfaches Henkelkreuz aus Olivenholz, ein sogenanntes Anch – und nichts weiter. Dieses Kreuz mit einer Schlaufe war ein Symbol des Lebens und im alten Ägypten allgegenwärtig gewesen.

Kit lehnte sich über die Mumie und überflog das Innere des Sarges, sah jedoch weder Kisten noch Truhen, noch irgendeine Art von Bündel. Ein weiteres Mal fühlte er, wie die Vorfreude auf eine Entdeckung langsam dahinschwand und stattdessen die Trübsal der Enttäuschung aufzukeimen begann. »Nun, was denken Sie? Sollen wir ihn auswickeln?«, fragte er skeptisch.

»Dafür haben wir nicht die geeignete Ausrüstung«, antwortete Thomas. »Doch ich bezweifle, dass wir irgendetwas finden würden.

Es tut mir leid. Ich befürchte, wir sind falsch unterrichtet worden.«

»Das glaube ich auch.« Kit, der sich angesichts der zerschlagenen Hoffnungen ganz elend fühlte, ging zu dem Gemälde hinüber, das den Priester darstellte, wie er in der einen Hand die Karte hielt und mit der anderen auf den Stern zeigte. Was versuchte der alte Junge ihnen auf dem Bild zu erzählen?

»Kit Livingstone!«, rief plötzlich Khefri. »Schauen Sie nur. Die Kopfstütze!«

Thomas, der ebenfalls zum Gemälde gegangen war, kehrte zum Sarkophag zurück. »Was für scharfe Augen Sie haben, mein Freund«, flüsterte er. »Ich glaube wirklich, dass Sie recht haben . . .«

Endlich drehte sich auch Kit um und sah, wie der Arzt und Khefri sich erneut über die Mumie beugten. Mit drei Sprüngen war er bei ihnen und beobachtete, wie Thomas seinen Arm nach unten streckte und neben der in Leinen gewickelten Leiche vorsichtig herumhantierte.

»Helfen Sie mir hier«, bat der Archäologe. »Heben Sie die Mumie an – sachte und ganz vorsichtig . . . Ja, genau so . . . Ich hab's!« Er richtete sich wieder auf. In der Hand hielt er etwas Viereckiges, das in Leinen gewickelt war; es sah aus wie ein mumifiziertes Sofapolster. »Unser Freund Anen hat es als Kopfkissen benutzt.«

»Hierhin – lasst es uns nach draußen bringen, wo wir es besser betrachten können«, schlug Kit vor, der bereits zum Eingang eilte.

Draußen bei Tageslicht wurde das sorgsam eingewickelte Bündel genau untersucht, ob es irgendwelche äußeren Zeichen aufwies. Doch es gab keine. Die Leinenbinden waren von der gleichen Art wie jene, die man bei der Mumie eingesetzt hatte.

»Ich werde diesen Fund in meinem Bestandsbuch eintragen«, erklärte Thomas und ging zu seinem Arbeitsplatz unter dem Schutzdach. »Anschließend öffnen wir es.«

Wenn es nach Kit gegangen wäre, hätte er die Binden auf der Stelle weggerissen. Doch er stimmte zu und folgte dem Archäologen zum Tisch. Dort sah er mit wachsender Ungeduld zu, wie Thomas seinen Eintrag schrieb. Schließlich überreichte der Archäologe

Kit ein Messer mit einer dünnen Klinge und das Paket, wobei er ihn ermahnte, sehr vorsichtig zu sein und sich Zeit zu nehmen, damit er nicht das fragile Artefakt beschädigte.

Mit zitternden Fingern schnitt Kit die oberste Bindenschicht auf und begann, die langen, schmalen Streifen abzuwickeln.

Er entfernte eine Schicht nach der anderen – es waren insgesamt sieben –, und nach jeder wuchs seine Aufregung, bis er beinahe von einem Fuß auf den anderen hüpfte. Als die letzte Bindenschicht abgewickelt war, lagen vor ihnen auf dem Tisch zwei Holztafeln, die man mit einem Seil aus geflochtenem, rot gefärbtem Hanf zusammengebunden hatte. Die Tafeln waren aus Olivenholz, unbearbeitet und unlackiert, doch mit Kolonnen aus schwarzen Inschriften bedeckt – allerdings weder mit Hieroglyphen noch mit Schriftzügen irgendeiner anderen Sprache, die Kit jemals zuvor gesehen hatte.

Er leckte sich die Lippen. »Wissen Sie, um was für eine Schrift es sich hier handelt?«

Der Archäologe hob seine Brille hoch und beugte sich tief herab, um die Inschrift eingehend zu prüfen – so tief, dass seine Nase beinahe das antike Holz berührte. »Ich kann nicht behaupten, dass ich jemals zuvor auf sie gestoßen bin.« Er schnalzte mit der Zunge. »Leider Gottes habe ich nicht die geringste Ahnung, was es sein könnte.« Anschließend streckte er die Hand nach dem einfachen Knoten aus, mit dem das Seil zusammengebunden war, zögerte dann aber. »Ich glaube«, sagte er und schob die aneinander befestigten Holztafeln zu Kit hinüber, »dass Ihnen diese Ehre zukommen sollte.«

Mit trockenem Mund zog Kit an dem geflochtenen Seil. Es ging auseinander, als die uralten Fasern zwischen seinen Fingern zerrieben wurden. Er wischte die sich auflösenden winzigen Bruchstücke beiseite, hielt kurz die Luft an und hob die obere Holzplatte an. Dort lag – bedeckt mit einem viereckigen hauchzarten Leinentuch und zusammengepresst wie ein seltenes Pflanzenblatt zwischen den schützenden Seiten eines Sammelalbums – ein unregelmäßig geformtes Stück Pergament, das aufgrund seines hohen Alters fast durchsichtig war. Auf dem feinkörnigen Leder, das so dünn wie Spinnfäden und so zerbrechlich wie die äußere Hülle eines Skarabäus war, befanden sich – scheinbar wild verstreut – die herrlichsten eingestochenen dunkelblauen Symbole.

Bei diesem Anblick verschwand der Zweifel wie ein Schatten, der unter der Mittagssonne zusammenschrumpfte; und Kit wusste, dass er endlich die Meisterkarte gefunden hatte.

VIERTER TEIL

Die Sprache der Engel

EINUNDZWANZIGSTES KAPITEL

Worin die scholastische Untersuchungsmethode seltsame Früchte trägt

*D*ouglas Flinders-Petrie stand unterhalb des tropfenden Dachgesimses und bestaunte das Schauspiel. Er betrachtete Mädchen, auf deren Schultern Tragejoche mit Milcheimern lasteten und die so ihre Ware zu den Wirtshäusern der Universität beförderten. Es gab Eisenwarenhändler, die Bratspieße und Wandleuchter verkauften, Bäcker, die mit Trögen voller frisch gebackenem Brot auf ihren Köpfen über den Platz eilten, und Händler in wackeligen Marktständen, in denen Kerzen, Bänder, Kleidungsstücke, Käse und Gewürze angeboten wurden. Ein Fleischer, der im hinteren Bereich seines offenen Wagens arbeitete, zerstückelte Tierkadaver entsprechend den Wünschen seiner Kunden; ein Kuchenverkäufer mit einem Handkarren pries lauthals seine Waren an; ein Bauer mit einem Traggestell voller kreischender gefesselter Hühner ging durch die umherschlendernden Menschenmengen spazieren. Und so ging es in einem fort: wie eine Realstudie für ein Brueghel-Gemälde.

Wie sich auch nur einer der Studenten auf ihren Professor konzentrieren konnte, der ein paar Dutzend Schritte entfernt eine Rede hielt, vermochte Douglas nicht zu begreifen. Doch der große, hagere Dozent, der auf einer Holzkiste stand, erhob seine Stimme über den allgemeinen Lärm und trug in akkuratem Latein feierlich seine Ausführungen zum Thema des Tages vor. Die Studenten saßen oder flegelten sich auf Strohballen, die man zu einem losen Halbkreis um den Redner herum zusammengezogen hatte. Sie waren in grüne und blaue Gelehrtenroben gekleidet, und ihre Gesichter unter den fla-

261

chen Krempen der rechteckigen Hüte blickten ernst drein. Nicht wenige der Stadtbewohner waren stehen geblieben und hörten ebenfalls dem Dozenten zu; und manchmal riefen sie spöttische Antworten auf die rhetorischen Fragen, die vom berühmten Lehrer gestellt wurden.

Es war genau der Professor, um den zu sehen Douglas hergekommen war: der einzige Grund, weshalb er so gewissenhaft an seinen Lateinkenntnissen gefeilt, seine spezielle Kleidung zusammengestellt, die Geschichte, Sitten und Gebräuche jener Zeit studiert hatte, sodass er diesen Ausflug in die Mitte des dreizehnten Jahrhunderts durchführen konnte. Und deshalb studierte Douglas ihn nun aufmerksam. Roger Bacon, ein gepflegt wirkender Mann mittleren Alters mit ernstem Gesicht, kräftiger Nase und hochgewölbter Stirn, war ein Doktor, Professor, Wissenschaftler und Theologe, der sich selbst als erste treibende Kraft auf den akademischen Feldern etabliert hatte, die seine Wissensgebiete darstellten: Anatomie, Medizin, Naturwissenschaft, Alchemie, Philosophie und Theologie. Er trug sein dunkles Haar kurz geschnitten und hatte wie jeder andere Mönch eine Tonsur. Seine einfache braune Franziskanerkutte wirkte sauber, obgleich sie an den Säumen und Ärmeln abgewetzt und ausgefranst war; und seinen Gürtel, der nur aus einem geflochtenen Seil bestand, hatte er fest zusammengezogen.

An einem Punkt seines Vortrags zwängten sich ein paar einheimische Jugendliche mit Gewalt nach vorne und begannen, laut zu sprechen: Auf rüpelhafte Art und Weise imitierten sie den auf seiner Holzkiste stehenden Professor. Durch ihr Verhalten begriff Douglas eine weitere Tatsache, auf die er bei seinen Recherchen gestoßen war – die kleinliche Eifersucht einiger Stadtbewohner auf diejenigen Mitmenschen, die zunehmend als Angehörige der Bildungselite betrachtet wurden. Douglas bemerkte, dass einige, wie die vulgären Tölpel hier, sich ungerecht behandelt fühlten von einem System, das diejenigen zu bevorzugen schien, die in ihren Augen Eindringlinge für kurze Zeit und verweichlichte Wichtigtuer waren. Tatsächlich etablierte der geachtete Mann der Wissenschaft sich selbst in der öffentlichen Meinung als einen der tonangebenden exzentrischen Dummköpfe, wenn nicht gar Schellenkappennarren – und zwar aufgrund seiner Neigung zu unorthodoxen Gedanken und seines unerklärlichen Verhaltens, das er häufig bei seinen verschiedenen Experimenten an den Tag legte.

Die Unruhestifter fuhren mit ihren ziemlich halbherzigen Versuchen fort, den Vortrag zu unterbrechen, bis zwei massige Büttel mit langen Spießen auftauchten und sie zum Weitergehen zwangen. Die Ordnung war wieder hergestellt, und das Symposium unter freiem Himmel ging weiter. Douglas wandte seine Aufmerksamkeit der Vorlesung zu und bemühte sich, ihr so gut er konnte zu folgen. Das Latein war vollendet – fließend und flüssig, eloquent und elegant im Ausdruck – und durch die Jahre akademischer Anwendung in einem so hohen Maße ausgefeilt, dass es für Douglas selbst dann, wenn er die gesprochenen Wörter kannte, schwierig war festzustellen, welche Bedeutung gerade übermittelt wurde. Die Studenten und ein paar vereinzelte Stadtbewohner schienen den Sinn von dem zu erfassen, was nach Douglas' Schlussfolgerung vermutlich eine Abhandlung über die Natur des Universums und den Ort des Verstandes im Rahmen der menschlichen Vorstellung von Wirklichkeit war.

Es konnte gut möglich sein, dass die Inhalte des Vortrags fesselnd waren. Aber Douglas musste all seine frisch erworbenen Fachkenntnisse der antiken Sprache einsetzen, nur um das Thema festzustellen: Den feinen Nuancen der Argumentation wirklich zu folgen lag weit jenseits seiner noch im Entstehen begriffenen sprachlichen Fähigkeiten. Dennoch besaß er eine grundlegende, allgemeine Idee vom Ablauf der Überlegungen, wenn nicht gar von etlichen Einzelheiten. Und sei's drum ... Er war nicht hergekommen, um zu Füßen des gebildeten Professors zu sitzen. Schließlich war er auf einer weitaus wichtigeren Mission.

»Snipe!«, zischte Douglas leise. »Wirf das ja nicht.« Er hatte gesehen, wie sein streitsüchtiger Assistent an einer verfaulten Birne herumfingerte, die er auf ihrem Weg zur Vorlesung aus der Gosse aufgegriffen hatte. »Lass das sofort fallen.«

Der halbwüchsige Junge warf seinem Herrn einen unheilvollen

Blick zu und hielt die überreife Frucht weiterhin fest in seiner Hand. Saft tropfte von seinen Fingern herab.

»Lass es fallen!«, befahl Douglas. »Gehorche!«

Mit einem trotzigen, höhnischen Grinsen gab der bleiche Junge die Birne frei. Die Frucht schlug mit einem dumpfen platschenden Geräusch auf dem Boden auf. Snipe stampfte mit dem Fuß auf ihr herum und rieb die weiche Frucht in den Schmutz hinein. Danach stand er starr vor Wut da und sah das Gesindel um sich herum finster an.

»Guter Junge«, lobte Douglas ihn und versprach ihm etwas zur Beruhigung. »Später werden wir eine Katze für dich finden.«

Die Vorlesung wurde schließlich beendet, und die Studenten begannen, zu zweit oder zu dritt fortzuschlendern. Rasch tauchten sie im allgemeinen Gewühl des geschäftigen Marktplatzes unter. Doch ein paar Studenten verweilten noch, um dem Professor Fragen zu stellen, und Douglas wartete, bis auch diese nachträglichen Aussprachen ihr Ende fanden. Als alle anderen fortgegangen waren, trat er auf den Dozenten zu.

»*Pax vobiscum, Magister Bacon*«, begrüßte Douglas ihn, nahm seine runde Mönchskappe ab und vollführte eine fleißig geübte Verbeugung, mit der man seine Hochachtung vor dem Gegenüber zum Ausdruck brachte. »*Deus vobis.*«

»*Quid est?*«, fragte der Professor, während er sich umdrehte. Als er Douglas' Kutte erblickte, erwiderte er den Gruß. »Gott sei mit Euch, Bruder.«

Douglas stellte sich als reisenden Priester vor, der hier zu Besuch weilte; er sei hergekommen, weil er nach Aufklärung in einer akademischen Angelegenheit suchte. »Ich frage mich nun, ob ich Euch in Eurer Unterkunft wohl aufsuchen darf, um diesen Gegenstand mit Euch zu besprechen.«

»Mit Sicherheit würde das eine außergewöhnliche Freude für mich sein«, antwortete Magister Bacon. »Leider obliegen mir vielfältige Pflichten, und ich habe noch nicht eine Möglichkeit gefunden, die Zeit auszudehnen, um ihnen allen Rechnung zu tragen. Deshalb muss ich Euer Angebot, mich zu besuchen – so verlockend es auch sein mag –, betrüblicherweise ablehnen.«

»Sicherlich«, erwiderte Douglas, der eine Antwort dieser Art erwartet und sich bereits eine Entgegnung darauf ausgedacht hatte. »Ich würde mir – weiß Gott! – niemals anmaßen, Euren Belastungen in irgendeiner Form eine weitere hinzuzufügen. Doch vielleicht interessiert es Euch zu wissen, dass ich aus dem Kloster Tyndyrn gekommen bin, wo ein überaus seltsames Manuskript in unsere Hände gefallen ist. Wie dies geschehen konnte, wissen wir nicht.« Er sah das Funkeln der Neugier, das in den dunklen Augen des Professors glitzerte. »Einige meiner Brüder glauben, dass Ihr vielleicht der einzige lebende Mensch seid, der den Text lesen kann.«

»Dieses Manuskript, von dem Ihr sprecht . . .«, sagte Roger Bacon und rieb sich über den Handrücken. »Was könnt Ihr mir darüber erzählen?«

»Sehr wenig, Bruder. Wisst Ihr, es ist in keiner Sprache geschrieben worden, die jemals gesehen wurde. Zumindest nicht in einer, die unsere besten Gelehrten ermitteln können.«

»Herzlichen Glückwunsch, mein Freund«, erklärte der erlauchte Professor und beugte seinen Kopf, sodass seine Tonsur genau zu sehen war. »Ihr habt es mit Erfolg geschafft, mich sehr neugierig zu machen – etwas, was mit jedem Jahr, das Christus dahinziehen lässt, schwieriger wird. Wollt Ihr mich heute Abend im *Bear* aufsuchen? Dort können wir gemeinsam speisen.« Er zeigte auf das Wirtshaus, das sich hinter ihm befand. »Ich nehme drinnen meine Mahlzeiten ein, und wann immer ich komme, ist mein Tisch vorbereitet. Ich werde einen Platz für Euch freihalten.« Seine Augen richteten sich auf Douglas' Gefährten. »Und natürlich auch für Euren Akolythen. Gott zum Gruße, mein Sohn.« Als er sich den Jugendlichen näher ansah, verschwand sein Lächeln.

»Er ist stumm und spricht nicht«, teilte Douglas dem Magister mit und gab Snipe einen kleinen Klaps auf den übergroßen Kopf. »Besten Dank, Magister Bacon. Dann bis heute Abend.«

»Gott sei mit Euch, mein Freund«, erwiderte der Professor und schritt davon.

Douglas wartete noch einen Moment, bevor er den Platz überquerte und zum *Star Inn* weiterging, wo er Räume gemietet hatte. Er sprach die Gastwirtin an und bat, ihm Essen und Getränke zu bringen. Dann stiegen er und Snipe die Treppe hoch zu ihren Unterkünften. Dort lernte Douglas weiterhin Latein: eine Vorbereitung auf die abendliche Unterhaltung, von der er annahm, dass sie seine sprachlichen Fähigkeiten auf das Äußerste strapazieren würden. Unterdessen schlief Snipe: eine Vorbereitung auf die Nachtwache, die er heute halten würde.

Direkt nach Sonnenuntergang zogen die beiden Ley-Reisenden ein weiteres Mal ihre Überkleidung an und gingen nach draußen, um sich mit Magister Bacon im *Bear* zu treffen. Sie überquerten den beinahe menschenleeren Platz; auf ihm befanden sich jetzt nur noch ein paar alte Frauen, die Häppchen aus dem sich an den Straßenecken aufhäufenden Müll und Unrat aufsammelten, und einige Straßenköter, die im Abfall der Gossen herumschnüffelten. Douglas ignorierte die schäbigen Verwünschungen der Alten, als sie ihn vergeblich anbettelten, und eilte zum Wirtshaus. Unter der Fackel über dem Eingang hielt er inne und ermahnte Snipe ein letztes Mal, sein bestes Verhalten an den Tag zu legen. Dann zog er die Kapuze seiner Kutte herunter und trat ein. Im Innern herrschte ein Nebel aus Rauch, Dampf und dem Geruch von Bienenwachskerzen, die den Raum erhellten und allem einen warmen bernsteinfarbenen Schein verliehen. Als Erstes ging er zur Bedienungsklappe und besorgte sich eine Pastete. Dann wandte er sich um und verschaffte sich einen Überblick über das Wirtshaus. Tische von unterschiedlicher Größe standen ungeordnet im großen zentralen Speisebereich, wo man die Gäste von einer breiten, tief gelegenen Feuerstelle aus bediente, über deren Glut aufgespießtes Fleisch briet, große Kessel gluckerten und Brot gebacken wurde. Vom Hauptraum zweigten drei kleinere Stuben ab, die jeweils einen einzigen langen Tisch und Bänke enthielten. In einem dieser Nebenräume entdeckten sie Roger Bacon, der von einer Studentenschar umgeben war: bleichgesichtige Jüngelchen mit strähnigen Bärten und langen, zerzausten Haaren; einige von ihnen trugen ihre akademischen Gewänder, andere waren zwangloser in dunklen Satinjacken und Kitteln gekleidet. Alle hielten Krüge mit Ale umklammert und standen wie auf Kommando gleichzeitig auf, um die Neuankömmlinge zu begrüßen.

»Ich bitte Euch, steht nicht wegen uns«, sagte Douglas zu ihnen. »Bitte setzt Euch doch und macht es Euch bequem.« Nachdem er Snipe die Pastete gegeben und ihn an der Tür aufgestellt hatte, nahm er dankend den ihm angebotenen Sitz am Tischende an.

»Unser Freund ist zu Besuch aus dem Kloster Tyndyrn«, teilte der Professor den anderen mit. Er goss einen weiteren Krug voll und schob ihn über den Tisch auf Douglas zu. »Er ist auf der Suche nach Aufklärung zu uns gekommen. Ist dem nicht so?«

»Fürwahr, das ist der Zweck meines Besuchs«, antwortete Douglas. Er bemerkte das Augenzwinkern der Studenten, die sich gegenseitig Blicke zuwarfen, während er sprach. Den Grund dafür konnte er leicht erraten; und um jegliches Misstrauen sofort zu zerstreuen, fügte er rasch hinzu: »Bevor wir uns weiter unterhalten, möchte ich mich für den Mangel an Gelehrsamkeit und die Rohheit meiner Ausdrucksweise entschuldigen. Leider wurde mir nicht das Latein der Höhergestellten beigebracht. Ich kam auf der Isle of Man zur Welt und bin dort aufgewachsen. Was auch immer an Gelehrsamkeit ich besitze – ich erwarb es erst spät in meinem Leben und dann nur durch die Unterweisung jener, die kaum besser gebildet waren als ich.« Er schaute nacheinander jeden in der Runde am Tisch in die Augen und beendete seine Erklärung mit den Worten: »Es tut mir leid, Brüder, wenn meine Rede Euch beleidigt. Ich bitte Euch demütig um Nachsicht.«

»Das ist Unsinn!«, rief Roger Bacon. »Alle Gelehrten sind Pilger auf ein und derselben Reise. Einige mögen sich früher auf den Weg begeben haben und sind deshalb ein wenig weiter vorangekommen.« Auch er ließ seinen Blick über die Anwesenden gleiten. »Als pilgerndes Volk maßen wir uns nicht an, uns gegenseitig zu richten, sondern akzeptieren alle gleichgesinnten Reisenden in unserer Gesellschaft als Freunde auf dem gemeinsamen Weg.«

Die durch Bacons Worte auf subtile Weise gescholtenen Studenten bekräftigten diese Ansicht, indem sie den Neuankömmling begeistert in ihrer Mitte aufnahmen: Sie brachen in herzlichen

Jubel aus, prosteten Douglas zu und tranken durstig aus ihren Bierkrügen.

»Meinen herzlichen Dank«, sagte Douglas und ahmte seine Tischgesellen nach, indem er sich mit dem Ärmel den Mund abwischte. »Ich bin Euer Diener.«

»Da unsere Gesellschaft jetzt komplett ist«, verkündete der Magister, »sollten wir gemeinsam das Brot brechen und unsere Gedankengänge dem Allmächtigen anempfehlen – möge unsere Gelehrsamkeit ihm zum Ruhme gereichen.«

»Amen!«, riefen die Studenten. »Und nun zum Abendessen.«

Drei der jüngeren Mitglieder dieser Runde wurden zur Küche geschickt, um dort das Essen zusammenzusuchen und es zum Tisch zu bringen. Begleitet von viel Lärm marschierten sie fort und kehrten kurz darauf mit einer Ansammlung von Geschirr zurück, das mit gebratenem Fleisch, kleinen Brotlaiben und einer Vielzahl von Gemüsebreien gefüllt war. Holzlöffel wurden herumgereicht, und alle stürzten sich mit Feuereifer auf das Essen. Douglas war froh, dass er daran gedacht hatte, ein eigenes Messer mitzunehmen, denn in einer Zeit, wo von jedem erwartet wurde, dass er sich mit einem eigenen Essbesteck versorgte, erstreckte sich die Gastfreundschaft des Wirtshauses nicht über die gemeinschaftlichen Holzlöffel hinaus.

Bald schon setzten Tischgespräche ein, denen Magister Bacon vorstand; es klang wie ein geselliges Summen und Brummen. Douglas beobachtete die Verhaltensweisen und die kulturellen Ausdrucksformen seiner Tischgenossen. Die Kameradschaft war echt und schien tief verwurzelt zu sein – ebenso wie die große Wertschätzung, die sie für ihren bewunderten Professor empfanden. Wenn Bruder Bacon sprach, wandten sich alle Augen ihm zu, und die Gedanken aller beugten sich seiner geistigen Führung. Ihm gehörte bei allen Diskussionen das letzte Wort. Wie man bei Akademikern wohl erwarten konnte, bildeten die Gesprächsthemen am Tisch einen feurigen Eintopf: Chemie, Physik, Mathematik, Astronomie – und das alles vermischt mit schwer verdaulichen Klumpen aus der Philosophie und Theologie. Das meiste davon überstieg Douglas' Fähigkeiten, so etwas verdauen zu können. Wie schwer eine geistige Speise jedoch auch sein mochte, der Magister war stets in der Lage, jeden Gegenstand weiter zu erläutern oder ihn auf einer höheren oder differenzierteren Stufe darzulegen. Douglas fühlte, dass die Gedankenwelt dieses Mannes in ihren Ausmaßen und ihrer Perfektion geradezu atemberaubend war. Und obwohl er nicht imstande war, den Feinheiten der Ausdrucksweise zu folgen, konnte er doch die Geschmeidigkeit des Geistes bewundern, der solche Gedanken und Worte hervorbrachte.

Als schließlich die Studenten zu ihren Abendgebeten entlassen wurden – lange nachdem man das Geschirr weggeräumt und die Bierkrüge wieder und immer wieder gefüllt hatte –, wandte sich der Magister schließlich seinem neuesten Gast zu. »Jetzt, mein Freund, haben wir etwas Zeit für uns. Wollt Ihr mich zu meinem Laboratorium begleiten, wo wir ein privateres Gespräch führen können?«

»Natürlich. Ich würde mich geehrt fühlen.«

Zu dritt verließen sie das Gasthaus und gingen hinaus in die Nacht. Sie schritten durch die Stadt, die nur unregelmäßig von den an Straßenecken aufgestellten Fackeln und Kohlenpfannen beleuchtet wurde. Ab und an sah man Stadtbüttel, eine Art lokale Miliz, deren Aufgabe es war, die Gemeinschaft zu behüten, den Frieden aufrechtzuerhalten und die königlichen Gesetze durchzusetzen. In dieser Nacht war es ruhig in der alten Stadt, und die beiden ehrbaren Männer – die von einem aufsässigen Schatten in Gestalt von Snipe begleitet wurden – spazierten sicher und unbehelligt durch die breiten Straßen, die zur Brücke und seinem beeindruckenden Turm führten. Als sie Letzteren erreichten, holte Magister Bacon einen großen Eisenschlüssel hervor und machte sich daran, sein Laboratorium aufzuschließen; es nahm das gesamte Erdgeschoss des Turmes ein.

Während der Professor den Schlüssel im Schloss umdrehte, wandte sich Douglas an Snipe. »Bleib hier und bewach die Tür«, befahl er und beugte sich nah zu seinem Gefährten. »Ich möchte nicht, dass irgendjemand mich stört. Verstanden?«

Mithilfe eines Tricks, den Douglas nicht erkannte, entzündete der Professor die Kerzen durch ein bloßes Schnipsen mit den Fingern. Sobald es hell genug war, um das Innere des Raums sehen zu können, bemerkte Douglas, dass es sich um ein einziges großes, quadratisches Zimmer handelte; der Boden war nackt und keine der Steinwände geschmückt. Zwei Tische, die so lang waren wie der Raum – sie bestanden jeweils aus einem Brett, das auf Gestellen lag –, standen nebeneinander. Die Tischplatten waren auf der einen Seite mit Büchern und Pergamenten bedeckt, auf der anderen mit Flaschen, Phiolen, Krügen und Mischbechern. In einer Ecke nahe dem Eingang befand sich ein Steinofen, der aussah wie eine kleine Schmiedeesse; von den schwelenden Kohlen stieg eine dünne Rauchfahne hoch zu einem Loch in der Decke. Um den Steinofen herum standen geheimnisvolle Werkzeuge und Gefäße aus Kupfer, Eisen, Zinn und Bronze; es gab dieser Ecke des Raums das Aussehen eines kombinierten Gießerei- und Chemielaboratoriums.

In der Nähe des Ofens befand sich ein großer Holzsessel, auf dem ein hoher Stapel aus Vliesen und Abdeckungen lag. Auf der einen Seite des Sessels stand ein großer eiserner Kerzenständer, auf der anderen eine merkwürdige Vorrichtung, die einem auskragenden Skizzentisch ähnelte. Daher vermutete Douglas, dass dies der Ort war, wo der berühmte Professor las, nachdachte und schrieb.

»Willkommen, mein Freund«, sagte Magister Bacon und fuchtelte mit dem Rohr herum, das er benutzte, um Kerzen anzuzünden. »Jedes Geschöpf hat ein Heim, das genau zu ihm passt. Dies hier ist meines. Hier habe ich alles, was ich brauche, um mein Innenleben mit Nahrung zu versorgen.«

»Eine höchst komfortable Wohnung«, bekräftigte Douglas. Dann zeigte er auf die Ansammlung von Flaschen und Krügen auf einem der Tische und fragte: »Gehe ich recht in der Annahme, dass Ihr Euch mit alchemistischen Untersuchungen beschäftigt.«

»Wie scharfsichtig Ihr seid«, antwortete der Magister. »Seit einigen Jahren gehe ich der Verheißung der Alchemie nach. Leider erweist sich ihr Gewinn als sehr schwer fassbar. Zu meinem nicht geringen Bedauern muss ich gestehen, dass ich dem Ziel, das ich mir gesetzt habe, immer noch nicht näher gekommen zu sein scheine – obwohl mir viele Entdeckungen gelungen sind und ich mich im Verlaufe dieser Arbeit an einigen kleinen Erfolgen erfreut habe.«

»Nichts ist verschwendet«, meinte Douglas.

»Wahrhaftig.« Roger Bacon lächelte nachsichtig. »Für den Gelehrten ist keine Anstrengung jemals verschwendet.« Er schritt zu dem Ende des Tisches, das von seinen Manuskripten bedeckt war. »Ich glaube«, sagte er, während er eines der Pergamente aufrollte, um Platz zu schaffen, »Ihr habt etwas mitgebracht, das ich untersuchen soll. Wenden wir uns also unserer Angelegenheit zu.«

»Ich bin Euer Diener.« Douglas griff in die innere Tasche seines Gewandes und holte ein kleines, in Leinen gewickeltes Bündel hervor. Als er das Tuch entfernte, kam ein Buch zutage, das er auf die Tischplatte legte. »Ich wäre Euch äußerst dankbar, Sir, wenn ich Eure gelehrte Meinung dazu erhielte; denn ich muss gestehen, der Inhalt des Buches ist für mich vollkommen mysteriös.«

»Nicht ›Sir‹«, korrigierte ihn Bacon, »sondern nur ›Bruder‹. Wir sind Mitmönche, nicht wahr?«

Douglas lächelte nur und schob das Buch näher zu Roger Bacon. Dessen Blick fiel auf den Band, und plötzlich leuchteten die dunklen Augen des Magisters voller Erregung auf, wie bei einem Jäger, der endlich eine Beute sieht.

»Dann lasst uns schauen, was wir hier haben.« Bacon hob das Buch hoch, öffnete behutsam den Ledereinband und starrte einen langen Moment auf die erste Seite. Anschließend drehte er sie um und blickte auf die nächste; dies wiederholte er noch dreimal in rascher Folge, bevor er das Buch wieder schloss.

»Wie ist dies in Euren Besitz gelangt?«, fragte er mit zitternder Stimme. Sein Blick bekam einen grimmigen Ausdruck; und er stieß mit dem Finger auf den Einband. »Dieses ... dieses Buch – wie wurde es erworben?«

»Gibt es etwa Schwierigkeiten?«, erwiderte Douglas langsam. Da er nicht imstande war, die Bedeutung hinter Bacons Worten zu erfassen, versuchte er die Antwort hinauszuzögern, um Zeit zum Nachdenken zu gewinnen.

»Seid nicht beleidigt, ich bitte Euch«, entgegnete Bacon. »Doch ich muss es wissen. Es ist von größter Bedeutung für mich.«

»Es gehörte dem vorherigen Abt, glaube ich. Soweit ich weiß, wurde das Buch unter seinen Gegenständen gefunden, als er im letzten Frühjahr verstarb.« Douglas log natürlich. Allerdings hatte er diese Geschichte schon so oft eingeübt, dass er beinahe selbst an sie glaubte. »Wie es in den Besitz des teuren Mannes gekommen ist, kann ich nicht sagen. Der gegenwärtige Abt könnte Euch ohne Zweifel mehr erzählen, doch da er zu alt und gebrechlich ist, um hierher zu reisen, hatte man mir diese Aufgabe übertragen.« Douglas zeigte ein blasses Lächeln, das Ehrlichkeit ausdrücken sollte. »Mehr als das kann ich Euch nicht anbieten. Es tut mir leid.«

»Das ist sehr schade.« Der berühmte Gelehrte schüttelte leicht den Kopf. »Es kann sein, dass bestimmte Fragen bis auf Weiteres unbeantwortet bleiben müssen. In der Zwischenzeit werden wir mit der vor uns liegenden Aufgabe fortfahren.«

Roger Bacon öffnete erneut das Buch. Douglas stieß im Innern einen Seufzer der Erleichterung aus, als er sah, wie der Gelehrte mit seinen Fingern behutsam über die eng beschriebenen Zeilen glitt, die aus abstrusen Symbolen bestanden, und dabei die ganze Zeit seine Lippen bewegte.

»Könnt Ihr es lesen?«, erkundigte sich Douglas, wobei er sich bemühte, ein gelehrtes Desinteresse vorzutäuschen.

»Fürwahr, ich kann es«, bestätigte der Magister. »Wisst Ihr, mein Freund, ich bin derjenige, der es entwickelt hat.«

»Entwickelt?«, fragte Douglas verwundert, der sich nicht sicher war, ob er gerade richtig gehört hatte. »Meint Ihr damit, dass Ihr dieses hier *geschrieben* habt?«

»O nein«, antwortete Bacon und schüttelte rasch den Kopf. »Ich habe dieses Buch nicht verfasst. Doch ich habe die Schrift transkribiert, in der es geschrieben ist.«

»Bitte – um welche Sprache handelt es sich hier? Ich muss bekennen, dass weder ich noch irgendjemand, den ich kenne, jemals etwas Ähnliches gesehen hat.«

Angesichts dieser Worte erlaubte sich der Meistergelehrte ein verträumtes Lächeln. »Das überrascht mich nicht im Mindesten«, erklärte er leise. »Nur wenige Sterbliche werden sie jemals gesehen haben.« Er richtete seinen Blick ein weiteres Mal nach unten auf das Buch, und mit seinen langen Fingern berührte er leicht eine Zeile des Textes, der mit einem fließenden Schriftzug verfasst worden war. »Es ist die Sprache der Engel.«

ZWEIUNDZWANZIGSTES KAPITEL

Worin das Blut spricht

*P*ass jetzt ganz genau auf, Archibald«, wies Lord Gower ihn an. »Benutze deinen klugen Kopf. Denk nach!« Er drehte sich zu dem Tisch hinter ihm um, der von einem Laken bedeckt war. »Wir werden diesen Test noch mal versuchen. Bist du bereit?«

Archie nickte; er konzentrierte sich so angestrengt, dass sich seine dunkle Stirn in Falten gelegt hatte. »Bereit, Mylord.«

Mit einem Ruck zog der Earl das Tuch weg. »Jetzt sag mir – welche dieser Gegenstände sind echt und welche sind Fälschungen?« Er zeigte auf eine Ansammlung kleiner Objekte, die auf einem Rechteck aus blauem Samt arrangiert waren. »Lass dir Zeit«, mahnte er. »Und konzentrier dich. Erinnere dich an alles, was ich dir erzählt habe.«

Der junge Mann trat mit gefalteten Händen, die er unterhalb seines Kinns hielt, nach vorne und starrte auf die Anordnung von ausgestellten Gegenständen: eine Gewandspange mit einer erhabenen Gemme, die von einem Ring winziger Saphire umgeben war; eine aus Ebenholz geschnitzte Katze; eine Silbereule mit Augen aus Gagat; ein goldener Ring in der Form eines Skarabäus, der einen Muscheleinsatz mit Lapislazuli und Karneol aufwies; eine Alabasterskulptur, die ein Krokodil im Kampf mit einem Flusspferd darstellte; und ein Paar Ohrhänger mit blauen, grünen, roten und gelben Glasperlen. Diese Objekte stammten aus der umfangreichen Antiquitätensammlung des Earl of Sutherland, und alle waren wunderschöne Exemplare ihrer Art.

»Du darfst sie dir genau ansehen, aber nicht berühren«, schärfte der Earl ihm ein. »Ein Fachmann muss in der Lage sein, so etwas auf den allerersten Blick zu erkennen. Konzentrier dich! Was sind Imitate, was echte alte Kunstobjekte?«

Zögernd streckte Archie Burley einen Finger in Richtung Katzenstatuette, zog dann aber die Hand zurück. Als Nächstes wandte er sich dem Ring zu. Und danach blickte er zwischen Eule und Krokodilskulptur hin und her und druckste herum, bevor er sich für den Goldring und das Ohrgehänge entschied. »Der Skarabäus und die Ohrringe – sie sind echt«, verkündete er.

Lord Gower zog fragend die Augenbrauen hoch. »Der kleine Skarabäus und die Ohrringe? Bist du dir vollkommen sicher?«

Archie nickte kurz.

»Nicht die Eule? Nicht die Gewandspange?« Seine Lordschaft fuhr mit dem Finger leicht über die Gemme, sodass die Saphire zu funkeln begannen. »Das da ist ein wertvolles Stück.« Er zeigte auf die Alabasterskulptur. »Warum nicht das Krokodil? Es ist sehr schön.«

»Die Frage lautete nicht, was ist das schönste oder teuerste Objekt«, erklärte Archie. »Sie wollten wissen, welche davon echte Kunstwerke sind und welche von ihnen bloße Imitate. Ich bin der Ansicht, dass der Skarabäus und die Ohrringe Originale sind.«

»Gut gemacht, Archibald!« Der Earl begann, sehr langsam in die Hände zu klatschen. »Du hast recht. Das sind echte ägyptische Antiquitäten. Junge, du hast das Talent. Du machst dich.«

»Danke schön, Sir.«

»Aber verrate mir eines.« Lord Gower nahm die Gewandspange. »Warum hast du dich nicht für diese schöne Spielerei entschieden? Oder für das Nilpferd und das Krokodil?«

»Die Gewandspange ist zu . . .« – Archie zögerte, dann zuckte er mit den Achseln – ». . . zu glänzend. Richtige Edelsteine sind unaufdringlicher. Ich glaube, die Fassung ist echt, doch die Steine müssen Fälschungen sein. Und das Flusspferd ist falsch.«

»Was meinst du mit ›falsch‹? Erklär es mir.«

»Das Flusspferd ist zu klein im Vergleich zum Krokodil und sieht wie ein Schwein aus. Ich vermute, der Gegenstand wurde von jemandem hergestellt, der dieses Tier noch nie in natura gesehen hat. Oder der Kunsthandwerker hat vielleicht einfach nur von einer anderen Statue kopiert.« Archie fuchtelte mit einer Hand in Richtung der Katze und der Eule. »Die Katze ist gut konstruiert und echte Qualitätsarbeit, doch das Material ist nicht authentisch. Ein ägyptischer Künstler hätte Stein benutzt. Das Gleiche gilt für die Eule.«

»Was ist falsch an der Eule?«

»Die Statue ist in Silber gegossen – wiederum kein Material, das ein ägyptischer Künstler der klassischen Periode benutzt hätte.« Er warf seinem Lehrer einen Blick zu, der Zustimmung einforderte. »Habe ich recht?«

»Das ist vollkommen richtig.« Gower strahlte seinen Schüler an. »Mein Junge, du hast deine Lektionen gut gelernt. Ich glaube, du bist jetzt bereit, mich zum Auktionssaal zu begleiten.«

»Ich fühle mich geehrt, Sir.« Archie spürte, wie er bei diesem Gedanken vor Aufregung zitterte. Obwohl er innerlich vor Freude Rad schlug, zeigte er äußerlich weiterhin ein ruhiges und desinteressiertes Verhalten, so wie es ihn Seine Lordschaft gelehrt hatte: Ein kluger Geschäftsmann verrät niemals seine wahren Gefühle. Ein unbedachter Schwall der Begeisterung konnte leicht einen zunächst günstigen Preis für eine Ware in die Höhe treiben oder, noch schlimmer, den Geschäftsabschluss völlig scheitern lassen. »Ich werde mein Bestes geben, um das Vertrauen, das Sie in mich setzen, nicht zu enttäuschen.«

»Ich bin sicher, dass du dich auf die richtige, angemessene Art und Weise bewähren wirst.« Der Earl begann, die Wertgegenstände aufzunehmen und sie nacheinander zu ihren jeweiligen Behältern in der Halle zurückzubringen. »Morgen«, verkündete er und nestelte dabei an der Gewandspange, »werden wir mit deiner Ausbildung auf dem Parkett des Auktionshauses Sotheby's beginnen.«

Am nächsten Tag fuhren sie mit der Kutsche die *Strand* entlang, stiegen am Ende der Wellington Street aus und gingen dann die letzten paar hundert Yards zu Fuß weiter, sodass der Earl die Möglichkeit hatte, einige seiner Londoner Anwesen zu betrachten. Von einem bestimmten Blickwinkel aus gesehen waren seine Besitztümer in der Stadt bescheiden, allerdings verschafften sie ihm beständige Einkünfte, die Archie geradezu astronomisch erschienen. Nicht dass der junge Mann in einer Position war, in der er sich hätte beklagen können: Lord Gower unterstützte ihn sowohl mit einem wöchentlichen Taschengeld als auch mit einem jährlichen Stipendium, von dem er einen ordentlichen Anteil an seine Mutter weiterleitete.

Aus höchst bescheidenen Anfängen als untergeordneter Handlanger hatte sich Archie im Verlaufe seiner Anstellung bei Lord Gower emporgearbeitet. Sprosse für Sprosse war er in der Wertschätzung des Earls weiter nach oben gestiegen, während man ihm immer größeres Vertrauen entgegengebracht und ständig mehr Verantwortung übertragen hatte. Archie nahm der Reihe nach folgende Positionen ein: Mädchen für alles und Laufbursche, Küchenjunge, Pferdeknecht, Hilfsdiener, Diener, zweiter Hilfsbutler, stellvertretender Kammerdiener und so weiter. Schließlich hatte er eine Position erreicht, die auf die eines persönlichen Privatsekretärs hinauslief. Wenn der Earl aufs Land fuhr, ging Archie mit ihm; wenn der Earl auf den Kontinent reiste, war Archie dabei und half, alles zu arrangieren; wenn der Earl und sein Gefolge zu seinem nördlichen Landbesitz aufbrachen, wurde Archie vorausgeschickt, um das Haus und seine Außenanlagen für die Ankunft Seiner Lordschaft vorzubereiten. Und wann immer der Earl nach Windsor bestellt wurde oder das Oberhaus aufsuchte, begleitete Archie ihn.

Die ganze Zeit über lernte der junge Mann die Verhaltensweisen und Gewohnheiten der Elite. Und er wartete auf den rechten Augenblick, um eigene Wege gehen zu können und sein Glück zu machen.

»Ein Mann muss einen Beruf haben«, hatte der Earl ihm schon vor Jahren geraten. »Ich frage mich, welchen du ergreifen wirst?«

»Kann ich nicht in Ihren Diensten bleiben, Sir?«, hatte Archie gefragt. Er war zu jener Zeit zwölf Jahre alt und konnte sich nichts Besseres vorstellen, als den Hausangestellten des Earls anzugehören.

»Solange du möchtest«, antwortete Lord Gower. »Doch ich

werde nicht ewig leben, mein lieber Junge. Sosehr ich es auch bedauern mag, wenn ich gehe, werden meine Ländereien und Titel einem Cousin übertragen, den ich seit zwanzig Jahren nicht mehr gesehen habe. Dies ist eine gesetzlich bestimmte Tatsache. Doch ich möchte dich nicht ohne die Fähigkeit zurücklassen, deinen Lebensunterhalt in dieser Welt zu bestreiten. Du kannst nicht für immer ein Diener sein. Du bist aus einem besseren Stoff gemacht.«

»Ich habe kein Interesse, Sie zu verlassen, Sir.«

»Und ich dich auch nicht. Aber das Blut spricht, Archibald.« Der Earl lächelte und legte väterlich eine Hand auf die Schulter des Jungen. »In dir gibt es aristokratisches Blut, und das kann nicht verleugnet werden.«

Der Earl hatte schon vor langer Zeit die Umstände von Archies Geburt herausgefunden und kannte die Herkunft des Jungen. Darüber hinaus war es ihm aufgrund seiner verschiedenen Verbindungen gelungen, eine Art Versöhnung zwischen Lord Ashmole und Gemma Burley in die Wege zu leiten, aus der eine beträchtliche Zahlung für Archies Mutter hervorging. Da Lord Gower zudem ständig an die Zukunft dachte, war er entschlossen, Archie einen Beruf an die Hand zu geben, den er in den kommenden Jahren würde ausüben können. Zu diesem Zweck hatte der Earl entschieden, seinen Schützling die Besonderheiten des aufkeimenden Handels mit Antiquitäten und alten Kunstwerken zu lehren – ein Trend, der die britische Aristokratie im Sturm erobert hatte. Wer sich in diesem Geschäft gut auskannte, hatte die Möglichkeit, gewaltige Geldsummen zu verdienen.

Und Gower beherrschte sein Geschäft. Für einen Mann in der gesellschaftlichen Position des Earls war das Interesse an Antiquitäten nur ein besseres Hobby; er brauchte nicht die reiche Geldernte, die sich für ihn durch den Antiquitätenhandel ergab. Nichtsdestotrotz sah er darin eine wesentliche Lebensgrundlage für einen jungen Mann, vor allem wenn es sich um einen so vielversprechenden wie seinen Schützling handelte. Als sich seine Vormundschaft ihrem Ende zuneigte, hatte Seine Lordschaft keinen Zweifel, dass Archie Burley seinen Weg in der Welt machen würde, und das sicherlich nicht schlecht.

Während sie nun auf das Auktionshaus zugingen, erinnerte Lord Gower seinen Schüler noch einmal daran, was ihn dort erwartete – wie die Auktionen abgehalten würden und wie vor allem das Bieten ablief. Abschließend erklärte er: »Heute werden wir nur zuschauen – doch wenn etwas von Interesse auftaucht, werde ich mich vielleicht ins Getümmel stürzen. Wie dem auch sei, ich will, dass du den Bietern deine Aufmerksamkeit widmest. Wenn die Gebote die Obergrenzen erreichen, kann man am Verhalten der Bieter meist recht gut erkennen, wie groß ihr Interesse und ihre finanziellen Mittel sind.«

Archie nickte.

»In den kommenden Tagen werden wir einen Gegenstand auswählen, den wir erwerben wollen, und ich möchte, dass du die Gebote machst. Ich will, dass du mit den Gefühlen vertraut wirst, die mit dem Spiel einhergehen, so wie ich es sehe, und dass du lernst, sie unter Kontrolle zu halten. Dabei sind deine größten Vorteile – wie in allen Dingen – ein kühler Kopf und ein ungetrübter Geist.«

»Ich werde mein Bestes geben, Sir.«

»Das weiß ich doch, Archibald.« Sie erreichten das große *Regency*-Gebäude, in dem die Auktionatoren von Sotheby's zu Hause waren, und blieben davor stehen. »Ah! Da sind wir. Wollen wir hineingehen?«

Der Earl führte den jungen Mann durch die messingverkleideten Türen in das mit rotem Teppich ausgelegte Foyer, wo er von livrierten Dienern empfangen wurde. Sie begrüßten ihn und führten ihn und seinen Begleiter direkt zum Manager, der mit vielen Verbeugungen und Kratzfüßen Seine Lordschaft willkommen hieß.

»Wir sind geehrt, Eure Lordschaft. Bitte machen Sie es sich bequem, während ich Sessel für Sie holen und auf dem Parkett aufstellen lasse.«

»Ich wünsche Ihnen einen Guten Tag, Mumphrey«, erwiderte der Earl. »Machen Sie sich nur keine Umstände. Wir sind nur aus Müßiggang und Neugierde hergekommen.«

»Darf ich Ihnen einen Beruhigungstrunk anbieten, Mylord? Ich habe exzellenten Sherry, der gerade aus Portugal gekommen ist. Ihre Meinung über ihn würde ich sehr zu schätzen wissen, Sir. Die

Partner denken darüber nach, eine größere Lieferung zu übernehmen und sie versteigern zu lassen.«

»Aber sicher, Mumphrey, es wäre eine Freude für mich«, antwortete der Earl. Während der Manager forteilte, um den Sherry zu holen, richtete Lord Gower seine Aufmerksamkeit auf den Saal und ließ seinen Blick umherschweifen. »Momentan ist noch niemand hier«, erklärte er, obwohl sich in Wirklichkeit schon viele Leute im großen Eingangsbereich aufhielten und noch mehr hereinströmten. »Lass uns nachschauen, was für Angebote wir heute haben.«

Sie gesellten sich zu der Menschenmenge, die sich um die Präsentationstische entlang der Wände des Foyers versammelt hatte. Dort waren auch Staffeleien mit großformatigen Ankündigungen und Beschreibungen der verschiedenen Gegenstände aufgestellt worden, die im Verlauf der heutigen Versammlung angeboten würden.

»Wie ich erwartet habe«, bemerkte der Earl nach einer kurzen Prüfung der Ausstellungsstücke. »Hier ist nichts von Interesse für uns. Doch das ist nicht unser Hauptanliegen. Wir sind nicht hier, um etwas zu erwerben, sondern um zu lernen. Es wird sehr lehrreich sein.«

Und lehrreich war es sicherlich ... wenn auch vielleicht nicht in der Art und Weise, wie Seine Lordschaft es beabsichtigt hatte – und noch weniger, wie er es gebilligt hätte. Denn bei diesem ersten Besuch – ebenso wie bei all denen, die im Verlauf der nächsten Monate folgen würden – lernte Archie vor allen Dingen eines: den enormen Einfluss, den ein Adelstitel besaß. Verbunden damit erwarb Archie, der ein eifriger Studierender war, auch ein Verständnis vom gewaltigen Nutzen eines Auktionshauses als neutralen Warenlieferanten.

Während der junge Mann das Auf und Ab der Auktionen beobachtete – es erinnerte ihn an einen rituellen Tanz –, gelangte er rasch zu der Auffassung, dass es zwar im Prinzip schön und gut war, an Orten wie Sotheby's wertvolle Stücke zu erwerben und sie mit Gewinn an reiche Klienten zu verkaufen, aber dass es sich dabei um einen langsamen und ineffizienten Weg handelte, um ein Vermögen anzuhäufen. Archie schien es, dass derjenige die beste Position innehatte, der in der Verkaufskette an erster Stelle stand. Die größten Gewinne erzielte der erste Verkäufer und nicht einer der Mittelsmänner, die eine Ware kauften und sie dann weitervertrieben. Statt als Zwischenhändler für andere zu fungieren – denn das war im Wesentlichen die Rolle, die Lord Gower spielte –, könnte ein Mann mit Geschmack, gutem Urteilsvermögen und einem Gespür für die Marktentwicklung, der zudem die finanziellen Mittel und die Neigung zum Reisen besaß, recht leicht die gleichen Objekte in ihren Ursprungsländern erwerben und sie anschließend direkt an Privatkunden verkaufen oder sie einfach durch die Auktionshäuser auf den Markt bringen.

Wenn darüber hinaus ein solcher Mann einen Adelstitel besitzen würde, dann wäre seine Zukunft gesichert. Archie hatte gesehen, wie sich dem Earl die Tore geöffnet hatten, die geringeren Sterblichen versperrt waren, wie Männer sich ihm beugten, wie Frauen ihm schmeichelten – und all das nur aufgrund seines Titels, der ihm vorausging, wohin auch immer er kam, und der ihm seinen Weg durch die Welt ebnete. Trüge Archie einen Titel, würden ihm allein aus diesem Grund sowohl Kunden als auch Lieferanten vertrauen.

Während seine Kenntnisse über den Antiquitätenhandel wuchsen, bildete sich ganz allmählich ein Entschluss in ihm aus: In seinem Kopf begann sich eine Vision von seiner Zukunft herauszukristallisieren. In der Zwischenzeit gab er sich damit zufrieden, seinem Wissensschatz immer wieder etwas Neues hinzuzufügen. Wie ein gieriger Schwamm würde er alles aufsaugen, was Lord Gower ihm zu bieten hatte. Wenn dann der Tag für ihn kam, dass sich seine Wege von denen des Earls trennten, würde Archie wissen, was er zu tun hätte und wie er vorgehen müsste, um sein Vorhaben in die Tat umzusetzen.

DREIUNDZWANZIGSTES KAPITEL

Worin Geduld und praktische Erfahrung sich lohnen

Sind Sie sicher, dass Sie nicht mit uns kommen wollen?«, fragte Kit. Wieder einmal standen sie im frühmorgendlichen Licht am Ende der Sphinx-Allee. Sowohl Thomas als auch Khefri blickten besorgt die lange Reihe von Statuen hinunter, die auf den Tempel zuführte, der in die blanke Felswand hinein errichtet worden war.

»Ich habe meine Entscheidung getroffen«, antwortete der Arzt ein wenig wehmütig. »Jemand muss zurückbleiben, um auf die Schätze aufzupassen, die wir aus Anens Grabmal hervorgeholt haben.« Er legte eine Hand auf die Schulter des Ägypters. »Mein junger Freund und ich haben nun mehrere Jahre Arbeit vor uns liegen, und zwar dank Ihnen. Diese Erfahrung ist äußerst aufschlussreich gewesen. Ich stehe in Ihrer Schuld.«

»Nicht im Geringsten«, widersprach Kit. »Wenn überhaupt, dann ist es genau anders herum.«

»Werden Sie zurückkommen?«, wollte Khefri wissen. »Wenn Sie gefunden haben, wonach Sie suchen – werden Sie dann nach Ägypten zurückkehren?«

»Das werde ich«, versprach Kit. »Wenn es überhaupt möglich ist, werde ich schneller zurück sein, als es Ihnen richtig klar wird.«

Wilhelmina holte die messingverkleidete Ley-Lampe aus der Tasche ihres Overalls. Im frühmorgendlichen Licht erschien ein winziges blaues Funkeln. »Wir sollten jetzt gehen«, mahnte sie und steckte das seltsame Instrument in die Tasche zurück. Sie trat auf Young zu und streckte ihm die Hand entgegen. Als er sie ergriff, umarmte Mina ihn. »Herzlichen Dank für alles, Thomas. Ich wusste, dass ich mich auf Sie verlassen konnte. Und Kit hat recht – wir werden so bald wie möglich zurückkommen.«

»Seien Sie versichert, dass ich mich in Ihrer Abwesenheit bemühen werde, weitere Nachforschungen über die philosophischen Folgen des Ley-Reisens anzustellen«, erklärte Thomas, der sich sanft aus ihrer Umarmung löste. Er streichelte die Kopie der Meisterkarte, die er mit größter Sorgfalt erstellt hatte und nun unter seinem Hemd direkt auf seiner Haut trug. »So Gott will, werde ich vielleicht sogar in der Lage sein, die Chiffren zu übersetzen.«

»Dann überlassen wir Sie jetzt dieser Aufgabe«, verkündete Kit.

»Wenn Sie zurückkehren, werde ich Sie mit größter Freude begleiten, wohin auch immer Ihre weiteren Reisen Sie führen«, fügte der Arzt hinzu. »Darauf haben Sie mein Wort.«

»Also bis dann«, sagte Kit und presste seine Hände ineinander.

Mina fasste ihn am Arm. »Es wird Zeit.«

Am Abend zuvor waren Wilhelmina und Giles mitten in das Fest hineingeplatzt, das die Ausgräber anlässlich des gefundenen Teilstücks der Meisterkarte gefeiert hatten. Kit, der sich in bester Weinlaune befand, führte zusammen mit Thomas die beiden ins Grabmal hinunter und zeigte ihnen die Wandbilder.

»Seht her!« Er wies auf das dritte bemalte Wandfeld. »Zuvor hatten wir ja nicht genügend Zeit, um uns alles genau anzusehen. Aber hier ist unser Mann höchstpersönlich – Arthur Flinders-Petrie. Er trägt ein gestreiftes Gewand, das an der Brust geöffnet ist und so die Tattoos enthüllt.«

»Wie außergewöhnlich!«, rief Wilhelmina aus. »Das ist wahrscheinlich das erste – wenn nicht gar das einzige – Porträt des Mannes und seiner Karte.«

Giles, der den Raum zuletzt als Gefangenen gesehen hatte – eingesperrt mit dem Leichnam seines Herrn und verurteilt zum Tod durch Verdursten –, richtete die Augen langsam auf den Sarkophag, in den er und Kit die Leichen von Sir Henry und Cosimo gelegt hatten.

Kit sah den Blick ebenso wie den darauf folgenden verzerrten

Gesichtsausdruck und erkannte diese Reaktion wieder. »Ich weiß, Giles«, erklärte er tröstend. »Es braucht eine gewisse Anstrengung, all das hinter sich zu lassen. Doch vielleicht hilft es, sich daran zu erinnern, dass dies nicht dasselbe Grab ist, in dem Sir Henry und Cosimo gestorben sind. Jenes Grabmal – das, in dem wir gewesen sind – befindet sich an einem anderen Ort und in einer anderen Zeit: in einer anderen Welt.«

Giles nickte, sagte jedoch nichts dazu.

»Nun«, sagte Kit und ging hinüber zum vierten der gewaltigen Wandgemälde, »schaut auf dieses letzte Großbild. Es zeigt den Hohen Priester Anen, der die Karte hält – die ganze, wohlgemerkt –, während er auf den Stern zeigt.«

»Aber unsere ist nur ein Teil davon«, merkte Wilhelmina an. »Hast du das nicht selbst gesagt?«

»Möglicherweise nur der vierte oder fünfte Teil vom Ganzen – genauso wie Cosimo gedacht hat. Und das entspricht mehr oder weniger dem Bruchstück, das ich in der Krypta der Christ Church gesehen habe.«

»Aber du hast behauptet, das sei eine Fälschung gewesen«, hob Mina hervor.

»Das war es auch«, bestätigte Kit. »Wiewohl sich jemand die Mühe gemacht hatte, dieser Kopie in etwa die gleiche Form und Größe wie das Original zu verleihen, das er gestohlen hat.«

»Was werden Sie mit der Karte anfangen?«, fragte Thomas. »Was werden Sie unternehmen – jetzt, wo Sie sie gefunden haben?«

Kit dachte nach. »Zuerst müssen wir lernen, sie zu lesen. Und dann werden wir sie nutzen, um Cosimos und Sir Henrys große Suche nach Flinders-Petries Schatz fortzuführen.«

Wilhelmina ging mit ihrer Lampe und dem Gesicht ganz nahe an das Gemälde heran und studierte die Karte in der Hand des Hohen Priesters. »Sind diese Symbole in irgendeiner Weise korrekt – was denkst du?«

»Ich wünsche, sie wären es«, entgegnete Kit. »Allerdings sind es nur Darstellungen von Künstlern. Ich denke nicht, dass die Leute, die diese Symbole gezeichnet haben, irgendein Interesse daran hatten, die echten Zeichen detailgetreu wiederzugeben. Meine Vermutung ist, dass sie wahrscheinlich niemals die echte Karte zu Gesicht bekommen haben.« Er zuckte mit den Achseln. »Aber wer kann sich da sicher sein?«

»Lass mich einen Blick auf die Karte werfen«, forderte Wilhelmina ihn auf.

Kit wandte sich an Thomas, der daraufhin ein Bündel hervorholte, das in ein neues Tuch gewickelt war. Der Arzt löste die Schnur und rollte das fast durchsichtige Stück aus menschlichem Pergament auf. In dem sanft funkelnden Licht der Lampen schienen die in die Haut gestochenen indigofarbenen Symbole mit seltsamer Kraft zu pulsieren.

»Darf ich?«, bat Wilhelmina. Thomas überreichte ihr die Karte, und sie hielt sie an dem Gemälde hoch. Obwohl die Symbole auf dem Wandbild im Vergleich zum Original derbe Schnörkel waren, schienen die grundlegenden Formen mehr oder weniger korrekt zu sein. Das Teil, das Mina hielt, passte zum oberen rechten Quadranten der Karte in der Hand des Hohen Priesters Anen.

»Wer auch immer die Karte zerschnitten hat, ist sehr vorsichtig gewesen«, merkte Mina an. »Schaut auf die gezackten Ränder.« Sie zeigte auf den unteren Bereich und die linke Seite der Karte. »Seht nur, wie unregelmäßig diese Linien sind.«

»Wer auch immer das getan hat, muss sich große Mühe gegeben haben, nicht in die anderen Symbole hineinzuschneiden«, erklärte Kit. »Man hat um sie herumgeschnitten und so diese Wellenränder geschaffen.«

»Die angrenzenden Teile werden exakt dazu passen«, stellte Thomas fest. »Damit werden Sie die Echtheit eines anderen Kartenfunds überprüfen können.«

Vorsichtig rollte Wilhelmina das menschliche Pergament wieder auf und reichte es Thomas, der es in das schützende Tuch hüllte. Die vier waren dann wieder ins Wadi-Lager zurückgekehrt, wo Khefri ein besonderes Abendessen aus gebratener Ziege hatte zubereiten lassen, um den erfolgreichen Abschluss der Ausgrabung zu feiern. Bis spät in die Nacht hinein hatten sie gegessen und erzählt.

Und jetzt, wo die Sonne im Osten aufging, war es Zeit für den Aufbruch.

Wilhelmina begann, die Allee entlangzugehen; sie marschierte auf die Stelle zu, wo Giles bereits wartete. Kit, der von ihr mitgezogen wurde, hob seine Hand und rief: »Leben Sie wohl!«

»Geht mit Gott, meine Freunde!«, schrie Thomas und winkte ihnen zu, als wollte er sie verscheuchen. »Seine Gnade und sein Friede mögen Sie stets begleiten!«

Doch diese Worte gingen unter im Heulen des Sturmes, der plötzlich über das uralte Pflaster hinwegfegte. Die Welt um Kit, Mina und Giles herum wurde verschwommen und war nur noch vage durch eine Wand aus Staub und körnigem Sand sichtbar ... Das Nächste, was Kit bemerkte, war ein prasselnder Regen, der ihm ins Gesicht schlug. Seine Kleidung schlackerte um seine Extremitäten in einem stürmischen Wind, der im Unterschied zu den früheren Erfahrungen nicht kurzerhand bei ihrer Ankunft verschwand.

»Ich glaube, wir sind inmitten eines Hurrikans gelandet!«, schrie er in dem Bemühen, trotz des Krachens und Brüllens gehört zu werden.

»Was?« Die Stimme von Wilhelmina schien meilenweit weg zu sein, obwohl sie selbst nur wenige Fuß entfernt sein musste.

»Dieser Sturm!«, rief er. »Wir sind mitten in ihm drin!«

»Es stürmt hier immer!«, schrie sie. Endlich tauchte sie aus dem peitschenden Wind auf. »Das hört hier nie auf!«

»Nie?«

»Niemals.« Mühsam beugte sie ihr nasses Gesicht ihm zu. »Zumindest nicht, dass ich wüsste.«

»Du bist schon früher hier gewesen?«

»Viele Male.«

Er spürte, wie sie mit ihrer Hand seinen Arm ergriff.

»Hier entlang. Bleib bei mir.« Sie wandte den Kopf um und brüllte über die Schulter: »Giles! Seid Ihr noch bei uns?«

»Hier, Mylady!«, erscholl die Antwort; er musste irgendwo ganz in der Nähe hinter ihnen sein.

»Haltet meine Hand fest. Ich werde nun bis drei zählen, und

dann rennen wir geradeaus. Fertig? Los geht's ... Eins ... zwei ... drei ... los!«

Kit folgte der Anweisung und sprintete mit geschlossenen Augen in den Sturm hinein. Einen Augenblick hatte er das Gefühl, als würde ihm das Fleisch von den Knochen gerissen werden, und dann ... Dunkelheit und Schweigen. Er stürzte durch eine Leere – durch ein luftloses Nichts, das so absolut war, dass er zu ersticken glaubte. Würgend rang er nach Luft, doch er konnte keinen Sauerstoff in seine Lungen hineinsaugen.

Plötzlich fühlte er, wie seine Wange brannte.

»Atme, Kit!«

Er öffnete die Augen und sah, dass Wilhelmina mit erhobener Hand vor ihm stand, bereit, noch ein weiteres Mal zuzuschlagen. »Stop!«, keuchte er und stolperte nach hinten. »Hör auf damit! Ich bin okay.«

Mina wandte sich Giles zu, der ein paar Schritte entfernt auf einem breiten, von Blättern übersäten Pfad kniete. »Seid Ihr in Ordnung?« Als Antwort erhielt sie ein dumpfes Ächzen, woraufhin sie sich entschuldigte: »Tut mir leid, Jungs. Das Schlimmste haben wir hinter uns. Aber dadurch haben wir uns vier weitere Sprünge gespart und eine etwa zweitägige Überlandreise.«

»Wir tun ja alles für die gute Sache«, erwiderte Kit, der sich immer noch etwas benommen das Wasser von der Kleidung schüttelte. »Ich bin nass bis auf die Haut.«

»Du wirst wieder trocken werden«, versprach Wilhelmina. »Hast du immer noch die Karte?«

Kit klopfte leicht auf seinen Bauch, wo sich unter seinem Hemd das Bündel befand. Dann nickte er.

»Gut.« Mina setzte sich in Bewegung. »Du wirst dich besser fühlen, sobald wir uns wieder bewegen. Das Beste ist, durch Spazierengehen die Feuchtigkeit zu vertreiben. Komm, auf geht's!«

Kit kam mühsam der Aufforderung nach. Auch Giles erhob sich und folgte den beiden.

»Wo sind wir überhaupt?«, fragte Kit und schaute sich um. Sie schienen in einem leicht bewaldeten ländlichen Gebiet zu sein; die

Luft war kühl und duftete nach gefallenen Blättern. Er konnte hören, wie Insekten summten, die auf den Zweigen der umstehenden Bäume saßen.

»Wir sind etwa drei Meilen nördlich von Prag«, antwortete Mina und schritt den Pfad entlang. »Ein bisschen weiter entfernt gibt es eine Straße. Sie verläuft am Fluss entlang und wird uns in die Stadt führen. Wenn wir Glück haben, können wir vielleicht den Rest des Weges per Anhalter fahren.«

»In welcher Zeit sind wir überhaupt?«, wollte Kit wissen.

»Nun, wir sind im Jahr 1607 – während der Herrschaft von Kaiser Rudolf II. Wenn wir unser Ziel ganz genau getroffen haben, ist es Anfang September.« Sie schritt auf einen Lorbeerbusch zu, der neben dem Pfad wuchs. »Oder möglicherweise ist es noch August.«

»Und warum sind wir hierhergekommen?«, fragte Kit.

»Ich lebe hier«, antwortete sie. »Wir brauchen einen sicheren Platz, um ein paar Tage unterzutauchen, damit wir die Karte studieren und darüber nachdenken können, was wir als Nächstes tun sollen. Wartet hier.« Sie trat hinter den Busch. »Ich muss die Kleidung wechseln.«

»Du hast Kleider zum Wechseln versteckt?«, entfuhr es Kit. »Nette Idee.«

»Ich will nicht riskieren, dass man mich so gekleidet in der Stadt sieht. Zu viele Leute kennen mich.«

Kit sah an sich selbst herab. »Was ist mit Giles und mir?«

»Giles sieht gut aus, so wie er ist«, lautete die Antwort, die durch den Busch zu ihm drang. »Was dich angeht, so nimm diesen blöden Turban ab und wickele ihn dir um die Hüfte. Binde ihn dir wie eine Schärpe um; es wird ein wenig helfen, dein luftiges Hemd zu verbergen.«

»Luftiges Hemd«, murmelte Kit. »Das ist eine *Galabija*: ein traditionelles ägyptisches Gewand. Damit du es genau weißt.«

»Ich bin sicher, dass es genau das ist. Mit einer Schärpe werden die Leute denken, es wäre nur ein Arbeitskittel. So etwas tragen sie hier in der Gegend.«

Sehr zum Vergnügen von Giles, der interessiert zuschaute, gehorchte Kit der Anweisung.

»Wohin seid ihr gegangen, du und Giles, als wir das Wadi zum ersten Mal verlassen haben? Wo seid ihr gewesen, als ich Thomas geholfen habe, das Grabmal auszugraben?«

»In Edinburgh«, erscholl die Antwort aus dem Busch. »Dort war Dr. Young. Ich bin dorthin gegangen, um ihn zu überzeugen, dir bei der Ausgrabung von Anens Grab zu helfen.«

»Aber das ist ... Wie kann das möglich sein? Er war doch mit mir in Ägypten ... nicht wahr?«

»Noch nicht«, antwortete Wilhelmina. »Ich hätte gedacht, das wäre offensichtlich.«

»Nicht für mich. Erklär es mir.«

»Das ist einfach. Wie wir wissen, verläuft die Zeit in unabhängiger Weise in unterschiedlichen Bezugssystemen.«

»Wie wir wissen«, echote Kit.

»So musste ich ihn einfach nur erreichen, bevor er zu seiner Expedition nach Ägypten aufbrach.«

»Aber das würde ja bedeuten, dass ich bereits mit ihm zusammen gewesen bin – und mit ihm den Schatz ausgegraben habe –, *bevor* du ihn überhaupt gefragt hast«, hob Kit hervor.

»Richtig«, erwiderte Wilhelmina. »Klasse, was?« Sie trat völlig verändert hinter dem Busch hervor. Verschwunden war das Mädchen in dem Tarn-Overall, dem himmelblauen Schal und den Wüstenstiefeln; seinen Platz hatte nun ein gefälliges Mädel eingenommen, das einen langen Rock, eine weiße Bluse mit Puffärmeln, ein buntes Umhängetuch und einen Stoffbeutel trug. Letzteren übergab sie Kit.

»Hier entlang, Burschen!«, befahl sie, und bald schon gingen sie durch hohes Gras einen sanft abfallenden Hang hinunter.

Kit konnte am Fuße des Hügels das Schimmern eines Flusses und, ganz gewiss auch, einer Straße ausmachen.

»Wenn wir nicht herumtrödeln, können wir heute Abend in einem der besten Gasthäuser der Stadt essen«, versprach Mina.

Kit blieb abrupt stehen und starrte sie an, als ob er sie zum ersten

Mal sehen würde. »Donnerwetter, Mina. Du bist wirklich erstaunlich. Woher weißt du so viel über all das?«

»Durch praktische Erfahrung«, antwortete sie. »Durch haufenweise praktische Erfahrung. Und durch Fehler.«

VIERUNDZWANZIGSTES KAPITEL

Worin ein Schicksal festgelegt wird

*A*ls das Ende kam, geschah es schnell und unerwartet. Am Abend hatte Lord Gower geklagt, dass er sich nicht wohlfühle. Er hatte Tee und ein wenig trockenen Toast zu sich genommen und sich dann zurückgezogen. Am Morgen ging es ihm nicht besser, und so wurde ein Arzt herbeigerufen. Noch am Nachmittag desselben Tages – er war schweißnass vor Fieber und klagte über Kopfschmerzen – fiel er in einen unruhigen Schlaf, aus dem man ihn nicht mehr aufwecken konnte. Archie war bei ihm, als er zwei Tage später starb. Der junge Mann stand am Bett des Earls und vernahm gerade das Neun-Uhr-Geläut der Glocke im Turm von St. Mary's Argent Square, als der Geist seines Wohltäters aus der sterblichen Hülle floh. Archie beugte den Kopf und vergoss heimlich eine Träne wegen des Mannes, der sein Lehrer, Freund und – so wie er es sah – der einzige Vater gewesen war, den er je gekannt hatte.

Den nächsten Tag verbrachte er in den Büroräumen von *Beachcroft and Lechward*, den Anwälten von Lord Gower, die entsprechend dem Willen und den besonderen Instruktionen des Earls das Begräbnis organisierten. Die Beerdigung fand sieben Tage später bei St. Mary's statt; fast zweihundert Menschen waren zugegen. Nach dem Gottesdienst am Grabe wurde den Trauernden in Lord Gowers Londoner Wohnhaus Tee und Kuchen serviert; und Archie empfing die Beileidsbekundungen seiner Gäste mit würdevoller Etikette, die der Earl befürwortet und mit Lob bedacht hätte. Die nächsten zwei Wochen wurden mit der Inventur sämtlicher Besitztümer zugebracht, um das vorzubereiten, was Archie als die unvermeidlich kommende Invasion betrachtete.

Auf dem Kalender wurde ein weiteres Blatt umgedreht, und dann kam eines schönen Morgens George Gower, der entfremdete Cousin des Earls, und pochte an die Tür. Er befand sich in Begleitung seiner Frau Branca, eines Gerichtsdieners aus Peckham und eines Rechtsanwalts mit Zylinder und schwarzem Gehrock. Archie empfing sie im Wohnzimmer des Earls.

»Die Übergabe des Eigentums wird nicht hinausgezögert«, verkündete der Jurist herrisch. »Wir werden unverzüglich den Besitz antreten. Es würde äußerst hilfreich sein, wenn Sie nach frühestmöglichem Belieben Ihre persönlichen Habseligkeiten zusammentragen und das Anwesen verlassen könnten.«

Archie hatte sich zwar für diesen Moment gewappnet, dennoch war er fassungslos: Die Schroffheit und Plötzlichkeit der Vertreibung und die Gefühlskälte der hier gezeigten Habgier machten ihn sprachlos. Als er seine Stimme wiedergefunden hatte, sagte er: »Ich habe eine Inventur durchgeführt. Würden Sie gerne –«

»Danke, aber wir werden unsere eigene Inventur durchführen«, unterbrach ihn der Rechtsanwalt mit schneidender Stimme. »Sie jedenfalls werden das Anwesen spätestens um drei Uhr heute Nachmittag verlassen. Der Gerichtsdiener hier wird erfreut sein, Ihnen dabei zu helfen, Ihre Sachen zusammenzusuchen. Er wird Sie nunmehr begleiten, um sicherzustellen, dass Sie nicht unbeabsichtigterweise einen Gegenstand wegnehmen, der Ihnen nicht gehört und auf den Sie kein Anrecht besitzen.«

»Ihre Voraussicht ist bewundernswert.« Archie lächelte die neuen Bewohner grimmig an. »Wie müssen Sie sich nach diesem Tag gesehnt haben; wie müssen Sie darum gebeten haben, dass er kommt.«

»*Silencie a sua lingua!*«, blaffte die Frau, die über viel portugiesisches Temperament verfügte, das schnell entbrannte. »Sie gehören nicht zur Familie. Sie haben nichts zu sagen.«

»Gewiss«, stimmte Archie ihr zu. »Ich versichere Ihnen, dass ich nicht den Wunsch verspüre, auch nur einen Augenblick länger als notwendig in Ihrer abscheulichen Gegenwart zu bleiben.«

»Aber nun … Sehen Sie her, Sie …«, sprudelte es aus George Gower heraus. »Sie Schurke!«

Doch Archie war bereits auf dem Weg zur Tür und ging ohne ein weiteres Wort weg. »Rufen Sie Beachcroft herbei«, sagte er dem Kammerdiener des Earls. »Dann packen Sie Ihre Sachen. Wäre ich an Ihrer Stelle, würde ich ein paar Gedanken für die kommenden Tage aufbringen – wenn Sie wissen, was ich meine.«

Der Kammerdiener nickte. »Das geschieht bereits, Sir.«

»Sie dürfen den Rest der Dienerschaft anweisen, das Gleiche zu tun.«

»Sehr wohl, Sir.«

Während die neuen Besitzer anfingen, das Silber zusammenzuzählen, ging Archie in seine Räume und begann, seine Sachen einzupacken. Ein paar Minuten später gesellte sich der Gerichtsdiener zu ihm – ein misstrauischer Einfaltspinsel, der darauf bestand, alles zu untersuchen, was Archie in seine Koffer legte.

»Vielleicht wäre es das Beste, wenn Sie für mich packen würden«, schlug Archie schließlich vor. »Dann könnten Sie Ihren Aufsehern eine exakte Liste von dem geben, was ich mitgenommen habe.«

»Kümmern Sie sich nicht um meinen Job«, murmelte der Mann. »Machen Sie weiter!«

Beachcroft, der Anwalt des Earls, kam genau in dem Moment mit einer Kopie von Lord Gowers Testament an, als Archie seine Koffer im Foyer abstellte. Er las in Gegenwart der Erben und ihres Rechtsanwalts die relevanten Teile aus dem Letzten Willen und Testament des Earls vor. Darin wurde ausdrücklich festgelegt, dass Archibald Burley die Erlaubnis erhielt, sich aus der umfangreichen Sammlung exotischer Kunstwerke, die der Earl besaß, fünf beliebige Objekte auszusuchen.

»Er kann sich absolut jeden Gegenstand nehmen, den er sich wünscht – insgesamt fünf Stück«, hob Walter Beachcroft hervor. »Ohne irgendwelche Einschränkungen.«

Als Archie kurze Zeit später sehr zur Erleichterung der neuen Eigentümer seinen Abschied nahm, hatte er fünf kleine, verstaubte Antiquitäten bei sich, die von geringfügiger Bedeutung zu sein schienen. Hätten George und Branca den wahren Wert der Gegenstände gekannt, die Archie ausgewählt hatte, hätte sie gleich mehrfach der Schlag getroffen. Doch unter den gegebenen Umständen verlieh ihnen ihre Unkenntnis ein gewisses Maß an Schutz vor der harten Wirklichkeit. Zusammengenommen liefen die von Archie gewählten Objekte auf eine sehr beträchtliche Summe hinaus, die ihm erlauben würde, in den Antiquitätenhandel einzusteigen.

Aber das war noch lange nicht alles.

In Wahrheit war der weitaus größere Teil von Archies inzwischen ansehnlichem Vermögen bereits sicher versteckt in sechs großen Teekisten, die – gleichfalls sicher – in den Gewölben der Lloyd's Bank hinterlegt worden waren; und eine weitere hatte man eine Woche vorher mit seinen Koffern nach King's Cross Station geliefert. Nach seiner raschen Vertreibung aus Lord Gowers Londoner Stadthaus stattete Archie seiner Mutter einen Besuch ab, sagte ihr Lebewohl und hinterließ ihr ein Sparbuch der Lloyd's Bank, in dem auf ihren Namen ein Vermögen von fünfhundert Pfund eingetragen war. Er gab ihr zum Abschied noch einen Kuss, bevor er den Abendzug nahm, mit dem er zur Küste fuhr und von dort per Schiff auf den Kontinent reiste. Den Besuchen in Paris, Köln, Wien und Rom folgten längere Aufenthalte in Prag, Konstantinopel, Jerusalem und Kairo. Bei jedem Halt auf seiner Reise erwarb er Kunstobjekte und exotische Werke, welche die Grundlage einer Sammlung von beinahe legendärem Ausmaß bilden würden, um die abgestumpften Geschmacksnerven der bedeutendsten Londoner Sammler zu quälen.

Archies einziger Kontakt mit England während seines langen Aufenthalts im Ausland bestand aus einem Brief von Anwalt Beachcroft, der ihn davon in Kenntnis setzte, dass der Grundbesitz des Earls an einen Zuckermagnaten verkauft worden war. George und Branca Gower hatten ihr Vermögen genommen und waren nach Lissabon zurückgekehrt, wo sie voraussichtlich ihre Tage in Ruhe und Behaglichkeit auf Kosten ihres verstorbenen Verwandten verbringen würden.

Als sich der Todestag des Earl of Sutherland zum zweiten Mal jährte, kam ein äußerst schneidiger Magnat in London an, der auf den Namen Archelaeus Burleigh, Earl of Sutherland, hörte. Der unbekannte, distinguierte junge Lord nahm eine Wohnung in einem ausgedehnten Kensington-Garden-Herrenhaus. In den folgenden Wochen redeten die reicheren Bürger der Metropole nur noch über die seltenen und erlesenen Antiquitäten, die dieser kenntnisreiche und wortgewandte Gentleman aus seinem scheinbar unerschöpflichen Vorratslager hervorholen konnte. Es kreisten Geschichten über die umfangreichen Beziehungen des Earls zur Aristokratie des alten Europa und zu den Königspalästen im Nahen Osten, welche die Hauptquellen der wundersamen Gegenstände seien, mit denen er handelte. Und diese Objekte waren nicht gerade billig.

Sicher – die hübschen Ringe, Armbänder und Halsketten, die mit Edelsteinen besetzten Anhänger, Statuetten, Dolche und Diademe, die gemeißelten Reliefs von attischen Friesen und Giebeln, die kunstvoll verzierten rot-schwarzen Amphoren, Schalen, Lampen, Trinkbecher, Urnen und all die restlichen Dinge waren mit atemberaubenden Preisschildern versehen. Doch wo sonst konnte man so herrliche Antiquitäten bekommen?

»In dieser Welt ist Schönheit allzu oft nur etwas Vergängliches«, pflegte Lord Burleigh zu bemerken. »Ich lebe nur für eine Sache – und das ist das Streben nach Schönheit, die die Zeitalter überdauert.«

Diese Geisteshaltung und noch vieles mehr an diesem jungen Aristokraten beeindruckte seine Kundschaft mächtig, zu der nun eine wachsende Anzahl junger Frauen im heiratsfähigen Alter zählte. Wie man sich über den heiratswürdigen Junggesellen Sutherland erzählte, wuchs sein Reichtum – und beim Weitererzählen wuchs er immer mehr –, bis er nicht mehr eine Abendaufführung im Covent Garden oder eine der traditionellen Promenadenkonzerte aufsuchen konnte, ohne eine Schar sorgfältig hergerichteter und wunderschön gekleideter junger Dinger an sich zu ziehen. Und dies blieb alles andere als unbemerkt.

So hörte man einen leicht neidischen Betrachter einmal sagen: »Ich glaube, der Earl of Sutherland muss seine Gartenarbeit lieben.«

»Wieso, Mortimer?«

»Wieso? Um von solch einer Überfülle an hinreißenden Blumen umgeben zu werden, muss er wie ein wahrer Sklave in diesen Beeten schuften.«

»Ganz recht.«

Der junge Earl selbst schien sich an der weiblichen Aufmerksamkeit zu erfreuen, blieb jedoch stets ein wenig auf Distanz und hielt angesichts seiner eigenen scheinbaren Verfügbarkeit eine Miene leichter Erheiterung aufrecht. Und während er in der Öffentlichkeit keinerlei Bevorzugung in der Wahl seiner Begleiterinnen erkennen und sich jeden Abend mit einer anderen Schönheit sehen ließ, gab es dennoch eine, die sich langsam aus dem Rudel herausschälte: ein schlankwüchsiges blondes Schätzchen namens Phillipa Harvey-Jones, Tochter und einzige lebende Erbin des prominenten Industriellen Reginald Harvey-Jones, eines Mannes, der wie kein anderer danach strebte, in den Adelsstand erhoben zu werden. Reggie, wie er von Freunden und Bewunderern genannt wurde, stand in dem Ruf, ein knallharter Geschäftsmann zu sein, dessen einzige Freude im Leben darin bestand, vernarrt in seine Tochter zu sein.

Als ihr Name immer häufiger mit dem des schneidigen Burleigh in Verbindung gebracht wurde, erregte dies natürlich Reggies großes Interesse. Als die beiden Männer sich das erste Mal trafen, kam er schon nach wenigen Minuten auf den wichtigsten Punkt zu sprechen.

»Ihr Geld, Sir. Woher bekommen Sie es?«

»Verzeihung?« Archelaeus hob seine Augenbrauen.

»Wir sind doch Männer von Welt«, erklärte Reg. »Lassen Sie uns nicht schüchtern sein – besonders, wenn es ums Geld geht. Wir beide wissen, dass es keine Frage des Charakters ist. Bestenfalls ist es nur ein willkürlicher Gradmesser dafür, welchen Platz ein Mann in der Welt einnimmt.« Er fixierte den jungen Lord mit schmalen, rücksichtslos blickenden Augen. »Also, wie viel haben Sie eigentlich?«

»Das ist schwer zu sagen«, antwortete Burleigh, der mühelos zu einem vertraulichen Tonfall überging. »Mit all meinem Eigentum im Norden, den südlichen Besitzungen und dem Haus in London.

Das meiste davon gehört natürlich der Familie.« Archie hatte schon vor langer Zeit gelernt, mit der den Londonern angeborenen Unwissenheit über Schottland im Allgemeinen und dessen Oberschicht im Besonderen zu spielen.

»Dann nur Ihre privaten Vermögensverhältnisse, also Ihre eigenen Privatkonten: Über wie viel verfügen Sie persönlich?«

»Oh, ich würde sagen – so um die Zehntausend.«

»Nicht übel.«

»Jährlich, versteht sich«, fügte Burleigh beinahe entschuldigend hinzu.

»Ich bin beeindruckt.« Harvey-Jones blickte ihn mit neuer Hochachtung an. »Das ist zweimal so viel wie meine Einkünfte, und ich arbeite hart für das, was ich bekomme.«

»Dessen bin ich mir sicher«, bekräftigte der junge Lord in mildem Tonfall. »Meine eigene Arbeit ist mehr eine Form von Freizeitbeschäftigung.«

»Ein Hobby, Sir?«

»Etwas in dieser Art.« Der junge Gentleman gestattete sich einen Seufzer. »Doch man muss seine leeren Stunden ausfüllen, so gut man es vermag.«

»Wenn Sie verheiratet wären, würden Sie andere Möglichkeiten finden, um solche Stunden auszufüllen«, deutete der Industrielle an.

»Das könnte ich mir denken.«

»Außerdem würden Sie bald weniger Stunden haben, die Sie ausfüllen müssten.«

»Daddy«, zwitscherte eine warme weibliche Stimme. »Mit deinem Geplapper reißt du unseren Gast vollkommen an dich.« Sie trug ein missfälliges Stirnrunzeln zur Schau. »Du sprichst nicht noch einmal über Geld, nicht wahr? Sag mir, dass du es nicht mehr tust.«

»Nichts läge mir ferner, Pippa-Schätzchen.« Reggie gab seiner goldhaarigen Tochter ein Küsschen auf die Wange. »Wir haben gerade über Hobbys und Nebenbeschäftigungen gesprochen. Der Earl hier beklagt sich über zu viel freie Zeit. Ich habe ihm gesagt, er braucht eine Frau.«

»Daddy!« Phillipa keuchte auf, sie war gleichzeitig entsetzt, beschämt und aufgeregt. Sie blickte auf Burleigh, um seine Reaktion auf diesen dreisten, beleidigenden Angriff auf seine Würde einzuschätzen. »Oh, bitte vergebt meinem Vater. Er kann manchmal so ein gemeiner Kerl sein.«

»Ja, vergebt mir«, bat nun auch Reggie. »Ich bin nicht in den Genuss einer guten Erziehung gekommen, derer sich meine Tochter hat erfreuen können. Aber so ist das nun mal. Ein Mann braucht eine Frau. Nun, Sir, was sagen Sie dazu?«

»Ich sage ...«, antwortete Burleigh langsam und blickte, während er sprach, starr auf Phillipa, »dass Glück, ebenso wie Reichtum, nichts bedeutet, solange es nicht jemanden gibt, mit dem man es teilen kann.«

»Gesprochen wie ein wahrer Romantiker«, johlte Reggie.

»Oh, Daddy, benimm dich anständig.« Phillipa legte eine Hand auf den makellosen schwarzen Ärmel von Burleighs Dinnerjacke und erklärte: »Ich versichere Ihnen, Mylord, dies ist eine Einstellung, die ich teile.«

»Dann werden Sie mir vielleicht die Ehre geben und heute Abend beim Dinner neben mir sitzen, sodass wir über diesen Gegenstand so ausführlich sprechen können, wie er es verdient.« Burleigh nahm ihre Hand von seinem Ärmel, hob sie an seine Lippen und küsste sie. »Das heißt«, fuhr er fort und schaute dabei Reggie an, »wenn Ihr Vater überredet werden kann, dass er Sie für die Dauer einer Stunde aus seinem Blick lassen kann.«

»Ein schweres Unglück, Sir, doch ich werde es irgendwie ertragen.« Mit den Händen scheuchte Reggie sie hinaus. »Fort mit euch! Ihr jungen Leute könnt gehen und aneinander Spaß haben.«

»Wollen wir?« Burleigh bot der jungen Dame seinen Arm an, den sie gnädig annahm, und die beiden schlenderten fort, durch die marmorne Vorhalle zum großen Saal.

Später würde man sie immer wieder in beiderseitiger Gesellschaft sehen, und zwar so oft, dass die Leute begannen, dies vorauszusetzen. Die beiden wurden zum Gegenstand des Interesses in den oberen Kreisen der High Society und wie ein Liebespaar behandelt –

was sicherlich der Fall zu sein schien. Doch wann immer jemand sich zu erkundigen wagte, wurde die Frage mit einem Lachen und der Versicherung, man sei miteinander befreundet, leicht beiseitegeschoben.

Wenn mit dieser Antwort beabsichtigt wurde, dem Gerede Einhalt zu gebieten, dann schlug dies nicht nur fehl, sondern führte sogar zum gegenteiligen Resultat. Die Klatschmäuler der Aristokratie sprachen mit immer größerer Gewissheit von einer bevorstehenden Ankündigung der Verlobung.

Doch leider wurden diejenigen enttäuscht, die eine baldige Einladung zu einer Galahochzeit erwarteten. Der Sommer kam, verstrich und wich dem Herbst, und obwohl sich das Liebeswerben fortsetzte, wurde keine Eheschließung angekündigt. Diejenigen, die dem Earl nahestanden, ließen durchblicken, dass der Reiseplan des jungen Gentlemans gegenwärtig solche Vorbereitungen schwierig machten; seine verschiedenen geschäftlichen Aktivitäten diktierten ihm eine Rückkehr in den Nahen Osten und wahrscheinlich auch in andere Länder des Orients. Wie dem auch sein mochte, es hielten sich beharrlich Spekulationen über eine Hochzeit im nächsten Frühjahr, sobald der Earl von seinen Reisen in die Stadt zurückgekommen sein würde.

Aber der junge Gentleman kehrte nicht zurück – nicht im nächsten Frühjahr und auch nicht im übernächsten. Als dann der ständige Strom seiner Briefe an seinen Schatz Phillipa abrupt aufhörte, flammte das Feuer der Spekulationen erneut auf und schlug unerwartete Richtungen ein. Als die Zeit verstrich, erhärtete sich langsam die Auffassung, dass ihn irgendein schreckliches Schicksal heimgesucht hatte. Auch wenn die Art seines Untergangs unbestätigt blieb, lieferte die menschliche Vorstellungskraft eine endlose Reihe wahrscheinlicher Katastrophen: Burleighs Schiff war auf seiner Rückfahrt gesunken; er war unter die Diebe gefallen; man hatte den Earl entführt und hielt ihn fest, um ein Lösegeld zu erzielen; er war ins Kreuzfeuer irgendeines lokalen Konflikts geraten und so zum Kriegsopfer geworden; er hatte in Arabien eine neue Heimat gefunden; der junge Mann schmachtete aufgrund falscher Vorwürfe in einem fremden Gefängnis ... oder irgendeine andere Erklärung, die den Köchen in der Gerüchteküche einfiel.

Tatsächlich sollte es noch mehr als drei Jahre dauern, bis Archelaeus Burleigh nach England zurückkehrte. Der Grund für seine Abwesenheit wurde niemals offenbart – auch nicht, was ihm auf seinen Reisen passiert war. Kein Wort der Erklärung für seine verzögerte Heimkehr wurde jemals auch nur im Flüsterton gesprochen. Doch der Mann, der nach London zurückgekehrt war, war nicht mehr derselbe Mann, der die Stadt vor beinahe vier Jahren verlassen hatte.

Im Bauch des jungen Lords herrschte ein neuer, unstillbarer Hunger. Wissen – je geheimnisvoller, desto besser – war nun die ihn verzehrende Leidenschaft. Er wurde nicht mehr ohne ein Buch in der Hand gesehen, und wenn er einmal nicht las, schrieb er Notizen in seine Tagebücher, deren Zahl kontinuierlich wuchs und die er in seinem Schreibtisch hinter Schloss und Riegel aufbewahrte. Der Ballsaal seines weiträumigen Herrenhauses wurde von einer Armee von Schreinern entkernt; dann errichteten sie an den Wänden Doppelreihen von Regalen, die sich bald mit obskuren und uralten Buchbänden zu füllen begannen. Diese architektonische Veränderung diente zur Hervorhebung der einfachen Tatsache, dass der reiche junge Mann ein unermüdlicher Gelehrter geworden war.

Und obwohl er offiziell seine Tätigkeit im Antiquitätenhandel beibehielt, konnte man den Earl of Sutherland nun wahrscheinlich eher bei einer Vorlesung der Königlichen Gesellschaft sehen als auf dem Parkett der Auktionshäuser Sotheby's und Christie's. Als Phillipa schließlich begriff, dass alles, was sie sagte oder tat, keine Auswirkungen auf die neue Leidenschaft ihres Geliebten haben würde, zog sich die junge Frau – die es nicht gewohnt war, in ihrer Liebe irgendwelche Konkurrenz erdulden zu müssen – langsam vom Earl zurück. Und Archelaeus Burleigh wurde seiner Einsamkeit und seinem Junggesellentum überlassen.

FÜNFUNDZWANZIGSTES KAPITEL

Worin man von der Vergangenheit eingeholt wird

*D*ie drei Reisenden erreichten schließlich die Straße und begannen, entlang des Flusses zu spazieren, der sich träge auf die Stadt zuschlängelte. Die Sonne schien warm auf ihre Rücken, und ihre feuchte Kleidung trocknete rasch, während sie marschierten. Kit, der sich an die Gluthitze im ägyptischen Hochsommer gewöhnt hatte, genoss sichtlich die sanften Brisen, die vom Wasser herüberwehten.

»Ich möchte wirklich gern wissen, wie du so viel über Ley-Reisen gelernt hast?«, fragte er nach einer Weile. »Das letzte Mal, als ich dich gesehen habe ...« Er hielt inne. »Ich meine eigentlich das vorletzte Mal – als ich dich in der Gasse in London verloren habe. Erinnerst du dich?«

»Natürlich erinnere ich mich daran«, erwiderte Mina. »Es war das Beste, was mir jemals passiert ist. Wie könnte ich das vergessen?«

»Erklär mir das.«

»Warte nur.« Sie schenkte ihm ein breites Lächeln. »Du wirst schon sehen.«

»In Ordnung«, stimmte Kit zu. »Dann erzähl mir, woher du weißt, wo die Leys zu finden sind, die wir benutzt haben.«

»Ich habe sie mit meiner Ley-Lampe gefunden.«

»Das kleine Ding, das du in deiner Tasche versteckt hast?«

»So nenne ich es jedenfalls.« Sie holte es hervor und streckte es ihm entgegen. »Es scheint in der Lage zu sein, Ley-Linien zu lokalisieren und anzuzeigen, wann sie am stärksten aktiviert sind.«

Er starrte auf das Messing-Oval, das ihre Handfläche ausfüllte. »Darf ich?«

»Aber natürlich.« Sie reichte es ihm.

Es war schwerer, als er erwartet hatte, und fühlte sich warm an. Die kleinen Löcher, die vorhin das blaue Licht ausgefüllt hatte, waren nun dunkel. »Habt Ihr jemals zuvor etwas Ähnliches gesehen?«, fragte er Giles und reichte ihm die Vorrichtung zur Prüfung.

»Nur in Miss Wilhelminas Besitz«, antwortete er und gab das Gerät zurück.

»Woher ist das gekommen?«, wollte Kit wissen.

»Das ist eine lange Geschichte«, erwiderte Mina. »Doch ich hoffe, dass ich von dem hier eine verbesserte Version erhalten werde.«

»Ein Wagen kommt!«, rief Giles in diesem Augenblick.

Sie drehten sich um und sahen ein Bauernfahrzeug auf sich zurollen, das von zwei großen Pferden gezogen wurde.

»Wir haben Glück«, bemerkte Wilhelmina. »Wir können von ihnen eine Mitfahrgelegenheit bekommen.« Sie blickte Kit an. »Wie ist dein Deutsch?«

»Meines ist nicht so gut«, antwortete er auf Deutsch. »Und deines?«

»Besser als deines.« Sie lachte. »Am besten, du lächelst nur und zeigst dich mit allem einverstanden. Ich werde das Reden übernehmen.«

Der Wagen kam näher, und Wilhelmina eilte ihm entgegen. »Guten Tag!«, rief sie auf Deutsch.

»Erstaunlich«, flüsterte Kit, während er zusah, wie sie sich mit dem Bauern unterhielt. »Ich kann nicht glauben, dass sie dieselbe Person ist, die ich die ganze Zeit in London gekannt habe.«

»Leute können sich ändern«, merkte Giles an.

»Allerdings.«

Die Fahrt nach Prag war ein Vergnügen im Zeitlupentempo: In der behaglichen Wärme eines trägen Spätsommernachmittags holperte der Wagen nur langsam über die unbefestigte Straße. Als sie schließlich um eine ausladende Biegung des Flusses herumgefahren waren, lag sie plötzlich vor ihnen: die alte Stadt mit ihren großartigen Eisentoren und den kräftigen Mauern. Stolze Fahnen flatterten auf den Zinnen der Befestigungen; über den Mauern konnten die Spitzen von Kirchen und Türmen erblickt werden; alte gepflasterte Straßen führten in das Gewirr von Fachwerkhäusern mit roten Ziegeldächern und Fenstern aus winzigen diamantförmigen Glastafeln. Alles sah gemütlich und gut angeordnet aus – ein scharfer Kontrast zur trockenen Einöde der ägyptischen Wüste.

Als der Wagen das weit geöffnete Stadttor erreichte, wurde er von den im Schatten des Bogengangs dösenden Wächtern hindurchgewunken.

Kit sah Giles an, dessen Gesichtsausdruck unbeweglich und unergründlich blieb. »Was haltet Ihr denn davon?«, fragte er.

Giles schaute sich nachdenklich um. »Es scheint alles so zu sein, wie es sollte«, antwortete er nur.

Sobald sie den großen Platz der Stadt erreicht hatten, stiegen sie ab. Wilhelmina bezahlte den Bauer mit ein paar kleinen Münzen und dankte ihm. Nachdem sie sich einen Überblick über ihr noch vorhandenes Geld verschafft hatte, sagte sie: »Das hier nennt man Altstädter Ring. Es ist der wichtigste Marktplatz und meiner Ansicht nach der beste Ort in der Stadt, um zu leben.«

»Du lebst hier?«, fragte Kit erstaunt. Derzeit war kein Markt im Gange, doch die ausgedehnte gepflasterte Fläche war voller Menschen, die ihren Handel von kleinen Karren aus betrieben oder in anderer Weise ihren Geschäften nachgingen.

»Genau«, erwiderte sie und führte ihre beiden Gefährten über den Platz. »Ich habe sogar einen Partner und ein Geschäft.« Sie wies auf eine Reihe stattlicher Häuser hin, welche die Nordseite des Platzes säumten. »Das Grüne da« – sie zeigte auf eines der Gebäude –, »an dem das Schild mit der Goldschrift hängt. Das ist meines.«

»*Das Große Kaiserliche Kaffeehaus.*« Kit las die Worte auf dem Schild laut vor. »Mina, willst du mir etwa erzählen, du hättest ein Kaffeehaus?«

»Ein Kaffeehaus und eine Bäckerei«, erwiderte sie. »Das beste in der Stadt – tatsächlich das beste in ganz Böhmen. Wir sind einzigartig.«

»Du meine Güte«, murmelte Kit und schüttelte ungläubig den Kopf. »Also hast du auf diese Weise all die Zeit überlebt – als Bäckerin in einem Kaffeeladen?«

»Kit, ich besitze das Geschäft!«

»Du hast erwähnt, du hättest einen Partner?«

»Richtig, einen Geschäftspartner«, sagte sie, um die angesprochene Beziehung zu verdeutlichen. Sie drückte die Tür auf und winkte die beiden hinein. »Vorwärts, ich werde euch ihm vorstellen.«

Sie traten über die Schwelle in einen Gastraum voller Tische, auf denen saubere Tücher lagen. Dort wurden Kunden von Kellnerinnen bedient, die grüne Kleider, weiße Schürzen und kleine grüne Hauben trugen. Während die Ley-Reisenden zwischen den Tischen hindurchgingen, erkannten einige Kunden des Geschäfts die Hausherrin wieder und grüßten sie höflich. Eine Ladentheke trennte den Gastraum von der Küche, die einen Duft von frisch geröstetem Kaffee und warmem Gebäck verströmte, bei dem einem das Wasser im Munde zusammenlief.

»Hier entlang.« Mina führte die beiden um den Tresen und weiter nach hinten ins Innere der Küche, wo Backöfen aufgestellt waren. »Etzel, ich bin zurück!«, rief sie auf Deutsch.

Daraufhin drehte sich ein großer, sanfter Bär von einem Mann um, der eine mehlverstaubte Schürze und eine schlaffe grüne Mütze trug. Sein Gesicht war ganz rot, weil er sich gerade über einen Ofen gebeugt hatte. »Oh! Mein Schatz!«, begrüßte er sie und streckte seine dicken Arme aus, um sie an sich zu drücken. In seiner Umarmung wäre Wilhelmina beinahe verschwunden. »Ich dachte, du würdest den ganzen Tag fort sein, oder nicht?«

»Ich schätze, die Reise hat doch nicht so lange gedauert, wie ich angenommen habe«, antwortete sie. »Komm, ich habe Freunde mitgebracht. Ich möchte, dass du sie kennenlernst.«

Er schaute auf und bemerkte zum ersten Mal die Besucher. »Das würde mich freuen«, keuchte er und riss sich die Mütze vom Kopf. Mit den molligen Fingern der anderen Hand fuhr er sich durch die hellblonden Haare in dem Bemühen, sich selbst vorzeigbar zu machen – eine Geste von so freundlicher Bescheidenheit, dass Kit ihn sofort mochte.

»Kit, Giles. Das ist mein Freund und Partner Engelbert Stiglmaier«, sagte sie zunächst auf Englisch und anschließend für den Bäcker auch auf Deutsch. Dann fügte sie hinzu: »Der beste Mann, den ich kenne.«

»Oh, du Schmeichlerin!«, rief Etzel, der aufgrund des Kompliments ganz rot wurde. Er tätschelte sie, eine Geste offenkundiger Zuneigung, und sie küsste ihn auf die teigige Wange. Dann wandte sich der Bäcker wieder seinen Gästen zu und streckte ihnen die Hand entgegen, die sie nacheinander schüttelten. »Willkommen, meine Freunde«, begrüßte er sie und verbeugte sich leicht. »Ich bin geehrt.«

»Es freut mich, Euch kennenzulernen«, sagte Kit auf Englisch, und Mina übersetzte die Worte.

»Auch mich freut es«, erwiderte Etzel. »Ich hoffe, Ihr hattet eine gute Reise?« Mina dolmetschte erneut, doch bevor einer von ihnen darauf antworten konnte, rief Etzel aus: »Wo habe ich nur meine Gedanken? Ihr müsst ja verhungern. Setzt Euch, setzt Euch. Ihr müsst unbedingt etwas von meinem frisch gebackenen Apfelstrudel essen. Er wird Euch zu neuem Leben erwecken.«

Während Etzel mit dem Strudel beschäftigt war, zog Mina eine frische, saubere Schürze an und begann, Kaffee zu kochen. Mit einem Interesse, das schon fast in Bewunderung überging, beobachtete Kit den effizienten Arbeitsablauf in diesem Geschäft. Er konnte nicht über die Veränderung hinwegkommen, die er in Wilhelmina sah, während sie ihre Angestellten dirigierte und in der Küche das Kommando übernahm; dabei legte sie auf eine mühelose Weise eine Autorität an den Tag, die er nie zuvor bei ihr gesehen hatte. Aber das war bei Weitem nicht alles: Ihr Haar war länger und irgendwie üppiger, ihre lange, schlanke Figur ein wenig fülliger, was sie wohlgeformt aussehen ließ. Die dunklen Ringe unter den Augen, einst ein ständiger Bestandteil ihrer äußeren Erscheinung, waren fort; und sie strahlte eine Vitalität und Energie aus, die Kit bei ihr noch nie erlebt hatte. Sie war, wie er fand, eine voll zur Geltung gekommene Frau, und er mochte das, was er bei ihr sah.

Wenig später rief Etzel einem seiner Gehilfen zu, er solle Teller bringen, und gab seinen Gästen zu verstehen, dass sie Platz nehmen sollten.

»Sucht euch einen freien Tisch aus«, sagte Mina, »und ich bringe dann den Kaffee.«

Kit und Giles gingen in den Gastraum zurück, wo immer noch ein paar Leute saßen, obwohl der Abend bereits angebrochen war. Sie wählten einen Tisch in einer weiter entfernten Ecke aus, sodass sie reden konnten, ohne dadurch die anderen Gäste zu stören.

Einen Augenblick später erschien Etzel, der summend große, warme Strudelstücke auf die Teller vor ihnen legte. Anschließend platzierte er mit anmutigen Bewegungen neben jedem Teller einen kleinen Löffel. Zufrieden darüber, dass alles in Ordnung war, forderte der große Bäcker seine Gäste zum Essen auf. »Mahlzeit! Guten Appetit!«

Kit und Giles ergriffen ihre Löffel und nahmen gleichzeitig einen Probehappen.

»Sehr gut!«, lobte Kit auf Deutsch und vollführte eine stumme Gebärde der Freude.

»Sehr gut!«, wiederholte Giles auf Englisch und beugte sich über seinen Teller. Er begann, den Apfelstrudel rasch hinunterzuschlingen wie ein hungriger Mann, was er ja auch war.

Kits höfliche Zurückhaltung währte zwei weitere Bissen, und dann fing auch er an, mit ganzer Kraft das Essen in sich hineinzuschaufeln. Zwischendurch sprach er mit vollem Mund murmelnd seine aufrichtige Anerkennung aus. Etzel, der die Hände über seinem Bauch gefaltet hatte, strahlte sie an und kicherte.

Wilhelmina erschien mit einem Tablett, auf dem kleine Kaffeekannen und Tassen standen. »Nun, das geht ja prima runter«, bemerkte sie und wandte sich an Etzel. »Dein Strudel wird weltberühmt.«

»Es ist das Gewürz, das du uns gebracht hast«, erklärte er mit Absicht.

»Du meinst den Zimt«, sagte sie, voller Freude darüber, dass er dieses fremdartige Gewürz benutzte. »Glaubst du das wirklich?«

»Ja, das macht den Unterschied«, bekräftigte Etzel. Dann sah er, dass die beiden Männer ihre Kuchenportionen fast aufgegessen hatten. »Ich werde noch mehr davon holen.«

»Ich habe gar nicht gewusst, dass ich so hungrig gewesen bin«, bemerkte Kit. Giles stimmte ihm zu, indem er mit vollem Mund nickte.

»Nach Geschäftsschluss werden wir ein schönes Abendessen haben – wenn ihr zwei noch so lange aushalten könnt.« Wilhelmina setzte das Tablett ab und ergriff ein Kännchen. Sie goss gerade die ersten Tassen voll, als ihr Blick auf die Eingangstür des Kaffeehauses fiel und sie Gäste eintreten sah. »Es sieht so aus, als ob der Ladenschluss noch eine kleine Weile wird warten müssen. Ich biete diesen letzten Gästen jetzt Plätze an und beginne dann, die Fensterläden zu schließen.«

»Lass dich nicht von uns stören«, erwiderte Kit und hob seine Kaffeetasse. »Wir sind wunschlos glücklich«, fügte er in einem herzlichen Tonfall hinzu und nippte von der köstlichen schwarzen, bitteren Flüssigkeit. »Nun, Giles, alter Kumpel, es sieht ganz so aus, als ob wir diesmal auf die Füße gefallen sind. Wer hätte das gedacht, was?«

Als die Neuankömmlinge hinter Kit vorbeigingen, sah er, dass Giles sie mit seinen Augen verfolgte. Die Gesichtszüge des jungen Mannes erstarrten in einem seltsamen Ausdruck – irgendwo zwischen Unglauben und Entsetzen.

»Was ist los?«, erkundigte sich Kit.

»Was macht *sie* denn hier?«, zischte Giles.

»Sie?«, fragte Kit verblüfft und wollte sich auf seinem Stuhl nach hinten wenden.

»Dreht Euch nicht um!«

Er spürte die Ausstrahlung von jemandem hinter sich, und dann sprach eine Stimme, die er niemals hier zu hören erwartet hätte, seinen Namen.

»Kit? Giles? Bei meiner Seel – ihr seid es tatsächlich!«

Und dann war die Besitzerin dieser Stimme an ihrem Tisch und stand hoch aufgerichtet neben ihnen.

Kit blickte nach oben in das Gesicht, von dem er dachte, dass er es nie wiedersehen würde – so lieblich wie immer, doch nun verzerrt von Leid und Furcht.

»Hallo, Haven«, erwiderte Kit mit heiserer Stimme; seine Haut begann augenblicklich voller Abscheu zu kribbeln. »Ist schon ziemlich schräg, dich hier anzutreffen.«

»Du musst sofort gehen!«, beschwor sie ihn. Mit geweiteten Augen warf sie rasch einen verstohlenen Blick auf den Ladeneingang, wo gerade eine weitere Gruppe von Gästen eintrat. »Schnell!« Ihr Verhalten wurde hektisch. Sie umklammerte seinen Arm, als ob sie ihn gewaltsam vom Stuhl hochziehen wollte. »Flieh! Du darfst nicht zulassen, dass er dich sieht. Er hält dich für tot.«

»Wer?«

Giles, der auf der anderen Seite des Tisches saß und den Eingang beobachtete, gab ein tiefes, verächtliches Knurren von sich, bevor er den Namen ausspie: »Burleigh!«

SECHSUNDZWANZIGSTES KAPITEL

*Worin die Frage, was zu tun ist, gestellt und
beantwortet wird und das gleich zwei Mal*

*G*ibt es hier ein Problem?«, fragte Wilhelmina. Sie legte die Teller,
die sie in Händen hielt, auf den Tisch, wandte sich um und trat
der Schönheit mit den rostbraunen Haaren entgegen, die direkt
neben Kit stand.

»Mina«, sagte Kit, »das ist Haven Fayth. Keine Zeit für Erklärungen. Burleigh ist hier.«

»Verdammter Mist«, fluchte Mina leise und blickte zu der Gesellschaft, die gerade das Kaffeehaus betrat. »Ist noch jemand bei ihm?«

»Helft den beiden hier, ich bitte Euch«, flehte Lady Fayth sie an. »Sie sind in Gefahr. Ihr müsst ihnen helfen, sofort von diesem Ort zu fliehen.«

»Da habt Ihr recht.« Wilhelmina setzte ein Lächeln auf, als sie die Neuankömmlinge betrachtete, die gerade in das Kaffeehaus einmarschierten. »Ich sehe Bazalgette ... und jetzt ... ja, Rosenkreuz ist auch hier.«

»Wer sind diese Leute?«, wollte Kit wissen. »Kennst du sie?«

»Alchemisten am Hofe des Kaisers«, antwortete Wilhelmina. »Ich kenne sie.«

»Rasch, es eilt; ich bitte Euch dringend!«, entfuhr es Haven.

»Gibt es in diesem Gebäude noch einen anderen Ausgang?«, fragte Kit.

»Durch die Küche«, erwiderte Wilhelmina. »Meine Wohnung ist oben. Geht die Treppe hoch und wartet dort auf mich.« Sie setzte sich bereits in Bewegung, um die neuen Gäste zu begrüßen, wandte sich dann aber noch einmal zu Lady Fayth um. »Ihr kommt mit mir.«

»Warte!« Kit sprang auf und packte Havens Arm. »Das grüne Buch.« Er streckte die Hand aus. »Sir Henrys Buch. Ich will es haben.«

Lady Fayth zögerte. »Burleigh ist hier! Du musst sofort fliehen.«

»Nicht ohne das Buch«, beharrte Kit. »Gib es mir.«

»Oh, na schön«, lenkte Haven ein. »Nimm es.« Aus einer Falte ihres Kleides holte sie einen kleinen viereckigen Gegenstand hervor, der in ein Tuch gewickelt war, und drückte ihn in Kits Hand. »Scher dich weg.«

Wilhelmina kehrte an den Tisch zurück und zog die junge Frau mit sich fort; als sie ging, wandte sie den Kopf nach hinten und befahl: »Ihr zwei macht, dass ihr die Treppe hochkommt, und seid still. Jetzt beeilt euch!«

Giles und Kit schlichen in die Küche. Sie hörten, wie die andere Gesellschaft mit lauten Schritten durch den Raum hinter ihnen ging; der deutsche Wortfluss klang zähflüssig, obschon schnell geredet wurde. Etzel beugte sich über den Ofen, um ihn für die Nacht vorzubereiten. Er lächelte, als er die beiden sah. Kit nickte und stellte pantomimisch dar, wie er seinen Kopf auf ein Kissen legte. Dann zeigte er zur Decke hoch, während er auf die Treppe zuging, die zu den oberen Räumen führte.

Etzel nickte. »Schlaft gut.«

Gegenüber dem Treppenabsatz fanden die beiden Wilhelminas Zimmer, gingen hinein und schlossen die Tür hinter sich. Der Raum war spartanisch eingerichtet: ein hohes Bett, ein Stuhl, ein kleiner runder Tisch, eine große, mit Schnitzereien verzierte Truhe, die einen gewölbten Deckel hatte, und in einer Ecke eine große stehende Garderobe.

»Das Bett oder der Stuhl – was bevorzugt Ihr?«, fragte Kit.

Bevor Giles antworten konnte, klopfte es an der Tür. Sie wandten sich um, und im nächsten Moment trat eine junge Frau in grüner Dienstkleidung mit einer flachen Kohlenpfanne ein.

»Ich bringe die Glut«, sagte sie auf Deutsch und streckte ihnen die Pfanne hin.

»Vielen Dank«, erwiderte Kit in derselben Sprache und zeigte auf den Kaminboden.

Die junge Frau ging dorthin und begann, an der vergitterten Feuerstelle zu hantieren. Bald schon hatte sie ein gemütliches Feuer entfacht und erhob sich wieder. Mit einem hübschen Knicks verließ sie die beiden und schloss die Tür hinter sich. Kit nahm eine Kerze vom Kaminsims, entzündete sie am Feuer und setzte sie auf den Tisch. Dann ließ er sich auf dem Bett nieder und wartete. Giles nahm sich den Stuhl.

»Ob es da wohl irgendein Arrangement gibt?«, grübelte Kit laut. »Genau der Kerl, dem wir unbedingt aus dem Weg gehen wollen, erscheint hier als Allererstes. Wie stehen eigentlich die Chancen, dass so was passieren kann?«

Giles betrachtete ihn mit einem verwirrten Gesichtsausdruck. »Sir?«

»Burleigh kreuzt genau in dem Moment hier auf, als wir beginnen, uns einzugewöhnen. Zufall – oder gibt es irgendwelche Zusammenhänge?«

»Sir Henry pflegte stets zu sagen, dass es den Zufall nicht gibt«, merkte Giles an.

»So habe ich es auch gehört.« Kit sank rückwärts auf das Bett. »Ich fange an, daran zu glauben.«

Eine ganze Weile sprachen sie leise miteinander. Sie beklagten das grausame Ableben von Cosimo und Sir Henry, das Burleigh verschuldet hatte, und schwelgten in Vorstellungen darüber, was sie anstellen könnten, um die Rechnung mit dem Schurken zu begleichen.

»Habt Ihr jemals Sir Henrys Buch gesehen?«, fragte Kit schließlich.

»Nein, Sir«, antwortete Giles. »Ich war nicht in die Unterlagen Seiner Lordschaft eingeweiht.«

Kit zog das Buch hervor – er hatte es unter seiner Schärpe versteckt – und begann es aus dem Tuch auszuwickeln. »Nun, er hat all die Sachverhalte rund um die Leys sorgsam studiert und seine Erkenntnisse in diesem kleinen Buch niedergeschrieben.« Er reichte Giles den grünen Band, der ihn mit Interesse betrachtete, mit einem lauten Knacken den Buchdeckel öffnete und ein paar Seiten durchblätterte. »Was macht Ihr da?«

Giles schloss das Buch und gab es zurück. »Sehr interessant, Sir.«

»Aber?«

»Ich kann nicht lesen, Sir.«

»Oh.«

An der Tür war ein Rascheln zu vernehmen, und im nächsten Augenblick fegte Wilhelmina herein. »Sie sind wieder gegangen«, meldete sie. »Ich habe ihnen gesagt, wir wären gerade im Begriff zu schließen. Burleigh und die anderen sind zum Palast zurückgegangen. Vorwärts, wir müssen euch hier rausbringen – aus Prag heraus.«

»Wir sind gerade hier angekommen«, klagte Kit. »Können wir nicht bleiben?«

»Nein. Hier ist es nicht sicher.« Sie machte auf dem Fuße kehrt und huschte zum Eingang zurück.

»Das ist eine große Stadt. Wir werden uns versteckt halten.«

»Versteh doch, Burleigh weiß nicht, dass ich euch beide kenne. Und überhaupt – er glaubt, ihr seid tot. Wir sollten ihn in diesem Glauben lassen. Und jetzt los!«

»Mylady, Ihr habt recht«, pflichtete Giles ihr bei. »Es ist am besten, Schwierigkeiten zu vermeiden, wann immer das möglich ist.«

Kit steckte das grüne Buch unter seine Schärpe zurück. Widerwillig kletterte er aus dem Bett und ging mit den beiden anderen die Treppe hinunter.

Sie schritten durch die Küche, in der es nun, abgesehen vom schwachen Glühen der Öfen, dunkel war. Etzel war fort und der Gastraum leer. Auf dem Tresen gab es noch ein kleines Stück vom Strudel auf einem Teller, und Kit bediente sich nun selbst.

»Wohin gehen wir?«, erkundigte er sich.

»Ich bringe euch zu einem Ort, den ich kenne; er ist nicht weit von hier. Ihr könnt euch dort verstecken, bis Burleigh weg ist. Er bleibt niemals lange.«

Die drei tappten durch das dunkle Kaffeehaus; sie schlichen vorsichtig an den Tischen vorbei zur Vordertür. Wilhelmina öffnete sie, blickte nach draußen und gab den beiden Männern mit einem Wink zu verstehen, ihr zu folgen. Sie begann, über den fast menschenleeren Platz zu rennen, und Kit und Giles mussten sich beeilen, um sie einzuholen. Nachdem sie den Platz überquert hatten, gingen sie durch eine schmale Straße auf das Stadttor zu.

»Dieser Ort, zu dem du uns bringst«, sagte Kit. »Wo ist er?«

»In der Nähe des Flusses außerhalb der Stadt«, antwortete Mina.

»Wie weit?«, wollte Kit wissen.

Als Wilhelmina sich umdrehte, um ihm eine Antwort zu geben, wäre sie beinahe mit drei Männern zusammengestoßen, die ihnen entgegenkamen. »Entschuldigung«, sagte sie auf Deutsch.

Die drei anderen traten zur Seite, und sie marschierte weiter mit Kit und Giles im Schlepptau. Doch sie waren nur ein paar Yards weitergegangen, als einer der Männer ausrief: »He! Ihr da!«

Kit warf einen Blick über die Schulter und erkannte drei Burley-Männer, die auf der Straße standen – erstarrt in momentaner Unschlüssigkeit.

»Lauft!«, brüllte Kit.

»Dex! Con! Rennt hinterher!«, rief derjenige, den man Tav nannte. »Ich hole den Chef. Los! Los!«

Kit und Giles flitzten bereits fort.

Allerdings war Wilhelmina verschwunden.

Kits und Giles' Füße trommelten über das Kopfsteinpflaster der Straße. Als sie an einer Hausecke vorbeirannten, schoss eine Hand vor und packte Kit am Ärmel. Mina zog ihn in eine Nische hinein. Giles ging rasch zu ihnen.

»Es sind die Burley-Männer«, berichtete Kit.

»Ihr zwei geht weiter«, entschied Mina. »Und ich werde sie beschäftigen.«

Kit zögerte. »Bist du sicher?«

»Eindeutig. Hier, nimm das.« Sie holte die Ley-Lampe aus einer Schürzentasche und drückte sie gegen ihn.

Kit schaute nur auf das glatt gerundete Ding herab. »Ich weiß nicht, wie man damit umgeht.«

»Das ist ganz einfach. Es erfasst die Ley-Aktivität: Wenn es auch nur etwas davon in der Nähe gibt, scheinen die blauen Lichter. Je heller sie leuchten, desto näher ist die Kraftlinie.« Sie ließ das Objekt in seine Hand fallen. »Haltet auf den Fluss zu und folgt der Straße, die östlich aus der Stadt hinausführt. Etwa eine Meile außerhalb der Stadtmauern gibt es einen kleinen Weg, der im rechten Winkel zur Straße verläuft. Das ist eine Ley-Linie. Ich habe sie früher schon benutzt. Die Lampe wird aufleuchten, wenn ihr dort seid. Was auch immer geschieht, bleibt zusammen.«

»Was ist mit dir?«

»Mach dir keine Sorgen um mich. Macht einfach nur den Sprung und rührt euch nicht vom Fleck. Ich werde kommen und euch finden.«

Kit nickte, holte tief Luft und machte sich bereit loszurennen. »Fertig, Giles?«

»Noch etwas«, sagte Mina rasch. »Du solltest mir besser die Karte geben. Sie wird bei mir sicherer sein.«

Kit zögerte, doch nur einen Augenblick lang. Dann riss er das schmale Päckchen unter seinem Hemd hervor und reichte es ihr. »Sei vorsichtig.«

»Selbstredend.« Sie drückte ihm die Hand und schob ihn nach draußen auf die Straße. Giles nickte ihr zu und lief hinter Kit her.

»Viel Glück, ihr zwei«, flüsterte Mina, trat aus der Nische und blickte ihnen hinterher.

Kit flitzte fort. Er rannte eine Straße hinunter, die in abendliche Dunkelheit gehüllt war. Das Nächste, was er hörte, waren laute deutsche Rufe: »Halt! Diebe! Haltet die Diebe auf!« Es war Wilhelmina, die sich an Passanten wandte, um die vermeintlichen Diebe aufzuhalten. Kit schaute zurück und sah, wie sie sich einen der Burley-Männer schnappte und dann begann, wort- und gestenreich die Verfolgung zu organisieren.

Kit rannte, so schnell er konnte, seine Schuhe trafen hart auf die Pflastersteine auf. Giles hielt das Tempo mit und war direkt hinter ihm. Sie flohen durch die enge Straße auf das Stadttor zu; nackte Angst ließ sie die Flucht ergreifen. Ein paar Dutzend Yards weiter kam endlich das Tor in Sicht.

»Es ist immer noch offen!«, rief Kit. »Wir können es schaffen.«

»Bleibt stehen! Bleibt stehen!«, brüllte jemand hinter ihnen.

Kit schaute kurz über die Schulter und sah, dass sich ein paar unbeschäftigte Stadtbewohner der Jagd angeschlossen hatten. Wilhelmina war nirgendwo zu erblicken.

Das Gebrüll war auch am Tor vor ihnen zu hören. Der verdutzte Torwächter stellte sich ihnen mit der Pike in der Hand in den Weg, gerade als die beiden Flüchtenden mit trommelnden Schritten auf ihn zukamen.

»Aus dem Weg! Aus dem Weg!«, rief Kit auf Deutsch, der mit wilden Handbewegungen dem Wärter zu verstehen gab, zur Seite zu treten. »Schnell!«

Doch der Wächter blieb mitten auf der Straße stehen und streckte rasch die lange Pike waagrecht vor sich aus, sodass sie wie eine Schranke den Durchgang versperrte. Kit schnellte nach rechts und schlug von oben gegen den Schaft der Waffe, der sogleich nach unten kippte. In einer geschmeidigen Bewegung sprang er über den Stab, während sich Giles im selben Moment unter das andere Ende der Pike hindurchbückte. Der verwirrte Torwächter stieß einen entsetzten Schrei aus, doch sie waren bereits an ihm vorbei.

Mit drei Laufschritten eilten sie durch den kurzen überwölbten Durchgang, mit drei weiteren hatten sie den Torbereich hinter sich gelassen und waren außerhalb der Stadt. Der Torwächter schrie ihnen hinterher, sie sollten anhalten, und stimmte so in die Rufe der Verfolger ein, die nun das Torhaus erreicht hatten.

Die Dämmerung legte sich zwar rasch über das Land, doch der Himmel selbst war immer noch hell. Und so konnte Kit sogleich das Schimmern des Wassers erkennen. »Da entlang ist das Wasser!«, rief er. »Wir rennen dorthin und versuchen sie dabei abzuhängen.«

Noch bevor ihm diese Wörter vollständig über die Lippen gekommen waren, hörte er ein weiteres Geräusch: das rhythmische

Klappern von eisernen Pferdehufen auf Pflastersteinen. Er schaute zurück und sah eine dunkle Figur im Sattel eines hellgrauen Pferdes. Ein flüchtiger Blick auf den Reiter genügte, und Kit wusste, dass sich Burleigh nun ebenfalls an der Jagd beteiligte und durch die Straßen sauste. Die Verfolger, die zusammengedrängt durch das Tor strömten, stieben anschließend auseinander, um sich beim Rennen nicht gegenseitig anzurempeln.

Die Straße vor ihnen verlief in einer lang gezogenen Kurve um eine ausgedehnte Biegung des Flusses herum; auf der einen Seite befand sich die Stadtmauer, auf der anderen das Flussufer. Niemand war auf dieser Straße zu sehen, und man konnte auch keine Stelle ausmachen, wo sie sich vor den Verfolgern hätten verstecken können, die nun mit größerem Tempo hinter ihnen herrannten. Kit erinnerte sich an Minas Äußerung, dass der Ley etwa eine Meile entfernt war, und rief seinem Gefährten zu: »Burleigh ist mit einem Pferd hinter uns her. Das werden wir niemals schaffen.«

»Rennt weiter!«, erwiderte Giles. »Wenn wir die Flussbiegung erreichen können, haben wir vielleicht doch noch die Möglichkeit, ihnen zu entgehen.«

Kit biss die Zähne zusammen und hastete weiter. Es stellte sich jedoch heraus, dass die Biegung weiter entfernt war, als sie geschätzt hatten. Zwar gelang es ihnen, die Distanz zwischen ihnen und dem Mob zu vergrößern, doch als sie um die Kurve eilten, mussten sie feststellen, dass Burleigh ihnen rasch näher kam. Kit wurde langsamer; seine Brust hob und senkte sich in einem hektischen Rhythmus, das Herz schlug wie wild. »Das ist nicht gut«, keuchte er zwischen zwei Atemzügen. »Wir müssen versuchen, es mit ihm aufzunehmen.«

Giles schaute zurück und schätzte die Entfernung zwischen ihnen und dem nahenden Reiter ab. »Wir müssen ihn von diesem Pferd runterbekommen.«

»Ihr habt recht«, stimmte Kit ihm zu. »Aber wie schaffen wir das?«

»Ich kenne Pferde.« Das Geräusch der trommelnden Hufe wurde lauter. »Es gibt Möglichkeiten, einen Reiter abzuwerfen.«

Die Rufe der Verfolger hallten über das Wasser und wehten das

Flussufer entlang. Plötzlich begriff Kit, wie es sich wohl anfühlte, ein Fuchs zu sein, der verzweifelt den Rachen der bellenden Hunde zu entkommen suchte. »Was ist mit dem Mob?«

»Sobald wir das Pferd haben, können wir es für unsere Flucht benutzen.«

»Klingt wie ein Plan«, befand Kit. »Was machen wir jetzt?«

»Da.« Giles zeigte auf eine Gruppe von Holunderbüschen. »Versteckt Euch dort, aber haltet Euch bereit hervorzuspringen, sobald ich den Reiter auf dem Boden habe.«

»Ihr seid sicher, dass Ihr das allein hinbekommt?«

Giles nickte.

Mit einem letzten Blick nach hinten huschte Kit ins Gebüsch, während sich Giles einen langen Ast mit vielen Blättern schnappte und dann neben der Straße in Stellung ging. Er hielt den Ast unten und ein wenig hinter sich, stand locker da und wartete, während das Pferd mit donnerndem Hufgetrappel näher kam.

Als Burleigh ihn sah, rief er etwas. Kit, der von seinem Versteck aus alles beobachtete, stellte sich vor, dass er spüren konnte, wie die Erde erzitterte, während die stampfenden Hufe rasch die Distanz verringerten.

Giles war ruhig wie ein Stein und blieb standfest auf seinem Posten.

Die schweren Hufe wirbelten, das Pferd kam immer näher und näher herangedonnert.

Kit hielt den Atem an, als Burleigh plötzlich von der Straße abwich, um den scheinbar widerstandslosen Giles niederzureiten. Doch genau in dem Moment, als das heranbrausende Tier fast bei ihm war, trat Giles ein wenig zur Seite, schwang den Ast hoch und schleudert das Ende, an dem viele Blätter hingen, dem Pferd frontal gegen den Kopf. Als ihm die Sicht genommen wurde – für das Tier wie durch einen Baum, der aus dem Nichts aufgetaucht zu sein schien –, scheute es und warf den Kopf hoch, um dem Hindernis auszuweichen. Giles sprang auf das erschrockene Tier zu und hielt ihm den Ast vor die Augen.

Das Pferd bäumte sich immer wieder auf.

Burleigh, der auf diesen Angriff nicht vorbereitet war, wurde nach hinten aus dem Sattel geworfen. Er wurde mitten auf die Straße geschleudert und prallte hart auf seinem Rücken auf. Sofort stürzte sich Giles auf ihn.

Kit sprang aus seinem Versteck und rannte los, um Giles zu helfen, Burleigh zu überwältigen. Ihr Verfolger wehrte sich verzweifelt, doch dann sah Kit, wie Giles seine Faust hob und zuschlug ... einmal ... zweimal ... Und dann lag der sich eben noch windende Mann reglos auf dem Boden.

»Schnappt Euch das Pferd!«, rief Giles.

Kit eilte dem reiterlosen Tier hinterher, das in einem langsamen Galopp floh. Es dauerte eine kleine Weile, doch schließlich gelang es Kit, die herabbaumelnden Zügel zu fangen und den Kopf des Pferdes herumzuziehen. »Erwischt!« Während er sich umdrehte und sah, wie Giles auf ihn zurannte, hielt er die Zügel fest umklammert.

Auf einmal schien Giles in der Luft zu schweben: Seine Füße hoben sich vom Boden ab. Im selben Augenblick erreichte Kit, wie ein Schlag ins Gesicht, der Knall einer entfernten Explosion. Von ihrer Kraft wurde Giles ein ganzes Stück durch die Luft getragen und mit dem Kopf voran in den Schmutz geschleudert. Bei dem Geräusch bäumte sich das Pferd wild auf und riss dabei Kit die Zügel aus der Hand.

Er sah einen Blitz hinter dem sich hochmühenden Giles aufleuchten, während ihn ein weiterer Knall wie ein Schlag erreichte. Der schimmernde Stahl in Burleighs Hand warnte Kit, dass gleich eine weitere Explosion kommen würde. »Bleibt liegen!«, schrie er seinem Gefährten zu. »Er hat eine Waffe!«

Kit machte rasch ein paar Schritte auf ihn zu, als ein dritter Schuss die Erde vor seinen Füßen aufriss. Schlitternd kam er zum Stehen.

»Rennt weg!«, schrie Giles und unterstrich seine Worte mit einer wegscheuchenden Geste.

Inzwischen war Burleigh wieder auf seinen Füßen und kam mit ausgestrecktem Arm auf sie zu.

Kit zögerte, hin- und hergerissen zwischen dem Wunsch, Giles zu helfen, und dem Drang, die Flucht zu ergreifen.

»Mina wird sich schon um mich kümmern!«, rief Giles. »Lauft!«

Ein vierter Schuss entschied die Angelegenheit. Als die Kugel an Kits Kopf vorbeizischte und der Knall die Luft zerbersten ließ, wirbelte er herum, duckte sich und hechtete instinktiv ins Gebüsch an der Straßenseite. Blindlings rannte er los; sein einziger Gedanke war, in dem leicht bewaldeten Streifen entlang der Straße unterzutauchen. Hinter sich hörte er Burleigh rufen, doch er lief weiter und achtete auf nichts; ihn beherrschte ausschließlich das Verlangen zu fliehen.

Als der erste Anfall der Verzweiflung vorüber war, hielt Kit inne, um Luft zu holen und zur Besinnung zu kommen. Der Fluss war in seinem Rücken, und vor ihm lag ein Kornfeld. Kurz dachte er darüber nach, darin einzutauchen; doch die Aussicht, auf Händen und Knien durch die Gerste zu fliehen, hatte nur wenig Anziehendes an sich. Er hielt den Atem an, um besser lauschen zu können. Neben dem Geräusch seines eigenen schnellen Herzschlags vermochte er Stimmen auf der Straße zu hören. Er vermutete, dass sich die Stadtbewohner mit Burleigh kurz besprochen hatten und die Verfolgung nun wieder aufgenommen würde.

Nach einer raschen Einschätzung seiner Position kam er zu der Auffassung, dass er immer noch etwas weniger als die Hälfte der Strecke zum Weg geschafft hatte, der die von Wilhelmina erwähnte Ley-Linie markierte: Sie stellte nun seiner Ansicht nach die beste Fluchtmöglichkeit dar. Und so ging er weiter durch den Waldstreifen auf den Weg zu, wobei er stets darauf achtete, dass die Straße und der Fluss zu seiner Rechten waren. Hinter sich konnte er die Stimmen und Geräusche der Männer hören, die durchs Unterholz brachen und nach seiner Spur suchten. Andere blieben auf der Straße. Er konnte auch diese Leute hören, die ihn wenig später überholten und ihm vorausgingen.

Kit, der voller Grimm war und den unerschütterlichen Entschluss gefasst hatte, Burleigh zu entkommen, arbeitete sich ohne Pause durchs Unterholz. Während er den Stämmen und Ästen von Bäumen und Büschen auswich, bemühte er sich, keine Geräusche zu machen und im untergehenden Tageslicht unsichtbar zu sein. Urplötzlich war eine klare, laute Stimme zu hören – sie klang drängend, selbstbewusst und sicher. Sie gellte in die Stille hinein, und rasch waren auch andere zu vernehmen. Da wusste Kit, dass man seine Spur gefunden hatte.

Er unterdrückte den instinktiven Drang, sich blindlings in den immer dunkler werdenden Wald hineinzustürzen, und verdoppelte das Tempo. Doch trotz größter Anstrengungen wurden die Stimmen hinter ihm nach und nach lauter. Als er das nächste Mal anhielt, um Luft zu holen, blickte er zurück und sah bleiche Kugeln aus schimmerndem Licht, die zwischen den Bäumen schwebten: Offenkundig hatte jemand Fackeln gebracht.

Kit begriff, dass ihm nur noch wenige Minuten blieben, bis man ihn sehen und gefangen nehmen würde. Er steckte die Hand in die Tasche und holte das Zielsuchgerät aus Messing hervor, das Wilhelmina ihm gegeben hatte. Die kleine gebogene Reihe aus Löchern oben war dunkel. Während er weiter auf die Ley-Linie zurannte, hielt er das Objekt vor sich ausgestreckt und trieb es im Geiste an: *Arbeite, du verdammtes Ding! Arbeite!*

Zu seiner Verwunderung begann der kleine ovale Gegenstand zu leuchten – ein schwaches, unregelmäßiges Flackern aus den winzigen Löchern. Als er das seltsame Instrument vor sich hin und her bewegte, verstärkten sich die leicht flackernden Lichter, bis sie beständig da waren: ein sich verstärkendes, glänzend blaues Leuchten. Die Ley-Lampe fest umklammert, eilte er weiter, wich Ästen aus und flog förmlich durch die Büsche.

Gleichwohl kamen ihm die Verfolger immer näher. Seine Bewegungen durch das Gebüsch machten die Verfolger auf ihn aufmerksam, und bald schon hallte der ihn umgebende Wald von den Rufen der Stadtleute wider. Er glaubte, zwischen den Schreien und knackenden Geräuschen, wenn Zweige zertreten wurden, auch Burleighs Stimme zu hören, die sich über den Lärm erhob und die Jagdgesellschaft zu größerer Eile drängte.

Wenn Kit ab und an auf das Gerät mit der Zielsuchvorrichtung herabblickte, sah er stets, dass die kleine Lichterreihe immer noch da war und dabei immer heller schien. *Der Ley muss irgendwo hier sein*, sagte sich Kit. *Er ist ganz in der Nähe.*

Hinter ihm war unvermittelt ein lautes Krachen zu vernehmen. Er blickte zurück und sah Burleigh, der wieder im Sattel saß und nur etwa hundert Schritte entfernt über eine Lichtung ritt. Im selben Moment entdeckte ihn der Earl, der mit einer schnellen, geübten Bewegung eine Pistole aus dem Gürtel zog. Während er mit der anderen Hand die Zügel festhielt, streckte er den Arm aus, um zu feuern. Kit wartete nicht ab, bis der Earl den Abzug drückte, sondern bückte sich tief und tauchte ins Unterholz ein. Eine Sekunde später fiel der Schuss – und über Kits Kopf wurden Äste zersplittert und Blätter zerfetzt.

Auf Händen und Knien kroch er rasch weiter. Er spürte, wie Wilhelminas Ley-Lampe in seiner Hand warm wurde – so warm, dass ihm bewusst war, nicht einer Einbildung zu erliegen. Kit schaute sich um und sah, dass er sich plötzlich auf einem schmalen Wildpfad befand: eine einzelne ausgetretene Linie, die sich nach rechts und links erstreckte und so gerade war wie die Flugbahn eines Pfeils.

Eine weitere kleine Explosion schickte eine Kugel durch das schützende Gebüsch, die auf ihrem Weg alles zerriss und einen Ast neben Kit zerschmetterte. Er stand auf – das Instrument hielt er fest umklammert – und begann, den Pfad entlangzurennen. Als ein dritter Pistolenschuss nur einen Schritt vor ihm die Luft zerschnitt, hielt Kit an, wirbelte herum und sprintete in die entgegengesetzte Richtung. Der ihn umgebende Wald hatte bereits die tiefen Schatten einer alles durchdringenden Dunkelheit angenommen.

Kit gelang es, einen weiteren Schritt zu laufen und dann noch einen, bevor er kopfüber aus einer Welt in die andere stürzte.

SIEBENUNDZWANZIGSTES KAPITEL

Worin ein wenig Licht auf etwas fällt

*D*ie Sprache der Engel lässt nicht zu, dass sie auf Erden geäußert werden kann«, erklärte Bruder Bacon. »Deshalb kann sie nicht von sterblichen Zungen gesprochen werden.« Er hob diesen Punkt hervor, indem er feierlich seinen oben in der Mitte geschorenen Kopf schüttelte. »Das bedeutet nicht, dass sie nicht verstanden werden kann. Mit der angemessenen Anwendung von Intelligenz und Logik kann die Bedeutung abgeleitet werden. Es ist möglich, dass sie zu uns sprechen kann.«

»Was erzählt Euch das Buch?«, fragte Douglas. Er war mit seiner Geduld am Ende, nachdem er fast drei Tage gewartet hatte, in denen das Buch von Roger untersucht worden war.

»Geduld, mein Freund. Alles zu seiner Zeit.« Der berühmte Gelehrte wandte sich wieder der Durchsicht von Pergamenten auf seinem Arbeitstisch zu. »Zuerst müssen wir den Ackerboden vorbereiten, sodass unser Verständnis auf richtige Art gesät werden kann.«

»Natürlich«, murmelte Douglas. »Vergebt mir, Bruder, wenn ich übertrieben besorgt erscheine.«

Der Priester wischte die Entschuldigung mit einer Handbewegung beiseite und fuhr fort: »Wie ich glaube, habe ich bei einer früheren Gelegenheit darauf hingewiesen, dass die fragliche Schrift aus einem Alphabet von Symbolen abgeleitet worden ist – wie dies sicherlich bei allen Sprachen der Fall ist. Denn was ist ein geschriebener Text – wenn nicht eine Ansammlung von Symbolen, welche die grundlegenden Töne der menschlichen Rede vertreten? Doch im Unterschied zu den Symbolen, die aneinandergereiht werden, um die in der Rede gebrauchten Töne wiederzugeben, sind die Symbole in diesem Buch abstrahiert und so vom Rahmen stimmhafter Repräsentation abgelöst.«

Roger Bacon starrte seinen Schüler an, als schien er irgendein Zeichen einzufordern, dass er verstanden worden war.

»Faszinierend«, merkte Douglas an. »Bitte, fahrt fort.«

»Seht her.« Bacon ergriff eines der Fragmente, das er bereitgelegt hatte, um Douglas etwas zu verdeutlichen. »Achtet darauf, wie sich die Symbole krümmen – dies nach rechts, dies nach links, einige nach oben, andere nach unten. Jede bestimmte Krümmung enthält eine Bedeutung; Gleiches gilt auch für die kleinen Linien, die von jener großen abzweigen – ebenso für diejenigen, die jene Hauptlinie kreuzen. Die Stellen, wo die Linien abzweigen und sich kreuzen, helfen bei der Bestimmung der Bedeutung.« Mit einer Fingerspitze tippte er auf das Pergament. »Es ist eine sehr ausgeklügelte und geniale Chiffre.«

»In der Tat«, pflichtete Douglas ihm bei. Er fühlte sich ein wenig erdrückt von der Aussicht, etwas zu dekodieren, das auf eine ganz andere Sprache hinauslief, um das Buch zu entziffern, das er aus der Bibliothek des Britischen Museums gestohlen hatte. »Wie viele Symbole gibt es denn im Ganzen?«

»Hunderte«, erwiderte Roger Bacon schlicht. »Wie es sein muss.«

»Selbstverständlich«, stimmte Douglas ihm gelassen zu und dachte dabei, dass der weitaus größere Teil der Arbeit noch vor ihm lag. »Als ich Euch das erste Mal das Buch gegeben habe, sagtet Ihr, Ihr wäret derjenige gewesen, der die Schrift entwickelt hat. Habt Ihr damit gemeint, dass Ihr Euch die Symbole ausgedacht habt, in denen es geschrieben ist?«

»Nur teilweise«, räumte Bacon ein. »Für meine Zwecke habe ich eine Schrift ausgewählt, die auf einer Symbolik beruht, die weit älter als jede andere ist. Ich habe sie für meinen Gebrauch umgearbeitet, doch ich habe sie nicht erschaffen.«

Douglas zerbrach sich den Kopf darüber, was die Worte des Priesters genau zu bedeuten hatten. »Darf ich das so deuten, dass Ihr das Buch geschrieben habt?«

»Ihr schmeichelt mir unverdientermaßen, Bruder.« Ehrfürchtig legte er eine Hand auf das kleine Buch, das Douglas ihm gebracht hatte.

»Vergebt mir nochmals meine Unkenntnis, doch Euer Name wird in herausragendster Weise im Text wiedergegeben.«

»Eine bloß förmliche Anerkennung«, antwortete der gebildete Priester mit einem merkwürdigen leichten Lächeln. »Bruder Luciferus – was auch immer seine wahre Identität ist – erklärt nur seine Schuld gegenüber dem Schöpfer der Schrift, in der sein Buch sich Gehör verschafft. Bloß das, und nicht mehr.«

»Was für ein glücklicher Umstand für mich«, bemerkte Douglas, »dass ich den einen Mann in England gefunden habe, der es lesen kann.«

»Richtig. Und damit wir daraus Nutzen ziehen können, habe ich mich der Aufgabe gewidmet, eine Transkription des Textes für zukünftige Verweise zu erstellen.« Er nickte zufrieden. »Ich bin glücklich, sagen zu dürfen, dass diese Arbeit nun fertig ist.«

»Drei Tage«, sinnierte Douglas. »Mein Abt wird sicherlich den Wunsch haben, Eure Dienste zu belohnen. Ihr müsst uns erlauben, unsere Wertschätzung zu zeigen.«

»Das Lernen ist seine eigene Belohnung«, erwiderte Bruder Bacon.

»Habt Ihr eine Kopie erstellt?«

»Ja, von den interessanteren Teilen. Der Rest ist bruchstückhaft. Wenn die Zeit es mir erlaubt, werde ich es vielleicht beenden.«

»Darf ich es sehen?«

»Ich wäre sehr erfreut, es Euch zu zeigen«, erwiderte Bacon nachdenklich. »Allerdings muss ich zuerst gewisse Versicherungen erhalten.« Bevor Douglas fragen konnte, worum es sich dabei handelte, erhob sich der Gelehrte und ging zu einer großen Eisenkiste, die in einer Ecke des Raums stand. »Natürlich würde es nicht erlaubt sein, das in den Straßen der Stadt zu verkünden, was ich Euch nun zeigen werde. In diesen schweren Zeiten müssen Gelehrte zu einer strengen Geheimhaltung Zuflucht nehmen, während wir auf die Morgendämmerung eines aufgeklärteren Zeitalters warten.« Er sah über die

Schulter und warf seinem Besucher einen erwartungsvollen Blick zu.

Plötzlich wurde klar, was der Gelehrte meinte.

»Ich bin glücklich, sagen zu können, dass ich Euch alles liefern kann, welche Versicherungen Ihr auch immer für angemessen haltet – materieller oder anderer Art«, bot Douglas an. »Ich weiß, wie leicht bestimmte Aspekte Eurer Arbeit von einem ungebildeten und undankbaren Publikum missdeutet werden können.«

»Leider ist es nicht nur das Publikum«, sinnierte Roger Bacon, »dem es so oft misslingt, die Natur unserer heikleren Untersuchungen zu würdigen – bei vielen unserer führenden Kirchenmänner mangelt es ganz besonders an den feineren Fähigkeiten des Urteilsvermögens. Geleitet von dem unheilvollen Zwillingspaar Intoleranz und Ignoranz verdammen sie zu oft das, was sie billigerweise hätten ehren sollen. Sie verleumden das, was verteidigt werden sollte. Sie verurteilen das, was gepriesen werden sollte.«

Douglas wusste, dass der berühmte Gelehrte aus leidvoller persönlicher Erfahrung sprach, denn er hatte wegen einiger seiner gewagteren Ideen kirchliche Verfolgung erduldet. »Nehmt bitte meinen feierlichsten und heiligsten Schwur entgegen, dass die Geheimnisse, die in diesem Raum mitgeteilt werden, auch danach geheim bleiben werden.«

Der Wissenschaftler lächelte. »Ich wusste, dass Ihr ein Gefährte auf derselben Pilgerreise wie ich seid.« Er beugte seine hagere Gestalt über die Eisenkiste, zog aus einer Falte seines Gewandes einen Schlüssel hervor und schloss das Scharnier auf. Dann öffnete er den Deckel und zog ein Bündel angeschnittenes Pergament heraus, das mit einem roten Band verschnürt war. »Kommt, wir wollen am Feuer sitzen, wo das Licht besser ist. Wir werden es gemeinsam laut lesen.«

Er führte seinen Gast zu einem breiten Herdboden, wo ein Kohlenfeuer glühte.

»Der wertvollste Bestandteil wissenschaftlicher Ausrüstung, der bislang erfunden worden ist«, erklärte Bacon und zeigte auf seinen Sessel, der neben dem Feuer stand. Es gab noch einen weiteren –

also jeweils einen auf jeder Seite des hell leuchtenden Herdbodens. »Sie wurden nach meinem eigenen Entwurf hergestellt«, betonte der Gelehrte. »Bitte setzt Euch. Ihr werdet herausfinden, es ist äußerst förderlich für geistige Aktivitäten jeglicher Art.«

Douglas ließ sich auf etwas nieder, das einem niedrigen Thron gleichkam: Er besaß eine gerade Rückenlehne, breite Armstützen und dicke Polster, die mit Schaffell bedeckt waren; die Sitzfläche war in einem geringen Winkel geneigt. Wie Douglas erfreut feststellte, war der Sessel ausgesprochen bequem. Es sollte sich herausstellen, dass dies auch unbedingt notwendig war, denn sie würden den größten Teil der nächsten drei Stunden in gelehrte Erörterungen vertieft sein. Deren Gegenstand war der Inhalt eines Werkes, das Roger Bacon das *Buch der verbotenen Geheimnisse* nannte.

»Die Identität des Autors ist versteckt unter einem Schleier vorsätzlich erzeugter Verdunkelung: Ich denke, wir stimmen darin überein, dass der Name ›Bruder Luciferus‹, also ›Lichtträger‹, ein allzu offensichtliches Pseudonym ist. Nichtsdestotrotz leuchtet aus dem Buch mit unmissverständlicher Klarheit der Scharfsinn eines brillanten Intellekts hervor. Die Vision, die dieses einmalige Dokument erschaffen hat, ist ebenso einzigartig wie revolutionär.«

»Und deshalb bereitwillig von denen falsch verstanden und zensiert worden, die – wollen wir sagen – eine abträglichere Meinung haben«, merkte Douglas an.

Bacon nickte vielsagend. »Daher die ungeschliffene Bezeichnung *Buch der verbotenen Geheimnisse*, die, wie ich vermute, ein koketter Hinweis auf ein anderes sehr einflussreiches Werk ist: *Das Geheimnis der Geheimnisse*. Auf jeden Fall wünschte der Autor, dass sein Buch unzensiert blieb, und wählte die von mir entwickelte Schrift, um sein Werk zu schützen.« Er legte seine langfingrige Hand auf das Pergamentbündel. »Zudem ist der Umfang an Themen, die in diesem Band behandelt werden, etwas eng gefasst in Anbetracht eines noch größeren Werkes, von dem dieses eine bloße Destillation ist, wie man glaubt: daher der Titel *Opus Minus Alchemaie*.«

Der Titel erinnerte Douglas an eines von Bacons Büchern: das

Opus Majus. War vielleicht Bruder Luciferus in Wirklichkeit Bacon selbst, der sich hinter einem Decknamen versteckte?

»Hauptsächlich bezieht sich der Inhalt auf die Forschungen des Autors in der Wissenschaft der Alchemie«, fuhr der Professor fort. »Doch er genießt es, in kurzen Abstechern auf Themen einzugehen, die von größerem esoterischen Interesse sind.«

»Als da wären?«, fragte Douglas.

»Unsterblichkeit«, erwiderte Bacon, »Geistreisen, der Einsatz von Erdenergie, die Kraft des menschlichen Willens sowie Fragen und Spekulationen zu seiner Natur. Abschweifungen, wie ich gesagt habe.«

»Und doch nicht ohne Interesse für einen Geist, der nach jeglicher Spielart von Wissen hungert.«

Der Gelehrte lächelte nachsichtig.

»Ich selbst fühle mich genau zu den Themen hingezogen, die Ihr beschrieben habt«, offenbarte Douglas. »Diese Geistreisen, von denen Ihr gesprochen habt – enthält dieses Buch irgendetwas, das für praktische Anwendungen nützlich ist?«

»Oh, in der Tat. Bruder Luciferus war an dieser Art der Übermittlung ebenso brennend interessiert wie an ihren Auswirkungen auf die Erkenntnis dessen, was er nannte ...« Der Philosoph hielt inne, um die Seiten in seiner Hand zurate zu ziehen; er sah sie durch, um eine Stelle zu suchen, die er markiert hatte. »Ja, hier ist es: ›... ein höchst heilsamer Mechanismus, der den unerreichbaren Umfang der Schöpfung und den tieferen Ausdruck vom Geiste Gottes offenbart.‹ Hierin irrt er nicht – wie ich selbst bestätigen kann.«

»Wirklich?« Douglas täuschte vor, er wäre verwundert. Doch aufgrund seiner Recherchen kannte er die Legende, dass Roger Bacon die Fähigkeit zugeschrieben worden war, nach Belieben aufzutauchen oder zu verschwinden und sogar zur selben Zeit an zwei verschiedenen Orten zu sein: Beides würde durch Ley-Reisen einfach durchzuführen sein.

»O ja. Ich habe mich Experimenten hingegeben, die jenseits aller Zweifel bewiesen haben, dass es sich um ein wiederholbares Phänomen handelt, das – wie armselig unser Verständnis davon auch ist –

nichtsdestotrotz die fertige Anwendung seiner Eigenschaften all denen bietet, die wissen, wie man die feineren Energien handhabt.«

»Und das Buch sagt uns, wie man das macht?«

Bacon nickte. »Und mehr. Bruder Luciferus legt sowohl praktische Prinzipien als auch damit einhergehende philosophische Überlegungen dar: zum Beispiel, wie man die dynamische Kraft erlangt, durch die eine Geistreise funktioniert – oder den Mechanismus, wenn Ihr so wollt, und seine heilsamen Auswirkungen auf den leiblichen Körper.«

»Äußerst interessant.« Douglas' Auge fiel auf das Bündel Pergament. »Und Ihr habt das übersetzt?«

»Ja, und zwar zum Zwecke weiterer Experimente.« Bacon hielt kurz inne und fügte dann hinzu: »Ich hoffe, es macht Eurem Abt nichts aus. Natürlich gehört die Übersetzung mir, und ich darf sie niemals aus meiner Hand geben.«

Den ganzen Abend und bis weit in die Nacht hinein unterhielten sie sich. Nur dann legten sie eine Pause ein, wenn sie ein wenig Brot und Wein zu sich nahmen, damit sie genügend Kraft hatten, um ihr Gespräch weiterzuführen. Als schließlich der berühmte Gelehrte gestand, müde zu werden und etwas Ruhe zu benötigen, erhob sich Douglas. Mit einer tiefen Verbeugung, mit der er seine Hochachtung ausdrückte, dankte er seinem Gastgeber für seinen unermüdlichen Eifer und Einsatz. »Ich werde mit meinem Abt sprechen, und zweifellos wird er den Wunsch verspüren, Euch für Eure intellektuelle Großzügigkeit und Euren Dienst an die Gelehrsamkeit zu belohnen. Ihr seid mehr als nur hilfreich gewesen.«

»Ich hoffe, Ihr werdet Eurem Abt meine besten Grüße ausrichten.« Bacon nahm das rote Band und verschnürte vorsichtig das Bündel auf seinem Schoß; anschließend ging er zur eisernen Schatulle und schloss die entzifferte Schrift weg. »Werdet Ihr mich wieder aufsuchen, Bruder?«, erkundigte er sich, während er den Schlüssel in sein Gewand zurücksteckte. »Es gibt noch vieles, was wir besprechen müssen.«

»Leider geht mein Aufenthalt in Oxford seinem Ende zu«, ant-

wortete Douglas. »Meine Pflichten im Kloster ...« Er lächelte entschuldigend.

»Ich verstehe.«

»Doch so Gott will, mag es geschehen, dass ich gebeten werde,
zwecks weiterer Unterrichtung hierher zurückzukehren. Falls dem
so ist, werde ich diese Gelegenheit willkommen heißen. Allerdings ... ich ...« Er hielt inne, als ob er beschämt sei.

»Sagt, ich bitte Euch – was gibt es?«, fragte der Professor. »Hattet
Ihr noch ein Anliegen?«

»Ich habe Euch schon genug belastet«, erwiderte Douglas. »Allerdings gibt es da noch eine letzte Sache, die Euch ebenso sehr
interessieren mag, wie es die Neugier vieler der Brüder in unserem
Kloster erregt hat – eine Sache, der ich bei meinen eigenen Forschungen nachgegangen bin.« Er griff in sein Gewand und holte die
Kopie der Meisterkarte hervor, die er aus Sir Henrys Schatulle in
der Krypta von Christ Church entwendet hatte. »Darf ich?«

»Gewiss doch«, stimmte Bacon zu. Er hielt sich den Handrücken
vor den Mund, um ein Gähnen zu unterdrücken.

»Ich habe die Veranlassung zu glauben, dass dies eine Karte ist.
Ich erwähne sie jetzt wegen ihrer verblüffenden Ähnlichkeit mit
der Symbolsprache, die Ihr aus dem *Buch der verbotenen Geheimnisse*
übersetzt habt.«

Bruder Bacon streckte die Hand nach dem Pergament aus. »Wenn
Ihr erlauben würdet.« Er rollte es auseinander und hielt es ins Licht.
»Ja, ich sehe, was Ihr meint.«

»Könnt Ihr darin irgendeinen Sinn erkennen?«

»Eine Karte, sagt Ihr?«

»Das glaube ich zumindest.«

»Jaaaa ...«, sagte der Gelehrte langsam. »Faszinierend.«

Douglas biss sich auf die Unterlippe.

»Ja, ich sehe wirklich, was Ihr meint«, bekräftigte Bacon. »Aber
das ist keine Karte.«

Douglas hatte das Gefühl, als würde alle Kraft aus ihm entwei-
chen und durch die Beine in den Untergrund sickern. Er schwankte
auf seinen Füßen, als würde sich der Boden unter dem Wissen nei-

gen, dass alle seine Bemühungen umsonst gewesen waren. Er kämpfte seine Enttäuschung nieder.

»Nicht eine Karte in der allgemeinen Bedeutung des Wortes«, fuhr Bacon fort, »obschon ich verstehe, warum einige dies denken mögen.« Er hielt das Pergament vor sein Gesicht, um es genauer zu studieren. »Ja. Das sind numerische Koordinaten.« Er tippte mit dem Finger auf eine der minutiös kopierten Symbole. »Unter der Voraussetzung, dass ein Schlüssel zur Verfügung steht, könnte ich, wie ich meine, das hier für Euch entziffern.«

»Ein Schlüssel?«, wiederholte Douglas verblüfft.

»Ein Schlüssel, um das Geheimnis der Zahlen zu enträtseln«, erklärte der Professor. »Denn wenn wir nicht wissen, auf was sich die Koordinaten beziehen, wird die Information, die wir von den Zahlen erhalten, bedeutungslos bleiben.« Er reichte das Pergamentstück Douglas zurück. »Besitzt Ihr solch einen Schlüssel?«

»Ich muss gestehen, dass dies nicht der Fall ist. Kann vielleicht ein Beispiel dafür zur Verfügung gestellt werden, das ich für weitere Studien im Kloster mit mir nehmen kann? Ich weiß, meine Brüder würden selbst für so etwas dankbar sein.«

»Mit Sicherheit«, erwiderte Magister Bacon und ging zu seinem Arbeitstisch hinüber. Er nahm eine Schreibfeder auf, tauchte ihre Spitze ins Tintenfass und begann, rasch etwas auf ein Pergament zu schreiben. Als er damit fertig war, überreichte er Douglas die immer noch feuchte Kopie. Auf ihr befanden sich Zahlenreihen neben etwa einem Dutzend Glyphen – ebenfalls Zahlen, die Douglas als Koordinaten von Längen- und Breitengraden identifizierte.

»Ich empfinde große Ehrfurcht vor Eurer Gelehrsamkeit«, sagte Douglas und verbeugte sich. Er dankte dem Professor und verabschiedete sich.

»Meine Grüße an Euren Abt!«, rief Roger Bacon ihm hinterher. »Wir werden uns wieder unterhalten, wenn Ihr das nächste Mal in die Stadt kommt.«

Sobald Douglas draußen war, weckte er den schlafenden Snipe, der sich am Fuße der Stufen in seinen Mantel gerollt hatte. »Wach auf«, flüsterte er. »Ich habe Arbeit für dich.«

Der Junge wachte auf und war augenblicklich munter.

»In einer Ecke des Raums gibt es eine Eisenkiste ...« Er beschrieb die Schatulle und sagte dann, wo der Schlüssel für sie aufbewahrt wurde. »In der Kiste ist ein Dokument, das mit einem roten Band verschnürt ist.«

Snipe zeigte einen durchtriebenen Gesichtsausdruck und nickte schweigend.

»Stiehl es.«

FÜNFTER TEIL

Ein Haus nur aus Knochen

ACHTUNDZWANZIGSTES KAPITEL

Worin es nicht genug ist, sich gut und stark zu fühlen

Der Aufprall war so stark, dass seine Knochen von den Füßen bis zum Schädel durchgeschüttelt wurden. Dann stürzte Kit kopfüber auf einen Pfad, der von Erlenblättern und Kiefernnadeln bedeckt war, sodass er relativ weich fiel. Sein Herz raste, das Blut pochte in seinen Schläfen, und er atmete stoßweise und keuchend. Er wappnete sich gegen den erwarteten Ansturm von Übelkeit, doch als sie kam, war sie nur ein leicht unangenehmes Kräuseln im Unterleib, das rasch wieder verschwand. *Nicht schlecht*, dachte er, *vielleicht habe ich mich inzwischen daran gewöhnt.*

Einen Augenblick lang blieb er liegen und lauschte. Irgendwo unten vernahm er ein Sprudeln, und er konnte fließendes Wasser hören: möglicherweise ein Bach, der friedlich über glatte Steine schlüpfte und sanft dahinglitt – ein ruhiges, angenehmes Geräusch. Es vermischte sich mit den Vogelstimmen, die unregelmäßig aus den Bäumen in der Nähe erklangen, und augenblicklich fühlte sich Kit entspannt. Es gab weder sichtbare Hinweise noch Geräusche von einer Verfolgungsjagd auf ihn. Er hatte es geschafft, sich Burleigh und seinem Mob zu entziehen.

Als Kit wieder deutlich sehen konnte, hob er den Kopf und schaute sich um. Ein Waldpfad, der in einem ziemlich steilen Winkel nach unten führte, lag schnurgerade vor ihm. Ihm direkt gegenüber erhob sich in der Ferne ein Vorhang aus grau-weißem Felsgestein mit grünen Tupfern aus Moos, Büschen und kleinen Bäumen – die senkrechte Wand einer riesigen Kalksteinschlucht, die ein paar

335

Hundert Yards entfernt sein mochte. Das war – so befand er mit erheblicher Erleichterung – genau der Ort, über den Wilhelmina gesprochen hatte.

Die Luft war frisch und kühl; die Sonne stand direkt über ihm, sah jedoch blass aus an einem Himmel, den ein silberner Dunstschleier bedeckte. Kit hatte das Gefühl, dass es Herbst war: Etwas am Geruch der trockenen Blätter und ein Dufthauch im leicht wehenden Wind erinnerten ihn an Oktober, einer der Monate, die er immer schon am liebsten mochte. Er stand auf und dachte: *Nun heißt es, eine bequeme Stelle zu finden, wo ich warten kann, bis Mina aufkreuzt.* Er schätzte, dass er nicht lange auf sie warten würde, als er an die Art und Weise dachte, wie das Mädchen mit der Zeit ein falsches Spiel trieb.

Er blickte sich um und verschaffte sich einen raschen Überblick über die unmittelbare Umgebung. Dabei entdeckte er einen Felsvorsprung, der aus der abschüssigen Wand neben dem Pfad herausragte und trocken und flach war: ein Platz, der Kit so gut wie jeder andere erschien. Er ging dort hinüber, wischte die heruntergefallenen Blätter fort und setzte sich. Kit betrachtete die Ley-Lampe in seiner Hand: Sie war nun dunkel, und die anregende Wärme, die er zunächst noch an ihr fühlte, verschwand rasch. Es war eine faszinierende Vorrichtung, aus poliertem Messing hergestellt und mit einer Reihe kleiner Lichter versehen, die sich an einer sanft gewölbten Seite befand. Sie besaß die Größe und Form einer durchschnittlichen Kartoffel und hatte mehr als nur eine geringe Ähnlichkeit mit einer Gefäßflöte – einem dieser komischen kleinen Instrumente, die in den Musikklassen von Mittelschulen gerne eingeführt wurden. In die glatte Metalloberfläche waren kunstvolle, schnörkelhafte Linien eingeritzt, die von einem tastengroßen Drehknopf ausgingen; darüber befand sich ein etwas größeres, rundes Loch mit einer Kristalllinse. Kit widerstand dem Drang, am Knopf zu drehen und zu schauen, was dann wohl passieren würde. Stattdessen steckte er die Vorrichtung in seine Tasche zurück und ließ sich auf seinem steinernen Lager nieder. Bald schon kehrten seine Gedanken zu der entsetzlichen Verfolgungsjagd zurück, die er gerade hatte erdulden müssen: Burleigh auf seinem

Pferd, das sich aufbäumende Tier, die Pistolenschüsse, der plötzlich auf dem Boden liegende Giles, der ihn zum Weglaufen drängte, die wahnsinnige Hetze durch den dunklen Wald entlang des Flusses, das Stolpern über den Ley ... Das alles war so schnell geschehen, dass er immer nur instinktiv gehandelt hatte.

Jetzt, wo er Zeit zum Überlegen hatte, kam ihm der Gedanke, dass er wahrscheinlich extremes Glück hatte, überhaupt noch am Leben zu sein. Zudem hoffte er, dass Giles ebenfalls überlebt hatte und die Wunde nicht allzu schlimm war. Er fragte sich, wie Wilhelmina auf diesen Bruch in ihrem Plan wohl reagieren würde. Zweifellos hatte sie ein Mittel zur Verfügung, um den Bruch wieder zu kitten, und war bereits damit zugange.

Es war ein warmer Tag; und nachdem Kit eine ganze Weile gewartet und dem Summen der Bienen zugehört hatte, die an den am Hang wachsenden Mohnblumen und Hagebutten ihrer Arbeit nachgingen, wurde er schläfrig. Er entschied, zur höchsten Stelle des Pfades zu gehen, sich ein wenig umzuschauen, sich wach zu halten und zu sehen, ob er herausfinden könnte, in welcher Welt er sich wohl befand. Nicht, dass ihn diese Frage allzu sehr interessiert hätte; schließlich hatte er nicht vor, lange hierzubleiben. Es ging mehr darum, etwas zu tun, während er wartete.

Der Pfad hoch zur Spitze war steil, und als er sie erreichte, schwitzte er stark. Oben empfing ihn der Ausblick auf eine weite Landschaft, die aus niedrigen, sanft gewellten Hügeln bestand, die dicht bewaldet waren. Es gab keine Straßen, keine Städte, keine Felder – nirgendwo ein Hinweis auf eine Wohnstätte von Menschen: In jeder Richtung war, so weit das Auge blicken konnte, nur das verblassende Grün und Gold einer herbstlichen Waldlandschaft zu sehen.

Im hohen Gras verband sich eine Spur mit dem Pfad, der nach unten in eine wahrhaft gewaltige Schlucht führte, wie Kit nun feststellte. Er folgte dem Graspfad ein paar Dutzend Yards und kam an einen Punkt, wo sich der Weg teilte – der eine zweigte nach links ab, der andere nach rechts, ein weiterer verlief geradeaus in den Wald hinein. Kit nahm den letzteren und schlenderte schon bald durch ein sehr schönes Wäldchen aus Eschen, Lärchen, Birken und Erlen, zwischen denen verstreut ein paar Buchen und Walnussbäume standen. In der Luft lagen der schwere Duft von Blättern und feuchter Erde sowie ein stechender tierischer Geruch. Doch wenn es irgendwelche Lebewesen in der Gegend gab, so hielten sie sich versteckt.

Als sich der Pfad erneut teilte, nahm Kit den rechten und ging weiter durch eine gleichbleibende Landschaft aus Bäumen, die nur ab und an von kleinen Lichtungen und Wiesen unterbrochen wurde. Obwohl er die Augen nach kleinsten Hinweisen menschlichen Handelns offen hielt, erspähte er nichts Bedeutsameres als einen von Tieren geschaffenen Pfad, geschweige denn eine Straße. Ihm wurde klar, dass er auf diesem Weg wohl noch Stunden weitergehen könnte; und so brach er seinen Ausflug ab, drehte sich um und marschierte zu dem Pfad zurück, der hinunter in die Schlucht führte.

Mit gleichmäßigen Schritten stieg Kit hinab. Als er an der Stelle vorbeikam, wo er in dieser Welt gelandet war, zog er Minas Ley-Lampe heraus. Doch die kleinen Lichter blieben dunkel, und das Instrument lag kalt in seiner Hand. Er steckte den Apparat wieder in seine Tasche zurück, wobei ihm der Gedanke durch den Kopf fuhr, dass einige Leys zeitsensitiver waren als andere. Im Moment war der Ley hier offensichtlich inaktiv, und so entschied Kit, ihn später wieder zu überprüfen.

Durch den Marsch war er ziemlich ins Schwitzen geraten und durstig geworden. Daher setzte er den Ausflug fort und folgte dem alten, geraden Pfad nach unten zum Fluss am Boden der Schlucht. Ein paar Dutzend Yards vom Ley entfernt verbreiterte sich der Pfad. Darüber hinaus verlor er seine schnurgerade Ausrichtung, da er den natürlichen Biegungen der Steilwand tief hinab ins Tal folgte. Die Wände waren gekennzeichnet durch gestreifte Bänder aus grauem und weißem Gestein – Kalkstein und Schiefer hatten sich im Verlaufe zahlloser Jahrtausende in Bändern und Schichten aufeinandergelegt. Während die Felswände um ihn herum immer höher emporstiegen, hatte Kit das Gefühl, als würde er auf einer Rolltreppe durch die aufeinanderfolgenden Zeitalter nach unten fahren, wobei jede Gesteinsschicht einen weiteren Äon darstellte.

Schließlich endete der Pfad in einen Kessel, der von einer langen Biegung des träge dahinströmenden kleinen Flusses geformt wurde, der sich seinen Weg zwischen Felsbrocken von der Größe eines Autos oder Gartenhauses wählte, die über die Bodenmitte des Tals verstreut lagen. Auf jeder Flussseite gab es einen breiten Grasstreifen; und entlang des niedrigen Ufers wuchsen Röhricht, Buscheiche, kleine Büsche und Bäume. Hier unten im Tal war die Luft wärmer und feuchter.

Kit suchte sich einen Weg durch das seichte Wasser am Rande des Flusses, indem er von einem großen Stein zum anderen hüpfte, bis er einen kleinen glasklaren Teich fand. Er kniete sich nieder, schöpfte mit den zu einer Schale geformten Händen Wasser und trank das süße, frische Nass. Anschließend setzte er sich nieder und ließ sich von der bleichen Sonne bescheinen. Nach einer kleinen Weile döste er ein . . .

Kit erwachte mit der messerscharfen Erkenntnis, dass er an einem Ort eingeschlafen war, wo Wilhelmina ihn nicht vermuten und daher auch nicht suchen würde. Angetrieben von einem verzweifelten Gefühl von Dringlichkeit, stand er schnell auf und machte sich hastig auf den Weg zurück zu der Stelle, wo er in dieser Welt gelandet war. Während er lief und dem sorgenschweren Gedanken nachhing, er würde Wilhelmina verpassen, bemerkte er zunächst nicht, dass der Geruch, dem er oben in den bewaldeten Hügeln begegnet war, sich erneut eingestellt hatte. Als er ihn schließlich wahrnahm, blieb er augenblicklich stehen, schaute sich um und schnupperte in der Luft. Es war unverwechselbar und stärker: ein schwerer, erdhafter Gestank, der zudem stark an Fell und Schweiß, Blut und Moschus erinnerte – die Ausdünstung einer Totenbahre und Hundehütte, von Schweine- und Pferdestall, von Höhlen und Kaninchenbau. Trotz dieser Assoziationen war der Geruch nicht völlig unangenehm. Tatsächlich war damit eine Wildheit verbunden, die ihn seltsam berührte. Wäre er ein Jagdhund, dann – so stellte sich Kit vor – würde seine Nase beben und das Nackenhaar sich sträuben.

Aus heiterem Himmel kam ihm ein Gedanke: Was auch immer er da roch, würde vielleicht auch ihn riechen können.

Kit ging weiter, diesmal noch schneller als zuvor, und blickte oft hinter sich. Obwohl er nichts sah, wurde er sich immer sicherer, dass irgendetwas hinter ihm war.

Nur die Ruhe! Du lässt es gerade zu, dass deine Fantasie Amok läuft.

Er zwang sich, innezuhalten und tief einzuatmen.

So, schon besser.

Der Gedanke ging ihm immer noch durch den Kopf, als er plötzlich das Knistern von trockenen Blättern hörte. Rasch blickte er hinter sich und erspähte eine graue Gestalt, die in den dunklen Schatten des Grüns entlang der steinernen Fassade der Schlucht verschwand – das bloße Zucken einer Bewegung, und dann war es fort.

So lautlos, so schnell. Nach einem Moment war er sich noch nicht einmal mehr sicher, ob er es wirklich gesehen hatte. Erneut versuchte er, es einfach mit einem Achselzucken abzutun, marschierte weiter und zwang sich dazu, leiser voranzugehen. Trotzdem konnte er nicht einfach das Gefühl abschütteln, dass man ihn verfolgte.

Alle paar Schritte – in unregelmäßigen Abständen – warf er einen Blick zurück, um zu schauen, ob er den Schatten erneut zu Gesicht bekam. Er sah nichts, doch die Stille in der Schlucht begann einen unheimlichen Druck auf seine Ruhe auszuüben – als ob das gesamte Tal die Luft anhielt in Erwartung eines furchtbaren Geschehnisses.

Okay, das ist jetzt wirklich albern. Da ist absolut nichts.

Und dann, gerade er als seinen Marsch fortsetzte, hörte er das unverkennbare Knacken eines trockenen Astes unter einem schweren Fuß. Kit wirbelte in die Richtung, aus der das Geräusch gekommen war, und dachte, dass er ein weiteres Mal das Zittern einer Bewegung erblickte – einen Schatten, der im Schatten verschwand. Schnell und lautlos, doch... massiv. Und diesmal war sich Kit sicher, dass er etwas gesehen hatte.

Die Gewissheit erzeugte eine kranke Angst, die sich durch seine Eingeweide schlängelte: Ihm wurde heimlich nachgestellt. Vor seinem inneren Auge entstand, wie nach einer Explosion, ein entsetzliches Bild von ihm selbst: Er sah sich selbst, wie er erschöpft durch die Wildnis rannte und von einem Rudel heulender Wölfe gejagt wurde, bis er stürzte und in blutige Stücke zerrissen wurde.

Bevor seine in Fieber versetzte Einbildungskraft ein weiteres grauenhaftes Bild ausspeien konnte, schaltete Kit sie aus, jagte hinüber zum steinernen Bereich entlang des Flusses und rannte dort weiter. Obwohl hier der Untergrund holpriger war, entschied sich Kit, lieber unter freiem Himmel zu bleiben, wo er um sich herum alles sehen konnte, als weiterhin am Waldrand entlangzulaufen: Dort hatte das Wesen, das ihm nachstellte, den Vorteil, sich in den Schatten und hinter Holz verstecken zu können. Diese Entscheidung gefiel ihm, bis er auf der anderen Seite des Flusses schräg zwischen den Bäumen eine weitere schemenhafte Gestalt erblickte, die mit ihm Schritt hielt.

Kit rannte nun mit ganzer Kraft und kümmerte sich wenig darum, dass er für die Geschöpfe, die ihm nachstellten, leicht sichtbar war. Seine Füße flogen geradezu über den unebenen Untergrund, der aus von Wasser geglätteten Steinen unterschiedlichster Größe bestand. In seiner Hast verhielt er sich unbedacht und war unachtsam gegenüber allem; er wurde ausschließlich angetrieben von der Notwendigkeit, sich von den Verfolgern zu entfernen.

Und so raste er auf seiner Flucht an der Abbiegung vorbei, die nach oben zum Pfad mit der Ley-Linie führte. Allmählich wurde ihm bewusst, dass er nicht mehr länger in der Gegend war, die er zuvor gesehen hatte: Er befand sich zwar immer noch im Tal, doch es sah jetzt anders aus. Verzweifelt blickte er sich um und bemerkte, dass sich die gewaltigen Felswände der Schlucht weiter voneinander entfernt hatten. Auch war der Fluss hier breiter und flacher, er besaß eine Tiefe von nur wenigen Zoll und tanzte in kleinen Wellen über sein steiniges Bett.

»Wo ist der verfluchte Pfad?«, murmelte er.

Dennoch war er nicht gewillt, seinen Weg zurückzuverfolgen, sondern fühlte sich dazu getrieben weiterzugehen. Er fing an, nach einem Platz Ausschau zu halten, wo er sich verstecken konnte, und fühlte sich ermutigt, als er sah, dass in der Umgebung die Bäume größer waren und dichter zusammenstanden. Als der Fluss eine weitere scharfe Biegung nahm, entschloss sich Kit, die Route entlang des Wassers aufzugeben und sich zwischen den Bäumen einen Weg zu suchen. Nur einen Moment später traf er auf einen breiten Pfad, der aus nackter Erde bestand; er schlängelte sich durch den Wald und führte um die Stämme der großen Eichen und Lärchen vorbei. Hier war es einfacher zu laufen, und Kit entschied, die Distanz zwischen sich und seinen Verfolgern zu vergrößern. Und so lehnte er sich beim Rennen weit vor und hetzte wie ein Verrückter um sein Leben.

Mit jedem Schritt trommelten seine Füße ein Mantra: *Ich fühle mich gut. Ich fühle mich stark. Ich fühle mich gut. Ich fühle mich stark.*

Er fühlte sich wirklich gut und stark – bis zu dem Sekundenbruchteil, als er in die Falle stürzte.

Von einem Schritt zum nächsten gab plötzlich der Boden unter ihm nach, und er fiel durch die Luft. Die Zeit schien sich auszudehnen, und alles wurde beinahe unerträglich klar: die goldenen Stäubchen, die in den schaftförmigen Sonnenstrahlen trieben; die sauberen Ränder von Farnblättern; ein gelber Schmetterling, der mit langsamen Schlägen seiner zierlichen Flügel über einer weißen Blume schwebte; eine Amsel, die von einem Ast über seinem Kopf die Flucht ergriff . . . Die ganze Welt schien für die Dauer eines langen Atemzugs innezuhalten.

Sein erster flüchtiger Gedanke war, dass er irgendwie einen Ley-Sprung durchgeführt hatte. Und dann schlossen sich die Wände der Fallgrube um ihn herum, und er stürzte im Halbdunkel eines tiefen, quadratischen Loches zu Boden, wobei eine ganze Menge zerbrochener Zweige und Blätter auf ihn herabregneten.

Die Wucht seiner unsanften Landung trieb ihm die Luft aus den Lungen. Er blieb würgend liegen und versuchte, Atem zu schöpfen, doch er war nicht in der Lage, die Lungen wieder richtig zum Arbeiten zu bringen. Seine Sicht trübte sich und verschwamm zusehends. Als es dann schien, er würde aufgrund des Sauerstoffmangels das Bewusstsein verlieren, kehrte mit einem Zischen sein Atem zurück. Erschöpft und keuchend lag er anschließend wie ein zerbrochener Blasebalg da.

Kit, der auf den Rücken gestürzt war, blickte hoch zu einem exakt quadratischen Fleck blauen Himmels. Das Viereck wurde von den Erdwänden des Loches eingerahmt, in dem er lag. Ohne sich zu rühren, machte Kit rasch im Geiste eine Inventur von sich selbst. Abgesehen von dem mächtigen Schlag, den er beim Aufprall in der Wildfalle erlitten und der ihm die Luft aus den Lungen gedrückt hatte, fühlte er keine Schmerzen. *Ein gutes Zeichen*, dachte er. Dann klopfte er mit den Händen seinen Körper vorsichtig ab. Immer noch war Minas Ley-Lampe und Sir Henrys grünes Buch sicher bei ihm verstaut. Und soweit er erkennen konnte, besaß er auch immer noch all seine Fähigkeiten. Er streckte einen Arm hoch, anschließend den anderen und fuchtelte mit ihnen herum. Danach schüttelte er seine Beine aus. Alles schien gut zu funktionieren. Somit hatte er sich keine Knochen gebrochen.

Es wurde dunkler in der Grube, während er seine Inventur machte. Als er wieder zum Himmel emporschaute, sah er, dass in der quadratischen Öffnung über ihm ein Gesicht aufgetaucht war. Beim ersten flüchtigen Anblick dieses Gesichts erstarrte er – nicht vor Angst, sondern vor Verblüffung. Denn es war ihm einerseits sofort vertraut, andererseits aber vollkommen fremd. Kit erkannte es augenblicklich, wusste aber, dass er so etwas noch nie zuvor in natura gesehen hatte. Das Gesicht, das auf ihn herabspähte, gehörte zu einem dunkelhäutigen, zerklüfteten, quadratischen Kopf, den ein dichter Haarpelz bedeckte, der so dicht und verfilzt war, dass er wie das Fell eines Yaks aussah. Und die Physiognomie war die einer ungeschickt ausgeführten Karikatur. Sogar wenn man mit einer Axt die gleichen Gesichtszüge aus einem Holzstück schnitzen würde, wäre das Ergebnis nahezu identisch – mit Ausnahme der Augen. Und es waren die Augen in diesem Gesicht, die Kit verwunderten und ihn bannten: große, dunkle Augen, die so schnell, intelligent und ausdrucksvoll blickten, dass sie nur einer Kreatur gehören konnten, die zumindest ein elementares Bewusstsein seiner selbst besaß.

Die Tatsache, dass die Kreatur über den Anblick von Kit genauso überrascht zu sein schien wie der über den dieses Geschöpfes, vervollständigte den Zirkel der Verwunderung. Er lag da und starrte nach oben auf das Gesicht mit den groben Zügen. Eine kindliche Faszination erfasste ihn, und das Gefühl der Verwunderung war so überwältigend, dass es alle Angst aus ihm heraustrieb. Kit vergaß einfach, sich zu fürchten.

NEUNUNDZWANZIGSTES KAPITEL

Worin eine äußerst merkwürdige missliche Lage aufkommt

*D*ie Zeit verlangsamte sich zu einem Rinnsal. Während er immer
noch auf dem Boden der Grube lag, kämpfte sich Kit zu einer
vernünftigeren Geistesverfassung zurück und erkannte eines: Er
war in großen Schwierigkeiten. Um Himmels willen, er war in einer
Fallgrube – einer Todesfalle! Er war das Opfer für das Schlachtmes-
ser, und es gab nichts, was er dagegen unternehmen konnte. Dennoch fühlte er sich überhaupt nicht verzweifelt. Jeder Instinkt in
ihm polterte geräuschvoll und bestand darauf, dass er starr vor Entsetzen sein sollte. Stattdessen empfand er mehr als alles andere
große Erleichterung, wenn man einmal von der starken ursprünglichen Verwunderung absah.

Über ihm gab es eine Bewegung, und das Gesicht verschwand.
An seiner Stelle tauchte ein stabiles, langes Stück Holz auf, das
geglättet und abgerundet war; zudem glänzte es, offenbar weil man
es häufig benutzt hatte. Vielleicht der Schaft eines Speeres? Das
Arbeitsgerät senkte sich nach unten und schwebte dann über ihm.
Als Kit eine Bewegung machte, um es zu berühren, stupste ihn das
Geschöpf mit dem Ende des langen Holzstücks, zunächst gegen die
Schulter und dann in den Bauch. Kit drückte die abgerundete Holz-
stange von sich fort; doch er wurde weiterhin damit gestoßen –
sogar mit noch größerem Nachdruck –, bis ihm endlich klar wurde,
dass die Kreatur oben ihn dazu bringen wollte, die Stange zu ergreifen. Zögernd umfasste er das glatte, abgerundete Ende des Astes – und
mit einer einzigen, mühelos durchgeführten, ruckartigen Bewegung

wurde er so weit hochgezogen, dass er stolpernd auf seine Füße zu stehen kam.

Der Grubenrand war immer noch etwa einen knappen Meter von ihm entfernt. Doch erneut wurde Kit die Stange angeboten. Mit beiden Händen griff er fest zu und wurde mit großer Kraft aus der Grube herausgezogen. Im nächsten Moment stand er vor Geschöpfen, deren Existenz der Stoff von Mythen und Gegenstand staubiger Museumsdioramen war. Sie waren zu zweit: große, zottelige und offenkundig extrem wissbegierige Geschöpfe, die ihn aufmerksam betrachteten; die blanke Neugier brannte in ihren dunklen Augen. Eines war größer als das andere und auch älter. Beide waren in Felle gekleidet, die von Schnüren und Bändern aus geflochtenen Stricken und getrocknetem Darm zusammengehalten wurden. Ihre Hautfarbe war von einem gesunden Nussbraun – wohl eine Folge von Sonne und Wetter –, das Haar dunkel und lang, doch an den Spitzen sonnengebleicht. Während das ältere Geschöpf einen starken Bart trug, fehlte dem jüngeren jegliche Gesichtsbehaarung. Beide liefen barfuß und hatten breite, auseinandergespreizte Zehen und dicke, schwielige Sohlen; und beide hielten nahezu identische Speere mit kräftigen Schäften und kurzen, aus Feuerstein zurechtgeschlagenen Klingen in Händen.

Obwohl sie nicht größer als Kit waren, erweckten sie in jeder Hinsicht den Eindruck, Giganten zu sein – vielleicht aufgrund ihrer extrem robusten Ausstrahlung und ihrer starken Muskulatur. Es waren prachtvolle Exemplare ihrer Art: mit breiten Schultern und mächtiger Brust, mit einem großen viereckigen Kopf, der auf einem kurzen Hals saß, und riesigen, muskulösen Unterarmen, Unter- und Oberschenkeln. Ihre Körpermitte war sehr dick, und sie besaßen nur wenig Taille. Daher hatte man den Eindruck, sie wären beinahe so breit, wie sie hoch war. Dennoch hatten sie kein Gramm Fett an sich, sondern bestanden vor allem aus harten, festen Muskeln – und davon gab es bei ihnen jede Menge.

Sie starrten Kit erstaunt an, dann sich gegenseitig und anschließend wieder ihn – ihre breiten, ausdrucksstarken Gesichter zeigten reine Verblüffung angesichts eines so seltsamen Wesens, das sie aus ihrer Falle herausgeholt hatten. Dann streckte das jüngere der beiden Geschöpfe nach einem Moment des Nachdenkens einen dicken, schmutzigen Zeigefinger aus und stieß Kit gegen die Brust, als ob es dessen körperliche Existenz überprüfen wollte. Es war die natürlichste Geste der Welt; allerdings führte sie dazu, dass Kits Knie zu wackeln begannen. Er schwankte und trat unwillkürlich einen Schritt zurück, woraufhin das Ältere den Arm ausstreckte, seine Schulter mit einer gewaltigen Hand vollständig umfasste und ihn mit einem Griff auf eine so sanfte, beruhigende Weise wieder ins Gleichgewicht brachte, dass Kit ob dieser Berührung beinahe in Verzückung geriet. Dann ließ sein Herz ein oder zwei Schläge aus, und ihm stockte der Atem, als die völlige Unmöglichkeit seiner äußerst merkwürdigen misslichen Lage über ihn hereinbrach: Er war von Höhlenmenschen gefangen genommen worden.

Kits Herz pochte wild in seiner Brust, und er fühlte sich schwach und schwindelig durch die Woge von Adrenalin und die stürmischen Empfindungen, die mit Urgewalt durch seinen Körper strömten. Seine Gedanken jagten in alle Richtungen von ihm fort und ließen ihn mit einer einzigen, völlig nutzlosen Frage zurück: *Was nun? Um Himmels willen – was nun?*

Ohne irgendeinen Laut oder ein Zeichen von sich zu geben, drehte sich plötzlich das ältere der beiden Geschöpfe um und begann wegzugehen. Nach ein paar Schritten hielt der große Jäger inne und zeigte Kit an, dass er ihm folgen sollte: eine seltsame Geste mit der gebogenen Hand – möglicherweise würde ein Kind eine Gebärde dieser Art gegenüber einem Spielgefährten vollführen. Kit war so in Angst, dass er unverzüglich gehorchte. Hinter ihm folgte der kleine Jäger, und so brachen die drei im Gänsemarsch auf. Für Wesen, die so stämmig wie sie waren, bewegten sich die beiden Urmenschen mit Anmut: Sie zeigten die geschmeidigen Bewegungen von wilden Lebewesen und waren dabei so still wie Schatten. Die einzigen Geräusche, die Kit vernahm, waren diejenigen, die er beim Gehen selbst verursachte – wie etwa das Rascheln von Gras, das vereinzelte Zerbrechen von Zweigen unter seinen Schuhen, das Knistern von trockenen Blättern.

Ab und an blieb Großer Jäger, wie Kit den Älteren im Stillen nannte, plötzlich stehen und schnüffelte in der Luft auf eine merkwürdige, an einen Hund erinnernde Weise. Dabei blähten sich die Löcher seiner breiten, flachen Nase; und er schien die Luft sowohl zu schmecken als auch zu riechen. Nach jeder Überprüfung, dass keine Gefahr in der Luft lag, zog er weiter und warf einen flüchtigen Blick nach hinten zu Kit, als ob er sagen wollte: »Alles in Ordnung; wir gehen weiter.«

Sie marschierten eine lange Zeit; und schließlich begann der Tag dahinzuschwinden. Inzwischen waren sie tiefer in den Wald eingedrungen, und die Bäume wurden immer größer, die Schatten immer dichter und dunkler. Über ihren Köpfen schlossen sich die Äste zu einem grünen Baumkronendach zusammen, und der Fluss verengte sich zu einem langsam dahinfließenden Bach. Ringsum wuchsen Moos und Flechten auf Bäumen und Felsen, und ein Geruch wie der von Pilzen erfüllte die Luft. Irgendwann hielten sie an, um aus dem Bach zu trinken – zuerst Kleiner Jäger, wie Kit den Jüngeren genannt hatte, dann Großer Jäger, wobei jeder der beiden über seinen Gefährten wachte, während dieser sich über das Gewässer beugte. Unterdessen schöpfte Kit mit den zu einer Schale geformten Händen Wasser aus dem Bach und trank es begierig. Danach setzten sie ihren Marsch fort und drangen immer tiefer in das bewaldete Tal ein. Sie hielten nur dann kurz an, wenn sie in der Luft schnupperten. Kit nutzte diese kleinen Ruhepausen, um verstohlen die Ley-Lampe zu überprüfen. Es bestand ja immerhin die Möglichkeit, dass er einen anderen Ley finden würde. Doch das Gerät zeigte keinerlei Anzeichen von Aktivität an.

Nach der dritten oder vierten Pause stieß Großer Jäger ein barsches Schnauben aus und erhöhte das Tempo; mit langen, ausgreifenden Schritten bewegte er sich durch den Wald. Kleiner Jäger gab Kit von hinten einen Stoß, der ihn beinahe umgeworfen hätte. Kit ging anschließend doppelt so schnell wie vorher, was jedoch nicht reichte. Bald musste er laufen, um mit den beiden anderen Schritt zu halten.

Dies ging längere Zeit so weiter. Als die Urmenschen das Tempo schließlich verlangsamten, keuchte und schwitzte Kit und wäre vor Erschöpfung fast umgefallen. Entsprechend seiner vagen Schätzung waren sie mittlerweile mehrere Meilen von der Ley-Linie entfernt, durch die er in diese Welt gekommen war. Sollte Wilhelmina dort oder in der Nähe nach ihm Ausschau halten, würde sie ihn nicht finden können. Daher nahm Kit sich vor, bei der ersten Gelegenheit die Flucht zu ergreifen, zum Ley zurückzukehren und dort zu warten, wie Mina ihm aufgetragen hatte. Nun bedauerte er zutiefst, von jenem Ort weggegangen zu sein – doch wie hätte er vorsehen können, dass ihn Höhlenmenschen verschleppen würden?

Inzwischen war Kit wieder durstig geworden; außerdem hatte er sich die Füße wundgelaufen. Während des nächsten Halts, um in der Luft zu schnuppern, ließ er seine Geiselnehmer einfach achtlos stehen und kniete sich am Wasser nieder, um zu trinken. Dies beunruhigte Kleiner Jäger, der mit dem stumpfen Ende seines Speers einige Male Kit anstieß, bis der Ältere mit einem grunzenden Laut einen Befehl gab. Sogleich ließ sein Gefährte vom Gefangenen ab. Kit trank das Wasser aus, das er mit den Händen geschöpft hatte, und erhob sich wieder. Im nächsten Moment bückte sich Großer Jäger und trank auch – allerdings schlürfte er nur ein paar Schluck aus der gewölbten Innenfläche seiner breiten Hand, so als wollte er nur höflich sein.

Erneut gingen sie weiter und bahnten sich ihren Weg durch das unebene Tal, wobei die Höhlenmenschen darauf achteten, dass der Fluss – das fließende Gewässer war inzwischen wieder breiter geworden – stets links von ihnen war. Gerade als das Tageslicht zu verblassen begann, nahm Kit plötzlich einen beißenden Gestank wahr: ein starker, moschusartiger, reifer Geruch, der – so stellte er sich vor – den Ausdünstungen eines Wolfsbaus nach einem langen, harten Winter ähneln mochte.

Die drei schritten unter einem niedrig hängenden Ast durch und dann durch eine schützende Wand aus Büschen. Auf einmal stand Kit auf einer Lichtung inmitten einer Ansammlung von primitiven kuppelförmigen Hütten. Sie waren aus Ästen errichtet, die man wohl einfach von den umstehenden Bäumen und Sträuchern genommen hatte, ohne die Blätter zu entfernen. Das waren also die Wohnungen von Urmenschen. Vier von ihnen erhoben sich, um die zurückkehrenden Jäger zu begrüßen. Kit bemerkte, wie sie ihn beäugten; und mit einem Male erhob sich ein schreckliches, aufgeregtes Gejaule. Fünf weitere Geschöpfe – sie waren alle weiblich – tauchten auf, einige aus den urtümlichen Unterkünften, andere aus dem nahe gelegenen Wald; und alle plapperten gleichzeitig, indem sie aufgeregte, kehlige Laute von sich gaben.

Zwei der mutigsten Urmenschen traten vorsichtig auf Kit zu und begannen, ihn zu berühren, indem sie ihm leichte Klapse gaben und ihn anstießen. Dann fuhren sie ihm mit den Fingern über Haut, Haare und Kleidung. In der Zwischenzeit formten die Frauen einen murmelnden, raunenden Zirkel um ihn herum. Das Stoßen und Stupsen wurde eine Weile fortgeführt, während das Geplapper wellenförmig lauter und leiser verlief. Schließlich nahm einer der jüngeren Urmenschen, der seine Zähne in einem grässlichen Lächeln entblößte, einen Stock auf und ahmte die Stoßbewegungen der Älteren nach, indem er mit dem spitzen Holz Kit ins Bein stach.

»Au!«, entfuhr es Kit, nicht so sehr wegen des Schmerzes, sondern weil der Angriff ihn überraschte.

Diese Reaktion ermutigte den Jungen, sodass er Kit ein weiteres Mal stach – diesmal sogar härter. Dabei gab er ein Geräusch von sich, das Kit nur als Gelächter interpretieren konnte. Nun gab Kit keinen Laut von sich, was einen dritten Angriff provozierte und schnell darauf einen vierten. Daraufhin beteiligte sich ein etwas älterer Urmensch an dem Spiel, indem er Kit einen harten Schlag zwischen die Rippen versetzte und anschließend laute Rufe ausstieß, auf dass jedermann bemerkte, was er getan hatte. An diesem Punkt gab Großer Jäger, der diese Gruppe anzuführen schien, ein tiefes, grollendes Knurren von sich, in dem selbst Kit einen Befehl erkannte.

Augenblicklich hörte alles Stoßen und Stupsen und Plappern auf. Als das letzte Geräusch vom Wald verschluckt worden war, herrschte Schweigen auf der Lichtung. Großer Jäger schob sich durch den Mob und nahm Kit mit einer besitzergreifenden, Kontrolle beanspruchenden Geste in seine Obhut: Mit der einen mächtigen Hand umschloss er Kits Kopf, die andere ballte er zur Faust und schlug sie gegen seine Brust. Die anderen schienen dies zu verstehen, und ihre Art der Interaktion verwandelte sich schlagartig: Alles verlief nun ruhiger und respektvoller.

Durch diese einfache Handlung wurden Grundregeln aufgestellt, die selbst Kit nicht missverstehen konnte. In dem einen Moment war er ein seltsames neues Tier, das man gefangen genommen hatte, um es zu beobachten und zu beurteilen, und im nächsten war er ein Gast. Man hatte ihm einen neuen Status verliehen und dabei Grenzen errichtet. Er sollte nicht gestoßen oder mit Stöcken gestochen werden; und er sollte nicht zu ihrem Vergnügen geschlagen oder Gegenstand ihres Geplappers werden. Dennoch starrten die anderen ihn weiter an und begannen leise zu murren.

Großer Jäger ignorierte allerdings das Verhalten seiner Mitgeschöpfe; er berührte Kit am Arm und gab mit einem Wink zu verstehen, dass er ihm folgen sollte. Kit wurde über die Lichtung zur größten Laube im Lager geführt. Quer vor dem Eingang lag der Länge nach ein Holzblock, vor dem sich ein Ring aus großen Flusssteinen befand, in dessen Mitte ein Haufen glühender Holzkohleasche war. Der Aufbau war genau die Art von Biwak, wie sie von Pfadfindern für ihre ausgelassenen Treffen im Wald gestaltet wurden: eine großzügige Feuerstelle mit Sitzbänken.

Inzwischen war es fast dunkel auf der Lichtung, obschon Teile des Himmels, die durch Löcher im Blätterdach zu erkennen waren, immer noch ein wenig Blassrosa aufwiesen. Kit musste sich auf den Holzblock setzen, während trockene Äste zerbrochen und auf die schwelende Kohleasche des vorherigen Feuers geworfen wurden. Im Nu wurde die Lichtung von einer Flamme erhellt, die sich ständig vergrößerte, während man mehr und mehr Holz in sie hineinwarf. Die älteren Urmenschen beschäftigten sich auf die eine oder andere Weise; Kit vermochte nicht zu erkennen, was sie taten, weil sie sich dabei so dicht zusammendrängten. Und während die älteren arbeiteten scharten sich die jüngeren um Kit, um ihn zu beobachten – wie er das Feuer beobachtete.

Dann sah er, wie einige der älteren ein langes grünes Schilfrohr mit aufgezogenen Fleischstücken hervorholten. Kit wusste nicht, von welcher Tierart diese Brocken stammten, doch sie waren rot und frisch. Noch mehr von diesen behelfsmäßigen Bratspießen tauchten auf und wurden ins Feuer gelegt; und schon bald saß die gesamte Gruppe rund um die Feuerstelle mit dem röstenden Fleisch auf dünnen Spießen. Der Duft von brutzelndem Fett und Fleischsaft ließ Kit das Wasser im Mund zusammenlaufen. Obwohl sein Sitz gewiss der Ehrenplatz war, beachtete ihn niemand. Augenscheinlich galt hier, dass Zeremonielles warten konnte, wenn es um die wichtigen Dinge des Lebens ging, wie etwa die Zubereitung des Essens.

Als der erste Spieß fertig war, nahm ihn sich Großer Jäger und biss ein ordentliches Stück ab. Die anderen beobachteten ihn, während er kaute. Schließlich hob er sein Kinn, und alle anderen gingen dazu über, ihre Bratspieße vom Feuer wegzuziehen und mit dem Essen zu beginnen. Der Anführer erhob sich von seinem Platz am Feuer, trat auf Kit zu und hielt ihm das Schilfrohr entgegen. Kit nickte lächelnd und streckte die Hand aus, um es zu nehmen. Doch dann zog er nur einen Happen gebratenen Fleisches vom verkohlten Schilfrohr ab und steckte es sich, sehr zur Freude der anderen, in den Mund.

Großer Jäger gab einen polternden Laut von sich, hob zwei ungebratene Fleischspieße auf und gab den einen davon Kit, während er den anderen für sich behielt. Dann setzte er sich neben seinem Gast auf den Holzblock nieder und unterwies Kit mit Gesten und Grunzlauten in der Kunst, wie man Fleisch an einem Schilfrohr briet. Kit erwies sich dabei als williger und begabter Schüler, wobei er sich in dieser Rolle etwas seltsam vorkam – als ob er für so etwas irgendeine Ausbildung nötig hätte. Seine offenkundige Fähigkeit, sich selbst so fachmännisch zu ernähren, schien der Versammlung zu gefallen. Die anderen unterhielten sich leise und ließen Kit durch zahlreiche leichte Rippenstöße und viele scheue Blicke wissen, dass sie sich über ihn unterhielten.

So dankbar er auch für das Essen und die Möglichkeit war, ein wenig zu sitzen und sich auszuruhen, so vermochte er doch nicht das Gefühl zu unterdrücken, dass seine nächste Tat darin bestehen musste, von hier zu fliehen. Allerdings gab es wenig Hoffnung darauf, wie er befand, während ihn alle anderen beobachteten. Er würde warten müssen, bis das Lager schlief, um sich auf den Weg zu machen.

Kit hatte die Absicht, zur Ley-Linie zurückzukehren und dort eine Stelle zu finden, wo er warten konnte, bis Wilhelmina auftauchen würde – falls sie nicht schon da war. Hätte er das von vornherein getan, wäre er jetzt nicht in dieser unmöglichen Situation. Wenn er nur daran dachte, wie sich Mina zweifellos dumm und dämlich nach ihm suchte und leise murmelnd seinen Namen mit dunklen Flüchen belegte – verdientermaßen, wie er zugeben musste –, wurde er noch viel mehr darauf erpicht, endlich aufzubrechen.

Dann kam ihm ein anderer und sogar noch schlimmerer Gedanke: Vielleicht hatte er sie ja bereits verpasst! Was, wenn sie wie geplant erschienen war, ihn nicht angetroffen hatte und unverzüglich wieder aufgebrochen war, um anderswo zu suchen? Was dann?

Es war unerträglich, darüber nachzudenken, was er auch versuchte; doch die deprimierende Vorstellung versetzte ihn in eine besorgte und gereizte Stimmung. Die Mahlzeit ging noch längere Zeit weiter – und das in einem Tempo, das nur als gemächlich bezeichnet werden konnte. Kit geriet zunehmend in Angst darüber, dass er sich immer noch nicht auf den Weg gemacht hatte. Als schließlich die jüngeren Urmenschen anfingen, müde zu werden und einzuschlafen, hoben einige der älteren sie auf und trugen sie in die nahe gelegenen Lauben. Nachdem zu guter Letzt das Fleisch aufgegessen war, gingen auch die anderen schlafen: Die meisten betteten sich nieder im Schutze ihrer belaubten Hütten, doch einige der jungen Männer rollten sich in den Hohlräumen zwischen den Wurzeln der größeren Bäume zusammen oder einfach auf dem Boden in der Nähe des Feuerrings. Großer Jäger kroch in seinen Unterschlupf hinter dem Holzblock und gab Kit mit ein paar Handzeichen zu verstehen, sich zu ihm zu gesellen. Mit einem Widerwillen, der bereits an Furcht grenzte, fügte sich Kit. Dabei dachte er, dass jede Weigerung durch ihn nur das Unvermeidliche hinauszögern würde – oder schlimmer noch, den Verdacht seines Gastgebers wecken könnte, der dann möglicherweise Vorkehrungen träfe, um jegliche Flucht zu verhindern.

Und so kroch Kit in die Laube, um zu warten. Das Problem jedoch war, dass es im Innern der primitiven, aus Ästen errichteten Hütte um vieles bequemer war, als er je für möglich gehalten hätte. Der Boden war abwechselnd belegt mit Schichten aus Moos und Blättern, die durch trockenes Gras abgedeckt waren. Es gab sogar Kissen – Tierpelze, die zu Beuteln gerollt und mit Gras und ausgerechnet noch mit wohlriechendem Lavendel gefüllt waren. Die Aufregungen des Tages – der vor langer Zeit und weit, weit weg begonnen hatte –, verbunden mit einem großen Pensum gesunder Bewegung, führten dazu, dass Kits Entschluss erstickt wurde. Auf Wolken aus Lavendel dämmerte er in den Schlaf hinüber und träumte bald von Lämmern, die auf sonnengesprenkelten Wiesen herumtollten.

Mit dem Gesang der Schwarzkehl-Nachtschwalbe, die in einem nahe gelegenen Baum saß, wachte er wieder auf. Ansonsten war das Lager friedlich und ruhig. Er nahm an, dass bis zum Beginn der Morgendämmerung noch eine ganze Weile vergehen würde. Großer Jäger schlief fest; er atmete tief und regelmäßig. Kit sammelte sich, kroch so leise wie nur möglich hinaus und entfernte sich von der Hütte. Statt das Lager zu durchqueren, schlich er seitlich um es herum und dann direkt in den Wald hinein.

Sobald er aus dem Lager war, blieb er stehen. Der Mond stand niedrig, doch es gab immer noch genug Licht, um den Weg zu finden, ohne immer wieder ins Stolpern zu geraten. Er lauschte auf das Plätschern des Flusses und folgte anschließend dem Geräusch, bis er das felsige Ufer erreichte. Die abgerundeten Steine erschienen ihm wie Auswüchse übergroßer Pilze; sie waren grau und weiß im matten Mondlicht, und das Wasser schimmerte überall schlüpfrig und silbern.

Seine Aufgabe, so dachte Kit, bestand lediglich darin, die Strecke durch das Tal zurückzuverfolgen, bis er die Stelle erreichte, wo er die Schlucht betreten hatte. Er hatte eine ziemliche Entfernung zurückzulegen, jedoch Zeit genug, wenn er nicht unterwegs trödelte.

Mit einem entschlossenen Schritt und Hoffnung im Herzen machte er sich auf den Weg; er marschierte zwar rasch, doch in einem gemessenen Tempo. Er fühlte sich gesättigt und ausgeruht und war in bester Stimmung. Zügig kam er voran und legte nur ab und zu eine Pause ein, um auf Geräusche zu lauschen, die möglicherweise auf irgendwelche Verfolger hinwiesen. Jedes Mal wenn er weiterging, war seine Zuversicht gewachsen, dass seine Flucht gelungen war und er den Treffpunkt in einer überschaubaren Zeit erreichen würde. Dabei setzte er auf die Tatsache, dass es vormittags sein würde, wenn er in die Nähe seines Ziels käme, und dass er die Abbiegung erkennen würde, wenn er sie wieder bei Tageslicht sähe.

Vorausgesetzt natürlich, dass er lange genug leben würde, um das Licht eines weiteren Tages zu sehen.

DREISSIGSTES KAPITEL

Worin Kit sich die Steinzeit zu eigen macht

*U*nkenntnis mag ein Glück sein, aber sie ist dann immer noch Unkenntnis: Und Kit, der in der Nacht durch das dunkle Tal zog, hatte keinerlei Bewusstsein – nicht die leiseste Ahnung – von der Gefahr, in die er unbekümmert hineinspazierte. Zwar kann man ihm ein wenig Anerkennung zollen, weil er die drei schwarzen Buckel neben dem Fluss sah, doch er hielt sie für Steine – einen großen und zwei etwas kleinere. Für ihn waren es eben nur Geröllblöcke in einem Gebiet mit zahlreichen Felsbrocken, die entlang des Flussweges verstreut herumstanden oder -lagen. Erst als zu seiner rechten Seite ein unbemerkter vierter »Stein« sich urplötzlich auf den Hinterbeinen aufbäumte, erkannte Kit seinen Fehler.

Aber da war er über den Punkt, an dem es kein Zurück mehr gab, schon längst hinaus.

Es war ein Bär! Er war schwarz wie ein riesiger Tintenklecks, und seine kleinen wachsamen Augen funkelten im fahlen Licht des verblassenden Mondes, als er seinen Kopf nach links und rechts schwang, um den Menschenduft genau zu erfassen, der ihn während seines Mitternachtsimbisses aus Flusskrebsen und -muscheln aufgerüttelt hatte. Es gab, wie Kit nun begriff, vier von ihnen: eine Mutter und drei halbwüchsige Jungen. Und da er es nicht gewusst hatte, war ihm der größte grundlegende Fehler unterlaufen, den man in der Wildnis machen konnte – exakt die Regelüberschreitung, vor der jedes Schulkind bei einem Ausflug ins Grüne gewarnt wurde: sich niemals zwischen eine Mutter und ihre Jungen zu begeben.

Als der Bär seinen Geruch erfasste, stieß er einen halb unterdrückten Warnlaut aus und blieb regungslos stehen. Als Reaktion auf das Gebelfer des Jungen schnellte ein paar Dutzend Schritte von ihm entfernt zwischen den Felsblöcken der Kopf des Muttertiers hoch. Die große dunkle Schnauze schwang erst in die eine und dann in die andere Richtung, während die Kreatur mit zuckenden Nasenflügeln Kit ortete. Dann stellte sie sich auf die Hinterbeine, breitete ihre gewaltigen Vorderbeine aus, öffnete den mit spitzen Zähnen bewehrten Rachen und stieß ein Gebrüll aus, das so markerschütternd war, dass Kit glaubte, die Sterne könnten vom Himmel stürzen. Das raue, wilde Knurren eines in Wut versetzten Fleischfressers fuhr Kit in die Eingeweide, und die Schließmuskulatur lockerte sich, sodass die Bärin augenblicklich einen neuen und stechenderen Geruch wahrnahm, dem sie folgen konnte.

Die große Bestie schlurfte auf ihren Hinterbeinen vor, was Kit jedoch nicht sah, weil er inzwischen verzweifelt nach einem Baum Ausschau hielt, auf den er klettern konnte. Unglücklicherweise standen die einzigen Bäume, die nahe genug waren, um ihm ausreichend Schutz zu bieten, hinter der Bärin, die gerade in diesem Moment ihre Kräfte für einen Angriff sammelte. Als das Tier erneut brüllte, war Kit bereits auf dem Rückzug: Er bewegte sich rückwärts auf den, wie er meinte, schützenden Wald hinter ihm zu – der allerdings viel zu weit hinter ihm war.

Doch es gab keine bessere Option für ihn. Er drehte sich um, und innerhalb von drei Schritten hatte er mit rudernden Armen die Flucht angetreten.

Kit rannte mit der selbstvergessenen Hingabe eines wahrhaft Verzweifelten. Er kletterte über große und kleine Felsen; er stolperte, platschte in Pfützen, stieß sich Knie und Schienbeine an; immer wieder rappelte er sich auf und mühte sich über den unebenen, tückischen Untergrund. Die Bärin hatte nicht mit solchen Schwierigkeiten zu kämpfen. Sie stürmte nach vorn mit der Schwungkraft eines außer Kontrolle geratenen Güterzuges; mit jedem Schritt nahm sie mehr Fahrt auf. Und die kleineren Bären beteiligten sich an der Jagd.

Ein paar Hundert Schritte entfernt schimmerte eine Gruppe schlanker weißer Birken im Mondlicht. Wenn er es bis zu diesem Wäldchen schaffen könnte – so stellte Kit sich vor –, könnte es vielleicht die Geschwindigkeit der Tiere so lange drosseln, dass er Zeit hatte, einen Baum zu finden, der groß genug war, um auf ihn hochzuflüchten. Er sog die Luft in sich hinein, trieb sich zu noch größerer Eile an und zwang mehr Kraft in seine Beine und mehr Beweglichkeit in seine Füße. Und für einen Moment schien es, als ob er tatsächlich gegenüber den ihn verfolgenden Bestien Boden gutmachen würde.

Doch wie groß auch immer der imaginierte Vorteil, an dem Kit sich erfreut hatte, gewesen sein mochte – er wurde leider augenblicklich verloren. Während er über den unebenen Boden dahinjagte, rutschte er mit dem Fuß über einem glitschigen moosbewachsenen Stein aus und stürzte schwer; mit dem Kinn voran prallte er auf die Steine am Flussufer. Die Bärenmutter war über ihm, bevor er wieder aufstehen konnte. Auf dem Rücken liegend, blickte er zur Bestie empor, während er sich wand und krümmte, mit den Füßen um sich trat und kreischte, als könnte er dadurch das wütende Tier vertreiben.

Die Bärin sah, dass ihre Beute hilflos vor ihr auf dem Boden lag, und bäumte sich für den letzten Angriff auf – mit weit aufgerissenem Rachen und ausgestreckten Krallen. In einem weiten Bogen holte sie mit einer ihrer großen, tödlichen Pranken aus. Kit sah den Schlag voraus und rollte sich schnell zur Seite; mit knapper Not vermied er so, dass ihm der ganze Bauch aufgerissen wurde.

Er schrie weiter und trat blindlings aus. Mit der Schuhspitze traf er ein Bein, das so fest wie ein Baumstamm war.

Erstaunlicherweise schien der Tritt die Bärin zu verwirren. Sie hielt mitten in der Bewegung inne – sie holte gerade zu einem weiteren Schlag aus – und schüttelte ihren zottigen Kopf. Ermutigt durch den ungerechtfertigten Erfolg, trat Kit erneut zu. Der Schlag wurde begleitet von einem dumpfen, irgendwie nach Fleisch klingenden Geräusch. Die Bärin bäumte sich nach hinten auf.

Bevor Kit ein weiteres Mal zutreten konnte, war erneut ein dumpfes Geräusch zu vernehmen, das sich sogleich ein weiteres

Mal wiederholte. Die Bärin schlug in die Luft, während rundherum faustgroße Steine herabzuregnen begannen. Sie flogen knüppeldick heran und klatschten gnadenlos gegen den massigen Körper des Tieres: Manche streiften die Bestie nur, etliche trafen sie genau und prallten von ihr ab.

Verwirrt taumelte die Bärin zurück. Kit vernahm plötzlich einen lauten Schrei hinter sich und drehte sogleich den Kopf herum: Er sah, wie drei Urmenschen aus dem Birkenwäldchen hervorbrachen; in ihren Händen hielten sie faustgroße Flusssteine. Während sie herbeirannten, warfen sie mit unfehlbarer Genauigkeit die Steine – zu Kits Zufriedenheit traf jedes Geschoss hörbar sein Ziel –, hoben immer wieder neue auf und gaben laute Schreie von sich.

Die große, grimmige Bestie duckte sich angesichts dieses Angriffs. Nachdem sie einige Male an Kopf und Brust getroffen worden war, drehte sie sich um, ließ sich auf alle viere nieder und trat schnell den Rückzug an. Unterdessen stieß sie Laute aus, mit denen sie ihren Jungen zu verstehen gab, ihr zu folgen. Die jungen Bären warteten nicht ab, bis die Steine auch auf sie herabzustürzen begannen. Sie flitzten hinter ihrer Mutter her, wobei sie die ganze Zeit jammernde Töne von sich gaben.

Dann drängten sich Hände unter die Schultern von Kit, packten ihn unter den Achseln und zogen ihn hoch auf die Füße. Während zwei der Urmenschen weitergingen und damit fortfuhren, Steine auf die fliehenden Bären zu werfen, klopfte der dritte – es war Großer Jäger – vorsichtig Kits Körper ab, als ob er nach Wunden tasten würde.

»Ich bin okay«, erklärte Kit, obwohl er nur allzu gut wusste, dass man ihn nicht verstehen würde. »Ich habe nur ein wenig Haut verloren. Ist schon okay.« Er fasste die kräftige Hand an. »Ich bin in Ordnung.«

Diese Worte führten zu einer Antwort von Großer Jäger, der nun aufhörte, Kit zu betatschen. »*Gangor*«, sagte er klar und deutlich; seine Stimme kam von irgendwo tief aus seinem Innern.

Es war das erste Wort – falls es sich wirklich um ein Wort handelte –, das Kit verstand.

Großer Jäger sprach es erneut und zeigte dabei auf die Bären.

»*Gang-or*«, sagte nun auch Kit, der dabei versuchte, die Laute dieses Worts so getreu zu wiederholen, wie es ihm nur möglich war.

Die Augen von Großer Jäger weiteten sich vor Verblüffung und Freude. Er rief die beiden anderen Urmenschen, und als sie zurückgekehrt waren und sich wieder zu ihm gesellt hatten, sprach er das Wort ein weiteres Mal aus und blickte dabei voller Erwartung auf Kit.

Kit entsprach bereitwillig dem Wunsch. »*Gangor.*«

Das Wort hatte eine elektrisierende Wirkung. Alle drei Urmenschen begannen gleichzeitig zu schwatzen und tätschelten ihn: Sie streichelten ihn wie einen Hund, der gerade einen neuen Trick gelernt hatte.

Kit ertrug gelassen dieses begeisterte Stoßen. »Nein, wirklich; das war doch gar nichts«, erklärte er ihnen. Dann wandte er sich Großer Jäger zu und drückte ihm die Hand. »Danke schön.« Er blickte in die bärtigen Gesichter um ihn herum, und mit der größten Ernsthaftigkeit, die er aufbringen konnte, sagte er: »Ein Dankeschön an euch alle, dass ihr mich gerettet habt.«

Damit war der feierliche Moment zu Ende, und die Urmenschen machten sich auf den Weg zurück zur Siedlung. Durch Stupsen und andere Gesten gaben sie Kit zu verstehen, dass sie erwarteten, er würde sich zu ihnen gesellen. Doch Kit hatte eine bessere Idee.

»Nein, wartet!«, rief er beharrlich und stemmte die Füße in den Boden, als sie ihn mit sich zerren wollten. Dann schritt er rasch hinter den nächsten Busch, entledigte sich seiner schmutzigen Unterwäsche und ließ sie mit einigem Bedauern zurück. Er wusch sich, so gut er es vermochte, in dem flachen Fluss und tauchte hinter dem Busch wieder hervor, um sich den dreien wieder anzuschließen. Er zeigte mit dem Finger das Tal hoch, wies auf die gestaffelten Felsvorsprünge der Schlucht und erklärte: »Ich muss da etwas überprüfen.« Er wusste nur allzu gut, dass es nicht die geringste Chance gab, von irgendeinem der anderen verstanden zu werden. Doch das Sprechen war eine Erleichterung; zudem hegte er die freilich geringe Hoffnung, dass es ihm vielleicht gelingen würde, sie dazu zu bringen, ihn zu verstehen: etwa in der Art britischer Touristen im Ausland, die die Sprache der Einheimischen nicht kannten und einfach Englisch redeten – nur eben laut. »Da oben. Ich muss dorthin gehen. Es wird nicht mehr als eine Minute dauern.« Kit breitete seine Arme aus und beschrieb mit ihnen einen Kreis, der sie alle umschloss. »Ihr könnt mit mir kommen. Ich hoffe wirklich, dass ihr euch dazu entschließt.« Er drehte sich um und zeigte ihnen pantomimisch, wie er aufbrach. »Los!« Er bewegte seinen Arm in einem weiten Bogen, als ob er den Start zu einem Marathonlauf verkünden würde. »Auf geht's, Burschen!«

Er ging ein halbes Dutzend Schritte und blickte dann zurück: Die anderen standen immer noch dort und beobachteten ihn. Plötzlich hatte er einen Gedankenblitz, und Kit vollführte die seltsame Geste, die gestern Großer Jäger ihm gegenüber gemacht hatte – die »Komm mit!«-Bewegung mit der gebogenen Hand. Großer Jäger gab einen einzelnen grunzenden Befehlston von sich und begann, Kit zu folgen, und die beiden anderen kamen hinterher. Während sie spazierten, hellte sich der Himmel auf. Kit war froh, als er feststellte, dass er sich an diesen Abschnitt der Schlucht erinnern konnte. Das Ziel vor Augen, ging er weiter, und jedes Mal wenn er sich umdrehte, trieb er seine neuen Freunde an.

Die Sonne ging auf, als sie die Schneise erreichten, die Kit als den Ley-Pfad wiedererkannte, der hinab ins Tal führte. »Hier ist es!«, rief er aus und zeigte wie wild auf den langen, schrägen Hang. »Dies ist der Ort!«

Er inszenierte eine solche Show, um seine Aufregung zu zeigen, dass die Urmenschen angesichts seines merkwürdigen Verhaltens verwirrt dastanden und sich murmelnd miteinander unterhielten. »Wartet hier!«, wies er sie an, streckte die Hände vor sich aus und senkte sie nach unten. »Wartet nur direkt hier.«

Nach diesen Worten drehte er sich um und begann, den Pfad hochzumarschieren. Doch sein Gefolge schritt hinter ihm her, und so musste Kit die »Sich nicht vom Fleck rühren«-Geste so lange wiederholen – so wie man sie für einen Hund machen würde, der entschlossen war, seinem Herrn zu folgen –, bis die anderen zu guter

Letzt die Botschaft verstanden. Sobald er sich von ihnen abgewandt hatte, nahm er die Ley-Lampe aus der Tasche und überprüfte rasch den Ort. Die Vorrichtung war tot. Keine Wärme. Keine kleinen Lichter. Überhaupt nichts, was darauf hinwies, der Ley könnte aktiv sein.

Kit kam der Gedanke, dass in der letzten Zeit das Instrument vielleicht zu oft Stöße erlitten hatte und durcheinandergerüttelt worden war, weshalb es nicht mehr funktionierte. Daher schob er es in die Tasche zurück und versuchte es mit einer anderen Methode: Er lief ein paar Schritte mitten auf dem Ley und achtete darauf, ob er etwas an seiner Haut spürte. Doch als sich kein Gefühl des Prickelns einstellte, blieb er stehen. Er holte tief Luft, bemühte sich, einen klaren Verstand zu bekommen, und begann dann, mit wohlüberlegten Schritten den schrägen Ley rasch hinaufzugehen. Er war voller Zuversicht, dass er nun aus dieser Welt hinausbefördert würde.

Erneut wurde seine Erwartung zunichte gemacht. Kit schloss seine Augen und versuchte es ein weiteres Mal. Doch als er die Augen wieder öffnete, stellte er fest, dass er sich noch immer am selben Ort, in derselben Welt und zur selben Zeit dort aufhielt. Wenn er überhaupt »gereist« war, dann waren es nur die paar Schritte zwischen dem Punkt, wo er gestartet war, und der Stelle, wo er angehalten hatte. Nun wurde er immer frustrierter und ein wenig verzweifelt. In rascher Abfolge führte er noch drei weitere Versuche durch, bevor er sich schließlich seine Niederlage eingestand. Der Ley war nicht offen und auch nicht aktiv.

Er gab auf und ging nach unten ins Tal zurück, um sich den wartenden Urmenschen wieder anzuschließen; während sie ihn beobachteten, lag auf ihren breiten, haarigen Gesichtern unbestreitbar ein Ausdruck von Sorge. »Tut mir leid, dass ich euch alle hier habe warten lassen«, entschuldigte sich Kit. »Ich werde es später erneut versuchen.«

In den nächsten Tagen versuchte er es tatsächlich wieder, und zwar insgesamt vier Mal – zwei weitere Versuche am Morgen und zwei am Abend. Und jedes Mal nahm er den anstrengenden Marsch von dem Ort, den er inzwischen Fluss-Stadt-Lager nannte, zum Ley auf sich. Vier Mal – und stets mit keinem besseren Ergebnis als vorher. Obwohl er sich gegen die Idee zur Wehr setzte, dass er nun hier gefangen war, musste er sich eingestehen, dass irgendetwas sehr schiefgegangen war. Um sich die Verzweiflung vom Leib zu halten, widmete er sich der Beobachtung seiner kleinen Gemeinschaft von Urmenschen; und die ganze Zeit über versuchte er sich daran zu erinnern, was er über die Steinzeit wusste.

Seine Kenntnisse darüber stammten, wie bei den meisten Leuten, aus Witzen und zweitklassigen Filmen. Waren dies die Höhlenmenschen aus den berühmten Zeichentrickfilmen? Waren sie die plumpen Dummköpfe, die auf die Jagd nach solchen Lebewesen wie Mastodonten, »Dire«-Wölfen und Riesenfaultieren gingen? Waren sie Untermenschen und Monster, die sich in einer Welt aus Dinosauriern und speienden Vulkanen auf scheußliche und bestialische Weise durchschlugen? Waren sie stark behaarte, einsilbige Höhlenbewohner, die in Bodenlöchern hausten? Waren sie wirklich irgendetwas von all dem?

Die erste Entdeckung, die Kit überraschte, war, dass er sie in seinen Gedanken nicht mehr länger als Primitive zu betrachten vermochte – und sie noch viel weniger als bloße Geschöpfe bezeichnen konnte. Seit der Nacht, in der sie ihr eigenes Leben riskiert hatten, um ihn vor der Bärin zu retten, waren sie in seinen Augen Menschen – wenn auch von einer fremden Rasse und Art. Kit verbrachte einen beträchtlichen Teil seiner Zeit damit, die blutsverwandtschaftlichen Beziehungen und die Hierarchie zwischen den Mitgliedern des Fluss-Stadt-Clans zu bestimmen. Großer Jäger schien der Häuptling zu sein, obwohl er nicht der Älteste war; es gab zwei Frauen, die nach Kits Einschätzung die ältesten Mitglieder dieser Gruppe aus sechzehn Individuen waren. Das Alter dieser Menschen lag zwischen drei, vier Jahren und ... nun, wie alt auch immer diese beiden Frauen sein mochten. Sie sahen jedenfalls aus wie sechzig oder siebzig. Doch aufgrund der Entbehrungen eines harten, arbeitsreichen Lebens als Sammler und Jäger, das diese Menschen führten, bezweifelte Kit, dass die Greisinnen und Greise auch nur annähernd so alt waren.

Der Clan bestand aus sieben männlichen und neun weiblichen Mitgliedern. Abgesehen von primären Geschlechtsmerkmalen wie Bärte und Brüste unterschieden sich die Männer und Frauen in ihrem Aussehen nur wenig: Beide Geschlechter waren von untersetzter, muskulöser Statur, dick und stämmig; beide hatten mehr oder weniger die gleiche Körperlänge, wobei die Männer im Durchschnitt nur ein weniger größer waren und Frauen ein bisschen weniger massig; beide waren in die gleichen Felle und Pelze gekleidet – einige der Frauen zogen es vor, ihre Brüste besonders zu bedecken, andere taten es nicht –; beide besaßen die gleichen langen, dunklen, groben, drahtigen Haare, die sie entweder zu dicken, seilähnlichen Zöpfen flochten oder mit Lederstreifen zusammenbanden, in die sie interessante Blätter, Federn oder andere Gegenstände steckten, die sie aufgefunden hatten.

Während erst Tage und dann Wochen verstrichen, erwarb Kit ein umfassenderes Verständnis ihrer Verhaltensweisen und ihrer Mittel zum Überleben. Die Welt war ihre Speisekammer, und sie aßen, was auch immer ihnen in die Hände fiel; vieles schlangen sie hinunter, was Kit nie und nimmer über seine Lippen bekommen würde – wie Insekten und Würmer inklusive Larven. Meistens aßen sie mit den Fingern, nutzten allerdings Stöcke, um rohes Fleisch im Feuer zu braten. Doch das, was sie sich vor allem schmecken ließen, war das Mark aus den dickeren Knochen der größeren Tiere, die sie jagten.

Eines Tages kehrte die Jagdgesellschaft mit einer erlegten Antilope oder einem Schaf zurück – Kit konnte nicht mehr erkennen, um welche Art von Tier es sich handelte, weil sie die Beute bereits ausgeweidet und gehäutet hatten. Die Innereien waren weit entfernt zurückgelassen worden, damit ihr Geruch keine Raubtiere zum Lager lockte. Der Tierkadaver wurde mit großen Faustkeilen aus Feuerstein grob geviertelt und dann in kleinere Stücke geschnitten, die man auf Schilfrohr-Spieße steckte. Später, als das Fleisch briet, wurde ein besonderer »Knack«-Stein geholt, auf dem man die größeren Knochen fachmännisch aufbrach, um auf die dunkle, geleeartige Leckerei zugreifen zu können. Kit schaute genau zu, als die Gaumenfreude verteilt wurde: Großer Jäger erhielt als

Erster seinen Anteil und dann der Reihe nach die anderen. Obwohl ein, zwei Leute größere Stücke als die anderen bekamen, schien sich keiner darüber zu beklagen. Auch Kit wurde eine Portion angeboten.

Er ahmte das Verhalten der Stammesangehörigen nach und hob das zerbrochene Knochenstück an seine Lippen, um daran zu saugen. Die geronnene Substanz schmeckte nach Blut und Fleisch. Obwohl es nicht unbedingt widerwärtig und in vielerlei Hinsicht zweifellos gesund war, konnte er nicht die gleiche Begeisterung dafür aufbringen wie augenscheinlich die Stammesmitglieder. Aus Gründen der Höflichkeit aß er etwas davon, doch er fragte nicht nach mehr.

Die größtenteils aus Fleisch bestehende Ernährung des Stammes wurde ergänzt durch Wurzeln, Beeren und verschiedenes Grünzeug, das Kit zumeist gefiel. Allerdings begann er, einfache Gewürze zu vermissen, insbesondere Salz. Er machte sich im Kopf eine Notiz, diesen Mangel bei der ersten sich bietenden Gelegenheit zu beheben. Doch alles in allem aßen sie zu Genüge – an einigen Tagen mehr, an anderen weniger, was vom jeweiligen Jagdglück abhing. Kit schätzte, dass er bei dieser primitiven Ernährungsweise zwar nicht fett würde, aber auch nicht hungern musste.

Eines der faszinierenderen Merkmale ihrer Gesellschaft war die Tatsache, dass sie sehr ruhig sein konnten – und es in den meisten Fällen auch waren. Sie konnten sprechen, doch für gewöhnlich wurden sie nur dann redselig, wenn sie sich aufregten. Einmal fiel Kit ein Tag auf, an dem keiner von ihnen auch nur einmal redete. Von dem Augenblick an, als er am Morgen die Augen öffnete, bis zu dem Moment, als er am Abend ins Bett kroch, gab es nicht eine einzige stimmliche Äußerung. Lange Zeit wunderte er sich darüber, bis ihm der Gedanke kam, dass es sich hierbei um eine grundlegende Überlebenstaktik handelte – ein angeborener Trieb, keine unerwünschte Aufmerksamkeit durch vorbeiziehende Raubtiere auf sich zu lenken. Trotz dieser angeborenen Verschwiegenheit waren sie in anderer Weise sehr kommunikativ: Sie verfügten über ein sehr großes Repertoire an Gesichtsausdrücken, das einen professionellen Pantomimen mit Stolz erfüllt hätte. Dazu kam ein umfangreiches Spektrum an Gesten, das beinahe einer Zeichensprache gleichkam. In Kombination miteinander waren Gesichtsausdrücke und Gesten häufig vollkommen ausreichend, um überraschend komplexe Mitteilungen weiterzugeben.

Aber das war noch nicht alles. Schon in den ersten paar Tagen bemerkte Kit, dass jedes Mitglied des Stammes ein unheimliches, instinktives Einfühlungsvermögen für die anderen zu besitzen schien – einen sechsten Sinn, der ihnen mitteilte, was die anderen gerade dachten. Zuerst hatte Kit geglaubt, dies sei auf die Tatsache zurückzuführen, dass sie so nah zusammenlebten und in einer solchen Harmonie miteinander waren: Auf diese Weise hätten sie einfach ein fundamentales Verständnis füreinander entwickelt, sodass sie Worte nicht benötigten. Doch im Verlaufe der Zeit bemerkte er, dass es etwas wesentlich Subtileres und Spezifischeres als das war: Es handelte sich um eine Art von Telepathie. Als Kit sie besser kennengelernt hatte, gelangte er zu der Auffassung, dass der Stamm nicht so viel sprach, weil jeder von ihnen instinktiv wusste, was alle anderen gerade dachten.

Die mächtigste Demonstration dieses Phänomens geschah eines späten Nachmittags. Die Abenddämmerung senkte sich früh über dem Lager nieder, und einige Frauen hackten gerade eine Wildschweinkeule klein, um das Braten vorzubereiten, während ein paar Männer Feuersteine bearbeiteten, um Schabmesser und Beilklingen herzustellen. Jeder war geschäftig und arbeitete still vor sich hin, als urplötzlich einer der Männer seinen Feuerstein fallen ließ und aufstand. Augenblicklich gesellten sich drei Frauen zu ihm. Nicht ein einziges Wort wurde gesprochen – nicht einmal ein Grunzlaut von sich gegeben –, doch alle vier verschwanden wie auf Kommando im Wald. Diejenigen, die zurückgeblieben waren, hörten ebenfalls mit ihrer Arbeit auf und begannen stattdessen, in der Nähe des Feuerrings ein Bett aus frisch abgeschnittenem Schilf und Binsen herzurichten.

Fasziniert beobachtete Kit, wie sie das Schilf aufhäuften und dann mit Häuten bedeckten; danach entzündeten sie das Feuer –

eindeutig in Erwartung von etwas, das gleich stattfinden würde. Und tatsächlich: Nur wenige Minuten später kehrte die kleine Gruppe zurück, die in den Wald gegangen war, und trug einen der jüngeren Männer ins Lager. Er war zerkratzt und blutete; offenkundig hatte er Verletzungen davongetragen. Sie legten ihn auf das Schilfbett und pflegten ihn die ganze Nacht durch.

All das spielte sich ab, ohne dass auch nur eine einzige Silbe geflüstert wurde. Je mehr Kit darüber nachdachte, desto überzeugter war er von Folgendem: In dem Augenblick, als der junge Mann verletzt wurde, wussten alle anderen sofort, dass er in Schwierigkeiten war, und retteten ihn umgehend. Sie wussten es einfach ...

Doch so außergewöhnlich dies auch war – das, was Kit am meisten beeindruckte, war die Tatsache, dass sie sehr sanftmütig miteinander umgingen. Während der ersten Tage bei ihnen wurde er nicht ein einziges Mal Zeuge von wütendem oder aggressivem Verhalten. Sie schienen sich wirklich sehr gut zu vertragen – falls sie es nicht geradezu genossen, zusammen zu sein. Die Älteren waren eindeutig vernarrt in die Jüngeren, was sich ganz besonders im Lager zeigte. Den Kleinsten des Stammes war es nicht erlaubt, allzu weit in den angrenzenden Wald zu spazieren, es sei denn, ein Erwachsener war im Schlepptau.

Selbstverständlich gab es noch vieles über sie zu lernen, doch Kit war zufrieden damit, was er im Alltag auf natürliche Weise in Erfahrung zu bringen vermochte. Unterdessen bemühte er sich, ein guter Gast zu sein und seine Gastgeber nicht zu ärgern oder durch seine Gegenwart zu belästigen. Gleichwohl schienen die Mitglieder des Stammes ebenso von ihm fasziniert zu sein wie er von ihnen. Sie verpassten ihrerseits nichts, was er tat, und verfolgten jede seiner Bewegungen – von der Art und Weise, wie er seine Hände und sein Gesicht wusch, über das Putzen seiner Zähne mit zerkauten Haselnusszweigen bis hin zum Ausziehen der Schuhe vor dem Schlafengehen: Und jede dieser Tätigkeiten hatte großes Aufsehen erzeugt, als er sie zum ersten Mal ausgeführt hatte.

Die jüngeren Mitglieder des Stammes versuchten, ihn zu imitieren, die älteren beobachteten ihn bloß aus höflicher Entfernung.

Und das, was den Clan am meisten erheiterte, war Kits Versuch, seine Kleidung zu waschen.

Eines Morgens erwachte er mit dem Bewusstsein der Tatsache, dass sowohl sein Hemd als auch seine Hose schmutzig waren und dass er sich selbst seit mehr Tagen, als er zu denken wagte, nicht mehr richtig gewaschen hatte. Und so traf Kit den Entschluss, dass die Zeit gekommen war, den Sprung ins tiefe Wasser zu wagen – und zwar buchstäblich. Er begab sich zum Fluss und fand eine Stelle, von der er annahm, dass sie abgelegen war und hier das Wasser tief und langsam strömte. Dann watete er dorthin, tauchte ein und schwamm ein wenig umher. Er bewegte sich auf und nieder, um seine Kleidungsstücke gründlich einzuweichen. Anschließend watete er zum Ufer zurück und zog sich aus.

All das Planschen im Wasser hatte natürlich eine kleine Menschenmenge angelockt, und schon bald war er Gegenstand intensiver Beobachtung. Denn obwohl sie verstanden, dass seine Kleidung dieselbe Funktion hatte wie ihre – auch wenn sie unterschiedlich waren –, reagierten die Jüngeren mit der gleichen Mischung aus Faszination und Abscheu, die er wohl empfände, falls er einen Geschäftsmann sähe, der wie eine Schlange seine Haut abstoßen würde. Sie schwatzten aufgeregt durcheinander, als sie das erste Mal seine extrem weiße, haarlose Haut sahen: Kit zumindest vermutete, dass es das war, was ihnen an ihm besonders auffiel, und nicht sein alltäglicher und völlig unscheinbarer Körperbau.

Trotz seiner ursprünglichen Bedenken stellte er fest, dass es ihm nichts ausmachte, vor den Augen des Stammes nackt zu sein – noch weniger als ein Bauer sich scheuen mochte, wenn er vom Scheunenhofvieh nackt ertappt wurde. Es hatte nichts damit zu tun, dass er sie gerade in Gedanken mit Vieh verglichen hatte; vielmehr war das Gefühl, unterschiedlichen Spezies anzugehören, so groß, dass es ihn einfach nicht mehr kümmerte, sobald er sich aus dem klatschnassen Hemd und der triefenden Hose herausgewunden hatte und beide gegen die glatten, flachen Flusssteine schlug.

Auf jeden Fall erwies sich die Übung als leidlich erfolgreich: Nachdem seine Kleidungsstücke auf einem von der Sonne beschienenen Busch getrocknet waren, schienen sie frischer, wenn nicht gar sauberer zu sein. Doch während er am Flussufer in der Sonne lag, fühlte er die Kühle, die selbst an den wärmsten Tagen oft in der Luft zu spüren war; und da wusste er, dass er sich an dem letzten Atemzug eines wunderbaren Herbstes erfreute. Die Tage wurden schon kürzer, die Nächte stetig kälter. Inzwischen enthielt die Morgenluft oft eine eisige Note, und die Tage waren wolkenverhangen. Er fragte sich, was der Fluss-Stadt-Clan mit Blick auf den Winter zu unternehmen gedachte – wohin würden sie gehen? Er glaubte nicht, dass sie einfach weiterhin am Fluss lagern würden.

Und er sollte recht behalten.

Worin eine vernünftige Vorgehensweise vorgeschlagen wird

*H*errschaft nochmal – *warum, o warum nur, können nicht alle nur einmal das machen, was man ihnen gesagt hat?* Wilhelmina tippte nervös mit dem Fuß auf den Boden und starrte düster den leeren Pfad hinunter. Kein Kit. Dabei sollte er doch hier sein. Ihre Anweisungen waren einfach, konkret und klar gewesen: Rühr dich nicht vom Fleck. Geh nicht weg! Warte auf die Rettung.

War das etwa zu viel verlangt?

Okay, Giles' Verwundung bedeutete eine Störung des Plans. Es hatte zugegebenermaßen eine Menge gekostet, um das wieder in Ordnung zu bringen – ganz zu schweigen davon, dass sie dabei ihre sorgfältig aufrechterhaltene Tarnung aufs Spiel gesetzt hatte –; und dadurch war alles beträchtlich verzögert worden. Aber das war keine Entschuldigung für Kit, einfach fortzugehen, da sie ihm ausdrücklich gesagt hatte, er dürfe sich kein bisschen fortbewegen.

Aber hätte Kit das hinbekommen können? Verdammt, das hätte er können!

Sie entschied, noch weitere fünfzehn Minuten zu warten. Wenn Kit bis dahin nicht auftauchte, würde sie ihre gegenwärtige Zeitposition aufgeben und eine andere versuchen müssen. Dieser bestimmte Ley hier, der ins Tal hinabführte, war absolut zuverlässig. Bei all ihren Experimenten, durch die sie die Stränge des Ley-Reisens gelernt, ihre Technik trainiert und die Planung des Ziels geübt hatte – und wo es hauptsächlich nur darum gegangen war, erst einmal die unglaubliche Möglichkeit zu begreifen versuchen, einfach

kurz von einer Welt in die andere zu gehen … Bei all diesen anfänglichen Testläufen war sie zu der Ansicht gelangt, dass der Großes-
Tal-Ley, so hatte sie ihn genannt, ziemlich unkompliziert war. Sein
Zeitfenster schien begrenzt zu sein, und es gab nicht viele Verzwei-
gungen und Gabelungen – oder was auch immer das waren –, die zu
anderen Orten in anderen Universen wegführten. Dieser Ley war
nur ein einfacher, geradliniger Durchgang: wie eine breite, gut über-
schaubare Autobahn.

Wenn es Kit also bis zum Ley geschafft hatte, der vor ihm und den
Verfolgern gewesen war – warum zum Teufel war er nicht da und
wartete auf sie?

Die einzige Erklärung war, dass Kit den Pfad verlassen hatte und
irgendwohin ins Tal gegangen war. Ihn dort zu suchen, würde eine
lästige Arbeit sein, und im Moment war sie nicht darauf vorbereitet,
eine solche Suche durchzuführen. Sie blickte hinab auf den glatten,
verzierten Gegenstand, der ihre Hand ausfüllte: die neue Ley-Lampe,
die Rosenkreuz für sie hergestellt hatte. Obwohl sie in etwa die gleiche Größe und Form wie das Vorgängermodell besaß, wies sie einige
Verbesserungen auf; und Mina freute sich schon darauf, dass sie die
meisten davon bald ausprobieren würde. Der Hauptunterschied
beim neuen Modell war eine zweite Reihe kleiner Lichter, die, wie
man ihr gesagt hatte, in Gegenwart eines gesuchten Reisenden von
Gelb zu Rot leuchtete. Der junge Alchemist hatte angeboten, die
Funktionsweise des Geräts zu erklären, doch angesichts dessen, was
alles los war, hatte sie dafür weder Zeit noch Lust gehabt.

Jedenfalls war es ihr gelungen, dafür zu sorgen, dass Giles verbunden, medizinisch behandelt und versteckt worden war. Und
Burleigh hatte nicht spitzgekriegt, dass sie mit den beiden Flücht-
lingen unter einer Decke steckte. Lady Fayth, eine bereitwillige
Komplizin, hatte ihr dabei geholfen – zwar unabsichtlich, jedoch
zwangsläufig. Wenn Haven das volle Ausmaß von Wilhelminas
Verwicklung gewusst hätte, wäre sie vielleicht nicht eine so eifrige
Mitarbeiterin gewesen. Und wenn sich die Dinge anders entwickelt
hätten, wäre Mina gezwungen gewesen, sich Kit und Giles auf der
Flucht anzuschließen. Doch die junge Dame hatte Ruhe bewahrt

und Wilhelminas riskantes Spiel voll und ganz unterstützt, als es darauf ankam.

Nun warf Mina doch noch einen weiteren sehnsüchtigen Blick den Pfad hinunter. Anschließend stieß sie einen verärgerten Seufzer aus und rollte ihre großen braunen Augen, bevor sie den Pfad ins Tal hinuntertrottete. Als sie den Talboden erreichte, blieb sie stehen und rief nach Kit. Sie lauschte, dann wiederholte sie ihre Rufe. Überzeugt davon, dass er geantwortet hätte, wenn er in Hörweite ihrer Stimme gewesen wäre, ging sie weiter, bis sie schließlich zu dem kleinen, halb verlassenen Dorf kam.

Die Siedlung war eine von mehreren, die offenbar von den Landbewohnern dieser Region gegründet und aufgebaut worden waren. Die wenigen Leute, die hier noch lebten, unterhielten Felder an den Flussufern und oben im Hochland. Der Fluss lieferte Wasser für eine Mühle, Ententeiche und ein kleines Fischereigewässer. Mina hatte einige der Bewohner schon getroffen, die sich wiederum daran gewöhnt hatten, sie hin und wieder zu sehen. Es waren einfache, friedfertige Leute, die für sich blieben und Konflikten und Konfrontationen aus dem Weg gingen – was der Grund dafür gewesen war, dass sich Mina wohlgefühlt hatte bei dem Gedanken, Kit und Giles hierherzuschicken. Es wäre unwahrscheinlich gewesen, dass sie bei den Einheimischen Schwierigkeiten bekommen hätten.

Sie spazierte nun durch den Talgrund, wobei sie dem Fluss folgte, und rief immer wieder nach Kit. Doch sie erhielt nie eine Antwort. Nachdem sie eine Meile oder noch mehr in eine Richtung gegangen war, drehte sie um. Sie rief weiter nach Kit, während sie in die andere Richtung marschierte. Als sich die Dunkelheit herabsenkte, beendete sie ihre Suche und kehrte zum Ley zurück. Ein letztes Mal ertönte ihr Ruf nach Kit; sie forderte ihn auf, er solle sich beeilen, sonst würde er seine Rettung verpassen. Sie wartete. Aber wie zuvor erhielt sie keine Antwort.

Sie drehte sich auf dem Absatz um, holte die Ley-Lampe hervor und verließ mit vier schnellen Schritten das Tal, um nach Hause zu gehen.

Als Mina nach Prag zurückkehrte, war die Sonne bereits aufgegangen; ein weiterer Tag hatte begonnen. An den Stadttoren schloss sie sich der kleinen Prozession von Bauern an, die gerade von den Feldern kamen und in Schub- und Eselskarren ihre Erzeugnisse zum Markt brachten. Sie spazierte durch die Altstadt, als auf dem Platz die Tageshändler ihre Verkaufsstände errichteten; sie grüßte diejenigen, die sie kannte, und versprach, später zurückzukommen und etwas zu kaufen. Etzel öffnete gerade das *Große Kaiserliche Kaffeehaus*; er öffnete die Fensterläden und zog die grüne Markise herunter, die sie entworfen hatte und deren Herstellung und Montage von Arnostovi in Auftrag gegeben worden war.

»Guten Morgen, mein Lieber«, zwitscherte sie und gab ihm einen flüchtigen Kuss auf die Wange.

»Ah! Wilhelmina, du bist hier!« Die Erleichterung stand ihm ins runde Gesicht geschrieben. »Ich habe nicht gesehen, dass du letzte Nacht nach Hause gekommen bist – und dazu all die Aufregung. Ich war in Sorge, dass dir irgendetwas passiert sein könnte.«

Sie lächelte und tätschelte beruhigend seinen Arm. »Nichts wird mir passieren. Erinnerst du dich, was ich dir gesagt habe?«

»Wenn ich mich umdrehen und herausfinden sollte, dass du fort bist«, antwortete er, indem er ihre Worte auswendig wiedergab, »dann brauche ich mich nicht zu sorgen. Du wirst immer zurückkommen.«

»Ich werde immer zurückkommen«, bekräftigte sie. Dann gab sie ihm spontan einen weiteren Kuss. Er starrte sie an und blinzelte im frühmorgendlichen Licht. »Das ist ein heiliges Versprechen, Etzel. Ich werde immer zurückkommen.«

»Ja, ich glaube dir«, erwiderte er und senkte scheu seinen Kopf. »Aber manchmal denke ich, es wäre vielleicht besser, wenn ich dir helfen würde bei . . .« – er suchte nach einem passenden Ausdruck – ». . . bei dieser Arbeit, die du machst.«

»Ich weiß, mein Guter«, sagte sie, ließ ihre Hand auf seinem Arm ruhen und fühlte seine Wärme dort. »Vielleicht wirst du mir ja eines Tages helfen. Doch einstweilen gibt es da noch zu viel, was ich nicht verstehe, zu viel, was ich noch lernen muss . . .«

»Ich könnte dir helfen, diese Dinge zu lernen, glaube ich.«

Sie lächelte. »Du hilfst mir doch schon. Du hilfst mir mehr, als du dir möglicherweise vorstellen kannst, nur indem du hier bist, wenn ich zurückkomme.«

»Aber vielleicht –«

»Das ist die Wahrheit, Etzel. Ich brauche dich hier, damit du mein Fels in der Brandung und mein Anker bist. Eines Tages werde ich dir alles über meine andere Arbeit erzählen. Doch einstweilen muss es so bleiben.« Sie blickte ihm eindringlich in die Augen – suggerierte ihm, sie zu verstehen. »Abgemacht?«

»Natürlich, meine Liebe.« Er schenkte ihr ein kleines zerknirschtes Lächeln. »Wenn es das ist, was du möchtest. Du weißt doch: Ich kann dir nichts abschlagen.«

Sie gab ihm einen leichten Klaps auf den Arm. »Und ich werde versuchen, dich niemals um etwas zu bitten, das du mir nicht bereitwillig geben würdest.« Mina ging zur Tür ihres Geschäfts. »Ich bin ausgehungert. Ich könnte ein ganzes Pferd essen – von den Nüstern bis zum Schwanz.«

»Es gibt frisch gebackenes Brot und eine gute Wurst«, informierte sie Engelbert, der mit seiner Arbeit fortfuhr, den schweren Markisenstoff hinunterzuziehen und auszubreiten. »Ich werde mich dir anschließen, wenn ich das hier beendet habe.«

Auf ihrem Weg durch das Kaffeehaus blieb Mina in der Küche stehen. Dort begrüßte sie die Angestellten und befahl ihnen ihre Arbeiten an. Danach ging sie nach oben, um ihre Kleidung zu wechseln und nach ihrem verletzten Gast zu sehen. Dank ihres raffinierten Eingreifens und der Hilfe von Lady Fayth war Giles nicht nur am Leben geblieben, sondern sicher in Wilhelminas Obhut. Sie hatte keinen Zweifel: Wäre er Burleigh überlassen worden, so würde sich Giles inzwischen die Radieschen von unten ansehen.

»Wollt Ihr wirklich, dass die Stadtmiliz in Euren Geschäften herumschnüffelt?«, hatte sie den Earl gefragt.

»Was geht Euch das an?«, hatte Burleigh erwidert, der voller Streitlust eine drohende Haltung zeigte.

Sie wusste, dass sie sich auf sehr dünnem Eis bewegte; gleichwohl zuckte sie mit den Schultern und antwortete: »Nichts. Ich kenne den Mann überhaupt nicht. Doch ich kenne die Stadtbürokratie. Er ist gesehen worden, und es werden Fragen dazu gestellt. Wenn Ihr ihn tot haben wollt, hättet Ihr ihn töten sollen, als Ihr die Gelegenheit dazu hattet. Jetzt ist es viel zu spät.«

»Sie hat recht«, pflichtete Lady Fayth ihr bei.

Er wandte sich Wilhelmina zu und fragte: »Könnt Ihr Euch um ihn kümmern?«

»Ich?« Sie heuchelte Überraschung. »Ich führe hier ein friedliches Leben. Damit will ich nichts zu tun haben.«

Burleigh blickte sie mit solcher Härte an, dass ihr der Gedanke kam, er hätte ihre List durchschaut. Aber dann zog er sie zur Seite und sagte: »Ich möchte, dass er verschwindet. Erledigt das.«

»Warum sollte ich? Ich habe doch mit allem überhaupt nichts zu tun.«

»Ihr habt hochgestellte Freunde. Ich frage mich, was diese Freunde von Euch sagen würden, wenn sie die Wahrheit über Euch wüssten.« Er warf ihr einen verschlagenen, wissenden Blick zu. »Was würde dann Eurem friedlichen Leben hier passieren?«

»Das würdet Ihr nicht tun.«

»Oh, ich könnte mir alles Mögliche ausdenken und ihnen erzählen.« Seine Augen verengten sich gefährlich. »Wisst Ihr, was sie hier mit Hexen anstellen?«

Wilhelmina biss sich auf die Lippe.

Lady Fayth, die diesen Wortwechsel beobachtet hatte, erklärte: »Giles war bloß der Kutscher meines Onkels. Er weiß nichts. Bitte, Archelaeus, lasst ihn gehen.«

»Also gut«, lenkte der Schwarze Earl ein und wandte sich wieder Wilhelmina zu. »Es kümmert mich nicht, wie Ihr es anstellt; doch ich will, dass er dann fort ist. Verschwunden.«

»Ich hab's verstanden«, entgegnete Wilhelmina gereizt. »Es gefällt mir zwar nicht, doch ich werd's tun.«

Anschließend gingen Burleigh und Lady Fayth fort und hinterließen den Verwundeten Minas Fürsorge. Man hatte Giles, der kaum bei Bewusstsein war, nach oben zu einem der Schlafzimmer getragen; und Mina gesellte sich zu ihm, um seine Verletzungen zu begutachten. Er war durch die Schulter geschossen worden: Die Pistolenkugel war von hinten nach vorne durch die Muskulatur gedrungen, hatte dem Schlüsselbein eine Kerbe zugefügt und seinen Brustmuskel übel zugerichtet. Zum Glück war der Geschossweg so weit oben, dass die Kugel die Lunge und wichtige Arterien verfehlt hatte. Mina glaubte nicht, dass er eine Bleivergiftung erleiden würde, da die Pistolenkugel aus der Wunde wieder ausgetreten war. Dennoch könnte er durchaus infolge einer septischen Infektion sterben, wenn es ihr nicht gelänge, die Wunde sauber zu halten. Hierfür holte sie eine große Menge von Engelberts hervorragendem Schnaps und weichte darin Giles' Verbände ein. Außerdem gab sie ihm einen Schluck Laudanum, um die Schmerzen zu lindern und ihn einzuschläfern. Als dann der Verwundete in den Schlaf geglitten war, hatte sie sich aufgemacht, um auch Kit nach Hause zu bringen.

Wilhelmina stellte sich nun neben das Bett des Kranken und legte die Hand auf seine Stirn; mit einiger Erleichterung stellte sie fest, dass er bisher kein Fieber bekommen hatte. Durch die Berührung begann der Patient sich zu rühren und tauchte aus dem Betäubungsschlaf auf. Für einen Moment war er verwirrt und richtete sich auf. Sofort befiel ihn der Schmerz. Sein Gesicht verzerrte sich, und mit einem Stöhnen fiel er wieder nach hinten.

»Macht es Euch nur bequem«, beruhigte ihn Wilhelmina. »Ihr seid jetzt in Sicherheit. Holt tief Luft.« Sie wartete eine kleine Weile, während er seine Kräfte sammelte. »Ihr seid wirklich nur mit knapper Not entkommen. Ich habe Euch etwas Laudanum gegeben, und Ihr habt geschlafen. Erinnert Ihr Euch, was geschehen ist?«

Er nickte, sein Kopf blieb dabei auf dem Kissen. »Mr. Livingstone ... hat er es geschafft zu fliehen?«

»Kit ist davongekommen. Einige der Stadtleute glauben, sie hätten gesehen, wie er in den Fluss gesprungen sei. Burleigh denkt, dass Kit zur anderen Seite geschwommen sein könnte. Sie haben ihn dort gesucht.«

Giles fuhr mit der Zunge über seine trockenen Lippen.

»Ihr werdet durstig sein. Ich werde Euch etwas Wasser bringen. Habt Ihr starke Schmerzen?«

»Nein, Mylady.« Kraftlos schüttelte er den Kopf.

»Lügner. Ich werde Euch noch etwas Laudanum geben. Es führt dazu, dass Ihr einen schweren Kopf habt, aber es wird Eure Schmerzen betäuben.« Erneut legte sie ihre Hand auf seine Stirn. »Nur keine Sorge. Ihr werdet durchkommen.«

Er beugte seinen Kopf, um zu versuchen, seine Wunde zu sehen; als das nicht klappte, berührte er sie vorsichtig mit seinen Fingerspitzen. Dennoch zuckte er dabei zusammen.

»Ich bin kein Arzt«, sagte Mina. »Aber ich glaube nicht, dass Ihr sehr schwere innere Verletzungen davongetragen habt. Euer Schlüsselbein ist gebrochen – das scheint das Schlimmste von allem zu sein. Einer der besseren Ärzte dieser Stadt kommt jeden Tag ins Kaffeehaus, und ich werde dafür sorgen, dass er hier hereinschaut und sich Euch ansieht, wenn er herkommt.«

»Ist Burleigh immer noch hier?«

»Über den braucht Ihr Euch nicht zu sorgen. Er ist draußen auf der Jagd nach Kit und wird nicht so bald zurückkommen.«

»Und Mr. Livingstone? Wird er hierherkommen?«

»Bald«, versicherte sie ihm rasch, doch dann entschied sie sich, ihm reinen Wein einzuschenken. »Ehrlich gesagt, ich kann es nicht sagen. Ich bin losgegangen, um ihn herzuholen; aber er war nicht an dem Ort, wo er, wie ich ihm gesagt hatte, auf mich warten sollte. Ich weiß nicht, was passiert ist. Wahrscheinlich ist er nur einfach durch die Gegend gewandert. Sobald es mir möglich ist, werde ich dorthin zurückgehen und erneut versuchen, ihn zu finden.« Sie wandte sich zum Gehen um. »Aber jetzt bringe ich Euch erst einmal das Laudanum und etwas Wasser. Ihr solltet Euch ausruhen.«

Er nickte. In dem Moment, als sie aus dem Zimmer ging, rief er ihr leise hinterher: »Ich danke Euch, Miss Wilhelmina.«

»Ihr seid noch nicht aus dem Schneider, also dankt mir jetzt noch nicht. Ihr werdet nicht vollständig in Sicherheit sein, solange Ihr nicht weit weg von hier seid. Wir werden Euch so weit wiederherstellen müssen, dass Ihr reisen könnt.«

»Wohin werde ich gehen?«

»Nach Hause.«

ZWEIUNDDREISSIGSTES KAPITEL

Worin Geheimnisse offen mitgeteilt werden

/ch habe niemals vorgehabt, sie zu verraten«, beharrte Lady Haven Fayth. »Glaubt mir, ich bitte Euch.«

Wilhelmina betrachtete sie voller Zweifel. Es gab vieles, was man an der jungen Frau bewundern konnte – ihre erstaunliche Schönheit, ihren raschen und klaren Verstand, ihre Respekt einflößende Willensstärke. Doch es gab auch vieles, was bei der Dame mit den rostbraunen Haaren förmlich dazu einlud, ihr mit Misstrauen zu begegnen.

Als Mina auf diese vertrauliche Bemerkung nicht reagierte, fuhr Lady Fayth fort: »Wir waren in einer verzweifelten Situation – nein, in einer noch schlimmeren. Der arme Cosimo und mein teurer Onkel Henry waren bereits tot – es gab nichts, was man für sie noch tun konnte –, und wir anderen starben langsam vor Durst. Als der Schwarze Earl sich dazu herabließ, uns zu sehen, überbrachte er bei seiner Ankunft ein Angebot zu überleben. Habt Erbarmen, dass ich unverzüglich die Chance ergriff, damit es sich nicht als Hirngespinst erweisen würde.« Sie drückte Wilhelminas Hand mit großem Ernst und wollte sie unbedingt dazu bringen, ihre Worte als wahr zu akzeptieren. »Es gab keine Zeit für Erklärungen; ich war gezwungen, sofort zu handeln.« Sie runzelte die Stirn, während sie sich dieses schrecklichen Tages entsann. »Kit und Giles waren keine Hilfe – beide waren voller beleidigtem Draufgängertum und beherrscht von einem Bewusstsein der Ehre, das sie zum Untergang verurteilte. Sie waren überhaupt keine Hilfe.«

»Das zumindest glaube ich Euch gern«, räumte Wilhelmina ein. »Aber warum hat Burleigh Euch ausgewählt? Warum Euch und nicht Kit?«

»Ich war für ihn eine flüchtige Bekannte«, erwiderte Haven und fuhr anschließend fort, indem sie erzählte, wie sie vorher schon dem Earl begegnet war, als er gekommen war, um auf Clarivaux nach Sir Henry zu suchen. »Es ergab sich, dass mein Vater ihn zum Abendessen einlud, und so habe ich mit ihm gespeist.« Sie hielt inne und schaute Mina mit flehendem Gesichtsausdruck an. »Im Nachhinein, wenn man alles ganz deutlich sieht, ist mir klar, dass er sich bemühte, meinen Onkel in seine schändlichen Pläne hineinzuziehen; aber damals gab es keinerlei Hinweise darauf. Ganz im Gegenteil sogar.«

»Burleigh ist also in Ägypten aufgekreuzt und hat Euch ein Angebot unterbreitet, das Ihr nicht abschlagen konntet – ist es so?«

»Aber Ihr seht das doch auch so, nicht wahr?«, entgegnete Lady Fayth, als ob Hartnäckigkeit alleine überzeugen könnte. »Es ergab einfach keinen Sinn, dass *wir alle* in jenem Grabmal sterben sollten. Ich erkannte, dass ich – indem ich am Leben bleiben würde – eventuell zurückkehren könnte, um die anderen zu retten. Das – ich versichere es Euch von ganzem Herzen – war meine einzige Hoffnung und meine sehnlichste Absicht.«

»Ihr meint, zurückzukommen und sie zu befreien?«, sagte Wilhelmina voller Skepsis.

Sie saßen im *Großen Kaiserlichen Kaffeehaus* an einem Tisch im hinteren Bereich des Hauses und tranken Kaffee. Es war früher Nachmittag, die träge Zeit des Tages; die Kellnerinnen bedienten die wenigen Kunden, und Etzel machte oben ein Nickerchen.

»Ich hatte die Absicht, zum Grabmal zurückzukehren, sobald ich den schurkischen Klauen des Schwarzen Earls würde entschlüpfen können.«

»Warum habt Ihr das dann nicht gemacht? Warum habt Ihr so lange gewartet?«

»Burleighs Männer«, beeilte sich Haven zu antworten. »Einen Tag nachdem wir das Grab verlassen hatten, kamen die gedungenen Schläger seiner Lordschaft in Karnak an mit der Meldung, die beiden jungen Männer seien gestorben. Die mysteriöse Krankheit im verlassenen Grabmal habe ihren schrecklichen Tribut gefordert, erzählten sie. Ich war am Boden zerstört ... und natürlich untröstlich.«

»Natürlich.«

»Selbstverständlich hatte ich von nichts anderem gewusst, bis ich vor nicht einmal zwei Abenden Kit in genau diesem Kaffeehaus sitzen sah.« Sie schaute über den Tisch hinweg Wilhelmina an; ihr Blick war angemessen reuevoll und offen. »Darüber hinaus kann ich Euch verbürgen, dass Lord Burleigh ebenfalls nichts anderes wusste, bis er von seinen Tagelöhnern über Kits und Giles' Anwesenheit hier in Kenntnis gesetzt wurde.«

Wilhelmina dachte über diese Äußerungen nach. Alles klang plausibel und passte zu dem meisten, was sie bereits wusste. Sie war geneigt, Lady Fayth abzunehmen – wie eigennützig ihr Verhalten auch gewesen sein mochte –, dass sie die Wahrheit erzählte, zumindest insoweit es Kit und Giles betraf. Was ihre Verstrickung mit Burleigh anbelangte, so hegte Mina immer noch Zweifel an der Aufrichtigkeit der jungen Frau.

»Der Schwarze Earl war nicht gerade erfreut über seine Lakaien«, fuhr Haven fort. »Unter Heulen und Zähneknirschen wurden sie der äußeren Finsternis übergeben – wo sie so lange bleiben müssen, bis sie sich aus Sicht Seiner Lordschaft reinwaschen können.«

»Dann nehme ich an, dass wir Euch alle großen Dank schulden, Mylady«, erlaubte sich Wilhelmina zu sagen.

»Bitte nicht doch«, widersprach Haven. »Wir haben Kit verloren, und der arme Giles ist verwundet – das ist kaum ein Ergebnis, das des Lobes oder einer Anerkennung wert ist.«

»Es hätte noch viel, viel schlimmer kommen können«, räumte Wilhelmina ein. »Dank Eurer rechtzeitigen Warnung waren sie in der Lage davonzukommen. Übrigens ... was war das eigentlich für ein Päckchen, das Ihr Kit gegeben habt, bevor er aus dem Kaffeehaus geflohen ist?«

»Päckchen?«

»Diese kleine Paket ...« Mina beschrieb mit ihren Fingern ein kleines Quadrat. »Was war das?«

»Das war ein Buch.«

»Ein Buch? Das war alles?«

»Oh, nicht bloß irgendein Buch, wohlgemerkt«, antwortete Haven und senkte danach ihre Stimme. »Es handelte sich um das grüne Buch – beziehungsweise Onkel Henrys persönliches Tagebuch, in dem er seine Untersuchungen über das Ley-Springen notiert hat.«

»Mit dem Ley-Springen meint Ihr ...«

Haven nickte. »Ich glaube, Ihr wisst nur allzu genau, was ich meine.«

»Wirklich?«

»Etwa nicht?«

»Nun ja.«

»Ich wusste es!« Lady Fayth nahm einen Schluck Kaffee und fuhr mit ihrem Geständnis fort. »Der Schwarze Earl weiß von dem grünen Buch. Er hat es sogar gelesen ...« Sie erlaubte sich, ein listiges Lächeln zu zeigen. »Das heißt, er hat die Teile gelesen, die ich ihm zu lesen erlaubt habe. Bei gewissen Seiten aus Sir Henrys Buch hielt ich es für das Beste, sie für mich zu behalten.« Sie trank ihren Kaffee aus und schob ihre Tasse beiseite. »Habt Ihr irgendeine Ahnung, wohin Kit gegangen ist?«

»Über den Fluss«, antwortete Mina ausweichend. »Jedenfalls ist es das, was sie sagen. Zweifellos wird er wieder auftauchen, sobald Burleigh fort ist.«

»Nun ja, wir müssen hoffen und beten, dass er außer Sichtweite bleibt. Ich nehme nicht an, dass der Schwarze Earl es zulassen wird, dass er ihm ein drittes Mal entkommt.«

»Die Flucht muss ein richtiges Schauspiel gewesen sein. Was wird Burleigh nun unternehmen?«

»Seine Suche nach der Karte fortsetzen«, antwortete Haven. »Was sonst kann er machen? Es ist klar, dass weder Cosimo noch Onkel Henry die Karte besessen haben; sie ist also nicht an Kit weitergegeben worden. Und somit bleibt es auch, dass Cosimos Teil von der Karte noch gefunden werden muss.« Die junge Frau stand auf und strich mit den Händen vorne über ihr Kleid. »Ich muss gehen. Seine Lordschaft wird sich fragen, was aus mir geworden ist.« Sie lächelte nett. »Danke schön für den Kaffee und für Euer Vertrauen. Das Wissen, dass ich eine heimliche Verbündete in diesem Kampf habe – und es ist, wohlgemerkt, ein äußerst verzweifelter Kampf –, erneuert meine Zuversicht und meinen Mut.« Sie nahm Wilhelminas Hand. »Darf ich Euch als meine Freundin betrachten?«

Wilhelmina war verblüfft über diese Frage. »Natürlich.«

»Gut. Mir gefällt das. Ich habe weder einen anderen Freund noch eine andere Freundin, der ich mich anvertrauen kann«, enthüllte sie. Dann fügte sie hinzu, wobei sie immer noch Wilhelminas Hand festhielt: »Die Last der Suche liegt nun auf unseren Schultern. Es fällt uns zu, sie bis zum Ende durchzuziehen – im Guten wie im Bösen.«

Lady Fayth verabschiedete sich, und Wilhelmina sah ihr hinterher, wie sie zur Tür des Kaffeehauses ging.

»Im Guten wie im Bösen«, wiederholte Wilhelmina und beobachtete, wie ihre neue Verbündete über den großen Marktplatz lief. »Wir stecken bis über beide Ohren drin, teure Freundin«, flüsterte sie. »Sei ehrlich zu mir, und ich werde dich lieben wie eine Schwester. Verrate oder betrüge mich, und du wirst wünschen, du wärest niemals geboren.«

DREIUNDDREISSIGSTES KAPITEL

Worin formelle Vorstellungen gemacht werden

Alle Bäume entlang des Flusses verfärbten sich und erzeugten spektakuläre Rot-, Orange- und Gelbtöne. Und als Kit eines Morgens erwachte, sah er, wie fast alle Blätter gleichzeitig in einem stillen goldenen Sturm hinabfielen. Am nächsten Tag kam der Regen ins Tal, und ein kalter Nordwind riss die verbliebenen Blätter von den Bäumen. Der Stamm sammelte all seine Waffen und Werkzeuge – die stabilen Speere und Äxte, die Schaber und Stößel, die kurzen Messer mit den Steinklingen –, schnürte seine Felle, Schlafmatten und Rollen aus geflochtenen Faserseilen zusammen und machte sich zum Aufbruch bereit.

Dies geschah, wie so vieles andere auch, ohne dass sie sich in irgendeiner Form besprachen; zumindest konnte Kit kein Gespräch darüber ausmachen. Sie verstanden einfach, dass heute Umzugstag war, und jeder begann, seine Sachen einzusammeln. Kit packte mit an, indem er die Felle zusammenrollte, auf denen er schlief, und sich Speere auf die Schulter lud. Er hatte die Erfahrung gemacht, dass alles, was er tat, um den anderen bei ihren Aufgaben zu helfen, stets vom Stamm bemerkt wurde, der ihn mehr und mehr als ein exotisches und unerwartet nützliches Haustier zu betrachten schien.

Als alles zusammengepackt war, führte Großer Jäger sie durch das Tal zurück. Während sie dem Fluss stromabwärts folgten, konnte Kit, dank der zumeist kahlen Bäume und Sträucher, einen besseren Eindruck von der Größe und Form der imposanten Kalksteinschlucht bekommen, die ihr Heim war. Streckenweise türmten sich die grauen Steinwände Hunderte von Fuß über ihnen. Manchmal standen die Wände so nah beieinander, dass allein dadurch die enge Kluft zwischen ihnen ständig im Schatten lag; und manchmal lagen sie so weit voneinander entfernt, dass sie nichts weiter als ein schemenhafter Hintergrund waren, der sich über dem Wald erhob. In den engen Bereichen der Schlucht eilte der Fluss über ein unebenes Bett aus Steinen, die immer wieder in Bewegung gerieten. Doch wo die Wände zurücktraten, wurde das Wasser breiter und tiefer und verwandelte sich in einen dunklen, träge dahinströmenden Fluss. Doch ob er schnell und flach oder tief und langsam war – er wand und schlängelte sich stetig durch das zumeist aus Laubbäumen bestehende Waldland.

Den ganzen Morgen marschierten sie und hielten erst gegen Mittag an, um eine Pause einzulegen. Sie rasteten in einem Hain am Rande einer weiträumigen Wiese, deren langes Gras nun trocken war. Dort pflückten und aßen sie ein paar späte Brombeeren und faulenzten anschließend in der Sonne, die von einem totenbleichen Himmel herabschien und nur spärlich Wärme verströmte. Kit fand einen flachen Felsen, auf dem er sich ausstreckte und ein Nickerchen machte, bis die Zeit gekommen war, wieder weiterzumarschieren. Sie wanderten ohne Unterbrechung, bis die Sonne hinter den Spitzen der Felswände verschwand. Dann entdeckten sie in der Nähe des Flusses eine Höhle, wo sie ein schlichtes Lager aufschlugen.

Kein Feuer wurde in dieser Nacht entzündet, und Kit musste nun feststellen, wie ungeeignet seine Bekleidung geworden war. Er wickelte sich in seine Schlaffelle ganz fest ein, nichtsdestotrotz verbrachte er die meisten der langen dunklen Stunden zitternd und schlaflos. Er hatte gewusst, dass irgendwann der Tag kommen würde, an dem er seine Garderobe mit Pelzen erweitern musste, wie sie der Fluss-Stadt-Clan trug. Doch er hatte geglaubt, er würde noch ein wenig mehr Zeit zur Verfügung haben, um sich angemessen auszustatten.

Früh am nächsten Morgen brachen sie das Lager ab und zogen am

Fluss entlang, der immer tiefer wurde. Als sie am Pfad vorbeikamen, der den Ley markierte, testete Kit einmal mehr die Ley-Lampe. Sie reagierte wieder nicht. Er hatte zwar nichts anderes erwartet, dennoch setzte er die Reise mit ein wenig schwereren Schritten als zuvor fort. Der Stamm hielt nur an, um kurz zu rasten und zu trinken, und erreichte seinen Bestimmungsort, als die Sonne hinter der oberen Kante der Schlucht versank. Ihr neues Heim war ein gewaltiger Felssims im Kalkstein, der aus der großen senkrechten Wand der Schlucht ausgehöhlt war. Der Ort, von dem aus man weit über den Fluss blicken konnte, lag etwa fünfzig oder sechzig Fuß oberhalb des Talbodens. Kit erkannte sogleich, warum die Stammesmitglieder diese Stelle als Überwinterungsort ausgewählt hatten. Der Felssims war nach Süden gerichtet, sodass man auf ihm noch relativ viel Sonne abbekam. Zudem lag er unter einem recht großen Überhang, weshalb es hier windgeschützt und sehr trocken war. Weiter hinten ging die Höhle in zwei Kammern über, von denen die kleinere ein natürliches Becken darstellte; es war mit Wasser gefüllt, das von irgendwoher oben kam und durch den Fels sickerte. Abgesehen davon, dass man unten in den Wäldern Feuerholz sammeln und hochschleppen musste, war dieser Ort perfekt.

Kit schätzte, dass sie vom ersten Lager bis hierher insgesamt wenigstens zwanzig Meilen zurückgelegt hatten. Das bedeutete, dass sie ungefähr fünfzehn Meilen vom Ley entfernt waren, der ihn in das Tal befördert hatte – zu weit weg, um von Zeit zu Zeit kurz dorthinzuflitzen und es ein paar weitere Male zu probieren, wie Kit mit einigem Bedauern feststellte. Aber bald war er viel zu beschäftigt, um sich darüber zu sorgen; denn nach dem Umzug ins Winterquartier begann der Stamm, Vorräte an Lebensmitteln und anderem mehr anzulegen.

Als sie noch im Fluss-Stadt-Lager gelebt hatten, waren die Jäger nur jeden dritten oder vierten Tag losgezogen. Dieser Gruppe gehörten sowohl Männer als auch Frauen an; schon vor langer Zeit hatte Kit bemerkt, dass die Jagd kein Betätigungsfeld war, das ausschließlich den »echten Kerlen« vorbehalten war. Von nun an gingen die Jäger jeden Tag hinaus: Noch vor Sonnenaufgang verließen sie das Lager und kehrten gegen Mittag nach Hause. Die Jagd wurde jetzt mit einer Ernsthaftigkeit und Zielstrebigkeit durchgeführt, durch die sie sich zuvor nicht ausgezeichnet hatte.

Die älteren Frauen, die nicht zur Jagd gingen, waren ebenfalls sehr beschäftigt: Sie sammelten Wurzeln und Beeren, präparierten Pelze und Felle, flochten Seile und lagerten Nüsse sowie andere Kleinigkeiten ein, die sie für die vor ihnen liegende lange, kalte Jahreszeit benötigen würden. Allmählich verwandelte der Stamm den nackten Felssims in etwas, das einem utopischen Ort ähnelte, wie ihn sich eine Gruppe von Überlebenskünstlern und Zigeunern vorstellen mochte.

Zunächst blieb Kit im Lager und gab auf die Kinder acht, sodass die Älteren jagen und sammeln gehen konnten. Er musste noch die jeweilige Abstammung der Jüngeren herausfinden, denn keiner der Älteren schien für irgendein bestimmtes Kind ein stärkeres Zugehörigkeitsgefühl zu besitzen; alle behandelten jedes einzelne Kleine in der gleichen Weise mit Rücksicht und Aufmerksamkeit. Kit war zufrieden damit, aushilfsweise den Babysitter zu spielen, da es ihm erlaubte, wieder etwas Zeit mit Sir Henrys Buch zu verbringen: Seitdem er sich dem Stamm zugesellt hatte, war er in seinen Zeiten der Muße stets damit beschäftigt gewesen, ein Verständnis von diesem Werk zu gewinnen. Während er las, spielten die Kinder zu seinen Füßen. Die kleinsten von ihnen akzeptierten ihn als einen natürlichen Teil ihrer Umwelt und reagierten auf ihn in der gleichen Weise wie auf die anderen Erwachsenen. Die etwas älteren Kinder schienen sich mehr seiner Andersartigkeit bewusst zu sein und waren in seiner Gegenwart recht scheu.

Aber das änderte sich an dem Tag, als Kit begann, ihre Sprache zu lernen.

Die Erwachsenen waren fortmarschiert und hatten ihn, wie es inzwischen Gewohnheit geworden war, mit der Verantwortung für die Kinder zurückgelassen. Dieses Mal bemerkte Kit, dass einige der älteren Racker damit begonnen hatten, den jüngeren etwas vorzusprechen; immer und immer wieder artikulierten sie die gleichen Laute, die von den Kleinkindern nachgeahmt wurden. Er kam auf die Idee, bei diesem Spiel mitzumachen, und bald schon war er in dieser Elementarklasse für Sprache »eingeschrieben«. Der Stamm glaubte, dies sei ein unglaublich tolles Spiel, und die Kinder wetteiferten miteinander, ihn Laute zu lehren. Als er die Grundlagen gemeistert hatte, brachte ihm eines der älteren Kinder einen Stein und legte ihn in seine Hand.

Kit hielt ihn hoch. »Was?«, fragte er.

Zu seiner Verwunderung hielt das Kind einen Moment inne und erwiderte dann mit klarer Stimme: »*Tok.*«

»*Tok*«, wiederholte Kit. Er legte den Kieselstein auf den Boden, nahm einen anderen auf und hielt ihn in seiner Handfläche.

»*Tok.*« Das Kind tippte auf den Kiesel und wiederholte das Wort.

Nur um zu sehen, ob er richtig verstanden hatte, warf Kit den Kieselstein fort und klopfte leicht auf die glatte steinerne Oberfläche des Felssimses, auf dem sie saßen. »Was?«

Erneut wurde dasselbe Wort gesagt: *tok.* Und Kit hatte seinen Steinzeit-Wortschatz erfolgreich verdoppelt. Er wusste nun das Wort für Stein und konnte es in seinem geistigen Wörterbuch zum Begriff für Bär hinzufügen. Als Nächstes versuchten sie es mit Wasser, das, wie sich herausstellte, einfach *nah* hieß.

»*Nah?*«, fragte Kit und ahmte ihren fragenden Gesichtsausdruck nach, indem er seine Augenbrauen hob. Dann goss er Wasser aus einer Kürbisflasche ins Wasserreservoir zurück und tauchte seine Hand ein. »*Nah.*« Er schüttelte das Nass von seinen Fingern.

»*Nah*«, sagte sein kleiner Lehrer und wies auf den Teich. Anschließend tauchte er seine eigene Hand ins Nass und schüttelte sie. Danach formte er seine Hand zu einer Schale, schöpfte etwas Wasser und schlürfte es auf. »*E-na.*«

Der Unterricht wurde fortgeführt, bis sie sahen, dass die Erwachsenen gleich zurückkehrten; zu diesem Zeitpunkt hatte Kit ein Dutzend neue Wörter gelernt. Er wollte noch ein wenig an seiner neuen Errungenschaft feilen, damit er sie voller Stolz den Älteren vorführen könnte, wenn sie sich an diesem Abend versammelten; doch dazu wurde ihm keine Gelegenheit gegeben. Sobald die ersten Erwachsenen eingetroffen waren, hob sein kleiner Lehrer vor den

Augen aller Anwesenden einen Stein auf und zeigte ihn Kit mit einem Ausdruck von solch gespannter Erwartung, dass Kit ein Lachen nicht unterdrücken konnte. »*Tok*«, erklärte er.

Die Wirkung war überwältigend – als ob er einen Feuerwerkskörper gezündet oder ein Kaninchen aus dem Hut gezaubert hätte. Alle scharten sich sogleich um ihn, und ehe er sich's versah, bot ihm jeder ein Felsstück oder einen Kieselstein an, nur um zu hören, wie er das Wort sagte. Er fuhr fort, indem er zeigte, dass er die Wörter für Wasser und das Trinken beherrschte – dann für Holz, Feuer, Hand, Bein, Arm und den Rest, den er gelernt hatte. Zum Schluss, als er ihre gespannte Aufmerksamkeit hatte, legte er sich die Hand flach auf die Brust und sagte: »Kit.«

Seine Geste rief verblüfftes Schweigen hervor. Er wiederholte die Handbewegung und sprach ein weiteres Mal seinen Namen aus. Die Mitglieder des Stammes betrachteten ihn mit fragender Mimik: Sie runzelten die wuchtige Stirn und kniffen die breiten Gesichter zusammen. Kit begann, immer wieder gegen seine Brust zu klopfen und seinen Namen zu sagen; er sprach langsam und deutlich – unbedingt wollte er, dass sie ihn verstanden. Seine wiederholten Versuche schafften es nicht, zu irgendeinem Ergebnis zu führen, bis Großer Jäger nach vorne trat: Er legte sich die eigene Hand auf die Brust – eine nahezu perfekte Imitation von Kits Geste – und sprach mit einer Stimme, die irgendwo tief aus dem Boden zu kommen schien: »Dar-dok.«

Kit wiederholte das Wort für sich selbst, zeigte dann auf Großer Jäger und sagte: »Dar-dok.« Anschließend wies er mit der gleichen Geste wieder auf sich selbst und sprach ein weiteres Mal seinen Namen aus.

Großer Jäger – oder besser gesagt Dardok – straffte sich und sagte mit offenkundigem Stolz: »Kit.«

Über die Tatsache, dass es mehr wie »Ghidt« klang, ließ sich leicht hinwegsehen, als Dardoks Erfolg ringsum Ausdrücke verwunderten Entzückens hervorrief. Dann begann der Rest des Stammes, den Namen von Kit zu skandieren. Und er freute sich sehr, dass er eine Kommunikationskluft erfolgreich überbrückt hatte: Er konnte sowohl Wörter lehren als auch von ihnen lernen.

Selbstverständlich hatten sie gerade erst damit angefangen. Eine junge Frau mit direktem Wesen drängelte sich zu Kit, zeigte auf seine Brust und wiederholte seinen Namen. Dann legte sie die Hand auf sich und sagte mit bemerkenswert deutlicher Aussprache: »Ne-ek.«

Kit meisterte rasch diesen Namen. Augenblicklich wurde er vom gesamten Stamm quasi überflutet: Alle drängten gleichzeitig nach vorne, und jeder sprach einen Namen aus und forderte, dass Kit ihn wiederholte.

In der folgenden Zeit verbrachte Kit, neben der Erforschung des grünen Buches, jeden Tag eine gewisse Zeit damit zu, neue Wörter dem Gedächtnis einzuprägen; und wenn er einmal seinen Wortschatz nicht erweiterte, dann übte er die bereits erlernten Vokabeln. Auf diese Weise eignete er sich allmählich einen Sprachschatz an, mit dessen Hilfe er kommunizieren konnte und auch ein Gefühl dafür bekam, wie der Fluss-Stadt-Clan die Welt sah.

Untereinander sprachen sie immer noch nicht allzu viel. Doch mit ihm zusammen wurden sie regelrecht zu Plappermäulern. Der Unterschied war krass, und Kit wunderte sich darüber, bis ihm die offenkundige Erklärung dafür einfiel: Sie mussten sich nur sehr selten besprechen, weil sie über diese seltsame Telepathie verfügten – oder was auch immer das war, was ihnen ermöglichte, die Gedanken der anderen zu kennen. Mit anderen Stammesmitgliedern kommunizierten sie ausgezeichnet ohne irgendeine Form der Rede überhaupt; nur Kit war gezwungen zu sprechen, um sich verständlich zu machen.

Eine endgültige Bestätigung dafür erhielt er eines Tages, als Besucher eintrafen.

Das Wetter war ständig kälter und feuchter geworden, und die Tage wurden immer kürzer. Wenn sie morgens aufwachten, herrschte meistens Bodenfrost. Doch in ihrer höhlenartigen Felsenfestung, in der sie es sich gemütlich gemacht hatten, blieben sie trocken und halbwegs warm. Kit nähte sich einen stattlichen neuen Anzug aus Fellen und Pelzen – zumeist von Hirschen und Hasen. Mit Geduld und verbissener Ausdauer flickte er Teile zusammen, wobei er das Feuersteinmesser, die Knochennadel und den Hanffaden benutzte, die sie ihm gegeben hatten. Er vollendete gerade eine Besonderheit, über die er ungewöhnlich stolz war – eine geräumige Innentasche, die er entworfen hatte, um Minas Ley-Lampe und Sir Henrys Buch sicher aufzubewahren –, und der Stamm hatte es sich um das Feuer am Rande des Felssimses herum gemütlich gemacht, als Dardok plötzlich aufstand und in die nebelumhüllten Baumspitzen entlang des Flusses starrte.

Augenblicklich gesellten sich vier andere zu ihm, um das Tal unter ihnen prüfend zu überblicken. Die restlichen Stammesmitglieder hörten sofort mit dem auf, womit sie sich beschäftigten, und wurden vollkommen still. Eine Atmosphäre starker Besorgnis senkte sich über das Lager. Erneut wurden weder Worte geäußert noch irgendwelche Zeichen gemacht. Doch alle waren wachsam, und die Anspannung wirbelte um sie herum wie eine kräftige, sich windende Schlange. Kit stand auch auf und schlich leise zum Rand des Felssimses, um zu sehen, ob er entdecken konnte, was die anderen alarmiert hatte. Ein oder zwei Minuten vergingen schleppend, und dann hörte er ein Geräusch, dass er jeden Tag vernommen hatte, seit sie ins Winterquartier gekommen waren: die Schritte schwerer Füße auf dem felsigen Pfad, der zum Felssims führte.

Es kam jemand.

Kit wartete. Er spürte ein Prickeln in all seinen Sinnen und sammelte seine Kräfte für einen Kampf. Wer war das? Wurden sie angegriffen? Hastig blickte er um sich und suchte nach der am nächsten gelegenen Waffe.

Und dann, wie auf ein geheimes Kommando, entspannte sich der ganze Clan. Obwohl Dardok immer noch dastand und den Pfad unten beobachtete, schmolz das greifbare Gefühl drohender Gefahr einfach dahin. Etwas hatte sich geändert. Aber was?

Bevor Kit feststellen konnte, was geschehen war, das zu dem Stimmungsumschwung geführt hatte, erblickte er eine Bewegung auf dem Pfad, der zum Felssims hochführte. Einen Augenblick später kamen ihre Besucher an: eine Gruppe aus fünfzehn Leuten – sieben Frauen, fünf Männer und drei Kinder, die unterschiedlich groß und alt waren. Sie erhielten einen begeisterten Empfang, woraus

Kit schloss, dass diese Gruppe dem Fluss-Stadt-Clan bestens bekannt war. Als er dann sah, mit welcher Selbstverständlichkeit die Neuankömmlinge aufgenommen wurden und wie leicht sie sich in das Leben der Gruppe einfügten, kam ihm sogar der Gedanke, dass sie nicht bloß Besucher waren, sondern Teil desselben Stammes, der dieses ausgedehnte Tal bewohnte.

Die Neuankömmlinge bemerkten natürlich auch Kit, und bald schon wurde er unausweichlich zum Gegenstand eingehender Untersuchungen: Begleitet von viel Gemurmel wurde er immer wieder berührt, und man rieb ständig über seine Haut und seinen ungepflegten Bart. Sie schienen von der Farbe und der Beschaffenheit seiner bleichen Haut sowie seines feinen lockigen Haars fasziniert zu sein; und sie amüsierten sich über seine dünne Statur, die kurzen Arme, seine schmalen Schultern und die merkwürdig aufrechte Körperhaltung.

Kaum hatte man diese doch recht handgreifliche Begrüßungsrunde zu Ende gebracht, kam ein zweite Gruppe von Besuchern an: vier kräftige Männer, die einen fünften auf einer Trage aus Birkenpfählen und Häuten schleppten. Dieser fünfte war der älteste Urmensch, den Kit bisher gesehen hatte. Von Kinn bis Fuß eingewickelt in Felle und Pelze, sah er mit seinen dünnen grauen Haaren, dem langen weißen Bart und seinem uralten, runzeligen Gesicht regelrecht wie mumifiziert aus. Die Träger senkten die Bahre behutsam zu Boden, und mehrere der in der Nähe stehenden Clanmitglieder halfen dem Alten auf die Beine. Sobald er aufrecht stand, scheuchte er seine Helfer mit einer Handbewegung zur Seite und schlurfte mit unsicheren Schritten voran, um Kit kennenzulernen.

Während er sich ihm näherte, spürte Kit ein prickelndes Gefühl an seiner Schädelbasis. Die Zeit schien sich zu verlangsamen – ihr normaler Fluss schrumpfte zu einem kleinen Rinnsal zusammen, das sich um ihn herum konzentrierte. Darüber hinaus verspürte Kit eine sehr befremdliche und mächtige Empfindung – eine, die er erst ein einziges Mal zuvor in seinem Leben gefühlt hatte. Als Kind hatte man ihn zu einem Baum geführt, der als der älteste in ganz

England galt: eine gewaltige, knorrige Eiche mit einem Gewirr von Wurzeln, die *Marton Oak* genannt wurde und fast tausenddreihundert Jahre auf Erden überlebt hatte. Kit erinnerte sich, wie er im Zwielicht unter dem Baumkronendach aus riesigen, sich ausbreitenden Ästen stand, mitten zwischen Wurzeln, die so groß wie er selbst waren – und an das Empfinden einer fast übernatürlichen Macht, die ihm das Wissen verlieh, in der Gegenwart eines Lebewesens von solcher Ruhe, Sanftmut und Geistesstrenge zu sein, dass in ihm ein völlig anderer Existenzplan wohnte und dass er daneben so klein und imaginär wie ein Erdklumpen war.

In Anwesenheit dieses Alten empfand Kit nun auf die gleiche Weise: zu einem Zwerg geschrumpft durch einen Geist, der nicht nur viel älter und weiser war, sonder auch viel größer und weitaus mächtiger als irgendein anderer, den er jemals getroffen hatte. Und wie die uralte Eiche wirkte der alte Mann unaussprechlich majestätisch: ein König seiner Art. Ein weiteres Mal war Kit jener kleine Junge, der im Schatten eines weitaus höhergestellten Wesens stand und bis in sein Mark und sein Herz hinein wusste, dass er absolut unbedeutend war.

Dennoch empfand er keine Furcht. Das alte Wesen vor ihm schien eine grenzenlose und friedliche Anerkennung auszustrahlen. Kit verstand, dass er trotz des gähnenden Abgrundes zwischen ihnen nichts zu befürchten hatte.

Der Uralte untersuchte ihn langsam von Kopf bis Fuß. Kit fiel auf, dass eines der Augen des Alten leuchtete und eine geradezu stechende Schärfe besaß, wohingegen das andere getrübt und fast dunkel war. Als er seine Untersuchung abgeschlossen hatte, hob der greise Stammesführer sein Haupt und fixierte Kit mit einem glühenden, entschlossenen Blick. Kit wurde sich bewusst, dass dies ein Kommunikationsversuch war; er konnte es als eine reale Kraft von beträchtlicher Intensität fühlen. Verzaubert von der Macht und Direktheit dieser Annäherung, öffnete er sich ihr einfach.

Das Ergebnis war überwältigend.

Was für eine Art von Geschöpf bist du?

Die Frage traf ihn wie ein Faustschlag. Instinktiv trat Kit rasch einen Schritt zurück, um sein Gleichgewicht wiederzuerlangen. Er brauchte eine Sekunde, um zu realisieren, dass die Frage nicht laut ausgesprochen worden war. Außerdem waren dafür überhaupt keine Wörter benutzt worden.

»Ich bin ein Mensch«, platzte es aus Kit heraus, obgleich er nur allzu gut wusste, dass dies nicht verstanden würde.

Me-ensch, wiederholte die körperlose Stimme in seinem Kopf.

Klar wie eine Glocke und deutlich unterschieden von Kits Gedanken – mit eigenständigem Timbre, eigener Beschaffenheit und eigenem Tonfall –, nahm die nicht redende Stimme des Uralten Gestalt an, und eine Befragung von noch nie dagewesener Art nahm ihren Anfang.

Me-ensch ... Kits Wort für sich selbst wurde dann verbunden mit der Idee des Seins oder des Existierens ... *ist* ... Dann erhielt Kit ein Gefühl von wachsenden Wesen, von Handeln, Atmen, Änderung ... *lebendig* ... Danach kam die Vorstellung von Leben, das untrennbar verschlungen war mit etwas Greifbarem, doch Amorphem, mit einem belebenden Feuer, das gegenwärtig, aber innen verborgen war ... *lebendige Seele*.

Die Frage, so wie sie in Kits Bewusstsein eintrat, lautete: *Bist du, Mensch, eine lebendige Seele?*

»O ja! Ja, wirklich. Ich bin ... Ich habe eine Seele«, versicherte Kit. Er äußerte diese Worte mit seinem Mund, obwohl er vermutete, dass dies wohl unnötig war. Aber es war für ihn eben einfacher, seine Gedanken in gesprochenen Worten wiederzugeben.

Gutsein ... ein Gefühl der Fülle und der Richtigkeit ... *Zufriedenheit* strömte von dem Uralten aus, verbunden mit einem Bewusstsein des einzigartigen Werts und Orts einer Seele in der Welt. Kits augenblickliche Deutung dieser miteinander verbundenen begrifflichen Spuren erschien als: *Das ist gut. Geschöpfe mit Seele sind selten.*

»Ja, selten.«

Der Häuptling gab ein zufriedenes Grunzen von sich. Der nächste Gedanke, der sich in Kits Bewusstsein formte, war die Erkenntnis von langen und verschiedenartigen Erfahrungen, die sich mit der

Verwunderung über eine plötzliche aufsehenerregende Einzigartigkeit verband. Daraus entnahm Kit folgende Bedeutung: *Wir haben vieles gesehen, aber niemals etwas wie dich.*

»Und ich habe noch nie irgendetwas wie dich gesehen«, erwiderte Kit.

Was Kit als Nächstes empfing, interpretierte er als eine Art förmliche Vorstellung. In seinen Geist ergoss sich eine komplizierte, vermischte Konzeption, eine Assoziation von Bildern: reine tierische Kraft und Tapferkeit, verbunden mit majestätischer Überlegenheit – vielleicht ein Löwe? –, und all das war kombiniert mit einem Gefühl von Dauerhaftigkeit – wie bei einer Eibe oder einem Berg – und zum Schluss mit einer Vorstellung von Gelassenheit, die auf einen ruhigen Frischwassersee von immenser Größe und grenzlosen Tiefen bezogen war. Dann wurden all diese Komponenten irgendwie verknüpft und vereint in einer Bekräftigung individueller Personalität, und zwar in dem Wesen, das direkt vor Kit stand – dem Uralten.

Danach legte der alte Häuptling seine dicke Hand auf sein Herz – mit einer Feinheit in der Bewegung, die Kit liebenswert fand – und sprach laut: »En-Ul.«

Dies war ohne Frage der Name des Uralten. Kit wiederholte ihn sofort und sagte anschließend: »Sehr erfreut, dich kennenzulernen, En-Ul.« Mit einer kleinen Verbeugung senkte er seinen Kopf; es war eine spontane Reaktion, doch Kit hatte die Empfindung, dass sie der Situation angemessen war. Als Antwort erhielt er ein zufriedenes Grunzen. Die nächste Frage strömte in Kits Bewusstsein und formte sich bereits zu Worten: *Wo ist dein Zuhause?*

»Mein Zuhause ist weit weg von hier.« Kit wählte diesen Satz als Antwort. Mehr zu sagen wäre unnötig gewesen – und wahrscheinlich sowieso unmöglich.

Die nächsten beiden Fragen erfolgten in so rascher Abfolge, dass sie sich zu einer einzigen Erkundigung formten: *Warum bist du allein? Bist du von deinem Stamm ausgestoßen worden?*

»Nein, nein, ich bin kein Ausgestoßener«, versicherte Kit hastig. »Ich bin allein, weil ich ... verloren gegangen bin. Ich bin auf einer Reise gewesen und habe mich verirrt.« Er wusste nicht, ob der

Begriff des Reisens übersetzt würde. »Mein Stamm … meine Leute wissen nicht, dass ich hier bin.«

Ein Gefühl teilnahmsvollen Bedauerns strömte zu Kit und überschwemmte ihn in Wellen: einfühlsames Mitleid, vermischt mit einer Empfindung der Verkehrtheit einer solchen Lage, wie sie Kit beschrieben hatte: *Das ist schlimm. Du … dies war wohl besitzanzeigend gemeint … Mitwesen – deine Leute …* Kit entschied, dass das Nächste strikt imperativisch zu verstehen war … *muss …* Es folgte ein Ausströmen von Kummer und Sorge … *trauern …* Dann kam ein leerer Ort … *Abwesenheit …*

Deine Leute müssen traurig sein über deine Abwesenheit.

»Ich nehme an, einige von ihnen sind das«, stimmte Kit lahm zu.

Der Uralte gab ein weiteres zufriedenes Grunzen von sich. Dann sah er Kit tief in die Augen und brachte dabei eine umfassende Großzügigkeit und ein starkes, ihn einschließendes Gemeinschaftsgefühl zum Ausdruck. Kit konnte dies nur beschreiben als ein Gefühl, das sich einstellte, wenn man einen lange verschollenen und viel geliebten Sohn willkommen hieß. Es fühlte sich an, als würde ihn der Stamm adoptieren. Es fühlte sich an, als würde er nach Hause kommen.

Die Intensität des Gefühls, das ihm auf eine so direkte Weise übermittelt worden war, raubte ihm den Atem. Die plötzlichen Regungen seiner lange unterdrückten Empfindungen waren so stark, dass Kit nicht sprechen konnte. Ihm kamen die Tränen, und er begann zu weinen. Es waren Tränen der Trauer wegen seiner eigenen Unzulänglichkeit, seiner Schwäche, seiner geschrumpften, begrenzten Intelligenz und seiner elenden Abhängigkeit.

Er vergoss heiße, jämmerliche Tränen. Doch mit dem Weinen kam ein Gefühl von Trost und Geborgenheit – wie bei einem Kind, das ins Torkeln geraten war und dank einer ausgestreckten freundlichen Hand wieder ins Gleichgewicht gebracht wurde. Wie eine Antwort auf sein Elend verspürte er nun Mitgefühl und Verständnis. Darin war nichts Übermächtiges oder Verdammendes. In seine Seele strömte einfach nur Annahme hinein.

Als Kit seine Stimme wiederfand, war »Danke schön« das Einzige, was er sagen konnte.

VIERUNDDREISSIGSTES KAPITEL

Worin die Zukunft ein Traum ist

*D*er Fluss-Stadt-Clan behielt sein Lager auf dem Felssims bei, während der Winter im Tal immer strenger wurde. Ein paar Tage nach der Ankunft der neuesten Stammesmitglieder bemerkte Kit, dass jeden Morgen bei Tagesanbruch alle jüngeren Männer die Wärme und den Schutz des Felssimses verließen und im Wald verschwanden, und ungefähr eine Stunde vor Sonnenuntergang kehrten sie wieder zurück. So sehr sich Kit auch bemühte, er bekam nie eine Antwort auf seine zugegebenermaßen hölzernen Versuche herauszufinden, was diese Männer im Wald anstellten.

Es war mehr als offenkundig, dass sie nicht jagten. Dardok und zwei Frauen führten ihre Jagdausflüge und Suche nach toten Tieren an dafür geeigneten Tagen fort, so wie sie es getan hatten, seitdem sie das Winterquartier bezogen hatten. Was auch immer diese jungen Männer im Schilde führten, es stand in keinem Zusammenhang mit der Lebensmittelversorgung des Stammes. Als Kit schließlich vor Neugier platzte, ging er zu En-Ul. Seit seiner Ankunft hatte sich der uralte Mann im hinteren Bereich des Felssimses mit Gewändern und Pelzen eingerichtet, wo er seine Tage damit zubrachte, den weit unten gelegenen, in Nebel gehüllten Fluss zu überblicken.

»Es tut mir leid, dich zu stören, En-Ul«, entschuldigte sich Kit, nachdem er sein Erscheinen mit einem höflichen Husten angekündigt hatte. Bei den Gesprächen mit Stammesmitgliedern lernte er zu versuchen, einfache Angaben zu machen, während er die zu Debatte stehenden Bilder oder Begriffe nachdrücklich im Geiste behielt.

Der alte Mann regte sich und wandte Kit ein glänzendes Auge zu. *Sei hier willkommen, Ghidt*, strömte in Kits Bewusstsein.

Die Antwort überraschte Kit – nicht weil sie als solche ungewöhnlich war, sondern weil er dem Stammesältesten nicht seinen Namen genannt hatte. Außerdem war ihm auch nicht zu Ohren gekommen, dass irgendjemand seinen Namen in Gegenwart des Alten erwähnt hatte. En-Ul musste ihn durch die mentale »Funkverbindung«, die sie gemeinsam benutzten, von einem der anderen aufgegriffen haben.

»Ich bin mit einer Frage gekommen«, fuhr Kit fort und ließ sich neben dem alten Häuptling nieder. »Die jungen Männer ...« Im Geiste stellte er sich die Betreffenden vor, wie sie ihm heute Morgen erschienen waren, als er gesehen hatte, wie sie das Lager verließen. »Wohin gehen sie? Was machen sie den ganzen Tag?«

Kit empfing ein Bild von den jungen Männern, zusammen mit einem Gefühl von Tätigkeit ... von Arbeit ... von hingebungsvoller Mühsal: *Sie machen es zu einem bestimmten Zweck* – so interpretierte Kit diese Vorstellung. Einher damit kam der Gedanke der Verleihung ... der Präsentation ... der Unterbreitung einer Gabe, vereint mit einer persönlichen Bezeichnung: *En-Ul.*

Nachdem Kit all dies miteinander verbunden hatte, versuchte er es mit einer Interpretation: »Sie machen ein Geschenk für dich?«

Daraufhin erhielt er das übliche Grunzen, das Kit mit Zufriedenheit assoziierte: *Ja.* Der Alte hielt Kits Blick mit dem eigenen fest und legte mit einer langsamen, bedachten Bewegung die Innenfläche seiner Hand flach auf die Stirn des jungen Mannes. Die Berührung fühlte sich rau und schwer an, aber auch warm. Augenblicklich tauchte in Kits Bewusstsein das Bild von irgendeiner Art Haus oder Unterstand von außergewöhnlicher Form auf – die ungewöhnlichste Wohnstätte, die Kit jemals gesehen hatte: ein Haus, das ausschließlich aus Knochen errichtet war.

»Sie machen ein Haus aus Knochen?«, entfuhr es Kit. Es war halb ein Ausruf der Verwunderung, halb eine Frage. »Für dich?«

Wieder erklang dieses zufriedene Grunzen, während En-Ul seine Hand zurücknahm.

Für einen Moment saßen sie schweigend beisammen. Dann erhielt Kit eine Empfindung, von der er gelernt hatte, dass sie mit der Frageform zu assoziieren war, und gleichzeitig die Vorstellung eines Anblicks oder von Sehen. »Ob ich es sehen will?«, fragte er laut und beeilte sich dann zu antworten: »Ja, das würde ich gern.«

»*E-li*«, sagte der Alte; seine Stimme war so tief wie Donnergrollen. In Kits Bewusstsein tauchte das Bild von Sonnenlicht auf, das den Horizont überflutete; es war vereinigt mit der Vorstellung von etwas Ungesehenem, doch Gegenwärtigem, zusammen mit einer Erwartung, die an Sicherheit grenzte ... die Zukunft vielleicht?

Das hielt Kit eine kleine Weile beschäftigt. »Morgen?«, riet er, wobei sich in seinem Geiste das Bild von einer aufgehenden Sonne festsetzte – der neue Tag, der sein würde.

»Unh«, grunzte En-Ul. *Der Tag, der bald werdend ist.*

»Ich werde morgen mit den jungen Männern gehen«, bekräftigte Kit und stellte sich bildlich vor, wie er mit der Gruppe aufbrechen würde, wenn sie am nächsten Morgen in den Wald ging.

»Unh«, brummte erneut der alte Häuptling.

Am nächsten Morgen, als die jungen Männer sich erhoben und sich zum Aufbruch bereit machten – sie stellten sich mit Fellen auf, die sie wie Umhänge trugen, und umwickelten zum Schutz gegen Schnee und Kälte ihre Füße –, tat Kit das Gleiche und schloss sich ihnen bei ihren Vorbereitungen an. An diesem Morgen waren es vier Männer, und sie stimmten seiner Anwesenheit durch Schnauben und Kopfnicken zu. Ihr Anführer war ein großer Mann, den Kit im Stillen Thag nannte – aus keinem anderen Grund als den, dass er eine unheimliche Ähnlichkeit mit einer ihm bekannten Zeichentrickfigur besaß. Thag klopfte ihm leicht auf Kopf und Schultern, eine Geste, die eine Form der freundlichen Begrüßung darstellte, wie Kit inzwischen verstanden hatte; Erwachsene zeigten oft die gleiche Verhaltensweise, wenn sie Kindern begegneten. Sobald Kit fertig war, nahmen sie ihre kräftigen Speere mit den Steinklingen an sich und brachen auf.

Der Pfad, dem sie ins Tal hinunter folgten, war mittlerweile stark ausgetreten. Die vielen Füße, die in den letzten paar Tagen hier vorbeigekommen waren, hatten den ansonsten kniehohen Schnee zusammengedrückt; und er knirschte, während sie auf ihm gingen. Kit beobachtete, wie die anderen mit großen Schritten hinabmarschierten, und wunderte sich einmal mehr über die lässige Anmut dieser großen Geschöpfe. Der Pfad führte zu einem Felsvorsprung, der nur ein paar Dutzend Yards über dem Fluss lag; das Eis an seinen Rändern fing das Licht der aufgehenden Sonne ein und leuchtete. Wenn in den nächsten paar Tagen weiterhin ein solche Kälte herrschen sollte, würde Kit sich nicht wundern, wenn er sähe, dass das Gewässer vollkommen zugefroren war.

Sie hielten an, um ein paar Augenblicke zu rasten, zu lauschen und in der Luft zu schnuppern. Darüber wunderte sich Kit zunächst, doch dann kam ihm in den Sinn, dass dieses Verhalten eine einfache Schutzmaßnahme war: Sie versicherten sich dadurch, dass keines der großen Raubtiere – wie etwa Löwen oder Wölfe –, die das Tal durchstreiften, ihnen nachstellte. Doch an diesem Tag mussten sie sich keinem Kampf stellen, und so gingen sie weiter.

Nach einer kleinen Weile stieg der schmale Pfad an, und bald marschierten sie direkt neben den blanken Kalksteinwänden. Kit fand Gefallen an dieser anstrengenden Körperbetätigung. Es fühlte sich gut an, das Blut in Wallung zu bringen, die kalte Luft in den Lungen zu spüren und zu laufen, nachdem er im Lager nur herumgehangen hatte. Abgesehen von dem Knarren ihrer Füße auf dem harschen Schnee bewegten sie sich so leise wie Schatten. Sie stiegen immer höher und folgten dabei den unebenen Konturen in den Felswänden.

Der Pfad wurde noch schmaler und steiler, und bald waren sie vollständig aus dem Tal hinausgeklettert und auf einer dicht bewaldeten Ebene angelangt. Thag ließ sie am oberen Rand der Schlucht rasten, um in der kalten Luft zu schnuppern und auf verdächtige Geräusche zu lauschen. Der Wald, der sich vor ihnen erstreckte, lag unter einer schweren Schneedecke und dämpfte alle Laute, sodass sie kaum noch zu vernehmen waren. Dann aber hörte Kit irgendwo in den Tiefen des Waldes den durchdringenden Schrei eines Falken auf der Jagd und das leise, platschende Geräusch von Schnee, der von Ästen fiel.

Nachdem sich die Gruppe sicher war, dass keine Gefahr drohte, führte sie ihren Marsch fort und folgte dem tief eingetretenen Pfad in den Wald hinein. Hier und dort erspähte Kit Tierfährten, die den Pfad kreuzten: die kleinen Spuren von Mäusen und Hasen und die größeren von Frettchen, Murmeltieren und einigen Tieren, die kleineren Antilopen ähnelten. Einmal sah er eine Fährte, die von einem der größeren Raubtiere stammen musste, die sie zu meiden suchten – ob von einem Löwen oder einem Wolf, vermochte Kit nicht zu erkennen. Doch seine Gefährten würden es wissen, und sie schienen der Spur keinerlei Beachtung zu schenken.

Ohne das Band aus niedergetretenem Schnee hätte Kit, wenn er allein unterwegs gewesen wäre, rasch den Weg verloren. Auf den Bäumen lag Raureif und gefrorener Nebel, und trotz der Schneedecke wirkte der Wald düster. Plötzlich gelangten sie an eine Falte in der Landschaft: ein kleiner Canyon, den ein Nebenfluss geformt hatte, der im Frühjahr die Schneeschmelze und im Sommer den Regen ins größere Tal brachte. Dort, wo sie standen, gab es einen schroffen Abhang, wo es fünfzig oder sechzig Fuß steil nach unten ging. Die Gruppe verweilte nicht an Ort und Stelle, sondern marschierte entlang der Kante der Schlucht weiter, bis sie einen Hohlweg erreichte, der nach unten zum trockenen Flussbett führte. Sie gingen nach unten und folgten weiter dem Hohlweg, der sich durch die Schlucht schlängelte – mal näher, mal weiter von der Felswand entfernt.

Plötzlich waren sie direkt unter dem schroffen Abhang, und genau dort lag ein fantastischer Haufen aus Knochen. Da sie ohne irgendwelche Fleischreste und teilweise von Schnee bedeckt waren, bildeten sie gewissermaßen einen »Weiß-auf-Weiß«-Hügel, der sich auf dem Boden des Flussbettes erhob. Mit einem Male begriff Kit, worauf sein Blick geheftet war: auf die Überreste einer primitiven, doch brutal effizienten Jagdmethode. Sie bestand darin, flüchtende Beutetiere über die Felsenklippe zu treiben, sodass sie durch den Sturz starben oder verletzt wurden und dann von den Jägern den Gnadenstoß erhielten. Dem riesigen Gewirr von Gerippen nach zu urteilen benutzte der Fluss-Stadt-Clan diese Tötungszone schon seit längerer Zeit.

Es gab Knochen aller Art, und einige davon waren so groß wie die von Dinosauriern. Kit war sich allerdings ziemlich sicher, dass keiner der hier herumliegenden Knochen von diesen längst ausgestorbenen Kreaturen stammten ... Dann wahrscheinlich von Mammuts? ... Oder vielleicht von Mastodonten? ... Oder waren das nur zwei verschiedene Bezeichnungen für ein und dieselbe Tierart? Alle diese Knochen lagen ungeordnet mit denen von Elchen, Rotwild und Antilopen zusammen. Außerdem gab es einige, die so aussahen, als ob sie von gigantischen Ochsen oder Büffeln stammten – es handelte sich jedenfalls eindeutig um die Überreste rinderartiger Tiere –; und ein paar schienen sogar Pferdeknochen zu sein.

Ohne sich vorher zu beratschlagen – tatsächlich beratschlagten sie sich niemals –, begannen die Stammesmitglieder, die größeren Knochen von dem Haufen zu ziehen, lösten sie von anderen Skelettteilen und legten sie zu kleineren, geordneteren Haufen zusammen. Warum einige Knochen ausgewählt und andere verworfen wurden, konnte Kit nicht so ohne Weiteres erkennen, gleichwohl beteiligte er sich an der Arbeit. Die Gruppe hatte bald eine ganze Anzahl ziemlich großer Stapel aufgeschichtet. Danach banden die Männer mit Seilen aus geflochtenem Hanf, die sie mitgebracht hatten, die Knochen zu Bündeln zusammen. Diese sperrigen Lasten wurden dann auf ihre Schultern gehievt und allein mit Muskelkraft aus der Schlucht herausgeschafft, indem sie den Hohlweg zurückgingen.

Als alle ausgewählten Knochen aus dem Friedhof nach oben gebracht worden waren, legte sich jedes Stammesmitglied ein oder zwei Bündel auf den Rücken und stapfte aufs Neue in den Wald hinein. Kit stellte fest, dass er nur das kleinere Bündel hochheben konnte, das er selbst zusammengebunden hatte. Und so nahm er es auf und folgte seinen Gefährten, die im Gänsemarsch in den dunklen, zum Teil von Schnee bedeckten Wald spazierten. Nach einer Weile gingen sie auf eine Lichtung zu, die einen verdächtig runden Umriss aufwies – einen nahezu vollkommenen Kreis. Daraus folgerte Kit, dass die Waldlichtung irgendwie vom Stamm geschaffen worden war. Er vermochte nicht festzustellen, wie sie dies zustande gebracht haben konnten, denn mit Ausnahme einfacher Steinäxte fehlte ihnen jegliches Handwerkszeug dafür. Dennoch gab es diese Lichtung hier: einen beinahe vollkommenen Kreis, der einen Durchmesser von etwa sechzig Fuß aufwies. Das Rund war von großen Kiefern und Lärchen umgeben, bot jedoch eine klare, ungehinderte Sicht auf den Himmel hoch über den Köpfen.

Und genau in der Mitte der Lichtung stand es: das Knochenhaus.

Kit erkannte es sofort als die aus Knochen errichtete Behausung wieder, die En-Ul ihm dargestellt hatte – eine einfache Hütte, die aufgrund ihres Umrisses an einen kleinen Hügel erinnerte und aus den ineinander verzahnten Skeletten aller Arten von Tieren erbaut war. Es gab keinerlei Fenster im eigentlichen Sinne; die einzige größere Öffnung war ein niedriger Tunnel, der als Tür fungierte. Über dem Eingang hing der vollständige Schädel eines riesigen Elchs, dessen Geweihhälften so groß wie Palmenwedel waren. Der Türsturz bestand aus stabilem Elfenbein in Form von zwei gewaltigen, gekrümmten Mammutstoßzähnen. Etliche Stoßzähne von Tieren aus der Elefantenfamilie säumten auch die Basis des Hauses, das aus der fantastischsten Ansammlung von Skelettteilen zusammengefügt war: aus Becken, Beinknochen, Wirbelsäulen und einzelnen Wirbeln sowie unzähligen Rippen. Zudem gab es Schädel von mehr als einem Dutzend verschiedener Lebewesen – von verschiedenen Hirscharten ebenso wie von Bisons, Auerochsen, Pferden, Schafen und Antilopen, von Hunden oder Wölfen und sogar von einem Rhinozeros mit Horn. Dies waren die Tierschädel, die Kit zu erkennen glaubte; doch es gab noch viele weitere, die er nicht sogleich identifizieren konnte.

Als Ganzes betrachtet besaß das bizarre Gebilde eine ausgesprochen unheimliche, fremdartige Atmosphäre. Die Arbeitsgruppe begann, ihre Bündel aufzuschnüren und die herbeigebrachten Knochen in Spalten und Löchern des Bauwerks einzusetzen. Kit folgte ihrem Beispiel und suchte sich Stellen, in die er das einfügte, was er hierher getragen hatte. Sie arbeiteten zielgerichtet und schweigend. Wenn der eine oder andere durstig wurde, verließ er die Lichtung und aß ein paar Handvoll Schnee; anschließend kehrte er zurück und führte seine Arbeit fort. Als der letzte Knochen aus den

Bündeln eingefügt worden war, ging es zurück zur Tötungszone, um eine neue Ladung zu holen.

Drei weitere Abstecher zum Knochenhaufen waren nötig, damit sie genügend Material hatten, um ihre Arbeit am Haus zu beenden. Der kurze Wintertag verging rasch, und die Arbeiter wurden hungrig: Zumindest Kit war am Verhungern, und er stellte sich vor, dass die Stammesmitglieder – die für gewöhnlich mehr als zweimal so viel wie er benötigten, um sich satt zu fühlen – inzwischen eigentlich bereit sein müssten, Bäume zu essen.

Thag trat zurück, wickelte sein Hanfseil auf und betrachtete das Knochenhaus. Er neigte dabei seinen großen zotteligen Kopf zu einer Seite, und zwar in genau der gleichen Weise wie ein Zimmermann, der seine Arbeit begutachtete. Es war eine solch klassische Pose, dass Kit unwillkürlich lächeln musste. Thag stieß ein Grunzen aus, das Zufriedenheit ausdrückte, und wandte sich vom Haus ab. Nachdem sie nun das offizielle Urteil empfangen hatten, grunzten auch die anderen und brachen auf.

Es war ein langer Weg zurück durch den Wald, und als die Arbeiter endlich zurückgekehrt waren, aßen sie eine herzhafte Mahlzeit. Anschließend gingen sie völlig erschöpft schlafen. Auch Kit schlief ein. Doch wenn er gedacht haben sollte, dass nach dem Schlaf ein erholsamer Tag folgen würde, dann hatte er sich getäuscht.

Denn kurz vor Sonnenaufgang wurde er durch eine Berührung an seiner Schulter aufgeweckt. Er öffnete seine Augen und sah, dass sich En-Ul neben ihn hockte. In seinem Geist tauchte ein besitzergreifendes Drängen auf; Kit deutete dies als die Aufforderung: *Begleite mich!*

Der alte Häuptling wandte sich ab, und Kit folgte ihm; lautlos bewegten sie sich durch das schlafende Lager. Von den Nachtfeuern waren nur noch Aschehaufen übrig geblieben, und am Firmament standen immer noch ein paar Sterne, die wie Eiskristalle am kalten, kalten Himmel leuchteten. Sorgfältig wählten sie sich ihren Weg vom Felssims hinab und fanden den gut ausgetretenen Pfad, der nach oben aus dem Tal hinausführte. Innerhalb von wenigen Minuten nach dem Verlassen der Siedlung begriff Kit, dass ihr Ziel das

Knochenhaus war. Für jemanden, der ins Lager getragen worden war, besaß der greise En-Ul ein für Kit überraschendes Durchhaltevermögen. Sie hielten nur zwei Mal an, um zu rasten und zu Atem zu kommen – zuerst auf halber Strecke auf dem Pfad und dann hoch oben am Rande der Schlucht. Als die Sonne über den Bäumen aufging, erreichten sie schließlich die Waldlichtung.

Im spärlichen Licht des Winters leuchtete das seltsame Gebäude fahl und in einer fremdartigen Blässe – ein weißer Hügel auf einem schneeweißen Platz. Es nahm ein gespensterhaftes, beinahe ätherisches Aussehen an, als ob es nicht aus den Knochen errichtet worden wäre, sondern aus den Säugetier-Geistern der toten Geschöpfe. Eine bange tiefgründige Ahnung schlich sich wie heimlicher Frost in Kits Seele ein. Diese merkwürdige Unterkunft war für einen ganz bestimmten Zweck errichtet worden – und wegen dieses Zwecks waren sie beide hergekommen.

En-Ul wandte sich ihm zu, starrte ihm in die Augen und wollte ihn unbedingt dazu bringen, dass er verstand. Kit empfing einen Eindruck von unermesslicher Wichtigkeit und von einer unauslotbaren Tragweite an Konsequenzen, eine Bedeutung von unvorstellbarer Größe – als ob ganze Welten von Bedeutung an diesem Ort zusammenliefen. Es gab kein einziges Wort dafür; doch die Kraft dieser Vorstellung traf ihn mit einer Dringlichkeit, die so mächtig war wie Hunger und Durst.

Kit, der sich die größte Mühe gab, das Gemeinte zu verstehen, war überwältigt von dem übermittelten Gedanken. »Warum sind wir hierhergekommen?«, fragte er laut.

Der Alte legte den Kopf in den Nacken und schaute einen Augenblick lang zum bleichen, weißen Himmel hoch. Dann richtete er seinen Blick wieder auf Kit und hauchte in dessen Geist das Bild von Lebewesen vielfältiger Art ein – die Kreaturen des Waldes, der gesamte Wald als solcher, alle Stämme der Steinzeit. Dies verband er anschließend mit dem Gefühl eines Schwimmens gegen die starke Strömung eines Flusses – oder eines Ankämpfens gegen ein mächtiges Mahlen oder gegen eine rücksichtslose Kraft, die auf sinnlose Zerstörung ausgerichtet ist: *Überleben*.

Ihre Anwesenheit am Knochenhaus hatte etwas zu tun mit dem Überleben von ihnen und ihrer Welt: So jedenfalls erklärte sich Kit die ihm übermittelten Vorstellungen und Gefühle. Und obwohl er noch nicht erkennen konnte, wie das gemeint war, zweifelte er nicht an der Ernsthaftigkeit von En-Uls Anliegen.

Sobald Kit diese Gedanken gekommen waren, wandte sich der uralte Häuptling von ihm ab und ging zum Eingang des Knochenhauses. Vor der niedrigen Türöffnung hielt er inne und blieb einen Moment lang stehen; dann hob er seine Hand, legte sie mit der Innenfläche voran auf die Stirn des riesigen Elchschädels und beugte den eigenen Kopf in einer Gebärde, die Kit noch nie zuvor bei irgendeinem der Stammesmitglieder gesehen hatte. Anschließend bückte er sich tief, kroch in die Knochenhütte und forderte Kit mit einem Handzeichen auf, ihm zu folgen.

Innen bildeten die Knochen einen kuppelförmigen Raum von bizarrer, welliger Form, der nur vom wässrigen Tageslicht des Winters erhellt wurde, das durch die Ritzen und Spalten zwischen den ineinandergefügten Knochen eindrang. Der Boden bestand aus festgetretenem Schnee, über dem Kiefernäste ausgebreitet waren, auf denen man Felle und Pelze geschichtet hatte. Kit bemerkte, dass an der Seite eine kleine Vorratskammer mit Lebensmitteln – getrocknetem Fleisch und Beeren – und kleine Schneehaufen zur Wassergewinnung eingerichtet worden war.

En-Ul setzte sich mit übereinander gekreuzten Beinen in die Mitte des Raums. Er schaute sich um und stieß ein zufriedenes Grunzen aus, als ob er ausdrücken wollte, dass er das vollendete Erzeugnis für gut befand. Als Kit sich dann ihm gegenüber niedergelassen hatte, wandte er sich der Aufgabe zu, dem jungen Mann mitzuteilen, was nun geschehen würde.

Kit ahmte den Alten nach, indem er die Beine kreuzte und Pelze um sich herum legte, als plötzlich in seinem Geist ein Bild von ihm selbst in schlafender Körperhaltung auftauchte – so wie es vielleicht irgendjemand vom Clan gesehen hatte. Sofort danach entstand eine Art seltsame Empfindung vom Fliegen, so als ob man tatsächlich Flügel hätte und hoch oben auf dem Wind segelte ... *Träumen?*

405

Diesem Gedanken folgte ein zufriedenes Grunzen; und augenblicklich fühlte Kit erneut den gigantischen, unergründlichen Ozean an Konsequenzen – diesmal nur war es wirklich ein Ozean: ein gewaltiger Gezeitenstrom, der sich endlos bewegte ... *Zeit?*

»Zeit träumen«, sagte Kit laut, obwohl dies genau genommen überhaupt keinen Sinn für ihn ergab.

Der mentale Kontakt verblasste und verflüchtigte sich im Äther; und En-Ul schloss seine Augen. Seine Atmung veränderte sich, sein Körper entspannte sich, und bald begriff Kit, dass der Alte schlief.

Kit wartete.

Als nichts mehr geschah, kroch er aus dem Knochenhaus und ging zur kreisrunden Grenze der Lichtung, um seine Notdurft zu verrichten. Der Tag wurde allmählich stürmisch; vom Norden her hatte sich ein scharfer Wind erhoben, der ringsum durch die hohen Kiefern rauschte. Der zuvor bleiche Himmel war dunkler geworden, und schwere Wolken voller Schnee zogen an ihm vorbei. Ein Sturm war im Anzug; er konnte den metallischen Geruch in der Luft wahrnehmen. Sie würden bald zu ihrem Unterschlupf auf dem Felssims zurückgehen müssen, doch es widerstrebte ihm, den Uralten in seinem Schlaf zu stören. Kit wusste nicht, was er tun sollte, aber eines war sicher: Er hatte es nicht gern, allein draußen im Wald zu sein – es war nicht sicher.

Kit kehrte ins Knochenhaus zurück. En-Ul war, wenn das überhaupt möglich war, in einem noch tieferen Schlaf als zuvor. Kit ließ sich nieder, um zu warten; doch nach einer gewissen Zeitspanne, die ihm wie eine Ewigkeit vorkam und in der er nichts anderes getan hatte, als dem tiefen, regelmäßigen Atem des alten Häuptlings zuzuhören, wurde er zu besorgt, um den Aufbruch noch länger hinauszuschieben. Er nahm die Pelze, die er benutzt hatte, und wickelte sie um En-Uls Körper. Nachdem er seinem schlafenden Gefährten alles Gute gewünscht hatte, ging er weg.

Er rannte, trottete und stolperte durch den Schnee. Und schließlich kletterte Kit in die Sicherheit des Lagerplatzes im Tal zurück; er kam an, als das letzte Tageslicht im zwielichtigen Nebel verschwand. Der Fluss-Stadt-Clan begrüßte seine Rückkehr mit einem

Grunzen, das ein Wiedererkennen zum Ausdruck brachte; seine Abwesenheit schienen sie als eine Angelegenheit von geringem Interesse betrachtet zu haben. Kit machte Dardok ausfindig, da er glaubte, von ihm eine Erklärung dafür zu bekommen, was an diesem Tag stattgefunden hatte. Er hielt im Geiste ein Bild vom Knochenhaus fest und sagte: »En-Ul schläft dort.«

Dies schien verstanden worden zu sein – zumindest so weit, wie Kit erkennen konnte –, denn es folgte ein barsches Schnauben, das eine Bestätigung ausdrückte.

»Er hat gesagt, er träumt Zeit«, fuhr Kit fort, der nun sein Glück überstrapazierte. »Ist das so?«

Dardoks Gesichtsausdruck verdüsterte sich, und ein tiefes grollendes Brummen entstieg seiner Kehle – ein Zeichen der Unzufriedenheit. Damit war das Gespräch beendet. Es bestätigte, was Kit sich bereits gedacht hatte: Welche Fähigkeit En-Ul auch immer besaß, die ihm erlaubte, mit Kit zu kommunizieren – die anderen verfügten nicht darüber oder zumindest nicht in einem gleichen Ausmaß.

Später aß Kit und kroch dann sogleich fort, um an seinem gewohnten Platz zu schlafen; er war unerklärlich müde von seinen Anstrengungen. Doch der Schlaf blieb ihm versagt. Eine lange Zeit lag er nur da und grübelte über die mögliche Bedeutung des Ausdrucks »Zeit träumen«. Was mochte damit gemeint sein?

Kit, der sich zum Schutz gegen die Kälte in einen Pelz gewickelt hatte, starrte an der rot glühenden Asche des sterbenden Feuers vorbei – und darüber hinaus ins unergründliche Meer der Finsternis wie in eine beängstigende Zukunft. Und sein Geist, der mit der Seltsamkeit und dem Wunder des Knochenhauses angefüllt war, zauberte eine Vision herbei.

Er sah, wie ein Vollmond über einer windgepeitschten Hochebene aufstieg; sein silbernes Licht beleuchtete die Biegung eines Flusses, der in eine flache Talschüssel eingebettet war. Der große runde Mond goss sein Licht weiter nach unten, während er am Himmel vorüberzog. Die Sterne kreisten langsam am Firmament, bis der Mond am westlichen Horizont verschwand.

Dann war alles dunkel ... doch nur für einen Augenblick. Bevor

Kit auch nur blinzeln konnte, stieg der Mond erneut auf – diesmal allerdings schneller – und zog ein weiteres Mal oberhalb der Krümmung des Flusses vorbei. Der Mond ging auf und unter, nur um diesen Vorgang aber und abermals zu wiederholen. Und bei jedem Mal bewegte sich der Mond schneller. Schließlich verschmolz sein Auf- und Untergang zu einem einzigen fließenden Maßwerk aus Licht – ein strahlender Bogen über dem unendlichen Sternenfeld. Dieser glänzende Bogen wurde breiter und dehnte sich zu einem leuchtenden Band aus, das die wandernde Erde umgab.

Draußen auf der Ebene sah er, wie sich in der Ferne ein Berg erhob; im silbernen Mondlicht sah er weiß und geisterhaft aus. Der Berg wurde immer höher, und Kit bemerkte, dass er sich bewegte: langsam, doch unaufhaltsam folgte er dem Lauf des Flusses, der nun mit Eisbrocken auf seiner Oberfläche dahinströmte. Und mit dem Berg kam Schnee. Kit konnte die Verwehungen sehen, die über der Landschaft stärker wurden – die sich ausbreiteten, sich miteinander verschmolzen und das Land einhüllten. Sie legten sich auf die Felsen und Bäume, füllten die Täler und bedeckten alles. Und immer noch fiel der Schnee – als ob sich die unerschöpflichen Himmelsgewölbe des Winters geöffnet hätten und ihre unendlichen Vorräte auf die Welt herabschütteten.

Und während der ganzen Zeit schlingerte der Berg näher heran: ein Gletscher in Bewegung, der während des Näherkommens noch wuchs und alles vor sich her trieb – Bäume, Felsen und Felsblöcke, ja ganze Hügel sogar. Immer weiter kam er heran; mit dem tiefen Grollen eines konstanten Donners zerriss und zermahlte und vernichtete er alles, das unter die massive Mauer seiner Vorderkante fiel. Er meißelte das Land aus, schnitt tief in den weichen Boden des Flusstals; sein gewaltiges Gewicht formte auf jeder Seite neue Hügel und gestaltete die Landschaften, während er durch sie zog.

Und immer noch wuchs der Eisberg und breitete sich aus, während er herankam. Inzwischen erstreckte er sich von einem Horizont zum anderen, sammelte die Kälte, legte die Flüsse trocken, senkte die Meeresspiegel und laugte aus allem, was er berührte, die Feuchtigkeit aus. Von der eigentlichen Atmosphäre bis zur Luft wurde alles trocken und spröde. Und immer noch wuchs er. Er schimmerte mit einer schrecklichen Majestät unter dem leuchtenden Band aus Licht, das der unentwegt rasende Mond war: ein Kontinent aus Eis in Bewegung, der Gebirge in die Höhe trieb, Schluchten ausschnitt und die Erde sich neigen ließ, indem er weiterging.

Weitere Bilder kreisten vor Kits unverwandtem Blick: eine endlose Reihe gewaltiger Wollhaarmammuts taumelte über eine Ebene, wo der vom Wind gepeitschte Schnee hochstieb ... Feuer fiel in brennenden Stücken vom Himmel, die so groß wie Felsbrocken waren, und setzte die Hügel in Brand ... ein Ozean wurde fest verschlossen, seine Wellen in harte, bewegungslose Spitzen geschlagen ... die knochendürren Kadaver von verhungerten Kreaturen, die sich in einem gefrorenen Sumpf häuften ... ein Bär auf seinen Hinterbeinen, der an der Rinde eines Baumes nagte ... ein Mann, eine Frau und zwei Kleinkinder, die in Wolfsfellen gekleidet und für immer in einer gefrorenen Umarmung zusammengedrängt waren ... ein Hochgebirgspass, der nach unten zu Ländern führte, die noch immer grün waren, zu Ländern, die das schmerzliche Brennen der tödlichen Kälte nicht gefühlt hatten ... Und immer mehr Darstellungen kamen, schneller und schneller, bis die einzelnen Bilder nicht mehr voneinander getrennt werden konnten.

Kit wurde schwindelig von dem, was er gesehen hatte, und schloss seine Augen. Doch die Bilder blieben bestehen; sie waberten durch sein Bewusstsein in einem Nebel aus Bewegung und Licht: Sie schmolzen ineinander und wirbelten herum; alle Einzelheiten wurden gedämpft und gingen schließlich verloren, schlossen sich in einem dichten, leuchtenden Nebel zusammen, der sich in der Milchstraße auflöste – dem unermesslichen Sternenpfad der Galaxie. Der schimmernde Nebel zerstreute sich langsam, bis er schließlich verschluckt wurde von der ewigen Finsternis des leeren Raumes.

FÜNFUNDDREISSIGSTES KAPITEL

Worin einem Heilmittel nachgegangen wird

*B*enommen und erschöpft wartete Kit darauf, dass die Morgendämmerung den Himmel erhellte, damit er zum Knochenhaus zurückkehren konnte. Wenn ein Heilmittel gegen diesen konfusen Zustand gefunden werden konnte, dann – so stellte er sich vor – möglicherweise dort. Als die ersten schwachen Spuren von Tageslicht der Winterlandschaft unterhalb des felsigen Unterschlupfs Konturen verliehen, erhob sich Kit. Vorsichtig schritt er über die schlafenden Körper in seiner Nähe hinweg, stahl sich den schmalen Pfad ins Tal hinunter und begann dann, zum hoch gelegenen Waldgebiet emporzusteigen.

In der Nacht war frischer Schnee gefallen. Kit pflügte durch die Verwehungen und bewegte sich mit drängender Eile, die aus einer von sorgenschweren Träumen heimgesuchten Nacht herrührte. Er erreichte das Waldgebiet auf dem Plateau über dem Tal, und da er mit herumschleichenden Raubtieren rechnete, hastete er so schnell wie möglich durch den eisigen, in den Fesseln des Winters liegenden Wald zu der Lichtung. Sie war weiter entfernt, als er sie in Erinnerung hatte. Die Ungeduld trieb ihn zu noch größerer Eile an, bis er aus dem Wald auf die Lichtung brach und in ihrem Zentrum die wirre Erhebung aus kreideweißen, schneebedeckten Knochen sah – bleich und geisterhaft im düsteren winterlichen Licht. Der erneute Anblick dieses einzigartigen Gebäudes, errichtet aus Elfenbein, Horn und Knochen, verschlug ihm kurz den Atem. Er hielt inne und näherte sich dann langsamer dem Knochenhaus; anschließend umkreiste er es, bis er den niedrigen Eingang erreichte, der fast vollständig unter dem Schnee versteckt lag.

Kit ließ sich auf die Knie fallen und kroch hinein. En-Ul war immer noch da, und das in beinahe exakt der gleichen Position wie am vorhergehenden Tag, als Kit ihn verlassen hatte: so ruhig und still, dass er möglicherweise tot war. Kit hielt den Atem an, bis er das lange, tiefe Seufzen des Schlafenden hörte, dann entspannte er sich und ließ sich auf seinen Platz nieder. Im spärlichen Licht, das durch das Gitter der ineinander gesteckten Knochen eindrang, sah Kit, dass etwas von den Lebensmitteln und zwei der kleinen Schneehaufen verschwunden waren. En-Ul musste also mindestens einmal Nahrung zu sich genommen haben. Kit fand darin Trost. Was auch immer der alte Häuptling tat, es schloss nicht ein, dass er sich zu Tode hungerte. Bei diesen Gedanken wünschte sich Kit, er hätte für sich selbst etwas zu essen mitgenommen. Er überlegte, sich bei den Vorräten des Schläfers zu bedienen, doch sofort entschied er sich dagegen; er wurde zurückgehalten von dem mächtigen Gefühl, dass er dadurch irgendein Tabu verletzen würde.

Er zog ein paar Pelze zu sich und machte es sich bequem. Jetzt, da er hier war, wunderte er sich, weshalb er sich so beeilt hatte; es schien wichtig gewesen zu sein, aber nun konnte er sich nicht daran erinnern, warum. Er lehnte sich gemütlich zurück und wartete. Eine Weile später – es mochten ein paar Stunden vergangen sein oder nur ein Augenblick – war er sich nicht mehr länger sicher, wie er das Verrinnen der Zeit messen konnte. In der Gegenwart von En-Ul und seinem Träumen wurde die Zeit irgendwie elastisch und schien sich nicht richtig zu verhalten. Andererseits war zu bedenken, dass die innere Uhr von Kit seit seiner Ankunft im Tal aufgehört hatte, in gewohnter Weise zu funktionieren. Wie dem auch sei: Kit hatte den Eindruck, dass er schon seit Stunden im Knochenhaus saß, wenn nicht sogar seit Tagen, und ihm wurde vor Hunger allmählich schwindelig. Er streckte den Arm aus, nahm eine Handvoll Schnee und schob ihn sich zwischen die Lippen. Anschließend spürte er, wie die Eiskristalle in seinem Mund schmolzen und das Nass die Kehle hinunterrann. Es fühlte sich gut an, und als er nach einer weiteren Portion Schnee greifen wollte, fühlt er auf einmal eine Wärme, die in der Nähe seines Herzens pulsierte.

Unwillkürlich legte er eine Hand auf seine Brust und berührte dabei mit dem Arm die glatten Konturen der Ley-Lampe. Anschließend griff er in die Innentasche seines grob zusammengeschneiderten Gewandes und holte das Messinggerät hervor. Augenblicklich ließ er es in den Schnee fallen, wo es ein glänzendes, hell leuchtendes Blau ausstrahlte.

Rasch hob er es wieder auf, wischte den Schnee von ihm ab und starrte auf das leuchtende Instrument. Die Reihe kleiner Lichter auf seiner Oberfläche erfüllte das dämmrige Innere des Knochenhauses mit einem funkelnden indigofarbenen Leuchten, das heller als jemals zuvor war. Und es pulsierte langsam, rhythmisch und beständig – wie ein langsamer Herzschlag.

Kits Haut prickelte in verräterischer Weise: ein untrügliches Anzeichen für einen Ley in der Nähe. Zudem hatten sich die Härchen im Nacken aufgerichtet. Die Luft im Haus knisterte vor aufgestauter Energie, als würde sich ein Blitzschlag aufbauen. Kit, der mit ausgestrecktem Arm die Ley-Lampe vor sich hielt, stand auf.

Er hob das Bein, um auf En-Ul zuzugehen, der immer noch in seiner träumenden Trance war; doch als Kit den Fuß wieder aufsetzte, stürzte er durch den Boden des Knochenhauses. Der schneebedeckte Untergrund gab einfach nach – und Kit fiel plötzlich durch den Raum. Tiefer und tiefer und tiefer stürzte er. Instinktiv rollte er sich zusammen, sodass er eine kugelähnliche Form annahm, und drehte sich zur Seite, um die volle Wucht des Aufschlags mit der Hüfte abzufangen. Doch der erwartete Aufprall trat nicht ein, und er fiel immer weiter.

Das schemenhafte Licht des Knochenhauses verblasste rasch zu einem hellen Punkt weit oben, und die Finsternis umschloss ihn und hüllte ihn ein. Das Licht der Ley-Lampe war alles, was er noch sehen konnte, und dann schwand auch dieses langsam dahin. Es ließ ihn in einer Dunkelheit zurück, die so eng und durchdringend war, dass sie eher einem Mantel oder einer zweiten Haut ähnelte als der Leere des Nichts. Die Luft verdichtete sich; sie wurde so dick und dicht, dass sie nur noch schluckweise eingeatmet werden konnte. Merkwürdigerweise fühlte Kit keine Angst. Oder wenn es sie gegeben hatte, dann war die Furcht schnell fortgeschrumpft, sodass sie keinen Eindruck hinterlassen hatte. Er schien auch nicht mehr länger zu stürzen, sondern zu fliegen.

Ohne irgendwelche Orientierungspunkte konnte Kit nicht erkennen, wohin er sich bewegte, und auch nicht, wie schnell er war. Gleichwohl blieb der Eindruck bestehen, dass er sich mit extremer Geschwindigkeit über unendliche Distanzen hinweg bewegte. Erneut schrumpfte die Zeit zur Bedeutungslosigkeit: Kit stellte sich vor, dass er tatsächlich fühlen konnte, wie sie sich von ihm ablöste – und zwar Schicht für Schicht.

Wie lange dies andauerte, vermochte er nicht zu sagen. Einen Augenblick? Vielleicht die Zeitspanne, die ein Gedanke brauchte, um ins Bewusstsein zu kommen und es wieder zu verlassen? Möglicherweise so lange wie ein ganzes Leben? Oder mehr? Ein Zeitalter? Gar ein Weltalter? Oder eine Ewigkeit?

Nichts schien angemessen zu sein, um seinen derzeitigen Zustand zu erklären. Vergangenheit und Zukunft schmolzen zusammen, vermengten und vermischten sich, wurden zu einer Einheit, bis es nur noch den unveränderlichen gegenwärtigen Moment gab. Soweit er es zu erkennen vermochte, würde er so für immer existieren können: ein Leben in einer zeitlosen Leere – ein Jetzt, das niemals endete.

Kit bemerkte, dass diese Leere zwar ohne Zeit sein mochte, nichtsdestoweniger aber voller Möglichkeiten war. Alles konnte geschehen, mochte vielleicht geschehen, war möglicherweise bereits geschehen: Alles, was er denken konnte, mochte vielleicht plötzlich Gestalt annehmen – allein durch seinen Gedanken könnte alles existent werden. Diese Einsicht – falls es sich wirklich um eine solche handelte – führte ihn zu der ernüchternden Erkenntnis, dass eine bloße Laune eine ganze Welt ins Dasein bringen könnte – eine Welt voller lebender Geschöpfe, deren Existenz plötzlich zum Leben gebracht worden war durch einen einzigen fahrlässigen Gedanken. Kit schreckte vor der entsetzlichen Verantwortung zurück und richtete stattdessen das Augenmerk wieder auf seine Reise.

413

Das Gefühl des Reisens blieb stark. Kit wusste, dass er heroische Entfernungen zurücklegte; und obwohl es wahrscheinlich zu sein schien, dies könnte endlos so weitergehen, setzte sich in ihm das Gefühl fest, dass ihn ein Ziel erwartete. Und erneut: Der Gedanke hatte sich in dem Moment geformt, als Kit gespürt hatte, dass er ankam. Von einem Herzschlag zum nächsten begann die alles durchdringende Finsternis dünner und immer durchlässiger zu werden. Punkte erschienen vor seinen Augen – winzige Nadelstiche aus Licht. Plötzlich waren sie überall: Sie schimmerten, glitzerten, flimmerten ins Dasein und vergingen sogleich wieder wie die Funken eines explodierenden Feuerwerks. Wellenförmig bewegten sie sich durch die Leere; sie waren überall um ihn herum, und einige gingen sogar durch ihn hindurch. Schneller und immer schneller kamen sie heran.

Kit bemerkte ein Geräusch: das Anstürmen und Zurückschwemmen von Wellen – die Brandung eines Ozeans, die auf die Küste prallte. Plötzlich war er dort. Er traf so schnell dort ein, dass ihm keine Zeit blieb, sich darauf einzustellen. Den einen Moment schwebte er noch durch den Raum, und während des nächsten krabbelte er auf Händen und Knien über eine Sandfläche. Hinter ihm gab es Wasser und vor ihm erhob sich eine grüne Böschung. Er begriff jetzt sogar, dass seine Kleidung nass war – war er etwa aus dem Meer aufgetaucht? Wenn es so war, konnte er sich nicht daran erinnern. Das Gefühl einer raschen Abwärtsbewegung war immer noch sehr stark und verdrängte alles andere. Er schloss seine Augen und vollführte tiefe, beruhigende Atemzüge, bis das verwirrende Gefühl des Fallens aufhörte.

Er öffnete die Augen, hob den Kopf und blickte sich um. Ihm bot sich die Aussicht auf feinen weißen Sand, der sich, so weit das Auge reichte, nach links und rechts erstreckte: ein perfekter Strand, der vom kühlen Wasser eines türkisfarbenen Ozeans angeschwemmt worden war. Die Sonne schien ihm warm auf den Rücken, und die Luft fühlte sich mild an; eine sanfte, seewärtige Brise strich über ihn hinweg. Vor ihm lag ein Land aus strahlendem Grün und Gold: die tiefe, lebendige smaragdgrüne Pflanzenwelt der Tropen und das leuchtende Gelb exotischer Blumen in verschwenderischer Überfülle. Gigantische Farne und Dattelpalmen stießen über das Grün hinaus; sie dehnten sich in einen Himmel aus, der so wunderbar blau war, dass es Kit beim bloßen Anblick schmerzte. *Das ist der Himmel*, dachte er. *Oder zumindest die Vorstellung des Paradieses von irgendjemandem.*

Kit stand langsam auf und begann, ohne ein bestimmtes Ziel den ansteigenden Meeresstrand in Richtung Wald hochzugehen. Als er aus dem sandigen Streifen auf das weiche Gras trat, bemerkte er, dass seine Füße auf einem stark ausgetretenen Pfad waren. Es fühlte sich gut an, sich wieder aus eigener Kraft heraus zu bewegen, und so folgte Kit dem Weg, der sich in den Dschungel hineinschlängelte. Je weiter er ging, desto üppiger wurde das Blattwerk – verschwenderisch in der Vielfalt von Farben und Formen, die alle verschieden waren und das Auge erfreuten. Es gab Bäume mit Blättern, die wie kalkweiße Sterne oder rostige Fächer oder goldene Federn geformt waren; Palmwedel, die an Sägeklingen oder an zartes Spitzengewebe erinnerten; da waren Blumen, die einem Gestöber von Juwelen oder bunten Wolken ähnelten – oder von Friesen, die man mit einem nicht zu bändigenden Malerpinsel bespritzt hatte –; und es gab noch vieles andere mehr. Eine große Anzahl der Bäume, Sträucher und anderen Pflanzen trugen Früchte – in Kugeln, in Trauben, in Büscheln und Bündeln –, und das in einem geradezu ausgelassenen Überfluss. Alles, was Kit sah, war von einer so intensiven Wirklichkeit, so offenkundig gegenwärtig, dass es zu vibrieren und mit der treibenden Lebenskraft zu pochen schien – einer Kraft von solcher Stärke, dass sie gar schimmernd in die Luft entströmte, die er einatmete. Der ganze Wald schwang mit einem Klang mit, den Kit nicht vernehmen konnte, einem Klang direkt jenseits der Schwelle des Hörbaren: wie der letzte triumphierende Akkord einer Symphonie – nur dass er den Konzertsaal zu spät betreten hatte, um die Musik zu hören. Dennoch klangen die majestätischen Wellen von dem, was ein wunderbarer Ton gewesen sein musste, immer noch nach und zitterten in der Luft.

Je weiter er spazierte, desto höher wuchsen die Bäume. Mal ging er durch Halbschatten voller Sonnenlichtsprenkel, mal durch Kühlung spendende Schatten. Er war zufrieden damit, dem Pfad zu folgen, wohin auch immer er führte. Und so marschierte er weiter, bis plötzlich die Bäume weit auseinanderstanden und er sich auf einer breiten Lichtung wiederfand. Er stand vor einem See, der aussah wie ... Glas? Oder Kristall?

Nein, kein Glas – aber auch kein Wasser. Verwirrt trat Kit näher heran und kniete sich nieder, um es genauer zu untersuchen. Es war durchsichtig, schimmernd und flüssig. Zudem gab es ein schwaches milchiges Leuchten von sich: ein Teich aus flüssigem Licht. So unwirklich dies sonst überall auch gewirkt hätte – hier, an diesem Ort, fühlte es sich natürlich und richtig an.

Kit streckte eine Hand aus, um die sanft glänzende Substanz zu berühren. Genau in dem Moment, als seine Finger beinahe unter die Oberfläche eingetaucht waren, hörte er ein Rascheln in den nahen Blättern und Zweigen. Er zog seine Hand zurück und entfernte sich vom Teichrand, um zu beobachten, was weiter geschehen würde. Das Blattwerk am Teichufer zitterte und wurde hin- und hergeworfen. Einen Moment später teilten sich die Wedel der Baumfarne – und heraus trat ein Mann von mittlerer Größe und gedrungenem Körperbau, mit dunklen Haaren und Augen und einem Bartschatten auf dem Kinn. Er trug ein weites weißes Hemd und dunkle Hosen, Stiefel und einen Gürtel. All dies bemerkte Kit irgendwie erst im Nachhinein, denn seine Aufmerksamkeit war ausschließlich auf die Last gerichtet, die der Mann trug: auf den schlaffen, leblosen Körper einer jungen Frau mit langem schwarzem Haar, ovalem Gesicht und Mandelaugen.

Kits erster Gedanke war, dass die Frau schlief. Sie trug ein langes Gewand aus dünnem weißem Stoff, das zerdrückt und zerknittert war und im Halsbereich und unter den Armen Flecken aufwies, als ob dort mit der Zeit Schweiß getrocknet war. Dann bemerkte Kit die totenbleiche Färbung der Haut dieser Frau: aschgrau und wächsern – die Todesblässe des Grabes. Kein lebender Mensch hatte solch eine Haut. Kit erkannte nun auf einen Blick, dass sie tot war.

Der Mann, dessen Gesicht zu einer Grimasse der Entschlossenheit erstarrt war, umklammerte den Körper in seinen Armen noch fester – als wollte er seine Kräfte für eine übermenschliche Anstrengung sammeln. Dann brachte er sich und seine Last ins Gleichgewicht und machte einen entschlossenen Schritt auf das Becken aus flüssigem Licht zu. Der erste Schritt brachte ihn an den Rand des Teiches, mit dem nächsten betrat er ihn und tauchte bis zum Schienbein ein; beim dritten war er bis zu den Knien in dem seltsamen Gewässer. Die schillernde Flüssigkeit waberte um ihn herum, dick und zäh wie Honig; und das Leuchten verbreitete sich in Wellen über die Oberfläche, das nur gestört wurde durch das bedächtige Eintauchen des dunkelhaarigen Mannes in den Teich. Er watete weiter und versank immer tiefer in der seltsamen Flüssigkeit, die nun schon gegen seine Schultern schlug und den Leichnam verschluckte, den er so fest umklammert in seinen Armen hielt.

Ein weiterer Schritt, und der Mann und die tote Frau sanken geräuschlos unter die Oberfläche. Kit blickte gebannt auf die Stelle, wo sie verschwunden waren. Den Ort markierten Ringe aus schimmerndem Licht, die sich wellenförmig über den Teich ausbreiteten und bald auch gegen Kits Füße schlugen. Aber noch etwas anderes geschah: Die Stelle, an der das Paar aus seinem Blick entschwunden war, glühte jetzt in einem rosig-goldenen Farbton. Dieses Leuchten verstärkte sich und breitete sich immer mehr aus, bis der ganze Teich die Farbe von erhitzter Bronze angenommen hatte, die soeben glühend heiß aus dem Schmelztiegel gekommen war.

Fasziniert beobachtete Kit, wie eine Kuppel aus Licht auftauchte: eine riesige Blase, die sich aus der leuchtenden Flüssigkeit erhob. In der Mitte dieser Kuppel kamen der Kopf und die Schultern des Mannes zum Vorschein, der nun weiter emporstieg. Immer noch hielt er den Körper der Frau fest umklammert, presste sie dicht an seine Brust – doch wenn sie zuvor eine schlaffe, tote Masse in seinen Armen war, so schmiegte sie sich jetzt an ihn und hatte ihre Arme um seinen Nacken geschlungen. Das Gesicht war in seiner Halsgrube verborgen, während er sie lebendig aus dem Teich trug. Ihre Haut, die im Glanz des lebenden Lichts schimmerte, trug nicht mehr länger den entstellenden Farbton des Grabes.

Kit wäre am liebsten geblieben, um mit anzusehen, wie das Paar wieder zueinanderfand. Doch die Zärtlichkeit, mit welcher der Mann seine geliebte Frau auf den Boden legte, sich dabei niederkniete und mit hohler Hand ihr Gesicht streichelte, gab Kit zu verstehen, dass dieser Moment ausschließlich den beiden gehörte. Rückwärts bewegte er sich vom Rand des Teichs fort. Nachdem er sich umgedreht hatte, um den Ort zu verlassen, warf er noch einen letzten Blick über die Schulter: Während er über den Teich schaute, sah er, dass der Mann wieder aufgestanden war, sein Hemd ausgezogen hatte und es zu einem Kissen zusammenrollte, damit die junge Frau ihren Kopf darauf betten konnte. Der Oberkörper des Mannes war bedeckt mit winzigen blauen Symbolen – Dutzenden von Tattoos. Symbole, die Kit schon zuvor gesehen hatte.

»Der Mann, der eine Karte ist«, flüsterte er. »Am Quell der Seelen.«

EPILOG

*E*r wartete, bis es dunkel geworden war, und noch eine ganze Weile länger, um sicherzugehen, dass ihm niemand gefolgt war. Erst dann näherte sich Charles Flinders-Petrie dem Heiligen Weg auf einem quälend langen, umständlichen Wanderweg; dabei ging er ein ums andere Mal wieder zurück, bis er sich beruhigen konnte. Die letzte Reise war nervenaufreibend gewesen, und er fürchtete, dass er seine Feinde alarmiert hatte. Doch es schien so, dass er sie tatsächlich abgeschüttelt hatte, wenn auch wohl nur für eine kleine Weile. Das war alles, was er brauchen würde. Ein paar weitere Überquerungen, und es würde zu Ende sein: Die Karte würde für immer verschwinden.

Dann sollen sie nur ihr Schlimmstes tun, dachte er. *Nichts würde ihn zum Reden bringen. Lieber würde er vorher sterben.* Bei dem Gedanken, dass er seine Geheimnisse mit ins Grab nahm, erhellte ein Lächeln sein Gesicht.

Jetzt aber musste er sich um die anstehenden Aufgaben kümmern – der Grund, weshalb er nach Etrurien gekommen war. Obwohl er dem König von Velathri niemals begegnet war, hatte er schon als kleiner Junge den Namen Turms gehört und sich danach gesehnt, den königlichen Weisen und Seher zu treffen. Auch jetzt würde das nicht geschehen, trotzdem war Charles froh, hier zu sein. Die Beerdigung des Königs dauerte den größten Teil des Tages, und er war rechtzeitig gekommen, um die Prozession mitzuerleben und ehrfürchtig unter den trauernden Untertanen zu stehen. Es war richtig, als Vertreter seiner Familie einem dahingeschiedenen lang-

419

jährigen Freund seines Vaters und Großvaters die letzte Ehre zu erweisen. Charles gratulierte sich selbst dazu, richtig durch den Ley gereist zu sein und den Zeitpunkt seiner Ankunft genau justiert zu haben. Freilich wäre es besser gewesen, wenn er es geschafft hätte, sein Ziel zu erreichen, als Turms noch am Leben war; doch so, wie die Dinge standen, betrachtete er es als einen einzigartigen Sieg. Das Grabmal war unversiegelt und würde so für weitere sieben Tage bleiben, um den Trauernden zu ermöglichen, in der Kammer ihre Geschenke und Andenken abzustellen. Da Charles sich wie ein Landarbeiter jener Tage gekleidet hatte, erwartete er nicht, von den Soldaten behindert zu werden, die das Grab bewachten. Sofern sich irgendjemand um sein Erscheinen kümmerte – er war nur ein weiterer Bauer vom Lande, der sich eingefunden hatte, um in aller Bescheidenheit dem Verstorbenen die letzte Ehre zu erweisen. Seine schlichte Gestalt und seine unscheinbaren Gesichtszüge, verbunden mit einem ganz und gar bescheidenen Auftreten, ermöglichten es ihm oft, sich unbemerkt durch die verschiedenen Welten zu bewegen, die er besuchte. Darüber hinaus hatte er herausgefunden, dass nur wenige Menschen mit Autorität jenen Leuten Aufmerksamkeit schenkten, die sie als ihnen untergeordnet betrachteten. Daher hatte er, um seinen niedrigen Status zu betonen, sein Haar kurz geschnitten und seinen Bart ein paar Tage unrasiert gelassen, was ihm eine grauhaarigere, bäuerische Erscheinung verlieh.

Wenn ihm diese Nacht das Glück hold war, würde er einmal mehr unbemerkt durchgehen. Charles hoffte, dass er nicht zu den Wachen würde sprechen müssen – oder, was schlimmer wäre, dass er sie nicht bestechen müsste, damit sie ihn ins Grabmal ließen.

Charles hielt in der einen Hand eine Ranke mit Weinbeeren und drückte mit der anderen das Bündel mit den Grabgeschenken an die Brust, während er die lange Treppe hinunterstieg. Sie führte zu dem weit unten liegenden Weg, der tief ins Kalktuffgestein gehauen worden war und weit unterhalb der Oberfläche der ihn umgebenden Landschaft lag. Er ging weiter, wobei sein Weg unregelmäßig von Fackeln erhellt wurde. So schritt er von einem Lichtkreis zum nächsten voran, bis er einen Ort erreichte, wo ein Eisenbecken mit

glühenden Kohlen vor einem kunstvoll ausgearbeiteten Türdurchgang aufgestellt worden war. Das Grabmal hatte man erst weiß
getüncht und dann rot, grün und golden bemalt: ein Kennzeichen
für ein königliches Begräbnis. Der Türdurchgang war mit weißen
Blumen geschmückt; und kleine rote Wimpel hatte man an Schnüren aufgereiht, die von oben an den Kalktuffwänden bis zum Anfang des Heiligen Weges gezogen waren.

Zu beiden Seiten der Tür stand jeweils eine Wache – die Männer
gähnten und stützten sich auf ihre langen Lanzen –, und drei weitere saßen auf Feldstühlen, die quer über den Weg zusammen mit
einem Tisch aufgestellt worden waren. Die Überreste des Begräb-
nismahls ebenso wie Lebensmittel- und Weingeschenke lagen hoch
aufgestapelt in Körben, die entlang der Wände und Stufen standen,
die zum Grabmal führten. Die Wächter, die Becher in Händen hielten, hatten sich offenkundig am Wein, Brot und Zuckerwerk bedient. Warum auch nicht? Es gab keine Gefahr durch Diebe oder
Grabräuber. Turms der Unsterbliche war ein gerechter und verehrter König gewesen, wohlbeliebt beim Volk; und er hatte ein außerordentlich langes Leben geführt. Seuchen, Dürrezeiten und Kriege
hatte er überlebt – und in jeder Generation die stets gleichen unheilvollen Taten der Herrscher. Er hatte lange genug gelebt, um
sich an dem seltensten aller Elixiere zu erfreuen: der liebevollen
Zustimmung treu ergebener Untertanen. Selbst unter seinen Fein-
den, den kriegerischen Latinern, war Turms der Unsterbliche berühmt als Weiser und Seher von außergewöhnlicher Macht. Jeder
Dieb, der dumm genug wäre, um zu wagen, etwas aus diesem Grabmal zu stehlen, würde vom Mob in Stücke gerissen – so hoch war die
Wertschätzung für den verstorbenen König. Die Anwesenheit von
Wächtern war eine bloße Formalität.

Charles beugte den Rücken und senkte den Kopf, um einen
Buckel vorzutäuschen, und als Zugabe tat er so, als würde er leicht
hinken. Während er näher kam, lächelte er unterwürfig. Die Wach-
soldaten an der Tür warfen ihm einen flüchtigen Blick zu, als er
humpelnd in Sicht kam. Nickend und lächelnd verbeugte er sich
einmal, zweimal, dreimal – wie man es vor Respektpersonen machen

würde –, anschließend trat er zum Eingang des Grabmals. Als er die Stufen hochstieg, hörte er, wie einer der Wächter hinter ihm etwas aussprach – ein einziges Wort, das wie ein Befehl klang. Er wusste nicht, was gesagt worden war, dennoch blieb er stehen.

Der Soldat erhob sich von seinem Feldstuhl und bewegte sich wackelig auf ihn zu. Charles drehte sich um, als der Wächter ihn zur Rede stellte. Er hob die Hand an sein Ohr und berührte es sanft mit seinem Finger, so wie ein Schwerhöriger es wohl machen würde. Der Soldat sprach erneut, und Charles, der sein Lächeln beibehielt, schüttelte den Kopf. Einer der neben der Tür stehenden Wächter sagte ein Wort zu seinem Kameraden und zeigte mit seiner Lanze dem Besucher an, er solle eintreten. Charles trat zur Schwelle, doch der andere Soldat legte ihm eine Hand auf die Schulter, drehte ihn wieder zu sich herum und nahm ihm dann die Weinbeeren fort, als wollte er seine Autorität zur Geltung bringen. Mit einem kurzen Anheben des Kinns befahl er anschließend dem alten Mann, das zu tun, wozu er hergekommen war.

Direkt in der Kammer blieb Charles zunächst einfach stehen, damit sich seine Augen an die Dunkelheit gewöhnen konnten. Das wenige Licht, das in das Grab eindrang, kam von den Fackeln draußen an der Wand. Obwohl jeder Instinkt in ihm aufschrie, er solle sich beeilen, zwang er sich zu warten, bis er den Hügel aus Geschenken und Abgaben ausmachen konnte, der sich auf und um den steinernen Sarkophag von König Turms herum anhäufte. Das Marmorgehäuse selbst war ziemlich schlicht: eine große Kiste mit einem leicht gewölbten Deckel, die an den Seiten mit dem Namen und dem Titel ihres Bewohners geschmückt war und ein längliches Oval aufwies, das ein Relief enthielt. Es stellte eine Gestalt auf einem Thron dar, die von geflügelten Figuren in fließenden Gewändern begleitet wurde. Das war alles.

Der Sarkophag war mit Blumengirlanden drapiert worden, wodurch das wohlriechende Ambiente eines Gartens erzeugt wurde. Grabbeigaben füllten die Ecken und häuften sich rundherum: Teller, Schüsseln und Kelche aus verzierter Keramik und gehämmertem Silber, versiegelte Amphoren, die mit Wein und Bier gefüllt waren, kunstvoll gestaltete Brotlaibe, Körbe mit Korn, ein Oliven-baum in einem Topf, geräuchertes Fleisch, Feigen in einer süßen Flüssigkeit, gewürzter Honig in Krügen und andere Leckerbissen, auf die eine hungrige Seele Lust haben mochte.

Charles trat zu dem großen weißen Steinsarg und nahm die kurze Eisenstange aus seinem Bündel, das er bei sich trug. Mit einer durch Übung gewonnenen Effizienz steckte er das zugespitzte Ende des Werkzeugs in den Spalt direkt unter dem Deckel. Er hielt inne und lauschte auf die halb betrunkenen Wächter, die sich draußen mit-einander unterhielten. Als er sicher war, dass ihre Aufmerksamkeit nicht auf das Innere der Grabkammer gerichtet war, legte er all sein Gewicht auf die Eisenstange. Es gelang ihm, den schweren Deckel weit genug hochzuheben, dass er ein zweites Werkzeug in den Spalt schieben konnte. Rasch hebelte er den Sargdeckel nach oben. Der Stein war schwer, und Charles benötigte seine ganze Kraft, doch schließlich schaffte er es, eine winzige Lücke aufzustemmen – gerade groß genug, um den letzten Gegenstand aus seinem Bündel hinein-gleiten zu lassen: ein dünnes Bruchstück Pergament, versiegelt zwi-schen zwei Platten aus Olivenholz.

Er hätte es vorgezogen, bessere Werkzeuge einzusetzen und mehr Zeit zu haben, um diesen Gegenstand richtig zu verstecken, doch unter den gegebenen Umständen war beides ein Luxus, den er sich nicht erlauben durfte. Er spürte, wie das Paket in den Sarg hi-neinfiel, und mit einem Seufzer der Erleichterung senkte er behut-sam den Deckel wieder nach unten und entfernte dabei die Werk-zeuge. Schnell versteckte er sie: das eine unter einem Gerstensack, das andere in einem Korb mit Khakifrüchten. Dann verbeugte sich der Besucher respektvoll vor dem toten Bewohner des Sarges und verließ die Grabkammer.

Als Charles wieder auftauchte, bestand einer der Soldaten an der Tür darauf, ihn oberflächlich abzutasten, obwohl jeder genau sehen konnte, dass er kein gestohlenes Gut aus dem Grab in oder unter sei-ner dünnen Tunika versteckte. Mit einem Nicken ließ der Wächter ihn seines Weges ziehen. Charles verbeugte sich erneut und eilte fort, zurück durch den Hohlweg.

»Drei unten«, sagte Charles zu sich selbst, während er wie ein Schatten den Heiligen Weg entlanghuschte. »Zwei weitere müssen noch.«

Nur noch zwei weitere. Er betete um Zeit – um ein wenig mehr Zeit, damit er seine Mission beenden konnte. Danach sollten seine Feinde ruhig intrigieren und wüten. Mochte kommen, was wollte – Charles könnte dann ohne Angst der Zukunft entgegensehen.

NACHWORT

Mein Verhältnis zur Quantenphysik

*T*homas Young (1773–1829), der in der vorliegenden Geschichte eine bedeutende Rolle spielt, war einer der größten Universalgelehrten der Welt. Er wurde in dem winzigen Dorf Milverton in
Somerset, England, geboren und war ein echtes Wunderkind. Im
Alter von zwei Jahren erlernte er das Lesen. Mit vier arbeitete sich
der erstgeborene Sohn einer strenggläubigen Quäkerfamilie durch
die ganze Bibel (und das sogar zweimal!) und krönte bald darauf
seine frühen Leistungen, indem er sich das Grundwissen der latei-
nischen Grammatik aneignete. Als er sechs Jahre alt war, konnte er
sich mit seinen ohne Zweifel fassungslosen Freunden und Familien-
angehörigen auf Latein unterhalten und ihnen in dieser Sprache
auch Briefe schreiben.

Der junge Thomas wuchs schneller über seine Lehrer hinaus, als
sie von seiner Familie gefunden werden konnten: ein paar Wochen
lernen genügte, und er wusste genauso viel wie der Pädagoge, der die
Klasse unterrichtete. Als er im Alter von acht Jahren auf die Thomp-
son's School in Dorset kam, fand er einen Lehrer, der seine Genialität
verstand: Der Mann gewährte ihm freien Zutritt zur Bibliothek und
half dem unersättlichen Schüler zu lernen, wozu auch immer er zufällig Lust hatte – was offensichtlich einfach alles war. Mit vierzehn
beherrschte er nicht nur Altgriechisch und Latein fließend – er
unterhielt sich selbst, indem er seine Lehrbücher in klassische Sprachen und auch aus ihnen heraus übersetzte –, sondern hatte sich auch
Französisch, Italienisch, Hebräisch, Deutsch, Chaldäisch, Syrisch,

Samaritanisch, Arabisch, Persisch, Türkisch und natürlich Amharisch angeeignet.

Die Medizin erregte zwangsläufig sein Interesse, und das führte ihn nach London und Edinburgh – jedoch nur für kurze Zeit –, bevor er nach Deutschland weiterzog, wo er sich eingehend mit der unsicheren Disziplin Physik befasste. Seine Fachkenntnisse und Autorität in verschiedenen umfangreichen Wissensgebieten waren so groß, dass man sich nach nur wenigen Jahren über ihn erzählte, er wüsste alles, was es überhaupt zu wissen gäbe. Als praktizierender Arzt verdiente er sich täglich seine Brötchen. In seiner freien Zeit widmete er sich Experimenten, die ihn oft zu revolutionären Entdeckungen führten: Es war Young, der eine Möglichkeit ersann, um in einfachen, eleganten Experimenten nachzuweisen, dass sich Licht tatsächlich wie eine Welle verhielt – und nicht nur wie ein Teilchenstrom, wie Isaac Newton theoretisiert hatte. Außerdem stellte er fest, dass die von uns wahrgenommenen verschiedenen Farben durch die unterschiedlichen Wellenlängen von Licht entstehen, die Unterschieden in der elektromagnetischen Energie entsprechen.

Thomas Young beschränkte sich niemals auf nur eine einzige Aufgabe, vielmehr dehnte sich seine unersättliche Neugier auf andere, selbst exotischere Betätigungsfelder aus, einschließlich – passenderweise für meine Geschichte – der Archäologie: Hier beschäftigte er sich vor allem mit der Entzifferung der ägyptischen Hieroglyphen. In jener Zeit konnte niemand mehr die uralte bildhafte Schrift lesen. Aber dank der Entdeckung des Steins von Rosette im Jahre 1799 knackte Young den Code – und nicht der Franzose Champollion, wie in den meisten historischen Texten zu lesen ist. Und Young legte die Grundregeln für die Übersetzung fest, denen danach andere gefolgt sind, die darauf ihre Arbeit aufgebaut haben – einschließlich Champollion, der immerhin so viel widerwillig anerkannt hat.

Ein Genie jüngeren Datums, nämlich Albert Einstein (1879–1955), war ein großer Bewunderer von Thomas Young und reihte ihn neben Isaac Newton ein. Er erinnerte an Youngs unschätzbare Beiträge für die Wissenschaft, als er gebeten wurde, für die Neuauflage (1931) von Newtons bahnbrechendem Werk *Opticks* ein Vorwort zu verfassen. Einstein wusste das ein oder andere über Physik, und neben der Fähigkeit, die »Kraftpaket«-Gleichung $E = mc^2$ zu erfinden, hatte er auch ein Geschick für kurze, prägnante Zitate. Seine Feststellung: »Der Unterschied zwischen Vergangenheit, Gegenwart und Zukunft ist eine Illusion«, spricht direkt eines der zentralen Themen von *Das Knochenhaus* an, in dem die Figuren mit den unterschiedlichen, doch miteinander verbundenen Realitäten eines Universums ringen, das räumlich und zeitlich unbegrenzt ist.

Obwohl die Idee eines mehrdimensionalen Universums schon seit geraumer Zeit in der Luft gelegen hatte – der Begriff »Multiversum« wurde um 1895 von dem Philosophen William James geprägt –, war es Einstein vorbehalten, die theoretischen Grundlagen für diesen Gedanken zu erarbeiten: eine Anregung, die später von Physikern und Kosmologen wie Hugh Everett, Max Tegmark, John Wheeler und anderen aufgegriffen wurde und eine genauere Ausgestaltung erhielt. Während der Siebziger- und Achtzigerjahre des vergangenen Jahrhunderts gewann diese Idee in der Forschergemeinschaft an Boden, bis sie ein solch anerkannter Bestandteil der wissenschaftlichen Gedankenwelt geworden ist, dass sie nun eine nützliche Konstruktion darstellt, um über die offensichtlichen Anomalien zu theoretisieren, denen man begegnet, wenn man sich mit dem Universum in seinen größten und allerkleinsten Ausdrucksformen befasst.

Diese Idee ist auch eine höchst nützliche Konstruktion für einen Schriftsteller, der fantasievolle Romane verfasst. Denn bei den Figuren, die in der *Schimmernden-Reiche*-Suche verstrickt sind, handelt es sich nicht um Zeitreisen-Forscher, wie man sie in H. G. Wells Roman *Die Zeitmaschine* und in Robert Zemeckis' Filmtrilogie *Zurück in die Zukunft* antrifft – also nicht um Personen, die entlang einer Zeitschiene nur zurück oder vorwärts reisen und die auf Gleise beschränkt und für immer fixiert sind, welche nur in eine einzige Richtung verlaufen. Vielmehr springen Kit, seine Gefährten und Gegner in einem multidimensionalen Universum herum, ähnlich wie ein Hubschrauber, der sich in der Luft in tausend verschiedene Richtungen bewegen kann. Und wenn dieser hypothetische Helikopter ein Fahrzeug wäre, das auch in verborgene Dimensionen und zu Ländern in allen möglichen Alternativwelten »abdüsen« könnte – obendrein verbunden mit einem gehörigen Maß an zeitlicher Verschiebung –, dann hätten wir die Verhältnisse, die ich in *Die schimmernden Reiche* zu beschreiben versuche.

Vor mehr als dreißig Jahren hat ein befreundeter Physiker, der bei Fermilab arbeitete, mit mir einen Rundgang durch das in einem der Vororte von Chicago angesiedelte Forschungszentrum gemacht. Es besitzt einen gewaltigen Teilchenbeschleuniger und ist eines der führenden Institute für Proton-Antiproton-Kollisionen. Das Forschungslabor selbst war zu jener Zeit noch ziemlich neu; und die Physiker dort hatten gerade eine Reihe neuer subatomarer Teilchen entdeckt: Quarks. Sie bereiteten sich damals darauf vor, mit Experimenten unter extrem kalten Bedingungen zu beginnen – bei Temperaturen, die sich dem absoluten Nullpunkt annäherten. Wenn ich jetzt so zurückschaue, glaube ich, dass die Erfahrung, dieser Hightech-Forschungsanlage persönlich nahe zu kommen und unter dem Bann der Begeisterung meines Freundes für Hochenergiephysik zu stehen, mein eigenes Interesse für ein Thema in Gang gesetzt hat, das mich anhaltend fasziniert: Aus diesem Grund befindet sich auf meinem Lesetisch auch ein Turm von Büchern über Physik – sowohl über Quanten- als auch Astrophysik – ebenso wie über Kosmologie, Philosophie, Anthropologie, Theologie und selbstverständlich Geschichte.

Im gegenwärtigen Forschungsklima, wo fast jeden Tag neue Entdeckungen verkündet werden, ist es schwierig, sich daran zu erinnern, dass damals, als die Welt auf den Beginn des dritten Jahrtausends zumarschierte, die Wissenschaftler anfingen, darauf hinzuweisen – nicht ohne einen Hauch von Traurigkeit oder Bedauern, wie ich vermute –, dass die Naturwissenschaft schon sehr bald alles erklären könnte. Diese Geisteshaltung war so weit verbreitet, dass im Jahre 2000 in einem Artikel des *Time magazine* gefragt wurde: »Wird noch irgendetwas zum Entdecken übrig bleiben?« Die Wissenschaft, erklärten entschieden die lauteren Stimmen, habe das Universum erobert; alles, was noch an Arbeit übrig sei, bestehe darin, die Notizen niederzuschreiben und die wenigen verbleibenden Leerstellen auszufüllen. Jede wichtige Entdeckung habe man bereits gemacht, und es sei nichts mehr – schnief, schnief – übrig gelassen worden.

Doch die Verifizierung dieser Prognose ist nicht nur ausgeblieben; vielmehr hat sich in den nur wenigen Jahren, seit das *Time magazine* jene Frage in Umlauf gesetzt hat, etwas herausgestellt, das eher auf das genaue Gegenteil hinausläuft. Die Zahl der Entdeckungen ist explodiert. Alte und für sicher begründet gehaltene Gewissheiten wurden von neuen Theorien hinweggefegt, die aufgrund neuer Entdeckungen entstanden sind.

Gerade jetzt richten sich die Augen aller Wissenschaftsinteressierten auf den großen Hadronen-Speicherring in der Schweiz (CERN), wo Physiker die Ergebnisse von Proton-Proton-Zusammenstößen überprüfen. Sie suchen nach Dunkler Materie, forschen nach, welche unentdeckten subatomaren Teilchen auch immer existieren mögen, und vielleicht sogar nach den schwer fassbaren zusätzlichen Dimensionen des Universums. Diese Wissenschaftler bemühen sich, ein Universum zu verstehen, das sich so niemand von ihnen vor noch nicht einmal zehn oder fünfzehn Jahren hätte vorstellen können – ein Universum, das ständig neue, immer tiefer gehende Wunder offenbart.

Theorien sind – wie Eier und Versprechungen – dazu gemacht, um gebrochen zu werden. Selbst das oberflächlichste dilettantischste Werk in der Geschichte der Wissenschaft sollte genügen, um uns an eines zu erinnern: Je näher die Wissenschaft an die Beschreibung von etwas herankommt, desto mehr entdeckt sie, wie viel dort zu beschreiben ist. Jede neue Entdeckung oder Theorie erklärt keineswegs alles, sondern eröffnet ganz neue Regionen für die Erforschung. Jeder neue Fortschritt deckt mehr Tatsachen auf, die in irgendeiner Weise erklärt oder begründet werden müssen, und macht es erforderlich, dass alte Theorien ausgebessert oder gar neue entwickelt werden müssen; und so geht es immer weiter. In einer solchen Welt wäre es übrigens recht nützlich, wenn man für alle Fälle einen Universalgelehrten wie Thomas Young hätte.

In ihrem Buch *Quantum Enigma* haben die Professoren Rosenblum und Kuttner ihre Absicht und die Hoffnung zum Ausdruck gebracht, dass die Leser bis zur Grenze des Erkenntnishorizonts geführt werden, von wo an das besondere Expertenwissen von Physikern nicht mehr länger ein sicherer Führer ist. Und genau in diesem Bereich ist der Roman-Zyklus *Die schimmernden Reiche* angesiedelt: ein Ort, wo all die alten Denkweisen über die Wirklichkeit angesichts einer neuen Konzeption des Universums zusammenbrechen. »Wenn Experten verschiedener Meinung sind«, schreiben Rosenblum und Kuttner, »können Sie sich Ihren eigenen Experten auswählen. Da das Quantum-Rätsel in dem einfachsten Quantum-Experiment auftaucht, kann ihr Kerngehalt mit geringem technischen Hintergrund vollständig begriffen werden. Nichtfachleute können daher zu ihren *eigenen* Schlussfolgerungen gelangen.«

Da dies der Fall ist – warum sollte sich dann ein Romanautor nicht an Erörterungen über diesen Themenkreis beteiligen?